# CLAUDIA VELASCO

## Somos Tú y Yo

*Secretos de Covent Garden*

Editado por Harlequin Ibérica.
Una división de HarperCollins Ibérica, S.A.
Núñez de Balboa, 56
28001 Madrid





I.S.B.N.: 978-84-687-9489-1
Depósito legal: M-6174-2017

# Capítulo 1



*Londres, noviembre de 1890*

Mary Taylor y Molly Graham se perdieron inmediatamente por las atestadas calles del centro. Ninguna de las dos había cumplido aún los veinte años, eran amigas desde hacía seis y vivían juntas en la habitación de una miserable pero limpia pensión cerca de Charing Cross, donde podían dormir tranquilas y donde soñaban a todas horas con que la vida, algún día no muy lejano, les regalara un poco de fortuna.

Mirando a su querida amiga, Mary la agarró del brazo para andar más de prisa. Había sido una malísima idea pelearse con Rogelia Hewitt, una de las queridas de Bob el Roble, el desgraciado padre de Fred el Pelirrojo. Ese tipo manejaba las calles de Londres a su antojo y enfrentarse a una de sus amantes más asiduas les iba a costar caro; ella lo sabía, pero el precio valía la pena si recordaba la cara de espanto de aquella estúpida mujer después de haberle vaciado un cubo de agua helada en la cabeza. Rogelia se creía una señora y no era más que una ramera con mal gusto, como decía Molly, y no iba a permitir que abusara de nadie, y menos de ella, que no le había hecho nada, salvo nacer más guapa y con más clase. Rogelia Hewitt no podía perdonarle eso y cada vez que tenía la ocasión le hacía alguna faena. Mary ya estaba cansada y al final habían acabado a gritos y la Hewitt empapada en plena calle. Mary no se arrepentía de nada, pero lo sentía por Molly, que era una víctima inocente de su imprudencia, porque el robo de esa noche era solo el principio. Seguramente Bob el Roble había mandado en persona a su hijo para hacerles daño, y no pararían hasta echarlas de la ciudad.

Suspiró y pensó en su madre.

Mary Taylor en realidad se llamaba Emily Gardiner. Su madre, Katie Gardiner, era irlandesa y costurera en uno de los palacios más elegantes de la ciudad. Había llegado a Londres de la mano de una noble señora inglesa cuando tenía doce años, lady Anne Shafterbury; la había hecho venir desde Cork como sirvienta y desde el principio la acción le había salido muy rentable. Katie era un hada con la aguja y trabajaba de sol a sol sin rechistar. En el palacio había al menos seis costureras trabajando a jornada completa, que se ocupaban tanto de la ropa como de los habitantes de la casa —seis hijos, marido y mujer, y dos tías abuelas—, una tarea incesante. Siempre había trabajo, y las empleadas de la costura solo descansaban el domingo, si no era temporada de bailes, claro, porque en ese caso ni siquiera podían salir para ir a la iglesia.

Pero Katie Gardiner no se quejaba. Emily solo recordaba a su bellísima madre trabajando, con la cabeza agachada sobre la tela, a veces con una vela insignificante como única iluminación, a veces pegada a la ventana para ver mejor un bordado pero sin perder nunca la sonrisa. Era una costurera maravillosa y, sin embargo, ganaba una miseria, y nadie, jamás, reconocía su labor, por eso Emily empezó a odiar a los Shafterbury desde muy pequeña.

Ella había nacido dentro de las cuatro paredes del palacio. Su madre había dado a luz en el miserable cuartucho donde vivía, y esa misma noche había vuelto al trabajo porque la señora tenía un banquete real y necesitaba su vestido nuevo puntualmente terminado. Las compañeras de su madre, las sirvientas e incluso la gobernanta se lo habían contado muchísimas veces, pero Katie Gardiner jamás había querido hablar del tema. Siempre era así; ella no hablaba ni se quejaba, y cuando Emily, a los diez años, osó preguntar quién era su padre, la respuesta fue una sonora bofetada que la calló para siempre. Fue la primera y la penúltima vez que su madre la golpeó, pero resultó un acto lo suficientemente contundente como para que Emily jamás volviera a interesarse de forma abierta por semejante secreto.

Indagando y haciendo preguntas discretas, supo que Katie solo tenía dieciséis años cuando dio a luz a su hija y que la señora la había mantenido en palacio por pura caridad, porque podría haberla echado a la calle por promiscua. Pero no, la dama había optado por perdonar el desliz de su costurera y le había permitido quedarse en la casa con la niña y criarla como una más de su servicio. De ese modo, Emily Gardiner, que no se parecía en nada a su madre, creció entre agujas, telas y botones, acostumbrándose a jugar en completo silencio, sin levantar la voz ni la vista a los señores, y permaneciendo casi invisible para no molestar. Emily aprendió a leer gracias a los libros que la institutriz de la familia, la señorita Wilkes, le prestaba a escondidas, y a los ocho años, cuando la pusieron a trabajar como a las demás, ya sabía leer, escribir y hacer cuentas, algo que por descontado se mantuvo en secreto.

Era despierta y ágil, muy vivaracha, y tenía una peligrosa tendencia a reírse a carcajadas, algo que irritaba enormemente a su discreta madre, que le rogaba prudencia y sobre todo silencio. Katie no quería molestar, prefería pasar inadvertida y a veces rogaba entre lágrimas a su hija que mostrara más sensatez en su comportamiento. Emily se rebelaba ante tantos miedos, pero al final siempre acababa obedeciendo para no perjudicar a su madre, cuya conducta era intachable. Aunque a veces oyera a la dueña de la casa o a sus hijas gritarle y regañarla por cualquier cosa, ciertamente Katie era la perfecta servidora; además de guapa y dulce, un dechado de virtudes. Sin embargo, Emily nunca se sintió muy cerca de ella.

Cuando cumplió los doce años tuvo su primera regla y su cuerpo empezó a adquirir formas redondeadas y desconocidas hasta entonces, así que Emily fue confinada al lugar más oscuro del taller de costura y de las cocinas. Su madre no quería que la viera nadie, y mucho menos los miembros de la familia; en especial, los hombres. La regañaba continuamente para que no saliera de la zona del servicio, y cuando vio a uno de los empleados de las caballerizas seguirla con la mirada, le pegó tal bofetón que el pobre muchacho no volvió a dirigirle la palabra. Emily no entendía nada y trataba de obedecer, aunque sin comprender el porqué de tantísimos temores.

Por aquel entonces fue cuando conoció en Covent Garden a Molly, una chica pelirroja, hija de irlandeses también, que correteaba y trampeaba cerca del mercado con sus hermanos y parientes. Molly Graham era despierta y contaba historias divertidas. Se hicieron amigas en seguida, y cuando a Emily la dejaban acompañar a las sirvientas a la compra, siempre se encontraban para charlar. Molly era dos años mayor que Emily, y a los quince entró a trabajar como camarera en un hotel de la ciudad. La joven estaba feliz porque conseguir empleo en un sitio tan elegante había sido un favor hecho especialmente a su padre, pero entrar en el Queen Hotel sería el comienzo de su desgracia y el acercamiento involuntario a Emily Gardiner.

No llevaba ni un año trabajando en el hotel cuando le contó que había conocido a un hombre, un caballero que decía estar enamorado de ella. El hombre, lo bastante mayor como para ser su padre, era amable y muy generoso, un huésped habitual que pronto pasó de darle golosinas a regalarle vestidos, y cuando Molly le contó a su amiga, a modo de confidencia íntima, que había hecho el amor con él, Emily abrió los ojos como platos.

—¿Y eso qué es?

—¿No lo sabes?

Molly se echó a reír a carcajadas a pesar de estar en la iglesia.

—¡Chist!, que mi madre me mata. —Emily miró hacia su madre, que rezaba el rosario de rodillas unos bancos por delante, y se santiguó—. No, no lo sé.

—Amor físico, mujer. El hombre mete su..., ya sabes, dentro de mí, por aquí. —Hizo un gesto que casi mata a su amiga del susto–. Y es delicioso; al principio no, pero luego, ¡Dios bendito!, es maravilloso.

–¿Su...? –No se lo podía creer–. ¡Qué asco!

–Y sus besos, con la lengua, ya sabes.

–¿La lengua? Estás loca, Molly, completamente loca.

Pocos meses después, Molly se quedó encinta y dejó de ver a Emily durante bastantes semanas. Cuando se encontraron por casualidad en la iglesia le dijo que el hombre, Peter, la había instalado en una pensión discreta, hasta que diera a luz, y que luego los llevaría, a ella y al bebé, a vivir con él a Devon, donde tenía una finca y una casa propias. Emily se alegró por su amiga y lamentó que se fuera lejos de Londres, pero entendió que era lo mejor para ella, porque su familia ya no le hablaba y su padre la había repudiado públicamente. Molly no tenía más alternativa que casarse con ese hombre tan mayor y criar a su hijo lejos de casa; era lo mejor.

Sin embargo, los planes se torcerían de forma trágica para la pobre Molly, y Emily se vería obligada a tomar, por primera vez en su vida, algunas decisiones en contra de su madre.

Seis meses después de aquella última charla en Saint Margaret, Molly mandó un recado para Emily con una de las sirvientas de la casa. Necesitaba urgentemente hablar con ella, y la joven se escapó en medio de la hora de la siesta para encontrarse con su amiga en Covent Garden. La impresión que se llevó al verla casi la mata. Molly, antaño bastante rolliza y desarrollada para su edad, era una especie de fantasma, con el pelo enmarañado, sucio, la ropa hecha jirones y tan flaca como una lombriz. Tenía los ojos azules desorbitados y decía incoherencias al pie del mercado.

–¿Qué te ha pasado, Molly? ¿Dónde está tu hijito?

–Se lo llevó él.

–¿Quién? ¿Cómo?

–Peter... se lo llevó... a Devon; lo quiso a él pero no a mí.

—¿Cómo dices?

—Es un varón; yo lo llamé Patrick, como mi padre. Él dijo que se lo llevaba para bautizarlo y nunca más volvió.

—¿Te robó al bebé?

—Sí, y casi me desangro, casi me muero, y nadie me ayudó.

Atando cabos, Emily comprendió que el novio de Molly, que al parecer era una especie de terrateniente, se había llevado a su hijo lejos y la había dejado abandonada. La muchacha, sin dinero y enferma, había dormido en la pensión hasta que el dueño la había echado a patadas a la calle, y ni su familia ni sus conocidos habían querido ayudarla. Solo le quedaba Emily, que no tenía nada salvo a su madre y esa casa en la que no pintaban nada. Sin embargo, esa misma tarde se llevó a Molly al palacio, donde la cocinera y su madre se apiadaron de la muchacha, la alimentaron y le dieron algo de ropa. Pero no podían hacer más, así que Emily, en medio de la desesperación y un sentimiento de total injusticia creciéndole en el pecho, rompió todas las reglas y se presentó delante de Rose Shafterbury, la última duquesa de Monmouth, para pedirle ayuda.

—¿Qué quieres? —le preguntó con aspereza lady Shafterbury cuando la tuvo delante en su saloncito de té.

—Quería pedirle trabajo para una amiga, milady. Es fuerte y sabe limpiar. Solo pide techo y comida; necesita un lugar para vivir.

—¿Tienes amigas? —La odiosa mujer se echó a reír a carcajadas, y su hija pequeña, Rosemunde, con ella—. ¿Una pordiosera?

—Fue camarera en el Queen Hotel, milady.

Tragándose toda la humillación, siguió de pie delante de la mujer y con la cabeza gacha.

—¿Fue? ¿Y por qué no sigue trabajando?

—Estuvo enferma.

—No quiero enfermos en mi casa; ya bastante hago manteniendo a gentuza como vosotras. Fuera de aquí, muchacha.

–No nos mantiene, milady; nosotras trabajamos para usted.

–¿Me estás replicando, mocosa insolente?

–No, milady.

–Mírala, mamá, no es más que una cualquiera. Un día de estos querrá engatusar a uno de mis hermanos.

Rosemunde observó con desprecio los ojos negros y hermosos de la modistilla, el pelo oscuro debajo de su sombrerito de algodón, la piel inmaculada y la boca sensual y bien marcada que daban a su rostro una belleza imperdonable.

–¿Qué piensas hacer con ella?

–Nada. ¿Qué quieres que haga? Ya sabes que tu padre...

–¡Emily!

La voz angustiada de su madre casi la hace saltar de su sitio. Katie apareció a su espalda, muy nerviosa, y pidió disculpas a su señora. No se podía creer que su hija estuviera allí.

–Disculpadla, milady. Es una niña, no sabe lo que hace.

–Sí que lo sé. Solo he pedido trabajo para Molly. Es muy hacendosa y responsable, y necesita ayuda.

–¿Cómo has enseñado tan mal a tu bastarda, Katie? Sácala de aquí; no quiero verla.

–Sí, sí, milady.

–¿O sea que no puede ayudarla? –insistió Emily mientras su madre tiraba de ella.

–¡Fuera! –gritó Rosemunde poniéndose de pie–. ¡Ramera!, no faltes al respeto a tu señora.

–No he hecho nada –susurró, dándoles la espalda.

Y entonces, en ese mismo instante, una taza de té de porcelana se estrelló contra su madre. Katie no se movió, pero Emily se volvió hacia Rosemunde Shafterbury echando fuego por los ojos.

–¿Cómo se atreve?

–¿Qué?

–¿Qué le ha hecho mi madre salvo servirla? ¿Cómo puede ser tan desconsiderada?

—Emily, no, por Dios. —Katie Gardiner se puso a llorar—. Está bien, no pasa nada.

—¿Cómo que no pasa nada? Te ha hecho daño, madre.

—No me ha hecho nada.

—¡Fuera de aquí! ¡Insolente! ¡Ramera! ¡Hija de Satanás!

Con una fuerza descomunal, Rose Shafterbury comenzó a empujarlas, completamente fuera de sí. Era insólita tanta ira, y Emily no pudo evitar sentirse confusa. «Esta mujer está loca de atar», pensó, y dio un paso atrás cuando quiso abofetearla.

—¡Fuera! Katie Gardiner, te acogí cuando diste a luz a esta bastarda, pero ya no quiero verla más. Fuera de mi casa. Tú puedes quedarte, pero ella no. ¡Fuera!

Los gritos las siguieron por los pasillos y escaleras abajo, a la par que las cabezas de camareras, pajes y hasta del mayordomo asomaban por todas partes. Katie llevó en vilo a su hija hacia la zona del servicio y una vez que la tuvo delante la abofeteó con todas sus fuerzas.

—¿Cómo has podido morder la mano que te da de comer?

—¿Qué? Solo le he pedido trabajo para mi amiga. Esa mujer está completamente loca, madre. ¿Por qué me odia tanto?

—¿Cómo has podido? Recoge tus cosas y vete, Emily.

—¿Cómo dices?

La gobernanta y la cocinera quisieron detenerla; Molly se puso de pie, asustada, e hizo amago de irse sola y a toda prisa.

—La señora se calmará tras su segundo vaso de ginebra, Katie. Déjalo correr, no le hagas caso. Emily, métete en tu cuarto y no salgas hasta que nosotras te lo digamos.

—¡No! Debe irse. Me ha avergonzado. La señora...

—¿No te vienes conmigo, mamá? Te ha faltado al respeto, te tratan como a un perro, ¿no lo ves? Vamos, salgamos juntas. Es nuestra oportunidad, podemos buscar tra...

—¡Vete! —chilló su madre, y Emily dio un paso atrás—. No quiero verte más.

De ese modo y sin planearlo, Emily Gardiner salió del palacio de los duques de Monmouth sin entender nada en absoluto. Acababa de cumplir catorce años. Ese día por la mañana estaba trabajando y al minuto siguiente se encontraba en la calle con un hatillo de ropa y Molly del brazo. No tenían adónde ir, ni a quién recurrir, pero Emily sintió de pronto un cosquilleo subiéndole por todo el cuerpo. Libertad, se llamaba, y eso la convirtió de repente en la mujer más feliz que pisaba Inglaterra.

—¿En qué piensas?

Molly la sacó de sus recuerdos cuando le puso en la mesilla la lata que usaban como taza llena de té.

—En el día en que salimos de la casa de los Shafterbury. Fue glorioso.

—¡Dios bendito!, aún recuerdo los gritos de esa loca.

—Me hizo un favor, la muy bruja. Espero que arda en el infierno.

—Yo creo que estaba esperando la excusa perfecta para deshacerse de ti y se la pusiste en bandeja.

—Lo sé.

—Ya han pasado casi cuatro años; parece un siglo, amiga.

—Es un siglo, querida Molly. Toda una vida.

Observó cómo Molly se ponía a trajinar nuevamente por el cuarto y sonrió. La muchacha era limpísima y se empeñaba en mantener la habitación como los «chorros del oro», según decía. Vivían allí desde casi el comienzo de su aventura; era una habitación de cuatro metros por cuatro metros que daba al patio interior del edificio. Tenían una cama, hornillo para cocinar, una mesa y un pequeño armario. Además, habían llevado una alfombra persa, abandonada cerca del Flint, y dos sillas. Podían comer y tomar el té si les apetecía, disponían de recursos y, lo más importante, nadie las molestaba. Pagaban su renta religiosamente cada viernes, y cuando cerraban la puerta, se sentían en el palacio de Buckingham. Era su hogar, aunque nadie en absoluto sabía dónde se encontraba.

Cuando se quedaron en la calle, decidieron volver a Covent Garden para buscarse la vida. Emily llevaba unas monedas en su hatillo y alquiló una habitación para ambas, desde donde empezó a planear su futuro. Lo primero era buscar trabajo. Ella era una costurera de primera, y Molly podía ser sirvienta o cocinera. Sin embargo, pronto se dieron cuenta de que el único trabajo que les ofrecían era el de prostituta, la mejor opción para una mujer sola, joven y pobre que intentaba sobrevivir en las calles de Londres.

Al fin, Emily consiguió empleo en una tienda de telas haciendo arreglos, y aunque le pagaban una miseria les dio suficiente para cubrir un mes de pensión, mal comer y subsistir sin emplearse en una de las casas de citas de Piccadilly. No obstante, Molly comenzó a considerar seriamente tal posibilidad cuando cayó en la cuenta de que con el salario de modistilla de Emily Gardiner no llegaban a ninguna parte.

Sin que su amiga lo supiera, Molly Graham comenzó a ganar unas monedas acostándose con tipos que llegaban al puerto, casi todos extranjeros. El contacto lo hacía una vieja bruja que se llevaba la mitad del pago por el servicio, y Molly estuvo trabajando en eso tres meses, hasta que Emily la pilló y la obligó a dejarlo bajo la amenaza de que la abandonaría si no lo hacía. Eso era algo que, por supuesto, Molly no podía soportar, así que acabó dejando el negocio y resignándose a pasar hambre y penurias, pero con la dignidad intacta. Emily no podía comprender que una mujer llegara a caer tan bajo y lloró varias semanas cuando se enteró de que el dinero que Molly aportaba a la «sociedad», como ella llamaba al hecho de convivir, provenía de la prostitución.

—No me importa. La mayoría de las veces están tan borrachos que no llegan ni a tocarme —se excusó Molly cuando la tuvo delante, en plena calle, con las manos en las caderas y cara de indignación—. No te pongas así.

–¿Que no me ponga así? Me has engañado, me has mentido, te vendes por un penique y corres el riesgo de traer otro niño al mundo. ¿Cómo quieres que me ponga, Molly Graham? ¡Maldita sea!

Molly dejó a todos sus clientes salvo a uno, Winston Everhard, un guapo y listo marinero que vivía de estafar a extranjeros ricos y confiados. Everhard tanto hacía de amante ocasional de viejas ricachonas como les birlaba el dinero a sus maridos en los salones ilegales de apuestas. Era divertido, apuesto y leal, y cuando Molly comprendió que no podía pasar mucho tiempo sin meterlo en su cama, comenzó a llamarlo «mi novio», cosa que hacía hervir la sangre a Emily, aunque el tipo le hubiese caído bien desde el primer momento.

A los seis meses de sobrevivir en la calle, cosiendo y haciendo recados de todo tipo, Winston Everhard pasó a formar parte de la «sociedad». Tipo listo, descubrió de inmediato que Emily Gardiner, con la cabeza bien amueblada y esa pinta de señorita fina que tenía, era una mina de oro. Le empezó a confiar sus trucos de manos, los robos a toda velocidad en medio de Piccadilly, las estafas de corto alcance, los trapicheos ilegales a pequeña escala en el puerto, y como vio que la muchacha aprendía de prisa, comenzó su entrenamiento por las calles de Westminster, donde hurtar una cartera a un duque despistado era pan comido.

Emily se divertía robando a la gente rica. Era un desafío enorme y la adrenalina le subía por todo el torrente sanguíneo cuando se metía en faena. Se convirtió rápidamente en una experta, tanto que empezó a ser conocida en el barrio; por ese motivo, se cambió el nombre, y de la noche a la mañana se transformó en Mary Taylor, ladrona y estafadora.

Winston Everhard pasó de amante y novio de Molly, a socio y amigo. Trabajaron juntos tres años. Él vivía en la misma pensión de Charing Cross, cuidaba de ellas y era un buen tipo, inteligente y con un gran corazón. Ambos le prometieron a Molly que encontrarían a su hijo y matarían al cabrón del padre, y dotaron a su pequeña sociedad de cierta organización, cuyas reglas cumplían a rajatabla: el dinero se repartía en cuatro partes —un tercio para cada uno de ellos y una cuarta parte para gastos y un fondo común de emergencias—, nadie podía saber dónde vivían ni quiénes eran, y, en caso de peligro, debían huir sin mirar atrás, aunque eso supusiera abandonar al compañero.

Siguiendo la última regla, Emily perdió una noche a Winston en Leicester Square, en medio de una redada de Scotland Yard. Había sido de locos. La policía había aparecido de repente y en masa, y no le había quedado más remedio que adoptar su aire de señora fina y caminar entre la muchedumbre como una asustada dama en apuros. Iba vestida con ropa robada, muy elegante, y no le costó nada pasar por noble e incluso ser ayudada por un guardia a llegar sana y salva a Oxford Street.

A su amigo lo detuvieron y afortunadamente no lo ahorcaron, pero llevaba diez meses detenido en Holloway, en unas condiciones insalubres y lamentables, aunque según Molly ya había organizado varias timbas de cartas con los reclusos y los guardias, y se divertía de lo lindo aguardando el juicio, tras lo cual esperaba volver en seguida a las andadas.

Aquellos diez meses se le estaban haciendo eternos porque Winston era, además de un buen socio, muy protector. Desde el principio de su amistad él le había dejado claro que una mujer sola necesitaba saber defenderse si quería sobrevivir en Londres. Él había rescatado una navaja y un estilete de sus primeros robos, y ambos objetos se convirtieron en compañeros de viaje imprescindibles para Emily. Winston le enseñó a usarlos, al igual que a dar un puñetazo en la zona adecuada y a esquivar un golpe sin mucho esfuerzo. En definitiva, le enseñó a pelear y a protegerse con violencia si hacía falta. Pero aun así, él, con su altura y corpulencia, las protegía de forma natural. Los respetaban. No obstante, en cuanto Winston había sido detenido, gente como Rogelia Hewitt o Bob el Roble habían vislumbrado la posibilidad de hacerles daño y vengarse de su éxito y altanería, porque si por algo criticaban a Mary Taylor en las calles de Londres era por esa soberbia que parecía exhalar por los cuatro costados.

«Es fuerte y orgullosa, pero no soberbia», decían los que la conocían bien; sin embargo, su porte, su belleza deslumbrante y el verbo ágil y educado que acompañaba a sus palabras la hacían diferente y la alejaban sin quererlo de sus iguales. Ella lo sabía e intentaba moderar su lenguaje tan correcto y ese acento de Kensington con el que había crecido, pero aun así, seguía siendo distinta, y esa circunstancia le dolía a veces, sobre todo cuando la hacían a un lado y la miraban con cierta desconfianza. En ocasiones, era duro, pero había aprendido a vivir también con eso, a echarse a la espalda las críticas, como todo lo demás, mientras Molly se dedicaba a hablar a todo el mundo de lo buena persona y lo magnífica amiga que era.

—¿Cómo estás?

—¡Dios, Molly! Me he dormido un poco… me duele. —Se tocó el pecho—. Tal vez ese tipo tuviera razón y me he roto una costilla.

—No dijo romper, dijo otra cosa. —Molly se acercó y le acarició el pelo—. Ahora debemos quedarnos en casa unos días y no salir, hasta que estés completamente restablecida.

—¿Sí? ¿Y qué comemos?

—Tenemos ahorros y el fondo común.

—El fondo común es para una emergencia.

—¿Y acaso esta no es una emergencia? Estás herida, no puedes trabajar así, y yo no pienso salir sola. —Molly hizo un puchero y se acostó a su lado; era media noche y estaba muy cansada—. Si mi Winston estuviera aquí…

—Si tu Winston estuviera aquí, le habríamos dado una buena paliza a ese pelirrojo del demonio. Pero…, en fin…, mañana será otro día. Necesitamos dormir, Molly. Buenas noches.

—Buenas noches.

# Capítulo 2

—¡Mira! Es él.

—¿Quién?

Se volvió hacia Grosvenor Place de prisa, pensando que Molly hablaba de Fred el Pelirrojo. Era el primer día que salía a la calle tras siete de encierro y andaba tensa y con la navaja bien sujeta.

—El tipo que te ayudó, el médico.

—¡Ah!

Emily miró de arriba abajo a ese hombre que olía a limpio y a loción de afeitar. Solo recordaba eso de él, un aroma delicioso y una voz profunda. El tipo era joven –unos treinta años, calculó a voleo–, iba vestido de azul oscuro, llevaba un sombrero gris y tenía bigote. Caminaba con energía acompañado por otro hombre mucho mayor y sus botas –buenas, finas y hechas a medida– pisaban los charcos de lluvia con total naturalidad. Emily lo siguió un instante con los ojos y luego volvió a fijar la vista en el club de caballeros de donde una de sus víctimas más complacientes estaba a punto de salir.

—Es muy guapo y amable, cosa rara en esa gente. Su amigo quería que te dejara tirada en plena calle.

—¡Mmm!

—No tuve tiempo de darle las gracias.

—Ya está, ahí viene –la interrumpió Emily, caminando hacia aquel elegante edificio–. Lord Sloane, milord, cuánto tiempo...

August Sloane miró a la dulce muchacha con una sonrisa y le tomó los dedos para besárselos con suma educación. Para ese noble caballero, Emily era la hija de un viejo compañero de armas a la que de vez en cuando ayudaba. La historia se le había ocurrido a Winston Everhard tras una borrachera monumental con lord Sloane en un conocido prostíbulo de la ciudad, donde se puso al día de todos los detalles de su vida. Winston, que era un lince para ese tipo de negocios, les contó a Emily y Molly que lord Sloane había servido en la India y que esa era su única vida, nada más le interesaba y que echaba enormemente de menos a sus viejos camaradas, entre ellos a un tal Jonathan Witherspoon, que había muerto sirviendo a su majestad en Bombay.

Tan solo una semana después de conocer la historia, la señorita Amanda Witherspoon, encarnada magníficamente por Emily, se presentó al caballero en su club y le contó su desgraciada vida; le dijo que era la hija del coronel Witherspoon y que vivía sola en Londres sirviendo como institutriz de una familia de medio pelo que apenas le daba de comer. Lord Sloane escuchó el asunto con la respiración agitada, y cuando la chica le entregó una carta, supuestamente escrita por su padre, donde le decía que en caso de necesidad acudiera a su viejo compañero de armas, August Sloane no pudo más y se echó a llorar, profundamente conmovido.

Desde entonces, hacía más de un año, Emily acudía a él, muy de vez en cuando, para saludarlo, interesarse por su salud y recibir algún regalito del caballero. Lord Sloane no tenía hijos, y le encantaba charlar con la joven Witherspoon porque era adorable, bella y muy culta. Se la llevaba a tomar el té y pasaban una tarde diferente, eso sí, siempre acompañados por una doncella de la casa donde trabajaba Amanda, encarnada por Molly, y que no la dejaba ni a sol ni a sombra.

—Querida, ¿cómo estás? No te veo buena cara.

—Tuve un accidente, milord. Me caí de una banqueta dando la clase, y me hice daño en la cadera. Llevo siete días sin poder trabajar.

–¡Oh, bendito sea Dios! ¿Y te ha visto algún médico?

–Aún no, milord. Bueno..., yo... –Se sonrojó y bajó los ojos, turbada–. Mis jefes se negaron a llamar al médico y yo no dispongo de medios; ya sabe, milord. Por esa razón...

–No se hable más. Vas a ir inmediatamente a ver a un doctor, al mejor; yo me ocuparé de la factura. Wilkes, eso es... –Sloane se paró en seco y miró al cielo–. Sí, Wilkes es mi médico. Está en Baker Street. Puedes ir y ya le pagaré más adelante.

–Lo cierto es que conozco a otro doctor que ya me ha tratado antes. Está cerca de mi casa y es barato.

–No hay que escatimar en gastos.

–Lo sé, milord, pero prefiero ir al que ya conozco –dijo, y levantó los ojos negros y lo miró con firmeza.

Lord Sloane dudó un segundo y luego accedió encantado. Se metió la mano en la chaqueta y le dio dos billetes.

–¿Con esto será suficiente, querida?

–Absolutamente, milord. No sé cómo agradecérselo.

–Pues cuidándote, poniéndote bien y viniendo a verme todas las semanas.

Una hora después, caminaban hacia Charing Cross con el dinero a buen recaudo. Emily jamás aceptaba demasiado de aquel caballero, porque en el fondo lord Sloane le daba lástima. Así pues, no era mucho lo que le había dado, pero suficiente para comer al menos una semana más. Tal vez diez días. Llegaron del brazo a Piccadilly Circus y, antes de girar hacia el mercado, ese tipo, el médico, apareció nuevamente en su campo visual. Molly le apretó el codo para que lo mirara, y Emily se quedó quieta viendo cómo él atendía a un chico que chillaba desesperado en el suelo. El médico, muy sereno, le estaba tocando el brazo con sumo cuidado; con un movimiento rápido lo enderezó y tiró de él, lo que provocó un último grito del niño, que después se calló de golpe. La madre del pequeño, una de las floristas de la zona, miró al doctor con agradecimiento y él acabó el trabajo aplicándole un vendaje muy fuerte. Luego, se puso de pie y siguió su camino como si tal cosa.

—¿Qué hace? ¿Atiende a la gente por las calles?

—No —susurró alguien a su espalda.

Emily y Molly se volvieron para oír mejor a Pearl Smith, una castañera muy vieja que pululaba por Piccadilly desde que había nacido.

—Es lord Connaught, hijo del duque de Stevenage. Ha vuelto de las colonias y quiere abrir una consulta en el barrio, para todos nosotros.

—¿Nosotros?

Molly soltó una carcajada, y Emily siguió con los ojos al apuesto caballero.

—Para los pobres. Tiene ya una consulta en la zona rica, pero quiere ayudar a los pobres, o eso dice.

—¿Quién te lo ha dicho, Pearl? —preguntó Emily.

—El reverendo Blackbourn. Le ha ayudado a encontrar un despacho y al parecer quiere ganarse la confianza de la gente con estas cosas, como enderezar el brazo roto de Matthew Green. Miradlo, ya lo tiene arreglado... —Las tres miraron al niño, que corría por la plaza con el brazo vendado—. Si no se lo arregla, se le queda torcido para siempre.

—Bueno, ya veremos —susurró Emily con esa desconfianza habitual. No creía en la buena fe de los ricos y, por norma, los odiaba a todos.

—A Mary le salvó la vida la otra noche —comentó Molly—. El maldito Fred Carpenter le dio un golpe en el pecho y perdió el sentido. Ese hombre, lord Connaught, fue el único que nos auxilió.

—Pues que Dios lo guarde. Debo irme, chicas.

—Adiós, Pearl.

—¡Ah!, una cosa... —La anciana las llamó de nuevo, y ellas se acercaron, atentas—. Cuidado con los Carpenter; el viejo tiene los ojos puestos en ti, muchacha. —Puso un dedo en el escote de Emily—. Te quiere en su cama, y si pretendes que os deje vivir en paz, métete en el catre con él y dale gusto. Es solo un consejo...

Las dos se quedaron mudas. Emily levantó el mentón y se alejó caminando con la espalda recta y la mano de Molly bien sujeta. Sabía que lo que Pearl Smith acababa de decir era una buena solución para muchas mujeres de la zona; la vieja no tenía ninguna mala intención, pero ella no se acostaba con nadie, y menos aún con Bob el Roble, que era un viejo verde asqueroso al que no podía siquiera dirigirle la palabra.

—¿Qué vamos a hacer, Emily?

—No me llames así.

—Es igual. ¿Qué quieres hacer?

Molly se detuvo y buscó los ojos oscuros de Emily, tan oscuros que a veces parecían escudriñar hasta el fondo del alma.

—Compraremos víveres, subiremos a casa y ya veremos. Molly, no te asustes; no demuestres miedo.

Como cada domingo madrugaron para ir a misa. Era el único día de la semana en que Emily Gardiner podía ver a su madre a lo lejos; porque ella no le dirigía la palabra, pero al menos podía comprobar qué tal seguía. Desde que se había marchado de la casa de lord Shafterbury, hacía cuatro años, las relaciones entre madre e hija se habían ido deteriorando a pasos agigantados. Al principio, Katie Gardiner, destrozada por la culpa, enviaba a Emily algunas monedas con una de las criadas de la casa y charlaba con ella en la iglesia; pero en cuanto le llegaron rumores malintencionados sobre la vida disoluta que Emily supuestamente llevaba en Covent Garden, dejó de preocuparse por ella y le retiró la palabra de manera definitiva.

Un buen día no le habló más, y aunque Emily quiso explicarle cientos de veces sus negocios y sus esfuerzos por vivir decentemente en la ciudad, su madre no quiso oírla. Desde hacía al menos dos años, Emily se conformaba con verla a lo lejos en Saint Margaret, la única iglesia católica a la que podía asistir su madre los domingos por la mañana.

En eso se había transformado su relación, en espiarla

mientras rezaba de rodillas o tomaba la comunión. Se trataba de un asunto lamentable a ojos de la propia Emily, aunque no pudiera evitar ir allí cada domingo con la esperanza, inútil, de recuperar el cariño de su madre. Ella jamás confesaba en público esos sentimientos, ni siquiera a Molly, porque se avergonzaba de su propia debilidad; pero no faltaba a su cita en Saint Margaret y se pasaba la misa entera con los ojos pegados en la espalda de su madre, que cada día parecía más desmejorada.

—¿Qué tiene?

Emily agarró a Prudence White del brazo en el mercado, tras la misa. La señora White era la gobernanta de los Shafterbury y conocía a Katie Gardiner desde que había llegado a Londres hacía veintidós años.

—¿Quién? Muchacha del demonio, qué susto me has dado.

—Mi madre. Hace un mes que la veo empeorar. Está más delgada.

—Está cansada, mujer; los años pesan.

—Solo tiene treinta y cuatro años, señora White. Mi madre debe de estar enferma, muy enferma —dijo, y suspiró mirando al cielo.

Ese domingo casi había perdido el aliento al ver la cara demacrada de Katie. Hacía semanas que se arrodillaba con dificultad delante del altar y le costaba verdaderos esfuerzos ponerse de pie, pero esa mañana su aspecto daba miedo.

—Si la siguen matando a trabajar...

—¿Matando a trabajar? Tu madre cose y borda, muchacha. Ya quisiera yo verla de rodillas limpiando las escaleras de mármol.

—Trabaja dieciséis horas diarias, si no más, y apenas tiene ayuda. Sé que Elsy se fue hace dos semanas.

—Aún le queda ayuda, y déjame en paz; tengo cosas que hacer.

—Tiene que verla un médico. Yo lo pagaré. —Cuadró los hombros y la miró fijamente.

–Lady Shafterbury se ocupa de la salud de su gente, Emily Gardiner. Si tu madre necesita que la vea un doctor se lo pediremos a ella; no te preocupes.

–No creo que haga nada. Esa mujer es egoísta y malvada.

–¡Calla, mal agradecida! Si no hubiese sido por esa mujer, tú y tu madre habríais muerto en cualquier cuneta hace tiempo, y ahora, te lo digo en serio, déjame en paz, tengo muchos recados por hacer.

Prudence White le dio la espalda, y Emily se quedó quieta, observándola con gran impotencia. Ella no era idiota y sabía que su madre no estaba bien y que necesitaba descanso y un médico, pero no podía hacer demasiado, salvo seguir vigilándola y en el caso de que empeorara, intervenir por la fuerza. Al fin y al cabo, ella era su hija y algún derecho debía tener a opinar.

Suspiró y se volvió hacia Molly en el momento exacto en que Fred el Pelirrojo sujetaba a su amiga por el cuello. Molly, bastante más rolliza y torpe que Emily, no pudo moverse, y mucho menos correr. Levantó los ojos azules, desesperada, y trató de escabullirse, pero ese pelirrojo del demonio le dio un codazo en las costillas que la dejó sin aliento. Emily caminó hacia ellos, sacó la navaja del bolsillo de la falda y encaró al mocoso engreído sin mover un solo músculo de la cara.

–Suéltala, desgraciado, o te rajo ahora mismo.

–¿Quién?, ¿tú?

Fred Carpenter sonrió y tiró de Molly hacia el callejón. A Emily no le quedó más remedio que salir detrás de él.

–¡Déjala!

–Vale, vale, majestad, la dejo, pero tú te vienes conmigo. Hay alguien que quiere saludarte.

–Muy bien. Vamos, pues.

–¡No, no vayas!

Molly trató de interceptarla, pero Emily la agarró del hombro y la miró con dureza a los ojos.

–Vuelve a casa y espera ahí; ahora voy. No tengas miedo y espérame. Vete, Molly, ¡vete ya! —le gritó, y la muchacha salió a trompicones hacia Charing Cross.

Emily Gardiner irguió los hombros, se sujetó la capa y empezó a caminar con Fred el Pelirrojo pegado a su espalda y sin emitir señal alguna de miedo, aunque el corazón parecía que se le iba a salir del pecho. Caminó a buen ritmo hacia Leicester Square, hasta que el muchacho la empujó e hizo que se perdiera por unos callejones que no le sonaban de nada. Luego, casi quince minutos después, volvió a conducirla hacia Covent Garden, y así durante un rato, con la única intención de inquietarla y desorientarla.

—Ya está, majestad. Entra ahí.

Otro empujón, y Emily se encontró en medio de un patio interior lleno de cajas, suciedad y con los muros cubiertos de hollín. Levantó los ojos hacia los edificios que lo rodeaban y notó que no volaba ni una mosca. Tragó saliva, y entonces la mano de alguien le tocó la cadera. Se revolvió, indignada, y le pegó una soberana patada en la entrepierna.

—¡Maldita sea, hija del demonio!

Bob el Roble en persona comenzó a blasfemar dando saltitos a causa del dolor. Acto seguido, una mujer muy desagradable se acercó a ella y la empujó contra la pared.

—Dame todo lo que tengas. —Le metió la mano dentro de la capa y le quitó la navaja para tirarla al suelo. Luego la miró a la cara y habló hacia Bob Carpenter, que parecía recuperarse poco a poco—: Es guapa; sacaré mucho por ella.

—Mira, Mary Taylor, no te mato porque vales más viva, pero ya me tienes harto. Se acabó tu reinado por mis calles, guapita. A partir de ahora me obedecerás, ¿me oyes?, o la putita de tu amiga Molly morirá de una manera bastante desagradable.

—Nosotras no te perjudicamos en nada.

—¿Cómo que no? —Se acercó y la sujetó por el mentón—. Me desafías, me quitas mis piezas de caza y te estás enriqueciendo a mi costa.

—Eso no es verdad.

—¡Calla! —Le dio un bofetón que la estampó contra la pared—. Estas calles son mías, Londres es mío y trabajaréis para mí, o mataré primero a esa zorra pelirroja que vive contigo y después seguiré con tu madre y con quien haga falta.

—No te tengo miedo.

Con la boca llena de sangre lo escupió, pero Bob el Roble ni se inmutó. El hombre estiró la mano y la agarró por la nuca para hablarle pegado a la cara.

—¿Ah, no? Te voy a enseñar quién manda aquí.

Emily empezó a retorcerse, pero no pudo hacer nada cuando aquella mujer, que era una conocida madame de la zona, le tiró de los codos hacia atrás y la inmovilizó. Entonces, ese tipo inmundo y sin dientes le abrió la capa y tiró de las cintas de su corpiño a la vez que evitaba sus patadas. De repente, parte de sus pechos quedó al descubierto, y Bob Carpenter se sorprendió tanto de la belleza que tenía delante que dudó el tiempo suficiente para que ella pudiera alcanzarlo con otro certero puntapié. Con el impulso empujó con todas sus fuerzas hacia atrás y aplastó a la mujer contra la pared. Esta la soltó, y ella se recompuso y agarró la navaja del suelo.

—Te voy a capar, viejo verde asqueroso —susurró caminando hacia Bob el Roble.

—Ya has perdido tu oportunidad, Mary Taylor. ¡Ahora te voy a matar! —chilló—. Te voy a matar. ¡Rick! ¡Fred! ¡Maldita sea!

En un segundo aparecieron cuatro chicos jóvenes para rodearla. Todos le eran conocidos; todos trabajaban como matones para Bob Carpenter y sabían lo que hacían. Con sus sonrisas de degenerados comenzaron a cercarla, y ella pensó en que la única salida que le quedaba era clavarse la navaja a sí misma en el cuello. Miró al cielo y pidió ayuda a Dios; respiró hondo y levantó el cuchillo a tiempo de oír una voz oscura y muy conocida a su espalda. Todos se volvieron en esa dirección y a Emily se le llenaron los ojos de lágrimas al ver a Winston Everhard entrando en aquel patio.

—¿Vas a matar a una de mis chicas, Bob?

—¿Qué haces aquí? ¿Te has escapado de la cárcel, Everhard?

—Me han soltado por buena conducta. Mary —dijo mirando a su amiga, que estaba con el vestido roto y cara de pánico en medio de esos indeseables—, ¿estás bien, querida? Ven aquí.

—¡No! ¿Adónde vas? Esta chica es mía. Pienso aprovecharla hasta que ya no me queden fuerzas, y, entonces, pasará a mis chicos, ¿qué te parece?

—Que eres un imprudente, Bob; siempre lo has sido.

Antes de terminar la frase, Winston, que era alto como un castillo, caminó hacia Carpenter y le pegó con las dos manos en los oídos. Este cayó al suelo, inconsciente. Sin que sus esbirros pudieran hacer nada por evitarlo, levantó los ojos hacia ellos y se movió con una calma que helaba la sangre. Emily agarró la navaja con fuerza y la incrustó en la pierna del que tenía más cerca; luego se volvió y abofeteó a la mujer que la había retenido mientras oía los gritos de la pelea desigual a su espalda. Se dio la vuelta respirando con calma y esperó para ayudar, aunque, antes de que pudiera hacer nada, Winston ya había dislocado algún hombro y había roto alguna costilla sin la ayuda de nadie. En diez minutos estaban los cinco hombres en el suelo. Miró a su amiga, le ofreció la mano y salieron caminando con tranquilidad hacia Covent Garden, sin correr, aunque a Emily un sudor frío le empapaba toda la espalda.

—¡Winston, bendito sea Dios! —Llegados a Charing Cross, se lanzó a sus brazos—. Me has salvado la vida.

—Te estabas defendiendo bastante bien para ser seis contra una.

—¿Y cómo es que has salido de la cárcel? ¿Has visto a Molly? ¿Cómo supiste que estaba...?

—Ya hablaremos. Ella fue la que me dijo que te habían llevado a territorio del Roble. No fue difícil encontrarte. Y ahora, subamos; quiero un té y abrazar a mi guapa novia.

En la habitación, más tranquilos y a salvo, Winston Everhard les contó con detalle cómo el alcaide de la prisión le había dejado salir el domingo por caridad cristiana. Llevaba demasiados meses sin juicio, nadie tenía constancia de su retención en aquel sitio y el tipo, que era un jugador pésimo de cartas al que le había enseñado todos sus trucos de tahúr, se había apiadado de él y lo había dejado en libertad. Un milagro que además había ayudado a salvar la vida de Emily. Brindaron por ello con el ron que Molly guardaba desde hacía meses para su bienvenida, y cuando cayó la tarde ya se sentían mejor, mucho más optimistas y con un montón de planes de futuro.

—No nos queda dinero del fondo, Winston —le contó Emily—. Tuvimos que usarlo cuando no pudimos trabajar.

—Nos recuperaremos. ¿Ya has encontrado un local para tu taller? —le preguntó sonriendo con sus pícaros ojos marrones.

El gran sueño de Emily Gardiner era poner una tienda de modas en un buen barrio, hacer arreglos, coser y bordar a buen precio, con la ayuda de su madre, y convertirse en una empresaria independiente.

—Desde que te detuvieron no he pensado en ello.

—Habrá que volver a pensarlo, pues —opinó él, dando una palmadita en el redondeado trasero de Molly, que lo miraba embobada desde que había aparecido ese mediodía por sorpresa—. Y tú, querida, ¿me has echado mucho de menos?

Esa noche Emily se acostó en el suelo, encima de una esterilla, lo más lejos posible de la cama. Era algo difícil en una habitación tan minúscula, pero intentaba que la pareja tuviera un poco de intimidad. Molly colgó una vieja cortina para partir en dos el cuarto y a Emily no le quedó más remedio que cerrar los ojos y taparse los oídos para no oír los suspiros y los quejidos de la pareja mientras hacían el amor. Ella sabía lo que era eso. Aunque era virgen y huía de los hombres como de la peste, había tenido que aprender ciertas cosas a fuerza de compartir su vida con Molly y Winston, y no dejaba de sentirse incómoda ante tanta pasión.

A media noche seguían amándose y ella empezó a fantasear con la idea de buscar un hombre –un carnicero, un pescadero o un carpintero–, hacerse su novia y planear una vida juntos. ¿Por qué no? No iba a estar siempre sola y odiando a los hombres. A ella le gustaban los niños y tener una familia propia era algo que deseaba conseguir. En sus circunstancias, no obstante, era complicado, por lo que volvió a cerrar los ojos y pensó en bordados: punto de cruz, punto de bastilla, a canutillo, de cadeneta, de Palestrina, y así hasta que se quedó dormida.

# Capítulo 3

George Connaught, segundo de los cinco hijos del poderoso duque de Stevenage, entornó los ojos claros y observó con algo de congoja el edificio donde se encontraba su nueva consulta. Tragó saliva y subió los seis escalones que lo separaban de la calle con decisión. Abrió la puerta, y la señora Adams, la casera, salió a su encuentro con una enorme sonrisa.

–¡Milord!

–Doctor, doctor Connaught, por favor, señora Adams.

–Claro, doctor, pero pase, pase.

La mujer lo siguió escalera arriba y se adelantó a tiempo para abrir la puerta del piso que acababa de limpiar a conciencia. El apuesto lord Connaught había hecho llegar hacía dos días sus cosas –libros y artilugios médicos–, y ella los había colocado en los armarios siguiendo sus instrucciones. Lo miró de reojo y no vio ninguna expresión en su cara.

–¿Le parece bien?

–Sí, gracias.

Caminó, sacándose el sombrero empapado por la lluvia, y se asomó a la ventana. Lo que tenía delante era Cannon Street, muy cerca de la catedral de San Pablo, y siguió con los ojos los carruajes y el denso tránsito de peatones por la zona.

–Muchas gracias, señora Adams. Mi mayordomo traerá una placa para el portal.

Espero que le ayude a colocarla.

–Por supuesto, milord..., doctor –se corrigió de inmediato–. Es un honor tenerlo en nuestra casa.

Lord Connaught se sacó el abrigo y se concentró en sus libros, dando la espalda a la casera. No lo hizo por ser maleducado, sino por simple despiste, aunque ella lo tomó como una invitación para dejarlo solo, así que salió en silencio y cerró la puerta con sumo cuidado.

—¡Dios bendito! —susurró viendo el desorden de los volúmenes.

Recolocó los libros con cuidado y luego abrió su maletín y revisó el interior para comprobar que llevaba todo lo necesario.

—¡Georgie!

El gritito lo hizo saltar. Se trataba de su hermana Amanda, que entró sin llamar. La miró ceñudo.

—Me ha traído Jonathan; no te enfades.

—¿Sabe mamá que estás aquí?

—No. Cree que voy a tomar el té con Victoria Applewhite.

—Fabuloso —respondió, siguiendo con su tarea.

—¿Adónde vas ahora?

—A dar una vuelta por el barrio.

—Sigo pensando que esto es deprimente. —Amanda levantó la falda de su elegante vestido para recorrer la enorme estancia con cara de desconfianza—. No sabes ni quién subirá hasta aquí; puede ser peligroso. Mamá dice que corres muchos riesgos estúpidos trabajando en este barrio.

—En la India los corría a diario y a nadie parecía importarle.

—George, no seas siempre tan desagradable.

—Vale. ¿Te vas o te quedas? Yo debo irme.

—¿Adónde? No te vayas. He venido a buscarte para que me acompañes a casa de los Applewhite. Nos esperan a los dos para la hora del té.

—Yo jamás he aceptado esa invitación. —Cerró las cortinas y revisó que la chimenea estuviera apagada—. Tengo trabajo.

—¿Captando pacientes muertos de hambre?

—Eso no es asunto tuyo. —Se puso el abrigo y agarró el

sombrero–. Si quieres quedarte hazlo, pero cierra bien al salir.

–¡George! No me dejes sola. –Salió detrás de su hermano a la carrera–. ¿En serio no te vienes a Belgravia?

–No. ¡Jonathan! –Cuando llegó a la salida vio a su mayordomo clavando en la puerta una placa metálica donde rezaba: *Doctor George Connaught, médico cirujano*–. Estupendo. Muchas gracias.

–De nada, milord. ¿Quiere que lo acerque a algún sitio? El carruaje está a una manzana de aquí.

–No, viejo amigo, me voy a dar una vuelta, adiós. Adiós, Amanda, y cierra la boca.

George giró hacia el este a buen ritmo, dejando a su hermana pequeña con la boca abierta al pie de la escalera. Ella, que era mimosa y caprichosa, solía conseguirlo todo de todo el mundo, excepto de George, y se puso a refunfuñar al ver que no la acompañaba a casa de su amiga Victoria. Miró a Jonathan y le hizo un gesto para que fuera en busca del carruaje, gesto que el mayordomo obedeció con una media sonrisa.

La aventura, a ojos de sus padres, de instalar una consulta médica en esa zona de Londres era una gran imprudencia, únicamente por ser exmilitar condecorado e hijo de una de las grandes familias de Inglaterra. Sin embargo, para George Connaught el proyecto estaba claro desde los tiempos en que estudiaba medicina en Cambridge. Por aquel entonces, su profesor de patología, lord Wolfson, solía organizar con sus alumnos visitas a las zonas más pobres y deprimidas de la capital para dar algo de consuelo a las miles de personas que se hacinaban en el East End londinense. Era tanta gente que la Corona calculaba que había casi un millón de almas subsistiendo en la mayor de las carencias.

A George Connaught aquellas primeras visitas le marcaron la vida para siempre, y jamás se había sentido más médico que curando a los niños malnutridos, a los hombres pobres y desgraciados con los huesos rotos o a las mujeres parturientas al borde de la muerte que vivían en aquel barrio. En 1878, cuando él llevaba un año en la Facultad de Medicina de Cambridge, se fundó el Ejército de Salvación para afrontar la miseria, y George, junto a dos de sus mejores compañeros, colaboró de forma desinteresada, hasta que, acabada la carrera en 1883, su padre lo obligó a entrar en el ejército y servir a su majestad en ultramar. Solo tenía veintitrés años y no le quedó más remedio que obedecer y embarcarse rumbo a la India con el grado de capitán del ejército de tierra, una labor que cumplió a rajatabla durante los siete largos años en los que vio mundo, pasó un calor infernal, entró en combate y conoció a hombres que se convirtieron en su verdadera familia.

Pero en la India no solo luchó y defendió los intereses de la reina Victoria espada y fusil en mano, también ejerció de oficial médico y adquirió tanta experiencia en el arte de la cirugía y sus secretos que cuando regresó a Londres el treinta de septiembre de 1890 era capaz de amputar un brazo con los ojos vendados y sacar un apéndice con una mano atada a la espalda. Además sabía combatir la malaria, una indigestión y asistir partos por muy difíciles que se presentaran, y tenía una intuición fantástica para los diagnósticos más complicados. Se podía considerar a sí mismo un buen médico y esa era precisamente la profesión que pretendía seguir ejerciendo en su ciudad natal, aunque sus padres se empeñaran en que descansara, se relacionara, coqueteara con la política y se convirtiera en lo que realmente era: un noble escandalosamente rico. Sin embargo, resultaba un empeño del todo inútil para un George Connaught que a sus treinta años era imposible de gobernar.

Así pues, con alguna condecoración y mucha experiencia a la espalda, comenzó a buscar una consulta para tratar a sus pacientes, y a los tres meses de su regreso de la India, ya contaba con una muy elegante en Mayfair y una segunda, que dependería de los ingresos de la primera, recién alquilada en Cannon Street. Para él esta última representaba su gran proyecto personal, porque pretendía ejercer en ella de forma gratuita para los indigentes y la gente más humilde del East End. Se trataba de una tarea complicadísima, porque esas gentes no confiaban en los médicos, y mucho menos si eran ricos y nobles, así que el primer paso que había dado era conocer sus calles, pasearse por el centro, por Liverpool Street, Aldgate o Bishopgate, saludando a la gente, presentándose y ayudando en algún caso que requiriera asistencia médica inmediata, una pequeña aventura que estaba dando sus frutos, aunque aún le quedaba mucho por hacer.

Sabía que su mayor trabajo sería conseguir ganarse esa confianza de sus conciudadanos, pero tenía paciencia y contaba con la ayuda de algunos miembros de la iglesia, como el reverendo Blackbourn, de Covent Garden; y el padre Sean Connelly, de Aldgate, que intentaban acercarlo a sus respectivos feligreses con bastante disposición.

George iba poco a poco y estaba invirtiendo mucho dinero y energía en el proyecto, aunque sus seres queridos más allegados no le prestaran la más mínima atención y muchísimo menos su apoyo.

En realidad, su padre, Daniel Connaught, duque de Stevenage, lo había presionado para regresar a Inglaterra porque su primogénito, Charles, era un alcohólico y un drogadicto, jugador y pendenciero, que llevaba tiempo avergonzando a la familia y dilapidando su fortuna. Charles, que era dos años mayor que George, estaba casado desde los veinte y tenía tres hijas, de once, nueve y siete años, a las que no veía y a las que mantenía confinadas en Kent junto a su madre, una espectacular belleza de la corte en otra época, que no salía de una profunda depresión desde el nacimiento de su última hija. Charles, heredero del título y las riquezas de la familia, era un degenerado sin remedio, y su padre, aún en plenas facultades mentales, estaba dispuesto a desheredarlo y pasar el título de duque de Stevenage, y todos sus derechos, al siguiente beneficiario, su brillante y admirado hijo médico y militar, que sin embargo contemplaba los asuntos hereditarios con una imperdonable indiferencia.

Por supuesto, George no se negó a las intenciones de su padre, más aún después de tener una charla larga y muy reveladora con su hermano mayor, que a sus ojos estaba al borde de una grave enfermedad de hígado, si no de una muerte inminente, y se prestó a cumplir con su deber; eso sí, sin dejar de lado su vocación como médico, sus pacientes y su sueño de dar un poco de asistencia sanitaria a los más desfavorecidos. Daniel Connaught lo miró con los ojos entornados un largo rato tras escuchar sus argumentos, y al final, suspirando, accedió a que hiciera lo que le viniera en gana mientras se comprometiera a que, llegado el momento, se hiciera cargo del título y de todo lo que ello conllevaba. George le dio su palabra de honor, y desde entonces, apenas habían hablado del tema. El duque oía las quejas de su mujer respecto a la carrera loca de su segundo hijo por las peligrosas calles del East End con mirada beatífica y sin emitir comentario alguno. Al duque de Stevenage no le molestaba la vocación social de George; muy al contrario, lo admiraba y no pretendía cortarle las alas. Sin embargo no le prestaba demasiada atención, y mucho menos ayuda, porque en el fondo de su corazón sabía, y temía, que George acabaría fracasando en su empresa, por mucho talento y energía que pusiera en ella.

—¿Qué ha pasado?

George se abrió paso entre un mar de gente y vio a un hombre joven con la clavícula completamente dislocada tendido en el suelo. Estaban en la esquina de Strand con Fetter Lane y acababa de atropellarlo una calesa que, por supuesto, se había dado a la fuga sin auxiliar al herido. Se agachó, dejó el maletín a su lado y se sacó los guantes para tocar la articulación distendida.

—Tranquilo, soy médico. ¿Cómo te llamas?

—Peter... ¡Dios bendito!, deme un trago para el dolor, doctor.

—No tengo nada de eso, pero pondremos en su sitio el

hombro. Quédate quieto y déjame hacer, ¿de acuerdo? ¿No le vas a tener miedo a un poco de dolor, verdad?

—No, señor. Estuve en la Marina, doctor.

—Un marinero. ¡Qué interesante! Muy bien, incorpórate y respira hondo.

Mucha gente lo rodeaba, aunque él apenas se daba cuenta. Desde que era un crío era capaz de concentrarse en una tarea y perder la noción del tiempo y el espacio incluso en el caso de que dispararan un cañón al lado. Durante su estancia en la India esa capacidad de ensimismamiento había sido muy útil para operar en medio de la carga enemiga o de los gritos de los demás heridos. Respiró hondo y siguió tocando con suma delicadeza al paciente mientras a muy pocos pasos a su espalda una Emily Gardiner disfrazada de señorita y con Molly del brazo seguía la maniobra con la boca abierta. Estaba hechizada con la forma en que ese hombre se desenvolvía con Peter Hill, un carnicero de la zona; cómo le hablaba, sonreía y le tocaba el hombro con esos dedos largos y expertos que parecían conocer todos los secretos del cuerpo humano. Ladeó la cabeza para ver mejor su perfil recortado por debajo del sombrero, y de repente, con el rabillo del ojo, localizó a Dave Smith, uno de los críos que robaban para Bob el Roble, acercándose con sigilo al maletín del médico, que permanecía en el suelo. Se apartó de Molly, caminó con seguridad y agarró al chiquillo por el cuello.

—No te atrevas, Dave, no des un paso más —le susurró con la espalda del doctor rozándole la falda del vestido, mientras el chico levantaba los ojos y la miraba desafiante—. A él no.

—¿Es tu novio acaso?

—Calla y lárgate de aquí.

Emily empujó al muchacho con fuerza y lo sacó del círculo de curiosos. Luego se puso cerca del maletín para vigilarlo a conciencia.

—Ya está. Voy a contar hasta tres y lo arreglamos, ¿de acuerdo?

El herido asintió. El médico empezó a contar y, antes de llegar a tres, tiró del brazo de Peter Hill y lo sorprendió con una sacudida dolorosísima que le colocó la clavícula en su sitio de forma instantánea. La gente aplaudió, y George Connaught buscó en su maletín unas vendas con las que inmovilizó el hombro. Después lo ayudó a ponerse de pie y pidió a alguien que lo acompañara a casa. Ni siquiera sospechaba que habían estado a punto de robarle, pero eso a Emily no le importó; se limitó a apartarse con discreción y a desaparecer en medio de la multitud cuando comprobó que el médico sujetaba nuevamente la maletita en sus manos.

—Eso, tú dale más pretextos a Bob el Roble para querer matarnos.

—No podía dejar que le robaran.

—No es asunto tuyo, que yo sepa.

—Ese hombre está ayudándonos a nosotros, la escoria mal oliente del centro de Londres; deberíamos estar agradecidos y no andar robándole sus cosas.

—¿En serio? —Molly soltó una carcajada y miró la preciosa cara de su amiga con curiosidad—. Es un rico de Mayfair por lo menos, pensé que tú misma querrías expoliar sus bonitas cosas...

—No soy un monstruo, Molly. ¡Por el amor de Dios, ese hombre es médico!, aquí la gente enferma y se muere sin ayuda de nadie. Es el único que se molesta en hacer algo. Se merece nuestro respeto y haré lo que esté en mi mano para que así sea, ¿vale?

—Vale, vale; lo que tú quieras —suspiró—, como siempre...

# Capítulo 4

Miró la jarra de latón, y el vapor del té humeante saliendo por la boca del recipiente le trajo un montón de recuerdos: a lady Rose Shafterbury abriendo la caja de madera donde guardaba el té, con la llavecita dorada que llevaba colgada en el pecho y sacando su valioso tesoro con las manos enguantadas; a los niños de la casa comiendo bocadillos y pastas a las cinco de la tarde en la salita de su madre; a las cocineras horneando unos enormes bizcochos para recibir a los invitados de la tarde, y a ella de pie en un rincón, esperando a que alguien le diera permiso para coger los restos o para probar un trocito minúsculo de pastel que siempre debía comerse a escondidas en el desván. Los ojos se le llenaron de lágrimas, estiró la mano, sujetó el tazón y saboreó el delicioso té indio que esa tarde Winston les había llevado de regalo.

Desde que tenía uso de razón siempre había tenido que esperar el permiso de alguien para comer, beber, jugar o dormir, y tenía esa maldita costumbre tan arraigada que a veces se pillaba esperando la autorización de Molly para empezar a tomar la sopa o para coger un trozo de pan de la mesa. Era una actitud estúpida y lamentable, y maldijo una vez más a los Shafterbury, que sistemática y continuamente le habían recordado el lugar que le correspondía en el mundo, sin que pudiera hacer nada por evitarlo. Nada, salvo irse de la casa y empezar de cero, algo que no se le había dado del todo mal.

—¿En qué piensas, duquesita? —Winston Everhard, que siempre la llamaba así por ese porte tan distinguido que tenía, se sentó enfrente y buscó sus ojos negros–. No te pongas triste.

–No estoy triste; al contrario, estoy disfrutando de mi delicioso té.

–Una buena adquisición, así es. Tú siempre sabes apreciar las cosas buenas.

–Gracias, milord.

Apoyó la espalda en el respaldo de la butaca y miró a su amigo con una sonrisa. Él acababa de llegar de una larga timba de cartas que lo había mantenido ocupado durante casi tres días. Estaba agotado pero feliz, y lo mejor era que traía un suculento botín que les permitiría respirar en paz durante unas semanas. Emily miró sus largas piernas estiradas, su camisa azul desgastada pero limpia y su cara de buena persona, con esos ojos tan chispeantes que siempre conseguían arrancarle una sonrisa. Ella quería a Winston Everhard como a un hermano, pero muchas veces se preguntaba si podría encontrar un hombre como él para enamorarse y tener un hogar.

–¿Quién es el matasanos que se pasea por ahí como buen samaritano?

–No lo sé –respondió Emily, observando a Molly mientras se sentaba en el regazo de su novio.

–Un lord no sé qué –intervino Molly–. Su padre es duque y él tiene consulta en el barrio caro, pero abrió una en Cannon Street hace dos semanas.

–Interesante.

–Emily se ha empeñado en protegerlo.

–¿Ah, sí?

–Pero ¿qué dices? –Se sonrojó muy a su pesar y fijó la vista en la ventana–. Solo se trata de ser justos. El hombre viene aquí para ayudar y no me parece bien que intenten robarle, o algo peor.

–Lo justo, así es –opinó Winston sin pasar por alto la turbación de la siempre fría Emily Gardiner–. Iré a verlo un día de estos por mi dolor de pecho. Cada vez se repite con más frecuencia.

—¡Dios mío!, ¿en serio? —Molly se puso de pie, asustada, y le tocó la frente—. Mi padre murió del corazón.

—Tengo treinta y un años, mi vida. Espero llegar a la edad de tu padre todavía; no te preocupes.

—Podrías visitar al doctor esta semana. Es gratis.

—Puedo pagarle y, ahora, no se hable más. Os quería comentar un asunto más divertido que ese: he hablado con Bob el Roble.

—¿Cuándo? —Emily se puso tensa y lo miró a los ojos—. ¿Por qué?

—Anoche, en la timba. Apareció y hablamos como dos caballeros. No pongas esa cara de duda, duquesita. Escucha, y luego opinas, ¿vale? —Emily asintió—. Le dije abiertamente que nosotros seguiremos por Covent Garden, Piccadilly y la zona que se nos venga en gana, pero haciendo trabajos grandes, importantes, ya sabéis... —bufó—, cosa fina y sin violencia, y que lo demás se lo cedíamos a él, si me deja en paz, porque como vuelva a atacarnos a uno de nosotros, no tendré piedad.

—¿Y aceptó?

—Sí, bueno, no aceptó, pero se calló, y el que calla otorga.

—Yo no me fío de ese indeseable. —Emily se puso de pie y trató de ajustar la ventana por donde se colaba el viento helado—. Si se ha callado es porque no te va a hacer caso. Él tiene un pequeño ejército de delincuentes, y nosotros solo somos tres.

—Y yo no ayudo demasiado —susurró Molly.

—Me tiene miedo y le he dado a entender que en la cárcel he hecho amigos, muchos y peligrosos, y que más le vale tener cuidado conmigo. Siempre me ha temido y después de nuestra charla, más. Créeme, debemos esperar y ver qué sucede.

—Pues yo he estado pensando en dejar las carteras y las pequeñas joyas. Deberíamos dar un giro, no sé; somos demasiado inteligentes para continuar como rateros de poca monta por el centro.

—¿Y qué propones?

—Estafas, timar a los peces gordos, engañar a la gente realmente rica, vender aire por dinero, encontrar un medio... Sé que podemos hacerlo.

—Continúa.

—El otro día hablé con Susan Robinson, la madame de Oxford Street, y me contó algo muy interesante... —Winston la animó a seguir, y ella se sirvió más té–. Me dijo que una de sus chicas había chantajeado a un miembro de la Cámara de los Lores, a un barón o algo así. La muchacha venía dándole servicio desde hacía un año, desde que tenía catorce, y una buena mañana se presentó en su casa de Belgravia para hablar con la mujer del tipo; ella no le dijo nada, solo le pidió una limosna para un convento de carmelitas, pero el caballero en cuestión al verla casi se muere de terror y le ofreció todo lo que tenía con tal de que lo dejara en paz y no se acercara más a su esposa. La chica le pidió una jugosa suma y desapareció para siempre.

—¿Y pretendes acostarte con nobles para chantajearlos? —preguntó Molly con cara de tonta.

—No, pero sí podemos vigilar los burdeles de lujo, los más conocidos, fichar a los clientes, seguirlos, y luego pedirles dinero por nuestro silencio. Nos llevará algo de tiempo, pero puede funcionar.

—¡Mmm! Es un negocio a largo plazo, duquesita.

—Lo sé, Winston, pero con suficiente recorrido para darnos dinero y retirarnos de esta mierda. Después podremos hacer lo que queramos: yo mi tienda de modas, vosotros vuestra posada en Brighton.

—Puede ser.

Winston apartó a Molly y se puso a caminar acariciándose el mentón.

—Podemos ir una noche cada uno para no llamar la atención, ver a la gente e ir preguntando quiénes son. Susan se niega a colaborar porque si se sabe que ella informa se le acaba el negocio, pero creo que cuando ganemos dinero y podamos sobornarla, ayudará de inmediato. Al principio, deberemos hacerlo solos, pero creo que puedo conocer a algunos de esos lores del demonio porque en la casa donde crecí iba mucha gente de esa a comer y a cenar.

–¿Y cómo los abordamos?

–Tranquilamente: «Milord, buenos días». –Enderezando los hombros, habló con su acento más refinado–. «Tenemos una información que me imagino que prefiere mantener en privado».

–Perfecto.

–¿Y si quieren matarnos? –intervino Molly–. Pueden dispararnos y quedarse tan tranquilos.

–No, porque solo uno de nosotros abordará al noble y le dejará bien claro que pertenecemos a una organización, que hay gente vigilando y que, si osa hacernos daño, toda la información de la que disponemos llegará automáticamente a sus familias, a su iglesia, a la prensa y a la Cámara de los Lores.

–Es brillante.

–Gracias.

–Manos a la obra, pues… –Se acercó a Emily y le plantó un beso en la cabeza–. Sabía que debía asociarme contigo, muchacha. Juntos, los tres, llegaremos muy lejos.


A las dos semanas de iniciar la vigilancia sistemática de los dos burdeles más caros de Londres, Emily, Molly y Winston empezaron a tener claro quiénes eran sus presas más adecuadas. Pronto localizaron a los caballeros, conservadores y abnegados padres de familia, a los que las prostitutas y el consumo de opio los convertían en beodos de mucho cuidado, derrochadores de dinero propio y ajeno, y unas piezas fáciles de cazar. Emily comprobó que varios de ellos pertenecían al gobierno e incluso a la familia real, y comprendió que el negocio que se le abría delante de los ojos podía llegar a ser mucho más rentable de lo que había imaginado.

Confeccionaron listas, y una mañana Molly en persona llevó una carta al Parlamento, a nombre de un conocido miembro, donde se le daba el primer aviso del chantaje. Emily se esmeró en la letra y la redacción de la misiva, consiguieron papel de primera y la entregaron con discreción para, dos días después, abordar al destinatario a la salida del oficio religioso en Westminster. Lord Davison, de cincuenta y cinco años, miró a Emily con enorme turbación. Ella iba vestida de luto, con un grueso velo negro tapándole la cara; la apartó hasta un rincón oscuro de la abadía y le entregó un sobre con el dinero requerido. No habló ni la miró apenas; simplemente sacó el sobre del abrigo, se lo entregó y salió a toda prisa de la iglesia. Ella se quedó mirando el dinero con el corazón desbocado; era mucho más de lo que había visto en toda su vida. Se sentó en un banco y allí permaneció hasta que Winston y Molly entraron a buscarla, muertos de preocupación.

—¿Qué? —susurró Winston, tocándole las manos frías.

—Nada. Me lo ha dado sin rechistar.

—¿En serio?

Su amigo agarró el sobre y lo miró con sorpresa. Le enseñó el contenido a Molly y lo guardó en el bolsillo interior de su abrigo.

—Bien, salgamos de aquí.

Esa tarde compraron *fish and chips* en el mejor local de Londres, unas cervezas y subieron a su casa con tranquilidad, aunque una vez arriba se pusieron a gritar, abrazarse y besarse con tanta felicidad que acabaron los tres borrachos y satisfechos en el suelo, fantaseando con un futuro prometedor.

—¡Por la muchacha más lista de Londres! —brindó Winston—, porque, gracias a ti, querida duquesita, Molly y yo nos casaremos antes del verano.

—¿De verdad?

Molly se lanzó a su cuello.

—Por supuesto, y tendremos muchos hijos, preciosa.

—¡Gracias a Dios! —exclamó Molly. Se dirigió entonces a su amiga del alma—: Y tú serás mi madrina, Emily Gardiner, prométemelo.

—Prometido —contestó ella con su jarra en alto, luego se acurrucó en la alfombra y se durmió al instante.

Lo importante era ser prudentes, así que decidieron, tras la borrachera, no dar su segundo golpe hasta un par de semanas después. Pagaron el alquiler de un mes completo y se dedicaron a la vigilancia de los burdeles lo más discretamente posible. Era una etapa tranquila y con dinero suficiente para comer bien, ahorrar y alejarse de las calles del centro.

Emily se entretenía en coser y anotar todos los detalles de sus «presas», y una de aquellas mañanas de vigilancia, siguiendo a lord Rushmore hasta la catedral de San Pablo, fue testigo de una escena que la dejaría aún más perpleja con respecto a ese médico de Cannon Street, al que hacía días que no veía.

Ella caminaba por aquella calle aparentando pasear como una viandante más cuando en un callejón a su derecha oyó los gritos ahogados de una discusión. Cerró el paraguas y se asomó para ver qué ocurría. Se trataba de aquel doctor, alto y elegante como siempre, en medio de dos indeseables que ella conocía bien. Eran hermanos, irlandeses y residentes en Whitechappel. A veces actuaban en Piccadilly y solían ser muy violentos, así que por puro instinto sacó la navaja del abrigo y se puso en guardia para intervenir si hacía falta. No fue necesario porque, antes de que pudiera decir amén, el médico levantó el codo y lo estampó contra uno de sus atacantes con tanta fuerza y precisión que lo tiró al suelo, a la par que levantaba el puño y golpeaba al otro en plena cara. Los dos hermanos blasfemaron en gaélico y se recompusieron de prisa para ensañarse con él. En ese momento, Emily hizo amago de acercarse, aunque el cañón de la pistola que el médico sacó y puso en la frente de Toby McGuinness la detuvo con la misma eficacia que a los irlandeses.

—Solo pretendo ayudar en el barrio, pero si es preciso os mataré —susurró con esa voz grave y educada.

—Te hemos pedido unas monedas; no es para que te pongas así.

—Tengo mal genio.

—Vale, vale, nos marchamos.

Los tipos retrocedieron hacia el interior del callejón, y George Connaught los siguió con la mirada fría y penetrante, hasta que desaparecieron de su vista. Luego se volvió hacia Cannon Street y vio a la joven, una dama, de pie, quieta, observando la escena. Guardó el arma y dio un paso hacia ella.

—Lo siento, señorita, espero no haberla asustado, pero intentaban atracarme.

—Bien.

Ella miró solo un segundo sus enormes ojos claros y se dio la vuelta para salir a la carrera de allí. George se sacudió el abrigo, suspiró y decidió seguir con su recorrido de todos los días.

Emily Gardiner jamás podría olvidar la prestancia del caballero defendiéndose, la tranquilidad y eficacia de sus movimientos, su temple y serenidad. Tras el fugaz encuentro volvió a grandes zancadas a su casa y se ensimismó en un silencio tan perturbador que sus amigos empezaron a temer por su salud. No podía explicarse qué demonios le ocurría, salvo que se sentía impresionada por aquel médico que lo mismo arreglaba un hueso roto que enarbolaba un arma o se defendía a puñetazos. Era un misterio, y empezó a preguntarse de dónde había salido aquel individuo tan extraordinario.

—¡Molly! ¡Madre de Dios!, ¿qué te ocurre? ¡Molly!

Emily agarró a su amiga del brazo mientras se desmayaba lentamente e intentó sujetarla, pero era inútil, Molly era mucho más fuerte que ella, e inconsciente, aún más. La dejó caer en los adoquines de la plaza y se agachó para socorrerla.

—Ayudadme, por favor. ¡Molly!

Miró hacia el mercado de Aldgate y como nadie se acercaba a ellas ni para darles agua, comenzó a pedir ayuda a gritos, desesperada, sin ningún resultado, hasta que al fin la mano firme y enorme de alguien la sujetó por el hombro.

—¿Qué ocurre? No se preocupe; soy médico.

—Milord, mi amiga… No sé qué le pasa, no reacciona.

Sintió el roce del abrigo de George Connaught en la cara y vio cómo él ponía una rodilla en tierra para acercarse a una Molly cada vez más pálida.

—Es una hemorragia —susurró, enseñándole la falda empapada de sangre de su amiga. Ella no lo había notado antes y no pudo evitar taparse la boca con ambas manos—. No se asuste, no morirá por esto, pero necesito llevarla a mi consulta. Debo atenderla y no lo haré bien en plena calle. ¿Señorita? Míreme.

—¿Qué? —Lo miró a los ojos y se perdió en un fondo aguamarina con pintitas azules que la dejó paralizada.

Él volvió a tocarle el hombro para hablar con autoridad.

—Necesito llevar a la joven a mi consulta, ¿me entiende? Es imprescindible para atenderla como corresponde. Mi consulta está a un par de manzanas de aquí. Ayúdeme, por favor.

Emily asintió y se puso de pie para ayudarlo a levantar a Molly. El médico la cogió en brazos y le hizo un gesto para que ella se ocupara del maletín. Obedeció sin rechistar y apuró el paso para seguir su ritmo acelerado camino de Cannon Street. Estaba muy asustada y pensó en Winston, pero no tenía tiempo de avisarlo. Estaban lejos de casa y él andaba ocupado con su turno de vigilancia.

Cuando llegaron al edificio, el doctor dio una patada a la puerta y una mujer mayor salió a su encuentro para abrirle con prisas y acompañarlos a la segunda planta. Ahí el médico colocó a Molly en una camilla muy cómoda, forrada en cuero, y luego les pidió que lo dejaran a solas con la paciente; solo serían unos minutos. Emily asintió, aún aturdida, y retrocedió hasta la escalera para quedarse allí acompañada por la señora Adams, que le sonreía sin quitarle los ojos de encima.

–Es un buen médico, el mejor; no se preocupe por ella, señorita.

Emily se miró a sí misma y comprobó que iba bien vestida. Era natural que esa mujer la hubiese confundido con una dama. No contestó y se limitó a encoger los hombros.

–¿Es su doncella?

–Sí.

–¿Quiere un té?

–No, muchas gracias.

Pasaron varios minutos; el tiempo se le hizo eterno y comenzó a pasear por el rellano, mirando la moqueta desgastada de la escalera, los cuadros sucios de las paredes y la puerta de madera de la consulta donde una plaquita de metal rezaba: *Doctor George Connaught*. Suspiró, cada vez más preocupada, hasta que la maldita puerta se abrió y el médico, vestido con una bata oscura manchada de sangre, la hizo pasar con una venia.

–¿De cuánto estaba embarazada? –le soltó nada más cerrar la puerta a su espalda.

–¿Embarazada? –Se quedó perpleja y caminó hacia la camilla donde Molly descansaba con más color en las mejillas y tapada con varias mantas–. No lo sabía.

–Al menos, cuatro semanas –opinó el doctor, sacando su libro de anotaciones–. ¿Qué edad tiene?

–¿Quién?

–La paciente, por supuesto –contestó, y sonrió por primera vez.

Emily se sonrojó hasta las orejas observándolo de reojo.

–Veinte años. Los cumplió a finales de año.

–¿Cuál es la fecha de su nacimiento?

–Veintinueve de diciembre.

–¿En serio?

Era insólito permitirse esas confianzas con una paciente, pero no pudo evitarlo. Bufó y volvió a sonreír, esta vez con los ojos oscuros de aquella dama encima de él.

–Lo siento, es que yo nací ese mismo día; diez años antes, pero el mismo día.

—¿Qué le ha pasado, doctor?

—Un aborto espontáneo. ¿Ha tenido más hijos?

—¿Un aborto? —Se pasó la mano por la cara; sabía lo que era, pero ignoraba que eso pudiera pasarle a Molly, que seguramente no había hecho nada para sufrirlo—. Sí, tuvo un bebé, hace cinco años. ¿Cómo ha podido pasar? Ella...

—A veces pasa. No significa nada; simplemente se malogra el embarazo y el cuerpo espontáneamente expulsa al feto.

—¿Feto? —Con la mano de Molly bien sujeta lo miró a los ojos.

—El niño; se llama feto antes del alumbramiento. En fin, se repondrá. La he asistido y no seguirá sangrando. Lo más peligroso en estos casos es la hemorragia; si no se detiene a tiempo puede provocar la muerte de la madre. Muchas son las mujeres que mueren por este motivo. La señora tuvo suerte. ¿Cuál es su nombre completo?

Emily se pasó un rato respondiendo a una serie de preguntas sobre su amiga mientras el doctor Connaught anotaba detalladamente las respuestas en un cuaderno, hasta que Molly abrió los ojos y habló con voz pastosa.

—¿Qué me ha pasado?

—Nada grave. Estás en la consulta del doctor de Cannon Street.

—¿Winston?

—No he podido avisarle. Ahora nos vamos a casa; tranquila, te pondrás bien.

—Preferiría que se quedara aquí unas horas.

George Connaught pasó junto a Emily y se inclinó sobre la enferma para observar las pupilas, le levantó los párpados, le puso dos dedos en el cuello y, con cara de concentrado, le tocó finalmente la frente.

—Ha tenido una hemorragia, señora Graham. Es algo delicado. Debería descansar y abrigarse. Puede quedarse aquí y mañana se irá a casa.

—¿Aquí?

Molly miró a Emily con cara de pánico.

—No pasa nada, es mi consulta, y la señora Adams, mi casera, puede asistirla; estará bien.

—¿Es necesario? Puedo conseguir un carruaje y llevarla a casa.

—No es buena idea, señorita.

—Bien, está bien. —Emily se pasó la mano por la cara y miró a su amiga forzando una sonrisa—. Es mejor obedecer al doctor, cariño. Yo me quedaré contigo, aunque debo ir a casa para avisar a Winston, ¿te parece bien? Si no llegamos, se va a preocupar. ¿Puedo quedarme con ella, doctor?

—Claro, pero si necesita mandar un recado, tengo un chico que trabaja para mí y...

—No; debo ir personalmente, gracias.

—Como quiera.

Antes de dejar la consulta del doctor George Connaught, Emily Gardiner comprobó cómo la casera encendía la chimenea, llevaba té y se ocupaba de atender a Molly. «En su casa no estaría tan cómoda», pensó recorriendo con los ojos la austera pero acogedora consulta, y decidió ir corriendo a Charing Cross para dejar aviso a Winston y ponerlo en antecedentes de lo sucedido. Al fin y al cabo, se trataba de su hijo también.


—Winston se enfadará mucho conmigo.

—Pero ¿qué dices? —Se incorporó y le cogió la mano.

Era media noche y Molly no dormía a pesar de estar agotada y dolorida, y es que la noticia del aborto la había dejado destrozada. Se la había dado Emily personalmente al regresar a Cannon Street, y la pobre llevaba horas lloriqueando.

—Creerá que ha sido culpa mía.

—De eso nada, son cosas que pasan, y Winston no es estúpido; te ama.

—No sé cómo ha podido pasar. Tenemos cuidado porque no queremos hijos hasta que nos casemos.

—Es algo que no se puede evitar. Venga, duérmete.

–¿Dónde está el doctor?

–La señora Adams me dijo que se había ido a casa a dormir; él no vive aquí.

Se levantó para arropar a Molly y pensó en la desazón estúpida que había sentido cuando al volver, una hora después de ir a Charing Cross, no se había encontrado con el médico en la consulta. «Él tiene su vida y sus compromisos», se dijo, y aquello, por alguna maldita razón, le provocaba una especie de agujero en el pecho.

–Deberías dormir, Molly. Necesitas descansar.

–Buenas noches.

La voz ronca de George Connaught la hizo saltar de su sitio. Se volvió hacia la puerta y vio al médico, muy elegante, entrar y acercarse con sigilo.

–¿Cómo se encuentra, señora Graham?

–Mejor, doctor, gracias.

–Veamos.

–Volvió a inclinarse para repetir la operación de siempre.

«Pupilas, pulso, fiebre...», pensó Emily. Prácticamente la rozó con el movimiento y una vez más pudo percibir el aroma a loción y a limpio que él desprendía. Era extremadamente agradable.

–Mejor, mucho mejor.

–Está usted muy elegante –comentó Molly, viendo la estampa impecable del médico vestido de frac.

Era muy guapo, y la camisa inmaculada de cuello duro le daba un aspecto inmejorable. Emily la reprendió con los ojos, pero a ella no le importó y sonrió al apuesto lord Connaught, que le devolvió la sonrisa mientras dejaba la capa sobre una silla.

–Tenía un compromiso familiar.

–Pues gracias por venir a verme. Me siento mejor. Tal vez debería irme a casa.

–¿A estas horas? Ni lo sueñe; mañana podrá marcharse.

George observó entonces a la amiga de su paciente y la recorrió de arriba abajo con curiosidad. No era la primera vez que la veía, estaba seguro, pero no pudo determinar ni dónde ni cuándo. Tal vez en algún baile o compromiso social. Era preciosa, menuda, con los hombros rectos y un cuerpo bien estructurado. Tenía el cuello largo y la piel blanquísima. Se había quitado el sombrero y llevaba el cabello oscuro sujeto en un elaborado moño que le daba un aspecto muy femenino y resaltaba su perfil perfecto; además era dueña de unos almendrados y enormes ojos negros, muy raros, tan oscuros como pocas veces había visto en Inglaterra.

—¿Usted y yo nos conocemos?

—¿Perdón?

—Me suena mucho su cara.

—No lo sé.

Emily apretó la mano de Molly para que guardara silencio. Ese tipo se había portado muy bien con ellas, pero no pretendía darle pistas para que la localizara.

—¿Tiene algún hermano o pariente en el ejército?

—No, milord; nada de eso.

—No sé, se parece a alguien que conozco, pero, en fin, si la hubiese visto antes, seguro que me acordaría.

—Lo mismo digo, milord.

—Bien. —Le clavó los ojos transparentes, y Emily Gardiner bajó la cabeza, completamente turbada. Él lo notó, carraspeó y cambió de tema—. Como veo que sigue bien, me iré; las dejaré solas, pero vendré mañana a primera hora, ¿les parece bien?

—Sí, gracias, doctor.

—Está bien. —Dudó un momento, estiró la mano, agarró la capa, se la puso, les hizo una venia y desapareció tan sigilosamente como había llegado.

—¡Vaya hombre! —susurró la enferma.

—Vale, ahora duérmete —fue la respuesta áspera de Emily, que la tapó hasta las orejas antes de volver a su silla.

En cuanto Molly se durmió, ella agarró una vela y se dedicó a espiar las estanterías de George Connaught. Tenía muchos libros, todos sobre medicina, y aunque los abrió y hojeó con atención, poco pudo entender por culpa de ese lenguaje tan especializado que utilizaban. También recorrió las paredes donde había colgado algunos cuadros con estampas de la India, y se sentó en su cómoda butaca mirando la mesa ordenada y limpia, en la que tenía libretas, plumas, tintero y una pipa con boquilla de plata reposando junto a un paquete de tabaco carísimo.

Además de los armarios, la camilla, algunas butacas, su escritorio y un secreter, el médico tenía junto a la ventana una coqueta mesita baja, rodeada por tres sillas igualmente caras, y encima, un servicio completo de té, de porcelana en tonos azules. «El toque femenino», pensó ella, percibiendo su aroma a loción de afeitar por todas partes. Sin duda, él pasaba mucho tiempo en aquel lugar y cada rincón estaba impregnado de su presencia.

En un perchero vio dos batas limpias y una capa. Agarró esta última, aspiró su familiar aroma y, tras sentarse en uno de los sillones, se tapó con ella. Era muy agradable, demasiado, y cerró los ojos pensando que en toda su vida jamás había conocido a alguien como aquel maldito doctor.

—¡Oiga! ¡Molly!

Los gritos de Winston la despertaron. Asustada, miró el reloj de pared de la consulta y comprobó que eran las cinco y media de la mañana. Se levantó y corrió a la puerta para parar el escándalo de su amigo. Cuando llegó a las escaleras se topó con la señora Adams, vestida con una raída bata, y la tranquilizó asegurándole que se trataba del marido de la paciente.

—No se preocupe, señora Adams, es el marido de mi doncella, yo me ocupo.

—¿Está segura?

—Totalmente, gracias.

Winston Everhard entró como un toro desbocado en la casa, y Emily le explicó lo que había sucedido con calma, hasta que él consiguió controlar el pánico y acercarse a Molly, que dormía plácidamente en la camilla. Había estado siguiendo a un ministro del gobierno toda la noche por

Londres. El tipo se movía por los lugares más sórdidos de la ciudad, y cuando al fin había decidido dejarlo y volver a casa, se había encontrado con la escueta nota de Emily explicándole dónde estaban. El miedo lo había paralizado unos minutos, aunque al fin había salido corriendo hacia el East End para comprobar cómo se encontraban.

—¿Y se pondrá bien? —preguntó, enjugándose una lágrima.

—El médico dice que sí, pero será mejor que hables con él cuando vuelva, lo que me lleva a… —Se arregló el vestido y buscó su capa—. Le he dicho que tú eras el marido. Espera a que venga y habla con él; yo mejor me voy.

—¿Por qué?

—Anoche me dijo que le sonaba mi cara. No quiero que me relacione con nada, ni que me reconozca, no conviene.

—¿Por?

—Su padre es un duque. Tiene amigos ricos y nobles; no quiero que pueda ponerle un nombre a mi cara, ¿no crees?

Miró a Winston con los ojos muy abiertos, y él asintió y buscó una silla para sentarse junto a Molly. Emily se acercó y le puso una mano en el hombro.

—Lo siento, Winston, pero ella está bien. El doctor Connaught se ha portado estupendamente. La ha ayudado muchísimo y es seguro que podrá tener más niños, no te preocupes.

—Pobrecilla.

—Lo sé. Y ahora me marcho; nos vemos esta tarde en casa. Iré personalmente a dejar la misiva para lord Wilbourd como estaba previsto, ¿sí?

—Sí —respondió Everhard, siguiéndola con los ojos.

La joven se puso el sombrero y le sonrió antes de perderse en la oscuridad de la escalera. Él se apoyó en el costado de Molly y cerró los ojos, completamente agotado.

# Capítulo 5

—Son cómodos, gente sin carácter.

Emily dejó el abultado sobre encima de la mesa y miró a sus amigos, encogiéndose de hombros.

—A nosotros nos conviene que sean así, ¿no es cierto?

Molly se puso de pie y agarró nuevamente el sobre que lord Wilbourd, conde de no sé qué, le había entregado esa mañana a ella misma sin rechistar.

—Sí, pero me quedo perpleja. No entiendo cómo personas sin ningún espíritu de lucha han conseguido una posición tan privilegiada en la vida; es injusto.

—Fueron sus ancestros los que lucharon. Ellos solo viven de las rentas, Emily Gardiner —bufó Winston—. Y no te quejes, para nosotros es perfecto; no sé qué pasará cuando alguno se nos ponga difícil.

—Yo creo que, mientras tratemos con los más viejos, todo irá bien.

Molly pegó la espalda a la banqueta para que Rosy, la camarera, les sirviera el *fish and chips* y se pasó la mano por el pelo.

—¿Te sientes mal, preciosa? —Winston la miró, frunciendo el cejo.

—No, estoy bien. El doctor me ha dicho que ya estoy completamente recuperada. Solo estoy un poco cansada.

—¿El doctor? —Emily alzó los ojos hacia ella sin dejar de comer sus patatas fritas.

—Esta mañana estuve en Cannon Street. El doctor Connaught me había citado y me hizo una revisión.

—¡Ah!

—Me preguntó por ti.

—¿Por mí? —Se sonrojó y siguió comiendo aparentando calma, aunque esa sola posibilidad le hizo saltar el corazón del pecho.

—Cree que te conoce y está intrigado.

—¿No le habrás dicho nada?

—No, claro que no.

—Lo quiero bien lejos a ese lord Connaught.

—¿Por qué? Es muy buena gente y siempre se necesita de un médico, así que… —Molly miró la cara seria de Emily—. ¿Qué tienes entre manos?

—No sé, algo que…

—Habla —ordenó Winston.

—Tengo a tres candidatos de primera y dos superan los sesenta años. —Sacó sus anotaciones—. Pero el tercero, el más rico, la mejor pieza, según Susan, es precisamente alguien que se relaciona con el doctor.

—¿Cómo?

Molly apenas sabía leer, pero agarró el papel y lo miró con atención.

—Charles Connaught, barón de Kernow, primogénito del duque de Stevenage y hermano mayor de George Connaught, tu médico.

—Vale, lo dejamos correr y en paz.

Winston no tuvo dudas. No iban a ir por alguien así.

—Es rico a rabiar.

—No necesitamos problemas.

—Bien, de acuerdo, pero ese hombre es una pieza de mucho cuidado. Gasta tanto dinero en las casas de opio que no sé cómo sigue con vida. Es un adicto desde hace tiempo.

—Sé quién es —meditó su socio—, claro que lo sé. Además, juega, bebe y va de putas, pero de las callejeras, no le gustan las caras. Es alto y apuesto como el médico, pero parece un anciano por culpa de la vida que lleva. Pasemos de él y vayamos por ese secretario real, que tampoco se queda atrás con sus vicios.

Emily aceptó olvidarse de Charles Connaught a nivel profesional, pero no a nivel personal, porque ese rico individuo se relacionaba con gente muy peligrosa, tanto como los hermanos McGuinness. Una mañana los había visto charlando en Hyde Park, donde habían permanecido juntos bastante tiempo, y cuando pudo comprobar su nombre, se había quedado sorprendida al descubrir que ese ricachón era el hermano mayor del médico al que los McGuinness habían intentado atracar junto a su consulta. No había que ser un lince para relacionar ambos hechos, y la duda había empezado a llenar sus pensamientos desde entonces.

Aunque compartía todas sus ideas con Winston, prefirió ocultarle ese asunto en particular, y se dedicó, en sus ratos libres, a investigar a Charles Connaught para ver qué pasos seguía. El hombre era caótico; no tenía horarios ni obligaciones, residía en casa de sus padres —un espectacular palacio ubicado en el barrio de Westminster— y salía solo al caer la tarde, todas las noches hasta la madrugada. Sin embargo, en la última semana, se había visto en una ocasión con los McGuinness por la mañana y, al parecer, compartía amistad con ellos, o al menos un interés común, porque se les veía muy compenetrados. En cambio, ni una sola vez lo había visto con el médico porque, a pesar de que compartían residencia, George llevaba un ritmo de vida completamente opuesto al de su hermano y jamás coincidían.

La cena en casa del primer ministro, lord Salisbury, estaba resultando la peor de las pesadillas. El político conservador, para quien ese era su segundo mandato a la cabeza del gobierno de su majestad, la reina Victoria, era un tipo agradable, pero algo reservado, y aunque mantenía una íntima amistad con su padre, el duque de Stevenage, desde hacía años, y los conocía prácticamente de toda la vida, miraba a George con una distancia difícil de sobrellevar.

Él, que no llevaba nada bien las cenas y los compromisos oficiales, hacía una hora que estaba en completo silencio, vestido con el uniforme de gala, y oyendo la conversación incansable de su compañera de la derecha, lady Stamford, que no paraba de parlotear sobre jóvenes casaderas, y las sonrisas de su compañera de la izquierda, una extraña jovencita rubia y con ojillos de ratón, que lo miraba sonrojándose con cada parpadeo de ojos, mientras solo podía pensar en los últimos casos que tenía entre manos.

El primero: las erupciones escandalosamente grandes que sufría una niña del East End por todo el cuerpo y que no podía determinar de dónde provenían exactamente; como no era sarna, ni lepra, ni nada parecido, debía de ser una alergia, y esa misma tarde había extraído una muestra para estudiarla con calma y, si hacía falta llevarla a Cambridge para que su amigo y colega, David Law, le echara un vistazo. El segundo: un obrero del puerto al que se le cerraban los pulmones al más mínimo esfuerzo y que estaba tratando con dosis controladas de opio, con muy buenos resultados. El tercero: lady Remington, de diecisiete años, que se desmayaba con violencia desde hacía unos meses sin que nadie pudiera determinar el origen de las crisis, aunque el doctor McMurray, de Oxford, opinara que se trataba de brotes epilépticos y, por lo tanto, debía ser ingresada en un centro psiquiátrico, algo que él esperaba evitar si conseguía algún medicamento que no fuera muy agresivo y que previniera los estados de ansiedad de la dama que solían preceder a los desmayos...

—¡George! —Levantó la mirada hacia lord Salisbury, al que tenía enfrente, y se enderezó en su sitio—. ¿Cuándo te nos casas, muchacho? ¿Qué edad tienes ya?

—Treinta, excelencia.

—A tu edad yo ya tenía un hijo, y eso que todo el mundo se quejaba de que me había casado tarde. —La gente le rio la gracia, y George se limitó a medio sonreír—. Deberías elegir ya entre el enorme jardín de bellezas que tienes disponibles.

—Sí, milord; lo haré.

—¿Y vuelves al ejército?

—De momento, no; mi padre me ha pedido que permanezca en Inglaterra.

—¿Y qué haces?

—Trabajar, milord. Soy médico.

—¡Ah, claro, claro!

El primer ministro desvió la vista y siguió charlando con otras personas. George Connaught suspiró y clavó los ojos en la preciosa copa de cristal de Bohemia.

—¿Conoce a lady Graciella, la hija de los duques de Hatfield?

La mujer mayor de la derecha se le pegó al oído y le tocó el antebrazo, que reposaba sobre la mesa. Él dio un respingo y negó con la cabeza.

—Acaban de presentarla en sociedad. Tiene dieciséis años y es la criatura más hermosa de Londres; debería conocerla. Todos los jueves organizo una velada musical en casa. Pásese y se la presentaré; su madre ya la conoce.

—Gracias, milady; lo tendré en cuenta.

—Un hombre tan apuesto y gallardo como usted debería sentar la cabeza.

—Creo que ya está asentada, milady, pero gracias.

—¡Uy!, qué divertido es... —La mujer movió los pendientes de perlas y aplaudió como una niña—. Hasta que no tenga una mujer que cuide de usted, no será del todo feliz, y su madre está deseando celebrar una boda.

Una hora después, afortunadamente, pudo despedirse de sus padres, de los anfitriones y de algunos conocidos y abandonar la tediosa cena. Ya era febrero, y aunque hacía un frío de muerte, al menos no llovía esa noche. Bajaba por Saint James's Park hacia Westminster, pensando en meterse en la cama cuanto antes y en comenzar a negarse en redondo a participar en esas veladas tan aburridas, cuando un ruido ahogado a su espalda lo hizo ponerse en guardia, sujetar el bastón y seguir caminando con todos los sentidos en alerta.

No había un alma en la calle e iba solo; resultaba una presa fácil, así que siguió su ruta con la seguridad de que intentarían atracarlo antes de llegar a la abadía, que era la zona más oscura de la calle.

Los adoquines sonaban con el ruido de sus botas, y cuando levantó los ojos y divisó el Big Ben a corta distancia, se volvió, desenvainó la espada y se encontró de frente con esos dos matones a los que ya conocía.

—¿Otra vez? —preguntó, moviendo la cabeza—. ¿No tuvisteis bastante?

—Muy listo el doctorcito.

Uno de aquellos individuos hizo un gesto y aparecieron tres más que rodearon a George Connaught en un instante, él cuadró los hombros y ni se inmutó. De un vistazo divisó cuchillos y armas varias, y aunque los superaba en estatura, complexión física y seguramente experiencia, calibró la posibilidad de sacar el arma, disparar y salir huyendo, aunque aquella conducta no encajaba con su comportamiento habitual.

—¿Qué queréis ahora? No estoy en vuestro barrio.

—Pero sí en el tuyo. Dame todo lo que tengas y te mataré de prisa, sin dolor.

—¿No me digas? —Bufó, moviendo la cabeza, y vio la perturbación en el grupo—. ¡Qué valiente eres!, ¿no? Cinco contra uno; muy valiente, sí.

—Vete a la mierda, Connaught... ¡Matadlo! —gritó.

George dio un paso atrás, giró e hirió al que tenía a la espalda con la espada. Luego, fue a por el segundo, y en ese momento, los dos más grandes, los jefes, se tiraron sobre él para sujetarlo por el cuello. «Va a ser complicado sacar la pistola», pensó, y se apartó de ellos golpeándolos en la cara con el codo. Eran idiotas; habían hecho lo mismo hacía unas semanas y volvían a cometer idéntico error. Sin embargo, uno de ellos, el más joven, le enseñó de repente el cañón de su propia pistola y paró los puñetazos en el acto.

—¿Creías que no me sé tus trucos? ¿Qué haces sin tu pistolita ahora?, ¿eh, valiente?

No tenía nada que perder. Tiró la espada al suelo y se enzarzó en una pelea tremenda, ciego de ira. Si debía morir matando, lo haría, al menos estaba en casa, así que no pensó en las consecuencias, ni en las heridas que esa gente le provocaba de forma superficial en los brazos y en el torso. Repartió todo lo que pudo, hasta que alguien tan alto y fuerte como él se mezcló en la pelea y le apartó a alguno de aquellos indeseables. En unos minutos, la pelea había dejado de ser desigual, y cuando ya no quedó ninguno de sus oponentes de pie, se detuvo jadeando y con los puños en alto y se volvió hacia su salvador y buscó sus ojos.

—Buenas noches, doctor.

Winston Everhard le sonrió con los dientes manchados de sangre, y George le devolvió la sonrisa, agachándose para recuperar la pistola y su valiosa espada.

—¿Cómo sale a pasear con tan malas compañías?

—Ya ve, señor Graham. —Él creía que Winston era el marido de Molly y, por lo tanto, que se apellidaba como su paciente—. Gracias a Dios que usted andaba cerca.

—Salgamos de aquí.

—Bien, pero déjeme invitarle a un trago, ¿quiere?

—A eso nunca se dice que no, milord.

El primer impulso fue acercarse para comprobar cómo estaban los heridos, pero obviamente no lo hizo. Palmoteó la espalda de Winston y caminaron juntos, tranquilamente, hacia la estación de Waterloo, en Lambeth, al otro lado del río, para visitar una conocida y animada taberna que no cerraba en toda la noche. Casi no charlaron durante el paseo, pero en cuanto se desplomaron en una mesa apartada y George Connaught comprobó que no tenía ninguna herida de consideración, salvo la comisura de la boca partida y la preciosa chaqueta rajada por varios sitios, miró a su nuevo amigo y le dio las gracias.

—No sé si hubiera salido de esa emboscada sin su ayuda, Graham. Muchísimas gracias.

–Usted ayudó a mi Molly, doctor. Favor con favor se paga.

–No compare, por Dios. Le reitero mi agradecimiento. Esa gente es muy persistente.

–¿Los conoce? –George asintió y llamó al tabernero–. Pues los hermanos McGuinness son canela fina, milord, gente de mucho cuidado…

–No me llame milord, en todo caso, doctor, y mejor aún, ¿por qué no nos tuteamos? –Estiró la mano y se la estrechó con firmeza–. George, George Connaught.

–Winston –respondió Everhard, sonriendo–. Esos tipos son asesinos, estafadores, ladrones y muchas cosas más. Me extraña que actuaran en Westminster de esta manera. Deberías tener cuidado.

–Mañana lo denunciaré… ¿Qué? –Soltó una risa al ver la cara de Winston.

–La policía no puede hacer nada contra esa gente.

–¿Y qué sugieres?

–No vayas solo por las noches; ni siquiera comprendo cómo puedes pasear por el East End con esa ropa, ese reloj y ese bastón sin que no hayan intentado matarte más veces. Es suicida.

–Trabajo allí. La gente lo entiende.

–Hasta que necesiten comer y te den con un mamporro en la cabeza para robarte.

–Hablas como mi madre y, sinceramente, me extraña muchísimo… –Tragó la primera jarra de cerveza, pidió la segunda y una botella de whisky escocés–. Tenéis muy poca fe en la naturaleza humana.

–Sé dónde vivo –respondió Winston–. Deberías buscar a alguien que te escolte. Pero dime una cosa, ¿por qué te empeñas en trabajar en el East End?

–Ser médico y no intentar que la medicina llegue a todo el mundo me parece casi pecaminoso.

–Vale, pero deberías tener cuidado.

–Soy mayor del ejército de su majestad, Winston; normalmente me cuido bien yo solo.

–En las calles de East End, no creo.

–No lo he hecho del todo mal hasta ahora, y ya son casi dos meses.

–Enhorabuena. Yo solo doy un buen consejo.

–Y yo te lo agradezco –dijo levantando la jarra– y lo tendré en cuenta.

Se pasaron casi toda la noche bebiendo. Winston Everhard se consideraba a sí mismo un buen bebedor, casi un profesional; soportaba los envites de la bebida con serenidad y buen pulso. Por eso se quedó perplejo al ver el aguante de su rico y apuesto compañero de juerga, que a las dos de la madrugada seguía de charla sin dar muestras de mareo, cosa que le sorprendió muy gratamente.

–¿La Marina?

–Sí –respondió Winston–. Serví desde los catorce a los veintidós años. Luego regresé a Inglaterra y he trabajado en el puerto de marinero ocasional, estibador, operario para todo, en fin, ya sabes, me he buscado la vida, aunque lo que quiero es volver a Brighton y tener familia.

–¿Brighton? El segundo hermano de mi padre es el duque de Brighton…

–¿Ah, sí? A lo mejor estamos emparentados –bromeó Everhard, guiñándole un ojo.

–No creo. Esa gente es de lo peor. –Soltó una carcajada y suspiró–. Mis primas son las mujeres más estúpidas y superficiales que he conocido en toda mi vida. ¡Ya sé! De repente, se sentó mejor en la banqueta y dejó la jarra de cerveza en la mesa. Miró a su camarada con los ojos claros muy abiertos y le regaló una amplia sonrisa.

–Ya lo sé.

–¿El qué?

–La señorita Taylor, la jefa de tu Molly, ya sé de qué la conozco.

–¿Ah, sí? –Winston fingió indiferencia, aunque se le dispararon todas las alarmas.

–En el callejón, junto a mi consulta. La primera vez que esos tipos, los McGuinness, intentaron atracarme, ella estaba ahí, de pie, observando la escena. Quise hablarle, pero desapareció delante de mis ojos.

—Pues ella no ha comentado nada.

—Era ella; es difícil olvidar una cara así, aunque he tardado semanas en encajar las piezas.

—Es tarde. Creo que deberíamos irnos.

—¿Qué hace en el East End? Cuando atendí a tu esposa, estaban en el mercado de Aldgate.

—No lo sé; de compras, supongo.

—¿Dónde vive?

—Cerca de Oxford Street —mintió, cada vez más incómodo. Emily lo mataría si supiera que estaba a las dos de la mañana hablando de ella, en una taberna, con ese hombre.

—Es una dama realmente guapa; distante, pero guapa… —Llamó al tabernero para pedir la cuenta—. Es tarde, tienes razón, mañana tengo trabajo.

Se despidieron en el puente de Westminster. George Connaught le palmoteó la espalda y Winston giró hacia Embankment caminando de prisa, feliz y algo borracho, pero muy satisfecho de la agradable noche que había pasado junto a ese curioso ricachón. Cuando llegó a la pensión de Charing Cross se metió en la cama y abrazó a Molly. Ella no se inmutó, pero sintió a Emily moviéndose en su cama.

—¿Qué tal la noche, Winston? —susurró.

—Todo bien. ¿No puedes dormir?

—No, no sé qué me ocurre. Tengo insomnio.

—¿Insomnio?

—No puedo dormir.

—Pues habla en cristiano, muchacha.

—Vale, buenas noches.

# Capítulo 6

–¿Dónde está mi madre? –Se acercó a Prudence White en el mercado, y la gobernanta, como siempre, la observó como si viera a un fantasma–. No ha ido a misa.

–Tiene la gripe.

–¿En serio? ¿La ha visto un médico?

–Sí –mintió–, el mismo que ha visto a las señoritas. Todos están con la gripe.

–¿Sí? –Entornó los ojos negros y escrutó el rostro envejecido y cansado de la gobernanta. Esta bajó la vista y siguió eligiendo las verduras–. ¿Necesita medicinas? Puedo mandarle algo de dinero.

–No necesita nada de ti, muchacha; quédate tranquila.

–Me gustaría saber cómo sigue. Dile a las muchachas que las buscaré esta semana por aquí para que me cuenten cómo está.

–Muy bien. Adiós.

La gobernanta la siguió con los ojos y la vio perderse entre la multitud. Emily era guapa, preciosa en realidad, tanto que su madre había temido que alguno de los señoritos de la casa se encaprichara de ella cuando empezó a convertirse en una mujer. Tenía miedo de que Emily acabara convertida en la amante ocasional de algún noble caprichoso y había intentado protegerla hasta la saciedad. La pobre chiquilla se había criado prácticamente escondida entre las faldas del servicio, y cuando creció y su fuerte carácter empezó a dar señales de vida, Katie no supo gobernarla y no hizo más que alejarla de ella, hasta que acabó perdiéndola cuando apenas tenía catorce años.

Pero la muchacha era fuerte, inteligente y valiente; sabía desenvolverse bien y llevaba cuatro años sobreviviendo sola en medio de la jauría que pululaba por la ciudad, algo que en el fondo de su corazón las llenaba de orgullo a todas ellas, las compañeras de su madre, que la habían visto crecer e independizarse. Emily Gardiner triunfaría en la vida, lo sabían; tenía un don especial para salir adelante y defenderse. Había heredado de su madre la capacidad de trabajo, la responsabilidad y esa seriedad que las hacía únicas, y de su padre, la belleza, la elegancia y una clase que no se compraba en ningún sitio.

—¿Qué te ha dicho? —Molly la agarró del brazo mientras veía a lo lejos cómo la gobernanta de los Shafterbury, Prudence, seguía a su amiga con la mirada.

—Que tiene la gripe.

—Entonces, no es nada grave.

—No lo sé. Mi madre está débil y dudo mucho de que la dejen descansar. Quisiera verla.

—¿Quieres intentarlo? ¿Vamos hacia allí?

—¿Para que nos echen a patadas? No, Molly, muchas gracias; no creo que quiera verme. En fin —suspiró—, debo ir a un sitio, yo sola. ¿Me esperas en casa?

—No, te acompaño. Vamos.

—Molly, no…

—¡Chist! —La empujó hacia la calle—. Te acompaño.

Llegaron a Hyde Park, paseando y charlando, y lo bordearon hasta que Emily divisó a Charles Connaught a lo lejos. Tenía un aspecto lamentable. Era muy temprano, alrededor de las nueve de la mañana del domingo, y seguramente aún no había ido a casa a dormir. Estaba abrigado, y un jovenzuelo, su paje, se paseaba cerca de él con aspecto aburrido; era muy extraño. Esperaron un rato sin perderlos de vista, hasta que Emily vio lo que temía ver. Los hermanos McGuinness se acercaron a ese hombre por la espalda. Empujó a Molly hacia una zona más discreta y siguió observándolos con atención.

Los tres individuos charlaban de forma acalorada. El

hermano del doctor parecía furioso y llegó a empujar a uno de los McGuinness con la punta de su bastón, gesto que el delincuente recibió con las manos en alto. Se pasó un buen rato increpándolos y, al final, sacó algo del abrigo y se lo entregó, tras lo cual les dio la espalda y desapareció en dirección de Oxford Street. Emily no perdió detalle del encuentro, y cuando Molly distinguió a los McGuinness en medio del parque, a punto estuvo de perder el aliento.

—¿Qué hacemos? ¿Sabes acaso quiénes son esos hombres?

—¡Chist! Lo sé, no pasa nada.

—¿Que no pasa nada?

—No nos han visto, ni siquiera han reparado en nosotras. Venga, vamos.

Winston les había contado entre risas la noche que había pasado con el doctor Connaught en Lambeth después de haberlo ayudado a deshacerse de los McGuinness en Westminster. Emily había oído en silencio la anécdota, así como la resistencia de George Connaught con la bebida y su innegable sencillez y simpatía. Winston lo calificaba de «un gran tipo», y ella no había querido opinar; peor aún, se había guardado la información que tenía sobre el hermano del médico y la relación, extrañísima, que mantenía con sus atracadores. Primero quería comprobar su teoría, y acababa de hacerlo. Había llegado la hora de compartirla con Winston Everhard.

Caminaron de prisa hacia Charing Cross, y cuando llegaron a casa, su amigo no estaba. Molly recordó que tenía unas partidas de dados en el puerto, y Emily se sumió el resto de la mañana en cavilaciones sobre los motivos que podría tener Charles Connaught contra su hermano, porque era más que evidente que algo tenía que ver con los dos ataques que los McGuinness habían perpetrado contra el médico. Las casualidades de ese tipo no existían, y seguramente seguían un plan perfectamente trazado por Connaught. Estaba tan claro que sonrió.

A las cuatro de la tarde decidió salir a dar un paseo y llegó a Cannon Street sin proponérselo. Era domingo, por lo que era probable que el médico estuviera disfrutando de algún elegante compromiso social muy lejos de allí. Así pues, pasó tranquilamente por delante de su consulta, llegó hasta Aldgate y luego regresó por el mismo camino, pensando en el trabajo de aquel hombre, que se le antojaba de lo más interesante, útil y lleno de misterio. Muchas maravillas que a ella le encantaría conocer, como ser capaz de tocar un hueso y ponerlo en su lugar, parar una hemorragia o coser una herida abierta.

—No está.

—Lo he visto entrar.

El acento rudo y siseante de los irlandeses la paralizó, pero se obligó a continuar caminando con la espalda recta. Vestida de viuda, con la cara tapada por un velo, se sentía protegida, así que al final ralentizó el ritmo, fingiendo un percance con su zapato. Levantó los ojos y vio a los McGuinness encaminándose a la entrada trasera de la consulta. Miró hacia la ventana de Connaught, y efectivamente el reflejo de una vela encendida le indicó que él estaba trabajando dentro. No lo dudó ni un segundo: subió la escalera a la carrera y llamó a la puerta con el puño cerrado.

—¿Señorita Taylor? —preguntó al verla en la calle vestida de luto—. ¿Pasa algo?

—¿Tiene un arma? —Lo hizo a un lado y entró en el edificio sin muchas ceremonias—. ¿Dónde está la señora Adams?

—En casa de su hermana. ¿Qué sucede?

—¿Tiene una maldita pistola? —Lo acribilló con los ojos negros, y George Connaught frunció el cejo.

—Sí

—Vale. Sáquela o huyamos de aquí. Vienen a por usted.

—¿Quiénes? ¿Cómo…?

La puerta trasera crujió, y George sacó el arma del interior de su chaqueta. Miró a la bella mujercita que tenía enfrente y la empujó hacia el salón de la señora Adams, aunque ella se resistió sacando, a su vez, una navaja del bolsillo de su vestido. No hablaron, no hizo falta; ella se quedó quieta con su arma bien sujeta, y él levantó la pistola en dirección a los pasos sigilosos que pretendían llegar hasta esa planta.

Cuando los hermanos McGuinness, provistos de sendos revólveres, levantaron la vista y vieron al médico apuntándoles con su arma, tardaron unos segundos en reaccionar. El mayor disparó sin ninguna puntería y el retroceso del arma lo hizo tambalearse, momento que George Connaught aprovechó para descerrajarle un disparo en el centro del pecho. El médico ni se inmutó; movió el brazo unos centímetros y disparó al segundo sin darle tiempo ni a pestañear. Ambos cuerpos cayeron al suelo soltando humo de sus ropajes.

—¡Dios bendito!

Emily Gardiner se apoyó en la pared. Estaba completamente perpleja. Miró a Connaught y comprobó la serenidad en su rostro. No había dudado ni le había temblado el pulso; simplemente había actuado y había acabado con el problema.

—¿Está bien? —preguntó, tocándole el brazo.

—Claro.

—Bien. Voy a buscar a la policía. Será mejor que salga conmigo.

Ella obedeció, y ambos salieron con las piernas temblorosas. Si esa gente llega a pillarlo desprevenido lo hubiesen cosido a balazos, porque sabía que era capaz de pasarse horas concentrado sin oír nada y seguramente no habría percibido sus pasos, ni el crujir de la puerta, ni nada de nada, y hubiese muerto encima de su escritorio sin ninguna posibilidad de defensa. Afortunadamente, esa misteriosa joven lo había advertido a tiempo. Le debía la vida, y cuando pisaron la acera quiso decírselo, aunque ella hizo amago de salir corriendo de allí.

—Muchas gracias; le debo la vida. Gracias. ¿Adónde va? —La sujetó del brazo, pero ella se escabulló al ver que el sonido de los disparos ya estaba congregando a curiosos en la zona–. No se vaya. Déjeme acompañarla a su casa.

–No, así está bien. Cuídese, doctor.

–No, no se vaya. –Se le cruzó en el camino–. Esperemos a la policía y la llevo a casa. Querrán oír su declaración; me ha salvado la vida.

–No ha sido nada.

–¿Cómo que no?

George se inclinó para mirarla a los ojos, y Emily dio un paso atrás al ver sus preciosos y enormes iris color aguamarina desde tan cerca.

–No quiero saber nada de la policía. Si desea agradecérmelo, déjeme ir.

–Bien, bien. –Levantó las manos en son de paz. No tenía ni idea de la vida de esa joven, pero no pretendía perjudicarla–. Lo que usted quiera.

–Gracias.

–Le debo a usted la vida.

–Milord –dijo antes de irse. A lo lejos se oían los carruajes de la policía acercándose.

George Connaught se volvió hacia ella y la miró fijamente.

–Su hermano –balbució muy nerviosa–, lord Charles, él mandó a ese gente.

–¿Cómo?

–Llevaban tiempo reuniéndose en secreto; su hermano les pagaba, estoy segura.

–¿Cómo dice? –repitió, pestañeando con gran rapidez.

Emily miró hacia los guardias y comenzó a retroceder, asustada. El médico quiso retenerla, pero solo atinó a seguirla con los ojos.

Llegó a su casa tan agitada y de prisa que era incapaz de recordar el recorrido que había hecho desde Cannon Street a Charing Cross. La sangre le bullía por todos los rincones del cuerpo, y cuando abrió la puerta de la habitación y se encontró con Molly y Winston charlando en torno a la mesa, se apoyó en la pared, resoplando.

—¿Qué te ha pasado? —Molly corrió hacia ella para asistirla—. Estás helada. ¿Qué te han hecho?

—El doctor Connaught —susurró, y Winston dejó su sitio con los ojos muy abiertos—. Está bien, no os preocupéis, pero casi lo matan en su propia consulta.

Tardó unos minutos en explicar lo sucedido. Molly le sirvió una taza de té y ella empezó a desgranar los acelerados acontecimientos de esa tarde sin omitir los detalles. Luego, ya más templada y tranquila, miró a Winston Everhard y le contó sus sospechas con respecto a Charles Connaught, sus encuentros con los McGuinness en Hyde Park y la rara coincidencia de que estos supieran algo de las costumbres del médico.

—¿Cuánto tiempo llevas con esto?

—Unas tres semanas, no lo sé muy bien; desde que supe que el barón de Kernow era el hermano del doctor. Me llamó la atención que tratara con gente como los McGuinness, y sabiendo lo del atraco en el callejón, y luego el de Westminster, no sé, no podía dejarlo pasar y he seguido investigando.

—¿Por qué no me habías dicho nada?

—Porque era un asunto personal; no sé, pura curiosidad. Hoy los hemos visto otra vez en Hyde Park y por puro instinto he ido hacia Cannon Street. Ha sido un milagro. Un milagro descubrir esas citas, un milagro oírlos precisamente hoy cerca de la consulta y un milagro llegar a tiempo.

—¿Y están muertos? —preguntó Molly, viendo la cara de enfado de Winston.

—Creo que sí. Desde luego los ha alcanzado a bocajarro.

—No me parece normal que me ocultes cosas, Emily Gardiner. Somos socios, confiamos el uno en el otro. —Winston se levantó para coger su capa—. No me gusta.

—No creí que el desenlace fuera tan rápido. Pensaba contártelo justamente hoy, y mira… ¿Adónde vas?

—A Cannon Street. Voy a ver qué sucede y a ayudar

a Connaught en lo que necesite. Debe de estar un poco aturdido.

—Le he dicho lo de su hermano, pero no me ha dado tiempo a explicárselo. Cuéntaselo tú, ¿quieres?

—¿Y qué le digo? ¿Cómo justifico tus sospechas?

—Simplemente dile que confíe en mí. Es un buen tipo; ha comprendido que no quisiera quedarme para hablar con la policía. Seguramente no hará más preguntas.


Winston Everhard llegó a Cannon Street a tiempo de encontrarse con George Connaught hablando con la policía. Estaban retirando los cuerpos de los McGuinness del rellano de la puerta, y el médico, aparentemente muy tranquilo, explicaba por enésima vez a un inspector de Scotland Yard las circunstancias del hecho: dos delincuentes muy conocidos en Londres que habían intentado, por tercera vez, atracarlo.

El inspector cerró su libreta de anotaciones y le dijo que podía irse. George se volvió hacia la calle y vio a Everhard entre la multitud. Le sonrió y le hizo un gesto para que entrara.

—Acompáñame dentro, Winston. Voy a atender a mi casera; está muy nerviosa.

—Claro.

Everhard entró con el ala del sombrero tapándole la cara y se escabulló detrás del médico para evitar a la policía; solo levantó la cabeza cuando llegaron a la consulta, donde una mujer mayor, la señora Adams, permanecía sentada en una banqueta, blanca como el papel.

—Tómese estas gotas, señora Adams. —George hizo que abriera la boca y le dio el tranquilizante líquido—. Ahora váyase a la cama y mañana será otro día. Si quiere me quedo esta noche aquí…

—No, no, doctor, ya estoy bien y me vuelvo a casa de mi hermana. No pienso dormir aquí.

—Como quiera, y lo siento. Yo…

—No, por el amor de Dios, más lo siento yo. Espero que no me vaya a dejar por esto.

—No, señora, no se preocupe.

La dama desapareció sonriendo de soslayo a Winston, y este observó la calma con que el médico guardaba las medicinas y ordenaba los libros de su mesa. Nadie hubiese dicho que acababa de liquidar a dos peligrosos asesinos a sueldo y que había estado a punto de morir. Salvo las manos manchadas de pólvora, nada en su atuendo evidenciaba la movida tarde dominical que había vivido.

—¿Cómo está la señorita Taylor? —dijo al fin sin mirarlo—. Se ha ido en medio del revuelo.

—Bien; algo preocupada por ti, pero bien. Ella es muy fuerte.

—Ya lo veo. —Se volvió hacia su nuevo amigo y le clavó los ojos claros—. ¿Quién demonios es esa dama? Jamás he visto a una mujer más decidida.

—Está preocupada por ti —insistió, ignorando la pregunta—, y me ha pedido que te diga algo. Si quieres creernos, adelante; si no, al menos ya no será asunto nuestro.

—¿De qué se trata?

George se apoyó en el borde del escritorio y cruzó los brazos sobre el pecho. Estaba en mangas de camisa y de repente sintió frío; aún era invierno, pleno mes de febrero, y la chimenea se había apagado.

—Ella, Mary —carraspeó—, vio en reiteradas ocasiones a esos hombres, los McGuinness, reunidos con tu hermano en Hyde Park.

—¿Mi hermano? ¿Quién? ¿Simon?

Simon era el pequeño de los Connaught, tenía veinte años y era un crápula reconocido por todo el mundo, además de un chico encantador, divertido y que se relacionaba con toda clase de gente sin importar su condición social o monetaria; pero se extrañó, porque Simon estudiaba derecho en Oxford y, por lo que él sabía, llevaba meses sin pisar Londres.

—¿Tienes un hermano que se llama Simon?

—Sí, el pequeño.

—Pues yo me refiero al mayor, el barón de Kernow, Charles Connaught.

—¿Charles? —Abrió mucho los ojos, pues su hermano no había estado cerca de gente como los McGuinness en toda su vida—. Lo dudo.

—Bien, yo solo he cumplido con el encargo. Ahora me marcho; veo que estás bien y quiero cenar con Molly. —Agarró el sombrero e hizo amago de irse, pero George lo detuvo.

—Lo siento, Winston, no estoy dudando de tu palabra, pero mi hermano es un clasista recalcitrante que apenas abandona Westminster, Kensington o Belgravia. No sé cómo podría conocer a esa gente.

—Te sorprendería descubrir las preferencias de tu hermano, doctor. Es un conocido juerguista del centro, asiduo a los burdeles más peligrosos de Lambeth o el East End, y trata con gente a la que ni siquiera yo soy capaz de mirar a la cara.

—¿Charles?

—Sí, Charles Connaught.

—Sé que es un irresponsable y… En fin… —Se pasó la mano por el pelo. Sabía de las andanzas de su hermano, pero suponía, por lógica, que se producían al resguardo de los salones de lujo de la ciudad—. ¡Dios bendito!

—A Mary, la señorita Taylor, le llamó la atención ver a un hombre como tu hermano con esa gente. Los vio un par de veces al menos en Hyde Park, y teniendo en cuenta que luego vinieron a por ti, yo en tu lugar me haría preguntas.

—¿Y cómo es que ella conoce a mi hermano?

—Mucha gente conoce a tu hermano.

—¿Estáis insinuando que Charles está detrás de los atracos?

—¿Sinceramente? —preguntó Winston, y George asintió, sintiendo una enorme presión en el pecho—. Pues sí. ¿Tiene motivos para querer perderte de vista?

–Muchos más de los que te imaginas –respondió con franqueza. Agarró el abrigo y el sombrero–. Debo irme, Winston, y muchísimas gracias por vuestra ayuda.

Llegó a casa a la carrera, entregó el sombrero y el bastón a Jonathan y entró a grandes zancadas en el comedor. Empujó la puerta y se encontró de bruces con la familia cenando en silencio. Sus padres, su hermana Amanda, dos de sus tías y Charles, que levantó los ojos de la sopa con cara de sorpresa.

–¿Muy sorprendido de verme, hermano?

–¿Qué?

–¿Eres tan poco hombre que tienes que pagar para que me liquiden otros, bastardo?

–¡George!

Las mujeres de la mesa pusieron el grito en el cielo, y Charles se levantó de su sitio con calma.

–Eres un cobarde, Charles, siempre lo he sabido, pero esto es demasiado incluso para ti.

George se acercó más y el otro intentó huir sin muchas opciones. Entonces dio un paso al frente y lo agarró de la pechera.

–Hijo de la gran puta; eres un maldito hijo de la gran puta.

–¡Ya basta!, ¡George! ¡No faltes el respeto a tu madre!

Su padre se levantó airado y llamó a los empleados con la mano. El mayordomo y dos mozos se acercaron con sigilo.

–¿Qué demonios ocurre aquí?

–Tu hijo mayor, padre, el flamante barón de Kernow, ha encargado matarme un par de veces, ¿no, Charles? –Lo estampó contra la pared, y Charles, rojo de ira y de vergüenza, apenas podía respirar–. Esta tarde la última. La policía acaba de retirar de mi consulta los cadáveres de tus dos esbirros, hermano. Los McGuinness ya son historia. A ver a quién te buscas ahora para que haga tu trabajo sucio.

—¡Suéltame, cabrón! —Charles se revolvió y se zafó de él con mucho esfuerzo. Se aclaró la voz y miró a su padre antes de hablar—: Miente; está loco.

—No miento y tengo testigos, Charles; estás hundido. Hace siglos que eres historia, pero ahora pienso denunciarte a la policía.

—¡No! Pero ¿qué están diciendo, Daniel? ¿Qué está pasando? —Lady Connaught, pálida y asustada, miró a su marido con desesperación.

—¡Vete de aquí, Eleonor! ¡Idos todas! ¡Vamos! —fue la respuesta del duque, que se quedó inmediatamente a solas con sus dos hijos varones—. ¿Qué demonios estás diciendo, George? Habla claro antes de que mates a tu madre de un disgusto.

—He tenido tres ataques en el último mes, los tres por parte de los famosos hermanos McGuinness, unos conocidos delincuentes del centro, y curiosamente, antes de cada intento, se reunieron con mi querido hermano mayor en Hyde Park. ¿Qué te parece, padre? Ni siquiera se ha ocultado, el muy cabrón.

Charles, rojo de ira, no sabía ni qué decir, aunque pensaba negar los hechos hasta la muerte.

—¿Es eso cierto, Charles?

—¿Cómo crees, padre, que yo…?

—De ti yo ya creo cualquier cosa, Charles. Eres la vergüenza de la familia. ¡Dios bendito!

El duque se sentó con la mano en el pecho. Un dolor agudo en el flanco izquierdo lo estaba dejando agotado. George frunció el cejo y se arrodilló a su lado.

—¿Qué te pasa, papá? —Le tomó el pulso y se preocupó. Salió corriendo al vestíbulo para buscar su maletín y regresó corriendo a su lado—. Tranquilo, tranquilo, relájate. Aspira estas sales. Venga, respira hondo.

—Ya estoy mejor; no me trates como a una doncella, George.

Daniel Connaught empezó a ver claro de nuevo y miró hacia su primogénito, que no había movido ni un solo músculo de la cara ante su indisposición.

—Sal de mi vista, Charles. Mañana hablaremos; los tres, a la hora de comer en el club, y espero que te comportes como el caballero que se supone que eres.

Charles salió a grandes zancadas del comedor, con el chaleco del traje roto y la corbata completamente torcida. Tenía muy mal aspecto, con la cara plagada de venas rojas y azules y un andar inseguro. George sintió lástima de él, aunque se prometió darle una paliza en cuanto tuviera la ocasión, porque no le dejaría pasar semejante canallada.

—Lo siento, papá. Siento haberos importunado de esta forma.

—¿De verdad crees que ese imbécil ha ordenado que te maten, Georgie?

—Sí.

—¿Tienes pruebas?

—Tengo mis fuentes, y él, sus motivos.

—No lo voy a desheredar, simplemente le quitaré el título. Lo sabe; no lo dejaré en la estacada.

—Siempre es mejor ser duque que no serlo, padre. —Se levantó, estirando la espalda.

—Mañana zanjaremos el asunto. Los papeles del legado ya están firmados; no tiene nada que hacer.

—Ha ordenado matarme en tres ocasiones. No voy a dejar pasar esto como una más de sus travesuras.

—¿Estás bien? —El duque miró por primera vez a su hijo favorito y vio sus manos manchadas de pólvora, su aspecto cansado, y calibró por lo que acababa de pasar—. George, ¿qué ha pasado?

—Esos individuos se han atrevido a entrar hoy en mi consulta. Si no hubiese sido por alguien que me ha avisado a tiempo… En fin…, tuve suerte y pude abatirlos. La policía se ocupa ahora de sus cadáveres.

—¡Dios Santo! —Daniel Connaught se levantó de la silla y se acercó a George para agarrarlo por los brazos—.

No le digas nada a tu madre, ¿quieres? Ya bastante tiene encima.

–De acuerdo.

–Gracias a Dios que te han avisado y que eres un soldado bien entrenado, hijo.

–Gracias al Real Ejército de su Majestad, pues –bromeó, devolviendo el abrazo a su padre–. Ahora debes descansar, por orden facultativa y sin excusas.

# Capítulo 7

Charles Connaught, barón de Kernow, desapareció de Londres el mismo domingo en que su hermano lo increpó delante de toda su familia acusándolo de conspirar para asesinarlo. El noble, avergonzado y borracho como una cuba, decidió trasladarse a Kent con su mujer y sus hijas, sin dar la cara ni asistir a la reunión que su padre había convocado en el club de caballeros al que pertenecían. Simplemente había huido, como la mayor parte de su vida, de sus obligaciones, y tanto su padre como el resto de la familia sintieron una enorme decepción por su comportamiento.

George accedió a no denunciarlo, de momento, a la policía ante los ruegos de su madre, aunque advirtió que no olvidaría la afrenta, y cuando el uno de marzo de 1891 su ilustre padre, el duque de Stevenage, anunció oficialmente en el Parlamento, ante la corte y la reina, que sus derechos sucesorios pasaban legalmente a su segundo hijo, saltándose al primogénito por su incapacidad para asumir el título, él recibió la noticia encogiéndose de hombros, más pendiente de un parto gemelar que tenía entre manos que de los derechos y obligaciones que se le venían encima.

Por su parte, Emily Gardiner, que no había vuelto a verlo desde la muerte de los McGuinness, leyó la noticia en los periódicos y vio la fotografía que se publicaba del médico en las páginas de sociedad con una sonrisa. Era muy guapo, aunque aquella imagen no le hacía justicia, y empezó a cavilar seriamente en si el nuevo estatus de

Connaught no lo empujaría a abandonar la consulta del East End.

—Mira, mira, ¡qué preciosidad!

Emily dio un respingo y se volvió hacia Fred el Pelirrojo, que le hablaba pegado al oído.

—¿Qué quieres?

—Nada, mirarte.

Él avanzó un paso, y Emily se quedó bien quieta, aunque con el corazón en la garganta. Metió la mano en el bolsillo de su vestido y agarró la navaja.

—¿En qué trabajas ahora? Mis chicos te han visto rondando Westminster. ¿Qué negocio te traes entre manos? ¿Sales con tipos ricos?

—No es asunto tuyo, que yo sepa.

—¿Ah, no? Todo lo que pasa en Londres es asunto mío.

—Vete a la mierda, Fred.

Lo esquivó y alcanzó a apartarse solo un metro. El chico la sujetó del codo con fuerza, y ella se detuvo para evitar un escándalo en medio de Piccadilly.

—Te vigilamos. Sabemos que te chivaste al doctor para que matara a los McGuinness. Los traidores pagan caros sus pecados; es un recado de mi padre.

—Déjame en paz.

—Puedo liquidarte ahora mismo. Sin Everhard, no eres más que una puta asustada.

—¿Qué ocurre aquí?

La profunda voz de George Connaught los hizo callar a ambos. Fred el Pelirrojo se apartó de Emily y adoptó un aire de lo más humilde: bajó la cabeza y se sacó el sombrero.

—Nada, milord. Estaba hablando con la señorita.

—¿Seguro?

George, que había visto la escena desde la distancia, observó los ojos asustados de la joven y luego se acercó al muchacho, que le llegaba a la altura del pecho.

—¿No estarás molestando a la dama?

—No, milord.

–¿Está bien, señorita Taylor?

–Sí, doctor, muchas gracias.

–Bien, pues tú –dijo, y tocó a Fred con la punta de su bastón– vete de aquí antes de que llame a la policía.

–Gracias, milord.

El muchachuelo, con una actitud casi servil según le pareció a Emily, se apartó de ellos sin darles la espalda. Ella tragó saliva, soltó la navaja y miró a Connaught a los ojos. Era mediodía y el pálido sol de primavera iluminaba los iris transparentes del médico de forma maravillosa. Él sonrió, y ella se sonrojó hasta las orejas.

–¿Seguro que no estaba molestándola? Me pareció…

–No, es un pillastre, pero no es peligroso –mintió, mirando al suelo.

–No la veo desde aquel domingo tan aciago. En fin, no sé… –Le faltaban las palabras porque la belleza de esa chica lo perturbaba más de lo normal–. Le dije a Winston que me gustaría agradecérselo de manera más formal.

–No hace falta. –Se agarró la falda e hizo amago de salir corriendo.

–Permítame invitarlos a cenar, a usted y a los Graham, o a tomar el té. Debería darme esa oportunidad.

–No creo que pueda, milord, pero gracias. Y ahora, si no le importa, debo irme.

–Sí, sí me importa.

En un gesto absolutamente fuera de lugar la agarró por el codo. Emily lo miró con los ojos muy abiertos y él dio un paso atrás, bastante avergonzado.

–Lo siento, pero debo insistir. El té de los martes en el Grand Hotel es famoso por sus delicias; solo será un rato, por favor.

–Hablaré con los Graham –susurró–. Le avisaremos, pero ahora debo irme.

George Connaught se quedó observando cómo se perdía entre la gente; sentía una desazón desconocida en el pecho. «A veces las mujeres resultan ser muy frustrantes», estimó, y las que tenían cabeza, mucho más. Miró al cielo, respiró hondo y siguió su camino hacia el East End con energía.

—Este lugar es precioso —opinó Molly Graham, sentándose a la mesita del Grand Hotel—. Me encanta.

—A su lado, Emily, vestida con un traje muy elegante en tonos azules, se sentó mascullando todo tipo de palabrotas. Sus amigos la habían arrastrado literalmente a tomar el té con ese médico y al final habían conseguido que no pudiera disimular la cara de disgusto. Agarró la servilleta y la posó en su falda.

—¿Y dónde estará Connaught? —preguntó Everhard mirando a su alrededor. Él también iba muy elegante, y Emily lo miró encogiéndose de hombros—. Si no llega, pediremos igualmente, aquí los bocadillos de pepino son sublimes. ¿Quieres alguno, amor mío?

—Claro que sí, cariño.

—No sé qué demonios pintamos aquí...

—Actuar como la gente normal, Emily, que aceptan invitaciones, se ven con los amigos y disfrutan de algunos de los lujos de la vida. —Winston la miró, ceñudo—. ¿O quieres ser una marginal toda tu vida?

—La realidad de cada uno es la realidad de cada uno.

—Muy bonito, sí, muy ambicioso.

—Lo siento, he tenido una urgencia. —George Connaught llegó agitado a la mesa, y Winston se levantó para darle la mano—. Debería haber llegado antes que ustedes. ¿Todo bien?

—Sí, solo llevamos cinco minutos aquí.

—Perfecto.

El médico miró a las damas y les sonrió; luego, levantó los ojos hacia el *maître*, y este llegó de inmediato junto a él.

—¿Milord? —susurró el elegante camarero con una venia.

—Traiga un servicio de té completo, Phillip; para cuatro, por favor.

–En seguida, milord.

El tipo desapareció, y George miró de reojo a la señorita Taylor, que estaba radiante con ese color que resaltaba su piel blanquísima y sus ojos oscuros.

–He llegado tarde porque uno de mis pacientes se tragó una piedra –comentó para romper el hielo–. Charly Black, de seis años.

–¿Y pudo quitársela? –preguntó Molly.

–Le di un laxante. Su madre la recuperará esta tarde –soltó de sopetón.

Al instante, comprendió que, como solía pasar, los detalles escatológicos de su profesión no interesaban lo más mínimo; carraspeó y observó en silencio cómo los camareros servían el té.

–¿Y está usted casado? –Molly habló sin pensar, y Emily a punto estuvo de caerse de la silla.

–¡Molly! –exclamó con los ojos muy abiertos.

–No pasa nada –respondió Connaught–. No, no estoy casado, señora Graham. No tengo esa suerte.

–¿Prometido?

–Ahora no.

–¿Ahora?

–Tuve una prometida durante seis años, pero mientras estuve con el ejército en la India, ella aprovechó para casarse con otro. –Agarró su taza de té y bebió con tranquilidad.

Emily y Molly cruzaron una mirada de sorpresa, y fue Winston el que terció para cambiar de tema.

–¿Cuándo te vas de viaje?

–Dentro de dos días.

–¿A la India? –preguntó Molly.

–No, a Viena –respondió, mirando a las chicas–, en el continente. Voy a la Escuela Moderna de Medicina.

–¿Va a estudiar?

Emily Gardiner abrió la boca por primera vez, y George se apoyó en el respaldo de la silla para mirarla a los ojos.

–Los médicos estamos continuamente estudiando porque los avances en nuestro campo son diarios, y sí, voy a Viena para asistir a unos cursos de cirugía.

–¡Qué interesante!

–Lo es.

Pasaron la hora siguiente hablando de temas intrascendentes, para fastidio de Emily, que quería saber sobre la cirugía y esa escuela en Viena, pero no fue posible, y tanto George como Winston acabaron hablado del ejército, la Marina, el boxeo y el rugby. Ella se dedicó a escuchar con atención la voz educada y grave del médico, fascinada por su amplio vocabulario y su capacidad para expresarse, y acabó espiando de reojo sus enormes ojos claros, que parecían azules dentro de un recinto cerrado y verdes al aire libre; su pelo castaño claro bien peinado hacía sospechar que de pequeño había sido dueño de unos rebeldes rizos rubios, y tenía una sonrisa amplia y reluciente. Todo en él era luminoso, limpio y pulcro, y cuando oyó sus carcajadas sinceras y cadenciosas, no pudo evitar sonreír y mirarlo con más simpatía.

–Boxeaba en el ejército, amigo; era un deporte de caballeros.

–En el ejército sí, no en Lambeth.

–Me gustaría verlo.

–¿Y participar? Yo apostaría por ti; estás más fuerte y sano que la mayoría de los boxeadores que se la juegan cada noche.

–Podría ser divertido.

–Ya veremos cuando vuelvas de Viena.

–De acuerdo; será un placer.

–No creo que sea sitio para el doctor –opinó Molly–. No te atrevas a llevarlo, Winston. Es peligroso.

–¿Peligroso? –Winston Everhard miró de arriba abajo a Connaught y se echó a reír–. Peligroso él para los demás, querida.

El té acabó una hora y media después, y Emily aceptó que el médico le sujetara la silla y la ayudara con su bolso y su coqueta sombrilla antes de salir a la calle. En Piccadilly, en medio del bullicio casi ensordecedor de la tarde, se despidieron muy amablemente y prometieron repetir la salida en cuanto George Connaught regresara del continente quince días más tarde. Ella le sonrió tímidamente antes de separarse y no pudo evitar volverse hacia él para verlo perderse entre la multitud. Molly y Winston observaron su intención con una sonrisa y se miraron de reojo, aunque Emily, completamente embobada, ni siquiera lo notó.

# Capítulo 8

Nada podía ser perfecto. Emily Gardiner miró a Molly a los ojos y, con su serenidad habitual, la sujetó del hombro para que se tranquilizara. La joven estaba muy nerviosa, temblaba de pies a cabeza, y estaban llamando la atención.

—Vamos a casa, querida. Tranquila, dame la mano y salgamos de aquí.

El encuentro de esa mañana en la catedral de San Pablo con lord Hamilton había resultado un desastre, y lo peor era que le había tocado a Molly enfrentarse a él. En casi cuatro meses habían chantajeado a cinco miembros destacados del Parlamento con excelentes resultados. Todos habían pagado mucho dinero por no ver desvelados sus secretos en la prensa y en sus círculos más íntimos. Pero Paul Hamilton, de cuarenta años, había reaccionado de forma diferente, muy violenta, y ese día, en cuanto Molly había aparecido en la iglesia, el tipo la había increpado a gritos, amenazándola con llevarla inmediatamente ante Scotland Yard por delincuente y estafadora. Molly, con menos recursos que Emily, había optado por salir corriendo de San Pablo, muerta de miedo, sin intentar un diálogo o un entendimiento.

—Voy a llevar todo el material que tengo de Hamilton a los periódicos.

—¿Cómo?

Winston observó cómo empezaba a sacar sus anotaciones.

—Si no actuamos de prisa y demostramos que vamos

en serio, no volveremos a conseguir una víctima. Ese tipo no se cree que lo haremos público, pero se llevará una enorme sorpresa.

—Tenemos muchos miembros más de la Cámara de los Lores susceptibles de ser chantajeados, Emily. Cálmate y respira antes de hacer algo.

—Si no actuamos, se acabó el negocio. Solo contamos con el miedo de esa gente para sacarles el dinero. Deben ver que vamos en serio.

Winston Everhard asintió en silencio y la acompañó a la taberna de Piccadilly Circus donde solían reunirse los reporteros más conocidos de Londres. Él conocía a algunos de sus timbas de cartas y dados y podía confiar en más de uno, así que entraron en aquel local con seguridad y sabiendo que lo que tenían entre manos era un caramelo difícil de rechazar para cualquiera de ellos.

Winston entornó los ojos y entre el humo de las pipas divisó a Edward Grant, periodista del *Daily Telegraph*, el diario más popular de la ciudad, el más barato y el más leído, que tenía fama de valiente y arriesgado.

—Edward, ¿tienes un momento?

—¡Everhard!, bribón. ¿Cuánto hace que no te veía, maldito bastardo?

El reportero miró más allá de su amigo y vio a una elegante jovencita vestida de oscuro. Cuadró los hombros y se disculpó por su lenguaje.

—Lo siento, no sabía que venías acompañado.

—Te presento a mi socia, Mary Taylor. Tenemos algo para ti.

—¿En serio?

Emily desplegó encima de la mesa sus notas y le informó de todos los movimientos, nada santos, de Paul Hamilton, conde de Worsthorne, un respetable miembro de la Cámara de los Lores por matrimonio, conservador, anglicano practicante y yerno de una dama de la reina Victoria. Hamilton era consumidor de opio y cliente asiduo de prostitutas, especialmente orientales menores de edad.

Jugaba al *go*, el popular juego chino, en los antros más peligrosos de Londres y estaba dilapidando la fortuna de su mujer a manos llenas.

–No sé si mis jefes querrán ir en contra de un conservador –respondió Grant, leyendo las pulcras anotaciones de la joven–, pero yo me ocuparé. Si no me apoyan, lo publicaré en otro periódico.

–No queremos que alguien se lo sople, y él pueda pararlo a fuerza de dinero.

–No, no os preocupéis. Sé cómo tantear a mis jefes sin soltarles toda la presa.

–Este tipejo –continuó Emily– tiene antecedentes de violencia. Oscuros rumores hablan de brutales palizas a prostitutas jóvenes y cosas peores, actos todos tapados por su prestigio y por el silencio de sus propias víctimas…

–¿No será Jack el Destripador?

–No, no creo.

Emily sintió un escalofrío al recordar los crímenes perpetrados por ese asesino en 1888. Habían sido días de mucho miedo e incertidumbre para cualquier mujer que viviera sola en el East End, no solo para las prostitutas.

–Bueno, creo que no, pero si quieres tirar del hilo, puedes hacerlo.

–¿Qué tenéis contra Hamilton? ¿Esto por qué?

–¿Quieres la noticia? –le preguntó Winston, y Grant lo miró y asintió–. Pues no hagas preguntas.

–Te doy los horarios de sus salidas y los sitios donde va. Nadie te confirmará estos datos, pero lo puedes comprobar tú personalmente.

Emily Gardiner dejó la última nota en manos del reportero y se apoyó en el respaldo de la silla.

–Gracias.

–De nada.

Se estaban metiendo en un jardín peligroso, pero a Emily no le importaba. Era crucial arriesgar para ganar, y no podían dudar ante ese tipo. Debían mostrarle su fuerza y arruinar su reputación de por vida. Se trataba de un degenerado violento y agresivo, y merecía un castigo. Además, Hamilton no podía localizarlos; no sabía nada de ellos. Molly había acudido a la cita en San Pablo vestida de luto, con un grueso velo negro cubriéndola hasta la cintura, y era completamente imposible que pudiera identificarlos, así que no le preocupaba. Solo esperaba que Edward Grant protegiera la fuente y guardara su identidad, cosa muy probable a ojos de Winston, que confiaba en el hambre de fama del reportero, que estaría encantado de colgarse las medallas de la investigación él solito.

—¡Emily!

Se volvió hacia la voz, que le sonó familiar. Estaba en Covent Garden comprando flores para su cuarto, que ahora era solo para ella, desde que Winston y Molly se habían mudado a una habitación independiente, y abrió mucho los ojos al encontrarse con Louise, una de las doncellas de los Shafterbury.

—¿Qué pasa, Louise?

—Es tu madre. Está enferma y quiere verte.

—¿Cómo?, ¿sigue enferma?

Emily soltó las flores y notó perfectamente cómo el pánico le subía por el torrente sanguíneo.

—Lo siento, Emily. Es serio. El médico de lady Shafterbury dice que no hay esperanza.

—¿Cómo? ¿Qué médico? ¿El viejo Ferguson?, ¿ese anciano cegato que odia atender al personal del servicio?

—Bueno yo…

Louise se estrujó la falda sin saber qué decir. Ciertamente, el doctor Ferguson apenas los miraba si eran ellos los pacientes y no un miembro de la familia, pero no era su culpa. Solo había ido hasta allí para avisar de la maltrecha salud de Katie Gardiner.

—Solo he venido a buscarte.

—¡Maldita sea!

Las lágrimas le humedecieron los ojos. Si sus cálculos

eran correctos, su madre tenía treinta y cuatro años. Aún era muy joven y seguramente podía ponerse bien, podía mejorar; pero con los cuidados adecuados. Respiró hondo y le clavó los ojos negros a la doncella.

–Voy a buscar un médico de verdad, Louise, e iré a ver a mi madre. Vuelve a casa y dile que estaré allí en seguida.

Estaban a uno de abril. En teoría, el doctor George Connaught había regresado de su viaje a Viena hacía tres días, o eso esperaba ella cuando voló por las calles camino de Cannon Street. No quiso ni imaginar que él pidiera haber retrasado su regreso o que no estuviera trabajando. Confió en su instinto y llegó a la consulta a la carrera. Golpeó la puerta principal y la señora Adams salió a su encuentro.

–¿Señorita?

–Soy Mary Taylor, señora Adams. ¿Está el doctor? Es una emergencia.

–Espere aquí.

La casera se volvió y subió las escaleras lentamente, camino del despacho. Emily no podía más de la angustia e hizo amago de seguirla, pero al final desistió y esperó con inquietud los cinco minutos que tardó Connaught en asomarse al rellano de la escalera.

–¿Qué pasa, señorita Taylor? ¿Está usted bien?

La cara pálida de la joven lo asustó. Bajó de prisa los escalones y la miró a los ojos.

–Es mi madre, doctor. Dicen que se muere, pero yo… –Tragó saliva, estaba a punto de llorar–. Creo que usted puede ayudarla. Necesita un médico.

–Bien. ¿Dónde está? –Se volvió hacia la señora Adams y le habló con autoridad–. Traiga mi maletín, por favor.

–En Kensington.

–Bien. ¿Trae carruaje? –le preguntó, y ella negó con la cabeza–. Buscaremos uno, tranquila. –Se acercó y le tocó el hombro–. Tranquila, la ayudaremos.

Salieron a la calle con prisas, y Connaught consiguió en un santiamén un carruaje de alquiler. Subieron, se sentaron uno frente al otro y, cuando el coche se puso en marcha, Emily se pasó la mano por la cara, decidida a confesar a ese individuo su gran secreto. Levantó los ojos negros y lo observó. Él iba atento al denso tráfico de vehículos que los rodeaba. Carraspeó y habló casi sin respirar.

—No me llamo Mary Taylor, y la casa a la que vamos es la de lord y lady Shafterbury, donde mi madre trabaja como costurera desde hace veintidós años. Yo nací allí, sin padre conocido, y me crié como una sirvienta más, hasta que la propia lady Shafterbury me echó a la calle por sublevarme un poco. Tenía catorce años, y desde entonces he sobrevivido como he podido en el centro de Londres, ayudada, a Dios gracias, por Winston y Molly, que no son mis servidores, sino mis mejores amigos…

—¿Shafterbury? —preguntó George un poco abrumado por tanta información.

De todo lo que había oído, lo único que le retumbaba en la cabeza era el apellido de esa gente: Shafterbury.

—Sí.

—¿Y cómo se llama, entonces?

—Emily, Emily Gardiner. Uso el nombre de Mary Taylor por seguridad, para que no me relacionen con mi madre. Yo…

—Bien, no es asunto mío —la interrumpió, viendo Hyde Park a su derecha—. Ya casi hemos llegado.

Bajaron del carruaje en silencio, y al llegar a las rejas del enorme caserón de los Shafterbury, Emily se quedó paralizada. Hacía años que no volvía allí, y una desazón muy familiar le entorpeció los músculos de todo el cuerpo. George Connaught vio su desconcierto y llamó a la campanilla con seguridad.

—¿Sí?

El mayordomo se asomó y, a esa distancia, solo distinguió a Emily Gardiner, tan bella y digna como recordaba. Bajó los escalones de la casa y se acercó a ella, ceñudo.

—¿Qué haces llamando a la puerta principal, muchacha? Ve por detrás, por la entrada de servicio.

–Traigo a un médico. Déjame entrar, Peter.

–Entra por detrás.

–Buenas tardes, Peter. ¿Quiere abrir la maldita puerta de una vez y dejarme pasar para que pueda ver a mi paciente, la señora Gardiner?

El doctor Connaught se puso frente al empleado y le habló con tal autoridad que Emily se sintió de pronto muy segura.

–¿Milord?

Al viejo Peter Burton casi le da un pasmo al ver a lord George Connaught allí y se puso a temblar como una hoja. Sacó las llaves y abrió la puerta. George hizo una venia a Emily y entró con ella en el vestíbulo con total naturalidad. Aguardó a que el mayordomo los alcanzara y lo miró esperando indicaciones para llegar hasta la enferma, aunque sus intenciones fueron truncadas al oír la voz de la dueña de casa, lady Shafterbury, a su espalda.

–¿George? ¿George Connaught en mi casa? Sabía que no tardarías mucho en venir a ver a mi Rosemunde.

–Lamento decir que es una visita profesional, Rose. Vengo a ver a la madre de mi amiga, la señorita Gardiner.

–¿Cómo?

A Rose Shafterbury se le cerró literalmente la garganta al ver a esa muchacha insolente pisando la antesala de su casa. Emily Gardiner había crecido y se había convertido en una mujer tan hermosa que asustaba. La observó de arriba abajo y habló con todo el desprecio del que fue capaz.

–¿Qué demonios haces tú aquí, maldita desagradecida? Entra por las cocinas si quieres ver a tu madre. ¿Cómo te atreves a pasar por delante de mis ojos?

–No te atrevas a hablarle en ese tono.

George Connaught se puso delante de Emily y con su estatura la hizo desaparecer del campo visual de aquella bruja. La miró fijamente a los ojos y solo entonces lady Shafterbury comprendió que acababa de meter la pata delante del soltero más rico y perseguido de Londres.

—Te exijo una disculpa, Rose.

—Lo siento, es que estoy muy nerviosa. La pobre Katie está muy mal, pero ya la ha visto mi médico. ¿Y cómo es que os conocéis?

—¿Dónde está?

—Ahí —indicó con su enguantada y flácida mano—. Peter, acompaña a lord Connaught hasta los aposentos de la señora Gardiner.

El médico se volvió hacia una Emily muda y asustada, y la empujó suavemente por la cintura. Ella avanzó con paso firme hacia su antiguo dormitorio, y cuando llegaron y vio a su madre postrada en la cama, se le cayó el alma a los pies. Se arrodilló a su lado y se puso a llorar como una niña.

—Está muy mal, Emily.

George se acercó a ella, tras pasar más de media hora auscultando a la enferma, y se puso en cuclillas a su lado. Emily, inconsolable, con un pañuelo en la mano, levantó los ojos y miró los suyos, tan claros, sin poder hablar.

—Es tuberculosis, pero en un estado muy avanzado. ¿Sabe lo que es la tuberculosis? —Ella asintió—. Podemos hacer muy poco. Le he dado morfina para los dolores.

—¿Morfina?

—Es una medicina, un analgésico, lo estamos usando con éxito en el ejército. Quita los dolores del paciente. No sufrirá, créame.

—Tiene treinta y cuatro años.

—Lo sé, pero debe de llevar años cargando con su enfermedad, sin hacer nada por tratarla. Está muy débil. Ya tiene comprometidos los huesos y otros órganos internos…

—¿Y qué puedo hacer? —Los sollozos la ahogaban y las demás empleadas de la cocina también la observaban con lágrimas en los ojos—. ¿Me la puedo llevar a mi pensión? Tengo espacio; puedo cuidar de ella.

—No es aconsejable mover a su madre ahora.

—¿Y morirá sin más?

—Al menos, sin dolor. Lo siento, lo siento muchísimo.

Katie Gardiner murió solo unas horas después, a las diez de la noche y con su única hija sujetándole la mano. George Connaught no se separó de ellas, y cuando la imprudente Rosemunde Shafterbury se asomó por la zona del servicio para invitarlo a cenar, él casi la asesina con la mirada. Le hizo un gesto para que desapareciera de su vista, y luego le dio la espalda con auténtico desprecio.

Odiaba a las mujeres como Rosemunde Shafterbury. No solía tolerar demasiado rato sus coqueteos, sus movimientos de abanico y sobre todo esa superficialidad de la que normalmente hacían gala, así que no tuvo ningún reparo en humillarla delante de sus empleados justo antes de ordenar al mayordomo que fuera a buscar en un coche al padre Connelly, que era el párroco de la moribunda.

Katie Gardiner falleció tras recibir la extremaunción, y todos sus compañeros la lloraron con mucho sentimiento. Prudence White, en nombre del servicio, ayudó a amortajarla, y, antes de medianoche, un coche fúnebre pagado por el propio Connaught la condujo hasta la iglesia de Saint Margaret para que pudiera ser velada por sus más allegados.

Cuando Emily, como en trance, se sentó en la primera fila de la parroquia y miró el humilde féretro en el altar, soltó un llanto profundo y sintió cómo se partía por la mitad. Muchísimos sentimientos la embargaron e hicieron que se sintiera culpable y, de pronto, realmente sola.


—¿Qué sabéis del padre de Emily? —preguntó George a Winston cuando abandonaban el cementerio a paso lento.

La joven había enterrado a su madre prácticamente sola, y salvo algunos amigos de su barrio, que se habían enterado de la pérdida, y dos empleados de la casa Shafterbury, Emily Gardiner solo contó con el apoyo de Winston, Molly y el propio lord Connaught, que no se separó de su lado durante todo el proceso.

—Nada, ella no sabe nada. Su madre jamás permitió que le preguntara por él. ¿Por qué?

—Se queda muy sola.

—Es fuerte y nos tiene a nosotros.

—Sí, pero… —La miró desde la distancia; ella iba varios pasos por delante, agarrada al brazo de Molly Graham—. No sé, no sé.

—¿Qué pasa? —Winston Everhard detuvo el paso y lo miró a los ojos—. ¿Te interesa mucho Emily? Ten cuidado…

—No es eso —lo interrumpió, frunciendo el cejo—. Es que me recuerda poderosamente a alguien. Pero no me hagas caso.

—¿A quién?

—Nada, nada. Cuando lo tenga más claro, te comentaré algo.

George Connaught se despidió de ellos en la puerta del cementerio. Emily le agradeció incansablemente su ayuda, y él desapareció haciendo una venia camino de su consulta. Había pasado casi tres días pendiente de la joven y su madre, y cuando llegó a Cannon Street tenía gente esperándolo, pero en cuanto acabó de atenderlos, buscó papel, una pluma y se sentó delante de su escritorio para escribir una carta a uno de sus camaradas más apreciados, un verdadero héroe en la India, un oficial destacadísimo: lord Michael Shafterbury, general mayor del ejército de su majestad, barón de Wisley y hermano pequeño de lord Arthur Shafterbury.

Desde que había visto a Emily Gardiner algo en su aspecto lo había dejado perplejo, y no era solo porque se tratara de una muchacha bellísima y muy elegante, sino por el impresionante parecido físico que compartía con alguien que él tardó meses en identificar.

Siempre supo que le recordaba a una persona cercana, pero no fue hasta el momento en que ella le habló de su verdadero origen y de los Shafterbury cuando la realidad lo aplastó como una pesada losa. Emily Gardiner era idéntica a Michael Shafterbury, su superior y su amigo en Bombay, y solo fue necesario sumar dos más dos para sacar sus propias conclusiones. No iba a ser el primer caso de amoríos entre el señorito de una gran casa con una de sus empleadas. No era ninguna novedad y, en una ocasión, el propio Michael le había confesado, muy avergonzado, que se encontraba viviendo en la India permanentemente por unos problemas de faldas en Inglaterra que su familia había sido incapaz de tolerar. Por otra parte, el general mayor Shafterbury tenía treinta y seis años, dos más que la fallecida Katie Gardiner, y era más que probable que pudiera haber tenido una hija con ella.

Suspiró y se inclinó sobre la hoja de papel color vainilla. Era militar, Michael también, y lo mejor sería abordar la cuestión sin adornos ni florituras. Le describió la situación, le habló de la reciente muerte de Katie Gardiner y compartió sus sospechas de que la joven Emily fuera su hija, añadiendo de paso las duras condiciones de vida de la muchacha, que sobrevivía sola en Londres desde los catorce años.

Acabó la misiva, cerró el sobre y lo llevó personalmente al servicio de correos del ejército. Necesitaba que las noticias llegaran pronto al general mayor Michael Shafterbury, y ese era el sistema más seguro y veloz del planeta.

# Capítulo 9

—¿Qué es la tuberculosis?

Emily lo miró a los ojos, y George detuvo el paso. Se habían encontrado en Saint James's Park por casualidad y habían decidido dar un paseo juntos. Ella se empeñó en acompañarlo a su consulta de Mayfair y él aceptó, encantado. Hacía quince días de la muerte de su madre, y desde entonces no se habían vuelto a ver.

—Me refiero a qué le pasa al cuerpo del enfermo.

—Esencialmente, la tuberculosis es una enfermedad contagiosa que se transmite por el aire, por un agente que se llama Mycobacterium tuberculosis, o bacilo de Koch, bautizado así en honor a su descubridor, un médico prusiano que se llama Robert Koch. El doctor Koch consiguió aislar ese bacilo, esa bacteria, ese organismo diminuto —dijo, tratando de explicar lo inexplicable para alguien como Emily, según pensó—. Ataca a los pulmones, que se infectan y enferman. Hay fiebre y debilidad. El paciente tose mucho y se va apagando porque los pulmones no funcionan bien. Los pulmones te ayudan a respirar —añadió, indicándole el centro del pecho con el dedo—, y si están enfermos no funcionan, se colapsan, te asfixias y mueres. Es un resumen muy básico de esa enfermedad. Se sigue estudiando, pero es más o menos así.

—¿Duele?

—Los pacientes suelen estar muy cansados, afectados por estados febriles, sudores, y al final de la enfermedad tienen dolor. Si el aire no entra en los pulmones, la situación se vuelve muy angustiosa y muy dolorosa, pero a tu madre le aplaqué el dolor con la morfina.

—Pero ¿cuánto tiempo puede haber estado enferma?, ¿sufriendo sin decir nada?

—Meses, años, no lo sabremos, Emily. Depende de la fortaleza que ella tuviera antes de notar los primeros síntomas de la enfermedad.

—Me angustia pensar que ha estado sufriendo en silencio, trabajando hasta el último momento, porque en esa casa jamás se ha respetado la salud o la vida de los empleados, así que nadie debe de haber hecho nada por ayudarla.

—Lo siento.

—Me siento culpable. —Reanudó el paseo, enjugándose las lágrimas—. Si yo hubiese estado con ella, habría hecho algo por ayudarla, habría obligado a esa gente a llamar a un médico.

—¿Por qué te fuiste de la casa?

George la tuteó con total naturalidad, y ella lo aceptó sin rechistar.

—Lady Shafterbury me echó por enfrentarme a ella. Molly necesitaba un trabajo, se lo pedí, se negó y empezó a insultarme. Solo exigí un poco de respeto hacia mi madre y hacia mí, pero ya sabemos cómo es. Se puso histérica y me echó a la calle. Pero como decían todos en las cocinas, se veía venir. Siempre me había odiado.

—¿Te odia? ¿Por qué?

—No lo sé, porque juro por Dios que me crie escondida en la zona de servicio. Mi pobre madre me obligaba a estar en silencio… —Lo miró de reojo, sonriendo—. Aprendí a ser invisible desde muy pequeña. Todo por no molestar a los señores de la casa, sobre todo a lady Rose Shafterbury.

—¿Y naciste allí?

—Eso me dijeron. Mi madre llegó de Irlanda a los doce años para servir en la casa como costurera y me tuvo con dieciséis. Al parecer, su valía con la aguja la libró de que la echaran a la calle conmigo recién nacida. Pobre mamá, no hizo más que sufrir en sus treinta y cuatro años de vida.

—¿Y cómo has salido adelante?

–Trabajando. –Se puso tensa–. Winston, Emily y yo somos socios. Hacemos pequeños negocios y vamos sobreviviendo.

–Has sido muy valiente.

–No soy la única persona que sale adelante por sus propios medios, doctor; no es para tanto.

–¿Te puedo hacer una pregunta personal? –Emily asintió sin mirarlo–. ¿Sabes algo de tu padre?

–Pues no, ni idea. Ella no podía ni tratar el tema. Una vez, Prudence, la gobernanta, me dijo que me parecía a él y me contó, en secreto, que mi madre lo había amado muchísimo. No sé nada más.

–¿No te gustaría encontrarlo?

–¿A mi padre? –Se rio suavemente–. Esa es la fantasía de todos los huérfanos, ¿sabe? Pero creo que es imposible. Si no ha dado señales de vida en dieciocho años, sus motivos tendrá.

–¡Dios bendito!, ¿qué demonios es eso?

George Connaught oyó los gritos del aquel chiquillo y se detuvo para ver la portada del *Daily Telegraph*, que era voceada en medio de la calle.

–¿Paul Hamilton?

–¿Cómo dice?

Emily sintió que la sangre le subía a la cara. Las rodillas le flaquearon, pero tragó saliva y se acercó para ver la portada del periódico, en la que se podía leer: *El demonio anda suelto*, un titular exagerado, pero eficaz.

–¿Lo conoce?

–Sí, claro. Es el marido de mi prima Alice. –Compró el diario por dos peniques y lo leyó con la boca abierta–. Al parecer es todo un personaje, ¿no? Pobre Alice.

–Lo siento por ella.

De reojo comprobó que una ilustración muy realista mostraba al caballero, con aspecto de vicioso asesino, entrando a un tugurio de Whitechappel. Edward Grant había hecho bien su trabajo, con muchos detalles y salpicado de un aire dramático de lo más jugoso.

—¡Dios bendito!, es increíble. Supongo que podrán probar todas estas acusaciones.

—Si lo han publicado, seguro que sí —fue la respuesta de Emily, que dejó de mirar el periódico para observar el rostro hermoso y varonil de Connaught concentrado en las letras impresas del *Daily Telegraph*.

—Es grave, muy grave. —Él levantó los ojos de color aguamarina y la pilló mirándolo.

Emily dio un paso atrás y se sonrojó hasta las orejas.

—Bueno, doctor, debo irme, pero antes quería preguntarle cuánto le debo por la atención a mi madre, el coche fúnebre y las medicinas.

—Nada, por Dios.

—¿Cómo que nada? Puedo pagarlo...

—No lo dudo, pero no me debes nada.

—¿Có...?

—Me salvaste la vida; te lo debía. Ahora estamos en paz, ¿de acuerdo? —la interrumpió con una amplia sonrisa.

—No diga eso en voz alta, milord. A muchas personas les encantaría probar que yo delaté a los McGuinness.

—¿Ah, sí? —Se puso tenso—. ¿Te han amenazado? ¿Tienes problemas por aquel incidente?

—No se preocupe, doctor; sé cuidarme sola.

—Perfecto. —Movió la cabeza, sonriendo—. En fin, no me debes nada. ¿Trato hecho?

George escupió en la palma de la mano y se la ofreció; ella imitó el gesto y estrechó por primera vez su enorme y cálida mano con el corazón desbocado.

—Trato hecho. —Emily hizo una pequeña reverencia y desapareció en medio del mar de gente.

Dos días después de que Paul Hamilton fuera crucificado por el *Daily Telegraph*, el noble abandonó el Parlamento y anunció que se retiraba al campo durante una temporada. La noticia cayó como una bomba en la ciudad, y la nueva presa de Emily, Winston y Molly pagó el jugoso chantaje del trío incluso agradecido de poder hacerlo y salvaguardar de esa forma su disoluta vida.

No les costó nada cobrar el dinero, y cuando se reunieron en la pensión para hacer cuentas, decidieron que ya tenían suficientes fondos para retirarse un mes al menos y dejar que los lores del Parlamento fueran meditando sobre lo que se les podía venir encima. Molly y Winston viajaron a Brighton para ir eligiendo el local donde instalar su posada, y Emily inició una nueva costumbre: pasear con el doctor George Connaught por Saint James's Park o Hyde Park cuando se encontraban por casualidad. Era obvio que poca casualidad había en aquello, porque ella lo tenía perfectamente controlado, pero George simuló siempre que dichos encuentros eran fortuitos, pese a sospechar que ella los provocaba con mucha elegancia.

Hablaban de todo, especialmente de medicina. Emily tenía una curiosidad incansable al respecto, y George igual le contaba detalles de sus pacientes, de los casos más difíciles, que de anatomía o farmacología. Ella preguntaba y escuchaba con atención, y pronto fue aprendiéndose las partes del cuerpo humano, los nombres de algunos órganos, músculos y huesos, completamente maravillada de que existieran términos para eso. Y cuando empezó a tomar nota de algunas palabras, George le regaló un manual básico de medicina, que ella aceptó como un enorme tesoro.

—Falange distal, falange media y falange proximal —recitó Emily, tocándose el dedo corazón.

George la observaba, divertido. Habían quedado para tomar el té, a solas, en el Grand Hotel, y ella había llegado empeñada en demostrarle sus últimos avances de alumna aplicada.

—Hay veintisiete huesos en la mano, ocho en el carpo, cinco metacarpianos y catorce falanges...

—Perfecto. Dame la mano. —Se la sujetó y la giró para rozarle la palma con suavidad—. Aquí hay cinco huesos, uno por cada dedo. Son huesos metacarpianos; constituyen el esqueleto de la mano. ¿Has visto alguna vez un esqueleto? –Ella negó con la cabeza–. Tengo uno en casa; lo llevaré a la consulta para que lo estudies, ¿de acuerdo?

–Vale.

–Bien.

Siguiendo un impulso, George deslizó el pulgar con el que sujetaba su fina mano y le acarició la palma con demasiada familiaridad. Ella creyó morir ante el gesto y se puso roja como un tomate.

–Tienes unas manos muy bonitas.

–Gracias.

–Se nota que sabes bordar.

–Claro, ¿quién no? –contestó. Retiró la mano y clavó los ojos en la mesa.

–Tal vez, pero Winston dice que eres una artista con la aguja y que quieres abrir tu propio negocio.

–Sí, así es.

–Me parece una gran idea.

–Es la más práctica.

–Tengo que ir a Cambridge el próximo fin de semana. Hay una reunión con los viejos camaradas. ¿Quieres venir? He pensado que tal vez te gustaría visitar la Facultad de Medicina.

–¿Yo? ¿Solos?

Casi lo asesina con la mirada. George se pegó a la silla, sonriendo.

–Hay una pensión muy elegante y decente para señoritas en la ciudad. Puedes quedarte allí, y yo, en mi antiguo colegio mayor, Emily Gardiner. ¡Por Dios!, creía que éramos amigos, y tú una chica valiente y moderna. Te gustará ver aquello, incluso podemos asistir a una clase de anatomía. ¿No era eso lo que querías?

–¿En serio?

–Claro…

–No sé.

Era algo completamente inadecuado, pero la curiosidad superaba sus prejuicios. Se pasaron un buen rato en silencio, hasta que al fin levantó la cabeza y lo miró a los ojos. George Connaught no movió ni un solo músculo de la cara al escuchar su decisión.

—Está bien, iré. Dime a qué hora y dónde, y allí estaré. —Lo había tuteado por primera vez.

Jamás había salido de Londres. En dieciocho años de vida solo conocía su ciudad, y, relativamente, porque sus movimientos se habían circunscrito siempre a la zona centro y poco más, así que subir en un coche de caballos esa mañana de viernes para salir de la capital camino de Cambridge supuso para Emily Gardiner una especie de recompensa por todos los duros años que había aguantado en el pasado. Era un premio, y se presentó en Park Lane, justo donde le había dicho que estuviera George Connaught, con media hora de antelación.

Iba vestida de viaje, con un traje gris, y llevaba dos más en la maleta, dos sombreros y un par de botas para el campo. Ella cosía, y su ropa era primorosa. No tenía nada que envidiar a las señoritas más estiradas de Londres. Así pues, cuando su amigo se acercó a ella, no pudo evitar sentirse maravillado por su espléndido aspecto.

—Llegas pronto —dijo, mirándola de arriba abajo.

Su pelo oscuro estaba peinado con mimo y el coqueto sombrerito negro le quedaba perfecto, al igual que el corpiño bordado del vestido y la tela fuerte, pero con movimiento, que resaltaba sus formas femeninas y armoniosas. Era preciosa, y George Connaught tuvo que tragar saliva y desviar los ojos hacia el parque para evitar parecer un impertinente.

No viajaremos solos. Nos acompañarán el doctor Joseph Lister y su esposa.

—¿Doctor?

—Sí. Es uno de los científicos ingleses más importantes del momento. Ha desarrollado la asepsia y la antisepsia, Emily. Son dos conceptos que han ayudado mucho en la cirugía y en la salud de los pacientes. Pero, en fin, ya te lo explicaré más adelante. Le he dicho que eras hija de un gran amigo y que por esa razón te vienes a Cambridge conmigo. No quiero que haya malentendidos.

—¿Qué clase de malentendidos? Obviamente alguien como tú no tiene nada que ver con alguien como yo… —Al oírse se sorprendió incluso ella, pero el comentario fue espontáneo, y cuando miró a los ojos ceñudos de Connaught, comprendió que estaba siendo muy imprudente—. Lo digo porque es evidente; no creo que haya que dar explicaciones.

—¿Alguien como yo? ¿Intentas ofenderme?

—No, eso jamás. Yo te respeto, doctor.

—Pues ha sonado muy mal.

—Tú eres rico, noble y un buen médico, y yo una chica del East End que sobrevive como puede. Lo lógico es que fuera tu sirvienta, ni siquiera la hija de un buen amigo tuyo, pero la excusa me vale. Diré lo que tú me mandes.

—¿Te das cuenta de lo que estás diciendo? Eres una clasista... —Le clavó los ojos claros y ella bufó, moviendo la cabeza.

—¡George, hijo! ¡Qué alegría verte! —Joseph Lister en persona bajó de un carruaje para saludar a Connaught y de paso ver de cerca a esa dulce muchacha que estaba a su lado—. ¿Y esta joven?

—Emily, Emily Gardiner, Joseph; es nuestra compañera de viaje.

—Encantado, querida, pero vamos, vamos, quiero llegar a Cambridge cuanto antes.

Emily se sentó frente a George y junto a la mujer del barón Lister durante todo el trayecto. Estaba fascinada con la charla que su amigo y Lister iniciaron en cuanto se pusieron en marcha y se debatió durante el camino en observar el entusiasmo en los ojos aguamarina de Connaught y el precioso paisaje que iba pasando ante ella por la ventanilla abierta. La señora Lister, que tenía aspecto de apacible abuela de cuento, apenas le dirigió la palabra, y ninguno la interrogó ni la incomodó lo más mínimo, así que cuando al fin llegaron a la ciudad universitaria de Cambridge, una

hora y media antes de la cena, ella iba con la sonrisa peren-
ne en la cara, contenta y relajada, con el corazón henchido
de orgullo por George, que sabía tanto y era tan extremadamente encantador, y muy satisfecha de haber disfrutado de
un viaje con personas tan interesantes, cultas y agradables.

—La señora Williams se ocupará de todas tus necesidades hasta el lunes, Emily. Te dejo aquí y te recojo dentro
de una hora para ir a cenar.

—¿Adónde vas tú?

Emily miró con desconcierto el vestíbulo tan elegante
de la residencia y a aquella mujer que la miraba con tanta
altanería. George le rozó el brazo, tranquilizador.

—Aquí al lado. —La empujó hacia la escalera de la entrada para enseñarle las calles—. Estamos en Rensfield
Road, ¿lo ves? Y esa calle de allí es Trumpington. Al final
está mi colegio mayor, Peterhouse; luego te lo enseñaré,
te encantará. Estamos muy cerca, pero no puedes alojarte
allí, porque no admiten señoritas.

—Bien, gracias. No te preocupes; era solo curiosidad.

—Te recojo dentro de un rato, entonces.

—Doctor…

—¿Qué? —Se volvió hacia ella, poniéndose el sombrero.

—Gracias.

—De nada. Gracias a ti por acompañarme.

Cambridge resultó ser una ciudad maravillosa. George
Connaught se esforzó en mostrarle sus secretos, sus calles,
sus maravillas artísticas, y la llevó a la Facultad de Medicina para que pudiera ver sus aulas y sus clases abarrota-
das de alumnos, todos muy elegantes, a ojos de ella. Eran
los jóvenes más brillantes y aplicados de Gran Bretaña,
e incluso de América, porque muchos viajaban hasta allí,
desde la antigua colonia, para formarse en su prestigiosa
Facultad de Medicina.

—Los Laboratorios Cavendish son los más famosos
del país, Emily —le dijo delante de la Facultad de Física—.
Aquí se estudian constantemente los avances en diversas
ciencias y son un orgullo para nuestra universidad. ¿Sabes

quién es Henry Cavendish? –Ella negó con la cabeza–. Buscaré algunos libros para que leas sobre él. Era químico, físico y estudió la densidad de la tierra... –Se calló y miró sus ojos negros.

–¿Qué?

–Es complicado y ni siquiera yo puedo explicártelo de forma comprensible.

–No importa.

–Bueno... –Le ofreció el brazo para seguir paseando–. La Universidad de Cambridge fue fundada en el año 1209 por académicos que llegaron desde Oxford...

–Tienes un hermano estudiando en Oxford, ¿no?

–Sí. ¿Cómo lo sabes?

–Winston me lo contó. Se llama Simon y estudia derecho. –George asintió, sonriendo–. ¡Qué suerte poder estudiar en un sitio como este!

–Lo es. Fueron mis mejores años.

–¿Y por qué te fuiste a la India?

–Soy el segundo varón de la familia. Mi padre quería que sirviera en el ejército, y en cuanto terminé la carrera, tuve que marcharme a ultramar, pero tampoco estuvo tan mal.

–¿Entraste en combate?

–Sí, pero serví sobre todo como oficial médico y aprendí más allí que en seis años de carrera. El ejército de su majestad cuenta con los mejores médicos del país, en serio...

–¿George? ¡George Connaught!

–¡Dios santo!, David Law. Creía que estabas en América. –Emily observó en silencio el abrazo sincero de los dos camaradas y esperó pacientemente a ser presentada–. ¡Qué bien que estés por aquí! Quería hablar contigo.

–¿Y la dama?

David Law, que era guapo, alto y muy expresivo, miró a Emily frunciendo el cejo. Siendo la primera vez que veía a Connaught del brazo de una chica, imaginó que era una pariente, o mejor aún, su prometida.

–La señorita Gardiner, Emily; es la hija de un buen amigo del ejército y le estoy enseñando la ciudad.

—Encantado.

—Igualmente, milord.

—De milord, nada; solo soy el doctor Law, milady, el orgulloso hijo de un tendero de Liverpool.

Emily le regaló una enorme sonrisa y ambos se miraron a los ojos poco más de un segundo, un gesto que no le gustó nada al doctor Connaught, que entornó los suyos muy incómodo. «Es el saludo de unos iguales», pensó, conociendo la animadversión que sentía Emily por los nobles. De repente, se sintió ajeno a ellos, a ella, y esa circunstancia le dolió especialmente en el pecho. Dio un paso adelante y agarró a su amiga del codo.

—¿Cuándo podemos charlar? Tengo algo que quiero consultarte, David.

—¿Esta noche después de la cena?

—Perfecto. En el Trébol Azul a las nueve y media. ¿Te viene bien?

—Claro. ¿Dónde vais ahora?

—Sir Wolfson me ha dado permiso para asistir a su clase de anatomía.

—¿Una autopsia? ¿En sábado?

—Sí, hemos tenido suerte.

—¿Y pretendes llevar a la dama?

David contempló los ojos tan oscuros de la muchacha y la vio muy serena. Era preciosa, y observaba a Connaught con cierta devoción contenida, muy enternecedora. Resultaba adorable.

—A eso hemos venido. La señorita Gardiner es una aficionada muy aplicada a nuestro oficio.

—¡Qué rareza! Pero bueno, ya me contará qué le parece. Ahora os dejo pasear a gusto; tengo una cita en el laboratorio.

El médico se despidió con una venia, y ellos regresaron a la Facultad de Medicina para conseguir un buen sitio en la zona pública del aula de anatomía. George buscó una silla discreta y cercana a la puerta para Emily, y ella se sentó, maravillada por la enorme sala donde muchos alumnos ya se encontraban con sus levitas y sus papeles, dispuestos a tomar notas. En el centro del recinto, que era igual que un teatro isabelino, una mesa enorme con la cubierta de mármol esperaba tranquilamente a que el profesor titular, Wolfson, iniciara una autopsia con fines puramente académicos.

–Si te sientes mal, puedes salir. No te sacrifiques en nombre de la ciencia –le comentó George al oído.

Emily ni lo miró. Observaba cómo unos empleados colocaban el cadáver de un hombre en la mesa y cómo sir Wolfson y sus ayudantes se acercaban a él con instrumental médico y una sierra demasiado grande.

–¿Emily?

–Sí, sí, no te preocupes. –Le devolvió la sonrisa y se aprestó a ver la clase. Sin embargo, en cuanto aquella gente abrió el cuerpo inerte del individuo y el doctor Wolfson introdujo las dos manos dentro del pecho, tuvo que volverse y abandonar el sitio con náuseas. George salió corriendo detrás de ella.

–¿Eh?, ¿te encuentras bien?

–No te rías de mí.

–No me río. –Pero se reía, apoyado en la pared del pasillo, viendo cómo ella intentaba parecer entera–. Es normal; muchos compañeros míos no soportaban estas clases. Es asqueroso, no te avergüences.

–Huele muy mal.

–Claro, está muerto y conservado en formol.

–¿Podemos salir de aquí, doctor?

Esa noche lo acompañó a la cena con sus camaradas y no pasó inadvertida. Un mar de gente la miraba con curiosidad. Era una amiga de George Connaught, algo de por sí insólito, y aunque nadie se atrevió a preguntar su origen, todos supusieron que se trataba de una dama muy fina, por su belleza, sus modales y su acento impecable, y nadie pudo imaginar que se había pasado más de una hora delante del espejo cambiándose de ropa y modificando su peinado. Jamás se había esmerado tanto en su aspecto, y cuando llegó a la recepción en uno de los salones de Peter-house, lo hizo sintiéndose muy guapa.

George desplegó sus galantes atenciones con ella, y esa noche, cuando la dejó en la residencia y se despidió con una discreta venia, Emily Gardiner deseó, por primera vez desde que lo conocía, que él dejara de ser un caballero y la besara.

—¡Madre de Dios! —susurró con una enorme sonrisa. A su lado una presencia sigilosa la sorprendió pegándose a ella.

—Debe de ser la primera mujer que conozco que disfruta con este deporte de salvajes, milady.

—¡Oh, doctor Law!, buenos días, y no soy lady de nadie; simplemente Emily.

Volvió su atención hacia los dos equipos de rugby que se enfrentaban en un partido amistoso en el centro de ese gigantesco campo y buscó con los ojos a George Connaught para no perderlo de vista.

—Nunca había visto un partido y me parece muy divertido.

—Él era una estrella en sus años universitarios, y de esgrima, de lucha, de boxeo, ya sabe, el hombre perfecto.

—¿Quién?, ¿el doctor?

—Sí, claro.

David Law la observó completamente fascinado por su belleza tan natural y carente de artificios, y luego siguió sus ojos negros, que no se separaban de la figura alta y elegante de Connaught.

—Siempre destacó en todo; un hombre con suerte.

—¿Y usted no juega al rugby?

—Ahora no. Tengo una lesión de rodilla que es mejor cuidar.

—Pues el doctor no quería que viniera por aquí, pero me aburría en la residencia y, con este día tan maravilloso, es mejor disfrutarlo al aire libre, ¿no cree?

—Por supuesto. ¿Se conocen desde hace mucho?

La víspera había intentado interrogar a su camarada sobre la muchacha y su relación con ella, pero como siempre, Connaught se había mostrado extremadamente prudente en sus respuestas.

—No demasiado. Él tiene una consulta cerca de donde vivo. Atendió a una amiga mía y también asistió a mi madre antes de su muerte, hace poco más de un mes. Nos conocemos desde diciembre pasado, me parece.

—Siento lo de su madre.

—Gracias.

—¿Y su padre es militar?

—Bueno… —Cerró los ojos al ver un placaje demasiado violento contra su amigo—. ¡Ay, Dios, qué dolor…!

—No le pasa nada. Está acostumbrado —opinó Law, viendo cómo el aludido se ponía de pie sonriente—. ¿Militar del ejército de tierra?

—¡Mmm!, sí —respondió sin mirarlo, recordando la mentira que se había inventado George—. Pero no vive en Inglaterra; está en la India.

—¿Y le interesa mucho la medicina?

—Sí, me interesan muchas cosas.

Emily se volvió y le clavó los ojos negros. A David Law le temblaron las piernas, pero se mantuvo sereno.

—No he tenido la suerte de poder estudiar y cultivarme, pero intento aprender de todo un poco.

—Pues es una novedad encantadora.

—¿Encantadora?

Ella frunció el cejo, poniéndose a la defensiva. Odiaba ese tipo de adjetivos refiriéndose a una mujer, y menos si esa mujer era ella. El doctor Law reculó, algo arrepentido de su comentario, pero no pudo argumentar porque George Connaught apareció a su lado a la carrera.

—¡Eh!, ¿qué haces interrogando a mi invitada, David?

—No la interrogo; estamos charlando. Buen partido. —Le ofreció la mano, y George devolvió el saludo mirando a la preciosa Emily Gardiner, vestida de rosa pálido—. Solo charlamos. ¿Dónde coméis?

—Había pensado en Harry's, algo típico y bullicioso.

—Pues yo os invito, ¿os parece?, y así podemos comentar un poco el caso que me encargaste. Creo que tengo alguna idea.

—Perfecto. Voy a cambiarme y ahora vuelvo, ¿de acuerdo?

Emily asintió, observando cómo corría hacia el colegio mayor para cambiarse. Iba vestido para jugar al rugby, con pantalones blancos cortos, hasta las rodillas, que dejaban a la vista sus piernas fuertes y cubiertas por un vello dorado de lo más varonil, y con la camiseta azul y blanca distintiva de su universidad. Sin querer suspiró al comprobar que el inteligente y brillante médico era además un tipo hábil y con mucha energía. «El hombre perfecto», como había dicho David Law tan solo unos minutos antes. Demasiado perfecto.

—¿Por qué no te has casado, doctor?

En el carruaje de regreso a Londres, donde viajaban solos, Emily buscó sus ojos para preguntar. Él iba leyendo el periódico y levantó la mirada aguamarina hacia ella con sorpresa. No sabía si había oído bien la pregunta.

—¿Cómo dices?

—¿No quieres hablar de tu vida privada? Creía que éramos amigos, Connaught, y tú, un hombre valiente y moderno.

—¿Parafraseándome, milady?

—Un poco, pero dime: ¿por qué no te has casado?

—No ha llegado el momento.

—Pero ¿estuviste prometido? Se lo dijiste a Molly una vez.

—Sí, bueno. —Apartó el periódico y se acarició la mejilla, pensando—. A los dieciocho años me comprometieron con una prima. Cuando acabé la carrera, a los veintitrés, me fui a la India, como ya sabes, y estando allí, ella se casó con el hombre que de verdad le interesaba.

–¿Te prometieron?

–Un arreglo entre familias. Es lo normal, ¿no lo sabes?

–Sí, pero…

–Éramos primos, nos conocíamos de toda la vida, y ella siempre estuvo enamorada de su actual marido. Me alegró saber que se casaba con él. –Le clavó los ojos azulados, y Emily le sostuvo la mirada–. ¿Algo más?

–¿Te he molestado? Lo siento.

–No me ha molestado en absoluto. ¿Y tú por qué no te has casado?

–¿Yo? –bufó, revolviéndose en el asiento–. Me parece un muy mal negocio.

–¿Negocio?

Su sonrisa iluminó la mañana, según se le antojó a Emily, y esta irguió los hombros para exponer su teoría.

–Una chica como yo puede aspirar a casarse con un carnicero, un panadero, un zapatero o, con suerte, un marino mercante. En los primeros casos, me matarían a trabajar por el negocio familiar; en el último, mi marido se pasaría el año lejos de casa con una novia en cada puerto; y en todos, acabaría consumida antes de los treinta años, cargada de hijos y completamente sometida a la autoridad ajena. Prefiero trabajar para mí, ganar mi propio dinero y tener mi propio hogar.

–Muy lógico, pero ¿por qué una chica como tú solo puede aspirar a ese futuro tan negro?

–No tengo familia, ni dinero, ni apellido. ¿Dónde crees que puede llegar alguien como yo?

–Conociéndote, donde quieras.

–Eres muy amable, pero muy ingenuo, doctor.

–Yo creo firmemente en que el trabajo, el talento y la inteligencia pueden abrir todas las puertas.

–Eso es, por esa razón guardaré el escaso talento que Dios me ha dado para mí.

–Es una opción muy inteligente, Emily.

La miró largamente. Ella giró la cabeza y se concentró en el paisaje. Era tan guapa que le dejaba a uno fuera de juego con solo una mirada, y además era lista, dulce y especialmente femenina. Sin embargo, estaba tan herida y asustada que una coraza gruesa e infranqueable la rodeaba, poniendo un inmenso muro entre ella y el mundo. Quiso acercarse y abrazarla, protegerla..., pero supuso que eso entre ellos era un asunto imposible. Bajó los ojos y se concentró nuevamente en el periódico.

—¿Y ese talento lo ocuparás en tu tienda de costura?

—Eso espero.

—Estupendo.

—Doctor...

—¿Sí?

—El próximo domingo Molly y Winston se van a casar en Saint Margaret y...

—¡Ah! pero ¿no están casados? —la interrumpió, perplejo. Esa gente mentía más de lo decentemente aceptable, pensó.

—No. Es que después de que la atendieras a Molly le dio vergüenza decirte que no estaba casada.

—Pero habéis tenido mucho tiempo para aclarármelo, ¿no?

—¿Estás enfadado?

—No me gustan las mentiras. Me parecen un acto muy desleal.

—Lo siento.

Se calló, roja como un tomate, y volvió a enfrascarse en el paisaje con los ojos brillantes. Estaba muy avergonzada, y George suspiró antes de hablar.

—Está bien, está bien; no pasa nada. ¿Qué me ibas a decir?

—Te iba a invitar a la boda.

—¿A qué hora es?

—A las diez, antes de la misa de doce.

—Veré qué puedo hacer.

# Capítulo 10

El viaje de Emily Gardiner a Cambridge cambió su vida para siempre. «Ya no es la misma», dijo Molly nada más verla llegar ese lunes a casa flotando entre las nubes. Venía emocionada y sonriente, y tardó dos días en contarles los detalles de la experiencia, que para ella había sido la más feliz de toda su vida. Jamás se había sentido tan integrada, aceptada y normal como entre los amigos y colegas de George Connaught, que gozaban de una conversación interesante y de una amabilidad sincera.

En su ambiente, Emily transitaba como una extraña. Jamás había encontrado a nadie con quien charlar de sus intereses, y la mayor parte del tiempo la observaban con desconfianza por su aspecto y su educación. En Cambridge, no, allí solo había sido la acompañante de un colega, del respetado y querido George Connaught, el hombre más brillante y atractivo del universo.

—¿Te acostaste con él?

Molly se acurrucó a su lado la víspera de su boda, una noche que no quería compartir con su flamante prometido. Emily había vuelto hacía cinco días de su viaje con el médico y aún no había tenido tiempo de hablar con ella, así que aprovechó la noche para abordarla sin miramientos.

—¿Ya no eres virgen?

—¡Claro que sí!, ¿pero qué demonios estás diciendo?

—¿En serio? —Molly se incorporó y buscó sus ojos—. No me lo puedo creer. Los dos solos, ¿y no pasó nada? ¿Te besó?

—¡No!

–¿Te cogió la mano?, ¿te dijo algo?

–¡No! –Se sentó, indignada–. Somos amigos, Molly. Me hizo el favor de enseñarme la universidad. Él sabía lo importante que era para mí conocer aquello, nada más. ¿Es tan complicado de entender?

–¿Cuántos hombres te dicen piropos durante el día? –Emily abrió mucho los ojos y se calló–. Diez de diez. Y, sin embargo, ¿ese doctor no te dijo nada?, ¿no intentó nada? ¿Acaso no le gustan las mujeres? Oye, es probable. ¿Soltero a los treinta? Es raro, ¿no?

–Molly, a veces quisiera matarte, en serio.

–¿Y qué hicisteis?

–Ya os lo he contado.

–¿Conferencias, cenas, paseos y rugby?

–Sí. Buenas noches.

Emily se desplomó en la almohada con una extraña desazón en el pecho. Molly tenía en parte razón; obviamente ella no le interesaba en absoluto a George como mujer, y eso dolía, y mucho.

–¿Y te gustaría acostarte con él?

–¡Molly!

–He visto cómo lo miras. Jamás te he visto mirar a nadie de esa forma y no te culpo, porque el doctor parece un ángel caído del cielo. Es el hombre más guapo que pisa el East End, y Londres, si me apuras. ¿Te gusta?

–¿Qué más da? Para él soy una especie de obra de caridad. Se divierte ayudándome y enseñándome cosas. Y ahora, a dormir. Mañana es tu gran día.

–Winston dice que las mujeres tan inteligentes como tú alejan a los hombres, que deberías aprender a ser más coqueta y más humilde.

–¿Eso dice Winston? Es un maldito traidor –bromeó, cerrando los ojos–. Hasta mañana, Molly.

Molly y Winston se dieron el sí quiero el veinte de mayo en la parroquia de Saint Margaret, con Emily y los

Smith como testigos. Joe y Faith Smith eran amigos de Winston desde hacía años, y ese domingo se presentaron muy elegantes para acompañar a su amigo en un día tan especial. Fue una boda corta, pero muy bonita, y aunque Emily Gardiner se pasó toda la ceremonia mirando hacia la puerta, esperando la entrada de George Connaught, llegó a emocionarse por las sentidas palabras del sacerdote y por las lágrimas de su amiga, que no podía estar más guapa.

Acabado el enlace se encaminaron hacia su *fish and chips* favorito y comieron en medio de los brindis y los buenos deseos para el feliz matrimonio. Los nuevos señores Everhard convidaron generosamente a sus invitados, y por la tarde, solo con Emily, que parecía ausente y algo cansada, compraron un trozo de pastel, que se comieron en la intimidad de la pensión, con unas buenas tazas de té, mientras hablaban del futuro y de la nueva vida que se les abría por delante.

—Queremos irnos a Brighton en septiembre, querida —le soltó al fin Molly. Emily levantó los ojos hasta ella y se encogió de hombros—. Ya tenemos el local. Hemos dado una señal, y Winston cree que el otoño es el mejor momento para iniciar el negocio.

—Y lo es.

—¿Te vendrás con nosotros? —Winston la miró, entornando los ojos.

—¿Yo? No. Quiero mi negocio en Oxford Street; con suerte, en Piccadilly Street.

—Nosotros ya tenemos el dinero para lo nuestro, pero lo tuyo es más caro. Si nos vamos…

—No os preocupéis; me las arreglaré.

—No me hace gracia dejarte en Londres, Emily. Somos una familia.

—Molly, cielo —dijo, y extendió la mano para acariciarle el brazo—, vosotros ahora vais a formar otra familia. Yo iré a veros, pero me quedo en Londres.

—O sea que tenemos tres meses para dar otros golpes y reunir tu dinero. —Winston se puso de pie y se sirvió un vaso de cerveza–. Junio, julio y agosto. A mediados de septiembre quiero estar ya en Brighton.

–Perfecto. Tengo tres candidatos, uno para cada mes, y ya está.

–Tú mandas.

–Vale. Pero ahora me voy a mi habitación. Estoy cansada.

Se levantó e hizo amago de abrir la puerta, pero la voz clara de Winston la dejó congelada, con la mano sobre el pomo de metal.

–No vayas a Cannon Street; él no está. Ayer nos vimos en la taberna de Lambeth. Fue para felicitarme y mandar un regalo a Molly porque hoy no podía ir a la iglesia.

–No pensaba salir. –Abrió la puerta sin mirarlos.

–Lamento no habértelo dicho antes. Lo olvidé. Siento que te hayas pasado el día esperándolo.

–Yo no esperaba a nadie.

–Dijo que estaba muy ocupado y que os mandara recuerdos. Creo que será complicado volver a verlo durante el verano. Tiene planes.

–Muy bien.

Se volvió hacia ellos forzando una sonrisa.

–Con la familia.

–Buenas noches.

Las lágrimas le subieron a los ojos sin explicación alguna. Salió de prisa al pasillo, entró en su cuarto y se desplomó en la cama, llorando como una niña.

–Se ha puesto triste –susurró Molly, agarrándose al brazo de su flamante marido.

–Es mejor así, es necesario que se aleje de ella cuanto antes.

–¿Por qué?

–No conozco a nadie mejor para Emily que George Connaught, Molly, pero ella no es para él. No es bueno que pasen tanto tiempo juntos, que se ilusione con un mundo que no es el suyo, o que se vayan de viaje. Es muy inapropiado, y ella acabará sufriendo. De hecho ya lo hace, ¿no?

–Pero ¿le has dicho algo al doctor?

Molly frunció el cejo, enfadada.

–Lo mismo que acabo de decirte a ti, cariño. Él es un tipo listo y creo que se ha dado cuenta de que la extraña amistad que ha entablado con Emily Gardiner es de lo más inadecuada.

–Son amigos.

–No puede haber amistad entre un hombre y una mujer.

–Tú eres amigo de Emily.

–Porque te tengo a ti y porque ella es como mi hermana. Pero para los hombres de la clase del doctor Connaught, una chica como Emily acabará convirtiéndose en un entretenimiento, un capricho...

–Pero ¿qué dices? –Incluso a la ingenua y sumisa Molly Graham ese comentario le sonó fatal. Le dio la vuelta para que la mirara a los ojos–. Ese médico es decente y una buena persona, jamás se aprovechará de ella, y lo principal es que ella jamás consentirá que se aproveche.

–Ella bebe los vientos por él, acabará tragando con cualquier cosa y no se lo merece. ¿Qué te crees?, ¿que alguien como el futuro duque de Stevenage se va a casar con alguien como ella?, ¿como nosotros?, por Dios, Molly, despierta y deja ya de soñar, él es quien es, aunque tenga una consulta de caridad en Cannon Street y jamás, óyeme, jamás, podrá huir a su destino.

# Capítulo 11

La casa familiar de Bath era de las favoritas de George Connaught. Grande, fresca y un sitio perfecto para distraerse, descansar y poner algo de calma en su cabeza.

Decidió escaparse allí dos minutos después de despedirse de Emily Gardiner en Piccadilly Circus, tras su estupendo fin de semana en Cambridge, cuando miró sus ojos negros y descubrió en ellos una brizna de afecto que lo aterró. A él le fascinaba Emily; no solo por su belleza y encanto, sino también, y sobre todo, por su viveza, su inteligencia, su risa franca y ese espíritu de lucha que la hacía única. Era una mujer extraordinaria y, por esa misma razón, no pretendía hacerle daño, defraudarla y terminar, por su culpa, con una amistad como la suya.

En pocas semanas, habían desarrollado una confianza extraordinaria. Desde el momento en que ella le había confesado sus orígenes, una de sus innumerables barreras había caído y lo había dejado entrar en su vida con normalidad. Y él había querido entrar, lo que sin duda había sido una decisión inesperada. Él jamás intimaba con los pacientes o con los parientes de sus pacientes; no era muy ético. Pero con ella no le había costado nada entablar una amistad, y después de varios encuentros, la presencia de Emily en su vida se estaba haciendo imprescindible.

El pulso se le aceleraba cada vez que entraba en Saint James Park esperando encontrarla, o cuando llamaban a la puerta de su despacho y le anunciaban su visita. Le iluminaba la vida, era evidente, y por su propio bien y el de la propia Emily era mejor que se alejara de ella, porque no quería romperle el corazón.

A sus treinta años había tenido historias sentimentales, muchas y variadas, y siempre acababan de la misma forma: amantes despechadas, llorando y exigiendo mucho más de lo que él podía ofrecer. No se había enamorado, no tenía ni idea de lo que significaba amar sinceramente a alguien, y tal hecho lo convertía, a ojos de muchas de sus amigas, en una bestia fría y cruel, y, en el fondo de su alma, no quería que Emily Gardiner acabara pensando algo semejante de él. Prefería mantener la amistad, la ternura y las charlas, los buenos momentos, y aparcar, eternamente, la atracción que sentía por ella.

En Cambridge se había sentido muy a gusto a su lado, incluso orgulloso de llevarla del brazo. Era una compañía única, deliciosa, demasiado buena para ser cierta, así que era mejor parar aquello, alejarse de Londres y evitar a Emily Gardiner un daño aún mayor en el futuro. No pretendía convertirla en su amante, no era lo correcto, y tampoco en su novia; por lo tanto, debía apartarse y dejarla marchar.

El diecinueve de mayo, la víspera de la boda de los Everhard, había encontrado a Winston en la taberna de siempre, en Lambeth. Incluso aquel individuo directo y rudo le había insinuado que se alejara de su amiga.

—Emily no es como las demás mujeres.

—Lo sé.

—Eso espero, doctor.

Solo habían cruzado esas frases, y la cosa había quedado clara; debía ser más prudente y poner distancia entre él y la muchacha. George ya lo había decidido, y por esa razón había ido a la taberna, para anunciárselo de alguna manera. Bastó con decirle que se iba de Londres una temporada para que el antiguo marinero entendiera sus intenciones. Después de ese encuentro, esa misma noche, había viajado a Bath, y ahí se encontraba, disfrutando de las mieles de esa vida privilegiada que lo rodeaba por todas partes.

—Hermanito, ¿qué te pasa? Nunca te había visto tanto tiempo quieto.

—Sophie, ¿cómo estás? —Estiró la mano y tocó el brazo de su hermana más querida.

Sophie Dench, flamante marquesa de Wight, había llegado a Bath con sus hijas para disfrutar de unas semanas de vacaciones.

—Yo bien, ¿y tú? ¿No estarás enamorado? —Se acercó para mirarlo a los ojos—. ¡Madre de Dios!, sí que lo estás.

—No es cierto. ¡Qué tontería! Dios me libre. —Se echó a reír, moviendo la cabeza.

—¿Y en qué pensabas?

—En la vida, la medicina.

—La medicina, la medicina, no hay nada más para ti. ¿Y quién es ella?

—¿Quién? —Se puso de pie, sonriendo—. ¡Vaya por Dios!, ¿por qué no me llevas a dar un paseo?

—¿Quién es?

—Nadie. ¿Vamos?

—¿Y esa nadie no será la preciosa mujercita que llevaste a Cambridge hace tres semanas?

—¿Cómo dices?

—Los rumores vuelan. Me encontré con la hermana de Henry Wilkes hace dos días en la ciudad.

—Esa señorita se llama Emily Gardiner y es hija de un camarada. Está interesada en la medicina y la invité a conocer mi facultad.

—Pero Charlotte dice que es preciosa, que los dejó a todos embobados.

—¿Y tengo yo la culpa de eso?

—¿Qué hace mi adorable y apuesto hermano en Cambridge con una mujer guapísima? ¿Qué quieres que piense?

—Nada, ya tienes mucho en que pensar. ¿Es cierto que vas a comprometer a Madeleine?

—Sí.

—Solo tiene diez años.

—No se casará hasta los dieciséis; no seas aguafiestas.

El prometido es Rufus Caldecott, futuro duque de Alvington. Es un chico encantador y se llevan muy bien.

–Me parece primitivo y estúpido.

–Cuando tengas hijas, ya me dirás.

–¡Oh, no! Si tengo hijas, que lo dudo, no haré jamás semejante cosa.

–Vale, vale, no cambies de tema. ¿Es tu novia?, ¿tu amante?

–No, Sophie. –Detuvo el paseo por el jardín y miró a su hermana a los ojos–. Es la hija de un camarada; guapa, sí, y encantadora también, pero muy lejos de mis posibilidades. Se merece a alguien mucho mejor que yo. ¿Contenta?

–¿Mejor que tú? No hay nadie mejor que tú.

–Sophie…

–Si piensas eso, es porque te importa.

–No pienso seguir hablando de esto.

–¿Tanto miedo tienes a reconocer lo que sientes?

–Me voy a montar un rato, luego te veo, querida. –Le dio un beso en la mejilla y se volvió hacia las caballerizas para apartarse de ella casi a la carrera.


Un mes después de su inolvidable viaje a Cambridge, Emily Gardiner se desplomó en un banco de la abadía de Westminster, apesadumbrada y triste. Miró al techo, se arrodilló y cerró los ojos, intentando no pensar. Era muy duro pensar últimamente, y su cabeza no podía más que dar vueltas y vueltas a los días pasados junto a George Connaught, a sus charlas, sus discusiones y al porqué de su repentina desaparición de Londres.

Lógicamente él no le debía ninguna explicación. ¿O tal vez sí? Eran amigos, maldita sea, y de repente se iba sin despedirse, sin anunciarlo. ¿Qué había hecho ella? ¿No la soportaba?, ¿no aguantaba más su mal genio, sus preguntas, su presencia cada vez más constante en la vida de él? Seguramente había acabado agobiándolo, invadiendo su intimidad, su trabajo. Era culpa suya; lo sabía y pretendía alejarse de George para siempre, aunque el corazón le dolía de tanto que lo echaba de menos.

Todos los días se despertaba temprano pensando en él. Y se dormía pensando en él. Iba a diario hasta la consulta de Cannon Street y se paseaba por allí, esperando verlo, aunque fuera de refilón. No pretendía saludarlo, solo quería verlo, vislumbrar su alta y elegante figura, sus ojos de color aguamarina. Añoraba su voz, su risa suave, su ironía exquisita; cómo se encogía de hombros y se atusaba el pelo si estaba cansado; cómo miraba a los pacientes entornando los ojos antes de tocarlos; cómo agarraba el bastón y el maletín con la misma mano, y cómo se ponía el elegante sombrero con un movimiento grácil y divertido. Lo añoraba todo de él, lo echaba brutalmente de menos y no sabía cómo debía reorganizar su existencia desde ese punto, para seguir viviendo sin George Connaught, alguien que, por otra parte, nunca había sido suyo.

—¿Hola, preciosidad?

Bob el Roble en persona le cortó el pasó en Whitehall. Emily ni levantó la cabeza y lo esquivó sin abrir la boca.

—Quiero hablar contigo.

—¿De qué?

—Sé lo que andas haciendo con esos ricachones. Tú los vigilas a ellos y nosotros a ti.

—No sé de qué me hablas.

—Cuidadito, guapa, porque te tengo entre ceja y ceja. Los McGuinness eran buenos camaradas y sé que tú se los vendiste al doctorcito.

—Yo no hice nada, no hago nada. ¿Por qué no te olvidas de mí?

—¿Porque me gustas?

La agarró por la cintura y ella se revolvió, aunque fue imposible apartarlo. La calle estaba repleta de gente, pero nadie reparaba en su cara de espanto.

—Eres como una fruta rara, rica, dulce y lozana. Yo soy mejor amante que ese médico tuyo. ¿Quieres probarlo?

—¡Déjame en paz!

Le dio un puntapié, y Bob el Roble se echó a reír a carcajadas.

—Te tengo vigilada, Taylor, y como des un paso en falso, te pillaré, y entonces tendrás que hacer muchas cosas para que no te entregue a la policía.

—Vete a la mierda.

—Ese Connaught tiene buen gusto, sí señor. Creo que le voy a preguntar qué te dio para meterse en tu cama. En cuanto lo vea, le diré lo que sé de ti y las ganas que te tengo. A lo mejor le interesa conocer tus secretos.

—¡Qué miedo!

—¿Sabe que le sacas dinero a viejos indefensos como ese pobre lord Sloane?, ¿o que robas y trapicheas en Piccadilly y Westminster? ¿De qué cree que vives?, ¿de tus rentas?

—Deja en paz a Connaught, Bob. Él no tiene nada que ver en esto.

—¿Tu punto débil, eh? —Se alejó de ella sonriéndole con sorna—. Ya sabía yo que un día te tendría cogida por los huevos, preciosa.

A Emily Gardiner le temblaban las rodillas. Se sujetó a una verja y respiró hondo, intentando parecer serena. Debían tener más cuidado con Bob el Roble y su gente, debían redoblar vigilancia y, sobre todo, debía mantenerlo alejado de George. Él no sabía nada de su vida, su «trabajo», aunque había preguntado muchas veces por sus negocios con Winston, ellos le habían dado largas y estaba segura de que podía soportar cualquier cosa, cualquiera, menos que George Connaught conociera su verdadera ocupación.


—¿Qué quieres hacer?

—¿Tenéis dinero suficiente para abrir la posada?

—Sí.

Winston la observó, acariciándose la barba. Esa tarde Emily había llegado blanca como un papel a casa, asustada e inquieta, y tras contarle el encuentro con Bob el Roble seguía sin comprender por qué tanto alboroto.

–Pero ¿qué te ha dicho? Nunca has tenido miedo a ese imbécil, Emily. Tú y yo le damos veinte mil vueltas…

–No sé. Volvió a hablar de los McGuinness. Quieren venganza. Pueden delatarnos como yo hice con ellos y mandarnos directamente a la cárcel. Hemos estado extorsionando a miembros del Parlamento, nada menos.

–Vale, tendremos cuidado.

–Nos vigilan.

–Nos queda ese tipo, el escocés. Le sacamos la pasta y lo dejamos para siempre, o por una larga temporada.

–De acuerdo.

–¿Y qué harás tú? Aún no llegas a lo que habrías propuesto.

–He visto un localito en Regent Street. Es pequeño, pero puedo vivir en él y empezar a coser.

–¿Vivir allí?

–No seré la primera que lo haga. Si puedo trabajar un poco, podré pagar el alquiler. Preferiría Piccadilly Street, pero me vale de momento, y me alejaré un poco de toda esta mierda.

Emily se puso de pie y se atusó el pelo. Se sentía verdaderamente mal, preocupada y confusa. Necesitaba descansar.

–Más lejos está Brighton. Vente con nosotros; allí las mujeres también se visten, ¿sabes?

–Pero no tienen tanto dinero como las de Londres.

Esa tarde se acostó después del té y durmió catorce horas seguidas. Una tisana preparada por la dueña de la pensión ayudó y, por primera vez en un mes, cayó como un lirón en la cama. A la mañana siguiente, cuando se levantó, muy temprano, se sentía extrañamente mejor. Decidió que la única manera de evitar el desastre final con George Connaught era mantenerse muy lejos de él. No lo volvería a ver, y de ese modo, Bob el Roble no tendría nada con que hacerle daño.

Se vistió de luto y salió hacia el Parlamento con el sobre preparado para Andrew McFadden. Ese noble escocés era un crápula de mucho cuidado y tenía amistad personal con la reina. Era un derrochador y un jugador empedernido; languidecía todas las noches en las casas de opio y mantenía a dos o tres prostitutas en Whitechapel, una joya para cualquier extorsionador.

Llegó a las Casas del Parlamento a las nueve de la mañana y entregó la misiva en el registro de entrada. Cuando se dio la vuelta para volver a Charing Cross vio a cierta distancia a George Connaught charlando con dos hombres mayores. Uno de ellos, con el pelo blanco y los ojos verdes, era su padre, por supuesto –guardaban un enorme parecido– y el otro, igualmente elegante y distinguido, era Andrew McFadden, su víctima potencial. Bajó los ojos y se apartó discretamente, caminó despacio en sentido contrario al grupo, pero no pudo evitar pasar lo bastante cerca como para oír su animada charla.

–Bath es encantador, pero muy aburrido –estaba diciendo el duque de Stevenage a su amigo–. George y yo nos aburrimos soberanamente allí.

–Cualquier sitio es mejor que esta ciudad de locos, Daniel.

–Yo tengo trabajo, caballeros. Debo irme.

Emily observó cómo el médico se despedía para perderse por Whitehall y ella salió detrás con paso firme. No quería forzar su amistad, pero necesitaba saludarlo, mirarlo a los ojos, aunque fuera por última vez. El corazón se le aceleró lo suficiente como para hacerla olvidar sus intenciones de alejarse de él, las semanas de espera y su enfado, y cuando al fin le dio alcance en Strand ya iba sin el velo y con las mejillas arreboladas.

–Buenos días.

–Buenos días. –Se volvió hacia ella sin sacarse el sombrero y apenas esbozó una sonrisa–. ¡Qué sorpresa! ¿Cómo estás?

–Yo bien, gracias. ¿Y tú? ¿Dónde has estado?

—De vacaciones.

Reanudó la marcha y ella se puso a su lado.

—Me extrañó que te fueras sin despedirte.

—¿Por qué?

—No sé. —Se sonrojó hasta las orejas y quiso salir corriendo, pero tragó saliva y siguió andando—. Creí que éramos amigos.

—Tengo un poco de prisa, Emily. Me ha gustado saludarte, pero debo despedirme aquí.

George se detuvo y le clavó sus ojos de color aguamarina. Se sentía el más miserable de los mortales porque ella parecía muy desconcertada.

—Claro. Yo… —Se le llenaron los ojos de lágrimas y fue incapaz de mirarlo a la cara—. Lo siento. Adiós.

Se dio la vuelta con energía y volvió sobre sus pasos con el corazón en un puño. Caminó con la espalda recta y a buen ritmo, hasta que calculó que él ya no podía verla. Entonces, echó a correr como alma que lleva el diablo, avergonzada y confusa, y se juró a sí misma que jamás, en toda su vida, volvería a dirigirle la palabra.

# Capítulo 12

El quince de julio, cumpleaños de su hermana Amanda, George se levantó temprano para asistir a su entrenamiento de esgrima, y luego se metió en su cuarto a desayunar. Como todos los días desde hacía tres semanas, pensó en Emily Gardiner y sus asustados ojos negros, en su confusión, el temblor de su barbilla y su fría despedida en la calle Strand. «Mejor así», se repitió una vez más, tomando un sorbo de té; mejor que se enfadara y se alejara de él, de lo contrario, estaba seguro de que terminaría por dañarla mucho más, se conocía bien, tenía experiencia, y aunque había sido un poco cruel, prefería que ella lo odiara a que acabara confundiendo sus sentimientos.

Solo lamentaba una cosa: que ella se reafirmara en esa obsesión suya de no confiar en la gente. Por desgracia había confiado en él, y el desarrollo de los acontecimientos lo había empujado a darle la espalda a esa confianza, a la amistad que ella le había ofrecido, pero a la larga Emily lo entendería y lo perdonaría. Además, parecía preferible que una chiquilla sola y asustada como Emily siguiera sin confiar en nadie; probablemente era lo más seguro.

—Milord.

—Sí, Jonathan. —Miró al mayordomo y lo animó a hablar.

—Tiene visita, milord.

—¿Quién?

Apartó el periódico y temió que se tratara de Emily Gardiner. Hacía una semana se había presentado en la consulta y él se había negado, por medio de la señora Adams, a recibirla, y era muy probable que se atreviera a llegar hasta su propia casa para que la atendiera.

—El barón de Wisley, milord, lord Michael Shafterbury.

—¿Qué?

Se puso la chaqueta y bajó corriendo al vestíbulo. Entró con prisas y se paró en seco al reconocer la figura espigada y elegante de su camarada. Michael Shafterbury se volvió hacia él y se acercó para darle un gran abrazo.

—¿Dónde está mi hija? —fue lo primero que dijo en cuanto acabaron los saludos de rigor.

—¿O sea que es tu hija?

—Sí, su madre… —Tragó saliva—. Katherine y yo estuvimos juntos cuando no éramos más que unos niños. Mi familia me desterró cuando se quedó embarazada y apenas he tenido noticias de ellas hasta que me mandaste esa carta, una carta que te agradeceré toda la vida, George.

—Ella, Emily, no sabe nada. Lo hice por iniciativa propia.

—Me extraña que no sepa nada de mí. Mi hermano, Arthur, me prometió que cuidarían de ella, que… ¡Maldita sea!, ni mi hermano ni mi cuñada saben darme explicaciones.

—Vive sola desde los catorce años. Ha salido adelante porque los milagros existen, Michael. Tu cuñada la echó a la calle y su madre murió de tuberculosis sin recibir los más mínimos cuidados médicos.

—No me lo puedo creer. —Michael Shafterbury se sentó en una silla y escondió la cabeza entre las manos—. He mandado dinero cada mes, desde hace dieciocho años, para su manutención, para que la educaran y pudieran vivir con algo de holgura. Es mi hija, George.

—Te aseguro que nada de eso se ha respetado. Sabe leer y escribir porque es muy inteligente y despierta, pero ha sido una sirvienta más en casa de tu hermano.

—¡Mierda! Mataré a esos miserables.

—Lo siento, amigo.

—Lo primero es ver a Emily. ¿Puedes llevarme hasta ella?

–Bueno, hoy es el cumpleaños de Amanda, mi hermana. Está a punto de llegar la gente para el almuerzo. Si quieres comemos algo, nos calmamos, y luego intentamos dar con ella.

–No, George. Dime al menos dónde vive.

–No lo sé. Es muy discreta y jamás me ha dicho dónde está su casa.

Se atusó el pelo, confundido. La verdad era que no tenía ni idea de dónde encontrar a Emily Gardiner, y le pareció de repente muy extraño.

–Pero ¿cómo...? –Se puso de pie y lo miró a los ojos, con los mismos ojos negros de su hija–. ¿Dónde la ves? ¿Cómo...?

–Ya te dije que la conocí en la consulta. Ella y sus amigos viven cerca del East End, pero siempre nos hemos visto en el parque, en mi consulta o en la calle.

–¿El East End? –Agarró el sombrero y le dio un golpe en la espalda–. Gracias, compañero. Iré a callejear un poco. No sé cómo daré con ella, pero...

–Darás con ella –lo interrumpió, llamando al mayordomo con la mano–. Destaca en medio de la calle; es muy elegante y es igual que tú. Prepárate para mirarte en un espejo.

–¿En serio?

–Sí. Jonathan, por favor –el mayordomo lo miró con los hombros muy rectos–, dile a Roger que baje mi sombrero y mi bastón. Voy a salir un rato.

–Sí, milord, pero la comida...

–No me echarán de menos. No te preocupes, viejo amigo.

«Encontrar a una hija tras dieciocho años es más importante que cualquier cumpleaños», decidió, y salió a la calle para acompañar a Michael Shafterbury, que parecía agotado. Le dio una palmadita en la espalda y le prometió que darían con Emily, aunque no estaba seguro de cómo lo conseguirían.

–No sé dónde está.

Winston Everhard miró con los ojos abiertos como platos a ese individuo tan alto y distinguido como George Connaught cuando ambos aparecieron en la taberna de siempre. El parecido de aquel caballero con su amiga era extraordinario, pero se calló, esperando oír qué buscaban de ella.

—¿No lo sabes? La hemos buscado durante todo el día. Mi amigo, Michael Shafterbury —dijo el médico, presentándole a su camarada—, acaba de llegar de la India.

Apenas ha dormido y solo queremos hablar con ella.

—Lo siento por él, pero no sé dónde está Emily.

—Pero ¿cómo es posible? George dice que usted es como su familia.

—Si quiere algo de Emily, dígamelo a mí y, cuando la vea, se lo comunicaré.

—No, no se trata de eso. Mire...

—Un momento. —George se puso delante de Everhard bastante serio e hizo callar a Michael con un gesto—. Winston, sé que proteges a Emily. Y que vivís a la defensiva. No entiendo el motivo, pero os respeto, y te aseguro que esto no tiene nada de peligroso. Lord Shafterbury solo quiere hablar con ella, y te doy mi palabra de honor de que no es nada malo ni...

—¿Shafterbury? —Everhard repitió con sorna—. ¿De qué me suena eso? ¡Ah, ya sé! Esa gente a la que mi amiga odia con toda el alma.

—Bien —dijo lord Shafterbury, que soltó un bufido de resignación—, tiene todo el derecho a odiar a mi familia, pero la estoy buscando para darle algunas explicaciones.

Me alojo en el Grand Hotel, en Piccadilly. Ya sabe mi nombre. Le rogaría, señor Everhard, que si ve a Emily Gardiner le advierta de que la estoy buscando. Se lo agradeceré muchísimo.

Winston le devolvió el apretón de manos y esperó a que los dos nobles y ricos caballeros, vestidos con elegancia y primor, abandonaran la taberna; luego, se desplomó en una banqueta y meditó sobre lo que acababa de suceder.

Emily le había hecho jurar, hacía solo una semana, que jamás le diría a George Connaught dónde o cómo estaba. Ella había cerrado la puerta a esa amistad para siempre y no quería volver a oír hablar de ese individuo.

Molly le había contado que Emily, en un último intento de acercamiento a George, se había presentado en su consulta para devolverle unos libros y, de paso, charlar con él; sin embargo, el doctor se había negado a atenderla, y ese había sido el estoque final para una Emily desde entonces convertida en un fantasma. Se pasaba los días encerrada, llorando, y ni siquiera quería hablar con Molly. Tenía el corazón roto, como ellos se habían temido desde hacía tiempo, y él le había jurado que jamás volvería a tratar con Connaught, y mucho menos a hablarle de ella o a contarle su paradero.

Él era un hombre de palabra, y leal, y por Emily hacía cualquier cosa. Por esa razón, no les había desvelado su paradero, ni a Connaught ni a su amigo, que parecía un pariente cercano de la muchacha, pero los motivos que ambos tenían para encontrar a Emily Gardiner se le antojaron importantes. Así pues, debía decidir si dar o no el recado que le había encomendado ese elegante lord Michael Shafterbury con tanta amabilidad.

—Hoy he hablado con George Connaught —le soltó a la hora de la cena.

Había comprado comida preparada en la calle para invitarla a cenar con ellos, y Emily se quedó con la cuchara a medio camino al oír aquello. Winston carraspeó.

—Me ha venido a buscar a la taberna acompañado de un hombre, un tal Michael Shafterbury; preguntaban por ti.

—¿Michael Shafterbury?, ¿por mí?

—Sí. Dijo que quería aclararte algunas cosas.

—¿El doctor?

—No, Michael Shafterbury, un tipo muy amable.

—Debe de ser pariente de esa gente de Kensington. ¿Qué

demonios podrá querer de mí? A lo mejor cree que les he robado algo.

—No creo que sea eso.

—No me interesa, gracias.

—No le dije dónde estabas. No te preocupes.

—Gracias, Winston. Sé que puedo confiar en ti.

—¿Y qué puede querer ese hombre tan elegante? Winston dice que era muy elegante y apuesto —susurró Molly ante la cara desencajada de su amiga.

—Qué importa. Algo querrá reclamar, o yo qué sé... —Se puso de pie y se estiró la falda del vestido—. Lo siento, chicos, se me ha quitado el hambre. Creo que me voy a dormir, pero gracias por la cena.

—Tal vez quiere darte algo. Parece rico y agradable, ¿no sientes curiosidad?

—Mira, Molly, esos ricos son todos iguales y solo pueden traer problemas, créeme, los conozco. Me crie con ellos, y no hay ni uno solo que sea decente o tenga buen corazón. Algo querrá de mí, y no estoy dispuesta a perder el tiempo con nadie como él, nunca más.

—Emily...

La joven salió a grandes zancadas camino de su cuarto y cerró la puerta. Molly se volvió y miró a su marido con lágrimas en los ojos.

—Tú dirás que el doctor le hace un favor apartándose ahora de ella, cariño, pero jamás la había visto tan triste.

—Ya se le pasará. Tú tranquila.

Emily se tiró en la cama y sintió cómo sus lágrimas empapaban en un instante la almohada. Llevaba tantos días llorando que ya había perdido la cuenta y se enfadó consigo misma por seguir con la misma actitud una y otra vez. Se acomodó, se tapó con la manta y recordó la cara de la señora Adams cuando había aparecido, estúpida de ella, en Cannon Street con tres libros de George Connaught en la mano.

Su intención era verlo porque no soportaba ni un solo día más la angustia y el agujero en el pecho que se le había instalado desde que no lo veía. Lo echaba de menos, necesitaba respuestas, el porqué de esa actitud con ella, saber qué había hecho mal, por qué estaba enfadado y se mostraba distante, y algo tenía que hacer, así que esa mañana se había arreglado y se había inventado la excusa de los dichosos libros prestados para llamar a la puerta de la consulta.

—¿Sí?

—Buenos días, señora Adams. ¿Está el doctor? Quería devolverle estos libros.

—Démelos a mí, señorita. El doctor ha ordenado que no lo interrumpan; está cosiendo una herida muy grave.

—¿Ah, sí?

—Sí. Uno de los estibadores del canal ha llegado con el dedo casi colgando. El doctor Connaught se lo está cosiendo —comentó la mujer con orgullo—, así que yo se los daré.

—¿Puede decirle que he venido? Tal vez me deje observar la operación.

—No lo creo.

—Ya lo ha hecho otras veces; sabe que me interesa.

—No.

—Por favor. —Se clavó en el suelo con muy malos modos y la señora Adams optó por subir a la consulta sin rechistar.

—Dice que lo siente, pero que no puede atenderla. —La mujer volvió casi en seguida, y Emily frunció el cejo—. Dice que está trabajando.

—¿Le ha dicho que...?

—Sí, y ha dicho que esta vez no, que no puede ser y que gracias por traer los libros.

—Muy bien, gracias.

—Adiós.

Tras ese mal rato se había jurado, delante de la tumba de su madre, que jamás, bajo ningún concepto, lo volvería a buscar. No intentaría encontrar respuestas ni explicaciones, ya se había dado por enterada de que no quería verla, que se había deshecho de ella y que por más que quisiera saber, jamás sabría qué cosa tan grave había pasado entre ellos para que la apartara de ese modo. Esas explicaciones las guardaría él para las personas que le importaban y no para una pobre muchacha de la calle, ignorante y sin nombre, que lo admiraba como a un dios.


—Emily.

—¿Qué?

Se sobresaltó y se puso en guardia. Estaba en el cementerio, entre semana, a mediodía, sola y tranquila, cuando la voz de George Connaught la sacó de su ensimismamiento de forma brusca.

—Siento interrumpir. Lo siento de veras, pero...

Aquello era muy violento, sin embargo, habían tenido éxito. Tras dos días de búsqueda al fin se le había ocurrido una buena idea: el cementerio. Él sabía perfectamente dónde estaba la tumba de Katie Gardiner y habían acudido allí como último recurso.

—Necesito presentarte a alguien.

—¿A quién?

—Un buen amigo.

—No me interesa. Gracias.

Se levantó de su sitio, se alisó el vestido e inició la marcha en sentido contrario a Connaught. Tenía el corazón en la garganta y la emoción le invadió inmediatamente el torrente sanguíneo, pero debía mantenerse firme y evitar a ese hombre. No sabía qué demonios buscaba ahora de ella, pero era seguro que no se trataba de nada generoso y agradable, así que mejor darle la espalda.

—Emily.

Michael Shafterbury se quedó perplejo al verla. La muchacha era su hija, sin lugar a dudas, y tenía el porte y la elegancia de su abuela, Anne Shafterbury, duquesa de

Monmouth, la madre de Michael. El pelo oscuro, la piel blanca y aquellos ojos negro azabache enormes e inteligentes. Las rodillas le fallaron, pero dio un paso al frente y la detuvo en medio de las tumbas, con el sombrero en la mano.

—Emily.

—¿Quién es usted? —Miró a su espalda y vio al doctor a unos metros, que los observaba sin intervenir—. ¿Qué quiere?

—Me llamo Michael Shafterbury. Yo, bueno…

Aquello era lo más difícil que había hecho en toda su vida. Ni sus años de servicio en la India, ni las conspiraciones de su propia familia cuando era joven, ni el abandono de Katie Gardiner cuando no era más que una preciosa niña asustada y triste tenían comparación.

—Yo, yo conocía a tu madre. Katie y yo…

—Pues ahí tiene su tumba, puede dejarle flores si quiere. —Se hizo a un lado y continuó su camino.

—¡No, espera!

—¡Qué! —Emily se volvió, indignada—. ¿Qué puede querer un Shafterbury de alguien como yo?, ¿eh? ¿Qué demonios quiere?

—Conocerte.

—¿Y eso por qué? ¿Le debo algo? ¿Cree que me llevé algo de su casa? ¿Cree que el cementerio es un buen lugar para abordar a alguien de esta forma?

—No, por supuesto que no, pero no sabíamos dónde encontrarte.

—Mire, Shafterbury, dígame qué quiere de una maldita vez. Tengo que irme. La gente como yo trabaja, ¿sabe?

—Soy tu padre. —Lo soltó de golpe; no era como lo había planeado, pero ella no le dejaba otra opción.

—¿Qué?

El golpe fue certero, en el centro del pecho, pestañeó y miró con curiosidad los ojos de ese hombre, que se parecían mucho a los suyos. Dio un paso atrás y se afirmó en la figura de un ángel que adornaba un enorme mausoleo.

–Lamento tener que decírtelo así, pero es evidente que no quieres escucharme.

–Eso no puede ser verdad.

–Claro que sí. Lo juro por la memoria de tu madre.

–Deje a mi madre en paz.

–Nosotros nos queríamos. Ella fue el gran amor de mi vida y tuve que…

–¿Abandonarla?

–Sí.

Bajó la cabeza, derrotado. Las lágrimas no lo dejaban hablar. Emily Gardiner lo observó de arriba abajo y tuvo que reconocer que aquel hombre le resultaba tremendamente familiar. Tenía sus ojos y su pelo oscuro, y tembló ante la evidencia.

–Solo éramos unos niños, y mi familia me obligó a dejar Inglaterra. Llevo dieciocho años en la India, y siempre he creído que ellos cuidaban de vosotras.

–Mi madre era solo su sirvienta, y yo, también.

–Ahora lo sé.

–Un poco tarde. –Tragó saliva y miró de reojo a George Connaught, que los seguía observando sin moverse–. No sé a qué viene esto ahora. Si quería acallar su conciencia, pues ya está, ya lo sé. Adiós.

–Necesito darte una explicación.

–No me hace falta. A ella –dijo, e indicó la tumba de su madre con la cabeza– tal vez le importaban sus explicaciones, pero a mí no, Shafterbury, así que ya puede seguir su vida en paz.

–Emily.

La sujetó del brazo, y ella se revolvió, indignada.

–¡No me toque!

–Eres mi hija. No puedo seguir con mi vida como hasta ahora, y tú, tampoco.

–Lo ha hecho durante mucho tiempo, ¿a qué viene esto, eh? No me interesan ni usted ni sus explicaciones. Jamás he tenido un padre, y ahora tampoco quiero tenerlo. No necesito a nadie, a nadie, ¿me oye? Estoy acostumbrada a no importarle a nadie; puedo seguir con mi vida como hasta ahora. Haga usted lo mismo.

Se apartó bruscamente de Michael Shafterbury, aguantándose las lágrimas. Caminó tiesa como un palo hacia la salida del cementerio y, en cuanto llegó a la calle, llamó a un coche de alquiler que la llevó lejos de allí, de ese tipo y, de paso, de George Connaught, que evidentemente algún papel desempeñaba en todo ese desatino.

–Lo siento, Michael. Ya te dije que era una muchacha con mucho carácter –George se acercó a su desconsolado compañero y le puso una mano en el hombro–. Dale tiempo para que lo asimile. Es una buena chica, pero vive a la defensiva.

–Está en su derecho; la abandoné a ella y a Katie. George, soy un maldito cobarde. ¿Quién querría un padre como yo?

–Emily Gardiner es la chica más solitaria que conozco. Seguro que quiere y necesita un padre como tú, Michael; dale un poco de tiempo.

–Siempre supe que tenías que ser noble, no hay más que verte. –Winston miraba a Emily, que lloraba en brazos de Molly tras haberles contado su extraño encuentro en el cementerio–. Y te pareces mucho a ese tipo, no puedes negarlo.

–Pero ¿qué demonios quiere ahora? ¿De qué me sirve, eh?

–Querrá explicarse.

–Lavar su conciencia y destrozarme la vida un poco más; eso es lo que quiere.

–Yo oiría lo que tiene que decir. Siempre te has quejado de que tu madre no te hablaba; si este quiere hablar, déjalo. –Molly le acarició el pelo y buscó sus ojos–. ¿No quieres saber qué pasó?

–¿Qué pasó? Pues lo de siempre: que el señorito se encaprichó de la joven sirvienta, la dejó embarazada y, cuando le vino bien, se largó y se olvidó de ella. Eso pasó. ¿Qué más me puede explicar? Es la historia más vieja del mundo.

–Un señorito que hace eso no vuelve dieciocho años después para abordar a su hija y desvelar su identidad – opinó Winston con sentido común–. Por algo está aquí. El doctor me dijo que venía de la India. Si ha hecho un viaje tan largo será porque le importas.

–¿Y qué demonios pinta el doctor en medio de todo esto?

–No lo sé. Parece que eran camaradas.

–¡A la mierda con él también! –Se levantó para huir a su habitación–. ¡A la mierda toda esa maldita gente! No quiero saber nada de ellos, de ninguno, ¿me oís?

–¿Doce mil libras? ¿Sabes tú lo que es eso?

Arthur Shafterbury, duque de Monmouth, se puso de pie, indignado, y caminó hacia su hermano pequeño con el dedo en alto.

–Tú estás loco.

–Eso es lo que tu mujer me ha robado durante dieciocho años, incluso me debe más, pero con las doce mil quedamos en paz.

–¿Robado?

–Sí, Arthur, tu maldita mujer me ha robado, a mí y a mi hija.

El militar se levantó y se encaró con Arthur desde su metro ochenta y cinco de estatura. El duque de Monmouth retrocedió un paso y se pasó la mano por la cara.

–He estado mandando religiosamente lo acordado para la manutención de la madre de mi hija y de la niña, y ahora sé que ambas han sido tratadas como sirvientas en mi propia casa, la casa de mis padres. ¿Dónde demonios está el honor y la palabra, Arthur? ¡Dímelo!

–Yo no sabía nada.

–Eso no te exime de tus responsabilidades, y no mientas. ¡Claro que lo sabías! Tú estabas delante cuando nuestro padre me dijo que si me iba a la India, a cambio, la familia se haría cargo de Katie y la niña.

—No sé, no sé. Rose...

—Rose es una maldita ladrona, mentirosa, cruel y envidiosa; siempre lo fue.

—No hables así de mi...

—¿Qué? ¿No te acuerdas de lo que pasó entre nosotros? Tengo derecho de tratarla como me dé la gana. Conozco a tu esposa, Arthur, incluso mejor que tú.

—Bueno, bueno. —El duque de Monmouth se desplomó en una butaca con la mano en el pecho—. No saquemos ahora viejas rencillas, por Dios...

—¿Cómo que no? ¿No te das cuenta de lo que habéis hecho? ¿De verdad nunca pensaste en que tu sobrina se criaba escondida entre la gente del servicio?, ¿en que nadie le procuró una educación o un trato adecuado?, ¿en que su madre se dejaba los ojos y las manos cosiendo para la odiosa de tu mujer?, ¿en que ha muerto a los treinta y cuatro años víctima de la tuberculosis por no haber recibido atención médica?

—Eso es mentira...

Rose Shafterbury, que seguía la discusión desde detrás de la puerta, no aguantó más y entró en la biblioteca con la espalda recta y aire ofendido.

—Mi médico la atendió y...

—¡Cállate, Rose! ¡No te atrevas a dirigirme la palabra!

—Pero es cierto. El doctor Ferguson...

—George Connaught dice que murió por falta de atención médica, porque él llegó tarde para poder hacer algo y lo hizo porque mi hija le pidió que viniera, porque ella insistió, aunque tú no querías ni siquiera dejarla entrar.

—Eso es mentira. Esa muchacha siempre ha sido una mentirosa.

—¡No hables así de mi hija!

Michael estaba tan enfadado que no respondía de sus actos. Caminó hacia esa insufrible mujer y a punto estuvo de abofetearla, pero un último rayo de luz lo detuvo a tiempo.

—Hay testigos, mucha gente que te odia y ha estado dispuesta a contarme lo que pasó, y no solo ese día, no. Sé muy bien lo que ha estado pasando desde que tuve que irme y dejar a Katie sola y en manos de gente como vosotros.

—Quisimos ayudarla. Ella trabajó a gusto, amaba su trabajo.

—¡Cállate!, ¡cállate!, Arthur dile a esta bruja que salga de mi presencia o acabaré matándola.

—Rose, ya lo has oído. Vete de aquí.

—Pero mienten. La niña se crio aquí y...

—¿Entre el servicio?, ¿mendigando tus sobras?, ¿despreciada por los de su propia sangre? ¿Te parece bien, Rose? ¿Podías dormir tranquila con ese peso en tu conciencia?

—Katie siempre quiso mantenerla alejada.

—¡No nombres a Katie!, ¡no te atrevas! Tú no eres nadie, nunca lo has sido, jamás le llegaste ni a la suela del zapato. Por eso la odiabas, la envidiabas y te dedicaste a despreciarla toda su vida. Lo único que lamento es no haberlo sabido antes, estar tan ciego y engañado; pero ya he despertado y juro por Dios que pagarás por esto, ¿me oyes? Pagarás por tus pecados, vieja bruja amargada.

—¡Arthur!

Rose Shafterbury miró a su marido con ojos desesperados, pero el duque ni se movió.

—Ahora sé que ella siguió aquí porque la amenazasteis con quitarle a su hija, con mandarla a una inclusa. Me lo han contado muchas personas del servicio, y tanta gente no puede mentir. Ahora sé que aguantó lo que fuera por proteger a la niña, y yo sin saberlo, yo pensando que todo iba bien como me contabas en tus cartas, Rose. Me has mentido hasta lo indecible y ahora no soporto siquiera mirarte, ¿no te das cuenta?

—Ella nunca se quejó, ¿no? Nunca te dijo nada; tan mal no estarían.

—Katie no sabía leer ni escribir. ¿Cómo demonios se iba a poner en contacto conmigo? —Le dio la espalda—. Tú eres imbécil, malvada y malintencionada, y además idiota. Sal de mi vista.

—¡Arthur!

—¡Vete de aquí, Rose! Me has engañado y has puesto mi honor en entredicho. Quítate de mi vista. ¡Fuera de aquí, mujer! —El duque se levantó y la empujó hacia el pasillo; allí su hija pequeña, Rosemunde, esperaba a su madre, pálida como el papel de fumar—. Sal de mi vista por una temporada, o acabaré matándote a palos.

—¡Arthur!

La mujer quiso enfrentarse con su marido, pero Monmouth le cerró la puerta en la cara, de modo que retumbaron las paredes de toda la casa. Se volvió hacia su hermano y lo miró a los ojos.

—Lo siento, Michael; sinceramente, lo siento. Mi pecado fue olvidarme del asunto. Creo que en los catorce años que la muchachita vivió aquí no la vi más de dos o tres veces. Siempre estaba en la zona de servicio, no sé ni cómo es, y Katie…, ella era muy discreta. Supongo que mi pecado fue no saber lo que pasaba en mi propia casa. Lo siento mucho, y si quieres que me disculpe personalmente con tu hija, lo haré. Somos su familia, quiero que lo sepa.

—Ella no quiere saber nada de vosotros ni de mí. Está dolida y no la culpo, Arthur; ha sufrido muchísimo.

—Lo siento, lo siento tanto que no sé cómo pedirte perdón.

—¿No la has visto nunca?

—No de mayor.

—Es el vivo retrato de nuestra madre. Supongo que por esa razón tu mujer estaba deseando quitarla de en medio y procuró mantenerla escondida en la zona de servicio, hasta que logró echarla a la calle.

—¿A mamá?

—Sí. —Michael Shafterbury se desplomó en una silla y se atusó el pelo, tenía los ojos llenos de lágrimas—. Quiero mis doce mil libras en una semana. Es lo único que le voy a dejar a mi hija antes de volver a Bombay.

—Claro, por supuesto, no te preocupes, Michael.

El duque de Monmouth despidió a su hermano pequeño en la puerta de la casa y vio cómo su carruaje de alquiler se perdía hacia Hyde Park. Sentía una angustia espantosa en el cuerpo. Recordaba el acoso al que Rose, su mujer, había sometido a Michael desde muy joven. La ambición había obligado a la hija de un barón de tres al cuarto, como el padre de Rose, a casarse con el futuro duque de una gran casa inglesa sin amor ni deseo, porque en realidad ella siempre había sentido debilidad por el pequeño de la familia, Michael, que por entonces era un adolescente brillante, feliz y cariñoso. Cuando él tenía catorce años, su cuñada, de veintidós, ya madre de dos hijos, lo había incitado a tener contacto carnal con ella, y cuando a los dieciséis Michael dejó de prestarle atención para fijarse en la preciosa costurera irlandesa de la casa, Rose empezó a perder la razón y a perseguirlo como una perra en celo.

Por aquel entonces, Anne, duquesa de Monmouth, que no congeniaba nada bien con su casquivana nuera, intentó poner orden, y el matrimonio formado por Arthur y Rose fue obligado a mudarse a Cornualles una temporada para evitar las habladurías y las quejas del propio Michael, que no se callaba ninguno de los intentos de Rose por reconquistarlo. El escándalo estaba servido, y mientras ellos se instalaban lejos de la ciudad y tenían otro hijo, Michael dejaba embarazada a la jovencísima Katherine Gardiner, que tenía solo quince años y no era más que una sirvienta cualificada del extenso servicio de su madre.

Arthur recordó fugazmente la reunión que mantuvieron entonces con Michael, que ya había cumplido los dieciocho, en la misma biblioteca donde acababan de discutir. Su padre y su madre, que lo adoraban y habían planeado un futuro esplendoroso para él, intentaban convencerlo para que se olvidara del asunto, mientras el joven, aguerrido y lleno de energía, insistía en querer casarse con la costurera. Era una cuestión imposible, y acabó subsanándose con una solución de emergencia: la familia se haría cargo de la madre y la hija si él aceptaba viajar a la India con el ejército de su majestad. Michael había querido ser soldado toda la vida, y su padre estaba dispuesto a aceptar ese futuro militar si él aparcaba durante una temporada el asunto de la boda. Él, que no era más que un crío, lloró y suplicó –Arthur lo recordaba con algo de lástima–, y al final lo presionaron cruelmente para persuadirlo de que lo mejor para Katie y el bebé era dejarlos a cargo de la familia hasta que se convirtiera en un hombre de provecho y pudiera volver a buscarlos. A Michael no le quedó más remedio que aceptar y partir antes del nacimiento de la niña.

Cuando la pequeña nació, Arthur y Rose, que estaba completamente desquiciada por la historia de amor entre Michael y Katherine, se encontraban en Cornualles. Un año después, sus padres fallecieron en un accidente naviero, al regresar precisamente de la India, y ellos tuvieron que hacerse responsables del título y la familia. Para entonces él ya ni se acordaba de Katherine Gardiner y de su hija. Dejó todos los asuntos domésticos en manos de su mujer y no había vuelto a oír hablar de ellas hasta esa misma semana, cuando Michael había aparecido para buscar a su hija.

Se volvió hacia la casa y vio a Rose asomada a la ventana de su cuarto. Era una mujer dura y distante. Aunque no era lo que más quería en la vida, en ese momento la odió y la despreció como jamás lo había hecho y deseó no volver a verla nunca más. Los asuntos de la familia eran sagrados. La sangre estaba por encima de cualquier otra cosa y no podría perdonarle jamás que hubiere tratado a su propia sobrina de esa manera. No lo haría. Él era culpable por dejación, pero Rose, su esposa, la señora de la casa, era responsable por omisión, ocultación y crueldad.

–¡Peter! –llamó, y el mayordomo corrió a su lado por el pasillo–, que preparen un carruaje y el equipaje de la duquesa: se larga a Cornualles.

–¿Y el suyo, excelencia?

–El mío no, Peter, lo que quiero es tener a esa mujer lejos de aquí. Que se vaya ¡ya!, ¿queda claro?

–Lo que usted mande, milord.

# Capítulo 13

George Connaught se asomó a la ventana de su consulta en Mayfair y vio que llovía a raudales. Estaban en pleno verano, treinta de julio de 1891. Hacía quince días que su amigo y camarada Michael Shafterbury se había presentado en su casa procedente de la India y no podía dejar de pensar en su historia, en Katie Gardiner y, por supuesto, en Emily, que se había esfumado de las calles de Londres como por arte de magia. Él era el responsable final de aquellos hechos, y no hacía más que dar vueltas a las opciones que tenía para ayudar a Michael y, de paso, a Emily, que era la más perjudicada en todo aquel asunto.

Si su relación de amistad hubiese gozado de mejor salud, podría haberla abordado con más confianza, pero lamentablemente su decisión unilateral de cortar lazos no solo lo había alejado de la chica, también lo había convertido de pronto en su enemigo; era obvio.

—Milord, ¡milord!

—¿Qué? —Se volvió hacia la entrada y vio a la señora Mills, su casera, asomando la cabeza por la puerta entreabierta.

—Le buscan.

—¿Quién es?

—Un chico. No quiere decir su nombre.

—Vale, que pase.

Caminó hacia el escritorio y esperó a que el muchacho entrara con su humilde sombrero en la mano. Le sonaba horrores su cara, así que lo miró entornando los ojos.

—Buenas, milord.

—Buenos días. ¿En qué puedo ayudarte?

—¿Usted buscaba a Mary Taylor, la chica guapa de Piccadilly?

—Sí, ¿por qué? —Se puso tenso y caminó hacia él con precaución—. ¿Qué le pasa?

—Sé dónde está.

El chico bajó la cabeza, y George comprendió que esperaba una recompensa. Se había pasado diez días preguntando por ella en el East y el West End ofreciendo dinero si alguien le daba algún dato sobre su paradero.

—Está en la cárcel.

—¿En la cárcel? ¿Por qué?¿Qué demonios ha pasado?

—No sé; solo sé que está allí. Ha pasado la noche, pero no ha hecho nada grave. Solo necesita que paguen su fianza.

—¿Dónde está?

Agarró la chaqueta y el sombrero y empujó al chico hacia la calle. En la escalera hizo un gesto a la señora Mills para que despachara a los pacientes que esperaban en el rellano.

—¿Dónde?

—Holloway, milord.

Alquiló un carruaje y voló hacia el barrio de Islington, donde se encontraba aquella cárcel mixta y bastante peligrosa. Antes de subir al coche de punto, dio unas monedas a ese muchacho pelirrojo que le recordaba a alguien poderosamente. Después, cuando se desplomó en el asiento, lo recordó: era el chico que un día había pillado molestando a Emily en el centro. Asomó la cabeza por la ventanilla y lo vio caminando encantado hacia el parque.

—¿Qué haces tú aquí? ¿Dónde demonios está Winston?

El saludo de una Emily despeinada y ojerosa lo hizo sonreír. Ella se paró en seco y esperó a que el guardia abriera la reja y la dejara abandonar ese patio común donde había pasado la madrugada al raso y rodeada de maleantes de diferente sexo y condición.

—¿Estás bien?

—¿Y Winston?

—No tengo ni idea. Alguien me avisó en la consulta de tu detención.

—¿Quién?

Emily salió arreglándose la falda del vestido con mucha dignidad y caminó con la espalda recta hacia el portón, sin mirar atrás.

—Ese chico pelirrojo, el que un día...

—¡Maldito hijo de puta! Cuando vea a ese canalla le voy a partir las piernas.

—¿Cómo dices?

George Connaught se echó a reír a carcajadas y la agarró del codo para conducirla hasta el carruaje, que esperaba a unas manzanas de allí. El trámite de liberación había sido muy sencillo. Pagó veinte libras y firmó un papel mugriento sin que nadie lo identificara o hiciera preguntas, y diez minutos después, llevaba a la muchacha de vuelta a casa.

—Ese cabroncete se llama Fred, Fred el Pelirrojo. Él y los suyos me entregaron a la policía en medio de una trifulca en Leicester Square. Lo hicieron para divertirse y vengarse un poco de mí, pero cuando le eche mano deseará no haber nacido.

—Me ocuparé de él. ¿Adónde vas?

Emily se detuvo en la primera esquina, se agarró el vestido para esquivar un charco, lo miró de reojo y le hizo un gesto de adiós con la mano.

—Mañana haré que Winston te lleve el dinero de la fianza. Gracias y adiós.

—No me interesa el dinero. Tengo un carruaje aquí mismo. Déjame llevarte a casa.

—No, muchas gracias.

—Emily, por el amor de Dios. Diluvia, no has dormido y estas calles son peligrosas. Déjame llevarte a casa. No tienes que dirigirme la palabra si no quieres. Venga, por favor.

Ella meditó el asunto. Notaba cómo el agua de lluvia

le bajaba por la espalda del vestido como un torrente, los zapatos estaban encharcados y no llevaba siquiera un sombrero decente. Miró a Connaught, siempre tan elegante, con un traje gris perla y la camisa blanca impoluta, y luego al confortable carruaje, y decidió seguirlo. Subió, se pegó a la ventanilla y optó por no mirarlo.

—¿Seguro que estás bien? ¿Te trataron de forma adecuada?

—¿Cómo crees que tratan a la gente en la cárcel, doctor?

—No tengo ni idea, por eso lo pregunto.

—Estoy bien, gracias.

—¿Dónde tengo que llevarte?

—A Charing Cross, gracias.

—Muy bien.

En ningún momento lo miró. Respondía con los ojos fijos en la calle, el cuello tenso y los hombros rectos. Estaba más a la defensiva que nunca, y George se sintió muy mal, tan ajeno a ella que le dolió. Carraspeó y también miró hacia la calle sin hablar. Quince minutos después, cuando comprobó que faltaba poco para llegar a su destino, se armó de valor y habló casi susurrando.

—Michael Shafterbury es un hombre decente, noble y con buen corazón. Ha cometido muchos errores, como todos nosotros, pero tal vez deberías darle una oportunidad y oír lo que te tenga que decir.

—¿Tú tienes algo que ver con que me haya encontrado, doctor? —Giró la cabeza y le clavó los ojos negros, fríos como dos astillas de hielo; él tragó saliva y asintió—. ¿Y eso por qué?

—Solo le escribí hablándole de la muerte de tu madre. Supe en cuanto te vi que me recordabas a alguien, y cuando me hablaste de los Shafterbury, no pude evitar relacionarte con él. Solo le pregunté si había algún parentesco y lo siguiente fue encontrármelo en mi casa, recién llegado de la India.

—¿Con qué derecho?

—Él es mi amigo, mi camarada...

—Claro, él es tu amigo.

Emily tocó con el puño cerrado la pared de la calesa para que el cochero parara y abrió la portezuela.

—Aún falta un poco. ¿Adónde vas?

—No quiero que sepas dónde vivo, doctor. Gracias por tu ayuda, has sido muy amable. Mañana Winston te pagará la molestia.

—Emily...

Ella saltó a la calle y se puso a correr. Seguía lloviendo a raudales, y se perdió inmediatamente entre la gente. «Es dura como un muro de piedra», pensó, sintiéndose impotente y bastante idiota. La pobre muchacha estaba dolida y con razón. ¿Cómo había sido capaz de apartarla de su vida de esa forma? ¿Cómo había podido herirla de manera tan gratuita? Él no era más que una bestia fría y sin sentimientos, un maldito bastardo.

La mirada que Emily Gardiner le había regalado al despedirse acababa de dejárselo meridianamente claro.

—Pero ¿cómo...? ¿Cómo?, ¡maldita sea!

Winston se paseaba como un león enjaulado por su cuarto. Emily y Molly lo habían tenido que sujetar con todas sus fuerzas para evitar que saliera a la calle a matar a Fred el Pelirrojo.

—Voy a romperle la cara, maldito hijo de la gran puta.

—Yo tuve la culpa, no reaccioné. Me quedé mirando como una estúpida la pelea entre esas mujeres, y cuando me quise dar cuenta, la policía me llevaba camino de la cárcel. No debí pararme ahí ni perder la perspectiva; soy una idiota.

—Pero ¿él te delató?

—Claro, como un maldito juego. El muy cabrón luego se fue a la consulta de Connaught para avisarle, y además habrá cobrado unas monedas por la molestia. Es muy lista esa víbora.

—¿Y por qué iría a la consulta del médico?

–Ellos creen que es mi amante. Bob el Roble lo cree. –Se puso roja y bajó la cabeza–. Esperarían sacarle dinero, más que a vosotros dos.

–¿Y qué hacías tú viendo una pelea entre rameras? –la increpó Molly con los ojos azules abiertos como platos.

–Pues no lo sé. Estaba en las nubes...

–Como te pasa desde hace meses. Si no puedes estar alerta, no salgas sola.

–Lo sé, lo siento. Lo de..., ya sabéis.

–¿Qué?, ¿lo del doctor, o lo de tu padre?

–Shafterbury, por supuesto. –Se apartó de la pareja y los miró muy seria.

–¿Y que tal la noche en Holloway? –la interrogó Molly, temiéndose lo peor.

–Fría e incómoda, pero no lo pasé mal. Graciella y Caroline, dos de las chicas de Susan, entraron conmigo y no me dejaron sola.

–Vale, pues ahora te vas a tu cuarto, te aseas y descansa. Ya veremos lo que haremos con ese pelirrojo del demonio.

–No hagas nada sin mí; prométemelo. Winston, júramelo por Molly. –Lo agarró del brazo y lo miró a los ojos–. Júramelo.

–No haré nada.

–Júramelo.

–Te lo juro.

Winston Everhard se levantó temprano esa mañana y bajó a la calle más sereno, pero con ganas de aclarar ciertos asuntos. Caminó directamente a Covent Garden y se sentó en los peldaños del mercado a esperar. Cuarenta minutos después divisó a lo lejos a Fred el Pelirrojo, se levantó, caminó con sigilo hacia él y, cuando lo tuvo a tiro, lo agarró por el pescuezo.

–Llévame donde tu padre, maldito hijo de puta.

–¡Ayyy!, no me hagas daño, Everhard.

—Llévame donde tu padre.

El chico obedeció y caminaron juntos por el laberinto del East End hasta encontrar la guarida del Roble. Una vez en ella, Winston soltó al crío y se enfrentó a Bob con los brazos en garras.

—¿Sabes lo que hizo tu maldita alimaña?

—No hables así de mi hijo, Winston; no seas insolente.

—Delató a mi socia. Pasó la noche en la cárcel.

—No le vendrá mal, así aprenderá que no es tan fina como se cree.

—Como vuelva a suceder, Bob, voy a matar a tu bastardo. Te lo aviso con tiempo, ya lo sabes. —Se dio la vuelta para regresar a la calle.

—Vosotros os metisteis en mis calles. Ya os lo advertí. Esa chica no hace más que desafiarme desde que llegó.

—Hace meses que no chocamos con tus intereses, Bob. ¿Por qué no intentamos llevarnos bien?

—Ganáis mucho dinero últimamente. Quiero mi parte.

—¿Qué?

—Londres es mío, Winston; lo sabes.

—¡Oh no, amigo! Londres no es de nadie, y como sigas por ese camino, tendremos problemas, pero de verdad. Ya estás avisado.

—Ella delató a los McGuinness, y el que la hace la paga.

—No tienes pruebas.

—¡Winston!

Everhard se volvió hacia él con cara de fastidio.

—Sé de gente que paga mucho dinero por encontrar a unos malditos extorsionadores que están diezmando a los lores del Parlamento. —Winston no movió ni un solo músculo—. Ya me han hecho llegar algún adelanto, así que ya estás avisado.

Winston Everhard le dio la espalda y caminó como si tal cosa hacia Cannon Street. La amenaza era clara, y por una milésima de segundo le fallaron las piernas. Si los llegaban a cazar, los mandarían a la horca a los tres, de manera que por su parte el negocio se había acabado de forma instantánea. Hablaría con Emily seriamente; debían salir de la ciudad y pasar una temporada en Brighton.

—¡Amigo!

La mano firme de George Connaught en su hombro lo hizo saltar. Sacó la navaja de forma automática y se la colocó delante de los ojos claros antes de que pudiera reconocerlo.

—¡Mierda, Connaught! No me pegues estos sustos.

—Lo siento, hombre.

—¿Vas a tu consulta?

—Ya estamos aquí. —El médico miró hacia la casa con una sonrisa.

—Claro, claro, no me había dado cuenta. Entremos, quiero hablar contigo.

Subieron en silencio a la primera planta, y mientras George se sacaba la chaqueta, dejaba el maletín y servía dos copas de coñac, observando la confusión en la cara del antiguo marinero, Winston, un poco aturdido, se desplomó en una butaca y sacó dinero de la bota.

—¿Qué haces?

—Esto es para ti. La fianza de Emily.

—De eso nada.

Se sentó frente a él y le ofreció una de las copas y tomó un trago de la suya.

—¡Oh, no! Ella lo manda y tú lo recibes. No quiero que me despellejen vivo.

—Que venga a despellejarme a mí si quiere. No voy a aceptar el dinero.

—Eso ya no es asunto mío. —Everhard estiró la mano y dejó el dinero encima de la mesa. George lo observó, moviendo la cabeza—. Quémalo o regálalo. Yo ya he cumplido con mi trabajo.

—¿Qué sucede? ¿Estás preocupado?

—Un poco.

—¿Por qué? No será por este dinero.

—No; los negocios.

—¿Qué negocios? ¿Puedo ayudarte?

—No lo creo.

—¿Por qué no?

—Sé que no, doctor, no te molestes, pero gracias por tu interés. Ahora dime una cosa: ¿sabes por qué Fred el Pelirrojo vino a avisarte a ti de la detención de Emily?

—Yo llevaba diez días preguntando por ella por el barrio.

—¿Y eso por qué?

—Quería hablar con ella del asunto de su padre.

—Lord Shafterbury.

—Michael Shafterbury, sí.

—¿Tú eres el responsable de que él haya aparecido buscándola?

—Supongo que sí. Él era mi superior en la India. Somos buenos amigos y le escribí para comentarle mis sospechas de que Emily podía ser pariente suya. El parecido físico entre ambos es impresionante, y al saber que se había criado con los Shafterbury… sumé dos más dos y lo demás ya lo sabes. Él viajó en seguida a Londres; está destrozado.

—¿Por qué?

—Se ha pasado dieciocho años mandando dinero para la manutención y educación de Emily y ahora se ha enterado de cómo fue realmente la vida de Katie Gardiner y de su hija en aquella casa.

—¿En serio?, ¿le crees?, ¿de verdad que en dieciocho años no se ha enterado de nada?

—Su cuñada le escribía con regularidad hablándole de la maravillosa vida de Katie y Emily. Lo han mantenido engañado, y por su puesto que le creo. Michael Shafterbury es mi amigo. Sé que es honesto y que esto se ha convertido en un verdadero drama para él. Está destrozado y me gustaría ayudar a que al menos Emily oyera sus explicaciones.

—Esa muchacha ha sufrido mucho; ya no necesita palabras.

—¿Tú crees?

—Sí.

—Yo no. A mí me parece que a todos nos alivian las explicaciones.

—Como las que ella necesitaba de tu boca.

—¿Cómo dices?

—Sé que te alejaste de ella porque eres un caballero y no quisiste aprovecharte de sus sentimientos, y como su amigo te lo agradezco, pero tu distanciamiento ha sido brusco, y la pobre chica sigue tan confundida que da pena. Es fuerte y valiente, pero obviamente se siente herida por ti. Y ahora lo de la aparición del padre… Suma otra vez dos más dos, doctor; ella tampoco vive su mejor momento.

—Yo…, bueno… —Frunció el cejo y se quedó sin palabras.

—Hay formas y formas de hacer las cosas, y tú has sido radical, pero no pasa nada. Estás en tu derecho y, sinceramente, Connaught, te agradezco que te apartaras de ella. Era lo mejor. —Se levantó y caminó hacia la puerta.

—¿Me ayudarás a convencerla para que hable con su padre?

—No.

—Bien, ¿qué más puedo decir? —Se puso de pie y lo miró con las manos en los bolsillos—. Winston, jamás quise herir a Emily. Ella me importa, y porque me importa me alejé de ella; no por sus sentimientos, sino por los míos. Porque no soy el tipo más recomendable. Ella se merece a alguien mejor que yo. Un buen marido, alguien capaz de darle una familia, no un hombre que solo vive para su trabajo.

—A mí no me debes ninguna explicación.

—Bien —dijo, y levantó las manos en son de paz—, pero lo que yo pueda haber hecho sin querer a Emily no tiene nada que ver con Michael Shafterbury. Él se merece una oportunidad para explicarse, y ella, un padre. ¿No crees que Emily necesita un padre, Everhard?

—Un buen padre sí, no un tipo que en dieciocho años no ha viajado a Inglaterra ni una sola vez para comprobar cómo se encontraba su hija. Será tu camarada, un barón de no sé qué y un militar de alto rango, doctor, pero a mis ojos solo es un señorito irresponsable que dejó en manos de otros sus asuntos sucios, sin importarle una mierda las consecuencias.

—Visto así, tienes razón, pero en realidad no sabes nada de Michael…

—Da igual. Tú sabes sus motivos y yo tengo los míos. No discutiremos tú y yo por esto, ¿o sí?

—No, pero él es mi amigo y me niego a que se le juzgue sin que podáis oír sus argumentos.

—Vale, doctor; debo irme.

George Connaught se quedó con la palabra en la boca y observó cómo aquel hombretón abandonaba la consulta a grandes zancadas. No iba a perseguirlo para dar más explicaciones, era absurdo, pero le fastidió que se negara a ayudarlo con el asunto de Emily Gardiner y su padre. Resultaba evidente que ella confiaba en Winston más que en nadie en el mundo, y no tenerlo de su parte complicaba un poco más las cosas. «Estas personas son muy extrañas», pensó. Estaban llenas de secretos y silencios sin respuesta, pero tenían un sentido tan férreo de la lealtad que era conmovedor. Los nobles se jactaban de valores como esos, de los que normalmente carecían, pero era gente como Emily, Winston o Molly la que realmente convertía el concepto de amistad en algo verdadero y palpable.

Suspiró contrariado, se asomó al rellano para comprobar que no había pacientes esperando y decidió salir a la calle a buscar a Emily. No podía quedarse apático y sin hacer nada mientras el tiempo pasaba y la distancia entre la chica y él se hacía cada vez más enorme.

—Por favor… —Se le cruzó por delante y ella lo esquivó dos veces, hasta que se quedó quieta y levantó la barbilla, desafiante—. Por favor, dame un minuto.

—No.

—¿Por qué?

–Yo no hablo con gente como tú, milord. He estado en la cárcel, ¿no lo recuerdas?

–Permíteme decirte dos cosas sobre Michael Shafterbury y te dejo en paz. ¿No te fías de mí?

–¿Soy sincera? –Le clavó los ojos negros y él movió la cabeza.

–Sé que últimamente me he comportado como un capullo desalmado contigo, Emily, pero yo soy así. El trabajo me absorbe, la familia, las obligaciones. Soy una persona que dispone de poco tiempo para las amistades, aunque eso no quiere decir que no te considere mi amiga.

–Tienes un extraño sentido de la amistad, doctor.

–Tal vez, pero, por Dios, dame un minuto. –Miró hacia Hyde Park y le hizo un gesto con la cabeza–. Un paseo corto, y no te volveré a incordiar; te doy mi palabra de honor.

–Corto.

–Perfecto, gracias –dijo, y suspiró aliviado.

George inició la marcha junto a ella, que llevaba un vestido en tonos lavanda muy bonito. El sombrero era del mismo color y lo llevaba bajo en un lado, lo que le tapaba de forma muy coqueta la parte izquierda de la cara.

–Conocí a Michael Shafterbury en Bombay. Era mi superior directo. Serví a sus órdenes durante siete años, y alguna vez mencionó que había tenido que dejar Inglaterra por presiones de su familia. No le gustaba hablar de Londres y siempre supusimos que los recuerdos de la madre patria no eran muy agradables para él. En fin, cuando te conocí en Cannon Street, me recordaste inmediatamente a alguien. Te lo dije, ¿o no? Te lo pregunté, ¿no es verdad? –Ella asintió sin mirarlo–. Y cuando me hablaste de tu madre, los Shafterbury y fuimos a esa casa, las dudas se dispersaron. Eras exacta a mi camarada. Por esa razón le escribí inmediatamente una carta explicando mis sospechas. Lo que en absoluto esperaba era que él se presentara en Londres buscándote, te lo juro. Jamás me imaginé la dimensión que iban a adquirir los hechos. No tenía ni idea de la historia de Michael con tu madre, de las maniobras de la familia, ni de la total ignorancia que él tenía al respecto. ¿Emily?

—Estoy escuchando.

—Bien. Él tenía dieciocho años cuando tu madre se quedó embarazada y las presiones de su familia para que no se casara fueron brutales. Finalmente, y para evitar perjudicar a tu madre, se marchó a la India a cambio de que la familia cuidara de vosotras. Ha estado siempre pendiente de ti económicamente, y no tenía ni idea de que su cuñada os tenía confinadas en la zona de servicio, de que tu madre trabajó hasta su muerte y de que tú no recibiste el trato ni la educación que le habían prometido. Está completamente destrozado, Emily, y solo quiere hablar contigo. No piensa molestarte ni imponerse en tu vida; solo quiere darte una explicación.

—¿Y por qué viene ahora? ¿Por qué no lo hizo antes?

—Eso debes preguntárselo a él. Yo no sé nada más.

—No me creo nada, no me creo a la gente de su clase; son todos unos egoístas y unos mentirosos.

—Emily...

—Es cierto, y a los hechos me remito.

Ella se agarró la falda del vestido con la clarísima intención de acabar el paseo y huir de prisa de allí, pero la voz familiar de un hombre le dejó el gesto congelado.

—Amanda Witherspoon, mi querida niña. ¡Cuánto tiempo!

—Lord Sloane, ¿cómo está?

El anciano caminó hacia ella con los brazos abiertos. Lo acompañaba una mujer mayor con uniforme de enfermera y agarró las manos de Emily, que estaba blanca como el papel.

—Yo bien. ¿Y tú, querida? Tienes mala cara. ¿Estás bien? Hace mucho que no pasas a verme.

—He estado ocupada, milord, pero estoy bien, gracias.

—Preciosa como siempre. ¿Y este caballero? —August Sloane miró detrás de ella, vio la figura alta y elegantísima de ese hombre, y sonrió de inmediato–. George Connaught, doctor, ¿qué haces en Hyde Park? No sabía que conocías a Amanda.

–¿Amanda? –George se acercó al anciano con la mano extendida, miró la cara de pánico de Emily y sonrió al viejo Sloane con cordialidad–. ¿Cómo está, lord Sloane? Ya veo que me ha hecho caso y que sale a pasear como le recomendé.

–Sí. Bertha me acompaña.

La enfermera hizo una pequeña reverencia, y George miró los ojos como platos de su amiga.

–Estupendo. Es importante que no se quede en casa.

–Y vosotros, ¿desde cuándo os conocéis? Desde luego mi querida Amanda es de las chicas más guapas de la ciudad. –Sloane guiñó un ojo a Connaught con picardía–. No veo una pareja más hermosa que vosotros dos juntos.

–El doctor Connaught es mi médico, lord Sloane.

–Y el mío. Wilkes se jubiló y me recomendó a este caballero, que además sirvió como yo a su majestad en el ejército… ¿Y cuándo me vendrás a visitar? Pronto se celebra el oficio de los caídos por Inglaterra en Westminster. Espero verte allí, Amanda.

–Claro, milord.

–¿Caídos? ¿Hay algún caído en tu familia, Amanda? –preguntó George con retintín, viendo cómo el pánico iba en aumento en la cara de Emily Gardiner.

–Su padre, George, el capitán Jonathan Witherspoon, gran camarada de infantería. Amanda, querida, ¿no le has dicho nada al mayor Connaught? Ella es huérfana de militar, doctor.

–No sabía nada.

George bajó los ojos, y Emily intervino con rapidez.

–Muy bien. Buenos días a los dos; yo debo marcharme.

–Te acompaño –dijo George, agarrándola del brazo.

Se despidieron del anciano Sloane y caminaron de prisa hacia Park Lane, donde el tráfico de carruajes era muy intenso. El médico no la soltó hasta pisar la acera, y cuando estuvieron lo bastante lejos del venerable anciano, se paró en seco y buscó sus ojos negros.

—¿Qué demonios le has dicho a ese pobre hombre? Y lo más importante: ¿por qué?

—No es asunto tuyo.

—¿Que no es asunto mío? Estás muy equivocada, Emily Gardiner. Le mientes a un pobre anciano que además de ser un camarada del ejército, es mi paciente. ¿Estás loca? ¿Por qué le mientes?

—Él me confundió con la hija de un compañero muerto, y yo… —dijo, y tragó saliva, roja como un tomate— me dejé ayudar.

—¿Te dejaste ayudar?, ¿qué significa eso?

—Que cuando he tenido hambre y frío, lord Sloane me ha dado unas monedas para poder comer, eso significa. ¿Piensas denunciarme, doctor?

—¿Y te atreves a desafiarme? —Bufó, y se puso a caminar dándole la espalda—. Es increíble.

—No tienes ni idea de lo que es no tener a nadie a quien recurrir. Jamás le he hecho daño ni me he aprovechado. Él quiso ayudarme, y yo se lo permití. Seguramente duerme mejor creyendo que hace una buena acción para con la hija de un camarada muerto.

—Pero es mentira. Le has mentido.

—La necesidad, pero tú qué sabrás de eso, ¿no?

—¡Ah, no! Emily, no intentes purgar tus penas traspasándome la culpa a mí. Yo no soy culpable de ser quien soy y de haber nacido donde he nacido, ¿de acuerdo? No seas tan autocomplaciente y deja de justificarte con esos argumentos estúpidos.

—¿Argumentos estúpidos?

No le salían las palabras. Lo peor que le podía pasar a Emily Gardiner era que alguien la llamara idiota. Cuadró los hombros y caminó hacia él, echando chispas por los ojos.

—No tienes ningún derecho a juzgarme, Connaught. Ninguno, ¿me oyes? No sabes nada de mí.

–Sí, sé que tienes un padre que quiere ayudarte, hablar contigo y evitar que vuelvas a pasar hambre o frío y que tengas la necesidad de engañar y estafar a la gente, ¿tienes tanta valentía como para escucharlo?, ¿eh? Si tienes arrestos para mentir descaradamente a un pobre anciano, ¿por qué no los tienes para enfrentarte a tu propio padre?

–No sabes nada de mí.

–Tú tampoco sabes nada de mí –le espetó, mirándola desde su altura con los ojos transparentes y fríos como el hielo, de manera que ella se calló y bajó los suyos muy confusa– y permito que me juzgues continuamente; a mí y a los que se supone que son como yo, como Michael Shafterbury, del que no sabes absolutamente nada. Deja fuera tantos prejuicios y habla con él. –Tragó saliva, arrepentido por haber perdido la calma en plena calle–. Por favor.

–¿Qué piensas hacer con Sloane? ¿Me vas a delatar?

–Por supuesto que no, pero a cambio escucha lo que tenga que decir tu padre.

–¿Me estás chantajeando?

–Si eso te tranquiliza, de acuerdo, un trueque: mi silencio por un encuentro con Michael Shafterbury.

–Está bien.

Emily irguió los hombros, otra vez dueña de sí misma. Jamás había estado tan cerca del abismo como esa mañana delante de lord Sloane, y dio gracias al cielo de que Connaught, en el fondo, fuera un buen tipo.

–Mañana voy a ir al cementerio; dile que a las once de la mañana nos podemos ver allí.

–Perfecto, gracias.

–Bien.

Se giró para caminar en sentido contrario, respirando hondo, intentando no echarse a llorar en medio de la calle.

# Capítulo 14

No quería pensar en su madre, pero no hacía otra cosa desde la inesperada aparición de Michael Shafterbury en su universo.

Ellas nunca se habían llevado bien. Desde muy pequeña, Emily había notado el abismo que las separaba, porque no había dos personas más diferentes que madre e hija. Katie era discreta, dulce, sumisa, cumplidora y silenciosa; en cambio, Emily tenía una energía sin límites bulléndole dentro del pecho que la empujaba a hacer preguntas, a confrontarla, a imponer su criterio y a discutir a la más mínima ocasión. Sabía que la había decepcionado en infinidad de ocasiones, que la había avergonzado y ahora, además, sabía que la había mortificado con una actitud que seguramente colocó muchas veces a Katie Gardiner en una situación muy complicada de cara a la familia Shafterbury.

Jamás comprendería por qué su madre había soportado año tras año ese trato por parte de aquella familia, y por qué nunca reaccionó, ni se rebeló, ni la defendió delante de esa gente. No podía entenderlo; si no lo había hecho antes, cuando el comportamiento de su madre se veía como lógico delante de sus jefes, menos ahora que sabía que era hija de un Shafterbury y que Katie jamás había luchado por darle el lugar que se merecía. Era muy triste y decepcionante, y se odió por tener aún más cosas que reprochar a su pobre madre, por tener más motivos para sentirla ajena, y para sentirse sola.

Levantó la vista hacia la entrada del cementerio y suspiró. Apenas había pegado ojo en toda la noche pensando en ese encuentro con Michael Shafterbury, su padre, un hombre del que no sabía nada, que no le interesaba lo más mínimo y que seguramente volvería a darle la espalda en cuanto aliviara su conciencia. No esperaba nada de él en absoluto, y solo pedía a Dios que la cita acabara pronto. Miró el reloj de la iglesia y comprobó que eran las diez de la mañana. Aún tenía una hora para pensar y tranquilizarse.

—Buenos días.

Encontrarlo junto a la tumba de Katie la sorprendió. Shafterbury había llegado pronto, iba vestido de gris marengo, muy elegante y, al igual que George Connaught, portaba un elegante bastón de madera de cedro en su mano derecha. Era un tipo realmente atractivo, y al verla se puso de pie, sacándose el sombrero.

—Llegas pronto.

—Usted también.

—Quería estar un rato a solas con tu madre.

—Ya que estamos aquí...

—Claro, claro. Hablemos.

Le ofreció un lugar a su lado en un banco de mármol descascarillado, y ella se sentó con precaución.

—¿Sabes cuál es tu segundo nombre?

—¿Mi segundo nombre? —Lo miró de reojo—. No sabía que tuviera segundo nombre.

—Lo tienes. Te llamas Emily Anne. Anne por mi madre, la duquesa de Monmouth. Ella fue tu madrina de bautismo. —Emily guardó silencio—. No sé por qué Katie te negó tantas cosas, se calló tantas otras y no te contó nada de nosotros.

—Yo tampoco.

—Estaba asustada. Ella siempre tuvo miedo de que te arrancaran de su lado. Personas como mi cuñada, esa maldita mujer, Rose, se dedicaron a coaccionarla toda su vida, y ella no supo o no pudo defenderse.

—¿Arrancarme de su lado?

–Prudence, la gobernanta, dice que Rose la amenazó. Le dijo que si te utilizaba para presionar a la familia, la echarían a la calle y a ti te entregarían a un orfanato. Esa mujer es una maldita víbora, Emily; no sé cómo no se me ocurrió prever lo que ocurriría. Lo cierto es que mientras mis padres vivieron estuvieron pendientes de ti. Cuando tenías casi un año de vida me visitaron en Bombay y me llevaron este grabado. –Sacó del bolsillo un camafeo muy bonito, donde había un rizo de pelo oscuro y un grabado diminuto de un bebé–. Eres tú, Emily, y este mechón te lo cortó tu madre. –Emily sintió una presión extraña en el pecho, así que desvió la mirada y siguió en silencio–. Cuando mis padres regresaban a Inglaterra su barco sufrió un accidente, una colisión, y ellos murieron. Fue entonces cuando Arthur y Rose asumieron el título y la casa, y cuando aquel infierno se desató para vosotras.

–¿Por qué no vino en dieciocho años?

–¿No quieres saber cómo empezó todo?

–Ya me lo ha contado Connaught. Solo quiero saber por qué no vino a vernos antes.

–Primero porque no podía. Había hecho un juramento: debía quedarme en el ejército seis años, al menos. Después, porque mi trabajo me lo impidió. Tenía responsabilidades en la India. Y más tarde, porque no quería. Volver a Londres era revivir muchas penas y preferí seguir lejos, mientras Rose me mantenía al tanto de tus progresos.

–¿Qué progresos?

–Me dijo que Katie se había casado con uno de los mozos de cuadra, que era muy feliz y que tú te criabas con salud. Cuando ella me contó eso, creí morir, ¿sabes? –Se pasó la mano por el pelo con tristeza–. Yo amaba a tu madre, y nuestros planes eran casarnos e instalarnos en Irlanda, en su tierra, lejos de aquí. Sin embargo, antes de mi licencia, cuando llevaba tres años en Bombay, me contaron lo de su boda, y todo mi mundo cambió, aunque comprendí que ella no me podía esperar y que lo mejor para ti era tener un padre de verdad.

–¿Dijo que se había casado?

–Eso es. –La miró con los ojos húmedos–. Ya no tenía motivos para regresar a Londres.

–Ella jamás salía de la sala de costura. ¿Cómo demonios iba a casarse?

–Yo estaba lejos; no sabía nada. Katie era preciosa y dulce, cualquier hombre la hubiese querido a su lado. Era lo más lógico, y cuando tienes tanto dolor no piensas con claridad ni te planteas nada en absoluto. Luego, los años pasaron, y aunque seguí recibiendo noticias esporádicas de ti, comprendí que tenías otro padre y que era absurdo hacerme ilusiones. Regresar a Londres o buscarte me pareció injusto para ti, para Katie, y seguí en Bombay, donde he hecho mi vida todos estos años.

–¿Está casado? ¿Tiene hijos?

–Me casé hace tres años con una inglesa nacida en la India. Se llama Beatrice, y no tenemos hijos. No de momento; ella es joven y aún podemos tenerlos.

–Me cuesta comprender que se creyera todo lo que su cuñada le contaba.

–No tenía motivos para pensar que mentía.

–Yo lo habría comprobado.

–Lo sé; ahora lo sé.

–¿Y por qué no me reconoció legalmente?

–Cuando mis padres viajaron a Bombay, firmé los certificados de nacimiento, de bautismo y demás, pero jamás llegaron a Inglaterra, y Rose no volvió a tratar el tema con tu madre. Muertos mis padres, ya no tuvo que responder ante nadie, y tu madre se calló por miedo a que te alejaran de ella. Pero ahora estoy dispuesto a acabar con esa injusticia y me gustaría darte mi apellido.

–¡Oh, no! Muchas gracias, no hace falta; estoy muy orgullosa de ser una Gardiner, señor.

–No lo pongo en duda, pero ese es tu derecho.

–Mi madre está muerta, milord, solo a ella podría importarle; a mí ya no.

–Tienes razón, pero ya sabes cuál es mi deseo.

—Bien, pues, ya está, ¿no?

Se levantó mirando la cara angustiada de ese hombre, y un impulso la empujó a sentir ternura por él, pero lo desechó de prisa y lo miró frunciendo el cejo.

—Le dije al doctor Connaught que lo escucharía. Ya he cumplido con mi palabra. Debo irme.

—Emily, un momento. No pretendo conmoverte con mi desgraciada historia. No busco tu lástima porque tú eres la única víctima en todo este asunto...

—No, yo no, milord; la única víctima fue mi madre.

—Ella también, pero tú eras un bebé inocente y no supe protegerte. Déjame subsanar en parte el daño que pude hacerte.

—Ya no hay nada que arreglar. No se preocupe. Por mi parte está olvidado. Se lo digo en serio. Adiós.

—No, un momento. Una cosa más, solo una; por favor, espera.

—¿Qué?

—En ningún caso he pretendido recuperarte, aspirar a tu aprecio, que me dejes cuidar de ti. No soy estúpido; sé que para mí ya es tarde. —Se le llenaron nuevamente los ojos de lágrimas, y Emily sintió que el corazón se le subía a la garganta—. Sé que eso es imposible, pero he abierto un fideicomiso en este despacho de abogados. —Sacó una tarjeta y se la puso en la mano—. Lord Sheen es amigo mío. Es un buen hombre; puedes acudir a él y contar con su buen juicio y consejo. Sabe quién eres y te ayudará en todo lo que necesites.

—¿Qué es un fideicomiso?

—Es un fondo de dinero. Hay cien mil libras, doce mil las he recuperado de lo que Rose Shafterbury me ha robado durante todos estos años. El resto es un regalo. Quiero que lo uses como te haga falta, o que lo guardes o lo inviertas; es tu dinero.

—Eso es mucho dinero. Yo no...

Le devolvió la tarjeta moviendo la cabeza, pero Michael Shafterbury se la puso en la palma y le cerró la mano con la suya, enorme y cálida. Emily sintió una corriente telúrica ante el contacto y dio un paso atrás.

–Es tuyo. Durante dieciocho años he estado enviando este dinero para tu educación. Mi maldita cuñada se lo guardó. Ahora es tuyo. Haz lo que te plazca con él. George dice que tienes planes de futuro, que quieres montar tu propio negocio; pues ya tienes unos fondos. Hazlo y disfrútalo. También es una buena dote para un buen matrimonio. –Sonrió por primera vez y fue como mirarse en un espejo. Emily apretó la tarjeta y maldijo a Connaught por andar contando sus intimidades a la gente–. Ya está todo arreglado. Sheen te podrá guiar en lo que quieras hacer.

–No puede venir aquí después de tanto tiempo y abrumarme de esta forma.

–No quiero abrumarte; quiero compensarte.

–Nada podrá compensar los catorce años que soporté en esa casa, milord. Usted no entiende nada.

–Obviamente, no entiendo nada. No sé nada de ti, y tampoco me dejas saberlo, y ante una situación tan injusta, esta –añadió, y le indicó la tarjeta– es mi única forma de darte algo del amor que siento por ti. Tú eres mi hija, Emily; siempre te he querido, aunque no estuviera contigo, y solo deseo lo mejor para ti.

–Yo...

Emily empezó a balbucir, al borde de las lágrimas. «Si tuviera menos cabeza y menos autocontrol, me lanzaría a los brazos de este hombre», pensó mirando sus zapatos lustrados y su aspecto impecable. Pero no lo hizo. Afortunadamente era fuerte y no necesitaba a nadie.

–No necesito su dinero.

–Perfecto, me alegro, pero tú guarda la tarjeta, y el dinero estará esperándote siempre.

–Debo irme.

–Claro, y gracias por escucharme.

–Adiós.

Se dirigió con prisas hacia la salida. Estaba muy alterada y la sangre le bombeaba en los oídos. Caminó tragándose las lágrimas, aunque se detuvo cuando Michael Shafterbury volvió a llamarla.

—¡Emily!

—¿Qué? —preguntó sin volverse.

—Te pareces mucho a tu abuela Anne; impresiona verte. Ella estaría muy orgullosa de ti. Por fortuna has heredado su carácter fuerte e independiente, y no el de tus cobardes y débiles padres.

Emily no quiso ni mirarlo, y cuando llegó a la puerta del cementerio, ya iba llorando de forma descontrolada. Michael Shafterbury, su padre, le despertaba unos sentimientos que estaban dormidos en su memoria. Sintió ternura y cariño por él, a pesar de todo lo que los separaba, y eso la desconcertó totalmente. No esperaba sentir nada por ese hombre, lo debía odiar, él la había abandonado, había dejado en la estacada a su madre, que no fue más que una niña asustada toda su vida. No se merecía nada, nada salvo su desprecio eterno. Sin embargo, una cosa parecida al amor le llenó el corazón, y se quiso morir.

—¿Emily? ¡Emily!

George Connaught la vio a través de la ventana de su consulta en Cannon Street, miró la hora en su reloj de bolsillo y comprobó que era más de mediodía. Fuera llovía y ahí estaba ella, de pie frente al edificio, sin moverse y calada hasta los huesos. Abrió la ventana y la llamó, pero Emily Gardiner, al sentirse descubierta, salió caminando a toda prisa hacia San Pablo.

—¡Emily!

Bajó corriendo la escalera y no le resultó muy complicado alcanzarla. La agarró del codo, la detuvo y la miró a los ojos. Estaba desolada. Las lágrimas se mezclaban con el agua de la lluvia, y su elegante sombrero de tela chorreaba graciosamente por su preciosa cara.

—¿Qué te pasa? ¿Cómo estás?

—No sé —fue su respuesta, sollozando.

—Vale, no pasa nada. Sube a mi consulta. Vas a enfermar si sigues mojándote.

—No hace frío.

—Lo sé, pero sube a la consulta. ¡Ahora, Emily!, ¡vamos!

La sujetó por la cintura y la subió al despacho. En la escalera le pidió a la señora Adams que le trajera té y unas mantas, y cuando la sentó en una de las butacas junto a la chimenea, se agachó para sacarle los zapatos y el sombrero, le quitó el bolsito de raso y su capa de verano y la dejó más cómoda. Ella permitió que lo hiciera sin protestar, pero cuando la abrigaron con dos mantas de lana y le pusieron una taza de té caliente en las manos, levantó los ojos hacia George y la señora Adams y se puso a hacer pucheros como una niña pequeña.

—Está bien, señora Adams. Gracias. Yo me ocupo.

—¿Está seguro, doctor?

—Sí, claro, gracias.

Acompañó a la casera hasta la puerta y cerró pidiéndole que no lo molestaran durante el resto de la tarde. Luego suspiró, se volvió hacia Emily y se acercó para ponerse en cuclillas a su lado. Buscó sus ojos y le acarició el pelo.

—¿Has hablado con tu padre?

—Sí. —Los sollozos la ahogaban. No tenía ni idea de qué estaba haciendo allí y de pronto se sintió peor—. Debería irme, doctor; no estoy enferma.

—¡Chist! ¿Qué ha pasado?

—Nada.

—¿Y por qué estás así? ¿Cuánto hace que no duermes?

—No lo sé, muchas noches. Me siento muy mal. Me duele el corazón. Mi pobre madre, él, todo el mundo… Todos han sufrido por mi culpa.

—¿Tu culpa? ¿Qué culpa?, si tú eres la única inocente aquí.

—Mi madre perdió al amor de su vida, él a ella, ambos sufrieron mucho, se alejaron por mi culpa, no se hablaron. Él sigue sufriendo, y mi madre murió sola y añorándolo, seguro, intentando protegerme, y yo, yo la dejé sola, también la abandoné.

—No eres responsable de lo sucedido.

—En parte sí.

—De ninguna manera, Emily. —Temblaba con los sollozos, así que decidió echar unas gotas de agua de melisa en su té–. Bébete esto, te ayudará un poco.

—No puedo odiarlo.

—No tienes que odiarlo.

—Abandonó a mi madre y me abandonó a mí.

—Era un crío tan indefenso como tu madre. No podemos culparlo.

—Pero debería odiarlo.

—¿Por qué?

—Es lo lógico, doctor.

—No. —Se encogió de hombros y se sentó en una butaca frente a ella. Emily apartó las mantas al sentirse un poco mejor y le sostuvo la mirada–. ¿Por qué?

—¿Por qué?

—A ti no te hizo nada; ni siquiera lo conoces. El odio se desarrolla por contacto, al igual que el amor, así que…

—Nos dejó solas en manos de esas personas.

—Él creyó que era lo mejor para vosotras, y tu madre decidió aceptarlo. Ellos podrían odiarse o quererse, despreciarse o perdonarse, pero tú no tienes nada que ver en esos sentimientos.

—Visto así… —dijo, frunciendo el cejo, y se sirvió más té.

George se inclinó y repitió la maniobra del agua de melisa.

Ella se lo agradeció con una venia y se apoyó en el respaldo de su cómodo asiento.

—Tal vez tengas razón.

—¿Te cayó bien, entonces?

—No es mala persona; no lo parece.

—No lo es. Es un tipo excelente, muy respetado; no por sus galones, su título o su dinero, sino por cosas de verdad, como su integridad y valentía. Yo admiro a Michael Shafterbury, y todos los hombres bajo su mando en la India también.

—¿Conoces a su mujer?

—Sí, Beatrice. Fui a su boda en Bombay.

—¿Y cómo es?

—¿No se lo has preguntado a él?

—No. ¿No puedes decírmelo?

—Es una muchacha joven, bastante discreta, agradable, y lo quiere, cuida de él, que ha vivido solo muchos años.

—¿Qué rango tiene en el ejército?

—Es general mayor del Real Ejército de su Majestad. Es el segundo al mando después del gobernador, y solo tiene treinta y seis años.

—Me ha dado dinero, mucho dinero.

—¿Ah, sí? Muy bien; podrás abrir tu tienda de costura donde quieras, ¿no?

—¿Por qué le hablaste de mis planes?

—Me preguntó cosas sobre ti, como tú lo haces ahora sobre él. ¿Te sientes mejor?

—Sí, debe de ser eso que has echado al té. ¿No estarás drogándome, doctor?

—No, mujer; es agua de melisa, un sedante natural.

Emily Gardiner apoyó la cabeza en el reposabrazos del sillón y observó al apuesto George Connaught descaradamente. Estaba cansada y sentía la cabeza embotada. Llevaba al menos dos noches sin dormir y, de repente, los músculos se le relajaron de forma deliciosa. Clavó sus ojos negros en los aguamarina de Connaught, y él le sostuvo la mirada tranquilamente, recostado con displicencia en su butaca, con las piernas estiradas y los brazos extendidos sobre el respaldo. «Es tan guapo y tan varonil», pensó con los ojos medio cerrados por el sueño; tan guapo que no había dos como él en todo Londres.

George esperó a que se durmiera. Se levantó y la arropó con ternura. Aunque Emily aparentara ser la chica más fuerte e independiente de la tierra, seguía siendo una chiquilla asustada y sola, y eso lo conmovió una vez más. Contempló su pelo oscuro y suave, sus mejillas sonrosadas, y la acarició con un dedo. Se inclinó sobre ella y le besó una oreja, pequeña y perfecta. Olía a violetas, y un deseo inesperado le atravesó todo el cuerpo como un huracán.

—¿Doctor?

La vocecita de Molly Everhard lo sobresaltó. Llevaba horas estudiando en completo silencio mientras Emily dormía frente a su escritorio. Hacía bastante rato que había mandado a un chiquillo del barrio a buscar a Molly o a Winston a Covent Garden, y ya lo había olvidado. Miró hacia la ventana y comprobó que estaba oscuro. Se restregó los ojos y se puso de pie, estirando los hombros.

—¿Molesto?

—No, Molly. Pasa, por favor. Estaba leyendo un poco.

—¿Qué tiene? —Molly se acercó muy preocupada a Emily, que dormía como un angelito en el sofá, y luego se volvió hacia el médico con los ojos muy abiertos—. ¿Está enferma?

—No, cansada. Llevaba muchas noches en vela y los últimos acontecimientos han podido con ella. Le he dado agua de melisa para que descanse. Mañana estará como nueva. Solo quería avisaros para que no la esperarais.

—La he estado esperando desde la mañana. Ha salido pronto para hablar con ese hombre, su padre —se corrigió Molly, susurrando—, y como no volvía, ya estaba preocupándome.

—Ha ido bien, no te preocupes. Tu amiga está perfectamente. Lo que sucede es que a veces las emociones pueden ser agotadoras.

—Y que lo diga, doctor. La pobrecita parece un alma en pena desde hace tiempo.

—Mañana estará mucho mejor. ¿Te quieres quedar con ella esta noche?

–¿Hace falta? Es que no he podido avisar a Winston y no quiero asustarlo.

–No, no hace falta. Yo puedo quedarme un rato más, y luego le diré a la señora Adams que esté pendiente de ella.


Fred el Pelirrojo se apostó en la puerta de la taberna para vigilar que no entrara nadie, escupió al suelo y sacó la navaja del pantalón para limpiarse las uñas. Era tarde y estaba aburrido. Giró la cabeza hacia el interior del tugurio y ahí vio a su padre charlando con esos dos ricachones tan estirados: Paul Hamilton y su camarada, Charles Connaught.

–Ya preguntamos al reportero. Le dimos el dinero, y luego una buena tunda, y no dice nada.

–Tendremos que intervenir nosotros –opinó Paul Hamilton.

–No, de eso nada. –Connaught sacó una cajita de rapé, se la acercó a la nariz y aspiró, cerrando los ojos–. Nosotros al margen.

–Como no es a ti al que han crucificado públicamente, Charles, no tienes derecho a opinar.

–Si lo que este individuo dice es cierto –susurró Connaught–, y tu caso y el mío están relacionados, sí que tengo derecho a opinar.

–Bueno, señor Carpenter –dijo Paul Hamilton, que estiró las piernas y miró de arriba abajo a su tosco interlocutor–, vamos al grano. Dígale a mi camarada lo que me contó su amigo, Wilfred.

–Creemos que tenemos localizadas a las personas que se dedican a chantajear a gente como ustedes, milord. Aún no puedo ponérselas en bandeja, pero tiempo al tiempo. También creemos… –suspiró, mirándolos a los ojos– que una de esas mismas personas delató a los McGuinness cuando iban a cumplir su encargo…, ya sabe…

–¿Qué encargo?, ¿yo? –Charles Connaught se atragantó a causa de la ira, se puso de pie y echó mano a la pistola que llevaba en el cinto.

–¡Charles, cállate! –le increpó Hamilton con autoridad–. Todo Londres sabe que mandaste matar a tu hermano; no vengas con remilgos ahora, ¡maldita sea! ¿Quieres pillar al que te delató o no?

–Uno de los chantajistas avisó al médico de la llegada de los McGuinness.

–Todos en el mismo saco, ¿está seguro?

–Completamente, pero debo pillarlos en un renuncio, milord. En cuanto esté hecho, son suyos.

–¿Y cuánto nos va a costar?

–Diez mil.

–¿Diez mil?, ¡está loco!

–Usted decide, milord.

–Bien, ya hablaremos. Quiero la cabeza de esa gente en bandeja, ¿me oye?, y cuanto antes mejor.

Ambos caballeros se levantaron y abandonaron el local en silencio. Bob el Roble los miró, acariciándose la barba. «Los tengo cogidos por las pelotas», pensó, muerto de la risa.

Hacía semanas que podía haber entregado a Winston Everhard y sus dos putitas a Hamilton, pero no lo había hecho por puro divertimento, porque ese capullo le caía fatal. El noble lo había mandado llamar personalmente para hacerle el encargo. Paul Hamilton, furioso por el asunto del periódico, había hecho algunas preguntas, y al comprobar que el dueño de las calles del centro se llamaba Bob el Roble, decidió acudir a él para encontrar a los chantajistas que lo habían vendido al *Daily Telegraph*. Bob los había encontrado, cómo no, poniendo atención y a todos sus esbirros a husmear por ahí.

El negocio había sido más o menos sencillo, y en unos días había tenido bien claro que Mary Taylor y sus socios estaban jugando fuerte y ganando sumas muy importantes de dinero. Llevaban tiempo lejos de las calles, vivían mejor que antes y además ella se pasaba los días paseando detrás de la gente rica de Westminster. En una semana supo que tomaba notas de los movimientos de algunos nobles, y en dos, la vieron dar un golpe; pan comido, aunque a Hamilton no le dijo nada para intentar sacarle más dinero.

El noble, que era un desgraciado y un sádico, le había pagado solo la mitad de lo acordado y se negaba a entregarle el resto, así que Bob no pensaba darle nada más concreto hasta que pusiera el botín completo sobre la mesa, más aún cuando se le ocurrió comentarle de pasada que uno de los chantajistas había delatado también a los McGuinness en el oscuro asunto con el doctor George Connaught, y Hamilton había saltado del asiento ante la noticia.

En ese preciso momento, Bob supo que los Connaught eran parientes de Hamilton, y que Charles, el supuesto instigador del intento de asesinato, rumiaba su rabia y su venganza lejos de la ciudad, con muchas ganas de poner la mano encima al responsable final de su desgracia: el entrometido que había alertado al médico del ataque, le había salvado la vida y, de paso, lo había relacionado a él con los asesinos a sueldo.

El propio Hamilton animó a Bob el Roble a meter a Charles Connaught en el negocio, y eso acababa de hacer, aunque esperaría aún unas semanas para entregarles a Winston, Mary y Molly en bandeja de plata, porque primero quería cobrar las diez mil libras, y entonces, los vendería. Sería un auténtico placer. Además, ya había avisado a Everhard del asunto, cumpliendo con el código de honor que regía en las calles: no delatarse entre compañeros.

Él había avisado, y el que avisa no es traidor.

# Capítulo 15

Llevaba tres días en las nubes, muy contenta, y sus amigos lo celebraban porque Emily Gardiner, tras su saludable noche de sueño en la consulta de George Connaught, volvía a sonreír, bromear y charlar con ese entusiasmo suyo tan encantador.

Winston había empezado a cerrar cuentas pendientes para trasladarse en seguida a Brighton con las chicas, aunque Emily siguiera negándose, asegurando que se mudaba a Regent Street. Él pretendía arrastrarla hasta la costa una temporada, y Molly, feliz, planeaba su futuro junto a su marido, rodeada de niños y convertida en dueña y señora de su propio hogar.

—¿Crees que podré encontrar a Patrick ahora que estoy casada? Era la primera vez en meses que recordaba a su hijito, y Emily le apretó la mano con ternura. Iban al muelle de Embankement a visitar a unos comerciantes de telas en una mañana soleada y agradable, y se sorprendió del comentario.

—Claro, cariño. Un día lo encontrarás.

—Winston dice que un niño jamás olvida la voz de su madre, y que Patrick me reconocerá.

—En efecto; no te preocupes.

—¿Y tú?, ¿vas a volver a ver a tu padre?

—No creo —suspiró—. Es mejor dejar las cosas como están.

—Seguro que él te quiere. Uno no puede dejar de querer a un hijo, aunque no lo vea.

—Es probable, pero me parece que para las madres es un sentimiento más fuerte, más concreto…

Miró hacia la derecha y una figura alta le llamó la atención. Iba acompañada por otros hombres, cuatro o cinco, malencarados y con pinta de estibadores del puerto. Los siguió con los ojos y comprendió en seguida que se organizaban para algo. El pecho se le contrajo y se le hizo un agujero en el estómago. Empujó a Molly para que se apresurara y pasaron cerca del tipo alto sin que las viera. Molly le estrujó los dedos al reconocer esa cara: Charles Connaught en persona.

—¿Qué demonios hace aquí? —se preguntó Emily—. ¿No se había largado?

—No lo sé. Tal vez no sea asunto nuestro, Emily. Vamos.

—No, no me gusta nada. ¿Esos no trabajan para Bob el Roble?

—Y yo qué sé. Vámonos de aquí.

Emily Gardiner se ancló en el suelo y en un segundo se hizo un croquis de la extraña situación. Charles Connaught estaba rodeado de gente de mala calaña en mitad de la calle y se le veía muy interesado en dar instrucciones. Era temprano, las ocho de la mañana, y calculó que George debía de estar en Mayfair, en su consulta de postín, porque además era jueves, pero nunca se sabía. Respiró hondo e intentó decidir qué hacer. A lo mejor estaba pecando de desconfiada, no lo sabía; pero tras un segundo de reflexión, decidió que era mejor ser precavida. Se volvió hacia Molly y le habló con mucha autoridad.

—Molly, ve a buscar a Winston. Dile lo que hemos visto y que vaya a Cannon Street a alertar al doctor...

—¿Por qué? ¿Qué tiene que ver el doctor?

—Tú calla y hazme caso. Dile a Winston que vaya a la consulta. ¡Ahora!, ¿está claro?

—¿Y tú adónde vas?

Molly abrió los brazos al ver que se dirigía hacia Victoria Street.

—Yo voy a Mayfair. Corre, Molly, por favor.

Tuvo que alquilar un coche para llegar más de prisa.

Su intuición le había salvado la vida más de una vez, así que ese miedo irracional que le atenazaba los músculos la empujó a localizar a George en seguida. Debía alertarlo de sus sospechas, nada más. Luego, dejaría que él actuara en consecuencia.

—¿El doctor?

Llegó jadeando al edificio de Curzon Street y la señora Mills, la casera, la recibió frunciendo el cejo.

—Buenos días, señorita. No está.

—¿Y dónde está?

—¿No tenemos modales esta semana?

—Señora Mills, es importante. —La sujetó del brazo—. ¿Dónde está George, lo sabe?

—Vino un chiquillo a buscarlo, ese pelirrojo que ya ha estado aquí. Había un parto compli...

Josephine Mills no acabó la frase, porque esa muchachita tan guapa, pero tan extraña, le dio la espalda para salir corriendo calle abajo. Vio cómo se sujetaba la falda del vestido para correr mejor y movió la cabeza con reprobación. «Es una vergüenza que las damas de hoy en día no sepan comportarse», meditó. Cerró la puerta y regresó a sus obligaciones.

Emily no vio su cara de disgusto ni se despidió. Saltó a la calle con la certeza de que su amigo estaba en peligro, no le cabía la más mínima duda. Si Fred el Pelirrojo estaba por medio, no era necesario saber nada más.

Corrió hacia Piccadilly Street buscando un coche y no lo encontró. Las lágrimas le nublaron de pronto la vista y se maldijo, pero siguió adelante, hacia Piccadilly Circus, buscando un medio de transporte. Sin embargo, antes de llegar a la plaza, una mano firme la agarró por el brazo y la detuvo de golpe, lo que motivó que se volviera hacia esa persona echando chispas por los ojos.

—Emily, ¿qué sucede? ¿Estás bien? —Michael Shafterbury en persona la miraba desde su altura con el cejo fruncido—. Emily, ¿me oyes?

—Sí, sí, no pasa nada. Tengo mucha prisa.

Emily intentó esquivarlo, pero Shafterbury, que llevaba del brazo a una mujer rubia muy guapa, no la soltó e insistió en su pregunta.

—¿Qué te pasa?, ¡maldita sea! ¿Te has visto?

—¿Yo? —Emily se detuvo para tragar saliva; seguramente tenía cara de pánico, así que trató de calmarse—. No pasa nada. Bueno, en realidad sí. Necesito un coche, ¿tiene uno?

—Aquí no, pero espera un segundo.

Michael dejó a su acompañante en la acera y se plantó en el centro de la calle. Emily lo observó muy sorprendida, y todavía se sorprendió más cuando el noble dio un silbido y consiguió parar un coche de alquiler en medio del caótico tráfico.

—Ya está. ¿Adónde vas?

—Cannon Street, a la consulta del doctor Connaught. Es urgente.

—¿Por qué?, ¿qué ocurre? ¡Emily, maldita sea! George es mi amigo.

—Me parece que lo van a matar —soltó de forma involuntaria.

Por alguna razón confiaba en Shafterbury, que en apariencia era un tipo de acción igual que el doctor. Subió al carruaje y lo miró a los ojos.

—Su hermano ha vuelto a la ciudad. Ya intentó matarlo en una ocasión y ahora creo que tratará de hacerlo otra vez.

—Vale, vamos. —No hizo más preguntas. Se dirigió a su acompañante y le habló con suavidad—: Querida, regresa al hotel. Volveré dentro de una hora. ¿Estarás bien?

—Sí. Vete, Michael. No pasa nada.

—¡Vamos!

Shafterbury se sentó en el carruaje, abrió la ventanilla que lo separaba del conductor y habló con tanta autoridad que Emily sintió una especie de orgullo creciéndole en el corazón.

—Vuele hacia Cannon Street, amigo, y le pagaré el doble.

—Gracias —susurró mirando a su padre de arriba abajo. Él

se acomodó en su asiento y no dijo nada–. Tal vez estoy exagerando, pero hace una hora he visto a Charles Connaught con gente de mala calaña, y luego en su consulta de Mayfair me han dicho que el doctor había salido para una urgencia, una urgencia motivada por un conocido delincuente del East End. Por eso...

–No me des más explicaciones. Si crees que George necesita ayuda, no quiero saber más.

–Bien.

Bajó los ojos dando gracias a Dios por la oportuna aparición de Shafterbury, y rogando a la Virgen porque protegiera a Connaught hasta que llegaran. El médico hacía cualquier cosa por sus pacientes: visitaba los tugurios más peligrosos sin temor a contagiarse o a que le robaran, o se pasaba la noche velando a un niño enfermo que dormía en un prostíbulo de tres al cuarto. Estaba convencida de que había partido tras Fred el Pelirrojo sin meditar ni por un segundo que podía ser peligroso.

Llegaron en seguida a Cannon Street y la señora Adams les dijo que no sabía nada del doctor, que por ahí no había pasado, y fue entonces cuando el pánico empezó a embotarle los sentidos. Se detuvo en medio de la acera, intentando pensar, y cuando notó la presencia cercana y silenciosa de Michael Shafterbury a su lado, levantó los ojos hacia él y se encogió de hombros.

–No sé dónde buscar –confesó sinceramente.

–Esa gente que has visto con Charles Connaught, ¿quiénes son?

–Gente de Bob el Roble, un conocido mandamás del barrio. Su hijo, Fred, es el que ha recogido a George Connaught en Mayfair.

–Vale. ¿Y por dónde suele moverse ese Bob?

–Por todas partes.

–Tiene que tener una guarida. Seguramente...

–Sí, ya sé. Sígame.

Caminaron de prisa hacia el mercado de Aldgate, luego bajaron por Minories Street hacia el río, y entonces llegaron a esa zona siniestra donde nadie decente, en su sano juicio, entraría por voluntad propia. Michael Shafterbury se detuvo viendo el panorama —las calles llenas de lodo y suciedad—, y agarró a su hija del brazo.

—Bien, Emily, yo sigo solo. Tú entra en esa iglesia y me esperas ahí. —Le indicó con la cabeza una pequeña capilla—. Si encuentro a George, volveré a recogerte en seguida.

—No, señor. Voy con usted.

—No. Esto es peor de lo que me imaginaba.

La gente los observaba con mucha desconfianza y tuvo la sensación de estar en un campo de batalla, pero con bastantes menos posibilidades de vencer que en la India.

—Voy armado. Ahora vuelvo.

—Yo también.

Emily sacó la navaja del bolso y se la enseñó. Luego se agachó y se sacó una pistola minúscula de la bota, su última adquisición. Shafterbury abrió mucho los ojos oscuros a causa de la sorpresa. Soltó un bufido.

—Estas son mis calles, milord. Creo que me necesitará si quiere llegar vivo al Támesis.

Michael Shafterbury se sintió padre por primera vez en su vida. Observó con los ojos entornados a la muchacha y quiso obligarla a obedecer, llevarla a casa y ponerla a salvo de todos los males del universo. Pero comprendió que era imposible, así que no le quedó más remedio que confiar en ella. Vio la decisión en su preciosa cara, su mirada firme y la forma en que manejaba las armas y sintió una mezcla de orgullo y terror, un sentimiento absolutamente novedoso para él. La agarró del brazo y se adentró con ella en esas calles apestosas, pidiendo al cielo que los protegiera y les permitiera tener el pulso firme en caso necesario.

—Ahí sale, bendito sea Dios. —A lo lejos divisó la alta figura de George Connaught abandonando un edificio destartalado con Fred el Pelirrojo a su izquierda—. Parece que está bien; a lo mejor he exagerado.

—No lo creo.

Michael localizó con el rabillo del ojo a una docena de hombres acercándose a su camarada por la derecha. George iba hablando con ese chiquillo mientras caminaban y no prestaba atención al entorno. Era muy ingenuo. De repente, la calle se quedó vacía y George Connaught, mayor del ejército de su majestad, se convirtió en un blanco fácil.

—Madre de Dios.

—Quédate a mi espalda, Emily, ¿entendido? —Sacó la pistola y la miró a los ojos—. No es un juego; esto es peligroso.

—Lo sé.

Los hechos se desarrollaron a una velocidad vertiginosa. Emily Gardiner sacó sus dos armas y las agarró con fuerza. La pistola tenía solo dos balas sin recarga automática, así que no podía desperdiciarlas, y meditó durante una fracción de segundo si su afilada, pero pequeña, navaja serviría de algo ante esos hombres que parecían armarios.

Se pegó a Michael Shafterbury, que alertó a George a gritos. El médico lo miró, tiró el maletín al suelo y al instante sacó la pistola que llevaba en un estuche adherido a su espalda. Levantó el bastón, deslizó la funda de madera que lo cubría y, de repente el elegante accesorio se convirtió en una espada afilada y bastante gruesa. Emily pestañeó y lo vio empujar a Fred el Pelirrojo al suelo.

Lo siguiente fue oír los gritos de la trifulca. Se metió en medio y disparó a un mismo individuo las dos balas. Luego levantó la navaja y se limitó a esperar en posición de defensa, porque todos la ignoraban descaradamente.

Su padre, que era un tipo joven, bien entrenado, alto y muy fuerte, se desenvolvía con tanta habilidad que ella no podía quitarle la vista de encima. George Connaught, por su parte, abría heridas y rompía huesos con la misma calma y frialdad con que los curaba. Era una pelea desigual que rápidamente se convirtió en injusta cuando alguien la agarró por la cintura, le tapó la boca y gritó a voz en cuello:

—¡Mataré a esta zorra! ¡Quietos!

George Connaught y Michael Shafterbury levantaron las manos en son de paz. Ella empezó a revolverse, indignada, pero su padre le habló con la voz ronca y controlada.

—Tranquila y quieta, ¿de acuerdo? Cálmate. ¿Qué queréis? Dejadla en paz.

—Solo queremos al médico.

—Muy bien, perfecto. Aquí estoy.

Connaught tiró las armas al suelo y caminó hacia ellos con aire desafiante. Estaba despeinado y jadeaba levemente. Emily miró sus ojos transparentes y movió la cabeza de forma negativa. No podía entregarse; acabarían por matarlos a los tres.

—¡Suéltala, maldito cobarde!

—Está bien.

El tipo titubeó ante la arrogancia del doctor, que más parecía un soldado que un médico, y, en ese momento, un golpe seco lo paralizó. Fue como oír el ruido de una sandía rompiéndose en el suelo. Emily notó el temblor del tipo contra su cuerpo antes de que la soltara y cayera a sus pies con la cabeza abierta por un tremendo hachazo. Lo miró y luego levantó la vista hacia Winston Everhard, que era el responsable de semejante estropicio.

—Winston.

—Espera ahí, socia, y no te muevas.

Winston caminó con el hacha ensangrentada hacia los cinco delincuentes que aún quedaban en pie y sonrió. Le encantaba enfrentarse a hombres que estuvieran a su altura. Miró a Connaught y le hizo un gesto para que recuperara sus armas; luego miró al padre de Emily, que permanecía impoluto a pesar de la pelea, y lo saludó con una venia. Acto seguido, se lanzó gritando hacia los esbirros del Roble.

—Emily, ven, por favor.

La joven agarró el candelabro y se acercó a su padre.

Estaban a salvo, en la consulta de Cannon Street, y Michael Shafterbury se disponía a coser la herida que George Connaught tenía a la altura de las costillas, debajo de la axila, lo suficientemente oculta a sus ojos como para que no pudiera curársela él mismo. Estaba sin camisa y ya habían limpiado la sangre, así que Shafterbury se inclinó con la aguja curva en la mano y dio el primer punto de sutura. Emily miró la cara tensa de su amigo y comprendió que aquello debía de ser muy doloroso.

—Serán al menos seis —susurró Shafterbury.

—Tú pon los que hagan falta... ¡Mierda! —se quejó por la falta de delicadeza de su camarada, pero miró a Emily Gardiner forzando una sonrisa—. Es la segunda vez que me salvas la vida, Emily. Gracias.

—De nada —contestó ella, observando el trabajo de su padre, a la vez que el torso musculoso y el pecho varonil, cubierto de vello rubio, de Connaught, que era un hombre muy fuerte y realmente hermoso.

—Mandaré a Charles a la cárcel. Lo denunciaré en cuanto pueda ponerme de pie.

—Yo creo que tu hermano ya debe de estar bien lejos de Londres —opinó Winston, que se acercó con una copa de brandi y se la puso en los labios—, no es idiota.

—Ya veremos. ¿Y tu mano, Winston?

—Solo es un rasguño.

—Luego la miró.

—No es nada, doctor; al que hay que mirar es al general mayor Shafterbury, que está sangrando.

—Ya está. —Michael Shafterbury acabó la sutura y los miró con cara de interrogación. Ciertamente tenía la manga de la camisa manchada de sangre, pero no era nada serio—. ¿Hay un brandi para mí?

—Por supuesto.

Winston fue a por otra copa, y Emily dejó el candelabro en el escritorio del doctor, donde reposaba su espectacular bastón de cedro. Lo sujetó para admirarlo de cerca y comprobó que pesaba lo suyo.

–Es un recuerdo del ejército –le explicó Shafterbury desde su asiento–. Es un regalo de honor por su valentía y los servicios prestados. Muy pocos oficiales vuelven a casa con uno de esos.

–Es muy bonito.

–¿Estás bien? Déjame ver eso, ¿quieres?

George interrumpió la conversación y se acercó a Emily para mirarle el cuello. Ese esbirro que había osado tocarla le había dejado marcas, pero no tenía ninguna herida. Luego le agarró las manos y comenzó a revisárselas.

–Estoy bien. Mírate tú, doctor, que das pena –bromeó, apartándose; la ponía nerviosa que la tocara y prefería mantener las distancias.

George se miró a sí mismo y buscó un paño húmedo para limpiarse la sangre de las manos y la cara.

–Pelea como un héroe, milord. Ya sé a quién ha salido Emily.

Winston miró a Michael Shafterbury con una gran sonrisa.

–Dieciocho años en el ejército son una ayuda, amigo, y, sinceramente, preferiría que ella no peleara tan bien. – La miró con ternura, y Emily bajó los ojos–. No es nada tranquilizador.

–Más tranquilizador es una mujer desmayada, pidiendo las sales –replicó la joven, sonriendo.

–Ni una cosa ni otra, pero en el fondo es agradable saber que sabes defenderte.

–¿Y ahora qué? –George se puso en medio del grupo con las manos en las caderas–. Me preocupa que esa gente os relacione otra vez conmigo. Me temo que irán a por Emily en cuanto puedan.

–No es cierto –dijo mirándolo ceñuda.

–Sí que lo es. Hay que pensar en una solución –contestó él, clavándole los ojos aguamarina–. Deberías salir de la ciudad o...

–¿Qué? ¿Huir? ¿Estás loco? Si huyo jamás podré volver a Londres, porque en cuanto regresara acabarían conmigo. No, señor; yo me quedo, no tengo miedo. ¿Por qué no te vas tú, que es a quien quieren matar?

—Emily... —intervino Winston—, el doctor tiene razón. Él puede permanecer al margen, meterse en su barrio y no salir de allí, pero tú te quedas en estas calles, ¿no te das cuenta? Y ahora que nosotros nos vamos...

—¿Os vais? —preguntó George.

—Sí, Molly y yo nos vamos a Brighton la semana que viene. Hay otras razones de peso para querer abandonar la ciudad, y ella no quiere acompañarnos.

—¿Qué razones? —preguntó Shafterbury como sin querer.

—Negocios.

—¿Qué negocios?

—Lo suficientemente peligrosos como para que Bob el Roble quiera echarnos el guante, y con lo de esta mañana, ya estamos servidos; incluso pienso adelantar el viaje.

—¿Qué clase de negocios? —insistió Michael Shafterbury mirando a su hija con preocupación.

—Negocios —repitió ella, mirando a Winston de reojo.

—No pierdas el tiempo, Michael; no te dirán nada —terció George, abriendo la puerta a la señora Adams, que entraba con té y unos bocadillos—. No somos dignos de su confianza.

—Exacto —replicó Emily, y se levantó arreglándose la falda—. Hay negocios que son difíciles de explicar.

—Lo más seguro es salir de Londres, y tú deberías venirte con nosotros, Emily.

—Yo quiero hablar con ese Bob el Roble. —George se desplomó, al fin, en una butaca, y se pasó la mano por la cara. Estaba levantado desde muy temprano y se sentía agotado tras la pelea—. Esa gente suele ser razonable si le hablas con respeto. Le diré que mi única intención es trabajar en paz en el barrio y que mi maldito hermano no es más que un cabrón vengativo que lo acabará metiendo en un lío.

—¿Y por qué Charles quiere matarte, George? No entiendo nada.

–¡Oh!

El médico observó a su camarada Shafterbury y recordó que él no tenía ni idea de sus últimos meses en Inglaterra. Apuró el último trago de brandi antes de hablar.

–Mi padre desheredó a Charles por su comportamiento y me cedió legalmente los derechos sucesorios del ducado; eso es todo.

–¿Eso es todo? Tiene motivos para odiarte. Ese capullo solo ha vivido por el ducado, ¿o no?

–Sí, pero no es culpa mía. Es un imbécil.

–Si quieres habla con ese Bob, pero al que deberías encarar es a Charles.

–Ya lo hice, Michael, pero el muy cabrón reaccionó huyendo. Y ahora ha encargado mi asesinato a unos profesionales.

–Profesionales que no tenían ni idea de que su encargo era una pieza de mucho cuidado –bromeó Winston–. Debían creer que eras pan comido y no contaban con tu suerte y tus habilidades, doctor.

–Y mis buenos amigos –puntualizó George, mirando a Emily, que permanecía quieta, con la cara vuelta hacia la ventana–. Y quiero conservarlos, así que Emily, ¿qué piensas hacer?

–¿Yo? Mudarme a Regent Street. He encontrado un local, que incluye una vivienda, perfecto para mi tienda.

–No me quedará más remedio que hablar con Bob el Roble.

–No tienes por qué hacerlo.

–¿Cómo que no? No permitiré que te hagan daño.

–No es tu responsabilidad, doctor.

–¿Que no es mi responsabilidad? Creo que es mi única responsabilidad, Emily, por el amor de Dios.

Winston Everhard y Michael Shafterbury cruzaron una mirada ante el comentario, pero no abrieron la boca. Emily se quedó quieta, sin replicar, observando a George, que se puso de pie para cambiarse la camisa y recargar la pistola.

Estaba enfadado y se sentía impotente, así que no era un buen momento para muchas discusiones.

—¿Qué haces tú aquí?

Esa misma noche Winston le consiguió una cita a George Connaught con Bob el Roble en la taberna de Lambeth, y el médico llegó puntal al encuentro, aunque se quedó perplejo y con pocas ganas para el diálogo al ver a Michael Shafterbury esperándolo al lado de Everhard.

—Ahora también es asunto mío.

—Yo lo arreglaré.

—No lo dudo; solo vengo como apoyo logístico.

—Mira, Michael...

—Esa gente solo entiende un idioma, George, y ese es el de la pasta. Ya lo hemos estado hablando con Winston —dijo, y palmoteó la espalda de su nuevo amigo—, y mi dinero también vale, así que entra ahí y habla con ese individuo. Beatrice me espera para tomar un oporto antes de ir a dormir.

Entraron en un reservado de la taberna y tuvieron que esperar quince minutos a que Bob Carpenter se dignara a aparecer rodeado por cuatro escoltas. Se acercó a la mesa y los saludó a los tres con un apretón de manos.

—No han sido mis chicos —fue lo primero que salió de su boca.

—¿Ah, no? —George entornó los ojos.

—No. Han actuado fuera de mi control.

—¿Y qué hacía tu hijo en medio del asunto?

—Mire, doctor, a Freddy le ofrecieron unas monedas por ir a buscarlo a Mayfair. Eso hizo el chaval, nada más.

—Carpenter, solo quiero trabajar en el barrio, dar un poco de atención médica a los vecinos. No pretendo nada más, y me gustaría saber que cuento con tu apoyo.

—¿Qué clase de apoyo?

—Basta con que no me vendas al primer postor, por ejemplo.

—Su hermano es el que ha pagado para atacarlo, no yo.

—Pero tú le puedes ayudar a encontrar a quien lo haga.

—Puede intentar matarlo en cualquier parte, no solo en mi barrio.

—Todos suponemos que es más fácil en el East End que en Mayfair.

—Vale, pero yo no he hecho nada.

—No te estoy acusando. Es para ocasiones futuras. Mi hermano es muy persistente, ¿sabes?

—¿Quiere protección?

—No, quiero que me dejen en paz, a mí y a mis amigos. Puedo protegerme solo, pero también me gustaría que no se lo pusieras tan fácil. Tú eres el jefe. Sé que acuden a ti.

—Lo que no entiendo es por qué un tipo rico y noble como usted, Connaught, quiere quedarse entre nosotros.

—Mis motivos no te interesan, pero te diré que es vocación médica puramente. ¿Puedo contar con que nos dejaréis en paz a mí y a mis amigos? —preguntó, y miró elocuentemente a Winston Everhard.

—Lo que yo tenga con Winston y sus socias ya no es asunto suyo, doctor.

—Lo es. Ellos son mis amigos, y me importa su bienestar, no sabes hasta qué punto, Bob.

—Ya sabemos hasta qué punto le interesa Mary Taylor, doctor. ¿A quién no le interesaría?

Bob sonrió con la boca desdentada, buscando apoyo en los tres hombres, pero ninguno le siguió la broma y creyó ver mucha ira en la mirada transparente de Connaught, que sin embargo ni pestañeó.

—Solo pretendo hacer mi trabajo. Es lo único que quería dejarte claro, Bob. Ayudo un poco a tus vecinos, no interfiero en tus negocios, y sé que Winston y su gente tampoco. Esto es un encuentro en son de paz, y si además dices que no fueron los tuyos los que me atacaron, no hay nada más que hablar.

—Eso es —replicó Bob, un poco confuso. Había previsto

sacar algo de aquella cita y los tres tipos empezaban a ponerse de pie con la intención de irse.

—Haré lo que pueda si Winston sigue respetando mi territorio y si usted me lo pone fácil, doctor.

—¿Fácil?

—Ya sabe, si ayudamos un poco a mis camaradas a no tener que buscarse el pan a cualquier precio...

—No voy a pagar para que me protejas, Bob; esa no es mi intención.

—Pero yo sí voy a pagar por las molestias, señor Carpenter.

Michael Shafterbury le sonrió con una amabilidad exagerada, sacó un sobre y lo dejó encima de la mesa. Lo miró a los ojos y volvió a hablar mientras lo deslizaba hacia el Roble.

—Esta es una muestra de paz, mía, personal, y espero que sirva para dejar tranquilos a mis amigos.

—Claro.

—¿Está seguro? ¿Puedo confiar en su palabra?

—Claro, milord. —Bob agarró el sobre y comprobó que estaba lleno—. Le doy mi palabra.

—Eso espero, porque si no mis amigos del gobierno y del ayuntamiento recibirán cuenta inmediata de sus actividades. —Sonrió—. Soy un poco quisquilloso cuando me faltan a la palabra.

—Entendido.

Los tres abandonaron la taberna y caminaron en silencio hasta cruzar el puente de Westminster. Entonces, George Connaught se detuvo en seco para mirar a su camarada a los ojos. Estaba indignado por el soborno que acababa de pagar y por su intervención, así que apenas le salían las palabras.

—¿Te das cuenta de lo que has hecho?

—Obviamente, George; no te alteres tanto.

—¿Cómo que no? Has pagado a un conocido delincuente para que nos dejen en paz. ¿Es eso?, ¿te das cuenta?

—Winston y Emily necesitan tiempo para reorganizar

sus vidas, solo tiempo, y acabo de pagarlo. Cuando Winston y su esposa estén en Brighton, y Emily tenga su tienda y su vida lejos del East End, ya no importará lo que haga Bob el Roble.

—Eso te crees tú. Ahora tiene más motivos para acosarla, porque sabe que conseguirá dinero si no lo hace.

—Llegado el momento, veremos.

—¿Ah, sí? ¿Y si no nos da tiempo a verlo?

—Claro que sí. Cuando piense en meterse con Emily acudirá antes a nosotros para ver qué saca. Es muy sencillo; lo tenemos controlado, George. Cálmate y piensa.

—¿Acudirá a ti en Bombay?

—No, acudirá a ti, que espero sigas cerca de mi hija.

Connaught bajó los ojos. Estaba bastante confuso. Bufó, moviendo la cabeza, y luego miró a Winston Everhard, que los observaba en completo silencio. Su amigo le sonrió de forma elocuente y se sintió como un adolescente estúpido e inexperto. ¿Qué demonios estaban insinuando? ¡Maldita sea! Ya no podía seguir un minuto más discutiendo y en pie tras ese día tan duro.

—Mañana he quedado para tomar el té con Emily en el Grand Hotel. Me ha costado mucho convencerla. —Michael Shafterbury habló con total naturalidad—. Quiero presentarle a Beatrice. También vendrán Winston y su esposa. Me gustaría que tú también estuvieras.

—No lo sé, depende del trabajo.

—Bien, a las cinco estaremos allí. Espero que puedas ir, George. Y ahora, señores, buenas noches.


No podía negar que la experiencia compartida con su padre en Minories Street había modificado en gran parte la percepción que tenía de él. Michael Shafterbury era un hombre de honor, valiente e impulsivo como ella, y por primera vez en su vida experimentó la sensación de parecerse a alguien, de tener raíces, de no ser ajena a todo el mundo que la rodeaba, porque no solo se parecían físicamente, sino también en el carácter, y comprendió que aunque lo intentara, no podría negar jamás que ese hombre tan elegante y cortés era su padre.

Por esa razón, y por todos los sentimientos desconocidos que él le había despertado en solo unos días, había accedido a tomar el té con él y su esposa en el Grand Hotel. En otras circunstancias, no habría aceptado ni muerta su invitación, pero después de haber salvado juntos la vida a George Connaught y de los peligros compartidos, no pudo negarse y ahí estaba, de punta en blanco, sentada frente a Beatrice Shafterbury, la joven esposa de su padre, mientras Winston y Molly charlaban incansablemente de su traslado a la costa.

—Buenas tardes. Siento el retraso.

George Connaught llegó con prisas y se sentó frente a ella. No lo esperaba y se movió incómoda en su silla, con las mejillas arreboladas y el corazón palpitándole con fuerza en el pecho.

—No llegas tarde, George. Aún no nos han servido. ¿Cómo estás? —le preguntó Beatrice con gran amabilidad—. ¿Mucho trabajo? Michael dice que no tienes tregua.

—Todo bien, gracias, y sí, mucho trabajo, pero se trata de eso, de tener mucho que hacer.

—En Bombay no paraba —comentó Beatrice, mirando a todos los de la mesa—. Se pasaba el día escondido en el hospital, trabajando. Era célebre por su ausencia de vida social.

—Y aquí debe de ser igual —bromeó Shafterbury, observando a su preciosa hija de reojo.

—Dicen que en la India la vida social es muy activa —dijo Molly.

—¡Oh, sí! Procuramos seguir el calendario de bailes y festejos de Inglaterra, más todas las actividades locales. En fin, es muy divertido, o si no sería un auténtico suplicio.

—¿Por qué? —le preguntó Emily ceñuda, y Beatrice la miró a los ojos.

–Por el calor, el trabajo duro, los constantes conflictos.

–Pero tengo entendido que la pujante clase alta británica goza de muchos lujos allí, ¿no?

–Sí, Emily, pero las condiciones climáticas son espantosas –le explicó su padre– y estamos en guerra. Al fin y al cabo, es una zona ocupada.

–Pero estáis ahí por voluntad propia, ¿no?

–Por la patria –opinó George con retintín.

–¿Por la patria de los indios, o por la nuestra?

–Por ambas –terció Shafterbury, viendo cómo les traían las bandejas con innumerables bocadillos y delicias–. Pero no hablemos de política. ¿Ya has visto el local de Regent Street?

–Si no os gusta estar allí, tal vez deberíais retiraros y dejar a esa gente vivir en paz –comentó Emily antes de tomar un sorbo de té.

La joven conocía a muchos indios que vivían en el East End en completa miseria y le habían contado las atrocidades que el gobierno británico había cometido, y seguía cometiendo, en ese inmenso país.

–Si no estuviéramos allí, los sultanatos, los clanes y las diversas invasiones de sus vecinos los tendrían aún más sometidos a la pobreza y a la ignorancia. El Reino Unido ha llevado la civilización al país –dijo Beatrice, algo ofendida, y su marido le acarició los dedos de la mano con ternura–. Les hicimos un favor colonizándolos.

–No es lo que ellos opinan.

–Emily… –Winston miró a su amiga con una sonrisa.

–Emily tiene razón. Gran parte del país está en contra de la colonización británica, por eso no paran de sublevarse, y, por supuesto, no los culpo. –George suspiró–. Pocas veces conseguí sentirme orgulloso del trabajo que hacíamos allí, por esa razón prefería esconderme en el hospital.

–¡Ah!, ¿esa era la razón? –Con tacto, Michael Shafterbury intentó desviar la charla para impedir una discusión absurda entre su guerrera hija y Beatrice, que era muy sensible–. Y nosotros pensando que intentabas evitar a tus incontables pretendientes…

–¿Tenía muchas? –preguntó Molly con una gran sonrisa.

Emily, por su parte, se puso tensa, frunció el cejo y mordió un delicioso bocadillo de pepino.

–Millones –exclamó Beatrice Shafterbury–, miles de miles. Un hombre tan guapo y tan brillante.

–¿Ya has conseguido los permisos para el local?

George buscó los ojos de Emily Gardiner, ignorando los comentarios de Beatrice, y la muchacha lo miró frunciendo el cejo.

–¿Qué permisos?

–Lo hablamos antes de…, bueno, de ir a Cambridge. Debes gestionar permisos en el ayuntamiento y hablar con los sindicatos.

–Es cierto, pero no he tenido tiempo. ¡Madre de Dios, qué despiste!

–Pues deberías darte prisa.

–Lo sé. Lo haré…

–Puedes pedirle a Albert Sheen que lo gestione. Él se ocupará, todos sus clientes tienen negocios –dijo Shafterbury, sorprendido de la confianza con que George y Emily dialogaban.

–¿El abogado del fideicomiso?

–Sí, Emily, él se ocupará de todo lo que necesites.

–No sé. Yo…

–Claro que sí. Sheen es perfecto. –George la miró a los ojos una vez más–. Lo conozco; es un tipo muy eficiente.

–Bien, lo haré.

–Perfecto, gracias.

Michael Shafterbury suspiró, agradecido. Emily le devolvió la sonrisa y se dedicó a comer y a escuchar las charlas ajenas en silencio, pensando en su negocio y en todo lo que tenía que hacer a partir de ese momento.

# Capítulo 16

Regent Street era, tal vez, la calle comercial más importante de la ciudad. Llamada así en honor del príncipe regente Jorge Augusto, convertido en 1820 en Jorge IV, fue diseñada por el arquitecto John Nash en 1811 como parte de la ruta ceremonial que iba desde la residencia del regente, Carlton House, en Saint James's Park, hasta Regent's Park. Comenzaba llamándose Lower Regent Street en la intersección con Charles II Street y Waterloo Place; seguía hacia el norte por Piccadilly Circus y se convertía entonces en Regent Street, luego giraba hacia el oeste y, tras una curva, se dirigía hacia el norte otra vez. Una calle larga, elegante y muy pujante, donde Emily Gardiner había visto un localito pequeño cerca de Piccadilly Circus para instalar su negocio. Sin embargo, Albert Sheen, el abogado del fideicomiso, había encontrado un local más grande en la misma Regent Street, a pie de calle, con vivienda y taller en la segunda planta y pegado a Oxford Circus; era más caro y más elegante de lo que ella buscaba, pero la impresionó en cuanto puso un pie en él.

Hacía solo una semana que había visitado el despacho de ese hombre en Mayfair, al lado de la consulta de George Connaught, acompañada por Michael Shafterbury, para las presentaciones oficiales, y él ya había dado con un sitio mejor situado y en perfecto estado, y gracias al dinero del fideicomiso podían adquirirlo en propiedad, pagar gastos y los permisos pertinentes. Albert Sheen solo esperaba su visto bueno para poner en marcha la operación, y ella llegó esa mañana para ver in situ la vivienda y decidirse.

–¿Cómo es posible que te lleves tan bien con George?

–¿Cómo dice?

Emily miró a Michael Shafterbury con los ojos muy abiertos. La segunda planta de la tienda era luminosa y enorme, y la recorrían acompañados por Beatrice y Molly, que parloteaban como viejas amigas.

–Me sorprende ver una amistad entre una muchacha de tu edad y George, que es un tipo realmente singular.

–¿Singular?

–Solo tiene tiempo para el trabajo y el deporte. No sé, aunque es un gran amigo mío, en general no es muy amigable.

–Lo conocí cuando atendió a Molly en una ocasión y siempre se ha mostrado muy amable. Se hizo amigo de Winston, primero; luego atendió a mi madre antes de que muriera, la ayudó a morir sin dolor, pagó su entierro. No sé, a mí sí me parece amigable.

–Él dice que eres la única mujer con la que puede hablar de igual a igual.

–¿En serio? –Se sonrojó, sintiendo una emoción instantánea en el torrente sanguíneo–. Me gusta hablar de medicina, será por eso.

–¿Y de rugby?

–También.

–Bueno, a mí me alegra que seáis amigos y que puedas contar con él en mi ausencia. Es un gran hombre y confío en él. Ya sé que siempre te las has arreglado estupendamente bien sola –puntualizó al ver una sombra de enfado en sus ojos negros–, pero a nadie le sobra un buen amigo.

–Claro.

–También te quiero agradecer que tengas contacto con Beatrice y conmigo. No sabes lo que esto significa para mí, Emily.

–Me cae bien.

–¿Cómo?

–Usted, me cae bien. Si no me gustara, no le dirigiría la palabra.

–Bueno, pues gracias.

–¿Y?, ¿te gusta?

Molly llegó corriendo a su lado y la agarró del brazo.

–Es perfecto, pero es un poco caro.

–Puedes pagarlo –opinó Beatrice–, y si vas a hacer algo, hazlo a lo grande, es lo que siempre decía mi padre. Todo el mundo comenta que tienes un talento extraordinario, seguro que triunfas con esta empresa.

–Muchas gracias.

Emily miró los ojos claros de esa joven y sonrió pensando en su madre, en lo que habría sufrido sin Michael Shafterbury, en lo enamorada que estaría de él, en su añoranza de tantos años. Beatrice tenía lo que su madre había soñado toda su vida, y solo por eso, ella debía cumplir sus sueños. «Era una especie de señal», decidió. Miró a su amiga Molly y sonrió.

–Sí, me quedo con la casa y el local. Son perfectos.

Modas Gardiner fue el nombre elegido para bautizar la elegante y coqueta tienda de Emily Gardiner en Regent Street. Ella decidió que quería algo corto e identificativo y apostó por su apellido, que era común y fácil de pronunciar. El catorce de octubre de 1891 abrió sus puertas ofreciendo arreglos de costura, telas, accesorios de todo tipo y, por supuesto, vestidos confeccionados por ella misma y las dos costureras que había contratado, y aunque el primer día no entró nadie, Emily lloró de orgullo admirando su pequeño escaparate lleno de objetos hermosos y telas de ensueño pagados con el dinero de su padre, un tipo realmente amable y generoso que había regresado a la India dejando un gran agujero en su corazón.

–Tienes el mismo talento de tu madre –le había dicho una mañana mientras ella terminaba de coser el bajo a un modelo expuesto en un maniquí.

Faltaba poco para su partida, y Michael Shafterbury

hacía lo posible por pasar a verla a diario mientras acababa de acondicionar la tienda.

—Ella era insuperable. A su lado solo soy una aficionada.

—No, estaría muy orgullosa de ti.

—Gracias, pero no lo creo.

—¿Por qué no?

—Nada de lo que hacía era de su agrado. Lamentablemente, mi madre y yo éramos como la noche y el día, y ella no podía soportarlo.

—Lo siento.

El comentario le dolió y se sentó frente a Emily para seguir charlando. La joven estaba ocupada y no parecía molesta con su presencia.

—Debías de recordarle a mí...

—Ahora sé que sí, pero eso debería haber jugado a mi favor, ¿no? —Levantó la vista y lo miró a los ojos—. Al fin y al cabo, lo había querido.

—Pero yo le fallé. Le dije que regresaría en un par de años y no volví. Debía de odiarme.

—No lo creo. —Dejó la aguja y trató de recordar el comportamiento de su madre. Era seria y se reía poco, pero no se la imaginaba odiando a nadie, y menos al padre de su hija—. Creo que jamás sintió rencor por nadie.

—Cuando la conocí era una chiquilla muy alegre. Me hacía reír y era preciosa. Cada día de mi vida lamentaré haberle arruinado la suya...

—Ella decidió estar con usted libremente, ¿no? Nadie la obligó.

—Sí, pero yo seguí con una vida lejos de aquí, y ella se quedó esperando. —Se pasó la mano por la cara y se le llenaron los ojos de lágrimas. Emily carraspeó y fingió no verlo—. En fin, al menos te tenía a ti, y lo cierto es que fuimos muy felices juntos.

—¿Sí?

—Sí. Le gustaba salir a pasear por el parque, ir al teatro, comer golosinas en Covent Garden. Había empezado a trabajar siendo muy niña. Mi madre se la trajo a Londres cuando tenía doce años, y aunque era muy trabajadora y responsable, solo era una criatura.

–¿Se conocieron en la casa de Kensington?

–Sí, claro. Jugábamos en el jardín. Se venía con nosotros cuando íbamos al campo y charlábamos a escondidas en la alacena grande de la cocina. ¿La conoces? –Ella asintió–. A veces nos tirábamos toda la noche charlando en susurros entre las patatas y el jamón –dijo, y se rio suavemente. Emily lo imitó, intentando imaginar a su madre en semejante actitud–.Yo me pasaba las tardes en la sala de costura, huyendo de mis tutores, y una vez nos escapamos y llegamos hasta la estación Victoria, pero nos dieron caza y fue el principio del fin...

–¿El principio del fin?

–Fue cuando supimos que estaba encinta. Estaba embarazada al menos de tres meses y mi primera reacción fue huir con ella lejos de Londres. Pero nos pillaron, me mandaron al ejército y a ella la dejaron a cargo de mis padres. El resto de la historia ya la conoces.

–¿Y sus padres? Tampoco me habló de ellos.

–¿Ah, no? Su madre murió cuando ella era muy pequeña y la crio su hermana mayor, Emily Gardiner. –Le guiñó un ojo–. Katie adoraba a su hermana, pero se habían tenido que separar para poder mantener a dos hermanas pequeñas. Su padre también murió joven. Entonces, tu madre se vino a Londres y creo que las demás siguieron en Irlanda. Cuando pasó todo, yo escribí a Emily a Cork, pero jamás obtuve respuesta.

–¿O sea que me llamo Emily por una tía?

–Eso es. Es increíble que Katie no te contara nada, sigo sin entender sus motivos.

–Ni yo. Jamás hablaba de la familia, y la única vez que pregunté por mi padre, me soltó un bofetón que todavía me duele.

–¿En serio? ¡Dios bendito!, debió de haber sufrido tanto...

–Supongo, pero yo no tenía ninguna culpa.

–Por supuesto, y ella tampoco. Creo que ninguno la teníamos, salvo esa maldita sociedad donde nos tocó vivir. Afortunadamente las cosas van cambiando y tú puedes decidir ahora sobre tu vida, tus sentimientos y tu futuro, y lo haces muy bien, Emily. Estoy muy orgulloso de ti.

–Muchas gracias, pero con su ayuda está siendo más sencillo.

–Me alegro, pero no olvides una cosa, ¿quieres?

–¿Qué?

–Disfruta de tu vida. No te pongas límites y abre tu corazón, porque los buenos momentos, la mayoría de las veces, son efímeros.

Una semana después de esa charla, Michael y Beatrice Shafterbury se habían despedido de ella con un apretón de manos, a mediados de octubre, después de celebrar su diecinueve cumpleaños y tras tres meses de estancia en Londres, y Emily les había dicho adiós con un extraño nudo en la garganta. En las últimas semanas habían conseguido mantener una relación distante pero cordial, fría solo por su culpa, porque la pareja había hecho todo lo posible por acercarse a ella; pero al fin y al cabo, había sido algo muy parecido a una relación familiar. Ambos eran buenas personas, y Shafterbury no la presionaba, ni controlaba, ni hacía muchas preguntas, lo que facilitó que se ganara su confianza.

Obviamente no podía ser su padre de la noche a la mañana, había mucho dolor detrás de ellos, y el recuerdo de una Katie Gardiner muy desgraciada, pero al irse, al menos se habían mirado a los ojos con una sonrisa, sin rencor, y Emily prometió escribirle y mantenerlo al tanto de sus negocios.

Por su parte, Winston y Molly se mudaron a Brighton en cuanto ella compró la casa nueva. Debido a los ruegos de George Connaught no la dejaron sola en el East End ni un solo día, y cuando ya pudo dormir en Regent Street, sus amigos viajaron a la costa con un montón de planes e ilusiones. La separación había sido dolorosa, mucho, sobre todo para Emily, que de pronto había vuelto a quedarse huérfana, pero se escribían con regularidad, y Winston viajaba a Londres hasta una vez por semana por negocios y para verla y comprobar que todo marchaba bien.

Sus vidas habían cambiado de la noche a la mañana, ya no se acordaba de Bob el Roble y de su gente, se pasaba los días trabajando y esperando ver a George Connaught, que volvía a ser su amigo y se dejaba caer por la tienda un día sí y otro no, para saludarla.

—Buenos días.

La voz grave y educada del doctor hizo que abandonara el taller y se asomara a la tienda. Faltaban dos semanas para la Navidad y tenían varios encargos, las dos costureras trabajaban a buen ritmo y el mostrador lo atendía Josie, que era nieta de Prudence, la gobernanta de los Shafterbury, una muchacha educada y muy vivaracha.

—Eh, buenos días, te esperaba para el té…

Las palabras se le congelaron en la boca al ver junto a su amigo a dos elegantísimas damas acompañadas por una niña adolescente y una doncella. Las señoras eran rubias y lucían abrigos de piel de primera calidad.

—Emily, te he traído a dos clientas nuevas. Te presento a mi hermana mayor, Sophie Dench, marquesa de Wight; a mi hermana pequeña, Amanda; y a mi sobrina, Madeleine.

—Hola, encantada —respondió Emily arreglándose el moño.

Los ojos claros de las dos mujeres la recorrían con descaro y se sintió un poco aturdida, pero se recompuso de prisa y les sonrió con su encanto habitual.

—¿En qué puedo ayudarlas?

—Mi hermano se ha empeñado en traernos. Dice que usted es la mejor costurera de Londres y, por lo que veo, no mentía. —Sophie se acercó a dos maniquíes vestidos con ropa diseñada por Emily y los miró de cerca—. ¿Lo hace a medida? ¿Podemos hacer encargos si queremos?

–Y lo más importante –intervino Amanda–, ¿no nos puede visitar en casa? Es un fastidio salir al centro con este tiempo.

–Recibimos encargos, por supuesto, y no, no hacemos visitas a domicilio.

–¿Ah, no? ¿Y eso?

–¡Amy, por Dios!, en París las damas acuden a sus modistas favoritas, visitan sus talleres, se prueban y toman champán a la vez. Es muy divertido.

Sophie hablaba mientras recorría la tienda despacio, mirándolo todo con mucha atención. Emily levantó los ojos y se encontró con los de George, que le sonreían, tranquilizadores.

–Todo es muy bonito. ¿Tiene sombreros?

–Claro. Josie, por favor, ¿puedes enseñarles a las señoras lo que nos acaba de llegar de Italia?

La dependienta se apresuró a sacar las cajas con el género nuevo, y Emily aprovechó para ofrecerles un té. Ambas lo rechazaron y Sophie, la mayor, que se parecía bastante a su hermano, manifestó rápidamente su deseo de llevarse al menos cuatro sombreros, uno de ellos para la pequeña Madeleine, que acababa de comprometerse en matrimonio, según dijo.

–Amanda se casa en mayo. Le queda muy poco tiempo para acabar el ajuar, aunque ya lo tiene casi todo.

–Nunca se completa del todo, Sophie. Aún necesito conjuntos para el viaje de novios.

–Pues ya ves que la señorita Gardiner tiene cosas muy modernas.

–No sé. –Amanda suspiró, contrariada, y luego miró a Emily con atención–. ¿Y cuándo se casa usted, señorita Gardiner?

–¿Yo? –Emily se sonrojó una vez más y se afanó en ordenar los botones que Josie había sacado de los cajones–. No entra en mis planes.

–Pero ¿qué edad tiene? George dice que tenemos la misma edad, ¿no, hermanito?

Connaught, que hojeaba un periódico pegado a la ventana, las miró de reojo y asintió.

—Tengo diecinueve años.

—Yo también, y una chica tan guapa seguro que tiene muchos pretendientes entre sus colegas.

Amanda hizo un elocuente gesto hacia la calle y volvió a sonreír. Emily comprendió que se refería a los otros comerciantes, y se encogió de hombros.

—No seas impertinente, Amy, deja a la señorita Gardiner en paz. Mire, Emily —le dijo, guiñándole un ojo—, cuando las muchachas van a casarse, creen que el tema de las bodas es el único que interesa a todo el mundo. No le haga el menor caso. ¿Me puedo probar esos guantes de allí?

Las hermanas Connaught pasaron casi una hora en la tienda, y Emily volvió a experimentar una sensación que odiaba: el desprecio de la gente que se creía superior por nacimiento, dinero o títulos, daba igual; simplemente se trataba de poner a cada uno en su sitio y marcar las diferencias. Ella sabía mucho de eso, se había criado soportándolo, y no le gustó el comportamiento de Amanda Connaught, que era arrogante y malcriada, mientras su hermana mayor, bastante más sencilla y simpática, no podía hacer nada por contenerla.

Emily se mostró parca en palabras con la pequeña de los Connaught y destinó toda su atención a Sophie Dench y a su hija, que parecían de otra pasta, y cuando al fin se marcharon, seguidas por la doncella y un George Connaught completamente indiferente, respiró hondo, sintiendo una tensión espantosa sobre los hombros.

—Tanto preguntar para no llevarse nada —opinó Josie—. Gente como esa señorita Amanda Connaught es de la que no necesitamos por aquí. No sé para qué ha venido, si no pretendía comprar nada; eso se nota enseguida.

—A lo mejor no ha venido a comprar, Josie —contestó Emily, regresando al taller.

—¿Ah, no? ¿Y qué diantres quería?

—No lo sé.

Sonrió a la dependienta, con la que compartía el apartamento de la segunda planta, y volvió a su mesa de costura. Era consciente de que en la alta sociedad londinense se comentaba ya la extraña amistad que compartían George Connaught, médico de prestigio y futuro duque de Stevenage, y una hija natural de Michael Shafterbury. Su padre, antes de volver a Bombay, había hecho pública su existencia, y, desde entonces, mucha gente había visitado la tienda solo para verla de cerca.

Ella no se sentía cómoda con semejante atención, y había hecho lo posible por esconderse de los curiosos, pero al final, y tras ser convencida por George y Winston, había tenido que reconocer que su estatus y la curiosidad, a veces malsana, que provocaba en la gente eran muy beneficiosos para su naciente negocio. Suponía que por esa razón las hermanas Connaught habían llegado a Regent Street: para verla de cerca, complacer al doctor y, de paso, sobre todo Amanda, dejar bien claras las diferencias que la separaban de su aristocrático y adorado hermano. De hecho, Emily no olvidaba esas diferencias ni una sola vez, y las tenía presentes para no ahondar más en la relación con ese hombre, por el que se sentía fascinada desde hacía más de un año.

—Hoy he visto a Bob el Roble en la consulta.

—¿Sí? ¿Qué le pasa?

Emily sirvió el té y movió los rescoldos de la chimenea con el atizador. Fuera nevaba y ya era de noche, aunque apenas habían dado las cinco y media de la tarde. Volvió a su butaca y miró a George Connaught a los ojos.

—Tiene problemas en los riñones.

—¿Es grave?

—No mucho. ¿Te preocupa?

—¿A mí? No, es curiosidad.

—Él también siente curiosidad por ti. Se ha enterado de que eres hija de un noble.

—Eso no me gusta nada.

—A mí tampoco, pero las noticias vuelan en esta ciudad.

—Como las que hablan de tus visitas aquí.

—¿Ah, sí?

George la observó con los ojos muy abiertos.

—Sabes que sí, doctor.

—¿Y te molesta?

—Un poco. Está en juego tu reputación, no quisiera perjudicarte.

La joven sonrió y dejó la taza de té sobre la mesita. George se echó a reír, apoyándose en el respaldo de su cómodo sillón.

—En serio, ¿qué dama querría casarse con un hombre que pasa las tardes tomando el té en una tienda de modas para señoras?

—Mejor. Así me dejan en paz.

—¡Ah, bueno!, si eso te ayuda.

—¿Y tú?

—¿Yo, qué?

—¿Te casarías con alguien como yo?

Emily sintió cómo le subían los colores, pero ni siquiera se movió.

—¿A qué viene eso ahora?

—Tu padre quiere verte casada, mis hermanas se preguntan cómo una jovencita tan hermosa no tiene un buen marido. No sé, es curiosidad; quisiera conocer tus preferencias.

—Ya las conoces, doctor: vivir y trabajar para mí misma.

—O sea, que quedo descartado de un plumazo —bromeó.

Era la primera vez desde que se conocían que ironizaba con algo así, y comprendió en seguida que podía ofenderla. Carraspeó y se calló. Pero Emily ya se había puesto a la defensiva.

—Tú quedaste descartado desde que naciste, doctor. Un noble como tú no debe intimar con alguien como yo. Ya te lo dije una vez.

—Y en esa ocasión te advertí de que eras una clasista.

—¿Clasista, yo? Vosotros, la gente rica, podéis daros el lujo de ser clasistas, no alguien como yo.

—Si me discriminas y prejuzgas por mis orígenes, ya eres una clasista, peor que las más recalcitrantes de Kensington.

—Vale, como quieras.

—¿No discutes hoy conmigo?

—No, estoy cansada.

—Pues te he traído un libro sobre asepsia y antisepsia del doctor Joseph Lister, ¿te acuerdas de él?

—¿Cómo no? ¿En serio? Enséñamelo.

Como muchas tardes, se quedaron hasta antes de la hora de la cena charlando de medicina y de pacientes de George. Esas tertulias eran habituales, casi a diario, y cuando él no aparecía, ella lo echaba de menos, pero jamás se lo decía o le reprochaba sus ausencias. Eran amigos y camaradas, y cuando George Connaught se disculpaba por llegar tarde o no aparecer, ella cortaba de raíz sus palabras, dejándole claro que no se debían explicaciones ni disculpas. Nada los obligaba a verse ni los comprometía a cumplir con unas visitas. Eran argumentos que el doctor no podía ni rebatir ni discutir por respeto a ella, aunque a veces hubiese necesitado oír palabras de añoranza e incluso de reproche, palabras que le aclararan de una maldita vez qué significaba él para una Emily Gardiner siempre fría y controlada.

# Capítulo 17

–Emily, preguntan por ti.

Miró a Josie desde la bruma de la fiebre. Se sentía desfallecer esa mañana, pero tenían algunos encargos que entregar, así que se encontraba bordando en el taller junto a la chimenea. Dejó la pieza en la mesa y se levantó para salir a la tienda. Se arregló la falda y se asomó con una sonrisa, aunque la figura que se encontró paseando junto al mostrador principal la dejó congelada.

–Señorita Gardiner, buenas tardes.

Paul Hamilton, conde de Worsthorne, la miró con una sonrisa gélida y vacía, Emily irguió los hombros y caminó hacia él con seguridad.

–Me han recomendado muchísimo su trabajo.

–¿Ah, sí? ¿Y usted es?

–Claro, no me conoce. Paul Hamilton, conde de Worsthorne, y esta es mi esposa, Alice. De hecho, un pariente suyo, su primo George Connaught, nos habló esta semana de su encantadora tienda.

–El doctor Connaught es muy amable. ¿En qué podríamos ayudarlos, milord?

–Es Alice. Querida –dijo, dirigiéndose a su mujer sin mirarla–, habla con la señorita.

–Tenemos muchos compromisos navideños y mi maestro sombrerero, *monsieur* Balzac, no sé si lo conoce, dice que no puede aceptar más encargos y como solo él…

–Al grano, Alice, no marees a la señorita.

Hamilton cortó de golpe a su mujer, y Emily lo miró frunciendo el cejo mientras la afectada, muy hermosa y muy sonriente, cambió el discurso para obedecer inmediatamente a su marido.

—Necesito un par de sombreros de noche.

—Muy bien. Tenemos muchos modelos nuevos y de última moda. Josie, por favor, baja el nuevo pedido que llegó ayer. No se preocupe, milady, seguro que encontramos algo que le guste.

—Gracias.

La siguiente media hora la pasaron probando modelitos a la condesa de Worsthorne, que tenía treinta años y dos hijos, según le contó a Emily, aunque parecía una niña de doce años, malcriada y reprendida constantemente por un marido agrio y sin pizca de amabilidad. Emily Gardiner la atendió como a todos sus clientes y se mostró amable y silenciosa, aunque los ojos de Paul Hamilton, pegados a su nuca, la mantuvieron en un constante estado de alerta. El tipo era desagradable, más aún si conocías sus denigrantes aficiones, y Emily empezó a rezar para se fueran pronto justo en el momento en que él la abordó junto a la caja para pagar los dichosos sombreros y hacerle algunas preguntas.

—¿Seguro que no nos conocemos, señorita Gardiner?

—No, milord; lo recordaría.

—Me han dicho que antes se dedicaba a otros negocios.

—¿Ah, sí? —Lo miró a los ojos y le sonrió—. No es cierto.

—¿No tenía dos socios en el East End?

—¿Cómo dice?

El corazón se le puso en la garganta y comprendió, con una certeza meridiana, que aquel tipo sabía quién era; pero volvió a sonreír y recibió el dinero de la compra con tranquilidad.

—No, milord, y gracias por venir a visitarnos.

—¿Se encuentra mal?

Paul Hamilton dio un paso al frente al verla sonrojada y con los ojos brillantes, y la miró de cerca. Ese tipo, Bob el Roble, le había dicho que aquella mujercita ocultaba cosas, nada más, pero era obvio que se refería a algo relacionado con los chantajes y estaba dispuesto a no quitarle los ojos de encima.

—Sí, milord, estoy bien, gracias. Es un constipado, un poco de fiebre.

—Debería tener cuidado, pues.

—Sí, muchas gracias.

Los condes de Worsthorne se fueron a las cuatro de la tarde y la siguiente hora Emily Gardiner la pasó vomitando, con mareos y una fiebre cada vez más alta. Se sentía muy enferma y la culpa no era solo del resfriado, estaba segura de que sus males los había desencadenado el miedo, miedo a que ese tipo pudiera desenterrar el pasado y mandar su futuro a la basura. Hamilton era un hombre poderoso, persistente y buscaba venganza, y estaba claro que no pararía hasta dar caza a los chantajistas que habían conseguido arruinar su vida.

—¿Qué?, ¡Dios bendito, ¿qué haces?! —Se despertó al sentir las manos frías de George Connaught en el cuello—. ¡George!

—¡Chist! Calla, por favor; solo intento controlarte el pulso.

—Estoy bien.

Se sentó en la cama y se tapó con las mantas; solo llevaba el camisón encima y él pretendía apartar el edredón para auscultarla. Afortunadamente se había despertado a tiempo.

—¿Qué haces en mi dormitorio?

—Josie me ha dicho que estás enferma desde ayer. ¿Has vomitado?

—¿Cómo te atreves a entrar en mi dormitorio?

—Soy médico, Emily Gardiner. He estado en más dormitorios de los que te imaginas. ¿Has vomitado?

—Sí, pero ya estoy bien.

—Estás ardiendo. Recuéstate. ¿Emily? —La miró con una media sonrisa, sus ojos claros brillaban cerca de la luz de la vela, y ella obedeció, ceñuda—. Bien.

Josie apareció con una taza de agua caliente con limón,

y George, impecable con su traje gris perla, se sacó la chaqueta para quedarse en mangas de camisa, se dobló los
puños y sacó una botellita de su maletín. Vertió en el agua
unas gotas de jengibre y se sentó en la cama para ayudarla
a beber la infusión poco a poco. Emily, más emocionada
que febril, agarró la taza con las dos manos y bebió, sintiendo la mirada aguamarina de Connaught a pocos centímetros de la cara.

—¿Me has traído agua fría, Josie?

—Sí, ahora doctor.

La muchacha salió del cuarto para regresar en seguida
con una jofaina y unos trozos de tela. Se los puso en la
mesilla de noche, y él los humedeció, los estrujó y luego
los dobló pulcramente para colocarlos sobre la frente ardiente de Emily.

—Si no baja la fiebre, tendré que aplicarte las compresas
frías en el estómago.

—Eso ni lo sueñes.

—¿Te duele la garganta?

—Me duele todo.

—Debe de ser un enfriamiento, y además estás agotada.
Han sido unos meses duros, ¿eh? Un par de días de descanso y como nueva. ¿No te duele el estómago?

—No.

Ella cerró los ojos sintiendo cómo el doctor cambiaba
la compresa fría y volvía a refrescarle la frente.

—Intenta dormir.

—Josie puede seguir ayudándome.

—¡Chist!, calla de una vez.

Se sumió en un sueño instantáneo y delicioso mientras sentía las manos enormes y hermosas de Connaught
en la frente, estirando la tela húmeda, rozándole el pelo,
desprendiendo ese olor a limpio y a loción que lo carac-
terizaba. Él era atento y transmitía serenidad con su sola
presencia, y Emily se sintió mejor solo con intuirlo cerca.

—Hola.

—Hola.

Emily le sonrió. Llevaba unos minutos observándolo. Él se había dormido en un sofá, al lado de la cama. Tenía las largas piernas estiradas y la cabeza apoyada en el respaldo. Se había quitado el chaleco y la corbata, la camisa blanca le salía fuera de los pantalones y dormía profundamente, aunque cuando se sintió observado giró la cabeza hacia ella, abrió los ojos enormes y transparentes, y le sonrió.

—¿Qué tal? —Se incorporó y le tocó la frente—. No tienes fiebre, pero suele bajar durante la madrugada.

—¿Por qué no te has ido a dormir a tu casa, doctor? No tengo nada grave.

—Lo sé, pero eres mi paciente. ¿Tienes sed?

—Sí, gracias. —Se sentó y tomó un trago de agua, luego se acurrucó en la almohada y siguió observándolo—. ¿Por qué te hiciste médico, doctor?

—Me gustaba la ciencia y quería aprender.

—¿Y tu familia te apoyó?

—Sí, bueno, supongo que les daba igual.

—Tus padres deben de estar muy orgullosos de ti. Eres un buen médico y ayudas a mucha gente.

—No lo sé, y, en realidad, no me preocupa lo que piensen.

—¿No te llevas bien con ellos?

—Ya sabes que con Charles me llevo realmente mal. —Le sonrió, y ella le devolvió la sonrisa—. Con mis padres me llevo bien. Mi madre es muy cariñosa y mi padre es un hombre inteligente y discreto, no habla demasiado, me cae bien —suspiró—. Luego están mis hermanas y Simon; con ellos apenas tengo contacto, aunque mi hermana favorita es Sophie.

—Es muy agradable.

—Sí, es inteligente. ¿Quieres hablar a estas horas? ¿Por qué no intentas descansar?

—No sé, me apetece charlar, ¿te molesta?

—No, claro que no. Hablemos.

—He recibido carta de mi..., de Michael Shafterbury.

—¿Qué tal están?

—Bien. La verdad es que es un tipo amable. —Se pasó la mano por la cara, recordando las cariñosas palabras de su padre en la carta—. Dice que ya ha vuelto al trabajo y me advierte de que Rose Shafterbury ha regresado a Londres, que la ignore y que le avise si ella aparece por aquí o me molesta de algún modo.

—A Michael le preocupa realmente esa mujer.

—Es que ella es… —No encontró las palabras y lo miró, encogiendo los hombros—. En fin, yo no le tengo miedo, y creo que no se atreverá a venir por aquí después de lo que ha pasado.

—Una mujer cruel.

—Cruel, envidiosa, fría, poco compasiva, ella y su familia. Mala gente, doctor; no se parecen en nada a Michael Shafterbury, afortunadamente.

—Debió de ser muy duro vivir en esa casa.

—Lo fue. ¿Sabes qué? El otro día estaba arreglando un vestidito para la hija de una florista de Covent Garden, una vieja amiga, y recordé cuando mi madre reformaba los viejos vestidos de Rosemunde Shafterbury para mí. La niña usaba poco sus trajes, y yo vestía con lo que ella desechaba, pero muchas veces, cuando Rosemunde o lady Shafterbury veían el estupendo resultado de los arreglos, y lo bonitos que quedaban los vestidos, me hacían devolverlos. Mi pobre madre lloraba por eso, y yo opté por vestir siempre igual, con un delantal gris muy feo. Así evitábamos que Rosemunde tuviera una de sus pataletas… ¿Qué pasa? —Levantó los ojos y vio la cara desencajada de su amigo.

—Es horrible.

—Bueno, ya pasó.

—Pero eras una niña.

—Y eso ayudó a que no lo viera como un drama. Lo cierto era que me importaban poco los vestidos. La que lloraba era mamá, que debía de sufrir mucho por aquellos atropellos, pobrecita. —Se le llenaron los ojos de lágrimas pensando en su madre, y George abandonó su sillón para sentarse a su lado y acariciarle el pelo oscuro, sintiendo la misma congoja en el pecho–. Ella lloraba casi todos los días, ¿sabes?, por cualquier cosa, y ahora entiendo sus motivos. Era muy injusto, y yo no ayudaba nada, porque siempre fui tan rebelde que le complicaba aún más nuestra vida allí.

–Pero tú no sabías nada. Era normal que te rebelaras.

–Era una cría egoísta. Michael Shafterbury me dijo que jamás se perdonaría haberla hecho sufrir, y creo que yo tampoco, doctor.

–No digas eso, tú no tenías ninguna responsabilidad con respecto a tu madre, Emily. No te culpes.

En un gesto insólito, George estiró el brazo y la asió contra su pecho. Emily no se resistió. Aspiró su delicioso aroma, cerró los ojos y lo abrazó.

George Connaught no recordaba haber acunado a nadie en toda su vida, ni siquiera a un paciente o a su hermana pequeña; no tenía memoria de haber hecho algo similar con ningún ser humano. Pero abrazar a Emily fue un gesto absolutamente natural, propio, lógico, y le colmó el alma de paz y ternura. La mantuvo contra su pecho, besó su pelo suave y que olía a violetas, y le acarició la espalda mientras ella lloraba y se desahogaba recordando a su madre. Comprendió que aquello era una explosión emocional en toda regla, y la dejó sollozar un buen rato, pensando en que le subiría la fiebre por culpa del sofocón.

Emily lloró agarrada a George sin sopesar ni por un segundo que estaban recostados en la misma cama, ella vestida con ropa de dormir y él en mangas de camisa, solos y en plena noche. Nada le importó, porque el alivio de tenerlo al lado, consolándola, le borró de un plumazo los prejuicios, los miedos y las reglas de buena conducta que se suponía debían cumplir. Él era su amigo, ella sentía un enorme cariño por él, y en medio de la fiebre y su malestar, su abrazo fue como un faro encendido en mitad de la niebla, su sostén y su abrigo.

Se durmió pegada al pecho de George Connaught, sobre la camisa empapada por sus propias lágrimas, y él permitió que lo hiciera sin protestar, acunándola y susurrándole infinitas palabras de consuelo.

—¡Dios mío!, ¿sigues aquí?

Se incorporó apoyándose en los codos y lo vio lavándose las manos en la jofaina, junto a la ventana. Estaba peinado y se había puesto la chaqueta.

—Sí. ¿Cómo te sientes?

—Creo que mejor. ¿Qué hora es?

—Las siete de la mañana. Josie ya está levantada y preparando el té. Yo debo irme, pero volveré a mediodía.

—Gracias, doctor, pero creo que estaré bien, y seguro que tienes pacientes que te necesitan más que yo.

—Yo decidiré eso.

George la miró a los ojos y sonrió. Emily le devolvió la sonrisa con mucha dulzura, y permanecieron mirándose a los ojos unos segundos, hasta que Josie los interrumpió al entrar con una bandeja en el cuarto.

—Hola, jefa, ¿cómo estás hoy?

—Mejor, Josie. Muchas gracias. Creo que se me ha pasado.

—No te fíes, Josie, estos episodios de fiebre y vómitos nunca son gratuitos. Hay que obligarla a descansar un día más. —George se dirigió a la dependienta, poniéndose el sombrero y recogiendo sus cosas—. Volveré más tarde, y tú, Emily, obedece a tu médico, ¿de acuerdo?

A Emily Gardiner no le quedaría más remedio que obedecer al médico, porque su episodio de fiebre se transformó en una fuerte gripe que la mantuvo postrada en la cama una semana. George Connaught pasó puntualmente a verla dos veces al día, y ella aceptaba sus cuidados con resignación y los ojos brillantes, nublados por el afecto sin medida que sentía por él, sus gestos y sus preciosos ojos transparentes.

La Navidad la pasó en la cama, con un plato de sopa bien caliente, y sola, porque Josie compartió el día con su madre en Kensington. Fuera nevaba, y ella se acomodó entre las mantas para leer, pensar en los últimos acontecimientos de su vida y, cómo no, en el doctor Connaught, que pronto celebraría su treinta y un cumpleaños, el veintinueve de diciembre, al igual que Molly, que disfrutaba por aquellos días de la etapa más feliz de su vida regentando una posada en Brighton, junto a Winston, que la colmaba de amor y atenciones.

Molly se merecía todo eso y más, y pensó en la posibilidad de que ella misma se mereciera un día tener un buen marido, una casa e hijos. Ya tenía un hogar, y un negocio; solo le faltaba encontrar al hombre adecuado, uno de verdad, alguien como su idolatrado George Connaught.

—¿En qué piensas, hijo?

Eleonor Connaught le tocó la espalda y le puso en la mano una copa de coñac. George se volvió hacia ella y le sonrió, llevaba un buen rato con aire aburrido mirando la nieve caer en el jardín. Era Navidad y toda la familia permanecía reunida en el salón, abriendo regalos y comiendo delicias. Todos menos Charles y su familia, que por supuesto no habían llegado a Londres durante las fiestas.

—En nada, madre.

—¿No estarás enamorado?

—¿Yo? —La abrazó por los hombros y le dio un beso en la cabeza—. No sé qué es eso.

—Me alegra saberlo.

—¿Ah, sí?

—Sí. Los rumores sobre ti y esa muchacha…, la hija natural de Michael Shafterbury, me tienen realmente preocupada.

—¿Qué dices? —Se le puso delante y le clavó los ojos—. ¿Qué rumores?

—La gente habla, incluso Sophie lo cree —bajó el tono y

se acercó a su hijo para hablarle en susurros–. Dicen que tienes una aventura con esa mujer, y no me importa, mientras no pase a mayores.

–¿Mayores? –Sintió como si le hubiesen dado una bofetada, y la furia empezó a subirle por el pecho–. ¿A qué te refieres, mamá?

–Ese tipo de muchachas solo son un entretenimiento para caballeros de tu posición, George; espero que lo tengas claro, para que no acabes manchando el nombre de nuestra familia. Hay cientos de bellísimas señoritas de buena familia esperando a que te fijes en ellas, ya lo sabes.

–¿Conoces a la señorita Gardiner, a la hija de Michael?

–No.

–Entonces, ¿cómo te atreves a hablar así de ella?

–Yo, Georgie, por Dios… Estamos charlando…

–No te voy a permitir jamás, madre, que te refieras a la señorita Gardiner en estos términos, ¿queda claro? Ella es una dama, y no porque sea hija de Michael Shafterbury, sino por sí misma. No es mi amante, ni mi querida y, por supuesto, no es de esas muchachas que entretienen a caballeros como yo…

–¡George!

–Estás siendo tan injusta y chismosa como las matronas más insufribles de esta ciudad, y me siento avergonzado.

–¡George!

–Buenas tardes.

Miró a todos los presentes con los ojos entornados y partió a grandes zancadas hacia el vestíbulo de entrada, pidió su abrigo y su bastón y salió a la calle a pesar de la nevada. Veinte minutos después estaba tocando la campanilla de la puerta de entrada de Emily Gardiner.

–¿Doctor? –Ella bajó la escalera envuelta en una manta y le abrió con el pelo suelto y un poco revuelto–. ¿Qué pasa?

–Nada. ¿Puedo pasar? Hace frío.

–Claro, pasa, pasa –le dijo sonriendo, muy feliz, y subió corriendo hacia el saloncito de la segunda planta.

George la siguió, y cuando se encontraron frente a frente delante de la chimenea, él sacó de un bolsillo interior de su abrigo un paquetito envuelto en papel dorado para ella, se lo extendió y Emily lo recibió con los ojos brillantes.

–¿Qué haces el día de Navidad fuera de casa, doctor?

–Quería darte un regalo. Ábrelo.

–No tenías por qué traerme nada. –Abrió el paquete y vio que era una preciosa cajita de bombones, seis primorosos bombones envueltos en papel de plata–. Muchas gracias.

–¿Te gustan los bombones? –preguntó, sacándose el abrigo–. Son belgas, me los han traído especialmente y te van a sentar bien.

–Nunca he comido uno de estos.

–¿En serio? –Ella asintió y puso la tetera sobre el hornillo de la chimenea–. No me lo puedo creer.

–En serio, y me encanta el regalo, aunque no sé si seré capaz de quitarles un envoltorio tan bonito para comérmelos.

–El chocolate es delicioso, además de alimenticio. Te ayudará en tu recuperación. Debes comértelos, ¿de acuerdo? ¿Puedo sentarme? ¿Me das un té?

–Claro, y bueno... –Se puso muy nerviosa pensando en la sorpresa que le tenía reservada, retrocedió muy sonriente y abrió un cajón del aparador–. Yo también tengo un regalo para ti. En realidad, era para tu cumpleaños, pero ya que me has traído esto, me gustaría dártelo.

–¿Para mí? –Miró su preciosa cara, frunciendo el cejo, y ella sacó la caja y se la puso en las manos–. ¿Por qué?

–Porque es Navidad y dentro de cuatro días será tu cumpleaños.

–Muchas gracias.

George abrió la caja y se encontró con un estuche de metal. Lo posó encima de la mesa del comedor y lo manipuló con sumo cuidado. Dentro había un instrumento médico maravilloso y muy valioso.

—¿Un fonendoscopio? ¡Dios bendito, Emily!, ¿de dónde lo has sacado?

—Tengo mis contactos.

Emily se sentía feliz viendo la cara de sorpresa de George Connaught. A él le brillaban los ojos claros y tocaba el instrumento con suavidad, con esos dedos hermosos y largos que tenía.

—¿Te gusta?

—¿Si me gusta? Es fantástico; el mío es primitivo al lado de este. Pero ¿dónde lo has comprado? Te habrá costado una fortuna.

Lo sacó del estuche y comenzó a inspeccionarlo a conciencia. Era una pieza estupenda, y después de mirarlo bien, desvió los ojos hacia Emily y le sonrió, resoplando.

—Emily Gardiner, ¿de dónde lo has sacado?

—Pedí asesoramiento al doctor Law. Le escribí a Cambridge y él me dijo que lo podía encargar en Francia. Así lo hice a través de un amigo de Winston, del puerto, y ha llegado a tiempo, hace un par de días.

—¿Lo has importado? Pero debe de ser carísimo. No puedo permitir que te gastes tanto dinero. Te daré la mitad de su valor. ¿Cuánto te ha costado?

—¿Estás loco? —Ella le sujetó el brazo, muy seria—. Me ofendes, ¿sabes? Puedo permitirme el maldito fonendoscopio. Es un regalo. Tú eres mi amigo y siempre te has portado muy bien conmigo. Me apetecía comprártelo.

—Sí, pero...

—Pero nada. ¿Te gusta? —Él asintió—. Pues disfrútalo, ¿de acuerdo? El té ¿con azúcar o miel?

—Con miel, mil gracias.

Se desplomó en un sofá junto a la chimenea con el fonendoscopio en las manos. Era un lujo y se sintió miserable por haberle comprado solo media docena de bombones en esa tienda de Piccadilly. Había sido un regalo discreto, pero su relación tampoco daba para más, aunque viendo lo que tenía delante, era obvio que Emily no consideraba esos convencionalismos sociales.

–¿Cómo te sientes?

–Mucho mejor. ¿Qué hace tu familia en Navidad?

–Comer y hacer ruido. La casa está llena. Es un poco agotador.

–Eres un antisocial, doctor.

–Sí, claro.

–Así que te agradezco doblemente que hayas venido a verme. Eres muy amable.

George la observó, sonriendo. No tenía ni idea de qué insensato impulso lo había llevado directamente a ella, en medio de una nevada monumental y el día de Navidad, pero ahí estaba, y se sentía muy a gusto, como si ese saloncito humilde pero caliente fuese su verdadero lugar en el mundo. Deslizó los ojos por el aspecto infantil de Emily Gardiner: su pelo oscuro y ondulado, suelto por la espalda, su cara sonrosada, sus hombros estrechos, y la forma cuidadosa con que intentaba quitar el envoltorio a uno de los bombones para no romperlo. Se le llenó el corazón de ternura, o algo más. Una oleada extraña de sentimientos que no pretendía traducir para no volverse loco.

–Dame eso.

Le quitó el bombón y lo desenvolvió en seguida, estrujando el papel de plata que lo cubría. Emily abrió la boca y protestó, muy enfadada.

–¡No!, me gustaba el papel. Pero ¿cómo eres tan bruto?

–Es solo un envoltorio.

Le puso el chocolate en la mano y ella levantó los ojos hacia él, frunciendo el cejo.

–Pero es el envoltorio del primer bombón de mi vida.

–Emily…

–No, si para ti es fácil, siempre has tenido de todo.

–Ya estamos…

–Es cierto, doctor; no me entiendes. –Agarró el papelito y comenzó a alisarlo encima de la mesa. Luego probó un trocito del chocolate y sonrió, fascinada–. Es muy rico.

–Es buenísimo. Emily…

–¿Qué es eso?

El crujido de la puerta los dejó mudos. George Connaught se puso de pie, echó mano a su bastón, que reposaba en el suelo, y miró a Emily, instándola a guardar silencio.

El ruido se repitió, y entonces Emily Gardiner sacó su pistola del costurero. Provenía de la primera planta, concretamente de la cocina, y unos pasos amortiguados empujaron a George a asomarse a la escalera y gritar con voz firme:

—¿Quién va?

No hubo respuesta. Se volvió y miró a su amiga con autoridad.

—Quédate aquí, Emily; no te muevas.

Bajó corriendo los escalones a la par que la huida del intruso se hacía evidente.

«Son más de uno», pensó, oyendo el escándalo organizado en la cocina, aunque cuando llegó a ella solo pudo ver la puerta abierta, con la cerradura rota, y varios cacharros por el suelo.

—¡Madre de Dios! —Emily, pegada a su espalda, miró el desorden con la boca abierta.

—¡Qué desastre! ¿Y por qué has bajado? Te dije…

—¡Chist!, mira.

Entre las pisadas de barro y las ollas por el suelo, vio un papel perfectamente doblado. Se agachó y lo agarró con manos temblorosas.

—¿Qué dice?

—Nada, pamplinas…

Emily intentó guardarse el papel en el bolsillo de la bata, pero el médico se lo arrebató de un tirón.

—¿«Sé quién eres»? ¿Qué significa esto?

—¿Y yo qué sé? Por Dios, ¡qué desastre!

Se afanó en cerrar la puerta rota, pero George se le puso al lado con cara de enfado.

—¿Cómo que yo qué sé? Es una amenaza, ¿no lo ves?

—¿Iban a entrar en mi casa para amenazarme?, seguramente no va por mí; solo querrían robar.

—¿Y se han llevado algo? —preguntó mirando ostensiblemente a su alrededor.

—Pues no sé. Ahora lo veré.

—Es una amenaza. ¿Quién podría arriesgarse a entrar en tu casa, en Navidad, para dejarte este regalito? Quieren asustarte. ¿Quién puede querer hacer eso? —Ella no lo miraba, concentrada en reparar el estropicio—. ¡Emily!

—No lo sé, doctor; no lo sé.

—Iré a hablar con Bob el Roble, si ha hecho algo, me lo dirá…

—¡No ¿Adónde vas?

—Ya lo sabes. ¿A qué hora vuelve Josie?

—Enseguida.

—Cuando venga, me voy a charlar con ese tipo.

—¡No! No es nada. Han sido unos gamberros, doctor; no exageres, y, en todo caso, yo hablaré con ese hombre.

—No, Emily. Le prometí a tu padre que velaría por tu seguridad, y eso haré. Además, si estás en peligro es por mi culpa, lo sabemos.

—Tú no tienes nada que ver con esto, doctor. Esto no tiene nada que ver contigo ni con Bob el Roble…

—¿Ah, no? —Se inclinó para mirar sus ojos oscuros, pues sabía que le estaba mintiendo o que le ocultaba algo—. ¿Emily?

—Gamberros que han intentado entrar para buscar comida. No hay que buscar más motivos. Me han robado comida. —Miró la despensa y fingió que le faltaban cosas—. Está claro: jamón y algo de harina.

—¿Estás segura?

—Sí.

—¡Dios bendito!, ¿qué demonios ha pasado aquí?

Josie entró poniendo el grito en el cielo. Venía cubierta de nieve y miró primero a su jefa y luego al doctor Connaught.

—Buenas, doctor —continuó—. Feliz Navidad. ¿Qué ha pasado?

—Alguien ha entrado a robar, y han roto la puerta.

–¿En serio? ¿Y han hecho todo este estropicio?

–Sí, Josie. –Emily la miró con los ojos muy abiertos–. Vamos a cerrar poniendo ese armario aquí, ¿me ayudas? Mañana llamaré al cerrajero.

Se pasó la siguiente media hora recogiendo y organizando la cocina con George Connaught pegado a sus talones. El médico, que empezó a pensar en lo que habría sucedido si esa tarde él no hubiese estado acompañando a Emily Gardiner, no hablaba, y se limitó a encajar la puerta y cerrarla lo mejor posible, mirándola de reojo, hasta que, acabada la tarea, consultó la hora y decidió marcharse. Pero antes agarró a su amiga del codo y le habló con el cejo fruncido.

–¿Hay algo que yo deba saber?

–¿A qué te refieres?

–Me da la sensación de que ocultas algo, y, si lo haces, no puedo ayudarte.

–¿Siempre tienes que intentar ayudar a la gente aunque no te lo pida, doctor?

–¿Qué? –Se apartó de ella y la miró bastante ofendido.

Emily bajó la mirada y le dio la espalda.

–No hay nada que debas saber. Te agradezco muchísimo tu ayuda, pero no deberías preocuparte más por mí; no es tu obligación.

–Vale, perfecto.

Agarró la capa, se dirigió con grandes zancadas hacia la entrada y salió a la calle. Emily se sintió culpable, pero no podía hacer otra cosa. Debía mantenerlo al margen porque George Connaught, con toda su buena intención, no era más que un estorbo en medio del problema que amenazaba su vida y que no era otro que lord Paul Hamilton, conde de Worsthorne, que evidentemente ya estaba demasiado cerca de ella.

# Capítulo 18

–¿Estás segura?

Winston leyó una vez más el papel y la miró a los ojos. Junto a él, Molly se comía las uñas, cada vez más asustada.

–Cuando ese tipo estuvo aquí ya lo sabía. Él y yo lo sabíamos. No dijo nada, pero lo intuí perfectamente.

–Pero ¿por qué iba a mandar a alguien a forzar la puerta para dejar una nota? Es absurdo.

–Yo creo que si no hubiera estado el doctor Connaught aquí, esa gente habría intentado hacer algo más. Estoy segura de que la voz del doctor los sorprendió y que por eso huyeron. Quién sabe si incluso fue el propio Hamilton el que entró con su gente.

–Pero ¿cómo nos iba a pillar? –intervino Molly, que se puso de pie.

Lucía muy guapa. Era el día de su cumpleaños, y por esa razón, Winston la había llevado a Londres para ver a Emily. Pero las noticias que tenía su amiga le habían estropeado la celebración.

–Un chivatazo. Alguien nos habrá vendido, querida.

–Bob el Roble –opinó Emily–, pero es igual. Nosotros debemos negarlo hasta el final; no tienen cómo probarlo.

–Tal vez no necesite pruebas y solo se trate de un ajuste de cuentas personal, amiga. Eso es lo que me preocupa. ¿Y qué dijo Connaught?

–¿Él? Pues nada. ¿Qué va a decir?

–Quizá deberíamos ponerlo al día de lo que sucede. Ese tipo es primo político suyo; a lo mejor consigue persuadirlo de tu inocencia.

–¡No! Eso jamás. El doctor no tiene que saber nunca lo de nuestros negocios, ¿de acuerdo? Prometédmelo los dos.

Winston y Molly asintieron, y Emily miró de reojo la caja del fonendoscopio que George había dejado olvidada y que no había vuelto a recoger, ofendido, seguramente, por lo que le había dicho el día de Navidad–. Él queda al margen, no debe saber nada, y por lo que a él respecta, este ha sido un intento de robo normal y corriente.

–Es peligroso, Emily. No me tranquiliza nada que vivas sola aquí.

–Está Josie…

–Sí, Josie, que es una heroína… ¡Por Dios bendito!, no estoy de broma. Vente una temporada a Brighton.

–¿Y cerrar mi negocio? No, gracias. Si le demuestro miedo o duda a ese Hamilton, estoy perdida.

–Vale, pero contrataré a alguien para que haga guardia aquí por la noche; alguien de confianza, y así podré dormir más tranquilo.

–Vale, gracias.

–Deberías casarte. Buscar un hombre que te proteja.

–Molly…

–De Molly nada. Es una lástima que una chica tan guapa como tú siga sola. Tal vez deberías dejar que el doctor te corteje.

–Pero ¿qué dices? –Se puso roja, y Winston sonrió.

–Un día ese hombre se casará y a ver qué haces tú, ¿eh? ¿Crees que su mujer dejará que siga siendo tu amigo?

–Ese será su problema, no el mío.

–Eso te crees tú, y no huyas.

–No huyo; bajo un minuto a la tienda. ¿Por qué no vas calentando agua para el té y sirves la tarta? Ahora vuelvo.

–Aunque corras, no puedes huir de lo evidente, Emily Gardiner.

Molly gritó con las manos en las caderas. Emily la ignoró y bajó a la tienda sin mirar atrás. No quería pensar en George, ni en sus posibles novias o esposas; eso era muy duro de digerir y prefería ignorar el hecho de que cualquier día él se iba a comprometer, casar y fundar una familia. Iba a pasar, y, cuando pasara, ya encontraría los recursos para superarlo.

Bajó las escaleras muy de prisa, pero antes de llegar al rellano se encontró a bocajarro con Josie, y se detuvo al verla alterada. La jovencita iba con la boca abierta y muy pálida, e instintivamente Emily hizo amago de retroceder, aunque le fue imposible, porque justo a la espalda de la dependienta la imagen de dos hombres vestidos de uniforme la dejaron paralizada en su sitio.

—¿Señorita Gardiner?

—Soy yo. ¿Qué sucede?

—Un momento, por favor, no se mueva. Inspector Smith, ella está aquí —dijo el policía, llamando a su superior.

En seguida, se materializó a su lado un hombre maduro, elegante y con gafas, vestido de civil, que le habló con una sonrisa.

—Señorita Gardiner, soy el inspector Joseph Smith, de Scotland Yard. Necesito hablar con usted.

—¿Por qué?

—Es una investigación. Es preciso que me acompañe.

—¿Adónde? —Se agarró a la barandilla de la escalera y trató de parecer serena, aunque sabía que estaba perdida.

—A la sede de mi oficina, señorita. No es una invitación. Tiene que acompañarme porque hay una denuncia contra usted.

—¿Contra mí? Pero ¿por qué?

Emily vio cómo Smith daba una orden silenciosa al policía de uniforme y cómo este empezaba a sacar las esposas y se dirigía hacia ella.

—Está bien, no hace falta llegar a esos extremos. Voy a buscar mi capa y en seguida vuelvo.

—Un minuto —susurró Smith, y ella regresó a la carrera al saloncito donde Winston y Molly esperaban con cara de pánico.

Emily los miró y les hizo un gesto con la mano para que guardaran silencio.

–¡Chist! Vienen a por mí –susurró, buscando la capa y su bolso–. Necesitaré un abogado.

–Por supuesto.

–Adiós, chicos. No tengáis miedo por mí y manteneos al margen. Buscad a alguien que se ocupe del asunto.

Bajó corriendo a la tienda y salió de ella escoltada por aquellos tres hombres que no la tocaron ni la esposaron, pero que la invitaron a subir a un carruaje de la policía que los esperaba muy cerca. Emily se sentó frente al inspector Smith y le sonrió con todo el encanto del que pudo hacer gala; luego, suspiró con dulzura y habló suavemente.

–¿Puedo saber de qué se me acusa, inspector Smith?

–Ya lo sabrá a su debido momento, señorita. Ahora, se lo ruego, es mejor que guarde silencio.

Después de cinco años viviendo sola en el East End aquella era la segunda vez que la detenían, lo cual tenía mérito, porque la media de detenciones de sus compañeros de aventuras por las calles londinenses era de una al año por lo menos, así que ella era una especie de novata, una novata muy asustada. En cuanto la dejaron sola en una sala sin ventanas, bastante siniestra, un miedo atroz empezó a subirle por todo el cuerpo. Se sentó y se levantó mil veces de la silla, esperando que alguien acudiera a hablar con ella. Se arregló el vestido, el pelo, las uñas, y nadie aparecía por allí, hasta que al menos dos horas después de su llegada, se abrió la puerta de metal y tuvo que enfrentarse con una sonrisa fría, que acabó de aterrorizarla.

–Está acusada de extorsión, intento de chantaje y coacción –le dijo ese policía con voz afónica y extendiendo unos papeles sobre la mesa–. ¿Reconoce su letra, señorita Gardiner?

–No. –Emily echó un vistazo rápido a las cartas que ella había mandado a Paul Hamilton y que ahora reposaban en el escritorio, frente a sus ojos, y negó con mucha convicción.

–¿Segura?

–Por supuesto.

–¡Joseph! –El policía llamó a Smith y este se acercó a su lado sin quitar los ojos de encima a Emily–. Papel y tinta, ahora mismo.

–Bien, milord. Ahora vuelvo.

–¿Qué edad tiene, señorita Gardiner?

–Diecinueve.

–¿Dónde están sus padres?

–Mi madre murió el año pasado y mi padre vive en Bombay.

–¿El barón de Wisley, lord Michael Shafterbury?

–Así es.

–¿Y por qué no lleva su apellido?

–Es una decisión personal.

–¿Suya, o de lord Shafterbury?

–Mía, milord.

–¿Ah, sí?

El policía, jefe de alto rango de Scotland Yard, la miró de arriba abajo. La muchacha era bellísima, y sería una lástima que acabara en la cárcel, pero Paul Hamilton le había pedido personalmente que aplicara todo el peso de la ley sobre ella, y eso pretendía hacer.

–Será la única en su posición que lo haga.

–¿El qué?

–No aceptar el apellido de su legítimo padre.

–Estoy en mi derecho.

–¿Y su amante?

–¿Cómo dice?

–El doctor George Connaught.

–¿Cómo se atreve...?

–No se haga la digna conmigo, señorita. Todo Londres conoce su relación.

–Me está faltando al respeto. Quiero hablar con su superior inmediatamente. –Se agarró del borde de la mesa y se expresó con calma pero con autoridad. No podía dejar que la pisotearan.

—Milord, aquí tiene.

Joseph Smith regresó con tinta y papel e interrumpió la discusión que Emily Gardiner pretendía iniciar en ese mismo momento.

—Bien. Escriba lo que le dicte —ordenó el tipo afónico; ignorando su enfado, Emily agarró el papel e imitó sin titubear una letra infantil y con errores. Podía hacerlo, y le encantaban ese tipo de jueguecitos. Además, la letra de la carta a Hamilton era una versión muy exagerada de su letra real, así que jamás la pillarían por ahí, y pensó que su interrogador era un poco torpe. Se pasó escribiendo mucho rato, tal vez quince minutos, hasta que el individuo se cansó y dio un golpe en la mesa—. Está bien. ¿De qué vivía cuando estaba en el East End?

—Hacía arreglos de costura, de la caridad de los amigos y de algún dinero que me daba mi madre —mintió con los ojos fijos en el hombre.

—¿Y por qué usaba un alias?

—¿Cómo dice?

—Mary Taylor, ¿le suena? Todos por allí la conocen por ese nombre.

—No quería que me relacionaran con mi madre. Ella se avergonzaba de mí.

—¿Y eso por qué?

—Porque vivía sola.

—¿Nada más?

—No, no tenía nada más por lo que avergonzarse.

—¿Y por qué vivía sin su madre?

—Discutí con lady Shafterbury, el ama de mi madre, y me echó a la calle.

—Pero ¿no es su familia?

—Me echó igualmente. Por aquel entonces yo no conocía a mi padre y no pude hacer nada.

—¿Y cómo ha podido abrir un negocio de la noche a la mañana?

—Mi padre, lord Michael Shafterbury, financió el negocio. Dispongo de un fideicomiso en el Banco de Inglaterra.

—¿Ah, sí?, ¿de cuánto?

—Eso no creo que sea asunto suyo, milord, pero si quiere llame a mi albacea, lord Albert Sheen. Tiene su despacho de abogados en Mayfair. Él podrá informarle de lo que guste.

—¿Con quién vive?

—Con Josie, mi dependienta, en un apartamento encima de mi tienda.

—¿Y su amante mantiene ese piso?

—¿Cómo dice...? —Frunció el cejo.

—¿Y de qué vivía en el East End? —repitió el tipo, interrumpiendo sus protestas.

—Ya se lo he dicho.

—Vuelva a explicármelo.

El interrogatorio se hizo eterno. Aquel individuo le repetía una y mil veces las mismas preguntas, se ponía de pie, le hablaba por la espalda, daba golpes en la mesa y a veces gritaba y tiraba la silla contra las paredes. Emily se mantuvo firme a pesar del cansancio, la sed y el hambre, y repitió una y otra vez las mismas respuestas sin titubear, hasta que el policía se cansó y la abandonaron a su suerte en aquella celda sin ventanas. Por supuesto, no le dieron agua ni comida, y cuando al fin cayó dormida en el suelo, alguien vino a despertarla a gritos para volver a interrogarla.

La operación se repitió en tantas ocasiones que ella perdió la cuenta, y al final se desmayó de puro agotamiento. Aún estaba convaleciente de la fuerte gripe que había superado gracias a los cuidados de George Connaught, y se sentía débil, tenía frío y pronto el pecho empezó a quemarle por dentro y la fiebre a subirle por momentos.

—No puede retenerla sin cargos tanto tiempo. Han pasado tres días desde su detención.

Albert Sheen, acompañado por otro abogado de su despacho y por George Connaught, se presentó por enésima vez en la sede de Scotland Yard buscando a Emily Gardiner.

—Si está aquí, quiero verla. Somos sus abogados.

—La señorita Gardiner ha sido acusada de extorsión y chantaje por un miembro del Parlamento. Se enfrenta a duros cargos, y no pienso dejarla libre.

—Exijo el habeas corpus, pues no puede retenerla aquí.

—¿Ah, no? —Seamus Green los miró con una media sonrisa—. ¿Porque lo diga usted, milord?

—¡No! Porque es completamente ilegal. ¿Qué pruebas tiene contra ella?

George Connaught, que llevaba dos noches sin dormir, se abalanzó contra el policía hecho una furia, Sheen lo agarró por la manga, pero no pudo evitar que gritara y llamara la atención de toda aquella oficina.

—Entiendo que le preocupe su... amiga... —dijo Green con retintín—, pero la ley es la ley, milord.

—¿Qué insinúa, maldito insolente?

—¡George, calma, calma! —Albert Sheen lo sujetó con todas sus fuerzas—. No ayudamos en nada a Emily perdiendo los nervios. Estoy seguro de que el capitán Green se limita a hacer su trabajo, con la ley en la mano, ¿no es así, milord?

—Claro, ¿cómo no?

—¿Cómo está ella? Estaba convaleciente de una neumonía cuando la detuvieron. Soy su médico. Tengo derecho a saberlo.

—Está bien.

—¿Cuándo la llevará ante un juez?

—Cuando acabe de contarnos toda la verdad, y ahora, si me disculpan, caballeros. —Green se levantó y les indicó la salida—. Tenemos trabajo aquí. Cuando haya novedades sobre la detenida le avisaré, lord Sheen, no se preocupe.

George salió de Scotland Yard mareado. Estaba cansado y confuso, pero sobre todo preocupado. Una impotencia brutal le partía el alma, tanto que nadie podía retenerlo en casa o en la consulta, porque llevaba tres días moviéndose por la ciudad buscando respuestas, ayuda y soluciones para Emily.

—Vete a casa, George. Bill se queda de guardia aquí. Por supuesto que no perderemos de vista estas oficinas. Venga, hombre, ¿cuánto llevas sin dormir?

—¿Pueden torturarla?

—¿Cómo dices?

—Los rumores dicen que la policía...

—Jamás lo harán con Emily, créeme; ella es hija de un noble.

—Hija natural.

—Pero ha sido reconocida públicamente por Michael. Venga, no pienses en eso, vete a casa.

—Sé que hacen daño a los detenidos, y ella es muy frágil y ha estado enferma... —Se le llenaron los ojos de lágrimas, y Albert Sheen lo sujetó del hombro con cariño.

—No pasa nada; estará bien. Ahora debes cuidarte un poco. Te necesitamos a ti también sano y fuerte...

—¿Qué ha pasado?

Winston Everhard llegó hasta ellos con el sombrero metido hasta las orejas. También estaba aterrado por su amiga, sobre todo porque ni el dinero ni el prestigio de sus amigos habían conseguido aún rescatarla de las garras de Scotland Yard.

—Nada, no nos dejan verla, Winston. —George se pasó la mano por la cara y decidió poner en práctica la idea que llevaba días dándole vueltas en la cabeza—. Me voy a ver al primer ministro Salisbury, luego os veo.

—¿Pero...?

—Es amigo de mi padre, Albert, no te preocupes. Intentaré hablar con él esta mañana, ya te contaré.

—Yo te acompaño —dijo Winston, y se dispuso a caminar a su lado en silencio.

George y Winston fueron directamente a las Casas del Parlamento, donde el primer ministro cumplía con su agenda de trabajo. Connaught llegó a las puertas de acceso al edificio oficial con seguridad y pidió hablar con su padre, que asistía a una sesión de la Cámara de los Lores. Alegó un problema personal grave, lo que motivó que tan solo quince minutos después el duque de Stevenage, Daniel Connaught, saliera al vestíbulo de entrada con cara de preocupación.

—¿Qué te ocurre, George?

—A mí nada, padre, pero necesito ayudar a una persona, y para eso es imprescindible que hable con lord Salisbury.

—¿Con Robert? ¿Para qué?

—Es muy importante.

—Me imagino que lo es. ¿Qué sucede, hijo?

—Se trata de una amiga, la señorita Emily Gardiner. Ha sido detenida por Scotland Yard acusada de extorsión y no sé cuántas cosas más. Todo es mentira, pero ni sus abogados, ni yo, ni nadie podemos hacer nada por sacarla de los calabozos, donde lleva ya setenta y dos horas incomunicada...

—¡Eh, eh!, un momento. ¿Quién?

—Emily Gardiner. Es hija de mi amigo y camarada Michael Shafterbury.

—¿Esa muchacha? Sé quién es. Tu madre no hace más que hablar de ella.

—¿Mi madre?

—Ya sabes, que es tu... querida y... —Daniel Connaught se sonrojó y miró de reojo al amigo de su hijo, al que no conocía.

—No es mi amante ni mi querida, padre. ¡Por el amor de Dios!, se lo he dicho a mi madre mil veces. Es una amiga y la hija de un gran amigo, al que prometí que me ocuparía de ella en su ausencia. Michael está en la India sirviendo al ejército de su majestad. Necesito que alguien me ayude.

—¿Y su familia? ¿Los Shafterbury no pueden hacer nada?

—Michael no quiere que se acerquen a ella, y además dudo mucho de que se interesen por su bienestar. ¿Puedes ayudarme o no? Si no, intentaré llegar a lord Salisbury de otro modo.

–¿Pedirás un favor a Robert Gascoyne-Cecil en nombre de mi familia?

–En mi nombre. ¿Qué te pasa?, ¿no me has escuchado?

–Lo he hecho y debo alegar que no conozco a esa dama, que será hija de quien sea y muy guapa, pero no quiero comprometer mi buen nombre en una empresa que pueda estallarme en la cara.

–¿Cómo dices?

George se despertó de golpe. Estaba algo adormilado por el cansancio, pero de repente una luz le estalló en la cabeza. Cuadró los hombros y caminó dos pasos hacia su padre, que retrocedió, asustado.

–Jamás te he pedido nada. Creo que merezco un poco de ayuda, y lo haré en mi nombre. Es mi palabra la que comprometo. Ella es inocente, hija de un oficial del ejército de Inglaterra, y necesito, exijo, que me escuchen y me ayuden.

–¡George!

–Ya está bien, padre, por el amor de Dios. No puedo perder ni un minuto más. ¿Vas a llevarme a ver a Salisbury o no? ¡Maldita sea!

Daniel Connaught miró durante un segundo el rostro resoluto de su hijo, y luego le hizo un gesto para que lo siguiera. George pidió a Winston que lo esperara allí y caminó detrás de su padre por los pasillos de las Casas del Parlamento, hasta el despacho de lord Robert Gascoyne-Cecil, marqués de Salisbury y primer ministro de su majestad. Este los recibió en seguida con abrazos y muestras de afecto bastante sinceras, y después el duque de Stevenage los abandonó para que charlaran a solas.

El primer ministro escuchó la historia de Emily Gardiner y su reciente detención por Scotland Yard, y George desplegó todos sus argumentos, haciendo hincapié en el currículo impecable del padre de la muchacha, el barón de Wisley, en la India, para solicitar su ayuda. El médico fue preciso y elocuente, y manifestó su fe incondicional en la inocencia de Emily, que no era más que una muchacha valiente que había conseguido abrirse camino en la vida sola y sobreviviendo al injusto tratamiento que había recibido por parte de la familia de su padre. Una superviviente, fuerte y luchadora de la que no sabían nada desde que había sido detenida por Scotland Yard en su propia casa.

—¿De qué se la acusa?

—De extorsión, intento de chantaje y coacción.

—¿Quién la acusa?

—Paul Hamilton, conde de Worsthorne, pero no es oficial. Su abogado, Albert Sheen, ha conseguido la información de uno de sus contactos de Scotland Yard, porque en realidad nadie nos dice nada.

—¿Qué edad tiene?

—Solo diecinueve años, milord.

—¡Dios bendito! ¿Y qué puedo hacer yo? La policía no está bajo mi autoridad, George.

—No directamente, milord, pero si pudiera ordenar que llevaran a Emily Gardiner delante de un juez para que declare oficialmente, que alguien la saque de esos calabozos y podamos verla, sus abogados al menos...

—¡Ah!, ya recuerdo —Robert Gascoyne-Cecil de pronto se mesó su generosa barba y miró a George de reojo—. Paul Hamilton protagonizó esas portadas escandalosas en la prensa...

—Eso es, milord. Él dice que Emily es responsable de su desgracia, por eso la acusa, o eso nos han dicho.

—¿Esa muchacha responsable del escándalo?, bendito sea Dios, cualquier cosa por lavar su nombre, es evidente que él era culpable de sus indiscreciones, y nadie más. Recuerdo que su familia sufrió muchísimo... En fin..., haré lo que pueda. ¡Christopher!

—¿Primer ministro?

Un joven enjuto, bien vestido y con gafas entró en el despacho y se inclinó haciendo una educada reverencia.

—Ponte en manos de lord George Connaught. Es hijo de mi querido Daniel, lo conoces. —El secretario asintió—. Mueve lo que sea necesario para ayudarlo en lo que te pida y manda llamar en seguida al jefe de Scotland Yard. Necesito hablar con él.

–Sí, primer ministro, inmediatamente.

–Gracias, milord. Se lo debo. –George Connaught se acercó para darle la mano y le sonrió–. Es usted muy amable.

–Haremos lo que haga falta, hijo; no te preocupes.

–Muchísimas gracias, primer ministro. El médico hizo ademán de irse, pero a mitad del camino hacia la puerta, Robert Gascoyne-Cecil lo llamó. George se volvió hacia él y prestó atención.

–¿Sabes lo que se dice sobre ti y esa muchacha en la ciudad, no?

–¿Milord?

–Incluso mi mujer me ha hablado de ello. Creo que después de esta intercesión tuya en esta cuestión deberás reconsiderar la relación que mantienes con ella. Dentro de unos días este asunto será de dominio público, y si no, tiempo al tiempo, y al fin y al cabo ella es hija del barón de Wisley.

–No entiendo, milord. Emily Gardiner es una dama y la hija de un amigo.

–Muy bien. No suelo dar consejos, pero en este momento no puedo callarme: cásate con ella, o aléjate, hijo. – Suspiró y volvió su atención a los papeles de su mesa–. En fin, buenos días, George. Saluda a tu madre de mi parte.

George Connaught, perplejo, tardó unos segundos en reaccionar. Miró largamente al ilustre caballero y luego siguió a su secretario, Christopher, hacia la salida, donde se concentraron inmediatamente en poner en marcha la ayuda para sacar a su amiga de los calabozos de Scotland Yard.


–Dios bendito, ¡qué vergüenza! –Amanda Connaught caminó hacia su madre, muy enfadada–. No se habla de otra cosa, mamá. ¡Qué vergüenza!

—¿De qué, Amy? ¿Qué te pasa?

—Charisse Stamford, la prometida de Christopher Primrose, uno de los secretarios del primer ministro... —tragó saliva e intentó calmarse— nos ha contado a todas, en el té de los Shafterbury, que esa ramera, Emily Gardiner, está detenida por no sé cuántas cosas y que mi hermano George en persona ha visitado esta mañana al primer ministro para pedirle ayuda y sacarla de la cárcel.

—¿Qué? ¿Que ha hecho qué?

Eleonor Connaught casi se ahoga. Se puso la mano en el pecho y miró a su hija pequeña con los ojos a punto de salírsele de las órbitas.

—Charisse dice que su prometido ha tenido que intervenir para arreglar el asunto, porque lord Salisbury no se ha negado a ayudarlo y porque George ha comprometido su palabra de honor, jurando por la inocencia de esa mujer. Esto ya es demasiado, madre. Debéis hacer algo; todas nos quedamos sorprendidas y a lady Shafterbury casi le da un soponcio. Hubo que darle sales para que reaccionara.

—¡Dios mío!, esto hay que pararlo ya.

—Por supuesto, Lucy estaba allí. Si le dice algo a su familia, a lo mejor deciden romper el compromiso.

—Amanda, pero, ¿qué dices? ¿Qué tendrá que ver esto con tu compromiso?

—¿Cómo que no? Mi hermano no solo trabaja con pobres, sino que también se acuesta con ellos.

—¡Amanda!

La duquesa de Stevenage se ahogó del disgusto, y su doncella corrió a su lado para ponerle las sales en la nariz.

—Es verdad; todo el mundo lo dice. ¿Por qué si no pasa tanto tiempo con ella? Al final, tendrá un bastardo, y habrá que reconocerlo... A lo mejor decide casarse con ella.

—¡No, eso jamás! Algo haremos; hay que alejarlo de esa mujer, ¡Dios mío!, qué desgracia, qué desgracia. No paramos de tener desgracias en esta familia.

—Él no hará ni caso, ya sabes cómo es.

—Entonces, habrá que hacer algo con ella.

–Rose Shafterbury dice que es peligrosa y que hay que quitarla de en medio, que si su madre fue capaz de engatusar y endosarle un hijo a lord Michael, ella puede hacer lo mismo con mi hermano, y que lo mejor sería que la condenaran y ahorcaran de una maldita vez.

–¡Amanda! ¿De dónde sacas ese lenguaje? No es cristiano desear el mal ajeno.

–Si por esa mujerzuela Jason rompe el compromiso, entonces la mataré con mis propias manos.

–Nadie hará tal cosa, por Dios; hablaré con tu padre. Tal vez haya que insistir para que tu hermano regrese a la India, buscarle una buena mujer y olvidar este asunto.

–No lo hará. Él quiere quedarse aquí con sus asquerosos pobretones y esa mujerzuela. Está loco por ella. No sabes cómo la mira...

–Pensaré en algo, querida. No te angusties.

–Yo también pensaré en algo; de hecho, Rosemunde Shafterbury está dispuesta a ayudarme.

–¿Qué quieres hacer? –Eleonor miró cómo su hija salía al pasillo muy decidida–. No hagas nada sin consultarme. No quiero regañar con tu padre por culpa de esa mujer, Amanda.

–Tienes amigos más poderosos que yo, pero esto no acaba aquí, que lo sepas –le dijo el policía, pegado a su oreja.

Emily apenas podía sostenerse erguida sentada en esa silla dura donde había pasado los últimos tres días, dormitando y sin agua ni alimento. Tenía fiebre y no pudo responder, solo agradeció unas manos que la levantaron y tendieron sobre el camastro de la celda y la taparon con una manta.

–Duerme, zorra mentirosa. Duerme, que mañana te vas a casa.

Alguien le mojó los labios con agua e intentó beber, pero el cuerpo no le respondía y optó por dormir y olvidar por un momento el dolor de huesos, la fiebre y el pecho ardiente que no la dejaba respirar. No sabía cuántas horas llevaba allí, pero ya daba igual. Estaba entrando en una fase de apatía total, y por más que intentaban despertarla mojándole la cabeza y zarandeándola por los hombros, ella ya apenas respondía a las constantes preguntas, sin que de sus labios saliera jamás lo que aquella gente esperaba oír, y era que ella y sus amigos habían extorsionado a Paul Hamilton.

Milagrosamente, no contó la verdad y se mantuvo firme en sus respuestas, tanto que cuando Seamus Green recibió la visita de uno de los secretarios del primer ministro con la orden expresa de soltar a la detenida, él ya estaba barajando la posibilidad de enviarla delante de un juez, porque se estaba hartando de su tozudez.

Esa misma noche ordenó que la atendieran y adecentaran, y prometió al secretario que la soltarían a la mañana siguiente, un trámite que lo dejaba en una situación vergonzosa, aunque pretendía obligar a Paul Hamilton a asumir la responsabilidad de esa detención en persona y delante del primer ministro Salisbury.

—¡Madre de Dios, Emily!

Molly se puso a llorar cuando la vio salir del edificio sujeta por dos guardias y por Albert Sheen, que llevaba un semblante muy sombrío. Corrió hacia ella sollozando, mientras Winston Everhard y George Connaught se quedaban quietos y sin palabras ante la imagen desoladora de la joven.

—Estoy bien, estoy bien —repetía ella casi sin voz y sin que pudiera caminar sola, y miró de reojo al doctor, que tenía los ojos llenos de lágrimas—. Es la gripe otra vez.

—Voy a matar a ese hijo de puta.

George pasó por su lado hecho una furia, Sheen no pudo hacer nada por detenerlo y suplicó a Winston que lo siguiera.

—¡George!, ¡no!, no vale la pena.

George Connaught llegó a la entrada de las oficinas llamando a gritos a Seamus Green. «Lo mataré con mis propias manos», decidió al ver el aspecto de Emily, que parecía un cadáver andante. Sintió la mano firme de Winston agarrándolo del brazo pero lo esquivó, golpeó una mesa con el bastón y la partió por la mitad ante el horror de los empleados, que se pusieron de pie, gritando.

—¡Sal, maldito hijo de puta, si eres hombre! ¡Sal y mírame a la cara, Green!

—No está, milord. El capitán Green no está aquí —le dijo unos de los guardias con las manos en alto—. Le ruego que se calme. Este es un edificio público, si no lo hace, tendré que detenerlo.

—¿Y me vais a maltratar como hacéis con las mujeres indefensas?

—Milord, se lo ruego.

El policía llamó a los guardias de la entrada, que comenzaron a rodear al médico.

—George, amigo, salgamos de aquí. —Winston lo abrazó por los hombros y le habló con calma—. Emily te necesita, necesita un médico, cuidaremos de ella, y cuando esté mejor, yo mismo te ayudaré a encontrar a ese hijo de puta, te lo prometo. Pero ahora debemos salir de aquí.

—Dile al cobarde despreciable de tu jefe —dijo George, que se acercó al policía y le habló desde su altura con la voz cargada de ira, pero sin gritar— que cuando lo encuentre deseará no haber nacido, ¿me oyes?

—¿Amenazas, milord?

—No es una amenaza. Si vuelvo a tenerlo delante, lo mataré; ya me has oído.

Salieron a grandes zancadas de Scotland Yard sin mirar atrás. Seamus Green cerró la puerta de su despacho en la segunda planta y bufó, moviendo la cabeza. Pensó que debería tener cuidado si no quería acabar en un calabozo bajo su custodia; luego se asomó al ventanuco de la oficina y pudo ver a Connaught y a su amigo subiendo al carruaje, donde seguramente llevaban a la muchacha.

—Los hombres se vuelven imbéciles cuando se trata de

una mujer guapa, Rick —dijo en dirección de su asistente, que en medio del altercado no había dejado de trabajar y continuaba impertérrito sentado a su mesa—. Poner en riesgo tu apellido y tu prestigio por una ramera, ¿es eso normal?

—No lo sé, señor.

—Por una pieza como Emily Gardiner, tal vez, pero te aseguro que no vale la pena. La muchacha es culpable, lo sé, y ese Connaught es un idiota. Con todos sus títulos y sus galones, sigue siendo un idiota.

# Capítulo 19

George Connaught miró una vez más el rostro demacrado de Emily y tragó saliva para no llorar. Se atusó el pelo y se concentró en organizar su maletín mientras Josie y Molly se ponían junto a la cama para velar el sueño de la enferma.

Llevaban al menos una hora atendiéndola. Lo primero había sido sumergirla en un baño caliente para hacer que entrara en calor; luego le habían dado unas friegas por todo el cuerpo con aceite de manzanilla y, finalmente, el médico había entrado para comprobar que no tenía heridas o contusiones graves, aunque sí un rebrote de la fuerte gripe que había superado hacía pocos días. Le puso papel de periódico caliente en el pecho, la hizo beber un té con gotas de jengibre y la tapó con dulzura. No había mucho más que él pudiera hacer; nada, salvo vigilarla de cerca para evitar que la fiebre le subiera demasiado.

—¿Cómo está? —preguntó Winston cuando al fin el médico apareció en el salón.

—Al borde de la neumonía, agotada y sedienta; pero se pondrá bien. Albert, quiero denunciar a ese tipo. Voy a acabar con él. Es un delincuente…

—Para, George —dijo el abogado poniéndose de pie—. Entiendo cómo te sientes, y estoy igualmente desolado, pero no podemos hacer nada. Voy a escribir a Michael y presentaremos una queja oficial por detención ilegal y maltrato durante los interrogatorios que soportó Emily, pero de momento no haremos nada.

–Lo hacen siempre, continuamente. Es el procedimiento. ¿Qué vais a denunciar?

Winston Everhard sabía fehacientemente que los interrogatorios eran así, aunque esos ricachones no tuvieran ni idea de ello.

–Lo mejor es pasar página y olvidar el tema. ¿Cómo ha quedado su situación de cara a la policía?

–¿Pasar página? –El doctor echaba fuego por los ojos, y Winston movió la cabeza con una media sonrisa–. ¿Qué estás diciendo? Podrían haberla matado, ¿sabes?

–Pero no lo hicieron, y es mejor mantener a la pasma lejos. Créeme.

–¿Por qué? ¿Tienes algo que temer?

–No, doctor, es porque para la gente como nosotros lo mejor es ser invisible para la policía. Tú no lo entiendes, pero Emily y yo, sí. Sin duda, lo más sensato es olvidar el episodio y seguir adelante con nuestras vidas.

–¡Oh, no!, no pienso olvidar este asunto. Me da igual lo que vosotros creáis. –Agarró una botella de coñac y se sirvió un vaso–. La han detenido sin pruebas, la han mantenido aislada cuatro días y sale en semejante estado; eso no lo voy a perdonar, olvidar, ni tolerar. ¿Te crees que podré vivir con algo así sin hacer nada al respecto?

–George –dijo Albert Sheen, que miró de reojo a Winston Everhard y luego se dirigió a Connaught–, no eres ni su padre, ni su hermano, ni su marido, así que deja que sea Michael Shafterbury, y yo en su nombre, los que hagamos algo. Ya has hecho demasiado poniendo tu prestigio como garantía delante del primer ministro.

–¿Qué?

El médico lo miró indignado, respiró hondo y prefirió callarse, porque ese hombre tenía razón, y aunque le doliera, era cierto: no tenía ningún derecho ni responsabilidad alguna sobre Emily Gardiner, y debía aceptarlo.

–Está bien. –Everhard se puso de pie y levantó las manos en son de paz–. Lo importante ahora es ella. ¿Alguien me puede explicar en qué situación legal ha quedado?

–El primer ministro, a través del director de Scotland Yard, exigió la puesta en libertad de Emily por falta de pruebas. Obviamente ese tipo, Green, no tenía nada concreto en contra de ella, salvo la acusación de Paul Hamilton. Es lo que tienen, y con eso, no tienen nada.

Albert Sheen fue hacia la percha y agarró su capa. Llevaba todo el día pendiente del caso por la amistad que lo unía a Michael Shafterbury, pero ya era hora de volver a casa.

–¿Y cómo es posible que la hayan detenido sin pruebas? –preguntó George.

–Porque pretenden arrancar la confesión con los interrogatorios. Es evidente que algo tenían en su contra, pero ella no les dio nada, así que, por el momento, creo que no debemos preocuparnos por Scotland Yard.

–¿Por el momento?

–Sí, George. Supongo que no encontrarán nada contra Emily, pero prefiero no dar todo por hecho. Estaremos atentos y hoy mismo escribiré a Michael. Tal vez sea el mejor momento para que Emily adopte de una vez por todas el apellido de su padre e incluso se vaya a la India una temporada con él.

–¿Huir? No tiene por qué huir; ella es inocente, Albert.

–No lo dudo, George, pero soy abogado. Prefiero tener todas las cartas en mi mano, ¿no?

Sheen miró al amigo de la chica, Winston Everhard, y volvió a ver en sus ojos una sombra que no le gustó. Ocultaban algo y rogaba al cielo que no se tratara de algo delictivo. Era probable que Emily Gardiner no fuera tan inocente como pensaba Connaught; al fin y al cabo, se había pasado cuatro años sobreviviendo sola y de mala manera en el East End, usando un nombre falso y asociándose con gente como ese Everhard, que era un conocido buscavidas del puerto.

–En fin, amigos, debo irme. Ha sido un día duro. Mañana vendré a interesarme por la muchacha.

El abogado se marchó, y George Connaught se desplomó sobre una butaca por primera vez en todo el día. Estaba agotado, enfadado y además debía ir a la consulta para atender a otros pacientes. Miró a Winston y habló bajito, clavándole los ojos aguamarina.

—¿Tenéis algo que ver en todo esto, Winston?

—¿En qué, amigo?

—A mí no me mientas, Winston; a mí no.

—Doctor...

—Juraré ante el arzobispo de Canterbury, si es necesario, que ella es inocente, porque no permitiré que nadie le haga daño, pero al menos me merezco saber la verdad.

—¿Crees que...?

—A estas alturas de mi vida creo cualquier cosa —le interrumpió, y se pasó la mano por la cara—. ¿Qué negocios teníais en el East End?

—Mira, George...

Winston Everhard se calló, sopesando si era justo seguir engañando a su amigo. Sin embargo, antes de que pudiera continuar hablando, Molly entró corriendo a la salita para llamar al médico.

—¡Doctor! Está vomitando sangre. No podemos detener los vómitos. Tiene mucha fiebre.

George se levantó de un salto y corrió hacia la habitación de Emily para atenderla. Winston volvió a su sitio, se sujetó la cabeza entre las manos y soltó una infinidad de maldiciones por tener que portarse como un bastardo precisamente con George Connaught, que era un tipo decente, una buena persona y un amigo que acababa de salvarle la vida a la muchacha intercediendo por ella ante lord Salisbury.

Emily no hubiese sobrevivido muchos días más en manos de Seamus Green, él lo sabía, como sabía que ella no los había delatado. Estaban teniendo mucha suerte, y se lo debían todo a Connaught, que era un hombre de honor, alguien en quien confiar y un amigo al que tal vez debería contarle toda la verdad para que supiera realmente qué se jugaba protegiendo a Emily Gardiner.

–¡Eh, doctor!, ¿qué haces todavía aquí?

Emily habló regalándole una sonrisa, y él dejó el sofá, donde leía una novela, para acercarse a la cama y tocarle la frente con aire profesional.

–No tienes fiebre.

–Estoy mejor. ¿Qué haces aquí?

Apenas le salía la voz porque la garganta le dolía horrores, pero siguió sonriendo y observó cómo él se sentaba en la cama y la miraba a los ojos.

–Estoy mejor. Vete a casa.

–¿Quieres deshacerte de mí?

–Un poco sí. ¿Cuántos días llevas aquí?

–Cuatro, creo.

–No quiero que tu madre empiece a preocuparse.

–No se preocupará. ¿Quieres agua?, ¿un té? Molly lo acaba de subir.

–No, gracias, doctor. Estoy bien, en serio.

–¿Segura?

George estiró la mano y le acarició la cabeza. «Es preciosa», pensó, a pesar de las ojeras que bordeaban sus enormes ojos negros. Tenía la piel blanquísima, el pelo oscuro lo llevaba sujeto en una única trenza y vestía un camisón de dormir sencillo, de algodón crudo muy cerrado, pero parecía una princesa, un ángel, y no pudo evitar bajar los dedos y acariciar su cutis perfecto y suave. Llevaba horas y horas observándola mientras dormía, pendiente de cada uno de sus suspiros, de sus quejidos, porque un sentimiento de ternura enorme inundaba su alma cada vez que ella se despertaba y le sonreía.

–He estado muy preocupado por ti.

–Lo sé, pero ya estoy mejor, te doy mi palabra de honor.

Emily sonrió con el corazón en la garganta, muy emocionada, sintiendo el contacto de su mano enorme y cálida sobre la piel. Respiró hondo, levantó su propia mano y acarició la de George Connaught, mirándolo a los ojos. Él sonrió y no se movió, ni rechazó un gesto tan cariñoso; al contrario, parecía igualmente alterado y feliz.

–Gracias por estar aquí.

–¿En qué otro sitio podía estar, Emily Gardiner?

–En tu palacio de Westminster, con tus pacientes de Mayfair o de Cannon Street, en Cambridge jugando al rugby...

Soltó una carcajada suave, le agarró la mano y le besó la palma. Olía a loción de afeitar y a limpio, como siempre, y aspiró su delicioso aroma sin pensar que estaba cometiendo una tremenda indiscreción.

–Así que agradezco que te quedaras. Molly se asusta por cualquier cosa.

–Ella y los demás. Yo me hago el duro, pero lo he pasado muy mal. No me gusta verte enferma.

–En seguida me repondré. ¿Cuándo viene lord Sheen? Quiero hablar con él.

–Aún no. No quiero que veas a nadie. Debes descansar y no te preocupes. Todo está en orden.

–No lo sé, doctor, no lo sé.

George la soltó y se apartó para servirle un té. Emily siguió sus movimientos recordando fugazmente su paso por aquel calabozo terrible de Scotland Yard: el frío, el agotamiento, los gritos y la apatía enorme que se había apoderado de ella ayudándola a no sentir ni padecer nada, a pesar de los esfuerzos de su carcelero por intimidarla.

–No pienses más en ello.

–Es difícil no hacerlo.

–¿Quieres hablar conmigo al respecto?, ¿quieres contarme lo que pasó? –El médico se acercó con la taza de té y se la dejó en la mesilla de noche. Volvió a sentarse en la cama y la miró con mucha atención.

–Si necesitas hablar, puedes confiar en mí.

–No, no quiero hablar de eso.

–Bien, como quieras. –Observó atentamente cómo se tomaba el té y volvió a acariciarle el pelo.

–¿Sabes lo que dicen de nosotros en la ciudad, doctor Connaught? –Le clavó los ojos negros, y él se echó a reír–. Pues como sigas aquí, en mi dormitorio, tendrán motivos más que suficientes para mancillar mi reputación definitivamente.

–¿Te preocupa?

–No mucho. Además, después de mi paso por la cárcel, supongo que ya queda poca reputación que salvar.

–Porque si te preocupa podemos arreglarlo... –Había hablado sin pensar y a punto estuvo de recular, pero al ver el precioso rostro de Emily iluminado por el rubor, pensó que valía la pena seguir hablando–. Me encantaría limpiar tu honor de forma oficial.

–¿Y eso cómo se hace?

–¿No lo sabes?

Siguió mirándola a los ojos, y luego bajó los suyos transparentes hacia su boca. Emily sintió como si la quemara y se puso roja como un tomate. El corazón le latía con furia en el pecho.

–¡Doctor Connaught!

Molly entró sin llamar y los hizo saltar de la cama. George se puso de pie muy de prisa y la recibió arreglándose el chaleco y la camisa–. Lo siento, milord. Un hombre, su mayordomo, según dice, lo busca abajo.

–¿Jonathan?

–Sí, eso es, Jonathan. Dice que es importante.

–Muy bien. –Frunció el cejo y miró a su paciente–. Ahora subo. Continúa descansando.

Emily lo siguió con los ojos sin que pudiera articular palabra. Había estado a punto de decirle algo muy importante, y el pulso se le había acelerado hasta tal extremo que le latía en los oídos. Miró a su amiga y quiso contarle el diálogo que acababa de mantener con el médico, pero fue incapaz, y suspiró poniéndose la mano en el pecho.

–Yo no he visto un hombre más guapo que el doctor, y mira que mi Winston es apuesto, pero este hombre tiene algo muy especial en esos ojos tan claros que Dios le ha dado. ¿Emily?

—Sí, sí, claro.

—Haríais una pareja tan bonita, tú tan guapa y él tan atractivo. Seríais la envidia de toda la ciudad.

—Molly, por Dios, eso es imposible.

—¿Por qué?

—Ya lo sabes. —Se tapó con las mantas y miró a su amiga aparentando tranquilidad—. Él necesita una esposa noble, rica y de buena familia.

—¿Y solo puedes estar con él si te casas?

—¿Cómo dices?

—Estamos camino del siglo xx, Emily Gardiner. Una mujer que quiere tener a un hombre no necesita casarse con él, no seas antigua.

—¡Molly!

—Si yo fuera la mitad de guapa que tú, habría enamorado a los hombres más deseados de Londres. Y, ahora, obedece al médico y sigue descansando.

—Siento importunarlo, milord, pero sus padres lo reclaman en casa.

—¿Qué pasa, Jonathan? ¿Algo grave?

George Connaught atendió al fiel mayordomo en la tienda y le palmoteó la espalda para que hablara.

—Hoy es la cena con la familia Rhys-Evans.

—¿Quiénes?

—La familia del prometido de lady Amanda.

—¿Y yo qué pinto allí, Jonathan? Mira, lo siento, discúlpame con mi madre, pero estoy atendiendo a una paciente. La señorita Gardiner está muy enferma y me necesita.

—Su padre me ha dicho que lo llevará a rastras si era necesario.

—No tengo diez años, viejo amigo. Dile a mi padre que no quiero ir y punto. —Hizo amago de volver a la planta superior, pero antes se dio la vuelta hacia el mayordomo para hablarle, frunciendo el cejo–. Jonathan, ¿cómo sabías que estaba aquí?

–¿Hay alguien en Londres que no lo sepa, milord?

Jonathan, que conocía a George Connaught desde la infancia, le dio la espalda sabiendo que no conseguiría arrastrarlo al palacio, lo había sabido incluso antes de ir a buscarlo, pero el duque había insistido y no le había quedado más remedio que entrar en esa tienda y preguntar por él. Le hizo un último gesto de despedida con la mano y se perdió en medio de la nieve, que caía a mansalva en la ciudad. George se quedó perplejo unos minutos, y luego miró a Josie, que había seguido toda la escena en silencio. La dependienta se encogió de hombros y bajó la vista para seguir ordenando el mostrador. Él bufó, indignado, y alcanzó la escalera, convencido de que debía zanjar las especulaciones de todo el mundo cuanto antes.

–Emily... –Llegó a la carrera al cuarto, y Molly lo detuvo, haciéndolo callar–. Se ha quedado dormida como siempre: de repente y sin avisar.

–Pero si no he tardado nada. –Miró hacia la cama y la vio acurrucada, durmiendo–. Bueno, lo mejor es que descanse.

–Eso es. ¿Por qué no se va a casa y descansa usted, doctor? Lleva muchos días aquí, yo me ocuparé, se lo prometo.

–No, voy a esperar a que despierte.


–¿Cómo has podido hacernos este desaire?

–¿Qué?

George entregó la capa y el bastón a su valet y comenzó a subir la escalera despacio. Amanda, su hermana, hablaba con esa voz de pito insoportable que utilizaba cuando estaba enfadada, así que ni siquiera la miró.

–Anoche no viniste a la cena con mi futura familia política. Todos se quedaron con la boca abierta al no verte.

–¿A mí? ¿No eres tú la que se casa con el tal Jason?

–Pero no estábamos todos, y además, la gente hablaba por lo bajo de tu… amiga –espetó, furiosa. Estaba indignada con él y no pensaba callarse.

–Mañana hablamos, querida. Ahora déjame en paz; estoy agotado. –Entró en su cuarto y empezó a desabrocharse el chaleco cuando notó que Amanda lo había seguido hasta allí–. ¿Qué deseas?, ¿no has oído que no quiero hablar?

–Es vergonzoso, George. Nuestra madre no se atreve ni a mirar a sus amigas a la cara. Es un milagro que la familia de Jason no nos haya reprochado nada aún.

–¿Qué demonios estás diciendo?

–Toda la ciudad habla de tus amoríos con esa mujer –dijo, e irguió los hombros al borde de las lágrimas–. Ni siquiera eres discreto, y ahora todos saben además que ha estado en la cárcel y que seguiría allí si no hubiese sido porque tú la sacaste pidiendo favores… ¿Cómo puedes avergonzarnos de esta manera?

–¿Cómo te atreves tú a hablarme en ese tono?

–Voy a casarme en mayo, y nadie habla de ello porque tus amoríos con esa cualquiera acaparan los rumores de todo Londres.

–¡No hables así de ella, Amanda! ¡No lo soporto! –Caminó hacia la muchacha echando chispas por los ojos, y Amanda dio un paso atrás, muerta de miedo–. La señorita Gardiner es mi amiga, la hija de mi camarada Michael Shafterbury, y no toleraré que se le falte el respeto en mi presencia, ¿me oyes, mocosa insolente?

–Los Shafterbury no la reconocen, se avergüenzan de ella y dicen que su madre engañó a lord Michael, que esa muchacha puede ser hija de cualquiera. –Amanda Connaught estaba histérica, pero vio la mano de su hermano levantarse en el aire con claridad, antes de sentir la bofetada en la mejilla. Acto seguido, se acarició la cara y se puso a chillar–. ¡Mamá!, ¡mamá!, ¡me ha pegado!

–¡Vete de mi cuarto! ¡Fuera de aquí!

–¿Qué sucede? –Lady Eleonor llegó a la carrera seguida por dos doncellas y abrazó a su hija pequeña, que lloraba a gritos en el pasillo–. ¿Qué has hecho, George?

–Me ha pegado por defenderla, por defender a esa ramera.

–¡No! –La duquesa se puso entre ambos para evitar que George abofeteara otra vez a su hermana. Lo miró a los ojos y levantó el dedo con autoridad–. No te atrevas a tocarla, George Andrew Connaught. Esta es mi casa y espero que la respetes.

–Muy bien, madre, pues dile a tu hija malcriada que no me falte el respeto, y yo no volveré a ponerla en su lugar.

–Estamos todos nerviosos. Mañana será otro día. Amy, vete a la cama, Annie te acompañará, y tú, George, entra en tu cuarto. Tenemos que hablar.

La duquesa de Stevenage respiró hondo y decidió zanjar el asunto de una vez por todas. Llevaba meses oyendo las constantes habladurías sobre su hijo y aquella mujer, y ya estaba harta. Además, quería celebrar la boda de Amanda en paz y tranquilidad, y no pretendía tolerar más la tensión que se respiraba en la casa por culpa de ese tema.

Buscó una silla y se sentó frente a su hijo. Miró sus enormes ojos claros y lo invitó a tomar asiento.

–¿Qué tienes con esa muchacha?

–No es asunto tuyo.

–Soy tu madre; sí que lo es.

–Es una amiga. La hija de un...

–Eso ya me lo has dicho –le interrumpió la dama–. Quiero la verdad.

–Solo es una amiga y, en realidad, no me siento cómodo hablando de mi vida privada contigo. Tengo treinta y un años, madre.

–Una edad más que suficiente para casarte y formar una familia, así que comprenderás que estemos preocupados por ti. Hay muchas candidatas para ser tu prometida, pero obviamente tu relación con esa mujer dificulta cualquier compromiso de matrimonio.

—No voy a comprometerme con ninguna de tus candidatas, no te preocupes.

—¿Y qué pretendes? Ahora que tu padre te ha nombrado su legatario, tienes la obligación de casarte en seguida. Es lo normal.

—Eso es asunto mío. —Se puso de pie y se atusó el pelo—. Lo único que quiero que entiendas es que la señorita Gardiner no es mi amante, ni mi querida, madre, ¿queda claro? Ya lo sabes, y espero que cuando oigas chismes al respecto los aclares inmediatamente.

—No tengo por qué defender a esa mujer; ni siquiera la conozco.

—Solo tiene diecinueve años. Es una buena chica y te la puedo presentar cuando quieras.

—No, gracias; no quiero enemistarme con Rose Shafterbury por su culpa.

—Rose Shafterbury es una bruja desalmada que ha engañado, ha maltratado y ha robado a Emily y a su madre durante años. Es una mala pécora, y no deberías ni dejarla entrar en esta casa.

—¿Porque lo dices tú?

—Ni siquiera su marido la tolera, madre. Es una mentirosa y una mala persona, pero en fin… —Cuadró los hombros—. Estoy agotado, fin de la charla. Haz lo que quieras, y yo seguiré haciendo lo que me parezca bien.

—No puedes seguir mancillando el nombre de tu familia.

—¿Mancillando el qué?

—Mientras toda la ciudad, nuestros amigos y familiares sigan cuchicheando sobre tu relación con esa mujer, mancillas nuestro apellido y permites que vaya de boca en boca. Piensa un poco en ello, hijo, e intenta ser más responsable y menos egoísta.

—¿Quieres que deje de ver a Emily Gardiner porque la gente cuchichea?

—Eso es.

Eleonor Connaught se levantó más tranquila, al menos

lo había intentado, y George ya sabía lo que pensaban del asunto.

—Si tanto te gusta, al menos sé más discreto. Entiendo que estés prendado de ella, me han dicho que es preciosa, pero no tienes que pasarte la vida en su casa. Cómprale una bonita residencia lejos de aquí, en Windsor o Cambridge, que te gusta tanto. Sed discretos; hazlo al menos por ella, si es que de verdad te importa.

—¿Me estás sugiriendo que puede ser mi amante si lo hago discretamente?

—Muchos caballeros lo hacen; no eres un niño, Georgie. Conocemos muchos casos similares.

—Ella no es mi amante, ni quiero que lo sea, y lo más importante, Emily jamás lo aceptaría.

—¿Tú crees? —La duquesa se echó a reír—. Eres guapo, rico, listo y un caballero. ¡Hijo mío!, ¿quién podría rechazarte? Si ella te quiere y es inteligente, como creo que es, comprenderá que puede estar contigo discretamente, mientras tú haces tu vida, te casas y cumples con tus deberes como futuro duque de Stevenage.

—A veces puedes ser malvada, madre. Prefiero no seguir hablando contigo, así que, si no te importa, déjame en paz. Necesito dormir.

—¿Y qué planes tenías para ella, George, eh? —preguntó, saliendo al pasillo y apoyándose en la puerta del cuarto para evitar que su hijo la cerrara—. ¿No pretenderías convertirla en tu novia?

—Esa sí que es una buena idea —replicó, apartándola de la puerta—, muy buena. Si en el fondo sé que no eres tan mala persona, mamá. Buenas noches.

Eleonor Connaught, duquesa de Stevenage, se quedó perpleja viendo cómo la puerta se cerraba delante de sus narices. George era su hijo más responsable, pero también el más rebelde, el que tenía más carácter y las ideas más claras. Eso lo convertía en fiable, pero también en peligroso. Desde que era muy pequeño había desistido en el afán de guiar sus pasos, pero tampoco había hecho falta, porque George era ante todo sensato y muy inteligente, no como Charles, que había sido una calamidad desde su nacimiento. Sin embargo, su actitud ante el asunto con Emily Gardiner la aterraba, porque ya eran demasiados meses retando a todo el mundo con su acercamiento a la chica, y empezó a temer que él, con esa cabezonería suya, acabara imponiendo su capricho e integrando a la muchacha en su vida de forma oficial.

Esa era la peor de las opciones posibles, pero tal vez la más lógica para alguien como George, y se mareó solo contemplando esa posibilidad. Se apoyó en la pared y llamó a gritos a su doncella.

—Llévame a la cama, Gwendolyn. Creo que estoy sufriendo un infarto.

—Aviso a lord George, milady.

—No, querida. No quiero que acabe conmigo esta noche.

George apoyó la cabeza en la puerta oyendo las quejas de su madre; cerró los ojos y no se movió. Estaba agotado tras cinco días pendiente de Emily y solo necesitaba dormir en su cama, estirado, relajado y bien abrigado, nada más.

Finalmente, cuando oyó a Eleonor perdiéndose por el pasillo, retrocedió hacia su cama y se desvistió: había rogado a Roger, su valet, que lo dejara solo, así que no tenía que esperar a nadie, ni charlar, simplemente se desnudó y se metió en la cama al borde del sueño más profundo. En realidad, no le importaban las opiniones de la gente, de su familia, de su madre, nada le podía quitar el sueño esa noche, y cerró los ojos pensando en los de Emily, tan enormes y oscuros.

Si a ella no le afectaban las malintencionadas habladurías, él seguiría ignorándolas, porque lo peor que podían hacer era empezar a actuar de cara a la miserable sociedad que los rodeaba. No pretendía sucumbir a los prejuicios y al qué dirán, jamás lo había hecho y no era momento de hacerlo, aunque quizá debía ser responsable y pensar en Emily y su reputación, en su futuro, y alejarse de ella.

Abrió los ojos de golpe con el corazón acelerado. ¿Alejarse de ella? Ya lo había intentado una vez y había resultado penoso. ¿Podría hacerlo otra vez? Se sentó en la cama y se pasó la mano por la cara. No podía ni contemplar la posibilidad de alejarse de ella; le gustaban su compañía, su charla, su risa, su amistad. No pensaba renunciar a ella, eso jamás.

A Emily parecía no importarle lo que se decía de ellos, y solía ser sincera, así que no había nada más que hablar. Aunque seguramente su amigo y camarada Michael Shafterbury no aprobaría para nada que estuviera comprometiendo el honor de su hija, él no podía apartarse de la muchacha, ya no, porque la sola posibilidad de perderla le partía el alma en dos.

Se levantó, fue hacia su escritorio y sacó una petaca con whisky que guardaba en un cajón. Bebió un trago y se asomó a la ventana. Llovía, y hacía un frío de muerte; estaban a ocho de enero y el invierno campaba a sus anchas por Inglaterra. A esas horas ella dormía en su cama de Regent Street, mucho más recuperada y con las mejillas arreboladas. Sonrió al recordarla. Emily Gardiner era la criatura más hermosa que había visto en toda su vida, y dueña de la personalidad más interesante que él había conocido jamás en una mujer. Era dulce y femenina, pero valiente y luchadora, con las ideas claras, una energía arrolladora y tan inteligente como cualquiera de sus camaradas. Era única y especial, irreemplazable, y tal vez había llegado la hora de hacer algo al respecto.

Volvió a la cama sonriendo, ilusionado como un colegial. Hablaría con ella, debía hacerlo, y después de eso, tal vez acabaran de golpe con los rumores que recorrían la maldita ciudad.

# Capítulo 20

Se sentó frente a la mesa de costura de la salita y sacó del canasto las piezas que aún quedaban por bordar. Las chicas le habían subido la labor para ir adelantando faena, porque su gripe, la detención y su posterior recuperación habían retrasado el trabajo, a pesar de los esfuerzos de las costureras por sustituirla. «Son muy buenas y responsables», pensó enhebrando la aguja, unas empleadas de primera, y debía hacerles un regalo como reconocimiento.

Levantó los ojos y vio los bombones que le había regalado George para Navidad junto al costurero. Estiró la mano y sacó uno. Lo miró un rato y lo desenvolvió con una sonrisa. Ese hombre era adorable, y el solo hecho de recordar sus ojos aguamarina le hacía saltar el corazón en el pecho.

No tenía palabras para agradecer su ayuda ante el primer ministro, sus atenciones, sus cuidados y ese manto de protección que extendía sobre ella en todo momento. Era firme y frío, pero tan tierno que Emily creía que no lo podía querer más. George Connaught era un hombre maravilloso, y aunque jamás podría ser suyo, ella lo amaría en silencio el resto de su vida. Era una decisión que había tomado en medio de la fiebre y el malestar de las últimas semanas, y se sentía satisfecha de ello, tranquila al haber conseguido definir, al fin y de alguna manera, la extraña relación que los unía.

Ella no quería nada de él, no podía aspirar a nada más salvo a su amistad, y eso la compensaba con creces, así que estaba decidida a cuidar lo que la vida le había regalado, que era el placer de poder charlar con él, de contar con él y de quererlo, en secreto, pero amarlo de alguna manera, porque era imposible no hacerlo.

—Una mujer le acaba de preguntar a Josie si es verdad que esperas un hijo del doctor Connaught.

—¿Qué?

Emily miró a Molly, que parecía enfadada.

—Te lo juro, así, directamente. Tuve que intervenir diciéndole que tanto tú como lord Connaught sois gente decente y...

—¿En serio? —Se sonrojó de pura rabia y pensó que las cosas iban ya demasiado lejos.

—Sí, como les hemos dicho a las clientas que estabas indispuesta estos últimos días, ya se han inventado lo del embarazo.

—¡Madre de Dios! —Bajó los ojos e intentó concentrarse en la labor—. Esta tarde bajaré a la tienda para acallar rumores. Pobre doctor, lo que tendrá que oír.

—¿Pobre doctor? Él es hombre, además de rico y noble, a él estos chismes le resbalan, Emily, la única perjudicada puedes ser tú, ¿no lo ves?

—A mí me da igual, Molly. Tengo mi negocio y mi vida. No dependo de nadie y me da igual lo que la gente diga de mí.

—Si esto continúa, ¿quién se atreverá a pedir tu mano?

—¿Qué?, ¡madre mía, Molly! Sabes que no pienso casarme.

—¿No? Pero siendo tan joven y guapa, ¿no te gustaría tener un marido y niños?

—No.

Levantó los ojos al techo y fantaseó con la idea de tener a George Connaught como marido y muchos hijos parecidos a él, pero alejó la ensoñación y miró fijamente a su amiga.

—No, no pienso en ello. A propósito, ¿cuándo vuelves a Brighton? Me encanta que estés conmigo, pero Winston debe de echarte mucho de menos.

–Vendrá a buscarme pasado mañana, si estás bien, me marcho.

–Claro que estoy bien. Has sido muy buena quedándote tantos días.

–Emily –empezó Molly, que buscó una silla y se sentó a su lado–, Winston y yo, bueno…, queríamos agradecerte que no hablaras, que a pesar de todo lo que te hicieron guardaras silencio y…

–Vosotros también lo habríais hecho, ¿no? Somos camaradas, no ha sido nada.

–Yo no hubiese aguantado. Tengo pesadillas solo de pensar que ese hombre venga a detenerme a mí y no pueda contenerme…

–No pienses en ello, tú tranquila.

–Pero ¿no dijiste nada de nada?

–¿Decir el qué? –La voz ronca y profunda de George Connaught la interrumpió. Molly se puso de pie, roja como un tomate, y Emily le regaló la más radiante de las sonrisas.

–¿De qué habláis, señoras?

–De nada, doctor. Dichosos los ojos que te ven, ya estábamos echándote de menos.

–Sí, lo siento. –Se sacó el abrigo y el sombrero y la miró con los ojos brillantes–. He tenido mucho trabajo en las consultas, aunque mandé a un chico de Cannon Street ayer para comprobar que no me necesitabas.

–Sí, gracias.

–¿O sea, que ya no me necesitas? –Sonrió con picardía y se acercó para tocarle la frente. Ella movió la cabeza con resignación y no dijo nada–. Ya estás mejor, no hay más que verte. ¿Podéis ofrecerme un té?

–Claro, cómo no, doctor. Ahora se lo traigo.

Molly salió a la carrera hacia la cocina y George ocupó su sitio junto a Emily, que estaba preciosa y muy sonriente.

–Te veo muy bien.

–Me siento muy bien, gracias. Me habéis cuidado maravillosamente. No sé si algún día acabaré de agradecéroslo.

–Eso no se agradece. Ha sido un placer. ¿Comes chocolate? –Miró el envoltorio.

–Sí. ¿Quieres uno?

–No, prefiero un té.

–¿Así que tienes mucho trabajo?

–Sí, neumonías, gripes, partos, huesos rotos…, lo de siempre. Siento no haber podido venir antes.

–Está bien, no te preocupes. –Apartó los ojos del bordado y lo miró a los ojos. George Connaught sonreía de forma extraña sin apartar la vista de ella–. ¿Qué pasa?

–Eres muy guapa, ¿lo sabes?

–No digas eso. –Se sonrojó hasta las orejas y se concentró en el bordado–. Háblame de algún caso interesante. ¿Cómo están los riñones de Bob el Roble?

–¿No te gustan los cumplidos?

–No. ¿Qué te pasa?, ¿estás de broma hoy?

–Lo cierto es que no. Llevo cuatro días pensando mucho en ti y ha llegado la hora de preguntarte algo.

–¿Qué?

–Mirad lo que me he encontrado en el rellano.

Molly apareció con una bandeja y, a su espalda, lord Albert Sheen entró con el sombrero en la mano. George bufó, confuso ante la interrupción, pero se puso de pie para recibir al abogado con enorme cortesía.

–Albert, ¿qué te trae por aquí?

–¿Y a ti, George?

Lord Sheen lo miró de arriba abajo, y luego dirigió la vista hacia su protegida.

–Yo, pues he venido a ver cómo sigue Emily.

–Yo también, y a enseñaros la carta de queja que mandaremos a Scotland Yard y al ministro del Interior en nombre de Michael Shafterbury. Además seguimos exigiendo las pruebas que motivaron tu detención, pero no hay respuesta, así que creo que acabaremos con ese tipo, Seamus Green, que se saltó no sé cuántas leyes en este caso.

–¿En nombre de Michael Shafterbury? ¿No puedo elevar esa queja yo misma?

–También puedes sumarte, pero lo más correcto es que lo hagamos en nombre de tu padre, que es noble y un oficial superior del ejército. –Le pasó una carpeta con los papeles–. Lee el documento y me das tu opinión. Si estás de acuerdo, lo presentamos mañana mismo.

El abogado miró cómo Emily se enfrascaba en la lectura de la demanda y luego fijó los ojos en George Connaught, que tampoco le quitaba la vista de encima. Ese hombre tenía más de treinta años, era rico, talentoso, un médico de prestigio, veterano del ejército y futuro duque, no podía haber soltero más codiciado en toda Inglaterra y, sin embargo, se pasaba la vida cerca de la hija ilegítima de Michael Shafterbury.

Se había jugado el honor intercediendo por ella delante de Salisbury y había velado su sueño casi una semana mientras ella se recuperaba de su paso por la cárcel. Era evidente que le interesaba, pero ninguno de los dos mostraba el más mínimo gesto romántico con el otro, al menos de forma pública, asunto que le intrigaba cada vez más.

–Es perfecto, milord. Muchas gracias.

–Bien, Emily, nos adelantaremos a la respuesta de tu padre desde la India y lo presentaré como tu representante legal en Inglaterra. No quiero perder más tiempo.

–Me parece bien, gracias. ¿Quiere un té?

–Sí, gracias, y deberíamos tratar otro asunto, si te sientes bien.

–Claro, cómo no.

–Pero en privado.

Molly y George se miraron, y ante el silencio de Emily, abandonaron el saloncito bastante contrariados, sobre todo el médico, que se creía con todo el derecho de escuchar cualquier asunto que afectara a su amiga. Sin embargo, ella no lo invitó a quedarse, así que agarró su abrigo, su maletín y su sombrero, y decidió despedirse para volver en otro momento. Emily le sonrió, y él le hizo una venia antes de bajar la escalera casi a la carrera.

–Creo que deberías adoptar tu apellido paterno. Michael lo dejó todo previsto y firmado; basta con tu visto bueno para que pueda iniciar los trámites oficiales.

—No quiero cambiar mi nombre.

—¿Por qué?

—No es necesario. Llevo diecinueve años siendo una Gardiner…

—Pero tu legítimo derecho es usar el apellido Shafterbury. Tu padre siempre lo quiso así, y solo unas desgraciadas circunstancias lo impidieron. No veo cuál es el problema; al contrario, como abogado debo aconsejarte que es lo más sensato y lo más seguro. Ningún policía osará acosar a una Shafterbury, créeme.

—¿Cree que la policía volverá a buscarme? —El pulso se le aceleró y sintió náuseas.

—Me temo que sí. Sabemos que Paul Hamilton está moviendo Roma con Santiago para inculparte, y hará lo posible por acabar contigo. Usar tu apellido y legitimarte como hija de un noble jugaría en tu favor; esa es la realidad objetiva y deberías reconsiderarla.

—¡Dios bendito!

—Incluso puedes seguir usando tu apellido Gardiner si quieres. Haremos público el reconocimiento de tu padre ante la reina y ante el Parlamento, y luego puedes hacer lo que quieras.

—No eran esos mis planes. —Se puso de pie, viendo la cara de Green en su cabeza. No se sentía capaz de enfrentarse nuevamente a él—. ¿Está seguro de que Hamilton sigue insistiendo?

—Te doy mi palabra de honor. No se cansa de presionar a la policía, y es un tipo poderoso, Emily. Deberíamos intentar protegerte, sobre todo porque tú eres inocente.

—Claro. —Lo miró a los ojos y luego le dio la espalda—. Está bien, lord Sheen. Si usted cree que es lo mejor, así se hará.

—Perfecto, te felicito. Es la mejor decisión posible, y tu padre se sentirá muy satisfecho. En fin, creo que me voy, aún tengo trabajo.

–Muchísimas gracias por todo.

–Otra cosa –le dijo antes de salir–: si recibes alguna petición de compromiso o algo similar, también debes tratarla conmigo.

–¿Cómo dice? –Se puso roja como un tomate y lo miró con la boca abierta.

–Tu belleza se está convirtiendo en leyenda, querida. Todo Londres habla de la misteriosa hija de Michael Shafterbury, a la que el doctor George Connaught no deja ni a sol ni a sombra.

–¡Por Dios!, ¡qué estupidez!

–Estupidez o no, no me extrañaría que a partir de tu reconocimiento oficial empezaran a lloverte propuestas de matrimonio. Tu padre es un hombre muy rico.

Tres días después paseaba del brazo de Winston Everhard por Hyde Park. Hacía frío, pero era un día soleado y estaba deseando ver la calle y respirar otro aire, así que se había abrigado y su amigo se había ofrecido a acompañarla, a pesar de las protestas de Molly, que aún no la veía del todo recuperada.

Emily se despidió de ella con arrumacos, y luego habían bajado a la calle con la intención de charlar a solas, porque Winston seguía muy preocupado por la guerra que Paul Hamilton había iniciado contra ellos.

–Está en su derecho y lucha con la razón en la mano; solo espero que tu amigo reportero no acabe yéndose de la lengua.

–Y yo. –Winston se pasó la mano por la cara–. No he querido hacerle una visita porque a lo mejor lo tienen vigilado, así que deberemos confiar en su lealtad.

–Que tendrá un precio, me imagino.

–Si no nos ha delatado ya, es que no tiene intención de hacerlo, Emily.

–De todas maneras, me gustaría que supiera que nosotros también recompensaremos su silencio.

–¿Cómo dices?

–Tengo algo de dinero. Puedo pagarle.

–Y entonces, te pondrás nuevamente en peligro. Te aseguro que Hamilton, que no es bobo, tendrá a alguien pendiente de los movimientos de Grant. No debemos acercarnos a él, y además, en caso necesario, será su palabra contra la nuestra.

–Lord Sheen dice que, cuando sea oficialmente una Shafterbury, el acoso cesará.

–¿Le has dicho la verdad a tu abogado?

–¡No! ¿Estás loco?

–En teoría tu abogado debería saberlo todo. ¿Y a George?

–A él tampoco. No quiero que se vea mezclado en todo este tema.

–El problema es que ya está mezclado hasta el cuello, Emily. Se juega mucho defendiendo tu inocencia delante de todo el mundo. Se ha puesto en contra a su familia, a sus iguales, a la sociedad enterita. Ha sido muy valiente y ni siquiera ha preguntado si eras de verdad inocente. Es un buen tipo ese Connaught, lo supe en cuanto lo vi. Es un caballero, y algún día debería conocer la verdad.

–Tienes razón, Winston, pero me da miedo…

–¿A qué tienes miedo?

–A perderlo para siempre. Una vez me dijo que no soportaba la mentira y no he hecho más que ocultarle cosas.

–Estás a tiempo de ser sincera, Emily. –Detuvo el paso para mirarla a los ojos–. Sé lo que sientes por él. ¡Chist! –exclamó, y acalló sus protestas con un gesto–. Y deberías empezar por decírselo; luego, te sientas con él y le dices toda la verdad.

–Yo…

–Es evidente que estás enamorada del doctor. Desde hace meses, todos lo hemos notado, y creo que él también siente algo por ti. Somos adultos. No sigas comportándote como una cría, Emily Gardiner. Eres una chica madura, ¿a qué demonios estás esperando?

–No puedo… –balbució, muy confusa–, no debo, no quiero que se aparte de mí.

No podría soportarlo.

–¡Bien! –Winston aplaudió, y ella lo miró, ceñuda–. Al fin, algo de sinceridad. Enhorabuena. Es un paso, amiga mía. El siguiente ya sabes cuál es.

Caminaron hacia el elegante barrio de Mayfair, y Winston la dejó a la entrada de la consulta de George Connaught con la promesa de recogerla al cabo de una hora. Ella no estaba dispuesta a confesarse ese día con el médico, pero sí al menos a hacerle una visita de cortesía, ya que no lo había vuelto a ver desde que Albert Sheen los había interrumpido en mitad de una charla bastante interesante, así que tocó el timbre y la casera salió a su encuentro con una sonrisa.

–Señorita Gardiner, ¡qué sorpresa!

–Buenos días, señora Mills. ¿Está el doctor Connaught?

–Sí, claro. Pase, está en consulta, pero le queda poco. Siéntese, por favor.

Emily se sentó en una de las elegantes sillas de la sala de espera y observó con atención la decoración tan hermosa de la consulta, que era de las más finas de la ciudad. Tenía muy poco que ver con la de Cannon Street, y se preguntó si George se sentiría más a gusto trabajando allí, en su ambiente y rodeado de comodidades.

–Bien, pues, te obedeceré, George, pero solo si vienes a casa para la velada musical del martes.

A Emily la voz le retumbó en los oídos. No levantó los ojos del suelo, ni hizo falta, porque reconoció inmediatamente el tintineante acento de Rosemunde Shafterbury dirigiéndose al doctor con aquel descaro.

–Te necesitamos allí. Yo te necesito allí.

–Gracias, Rosemunde, pero tú toma el jarabe y ya hablaremos.

–Buenos días.

Emily se puso de pie y los miró a ambos con bastante

seguridad. Detrás de Rosemunde vio a Andy, una de las doncellas de la muchacha, y le sonrió.

—¡Emily! —George no pudo evitar sorprenderse, y caminó hacia ella con una enorme sonrisa—. ¡Dios bendito!, qué sorpresa. No sabía que estabas aquí.

—No le avisé, doctor, porque no quise interrumpir —intervino la señora Mills, preocupada.

—No pasa nada, señora Mills. Está bien.

Emily habló con dulzura a la casera y luego miró a Rosemunde Shafterbury con firmeza. La muchacha, bastante guapa pero con ese rictus de disgusto que siempre llevaba en la cara, la observaba con la boca abierta.

—Bien, bien, pasa, Emily, ¿cómo estás? —El médico olvidó inmediatamente a Rosemunde y empujó a Emily hacia la consulta—. Hoy iba a pasar por tu casa.

—Adiós, George, querido. ¿Te vemos el martes en casa? —insistió Rosemunde, cada vez más indignada—. ¡George!

—¿Perdona?

El médico frunció el cejo y se volvió hacia ella, ladeando la cabeza. No compartían la más mínima confianza, así que el tono le había disgustado de inmediato.

—¿Que si te vemos el martes en mi casa? Amanda y Jason irán con tus padres.

—No creo, pero ya veremos. Adiós.

Le dio la espalda, y Emily pudo ver claramente desde el interior de la consulta la pataleta de rabia que a punto estaba de atacar a la insufrible muchacha, y lo lamentó por Andy, que tendría que aguantarla hasta llegar a casa. Bajó la cabeza y esperó a que George cerrara la puerta.

—¿Así que vas a las veladas musicales de los martes en casa de los Shafterbury? Recuerdo que duraban mucho, aunque yo las oía desde la despensa de la cocina.

—Emily... —George Connaught entornó los ojos y la miró con una media sonrisa.

—No sabía que Rosemunde era tu paciente. «George, querido» —pronunció con retintín. Caminó por la enorme consulta mirando sus infinitos tesoros. Eran muy interesantes, aunque la rabia que le subía por el pecho le impedía verlos con claridad. Rosemunde Shafterbury tenía esa capacidad, la de alterarla al más mínimo contacto.

—¿Qué pasa?

El médico se apoyó en el borde de su escritorio y se echó a reír. Era divertido verla con su preciosa cara tensa por el disgusto, intentando disimularlo mientras paseaba su espléndida estampa por el despacho.

—Nada. En fin… —respiró hondo—, solo pasaba a saludarte.

—¿Hay algún problema en que atienda a Rosemunde Shafterbury? Es mi deber.

—Me da igual. Tú haz lo que quieras, aunque yo seguiré sin soportarla.

—¿Por qué?

—¿Te hago una lista?

—Me refiero a que hace años que no sabes nada de ella. ¿Por qué permites que te afecte? No le des esa satisfacción.

—A la mierda con esa mocosa, ¿bien? —Se volvió hacia él y se puso las manos en las caderas—. Solo pasaba a saludarte. Ya que veo que estás bien, me marcho; me esperan para comer.

—¿Y cómo te sientes? —Se acercó para tomarle el pulso y tocarle la frente, pero ella se apartó bruscamente—. Emily, ¿qué pasa?

—Nada. En serio, debo irme…

Pasó por su lado muy de prisa sin saber por qué se sentía tan disgustada cuando diez minutos antes estaba tranquila y hasta decidida a contarle los secretos de su corazón.

—¿Estás celosa?

—¿Qué?

Emily abrió mucho los ojos y se puso roja. Carraspeó intentando defenderse, pero no le salieron las palabras.

—No deberías estarlo. Yo solo tengo ojos para ti, aunque todo el mundo parece notarlo menos tú …

Connaught no supo cómo habían salido esas palabras de su boca, y así, de golpe, pero sintió un profundo alivio al oírse. Fue como soltar amarras, y avanzó hacia ella, buscando sus ojos negros.

—Emily, mírame. Yo jamás he dicho algo semejante a nadie, y bueno, por Dios, ¿quieres mirarme?, maldita sea.

—Esto es muy violento.

—¿Por qué?

—Porque yo venía con la intención de confesarte algo parecido.

—¿De verdad?

—Bueno, Winston dice que…

No pudo seguir hablando, porque los dedos de George tocándole el cuello la dejaron muda. Cerró los ojos y notó su calor pegándose a ella, el delicioso aroma a loción y a limpio de sus manos, sus labios suaves rozando los suyos, y fue como si el mundo desapareciera bajo sus pies. No sintió ni oyó nada más, salvo el beso largo y profundo que George Connaught le dio. Su lengua entrando en su boca y el delicioso contacto de todos sus sentidos contra él. Ese era el primer beso de su vida, y era maravilloso, y cuando al fin se separaron, las rodillas le temblaban y el estómago permanecía contraído por la emoción.

—Llevo tanto tiempo deseando besarte que ni yo mismo lo recuerdo.

—No seas mentiroso. —Se echó a reír, muy nerviosa, roja como un tomate y sin poder mirar sus ojos aguamarina. Se arregló el vestido y carraspeó—. Debería irme.

—Come conmigo. Le diré a la señora Mills que nos prepare algo, o mejor aún… —Se acercó y la sujetó por la cintura por primera vez con tanta confianza—. Podemos ir a Piccadilly Circus y comer *fish and chips* donde tanto te gusta, ¿quieres?

—Winston vendrá a recogerme.

—Pues lo invitamos.

—No sé… —Estaba muy feliz, pero tan nerviosa que no podía ni levantar la cabeza.

George se sintió muy enternecido por su reacción y la abrazó con fuerza contra su pecho.

—Podemos ir poco a poco, Emily. No quiero precipitar nada, ¿de acuerdo? Ante todo somos amigos, somos nosotros, somos tú y yo. Solo quiero que disfrutemos de estar juntos.

—Está bien, solo son los nervios.

Permanecieron abrazados varios minutos, él meciéndola con dulzura, mientras Emily Gardiner, con los ojos cerrados, aspiraba su delicioso aroma, sintiendo su calor y comprendiendo que aquello era como subir al cielo, el único lugar donde debía estar, su verdadero hogar, y acabó llorando contra su pecho, hasta que apareció Winston Everhard para recogerla, y entonces George se apartó de ella, para invitar a su amigo a comer al centro.

—¡Mmm, no!, esta dama va conmigo —bromeó, apartando a Winston para ofrecer el brazo a Emily.

Ella sonrió y se agarró a su brazo, sintiendo cómo él le sujetaba los dedos con su enorme mano. Era un gesto muy íntimo, muy elocuente para pasear así por la calle, pero no le importó.

—Llevadme a ese sitio de *fish and chips* que tanto os gusta.


—¿Os vais a casar?

Molly la abrazó con fuerza en su dormitorio después de que Winston le contara las novedades. Por supuesto, Emily no había abierto la boca y flotaba con ojos soñadores por su cuarto, en completo silencio.

—¿Qué dices? No.

—¿Cómo que no? Hacéis una pareja tan bonita…

—Él es noble, Molly. Buscará otra mujer como él para casarse. Lo sé, pero no me importa, y además solo me ha besado.

—¿Y te parece poco? ¿Cuánto hace que lo conoces?,

¿casi dos años? Ha tardado mucho en besarte; seguro que va en serio.

–No quiero pensar en ello, Molly; solo en que me ha besado y ha sido maravilloso.

–¡Ay, qué bonito! –Molly se puso a aplaudir, feliz por su amiga, y volvió a abrazarla–. Es tan guapo.

–Lo es, y tan dulce…

Al día siguiente, George le mandó una cajita de bombones a primera hora de la mañana, y apareció a la hora del té, como siempre hacía, con una rosa y un libro de medicina que le había mandado David Law desde Cambridge. Era de cirugía, y lo hojeó con ella un buen rato, antes de acercarse para besarla. Solo pensaba en besarla, era tan guapa y tan sensual que llevaba horas alterado añorándola. Y cuando esa noche se despidieron antes de la cena, miró la hora comprobando que se habían pasado ciento veinte minutos besándose sin parar, como adolescentes, subiéndole la temperatura por momentos y con un deseo por ella cada vez más creciente en el pecho.

Emily lo miraba a los ojos y respondía a sus besos con la misma pasión. Le acariciaba el pelo y le sujetaba las manos con una naturalidad y confianza sorprendentes, como si llevaran toda la vida siendo una pareja, y empezó a sopesar, en seguida, la posibilidad cada vez más lógica de pedir su mano oficialmente.

# Capítulo 21

—La muñeca está rota y tendré que entablillarla, señora Brook.

George agarró la mano del niño con cuidado y le pidió a Emily que sujetara las tablillas para empezar a inmovilizar todo el brazo con las vendas. Ella obedeció observando, embobada, cómo él realizaba la sencilla operación, muy concentrado.

—Tendrá que llevar esto un mes y le inmovilizo todo el brazo para evitar que vuelva a hacerse daño antes de tiempo. ¿Tendrás cuidado, Billy?

—Sí, doctor.

—Eso espero. No sé cuántos huesos rotos tienes ya.

—Es que es muy travieso, milord.

—Bien, ya está. Ahora a casa y dos días sin correr ni jugar en la calle.

—Mil gracias, doctor; mil gracias.

Helen Brook, una pescadera de Covent Garden, sonrió a Emily antes de irse, abrazando a su hijo. Ella los siguió hasta la puerta y los despidió en la escalera.

—Emily, ven aquí.

—Dime...

Se acercó al escritorio donde él anotaba la última fractura de Billy Brook en su ficha y esperó con los brazos cruzados.

George Connaught dejó la pluma en su sitio y levantó los ojos claros hacia ella, sonriendo. Rodeó la mesa, la sujetó por la nuca y le plantó un beso largo y apasionado, al que ella respondió inmediatamente.

–Te he echado de menos.

–Solo han pasado dos días, doctor. –Le acarició la mejilla, pensando una vez más que él solo podía ser un sueño–. Y por eso he venido a desayunar contigo.

–Y yo te lo agradezco.

–¿Ya tienes todo preparado para esta noche?

–Sí. –Le cogió la mano y se la besó, esa noche tenía una cena oficial en el palacio de Buckingham y debía asistir acompañando a su familia–. Me encantaría que vinieras conmigo.

–Me temo que a la reina no le gustaría conocer a una humilde costurera como yo.

–Creo que se quedaría prendado de ti.

–¡Ah, qué zalamero! ¿Sabes qué? Debo irme, tengo mucho trabajo. Mañana, si puedes, pasa a tomar el té y me cuentas qué tal la cena, ¿de acuerdo?

–Son muchas horas hasta mañana.

Era sincero, porque desde que habían intimado, hacía apenas diez días, no dormía. La añoraba, y esa añoranza era demasiado dolorosa.

–¡Qué amable eres!, pero debo irme.

Se acercó a la percha para recoger su abrigo, y en ese momento se oyó claramente la voz de una mujer dentro de la consulta.

–George, ¿hijo?

–¡Madre!

George caminó muy sorprendido hacia su elegante madre, que era la primera vez que lo visitaba en Cannon Street. Llegó hasta ella, que vestía enteramente de rosa, y la besó en la mejilla.

–¡Qué sorpresa! ¿Qué haces tú aquí?

–A Gwendolyn se le ha muerto su hermana y hemos venido al funeral a una iglesia que hay aquí al lado. ¿Estás muy ocupado, o puedes acompañarme a casa?

Eleonor Connaught miró hacia el despacho y abrió mucho los ojos al distinguir la figura menuda y estilizada de una joven de pelo oscuro. Era preciosa, muy fina, y le sonrió durante un segundo, hasta que comprendió que se trataba de esa mujer, la famosa Emily Gardiner, y se puso seria de golpe.

—Buenos días.

—Buenos días, milady.

Emily, roja como un tomate, le hizo una educada venia antes de abrocharse bien el abrigo para salir a la calle.

—Permite que te presente a la señorita Gardiner, mamá. Es la amiga de la que hemos hablado, la hija de Michael Shafterbury.

La joven lo miró ceñuda al oír la puntualización, pero no dijo nada, y sonrió a la bella dama con cortesía, aunque la mujer la miraba de arriba abajo de forma bastante desdeñosa.

—Emily, esta es mi madre, Eleonor Connaught.

—Duquesa de Stevenage —corrigió la dama, dándole la espalda.

George miró a Emily algo contrariado e intentó retenerla, pero ella pasó como un suspiro por su lado.

—Adiós, duquesa —dijo antes de cerrar la puerta—, y adiós, doctor, gracias por todo.

Llegó a su casa media hora después a la carrera, sofocada por la vergüenza y el mal trago. La duquesa de Stevenage, como muchas mujeres de su clase, era altanera y despectiva, y aunque ella había imaginado que siendo madre de George sería diferente, no lo era, y la mirada que le había dedicado en la consulta había dejado meridianamente claro lo que opinaba de ella.

Desde que había besado a George en Mayfair estaba literalmente en las nubes, aunque cada noche, cada hora, cada segundo que pasaba a solas intentaba convencerse, por su bien, de que aquello era una relación efímera, hermosa, pero sin futuro; porque jamás podrían dar un paso más allá de lo que tenían y porque debía prepararse para acabar llorando por él, pues en el momento en que él tuviera que casarse, ella se apartaría y lo dejaría marchar.

No podía hablar con nadie al respecto, ni siquiera con George, que era adorable, pero no le hacía falta, porque siempre había sido una chica sensata y con los pies en la tierra. Desde muy niña sabía cuál era su lugar en el mundo, y ni todo el amor que sentía por el doctor Connaught ni todas las ilusiones que tenía puestas en esa relación le embotarían los sentidos ni la engañarían. No pretendía perder de vista la realidad, y estaba preparada para todo, incluso para el desprecio y el desamor. Así que ella sabía que la duquesa de Stevenage no tenía de qué preocuparse porque jamás reclamaría nada de su hijo, aunque la dama lo ignoraba, y no la culpaba por mirarla de esa manera. De hecho, la comprendía, y llegado el momento, si tenía oportunidad, le hablaría de sus auténticas intenciones para con George.

—¿Sabes qué hora es?

Bajó la escalera hasta la puerta principal y abrió a George, que iba vestido con uniforme de gala, tan apuesto que al verlo dio un paso atrás de la impresión.

—¿Estás bien?

—Quería hablar contigo.

—Pero es muy tarde...

Él superó la escasa distancia que los separaba y le plantó un beso. La había añorado tanto durante la fiesta que al final había conseguido escaparse más temprano que el resto de la familia.

—¿Estás bien? —le preguntó de nuevo Emily, que le sujetó la cara para mirarlo a los ojos.

—¿Puedo entrar?

—Sí, pasa.

Se arrebujó en la bata y subió la escalera hasta el salón, tranquilizando de paso a Josie, que se asomó despeinada para ver qué sucedía.

—No pasa nada, Josie. Vuelve a la cama. Es el doctor.

—¿Algún día dejarás de llamarme doctor? —La miró con ternura; ella tenía el pelo suelto e iba descalza—. Siento venir tan tarde. ¿Ya estabas dormida?

–Estaba leyendo. Se te ve muy guapo. ¿Ese es tu uniforme?

–El de gala. –Se miró a sí mismo y le sonrió–. No luchamos en el campo de batalla de esta guisa. Bueno, yo...

–¿Qué?

–Quería disculparme en nombre de mi madre. Fue muy grosera contigo esta mañana y...

–No fue nada. No me conoce, es normal, y no me pareció una grosería. De hecho, estoy acostumbrada... –Se calló y lo miró de frente, no quería aumentar el problema–. Está bien; no te preocupes y gracias por tu disculpa.

–¿A qué estás acostumbrada?

–Nada. ¿Quieres un té? Hace frío esta noche.

–¿A qué estás acostumbrada? –La sujetó por el codo y la obligó a quedarse quieta–. Dímelo.

–Soy hija de la costurera de una gran casa, de una sirvienta, George. Estoy acostumbrada a que las damas como tu madre solo vean en mí a una subordinada. No tiene por qué ser amable conmigo y no me quejo. Es lo que hay.

–No digas eso, Emily...

–No, doctor. Eres un cielo conmigo y con toda la gente que te rodea. Para ti no existen esas diferencias, pero para el resto del mundo sí. Yo soy consciente de ellas porque las he sufrido toda mi vida. Pero ya no me importa, en serio. ¿Quieres un té o no?

–No pienso tolerar...

–Lo que yo no voy a tolerar, doctor Connaught –lo interrumpió, sonriéndole–, es que discutas con tu madre por mi culpa. Es lo que faltaba, ¿vale? No pasa nada, no tiene importancia y no creo que la vuelva a ver, así que ¿por qué no olvidamos el tema y me cuentas qué tal la fiesta?

George Connaught se sintió de pronto muy vulnerable. Caminó hacia ella y la abrazó con todas sus fuerzas. No quería que le hicieran daño, que sufriera, y se juró que no volvería a tolerar ningún desplante hacia ella, y menos aún de su familia. Él amaba a Emily, estaba claro. Desde el primer día en que la había visto la amaba, y nadie, jamás, volvería a hacerle daño, y aún menos por su culpa.

—Hace un mes que me besaste por primera vez, Emily Gardiner. Merezco esta tarde para mí. Es un aniversario.

—George, por favor, si me interrumpes, tardo más en acabar. Dame diez minutos.

Lo miró y le sonrió. Él se acercó y le besó la cabeza. Tenía entradas para el teatro y hubiese preferido ir con tiempo a Leicester Square, pasear un rato juntos, pero ella, arreglada y lista para salir, había tenido que atender un encargo importarte que ninguna de sus empleadas podía solucionar.

—Varias de las invitadas a la boda de tu hermana nos han comprado sombreros, espero que haya muchas bodas esta primavera, porque es un negocio estupendo.

—¿Y tú vendrás a la boda conmigo?

—¿Yo? ¿Por qué? No, doctor.

—¿Por qué?

—Tu familia no me querría allí, y yo no quiero encontrarme con gente como los Shafterbury.

—¿Y hasta cuándo?

—¿Hasta cuándo qué? —Levantó los ojos negros y lo vio contrariado.

—Hasta cuándo no querrás mezclarte con los de mi clase, como tú los llamas.

—No creo que sea necesario, George. Dejemos las cosas como están… —Se levantó con el bordado acabado y caminó hacia la tienda—. Ya está, chicas, terminado. Me voy con el doctor Connaught al centro. Cerrad pronto y nos vemos mañana. George, ¿nos vamos?

—Sí.

Le ofreció el brazo y salieron caminando hacia Piccadilly, él más silencioso de lo normal y ella charlando sobre los comercios que veían a su paso.

—¿Qué te pasa, doctor?

–¿Qué significa dejar las cosas como están, Emily? – Se detuvo a un metro del teatro y buscó sus ojos.

–Tú tienes tu vida y yo la mía. No soy una chiquilla ilusa y conozco exactamente el suelo que piso.

–¿Ah, sí? ¿Y qué suelo es ese?

–¿Podemos entrar? Vamos a llegar tarde.

–No, explícate conmigo. Sé que puedes ser muy elocuente con tus argumentos.

–¿Estás enfadado?

–Un poco confuso.

–Estamos muy bien juntos. Me encanta estar contigo porque me gustas mucho, pero entiendo que no formo parte de tu vida y no me importa, porque disfrutar a tu lado el tiempo que sea me hace muy feliz.

–¿No formas parte de mi vida?

–¿Sabes?, te estás poniendo muy desagradable. Tal vez deberíamos volver a casa.

–No, Emily. Escúchame. –La apartó del mar de gente que los rodeaba y le sujetó las manos–. Tú formas parte de mi vida más que nadie en el mundo, porque hace meses que mi vida gira en torno a ti, ¿no te das cuenta? Desde que nos besamos en Mayfair has asumido una actitud muy extraña y no la comprendo. No te quiero como mi amante divertida de Regent Street, Emily, por eso intento integrarte en mis planes, como la boda de mi hermana, y tú, por decisión propia, te quedas fuera porque no sé qué idea tienes de mí y de lo que pretendo contigo.

–Soy consciente de las diferencias que nos separan; eso es todo. No quiero perder la cabeza.

–¿Qué malditas diferencias son esas? –Subió el tono de voz y le soltó las manos–. Solo nos podemos ver en tu casa, no quieres apenas salir. ¿Te avergüenzas de mí?

–No quiero que sea al revés.

–¿Te oyes?

–Ya está bien. Voy a volver a casa, no salgo contigo para acabar discutiendo.

–Nos llevábamos mejor cuando creías que no te quería.

Estás a la defensiva y me duele. Eres tú sola la que se ha hecho un mapa mental de la situación sin que yo abriera la boca. ¿Quieres solo ser mi amante?, ¿escondida en tu taller de Regent Street?, ¿a salvo de esa sociedad que tanto odias?

—Vale, perfecto, se acabó. Yo me largo.

Hizo amago de salir corriendo, con las lágrimas anegándole la garganta, y entonces la figura de un hombre alto, vestido de negro, le cortó el paso. Ella elevó la vista y se encontró a Paul Hamilton mirándola con una sonrisa, a la par que George la agarraba de la cintura para apartarla de él.

—Buenas noches, George. ¿Vienes al teatro? —Extendió el brazo, y George Connaught le devolvió el apretón de manos con cortesía.

—¿Dónde si no? —Lo miró desde su altura, dejando a Emily fuera de su campo visual, pero Hamilton se movió buscando su preciosa cara—. Como siempre bien acompañado, primo. Señorita Gardiner, ¿cómo está?

—¿Después de mi paso por la cárcel? —Ella lo encaró con el mentón bien alto, y George bufó, moviendo la cabeza—. Muy bien, gracias.

—Está libre y sin cargos, por lo que sé.

—Muy a su pesar, supongo.

—No creo que sea el momento ni el lugar para discutir sobre el particular, Emily —terció George, bastante tenso.

—Claro, por supuesto.

—¡Georgie, cielo!

Alice, la mujer de Hamilton, apareció casi corriendo por la espalda de su marido para dar dos besos al médico. Él se los devolvió con cariño, y entonces ella observó a Emily Gardiner de arriba abajo, frunciendo la naricilla respingona.

—Señorita… Gardiner, ¿qué hace por aquí? ¿Ha cerrado la tienda más temprano?

—No, está abierta hasta las siete.

—¿Y tú, querido George, vienes solo? ¿Entras con nosotros?

—Sí, claro, dicen que la representación es excelente; te acompaño, Alice. —Ofreció el brazo a su prima y miró a Emily a los ojos, aunque ella dio un paso atrás, bajando la cabeza—. ¿Vienes?

—No, gracias, doctor Connaught. Ha sido un placer encontrarlo por aquí. Ahora debo volver a casa. Mañana madrugo para trabajar. Buenas noches a los tres.

Irguió los hombros y caminó tiesa como un palo hacia Piccadilly Circus. Sabía que él no la podía seguir porque no se atrevería a dejar a su prima y a Hamilton tirados, así que no se molestó en caminar de prisa, ni en correr, como le apetecía en ese momento. Caminó con calma y recorrió Oxford Street de arriba abajo; luego regresó a Piccadilly Circus y bajó por Piccadilly Street hasta Saint James's Park, y allí se sentó en el parque, hasta que la oscuridad la obligó a regresar a casa helada, pero más tranquila.

—Querida, estaba preocupado. —Miró a lo alto de la escalera y se encontró a Albert Sheen esperándola en el rellano—. Es tardísimo.

—Lord Albert, no sabía que tenía previsto venir. Si lo hubiese sabido...

—No pasa nada. Ven, sube. He venido tan tarde porque no podía esperar.

—Sí. ¿De qué se trata? —Llegó al salón y se quedó quieta al ver a George Connaught sentado en una butaca junto a la chimenea. Tenía una copa de coñac en la mano y estaba en mangas de camisa—. Doctor, ¿qué haces aquí?

—Llevo una hora esperándote.

—Creí que estabas en el teatro.

—Muy graciosa —fue su respuesta.

Albert Sheen los miró a ambos indistintamente, y luego se acercó a Emily con una carpeta en la mano.

—Tengo dos buenas noticias para ti, Emily.

—Dígame, milord.

—La primera, ya eres oficialmente Emily Shafterbury. Esta mañana Ala reina ha firmado los documentos y ya estás reconocida como la primogénita de Michael Shafterbury, barón de Wisley, a todos los efectos. Y la segunda... –Buscó sus ojos con una sonrisa enorme–. Se han retirado los cargos contra ti, todos; ya no hay de qué preocuparse.

–¿En serio? Eso es estupendo, lord Sheen. Muchísimas gracias.

–Magnífico, Albert. Buen trabajo. –George se acercó al veterano abogado y le estrechó la mano–. Es estupendo. ¿Y cómo ha sido eso?

–No lo sé. Pregúntaselo a Hamilton. ¿No es pariente tuyo? No sé qué ha pasado, pero ha retirado todas las denuncias y me alegro, porque ese individuo es peligroso.

–Lo sé. Es una noticia muy tranquilizadora.

Emily Gardiner acabó de leer los papeles y luego se acercó a Sheen para darle un beso en la mejilla. El abogado se había portado muy bien con ella, se había volcado en su problema y no tenía palabras para agradecérselo, así que le sirvió una copa de coñac y brindaron juntos por el resultado de tan buen trabajo.

–Enhorabuena, por ambas noticias. –George Connaught esperó a que Sheen se marchara para dirigirse a ella–. Y no vuelvas a dejarme plantado de esa manera. No me lo merezco, y tú tampoco.

–¿Es una advertencia, o una orden?

–Tómatelo como quieras, Emily. No tengo paciencia esta noche para discutir contigo.

–Buenas noches, pues... –Se puso junto a la puerta del salón y le indicó el camino hacia la salida.

–Me voy. Solo quería comprobar que estabas bien.

–Lo estoy, muchas gracias.

–¿Qué sientes por mí? –le preguntó cuando pasó por su lado. La sujetó por el cuello con una mano y la obligó a mirarlo a los ojos. Ella le sostuvo la mirada y se encogió de hombros–. Yo te quiero. No tengo dudas al respecto.

–Yo tampoco.

–Bueno, ¿y por qué no paras de discutir conmigo?

–Tú preguntas, y yo respondo.

–Vale, me marcho. Está claro que no nos pondremos de

acuerdo. Hasta mañana. –Se agachó y le dio un beso fugaz en la frente–. Que duermas bien.

Emily lo siguió con los ojos, vio cómo bajaba lentamente los escalones mientras se ponía el abrigo y el sombrero, y un sentimiento de ternura enorme le llenó el corazón. Bajó corriendo detrás de él y se abrazó a su espalda muy fuerte, sin decir nada. George Connaught se volvió y la apretó contra su pecho, besándole la cabeza.

–¿Cuándo vas a bajar la guardia conmigo, Emily Gardiner? Por favor, dímelo.

–No lo sé.

–¿De qué tienes tanto miedo?

–De perderte. –Se apartó de él para mirarlo a los ojos–. Sé que al final voy a perderte, y no podré soportarlo.

–Pero ¿qué demonios estás diciendo?

–Es mejor si guardamos las distancias, George. –Las lágrimas le inundaron la garganta, pero habló con el corazón en la mano–. Es mejor no olvidar quiénes somos, ¿no lo ves?

–No lo veo. Somos tú y yo. ¿Qué más hay que ver?

–Está bien. No pasa nada. –Suspiró, tragándose las lágrimas–. Mañana charlamos, ¿sí?

–¿Qué más hay que ver? –repitió la pregunta como solía hacer, y ella se apartó, pasándose la mano por la cara–. Si tú y yo no somos capaces de superar esas diferencias, ¿cómo vamos a pretender que las superen los demás? O estamos juntos en esto o no conseguiremos ser felices.

–Yo ya soy feliz sabiendo que te veré mañana.

–Y yo, pero quiero vivir mi vida contigo.

–Ya la estamos viviendo, doctor.

–Hasta que tus prejuicios y tus miedos sean más fuertes, y entonces decidas olvidarte de mí.

–Eso no ocurrirá jamás. Yo te amaré toda mi vida. –Se limpió una lagrimita, y George estiró la mano para abrazarla.

–Yo también, preciosa, y no pretendo cambiar el mundo ni la maldita sociedad que nos rodea, pero sí espero que tú y yo seamos capaces de vivir por encima de ella...

–La realidad de cada uno es la realidad de cada uno.
–Forzó una sonrisa, buscando un pañuelo.

–Eso es una estupidez...

–Vale.

–Somos tú y yo, Emily. Nada más importa.

–Vale.

–Prométeme que no volveremos a discutir por esto. A
mí me importa una mierda lo que los demás opinen o dejen de opinar. –Ella asintió, pero él le sujetó la barbilla
para que lo mirara a los ojos–. Prométemelo.

–Prometido...

–Gracias... –Volvió a abrazarla y sonrió–. Y mañana sí
que vamos al teatro, ¿de acuerdo? Ricardo III es una de
mis obras favoritas.

A partir de esa noche no volvieron a discutir. Emily
hizo propósito de enmienda y prometió aprender a escuchar y a ser más tolerante, como George, antes de poner el
grito en el cielo e imponer su criterio.

Su prioridad era hacerlo feliz, verlo sonreír, charlar
hasta tarde abrazada a su pecho, oír su voz grave y preciosa y mirar sus ojos transparentes incansablemente,
mientras él le contaba los detalles de un nuevo caso o una
anécdota de la universidad. Se sentía dichosa a su lado y
comprendió que podía aprender a vivir más relajada y no
en alerta permanente, a la defensiva, como venía haciéndolo toda la vida.

George era un hombre sereno, inteligente y eminente-
mente feliz. Desde muy joven había hecho todo lo que había querido. Había tenido una infancia alegre y rodeada de
mimos y cariños, con muchísimas obligaciones, sí, pero
combinadas con otras muchas horas de deporte, vacaciones y una formación académica de primera clase, al principio en Eton y luego en Cambridge, donde había gozado,
además, de estupendos amigos con los que compartir juer-
gas y buenos momentos.

A los diecisiete años había ingresado en la Facultad
de Medicina y a los veinticuatro estaba ya en la India sir-

viendo en el ejército. Jamás había pasado necesidades, calamidades o grandes tristezas, y desde muy jovencito se había revelado como un chico paciente, justo, valiente y esencialmente tolerante, no sabía lo que era el clasismo. No compartía las costumbres esnobs de algunos de sus familiares y amigos, y jamás juzgaba a nadie por su origen o posición. Eso le había evitado bastantes disgustos a lo largo de su vida y le había proporcionado muy buenos amigos entre personas provenientes de los países y los ámbitos sociales más dispares.

En general, su vida le había moldeado un carácter sereno y firme, sin fisuras ni dobles caras. Jamás había necesitado o querido demostrar nada a nadie, y eso le daba una seguridad que fascinaba a una Emily Gardiner cada día más enamorada. Él era diametralmente opuesto a ella, que debía reivindicar continuamente su posición, su autonomía y su valía, y con el paso de las semanas le enseñó con su ejemplo a disfrutar más de la vida y a dejar de ser esa cascarrabias insufrible en la que se había convertido.

—Debo irme.

—No, por favor. No te vayas.

Se acurrucó en su pecho con los ojos cerrados. Le encantaba oír su voz desde esa posición, sintiendo su calor, su respiración suave y el timbre grave de sus palabras.

—Es tarde. Debemos dormir.

—Estás agotado, doctor; quédate aquí esta noche.

—Emily... —suspiró y se atusó el pelo—, me encantaría quedarme contigo, pero no es muy decoroso.

—¿Crees que me importa el decoro a estas alturas?

Se apartó de él para mirarlo a los ojos. Tenía el pelo oscuro y ondulado suelto sobre la cara, los ojos almendrados brillaban por efecto de la vela encendida sobre la mesilla y sonreía con inocencia.

—No pienso propasarme contigo.

—Pues yo sí pienso propasarme contigo. De hecho, no

pienso en otra cosa, así que mejor me marcho... –Saltó de la cama, y Emily se puso a protestar como una niña pequeña–. No te pegan nada esos pucheros, Emily Gardiner.

–No has terminado de leer. Acabemos el capítulo.

–Cielo –se acercó a ella, se inclinó y la besó en los labios–, soy un hombre de treinta y un años, y llevo dos meses leyéndote libros a la luz de las velas, y no estaba mal hasta que me has traído a tu cama para hacerlo. ¿De qué te crees que soy?, ¿de piedra?

–¡George!

–Nada de George. Respetaré tu virtud hasta que las fuerzas me lo permitan. –Le sonrió, guiñándole un ojo, y ella se apoyó en la almohada sin más argumentos–. Me voy, cariño. Mañana vendré temprano porque por la noche tengo otra maldita cena para los futuros esposos.

Se acercó nuevamente para besarla, y ella lo sujetó del cuello con fuerza. George Connaught, que se consideraba un caballero, intentó resistirse, pero ella era muy persistente y apasionada, y acabó sentándose en la cama para abrazarla y recorrerle la espalda con la palma de la mano abierta. Emily era preciosa, dulce y muy sensual, y el deseo que sentía por ella era tan brutal que cada día le costaba más comportarse de forma decente y formal.

–Te quiero, George.

–Y yo a ti, mi vida.

La empujó contra la almohada, hundiéndose en su cuello sedoso y que olía a violetas. Bajó la mano y le tocó los pechos por encima del vestido de algodón. Ella suspiró, y él cerró los ojos decidido a desnudarla y a no esperar ni un segundo más para hacerla suya.

La campanilla de la puerta sonó alto y claro. Se quedaron quietos y oyeron cómo Josie corría para abrir. No era demasiado tarde, pero hacía una hora al menos que habían cenado.

–¡Doctor!

–¿Qué? –contestó, poniéndose de pie mientras se cerraba la camisa y el chaleco.

–Es una urgencia. Lo llaman del Grand Hotel.

–¿El Grand Hotel?

Salió al rellano y miró hacia la entrada con los ojos entornados. De pie y con uniforme, uno de los camareros del hotel lo esperaba con el sombrero en la mano.

–Buenas noches, milord. La esposa de Phillip Heines, el *maître*, se ha puesto de parto y me ha enviado a buscarlo. Ya sabe...

–Sí, sí, ya sé... Dame un minuto. –Volvió al dormitorio y vio a Emily poniéndose las botas y el abrigo–. ¿Adónde vas?

–Te acompaño. No me lo perdería por nada del mundo. Llevo un año intentando que me dejes ver un parto.

–Este puede ser complicado, por eso les dije que me llamaran...

–Te ayudaré, entonces, ¿no?

Salieron a la carrera acompañados por Charly, el camarero, que había acudido raudo y veloz a buscarlo al único sitio donde se podía encontrar todas las noches a lord George Connaught. El chico miró a Emily Gardiner, a la que conocía, con una sonrisa, y los tres caminaron de prisa hacia Piccadilly Circus. George llevaba a Emily de la mano, mientras Charly lo ponía al tanto de las molestias de Rachel Heines, la mujer del *maître*. Ese era su tercer parto.

–Muy bien, Rachel, sabemos que será largo, así que debes estar tranquila.

Se puso frente a la parturienta con seguridad. Emily lo siguió con discreción, hasta que la mujer, de unos treinta años, le extendió la mano y la hizo acercarse a la cama.

–¿Se quedará usted conmigo, milady?

–Claro, por supuesto, pero me llamo Emily.

–Bien. Si es niña se llamará Emily. ¡Dios! –dio un chillido, y apretó la mano de la joven, que casi cae al suelo del dolor–. Lo siento.

—No pasa nada. ¿Qué puedo hacer, George?

—De momento, nada. Quédate con ella.

Se apartó para abrir con parsimonia el maletín y extender algunos instrumentos sobre una mesita. Luego, se sacó la chaqueta y se remangó las mangas de la camisa. Miró a Emily y le sonrió.

—Mi teoría es que esta vez son dos niños, mellizos, así que será un poco más largo.

—¿Mellizos? ¿Cómo lo sabes?

—Por los latidos del corazón. El fonendoscopio que me regalaste sirve para eso, ¿sabes?

—¡Qué increíble! —Miró la enorme barriga de la señora Heines y suspiró—. Es un milagro.

Se pasó apenas una hora junto a la mujer, que chillaba cada vez con más fuerza, porque empezó a dilatar —según le explicó George que se llamaba eso— casi enseguida. Algunas doncellas del hotel llevaron agua caliente, paños limpios y pusieron más leña en la pequeña chimenea de la habitación, y cuando se acercaba el momento, el médico buscó una banqueta y se sentó frente a la madre, que hacía lo posible por empujar. «Es una experiencia aterradora», pensó de repente Emily, viendo los dolores que experimentaba la señora Heines, pero a la vez el milagro más puro de la vida, y se echó a llorar cuando George la llamó y se puso a su lado con una toalla en la mano para recibir al primer bebé.

—Muy bien, Rachel. Ya está aquí. ¡Empuja!

George, con esas manos expertas y enormes, tiró suavemente de la cabeza del niño, y este salió en seguida. Lo levantó un segundo por las piernas. El bebé lloró y lo puso en brazos de Emily, apresurándose a atar y luego cortar el cordón umbilical, pero todo con una calma pasmosa.

—Bien, es un niño. Cariño, llévalo allí, que la señora se ocupe. ¿Emily?

—Sí...

Ella lloraba y lloraba, con el niño ensangrentado y sucio en los brazos. Era precioso, y caminó con él hasta una mesita junto a la chimenea, donde una mujer mayor y muy sonriente lo agarró y empezó a limpiarlo con mucha pericia.

—Soy su abuela, señorita. No llore. ¿No tiene hijos?

—No. ¡Qué bonito es! Es muy guapo.

—¡Ya está aquí! Son dos, como esperaba —exclamó George casi aplaudiendo, y metió las manos dentro de la madre para ayudar a salir al segundo bebé.

Repitió la operación anterior y sacó al segundo niño con cara de triunfo.

—Una niña, Rachel. Creo que hemos acabado. Ahora viene el alumbramiento y podrás descansar.

Tan solo tres horas después de llegar a las dependencias para empleados del Grand Hotel, George Connaught examinaba con cuidado a las dos criaturas que acababa de traer al mundo. Contrariamente a su primer diagnóstico, el parto había sido rápido y muy sencillo, y la madre descansaba feliz y satisfecha mirando de lejos a los dos nuevos hijos que Dios le había enviado.

—Están sanos y fuertes; podéis estar orgullosos. —Se acercó a los padres, viendo cómo la abuela y Emily colocaban a los niños junto a la madre—. Chica y chico, ¡qué suerte!

—Gracias, doctor. Con usted todo es más sencillo.

—De eso nada. Lo has hecho muy bien.

—¿Cómo se van a llamar? —preguntó la abuela.

—Emily, como la señorita, se lo dije antes del nacimiento, ¿no? —Rachel Heines miró a esa preciosa muchacha que se enjugaba las lágrimas sin poder quitar los ojos de encima a los bebés—. Y el chico, no sé. Phillip, ¿cómo le quieres llamar?

—No sé. Decide tú —fue la respuesta del *mâitre*, más preocupado por las dos bocas que le caían encima de repente que por los nombres.

—¡Qué elija la dama, pues! —opinó Rachel, sonriéndole a Emily Gardiner—. Dígame, Emily, ¿qué nombre le gusta?

—George, por supuesto. —Miró al doctor con los ojos nublados de amor y se puso nuevamente a llorar, él se acercó, la abrazó por los hombros y la besó en la cabeza–. A lo mejor sale tan guapo y listo como el doctor, ¿no creen?

–Claro que sí, George y Emily, me encanta –sentenció la madre, mirando a la pareja con ternura.

La empujó contra la pared del vestíbulo y la besó con una pasión desbocada, Emily no se quejó, pero de repente lo detuvo, sujetándolo por el pecho con las dos manos. Eran las dos de la madrugada y acababan de regresar de atender el parto en el Grand Hotel. Ella se sentía agotada y feliz, pero sobre todo muy cansada. Habían sido muchas emociones juntas y no podía entender cómo él parecía tan fresco y descansado.

–¿No estás cansado?

–No. –Se agachó un poco para mirarla a los ojos–. Pero me voy. Hasta mañana. Has sido una ayudante estupenda.

–Estoy tan orgullosa de ti…

–Un parto no es para estar orgulloso de nadie. Trabaja la naturaleza, Emily.

–Tú ayudas y das seguridad, tranquilidad, y eso no tiene precio.

–Vale. –Le dio otro beso e hizo amago de partir, pero ella lo sujetó, agarrándolo por la chaqueta.

–Cuando yo tenga hijos, ¿me vas a ayudar tú?

–Si son míos, sí. –Emily se puso seria de golpe, y él se echó a reír a carcajadas–. Es una broma. Claro que te ayudaré en el parto, en todos y cada uno, porque espero que tengamos muchos niños, hermosos y sanos como tú.

Emily lo miró largamente. Subió al primer escalón de la escalera y lo atrajo para besarlo y abrazarlo por el cuello. Él le respondió con la misma urgencia. La sujetó por la estrecha cintura, y luego bajó la mano por su espalda para acariciar su trasero respingón. Emily Gardiner tenía unas caderas muy sensuales y acogedoras, y, al sentirlas, soltó un quejido pegado a su cuello.

Después de eso no supieron cómo, pero estaban sobre la cama del dormitorio principal, besándose y tocándose sin ningún reparo. Él se había quitado el abrigo, la chaqueta, el chaleco, los zapatos y la recorría entera con la mano abierta y ansiosa, a la par que ella suspiraba y lo mordía, y lo apretaba contra su pecho.

Antes de que pudiera reaccionar la vio semidesnuda, vestida únicamente con esa ropa interior de algodón blanco, tan fino, y ya no hubo marcha atrás. Hundió la cara entre sus pechos suaves y generosos, y ella le besó la cabeza con las lágrimas rodándole por las mejillas, feliz de tenerlo entre sus brazos.

George Connaught la miró a los ojos y le sonrió. Ella le devolvió la sonrisa sintiendo su intimidad latente y fuerte pegada a su vientre, y se preparó para recibirlo dentro de su cuerpo y ser uno solo. Ese día y para siempre.

# Capítulo 22

—Estás radiante. Siempre has sido guapa, pero estás preciosa.

Molly la miró a los ojos, y Emily se sonrojó hasta las orejas. La agarró del brazo y la animó a caminar por el paseo marítimo unos pasos por detrás de Winston y George, que charlaban muy animados mirando hacia la playa.

—¿Ya...?

—Sí.

—¡Dios bendito! ¿Y cómo fue?

—¡Molly!

—Cuéntamelo; yo siempre te lo he contado todo.

—Eso no, y, por favor, no quiero que nos oigan.

—Dime al menos cuándo fue.

—Hace dos semanas. —Sonrió mirando a George, que parecía tan serio y elegante con su traje gris perla.

—¿Y?

—Todo bien. ¿Qué quieres que te diga?

—¿Y la boda?

—No hablamos de eso, ¿vale? Su hermana se casa dentro de tres semanas, y él dice que esperará a que pase para hablar con sus padres, pero a mí no me interesa ni me importa; tú lo sabes bien.

—¿Y vas a ir a esa boda?

—No, no creo que a su madre le haga mucha gracia.

—¡Cielo! —George detuvo el paso y esperó a que llegara a su lado, la sujetó por la cintura y le indicó con un gesto el puerto—. ¿Quieres dar un paseo en barco? Winston dice que se puede alquilar uno.

–Nunca he subido a un barco.

–Un buen motivo, pues. –La miró a los ojos y le sonrió.

Emily se disolvió como un azucarillo ante el brillo de sus ojos transparentes y se puso de puntillas para darle un beso en los labios. Molly y Winston se miraron a los ojos con cara de sorpresa.

–Vale, lo que quieras.

–Hecho. Búscanos un buen patrón, Winston, que mañana me llevo a la dama de paseo por la bahía.

Habían llegado a Brighton para pasar el fin de semana y ver de una vez por todas la posada de Molly y Winston Everhard en la costa. Había sido una sorpresa, y el matrimonio estaba tan feliz que se deshizo en atenciones con ellos desde el primer segundo. Molly creía estar embarazada y no los acompañó demasiado en las excursiones por la ciudad, pero no hacía falta, porque George Connaught y Emily Gardiner parecían no necesitar a nadie más en el mundo para sobrevivir. «Forman una pareja hermosa y con mucha clase», opinó Molly viendo cómo caminaban de la mano o charlaban abrazados en la terraza. Y Winston brindó solo y en secreto por la novedad de ver a su mejor amiga feliz por primera vez en su vida, plena y enamorada, y nada menos que junto al mejor hombre que conocía, ese médico peculiar y valiente que sabría cuidar de ella como nadie.

–¿Tú eras rubio de pequeño? –le preguntó mientras le acariciaba el pelo claro, suave y algo rizado, sin la loción.

Y George ronroneó como respuesta. Estaba desnudo, acurrucado sobre ella y acariciándole un pezón sonrosado, que le parecía una obra maestra de la naturaleza.

–George.

–Sí. ¿Por qué? –Se incorporó un poco y la miró a los ojos–. ¿Cómo es posible que seas tan perfecta?

–No digas tonterías. Así que eras rubio. Mi madre también era rubia, tenía los ojos claros, no de tu color, pero...

–Eres perfecta...

Se apartó de ella y bajó su dedo hasta los pequeños pies de Emily. Luego, subió por sus piernas esbeltas, sus muslos firmes y redondeados, sus caderas, el vientre liso y tierno, el ombligo redondo y diminuto, el estómago, sus senos generosos y turgentes, el cuello, y llegó a los labios deliciosos y sonrosados, suspirando y sin dejar de mirarla con atención.

—Es una opinión médica; eres perfecta, señorita Gardiner.

—¡Qué niño eres, doctor!

—Pero ¿me quieres?

—Sabes que sí.

—Vale, eso es suficiente.

La abrazó con todo el cuerpo y se quedó oyendo los sonidos que llegaban de la calle. La zona era muy tranquila y le pareció oír algún revuelo, pero no hizo caso. Levantó la cabeza y besó a Emily, acomodándose encima de ella. Amaba a esa mujer y no pasaba mucho tiempo sin que el deseo lo cegara y no pensara en otra cosa que no fuera en hacerle el amor. «Nos amamos tanto y tan a menudo que estamos convirtiéndonos en un hallazgo científico», bromeaba con ella, y empezó a temer que se quedara embarazada antes de lo previsto. Era lo natural, y aunque procuraba poner algunos métodos para evitarlo, la mayoría de las veces le resultaba imposible contenerse.

Al día siguiente, Winston la abordó aprovechando que se quedaba sola porque George había accedido a visitar a una amiga de Molly que estaba enferma. Él la había convencido para que se quedara en la posada y se separara un rato de Connaught, y la invitó a sentarse en una silla frente a él en la terraza con vistas al mar. La joven, que era de natural preciosa, lucía espectacular, y la miró con ojos escrutadores.

—Estás tan guapa que en mi pueblo, que es este, dirían que ese Connaught tiene muy buena mano.

—¿Para qué? —Entendió la broma y se puso roja como un tomate, cosa que hizo reír a Winston.

–Es cierto. El amor te sienta de maravilla y no sabes cómo me alegro de que al fin estéis juntos. Habéis nacido el uno para el otro, como mi Molly y yo.

–George es una bendición de Dios.

–¿Cuándo os casáis?

–No hablamos de eso; no me preocupa.

–¿Y cuando vengan los niños? ¿No estás embarazada ya?

–¡Winston! –Se movió incómoda en la silla y desvió la vista hacia la playa–. ¡Por Dios bendito! Molly y tú sois muy impertinentes, en serio.

–Es solo una pregunta. Es lo normal, y espero que él sepa responder como corresponde, que lo hará, es un tipo ilustrado, noble, fiable. Me gusta el doctor. –Ella asintió, sin mirarlo a los ojos–. ¿Le has dicho la verdad?

–¿De qué?

–Del tema Hamilton. Es tu hombre ahora, además de tu amigo.

–Aún no, pero espero decírselo pronto –dijo carraspeando, alterada. Sabía que debía hablar con George, pero todavía no había encontrado el momento–. No quiero seguir mintiéndole, pero es difícil abordar un tema así; ya sabes cómo es.

–Sé cómo es tu médico y sé cómo es Hamilton, que es un cabrón peligroso, y por esa razón creo que deberías confesar tus secretos al doctor antes de que se te adelante otro.

–¿Quién? Solo Molly y tú sabéis la verdad.

–Claro. –Sonrió, conciliador, y le indicó con la cabeza a Connaught y Molly, que se acercaban por el paseo marítimo–. Las mujeres de Brighton están revolucionadas con el apuesto médico de la capital. No me extrañaría nada que enfermaran todas con tal de que él se aproximara a ellas un rato.

–Hola, ¿qué tal?

George llegó hasta ellos y miró a Emily con una gran sonrisa.

–Nos hemos adelantado, y Winston y yo hicimos la cena,

Molly —dijo a su amiga, poniéndose de pie—. Hemos hecho pollo asado con patatas.

—¡Mmm, qué delicia! —El médico se acercó a ella y la sujetó por la cintura—. Luego iremos a dar un paseo por la arena, ¿quieres? No hace apenas frío.

—Sí, mi vida. Será estupendo.


—¡Taylor! Por favor.

Emily Gardiner levantó los ojos de la blusa que estaba envolviendo y vio a Fred el Pelirrojo en la puerta de la tienda, pálido y asustado.

—Ahí, en la cocina —respondió por impulso. El chico le dedicó una venia y corrió a esconderse en la parte trasera de la tienda. Emily miró a Josie y le hizo un gesto para que guardara silencio. Dos minutos después, Jake, uno de los guardias de la zona, entraba en el local con la porra en la mano.

—Buenos días, señoritas. ¿Habéis visto por aquí un raterillo pelirrojo y vestido de oscuro?

—No, Jake. ¿Pasa algo? —Emily abandonó el mostrador y se acercó al guardia con cara de inocente—. ¿Es peligroso?

—No, señorita Gardiner, pero lo vi por aquí y quería echarle el guante, aunque por lo visto lo he perdido. En fin, que tengáis un buen día.

—Igualmente, oficial. Hasta luego.

Acompañó al guardia a la salida y se quedó unos segundos observando cómo se perdía entre la gente antes de regresar a la tienda, donde Josie seguía con la boca abierta.

—No te preocupes, Josie; es inofensivo.

—¿Inofensivo? Ese chiquillo es un carterista.

—No nos hará nada.

Fue despacio a la cocina y se encontró a Fred escondido en un rincón. Le hizo un gesto para que saliera, y este se le puso delante con el sombrero entre las manos.

—Esta no es tu zona, Fred. ¿Qué haces por aquí?

–He bajado a echar un vistazo. Por cierto, he visto a tu médico salir de aquí muy temprano.

–No tientes a la suerte, Fred, y vete de aquí antes de que me enfade contigo.

–Gracias, Taylor, y te lo debo.

–Vale. Fuera de aquí.

El chiquillo salió a la carrera por la puerta trasera, y ella sonrió, moviendo la cabeza.

–¡Emily! –Josie asomó la cabeza al pasillo–. Las señoras de Brigstone han llegado; quieren que las atiendas tú.

–Por supuesto, ahora voy.

Respiró hondo y salió a saludar a las damas. Llevaba cinco meses atendiendo a muchas señoras de alta alcurnia, y uno oyendo los rumores y los cotilleos sobre la boda más famosa de la temporada, la de Amanda Connaught con Jason Rhys-Evans. Dos chicos guapos, populares y de las mejores familias de Inglaterra, que iba a congregar a casi ochocientos invitados, entre ellos a la mismísima reina Victoria.

Emily oía en silencio y con una sonrisa; a ella no le importaba nada el asunto. La joven solo pensaba en George y en sus veladas juntos, en que casi se había instalado a vivir en su casa y en los planes que tenían para el verano, porque él quería llevarla a Normandía, en Francia, para disfrutar de unas merecidas vacaciones.

–¿No sabe cómo es el traje de boda de Amanda Connaught?

–¿Cómo? –Miró a la señora Brigstone a través del espejo, donde le probaba un vestido, y negó con la cabeza.

–¿El doctor no le ha contado nada?

–No.

Emily ni se inmutó, porque llevaba mucho tiempo esquivando los comentarios que le lanzaban respecto a George y las ganas que tenía la gente de que hablara de él, así que se puso de pie y dio un paso atrás.

–Le queda perfecto, milady; el color es maravilloso para usted.

–Son sus manos, querida, que cose como los ángeles...
¿Y no va a la boda? Sería la más guapa de la fiesta, seguro.

–¿Yo? No, milady, ni siquiera conozco a los novios.
Ahora, si me disculpa, voy a por el tocado y me dice qué
le parece.

Esa tarde fue a buscar a George a Cannon Street y regresaron paseando a casa para cenar tranquilos. Él estaba agotado, pero aun así se acostaron pronto, hicieron el amor con la entrega de todas las noches y luego se acurrucó en su pecho para oír cómo se dormía, cosa que pasó casi en seguida; así que aprovechó para escabullirse de la cama y salir al salón a terminar algunos trabajos que tenía pendientes.

–¿Adónde vas? –La miró y la vio completamente desnuda, con el pelo suelto, buscando la bata–. Emily, no te vayas.

–Tengo trabajo; tú duerme, ¿sí? Después de la boda de tu hermana te dedicaré todo el tiempo del mundo.

–¿Cuándo te tiene que venir el período?

–¿Cómo dices? –Se sonrojó hasta las orejas, y se cerró la bata muy seria–. ¿Y eso a qué viene ahora y a estas horas?

–Soy médico, además de tu pareja. No te alteres tanto. ¿Cuándo sueles tener el período?

–¿Por qué?

Se acercó al espejo para trenzarse el pelo y evitar mirarlo a la cara.

–Porque llevamos un mes haciendo el amor y no he visto que tengas la menstruación. Me preocupa.

–George, me incomoda mucho hablar de esto contigo, ¿vale? Voy a bordar un rato; tú sigue durmiendo.

–¿Te acuerdas de lo que hablamos sobre la concepción?

Emily asintió, nerviosa, porque aún sentía vergüenza al recordar esa madrugada en que él le había hablado de la eyaculación, el esperma, los óvulos y la fecundación.

–No hemos tenido ningún cuidado. Yo no he sido muy responsable, y puede suceder. Tal vez estés embarazada.

–Nunca he prestado mucha atención a mis períodos. No te puedo decir fechas concretas; lo siento.

–Bien, yo lo hago por ti, y te digo que ha pasado al menos un mes. ¡Emily! –Se levantó para seguirla al ver que se escapaba hacia el salón–. No estoy reprochándote nada, en realidad. –Se arrodilló a su lado y buscó sus ojos tan hermosos–. Sería el hombre más feliz del mundo si fueses a darme un hijo, ¿lo sabes?

–No puedo hablar de esto... –Se le llenaron los ojos de lágrimas y apenas atinaba a sujetar la aguja–. Me siento muy incómoda. Dudo mucho que las demás parejas hablen de esto de esta manera tan... directa.

–Nosotros no somos como los demás. Pero está bien. Dame un beso. –La sujetó del cuello y la besó con dulzura–. Te quiero, y si estás embarazada, bendito sea Dios, solo deseo saberlo para cuidar de ti y del bebé como corresponde.

–Si es así, ya lo sabremos.

–¿Tienes náuseas, mareos? –Ella negó con la cabeza–. ¿Me dejas reconocerte?

–¡No! Por Dios, ya está bien. ¿Quieres dejarme trabajar en paz?

–¡Madre del amor hermoso! –exclamó, poniéndose de pie–. Al final, no eres tan moderna como pensaba...

–Buenas noches.

–La boda de Amanda es el uno de mayo, y el tres hablaré con mis padres.

–Yo no te pido nada.

–Perfecto, lo hago porque quiero.

La observó con atención. Si estaba encinta era muy pronto para ver cambios físicos en ella, pero algo en su corazón le decía que podía estar embarazada, y no dejaba de pensar en ello desde que habían estado en Brighton. Emily era una muchacha joven, sana, y ambos se habían entregado a una actividad sexual desaforada y carente de cuidados. En treinta y un años, era la primera vez que hacía el amor a una mujer de esa forma, sin tomar ninguna precaución y perdiendo la cabeza completamente, así que era muy probable que Emily Gardiner hubiera perdido la virginidad y se hubiese quedado embarazada casi a la par, circunstancia que lo llenaba de felicidad, aunque no dejara de preocuparse por su bienestar.

—Te amo, preciosa.

—Y yo a ti, pero no estoy preparada para hablar contigo de todo esto. ¿Puedes entenderlo?

—Claro, lo siento. Me voy a dormir. No te quedes hasta muy tarde trabajando.

Por la mañana, salió muy temprano, dejándola dormida en la cama y se fue directamente al despacho de Albert Sheen. Como noble y heredero de un ducado, debía solicitar permiso de la reina para cerrar un compromiso de matrimonio, y necesitaba el visto bueno del responsable legal de Emily para dar el paso. Estaba decidido a casarse con ella, y le daría la sorpresa el día de la boda de Amanda. Pediría su mano, rodilla en tierra y con un anillo, y le hablaría de la solicitud oficial a la Corona. No quería esperar más tiempo, y aunque ella se mostraba escéptica al respecto, él adelantaría los trámites y la sorprendería con el camino casi hecho.

—No creo que Michael se oponga; al contrario, no puede ser una noticia mejor. George, enhorabuena.

—Bueno, ella aún no ha dicho que sí, pero estoy seguro de que no me rechazará. —Le dio la mano y se puso de pie—. Creo que podemos casarnos este verano, dentro de un par de meses o antes, en cuanto la reina dé el visto bueno y firmemos las capitulaciones.

—¿Por qué tanta prisa?

—Quiero vivir con ella ya, Albert. Es absurdo alargar un noviazgo tanto tiempo. Nos conocemos desde hace casi dos años y estamos casi conviviendo desde hace más de un mes.

—¿Ya tienes una casa?

—Sí, el piso de Mayfair. La planta superior está vacía. Contrataré a alguien para la decoración, y no hay mucho más que hacer, ¿no?

—No, salvo felicitaros a los dos. No sabes lo feliz que me haces. Emily es una muchacha estupenda, y tú no puedes ser mejor candidato. En serio, dame un abrazo y brindemos con una copita de brandi, ¿me acompañas?

Dos días antes de la boda de Amanda Connaught, los papeles solicitando la aprobación de un matrimonio entre George Connaught y Emily Shafterbury llegaron directamente al despacho de la reina Victoria para esperar su aprobación. Gerard Kennedy y Albert Sheen, como los representantes legales de los novios, presentaron en persona los papeles, y esa noche, cuando George asistía a otra aburrida cena prenupcial en su casa de Kensington, tenía una enorme sonrisa dibujada en su atractivo rostro, lo que fascinó a su hermana pequeña, que creyó que se debía a la felicidad que lo embargaba por su inminente enlace con Jason Rhys-Evans.

Sin embargo, como venía sucediendo desde hacía semanas, él acabó los postres y desapareció de la fiesta para ir directamente a la casa de Emily Gardiner, que lo esperaba despierta, leyendo un libro.

—¿Qué tal la fiesta?

—Aburrida. Necesito consuelo. —Se desnudó y se lanzó a la cama para acurrucarse encima de ella, que lo acunó con una sonrisa en la cara—. ¿Qué lees?

—*Jane Eyre*, de Charlotte Brontë. ¿Lo has leído?

—No.

—Me gusta mucho su nombre.

—¿Jane Eyre?

—No, Charlotte. Su hermana pequeña se llamaba Emily, ¿sabes?, la autora de *Cumbres borrascosas*. También me encanta ese libro.

–¡Mmm! –Intentó quitarle el libro de las manos para besarle el cuello y deslizar con los dientes los tirantes del camisón por sus preciosos y suaves hombros–. ¡Qué interesante!

–Si alguna vez tengo una niña me gustaría llamarla Charlotte. Es un nombre muy femenino y con mucha fuerza, ¿no crees? George, te estoy hablando.

–Sí, mi vida.

–¡George!

–¿Qué?

Él se incorporó para mirarla a los ojos. Emily estiró la mano y le acarició la cara. Era tan guapo, y sus ojos, los más hermosos del mundo; sin embargo, se puso seria para regañarlo.

–Vienes aquí y te desnudas antes de saludar, te metes en mi cama y das por hecho que dormirás conmigo. Al menos, haz un esfuerzo y habla un poco. Antes eras más educado y fingías que te gustaba charlar conmigo.

–Vale. –Se sentó a su lado y se pasó la mano por la cara. Emily lo miró muerta de la risa, y él carraspeó muy serio–. Hablemos. ¿De qué quieres charlar?, ¿la fractura triple de una tibia?, ¿William Shakespeare?, ¿la reproducción humana?

–La fractura triple de una tibia.

Dejó el libro, apagó la vela y se acurrucó a su lado. Aspiró su aroma y enredó los dedos entre el vello rubio y tupido de su pecho. George levantó la mano y le acarició el pelo suelto.

–La tibia es un hueso largo que soporta el peso del cuerpo. El extremo se articula con el fémur y es ancho. Tiene los cóndilos medial y lateral, o superficies glenoideas, que se articulan con los cóndilos del fémur –recitó de memoria, y Emily se echó a reír a carcajadas–. Dispone de una cara superior plana que se llama platillo tibial, que se compone de los dos cóndilos y de una eminencia entre los cóndilos llamada eminencia intercóndila... ¿Más?

–No, no sabes cuánto te quiero. –Se le subió encima y lo abrazó con todo el cuerpo.

George sintió la tersura de su piel contra su pecho y gimió de deseo. Ella se pegó a él para besarlo y él subió las manos por sus muslos perfectos y tibios antes de darle la vuelta para recostarla sobre el colchón.

—Te amo, doctor; no sé si es posible amar más a alguien.

Al día siguiente se despidieron como si fueran a separarse para siempre, al menos, eso le pareció a Emily cuando después del té, George agarró el abrigo y el sombrero con una media sonrisa. Esa noche de sábado eran los ensayos de la boda de su hermana, luego una cena y, por la mañana muy temprano, un desayuno prenupcial y a la una la boda en San Pablo. Era mucho trajín y no podría verla hasta el domingo por la tarde, cuando esperaba escabullirse de su familia para volver allí, abrazarla y pedirle, de paso, matrimonio.

—Mañana ven vestido con el uniforme de gala. Me gustará ver cómo has deslumbrado en la ceremonia.

—Emily... —se acercó a ella y la apretó contra su pecho—, espero que esta sea la última vez que me dejas solo. La próxima vendrás conmigo, ¿sí?

—Ya veremos. Ahora vete, aún debemos entregar un par de chales y un sombrero... —Sin motivo se le llenaron los ojos de lágrimas y buscó un pañuelo en su delantal—. No sé qué me pasa. Estoy bien, no me mires así y vete, espero que todo salga perfecto.

—Si no estás conmigo, nada puede ser perfecto —le susurró en el oído antes de darle un beso en el cuello.

—Le he dicho a Emily que deberíamos ir a la puerta de la iglesia para ver a los novios. —Josie los interrumpió sin ninguna piedad entrando en la tienda con un paquete enorme—. ¿No le importará, no, doctor?

—Pues sí, sí me importará. —Se puso el sombrero, frunciendo el cejo—. Si ella no quiere venir conmigo a la boda, no comprenderé que vaya a espiarla como el resto de los curiosos.

—George. —Emily le sonrió pero no recibió respuesta—. No seas así.

–En serio, como te vea en medio de la multitud, atente a las consecuencias. –Abrió la puerta y salió a la calle a grandes zancadas.

Emily se volvió hacia Josie, encogiéndose de hombros.

–Yo sí voy, Emily, ¿me dejas, no? Todo Londres estará allí.

–Tú haz lo que quieras, Josie. No hagas caso al doctor, que a veces es un cascarrabias.

# Capítulo 23

Una boda, un entierro o una ejecución se aplaudían de la misma forma en Londres, y esa soleada mañana de mayo no hubo mejor modo de pasar el tiempo que acudir a las inmediaciones de la iglesia de San Pablo, para ver de cerca a la flor y nata de la alta sociedad londinense acudiendo en masa a la boda de Amanda Connaught con Jason Rhys-Evans. Incluso la reina Victoria apareció en el templo del brazo de su hijo mayor, el príncipe Alberto Eduardo, y el pueblo llano estalló en aplausos y vítores hacia su soberana, que no solía salir demasiado de palacio a sus setenta y cuatro años de edad.

Emily Gardiner se levantó tarde y desayunó con calma leyendo el periódico, y cuando Josie se despidió de ella a las diez y media de la mañana para ir con sus amigas a ver la boda, decidió darse un baño y leer tranquilamente, sin pensar demasiado en George, su familia, los Shafterbury y toda esa gente que estarían disfrutando muchísimo de un evento tan divertido y espectacular. Ella no añoraba estar allí, añoraba a George, y a la hora que se celebraba la ceremonia optó por agarrar una capa y salir a caminar por el parque para relajarse y dejar pasar el tiempo lo más rápidamente posible.

Por su parte, George Connaught cumplió elegantemente, y deslumbrando a más de una, como uno de los testigos del novio, y pasó la ceremonia serio y ausente, recordando los ojos negros y el cuerpo perfecto y acogedor de Emily, del que esperaba no separarse en lo que restara de domingo. Se dijo que parecía un adolescente enamorado mientras oía los votos de los novios, y se imaginó por un minuto con Emily del brazo, dándose el sí quiero delante de todo el mundo. Jamás había creído que podría amar a alguien de esa forma, y, de repente, todo le pareció más hermoso y más apacible, y la gente más agradable y simpática, tanto que a las dos de la tarde, tras los brindis y cuando todo el mundo empezaba a ocupar las mesas para comer, agarró a su padre del brazo y se lo llevó a la biblioteca, decidido a hablar con él de una vez por todas.

—La casa está llena. Tengo no sé cuánta gente aguardando para saludarme. ¿No puedes esperar?

—No, padre.

—¿Qué quieres, George? Habla de prisa, por el amor de Dios.

—Voy a casarme con Emily Gardiner; Emily Shafterbury, en realidad. Ya sabes quién es. Mi abogado ha presentado ante la reina las capitulaciones y espero convertirla en mi esposa lo antes posible.

—¿Está embarazada?

—¡Por Dios! —Se apoyó en el enorme escritorio de roble y lo miró a la cara—. No.

—¿Entonces? ¿Quieres matar a tu madre del disgusto? George tú eres mi heredero, el próximo duque de Stevenage, ¿no puedes casarte con alguien de tu rango?

—No.

—George...

—No vengo a pedirte permiso. A mi edad comprenderás que no pienso hacer lo que tranquilice a mi madre, sino lo que me parezca bien a mí. Quiero casarme con Emily, y así se hará, y si no te parece bien que ella sea duquesa, de acuerdo, por mí perfecto: revoca mi nombramiento como legatario y me quitas un peso de encima. —Hizo amago de irse, y lord Connaught lo detuvo con un grito.

—¡George!, ¿no podías aguardar a que terminara esta maldita boda para darme el disgusto?

—Para mí es una noticia maravillosa, papá, y esperaba que para ti también lo fuera.

—Pues no lo es. Esa muchacha es hija ilegítima...

—Era. Al fin ha aceptado llevar el apellido de su padre y es su heredera a todos los efectos. Creí que ya lo sabíais, aunque en todo caso a mí me gustaba ya cuando no era más que una costurera de Covent Garden.

—No tienes que casarte con ella.

—¡Oh, sí! Si me acepta, claro.

—¿Aún no se lo has pedido?

—No, y conociéndola, a lo mejor me dice que no. En todo caso me he adelantado y la solicitud para que la reina apruebe el enlace ya está en el palacio de Buckingham.

—Tu madre querrá que te desherede y te lo quite todo...

—Fabuloso. Tengo mi propio dinero. Viviremos de mi trabajo como médico, y dejaré de relacionarme con esa panda de impresentables a los que llamáis amigos.

—¿Qué te ha hecho esa mujer?

—Nada, padre. Sabes que jamás me ha gustado todo esto que nos rodea, pero por ti regresé a Inglaterra y acepté ser tu heredero. Tú me lo pediste y aquí estoy. Lo único que cambia es que quiero a una mujer y la quiero conmigo como mi esposa, ¿lo entiendes? Pero si tú no puedes imponerte a tu mujer y dar por buena mi decisión, en paz, sin rencores. Me quitáis los títulos, el dinero y lo que sea menester. Jamás los he necesitado, y con Emily a mi lado, mucho menos.

—¡Dios bendito!

El duque de Stevenage miró a su apuesto y elegante hijo y vio esa determinación inflexible en sus ojos claros. George era así, y nada ni nadie podía hacerle cambiar de opinión. Suspiró y movió la mano a modo de aceptación.

—Vale. Haz lo que quieras, aunque no esperes aplausos ni el apoyo de tu madre. Yo te doy el mío. Ahora debo volver al almuerzo. ¿Qué más puedo hacer por ti?

—Quiero el anillo de la abuela Elizabeth. Es mío, al menos eso recuerdo, y ahora será para mi prometida.

—¡Jesús! ¿Sabes a cuántos meses de quejas, desmayos,

peleas y gritos me enfrento a partir de este momento por tu culpa?

—Tú sabes manejar a mamá mejor que nadie. No te hagas el débil.

—Bien...

El duque fue hacia la caja fuerte, la abrió y sacó el cofre con las joyas familiares a las que su esposa no solía tener acceso. Apartó los estuches de los anillos y George se acercó para buscar el suyo. Lo localizó en seguida y se lo guardó en el bolsillo de la chaqueta.

—Gracias, papá, en serio. —Se acercó y le dio un fuerte abrazo—. Cuando conozcas a Emily te encantará. Es la mujer más guapa e inteligente que conozco.

—Eso me han dicho.

Salieron al jardín juntos y se separaron para ocupar sus respectivas mesas, George, más sociable y risueño de lo habitual, compartió mesa y mantel con las solteras de oro de la aristocracia británica, y luego pasó un buen rato charlando con los primos y amigos llegados de todas partes. Estaba radiante, y a la hora del baile, accedió a regalar algún vals a sus insufribles pretendientas, que lo admiraban con ojos soñadores, antes de mirar la hora y comprobar que eran las cinco de la tarde, el mejor momento para volver con Emily y regalarle el anillo de compromiso de una maldita vez.

—George.

—¿Qué?

Se volvió y se encontró a Paul Hamilton a un metro de él. Estaban en el pasillo acristalado que separaba las dependencias públicas de las privadas del palacio y lo miró ceñudo.

—No deberías estar aquí.

—Somos familia, ¿recuerdas? Solo necesito un minuto de tu tiempo.

—Tengo prisa; lo siento.

—Gerard Kennedy me ha contado lo de tu intención de casarte.

—Las noticias vuelan.

—Estudiamos juntos en Oxford, no lo culpes, además tu padre acaba de decírmelo en secreto. Bueno, a mí y a otros amigos mientras nos fumábamos un puro en la biblioteca.

—Vale, perfecto.

—Se trata de Emily Gardiner. Es importante.

—No la nombres, ¿de acuerdo? No quiero romperte la cara delante de la familia. No lo he hecho antes por respeto a Alice, así que no me des motivos para hacerlo justamente el día de la boda de mi hermana.

—Es importante, gravísimo, diría yo, y es justo que lo sepas. Dame diez minutos, y luego rétame a un duelo si quieres; será lo justo.

George lo observó frunciendo el cejo. Miró la hora nuevamente en su precioso reloj de bolsillo y suspiró, moviendo la cabeza.

—Vamos al jardín delantero. Me esperan y no quiero llegar tarde.

—Déjame hablar hasta el final y no te pongas furioso antes de tiempo, ¿vale?

George asintió y esperó a que hablara con las manos en los bolsillos.

—No tengo pruebas, pero sé que la señorita Gardiner, acompañada por sus dos socios, Winston y Molly Everhard, se dedicaron durante meses a seguir, investigar y documentar los pasos, nada santos, de muchos miembros de la Cámara de los Lores. Su trabajo era impecable, y cuando estaba hecho, mandaban unas misivas muy elocuentes que amenazaban con revelar todos los datos, evidentemente muy negativos, sobre las vergonzosas actividades personales de esos caballeros a la prensa y al Parlamento. —Levantó la mano para que George no hablara—. A principios de 1891, no he podido determinar el mes exacto, uno de los hombres que controlan el East End, Bob el Roble, sé que sabes quién es, detectó algo extraño en el comportamiento de la señorita Gardiner y sus compinches, y ordenó una contravigilancia que le llevó a descubrir el estupendo negocio que se habían montado a costa del chantaje a gente rica. Este hombre, Carpenter, dice que empezó a seguirla cansado de que ella lo desafiara en su propio terreno, no le pagaran un tributo por robar y trapichear en sus dominios, y porque se mostraba muy insolente con él.

—No pienso seguir oyendo esto. —Hizo ademán de irse, pero Hamilton se le cruzó por delante, sereno y sin una pizca de agresividad.

—Si vas a casarte con esa dama, George, me parece perfecto, pero al menos escucha hasta el final lo que tengo que decirte.

—Tienes cinco minutos más.

—De ese modo, mientras vigilaba a otros nobles, ella se dio cuenta de que te seguían y consiguió salvarte dos veces de esos asesinos a sueldo, los McGuinness, y los delató, un acto imperdonable entre los delincuentes de cualquier rincón del mundo. El Roble quiso vengarse de ella, y aún lo quiere, aunque su padre, Michael Shafterbury le pagó una suma muy jugosa por dejarla en paz, ¿no es así? Gracias a eso, de momento, se ha olvidado de ella, pero se la tienen jurada, porque no solo delató a unos iguales, sino que además ganó mucho dinero y no quiso pagar sus tributos a Carpenter. El Roble y su gente saben que ella es culpable, como también saben que engañaba a un anciano veterano del ejército, Ausgust Sloane, para que le diera dinero. —George sintió un escalofrío cruzándole la espina dorsal, pero no dijo nada y se mantuvo quieto—. Pero eso es un asunto entre ellos que a mí no me compete.

»Yo fui una de las siete u ocho víctimas de Gardiner y sus socios. La primavera pasada me llegó la primera misiva contándome que conocían mis vicios en clubes de opio y protíbulos del centro. No era un secreto; acudía allí con asiduidad. Las cartas eran muy detalladas, y aunque al principio pensé en pagar lo que se me pedía, que era mucho dinero, finalmente decidí enfrentarme a ellos y comprobar hasta dónde eran capaces de llegar. Y llegaron a la prensa; ya sabes lo que sucedió.

George asintió y recordó que la mañana que vio los titulares de la prensa ensañándose con Hamilton iba acompañado precisamente por Emily.

—Me negué a pagar, pero fui el único, y alguno de los que sí pagaron los tienes ahora bailando entre los invitados a la boda de tu hermana. Sé de muchos de ellos que se mueren de miedo de que se conozcan sus vicios y debilidades, pero me han confesado que sí recibieron las cartas. Alguno la conservaba y conseguí que me la diera para compararla con la mía. Te juro que son idénticas, solo varían las fechas y los datos más específicos, y todas ellas están en manos de Scotland Yard.

»Cuando la denuncié cometí el error de no tener pruebas, pero pensé que confesaría. Sin embargo, es fuerte, y además tú interviniste como el caballero que eres y la sacaste del embrollo.

—No quiero seguir escuchándote...

—Bob el Roble no va a declarar porque odia a la policía y mi única esperanza es que el periodista que firmó el artículo me confirme que Winston Everhard o Emily Gardiner fueron quienes le pusieron toda la información sobre mí en bandeja. Si quieres habla tú con él, a lo mejor te lo cuenta; a mí, de momento, no me ha dicho nada, pero todo el mundo tiene un precio y tiempo al tiempo.

—¡Vete a la mierda! —Lo agarró de la pechera y lo estampó contra la pared—. ¡Maldito hijo de la gran puta!

—Pégame o insúltame, George, pero eso no cambiará la realidad, y es que tu novia es una chantajista, hábil y muy inteligente, pero una chantajista que se dedicó durante meses a extorsionar a gente como yo, como nosotros, por un puñado de dinero.

—¿Qué pasa aquí?

Simon Connaught, el hermano más joven de George, irrumpió en el jardín con un puro en la mano.

—¿Qué os pasa?

—Cásate con ella, pero eso no la protegerá de que cualquier día pague por sus delitos.

Paul Hamilton sintió el puñetazo en plena cara, y luego el mareo que lo tiró al suelo. George Connaught le había roto la nariz con un golpe certero y sin oportunidad de defensa.

—¡No te acerques a ella, Hamilton, o te mataré con mis propias manos!, ¿me oyes?

—¡George!

Simon quiso contenerlo, pero el médico lo esquivó y salió a grandes zancadas hacia la calle, bufando de rabia y confusión, decidido a encontrar a Emily para que le desmintiera inmediatamente todo lo que acababa de oír.

Sintió un escalofrío por todo el cuerpo y buscó el chal para taparse. Llevaba mucho rato bordando junto a la ventana, aunque la oscuridad la había obligado a encender una vela. Miró el reloj de pared y comprobó que eran las seis y media de la tarde. George tardaba y pronto sería noche cerrada. Se puso de pie para encender un rato la chimenea, y entonces oyó la llave de la puerta y los pasos enérgicos del doctor subiendo al salón.

—Hola. —Se quedó quieta al verlo con el pelo revuelto y la chaqueta del uniforme abierta—. ¿Qué te pasa?

—¿Tú me amas?

—¿Qué pasa, George?

—¿Tú me amas?, ¡maldita sea!

—Sí, ¿por qué? —Se le helaron los huesos y comprendió al instante que algo horrible iba a suceder.

—Entonces, ¿no me mentirías?

—George, me estás asustando.

—¡Habla, maldita sea, Emily! —Tiró un jarrón del aparador al suelo, y ella saltó para pegarse a la pared—. Paul Hamilton me ha contado con detalle el negocio de extorsión que, en teoría, Winston, Molly y tú tuvisteis montado durante meses y que iba dirigido a varios nobles de la Cámara de los Lores. Dice que chantajeasteis al menos a siete personas y que me has mentido a mí, y también a Sheen y a la policía, negándolo, pero que un día podrá probar que fuiste tú, que no eres más que una delincuente sin escrúpulos del East End. –Apenas podía hablar de la rabia que tenía dentro. Caminó hacia ella y vio sus ojos llenos de lágrimas–. Esta es tu última oportunidad, Emily, dime la verdad.

–Es cierto. –Se arrebujó en el chal y se tragó las lágrimas–. No de ese modo, pero en parte es cierto.

–¡Dios bendito! –Se sentó en una butaca y se tapó la cara con las manos–. ¿Por qué me mentiste?

–No quería involucrarte...

–¿No querías involucrarme y dejaste que fuera al despacho del primer ministro a jurar por tu inocencia?

–Yo no te pedí que lo hicieras. Ni siquiera sabía que ibas a llegar tan lejos...

–¿Y adónde iba a llegar si tú, que eres lo más importante de mi vida, estabas en la cárcel?

–Jamás debiste saberlo. Yo le dije a Winston que buscara un abogado, no que acudiera a ti.

–¿Y por qué? ¿Por qué hiciste eso? ¿Por qué chantajeaste a esa gente?

–Necesitábamos sobrevivir, no podíamos trabajar en el East End porque Bob el Roble no nos dejaba y nos tenía amenazados. Conocí a la dueña de un prostíbulo que me habló de gente importante que dilapidaba su fortuna con el opio y las prostitutas, que eran violentos, malas personas, y pensé que podríamos sacar algo de dinero... –Las lágrimas apenas la dejaban hablar–. Al principio fue muy sencillo, hasta que dimos con Hamilton, y entonces tuvimos que denunciarlo a la prensa. Luego el escándalo que se montó quedó fuera de mi control, y ese tipo se lo merecía porque es un delincuente, violento, agresivo y peligroso, al que temen en las calles del centro.

–¿Qué?

–No me siento orgullosa de haber extorsionado a esa gente, pero nada de lo que teníamos contra ellos era mentira.

–¿Y tú te sientes satisfecha?

–Yo no he dicho eso.

–Eres una chantajista, Emily, y me has engañado.

–Lo siento.

–¿Por qué no me lo dijisteis? Los tres os habéis burlado de mí hablando de vuestros negocios en mis narices, sin que yo supiera que compartía mi tiempo con unos delincuentes.

–Lo siento.

Lo miró hecha un mar de lágrimas, y George ni siquiera pestañeó. Se puso de pie y volvió a caminar hacia ella.

–Te dije una vez que no soportaba la mentira. Esto es lo peor que me podías hacer, no tu pasado, tus trapicheos o tu extraña forma de ganarte la vida, no. Lo que me destroza es que me hayas mentido, que me hayas engañado, porque no podré volver a fiarme de ti en la vida.

–Lo siento. –Seguía llorando, incapaz de defenderse.

–¿Qué más trabajitos hacías en el East End?

–¿Qué insinúas?

–No sé, ahora te veo capaz de todo. –Lo miró a los ojos, y él le sostuvo la mirada con una frialdad tal que ella sintió su odio llegándole al alma–. ¿Qué más me has ocultado?

–Nada más.

–No te creo. ¿Lo ves?, cómo podría creerte si eres una maldita embustera...

–Haz lo que quieras, pero ahora vete de mi casa. Me estás faltando al respeto.

–¿Faltando al respeto? ¿Y qué has hecho tú conmigo durante el último año, eh?

–Yo te quiero, George, y te respeto, y si te he mentido ha sido por vergüenza y por miedo, porque sabía que jamás alguien como tú podría entender la necesidad y la desesperación que puede llevar a alguien como yo a hacer cualquier cosa por comer y sobrevivir.

–No te creo. –Se volvió hacia la puerta y se detuvo antes de cruzarla–. Yo jamás he hecho diferencias contigo. Nunca me ha importado tu origen o el de los Everhard. Confiaba en vosotros porque erais mis amigos...

—Tú crees que no te importan las diferencias, y puede ser verdad, pero jamás podrás entenderme, porque no tienes ni idea de lo que es pasar hambre, frío y no contar con nadie a quien recurrir cuando no eres más que una cría sola y asustada.

—Bravo —dijo, y aplaudió con sorna—. Eso es, el papel de huérfana indefensa. No eres la única muchacha que ha salido sola del fango, Emily, y muchas personas no han necesitado delinquir ni mentir para llevar una vida mejor.

—No sabes nada, George, y, por favor, ya es suficiente, y te ruego que te vayas. Algún día nuestras diferencias iban a chocar, y parece que ha sido hoy. Sal de mi casa ahora mismo y no vuelvas por aquí.

—No pienso volver, pero entiende que es porque me has mentido y engañado. No se trata de nuestras diferencias, aunque esos prejuicios enormes que tú tienes nos iban a acabar por separar tarde o temprano.

—¿Mis prejuicios? ¿Y los tuyos?

—No sé de qué me hablas.

—Tienes tantos prejuicios como yo o más, tantos que tuviste que encontrarme un padre noble para aceptar que te gustaba y que podía formar parte de tu vida.

George Connaught abrió mucho los ojos, completamente ofendido, enderezó los hombros y habló con toda la rabia que le estaba carcomiendo las entrañas.

—Hace una hora creía que no podía respirar sin ti, Emily, y ahora ni siquiera puedo mirarte a la cara.

Le dio la espalda, bajó los escalones a la carrera y, cuando llegó a la entrada, tiró las llaves al suelo. Emily Gardiner cayó de rodillas, sollozando sin ningún control, con el corazón hecho jirones y un dolor lacerante partiéndole el cuerpo por la mitad.


—No habla y solo llora. Está en la cama. Lleva una semana así.

Josie abrió la puerta aliviada de ver a Winston, que

como muchos lunes apareció por la ciudad para hacer algunos recados.

—¿Y dónde está el doctor?

—Ese es el problema: el doctor.

Winston Everhard dejó sus cosas en la cocina y subió al dormitorio de su amiga, que permanecía a oscuras. Descorrió las cortinas y se acercó a la cama. Emily dormitaba, abrazada a un cojín. Estaba encima del edredón, helada y con la cara hinchada de tanto llorar.

—Emily...

—Dejadme sola. Únicamente necesito descansar un poco.

—He venido desde Brighton y no pienso marcharme sin que me digas qué demonios te sucede. Te dejo de ver durante un mes y me encuentro con esto. ¿Dónde está Connaught?

—Él no vendrá más por aquí. —Se incorporó un poco en la cama y miró a Winston a los ojos—. Paul Hamilton habló con él, y me desprecia, me ha dejado y no volverá más.

—¿Cómo?

—Eso es, y es mejor así.

Se levantó a duras penas y corrió al lavabo a vomitar. Desde la pelea con George vomitaba cuando la pena no la dejaba respirar.

—¿Qué le dijo ese bastardo?

—La verdad.

—¿Y tú qué le dijiste?

—La verdad también. Ya no podía seguir ocultándosela. ¿Cómo está Molly?

—Emily, lo siento muchísimo.

—No, es mejor así. Tarde o temprano se iba a cansar de la amante divertida de Regent Street. —Un sollozo la ahogó y respiró hondo para guardar la compostura—. Y se iba a ir para buscar una esposa fina, inmaculada y fuera de toda duda para formar una familia.

—Lo siento.

Winston la abrazó, y ella se resistió, apartándose de inmediato.

—¿Has venido por trabajo? ¿Cómo está Molly? Tenía que mandarle un vestido de verano, así que no te olvides de pedírmelo.

—Vas a enfermar si sigues así.

—No, estoy bien; en serio, amigo. ¿Dónde pretendía yo ir con un médico tan respetado? Tarde o temprano iba a pasar, y mejor ahora que dentro de cinco años y con unos cuantos bastardos sin apellido agarrados a mi falda.

Winston observó la dureza de su mirada y se asustó. Prefirió ignorar el asunto, no discutir con ella y la dejó sola con la promesa de volver a la hora de comer.


—¿Dónde está el doctor Connaught? —preguntó Winston.

—No está, pero la semana que viene otro médico, el doctor Anderson, se hará cargo de los pacientes.

La señora Adams, de Cannon Street, ni siquiera lo dejó pasar.

—¿Ha dejado la consulta?

—Por una temporada, pero si necesita un médico, a partir del próximo lunes, podrá acudir al doctor Anderson, que es de la entera confianza del doctor Connaught.

Winston, bastante contrariado, acabó sus recados y pasó por Mayfair antes de la comida, donde la otra casera, la señora Mills, le repitió las mismas palabras y en el mismo tono. Tampoco pudo entrar a comprobarlo y acabó yendo directamente a su casa de Westminster, donde el mayordomo, Jonathan, le explicó en la entrada de la servidumbre que su señor se había marchado de la ciudad.

—¿Vacaciones?

—No lo sé, señor; pero estará fuera bastantes semanas.

Esa tarde, con Emily delante, intentó indagar el alcance de la pelea, y descubrió que era mucho más seria de lo que esperaba. La animó a viajar con él a Brighton para recuperarse, aunque obviamente ella se negó en redondo, así que abandonó Londres con una extraña desazón en el pecho y sintiéndose muy impotente.

Solo tres semanas después de la visita de Winston a Londres, Emily Gardiner en persona repitió las mismas comprobaciones que él había realizado en Mayfair y Cannon Street, y se encontró con las mismas respuestas. Ella, superada las primeras semanas de enfado y dolor, había decidido buscar a George para aclarar las cosas; pero se enteró de que él había pasado las consultas a otras manos y que se encontraba de viaje, aunque nadie, lógicamente, le quiso informar de su paradero.

Deambuló durante horas, buscándolo por la ciudad sin respuesta, y comprendió que conocía a muy poca gente de su entorno, salvo a David Law, de Cambridge, así que una mañana de finales de mayo, se subió a un carruaje que la llevó directamente a la ciudad universitaria, donde pudo hablar milagrosamente con Law, que viajaba en ese instante hacia Liverpool y de ahí a Estados Unidos.

—¿No sabe nada de él?

—No, pero estará estudiando en el continente, seguro, o a lo mejor ha vuelto a la India. ¿No lo ha pensado?

—Claro. —Bajó los ojos sombreados por las ojeras, y Law sintió una pena enorme por ella.

—Cualquier día vuelve a casa e irá a buscarla. Sé que la aprecia mucho.

—Y usted, ¿adónde va?

—A Pensilvania. Voy a dar clases en la Facultad de Medicina de Filadelfia.

—Lo felicito.

—Sí, estoy deseando conocer América, la tierra de las oportunidades.

—Eso dicen...

—Sí, creo que es el mejor momento para vivir allí; todo en evolución y crecimiento.

—Sí, tiene razón. Bueno, debo dejarlo...

Un mareo atroz le embotó la cabeza y se agarró al brazo de David Law con fuerza. Él la auxilió y la obligó a sentarse en un banco del parque.

—¿Qué le pasa?

–Nada. Debe de ser el calor. Gracias, doctor Law, y mucha suerte en su viaje.

Se apartó del médico para correr a vomitar a un sitio apartado. Llevaba un mes así, con náuseas, vómitos y dos faltas del período. Pensó en George, mirando el precioso marco de la Universidad de Cambridge, y se echó a llorar una vez más. Lloraba tanto que Josie decía que se le iban a acabar las lágrimas, pero ella no podía evitarlo y pasaba de la tranquilidad al llanto más desaforado sin apenas controlarlo.

El quince de junio, exactamente cuarenta y cinco días después de que George Connaught desapareciera de su vida y de Londres, Emily Gardiner continuaba deambulando como un fantasma por la tienda y su casa, y saliendo de vez en cuando a pasear por las calles esperando encontrarlo. Solo quería verlo y pedirle disculpas por todo lo que había ocurrido. Pero el tiempo pasaba y el médico seguía sin dar señales de vida, aunque ella no dejara ni un solo segundo del día de pensar en él.

–¡Oh, querida! Es que tu boda será maravillosa.

La voz le sonó familiar, pero no hizo caso y siguió acomodando los pañuelos de seda en un cajón, de espaldas al mostrador, hasta que la risa de otra mujer la hizo estremecerse hasta los huesos. Se trataba de Rosemunde Shafterbury en persona, y no se movió, permitiendo que fuera Josie la que la atendiera.

–Señoras, ¿en qué podemos ayudarlas?

–¿No se acuerda de mí, eh, señorita Gardiner? –A Emily no le quedó más remedio que volverse y forzar una sonrisa–. Amanda Rhys-Evans, antes Connaught, la hermana del doctor George Connaught.

–¡Oh, sí, milady! ¿Cómo se encuentra?

–Muy bien, muy feliz. –Le guiñó un ojo, y Emily continuó mirándola sin prestar la más mínima atención a Rosemunde–. Muchas de las invitadas a mi boda quedaron tan satisfechas con sus modelitos que he traído a mi futura cuñada a ver su tienda. Ustedes ya se conocen, y ella está tan atareada que necesita ayuda para apurar el ajuar.

—Claro. —Emily miró de soslayo a Rosemunde, que tenía una sonrisa bobalicona en la cara y se dirigió a Josie—. Nosotras, encantadas. Josie es la mejor para la tarea y se pondrá a su servicio.

—Bien, muchas gracias.

—De nada.

Emily volvió a sus pañuelos y les dio la espalda. En ese momento, Amanda aprovechó para hablar muy alto y entre carcajadas.

—Rosemunde se casa el veintiocho de septiembre, ¿sabe?

—Muy bien. Enhorabuena —susurró Josie, sabiendo que ese era el día del cumpleaños de Emily.

—Se casa con mi querido hermanito George. Acaban de firmar el acuerdo de compromiso, y estamos todos tan contentos que hemos salido en seguida a hacer algunas compras.

Emily oyó el nombre como entre sueños. Se afirmó muy fuerte en la estantería y bajó la cabeza para respirar mejor. Las mujeres seguían parloteando sobre George y Rosemunde, y del interés de la muchacha en que le bordaran tres docenas de pañuelitos con las iniciales de ambos.

Parecía mentira, pero era verdad. Se recompuso un poco y oyó cómo ellas daban detalles de la iglesia, la fecha y el viaje de bodas. Amanda volvía esos días de su luna de miel en Francia, y Rosemunde le había rogado a su prometido que la llevara a ella también allí.

—Mi prometido habla francés, así que será sencillo comunicarse.

—Claro.

Josie, con lágrimas en los ojos, siguió atendiendo a las jóvenes, disimulando su preocupación por Emily, que no se movía y seguía pegada a la estantería.

—Pero tendréis que regresar pronto, ya sabes cómo es él con el trabajo, y si quiere incorporarse al gabinete médico real, deberá cumplir a rajatabla con los permisos que le den.

—Ya le he dicho que más placer y menos trabajo. Al menos ha dejado esa consulta de pacotilla, allí tan lejos. No permitiría que entrara en casa después de tocar a no sé qué gentuza.

—Sí, ya va entrando en razón.

—Buenas tardes, señoras, las dejo en manos de Josie. Yo debo atender otros asuntos.

Emily Gardiner levantó la cabeza y las miró con la más radiante de sus sonrisas. Ni una sola lágrima. Si habían ido allí para humillarla, no lo conseguirían, así que se despidió con su encanto habitual y subió a su casa para intentar asimilar todo lo que acababa de oír.

—Fabuloso, fabuloso.

Amanda Connaught no se podía creer lo que acababan de hacer. Rosemunde era una actriz de primera y el teatrillo había salido redondo. La agarró del brazo y caminaron hacia Hyde Park a buen ritmo y muertas de la risa.

—¿Has visto qué cara, la muy zorra...?

—¿Y si llega tu hermano?

—Estará de viaje todo el verano, y este era el mejor momento para quitarle de una vez por todas a la alimaña esa de encima.

—¿Y la fecha de la boda estuvo genial, no?

—¡Genial! ¡Qué suerte que sabías el día del cumpleaños! Eres genial, Rosemunde.

—¿Y qué haremos con los encargos?

—Pues que se los coman con patatas. Las muy muertas de hambre no nos volverán a ver el pelo.

—Estaba pálida. Es una ramera, así que seguro que pilla a otro antes de un mes.

—A otro sí, pero no a mi hermano, que es un señor de verdad. A mi madre casi le da un infarto cuando supimos que se quería casar con ella. Afortunadamente se pelearon,

y él la dejó tirada y con la reputación, si algún día tuvo
una, por los suelos.

—¿No sabéis qué pasó?

—No, pero la misma noche de mi boda, agarró sus cosas
y se fue, gracias a Dios.

—Debe de haber sido serio.

—Sí, y la ramera tuvo la osadía de presentarse en casa a
preguntar por él. Yo no estaba, ni mi madre tampoco. Por
suerte, porque si no la hubiésemos echado a patadas.

—Bueno, pues ahora que sufra y lo olvide, que se entere
de una vez de cuál es su sitio en el mundo, ¡maldita arrogante muerta de hambre! Con esos aires de gran señora en
su tienda... La odio con toda el alma.

—Yo igual, pero creo que al fin nos la hemos quitado de
encima. ¿Un té para celebrarlo?

# Capítulo 24

—Emily, querida, cuánto tiempo sin verte. —Se puso de pie para saludar a Albert Sheen, que llegaba tarde esa mañana a su despacho—. Pero siéntate. Dime, ¿en qué puedo ayudarte?

—No quisiera molestarlo, milord, pero es importante.

—¿Estás enferma? —Sheen miró su preciosa cara demacrada, las ojeras y los labios sin brillo, y suspiró—. Has adelgazado mucho.

—Sí, bueno, estoy bien, gracias.

—¿Qué sucede?

—Quiero saber si puedo dejar mi negocio funcionando, si ustedes pueden administrarlo, que en gran parte es lo que hacen ahora, porque necesito irme de la ciudad y no quisiera cerrar la tienda. Mary-Anne, una de las encargadas, puede llevarla, y mi amigo Winston Everhard puede echarle también un vistazo.

—¿Adónde te vas?

—A Nueva York.

—¿América? ¿Por qué?

—Quiero empezar una nueva vida. Hay muchas oportunidades para gente emprendedora como yo, y tengo dinero para hacerlo. No puedo seguir viviendo en Londres y quiero cambiar de aires.

—¿Qué ha pasado? ¿Dónde está George?

—No lo sé. Hace dos meses que rompimos nuestra... amistad. No lo he vuelto a ver, pero eso ya no importa. Me voy a Nueva York. Tengo los billetes para dentro de dos semanas. Salgo de Liverpool. Puede parecer precipitado, pero es una decisión muy meditada.

–¿Y tu padre?

–He traído esta carta. –Le entregó un sobre muy abultado–. A él le explico con detalle todo, y bueno, él me aconsejó que viviera y aprovechara mi dinero, y eso haré. Quiero montar mi propio negocio allí y empezar de cero, pero sin cerrar la tienda de Regent Street, si es posible.

–Claro que es posible. Lo que me preocupa es que una jovencita de diecinueve años se marche sola a América.

–No voy sola. Josie, mi dependienta, se viene conmigo. Juntas levantaremos el negocio; estoy segura.

Tragó saliva. Se había armado de valor para enfrentar a Sheen. No quería llorar y estaba preparada porque el viaje era lo mejor. Después de hablar con el doctor Law y de conocer la noticia de la boda de George con Rosemunde se había puesto a indagar y, en realidad, alguien trabajador y con dinero como ella podía construirse una nueva vida lejos de los prejuicios, el clasismo y las etiquetas de su país, y eso era precisamente lo que necesitaba hacer antes de perder la cordura por completo.

–¿Qué pasó con George Connaught? Creí que ibais muy en serio. Él y yo...

–Se va a casar con una dama de Kensington –lo interrumpió, y el abogado se puso pálido de golpe–, y es normal, a su edad es lo que debía haber hecho hace tiempo. Pero eso no es asunto mío, milord. Quiero saber si su despacho me va a ayudar y si necesito preparar muchos documentos antes de iniciar el viaje. Tengo solo dos semanas.

–Claro, claro que te ayudaremos. Pondré a dos personas a trabajar en esto. Y cuanto a lo del viaje, ¿tienes la documentación para viajar?

–La hemos pedido. Está en trámite.

–Emily –Albert Sheen se puso de pie y acercó una silla a su lado–, te aprecio muchísimo porque eres hija de mi gran amigo Michael, y porque te considero una muchacha trabajadora, inteligente y encantadora, y me gustaría rogarte algo de confianza: ¿me puedes decir qué sucedió realmente con George?

Emily Gardiner enderezó los hombros, fijó la vista en el suelo y le contó al abogado todos los detalles del asunto Hamilton, confesó toda la verdad, con sus porqués, sus motivos, y la necesidad de mentirle a él, a George y a la gente de Scotland Yard. Sabía que había delinquido y tenía miedo de que fueran a por ella en cualquier momento. George la había dejado porque no la consideraba más que una delincuente de Covent Garden, y ella lo entendía, lo perdonaba y pretendía seguir adelante con su vida, sin molestar ni engañar a nadie nunca más.

—Si usted también quiere, a partir de este momento, que me vaya de aquí y dejar de representarme, lo entenderé. Está en su derecho y siento haberle mentido, lo siento de verdad. Pero mis motivos eran muy poderosos, tan poderosos como los que me llevaron a llevar a cabo esos chantajes.

—No estoy aquí para juzgarte. —El abogado se puso de pie y se mostró sereno—. No tienes que irte ni nada parecido. Gracias por decirme al fin la verdad, y siento que George no te haya entendido.

—Él está en su derecho. Yo solo le deseo que sea feliz con su nueva vida. —Se tragó un sollozo y lo miró a los ojos.

—¿Por qué dices que estás asustada y crees que van a por ti?

—Hace una semana, Bob el Roble, un conocido jefe del East End, apareció en mi tienda para advertirme de que Hamilton y su gente iban a por mí; que no querían ni policía ni juicios, y que ahora que estaba sola..., sin George protegiéndome, ya no tendrían ningún reparo.

—¿Y te fías de ese tipo?

—Por curioso que parezca, sí. Yo ayudé a su hijo hace unos días, ni me acordaba del incidente, y él quiso agradecérmelo así, con información. No hay nadie que sepa más de lo que ocurre en Londres que Bob el Roble, y su soplo ha acelerado mis intenciones de marcharme.

—Vale, pongámonos en marcha, Emily. —Le tocó la

mano por encima del escritorio–. Es seguro que te irá maravillosamente bien en Nueva York. Tengo amigos allí, te llevarás algunas cartas de recomendación, ¿te parece?

–Muchísimas gracias, milord. Es usted un ángel.


–No me puedo creer que te vayas y que tal vez no te vuelva a ver.

Molly le apretó la mano y se puso otra vez a llorar. Emily miró a Winston y trató de sonreír.

–Vendré a verte, y, mejor aún, te mandaré un billete para que vengas a Nueva York de vacaciones, ¿quieres?

–Es demasiado lejos. ¿Qué harás allí?

–Trabajar y empezar de nuevo. Josie me ayudará, ya verás...

Miró hacia la playa y vio a su dependienta jugando como una niña con las gaviotas. Era la primera vez que estaba tan cerca de la playa y parecía feliz. Josie tenía dos años más que ella, y sería una gran compañera de viaje, estaba segura.

–No deberías permitir que el desamor cambie tu vida de este modo, tienes más gente que te quiere.

–No es solo por... –tragó saliva– por él, también es por Hamilton y todo ese asunto. De repente, me siento como acorralada y creo que ha llegado la hora de romper con el pasado. Mi abogado dice que es lo mejor, y me apetece mucho conocer América.

–¿Y ese hombre vendrá por nosotros?

–No creo, cariño. –Winston se dirigió a Molly en un tono muy conciliador–. Si hubiese querido venir, ya lo habría hecho. Al él solo le importa Emily, y, además, ni siquiera sabe dónde vivimos.

–Entonces, ¿Emily podría estar segura aquí, en Brighton, con nosotros?

–Claro.

–Pues quédate aquí.

–No, Molly, pero gracias.

Miró la playa, la terraza, la puesta de sol que había disfrutado desde ahí mismo abrazada a George. Carraspeó e intentó alejar su recuerdo de la mente. Hacía setenta días que no lo veía, setenta largos días en que la añoranza brutal que sufría por él apenas la dejaba respirar. No podía siquiera dormir en la cama que habían compartido, ni mirar sus cosas olvidadas en la casa de Regent Street; no podría volver a vivir si seguía atrapada en sus recuerdos. La idea del viaje le había llegado directamente del cielo, tal vez soplada por su madre, y se sentía aliviada de dejar Inglaterra dentro de cuatro días.

—Estoy segura de que la pelea que tuviste con el doctor...

—Lo siento, pero no quiero hablar de eso. Por favor, Molly...

—Tú decías que estabas preparada para que un día se marchara.

—Eso creía, pero no era así, y menos aún para verlo casado con Rosemunde Shafterbury.

Se levantó de un salto y se pasó la mano por la cara. Un sollozo ahogado la obligó a buscar un pañuelo, y Molly se levantó para abrazarla.

—Cualquiera menos ella. No puedo vivir con eso en Londres, corriendo el riesgo de verlos, encontrármelos y que ella se pasee por mi tienda con sus hijos. Soy fuerte pero no tanto.

—Emily...

—Si quería castigarme lo ha hecho fenomenalmente bien. —Se volvió hacia ella, tragándose las lágrimas—. No quería llorar, ¿lo veis? No le deseo nada malo, pero yo no quiero ser testigo de su felicidad; no puedo.

—¿Quién puede creer que Connaught vaya a ser feliz con esa estúpida mujer? Emily, por Dios.

Winston se levantó y se paseó por la terracita, muy afectado. Odiaba ver a Emily sufriendo, y en cuanto pudiera poner la mano encima a ese Connaught, le haría pagar una a una las lágrimas de su amiga.

–No sé qué oscuros motivos le llevan a casarse con ella, pero será un desgraciado el resto de su vida, y sinceramente, eso espero.

–Mi madre decía que no había que desear el mal ajeno. –Agarró a Winston del brazo, sonriéndole–. Él es un buen hombre, y se merece lo mejor.

–Y lo mejor eras tú, y él lo sabe.

–Winston...

La abrazó, y ella se aferró a él, llorando como una magdalena. Jamás la habían visto así, y Molly se fue a la cocina para preparar una tisana de hierbas que la tranquilizara un poco.

–Lo siento, no quiero llorar más. Vamos a hablar de negocios.

–Vale.

Winston dejó que se sentara frente a él y la observó con calma. Estaba más delgada, diferente, y el dolor en sus ojos negros era tan evidente, que hacía daño solo con mirarla.

–Todo está arreglado. Cuando quieras pasa por el despacho de Sheen para firmar los papeles, y seremos socios oficialmente. Ellos se ocuparán de todo, y tú, cuando puedas, pásate por la tienda para ver qué tal va; no te darán problemas. Marie-Anne es muy eficiente, y bueno, cuando puedas ven a verme a Nueva York. Os voy a echar mucho de menos.

–No te preocupes. Estaré al tanto. Nos quedaremos de vez en cuando en Londres.

–Perfecto. Hay dinero disponible, y si surge cualquier necesidad se lo pides a Sheen.

–Bien.

–Otra cosa más, pero no quiero que Molly se entere, no aún.

–¿Qué?

–Bueno... –Lo miró a los ojos, suspirando, y se acercó más a él–. Estoy embarazada, Winston. Espero que me guardes el secreto.

—¡Dios bendito!

El hombre se pasó la enorme y curtida mano por la cara y se echó a llorar, Emily lo abrazó por los hombros, sorpendida de ver a un hombretón como él llorando, y esperó a que se calmara.

—No llores por mí. Soy muy feliz. Es lo mejor que me puede quedar de George, su bebé. Es un hijo deseado y fruto de un amor inmenso; es un regalo de Dios. Winston, en serio, es mi única recompensa en medio de todo este drama.

—¿Y te vas así, sola?

—Josie estará conmigo. Ella sabe lo del bebé y me apoyará en todo. Espero que cuando me instale en Nueva York me dé tiempo a organizar un buen hogar para él.

—Solo tienes diecinueve años, Emily; deberías quedarte con nosotros. Cuidaríamos de ti y del niño, y luego, cuando estuvieras bien, te podrías marchar.

—Estoy bien. Es un embarazo, no una enfermedad.

—¿Y para cuándo lo esperas?

—Tengo casi tres faltas, así que creo que para fin de año.

—No puedes seguir haciéndolo todo sola, sin contar con nadie.

—Cuento con Josie y le he escrito a mi padre a la India explicándoselo todo. Jamás he necesitado nada de él, pero quiero que me apoye con el bebé. Es su nieto y quiero todo su dinero, su apellido y su poder para proteger a mi hijo.

—¿Proteger? ¿De qué tienes miedo?, ¿de Connaught?

—Él jamás sabrá que tenemos un hijo; de eso me ocuparé yo. No me preocupa el doctor Connaught. Es esta sociedad la que me preocupa. Un niño sin padre es muy vulnerable, lo sé muy bien, y no consentiré que mi hijo sufra o sea diferente a los demás.

—Ya hablas como una madre.

—Es que ya lo soy. —Se tocó fugazmente el vientre, aún liso, sonriendo, y Winston le acarició la cabeza con cariño—. Es mi bebé, Winston; un verdadero milagro.

# Capítulo 25

George Connaught bajó del tren el cinco de septiembre de 1892, y en seguida vio la figura enjuta de Jonathan esperándolo junto al andén, le entregó las maletas y le palmoteó la espalda con aprecio. Hacía cuatro meses que había dejado Londres para viajar y, tras el verano, regresaba a la ciudad más tranquilo y con las ideas más claras en la cabeza.

Subió al coche que lo esperaba y miró el colorido y caótico tránsito de su ciudad con una sonrisa. Había estado un mes en Bath, descansando, y dos meses y medio en Berlín, estudiando en la Oficina Imperial de la Salud, junto al equipo del doctor Robert Koch. Habían sido cuatro meses muy intensos y muy enriquecedores que lo habían dejado como nuevo, pero echaba de menos la locura de Londres y su actividad constante. No habló apenas con el mayordomo durante el trayecto a Westminster y entró en casa igualmente silencioso. Saludó a su madre con un beso en la frente, a su padre con un abrazo y se metió en su cuarto para cambiarse antes de volver a salir.

Aún era temprano y necesitaba solucionar los problemas por orden de importancia. El primero, Emily, a la que necesitaba ver en seguida. Se cambió de ropa, se puso el sombrero y salió caminando hacia Regent Street. Aún retumbaban en su cabeza las duras palabras que le había dedicado la última noche que la había visto y necesitaba disculparse con ella, suplicarle el perdón y rogarle, de rodillas, que le diera otra oportunidad.

A Bath había llegado furioso y dolido la misma noche

de la boda de Amanda, cuando tras la discusión con Emily había decidido escapar y huir de la ciudad antes de que acabara matando a alguien. Estaba tan furioso y decepcionado con ella que no le importó dejarla sola, ni lo que le pasara a partir de ese momento, porque creyó que no podría perdonarla nunca, ni volver a mirarla a la cara.

Sin embargo, tras superar las dos primeras semanas a fuerza de mucho meditar y desfogarse practicando esgrima y rugby con sus amigos, empezó a ver la situación desde otra perspectiva, y a pensar en todos los pasos que ella había dado a lo largo de su vida. Comprendió, en parte, los motivos que la habían empujado a ocultarle la verdad, porque continuaba sin importarle demasiado su delito, sino más bien seguía dolido por su engaño, algo que él no solía tolerar en nadie.

Unas semanas después de salir de Londres, en Berlín, volvió a pensar en Emily con serenidad, pero no le escribió ni quiso ponerse en contacto con ella porque necesitaba más tiempo. Quería curar las heridas para regresar sin rencor a buscarla, y ya estaba preparado. Aunque aún tenía pesadillas donde la veía llorando por su culpa, ya era dueño de sí mismo y podía enfrentarse a ella, mirarla a los ojos e intentar hablar.

En el extranjero, durante dos meses y medio, había analizado la situación una y mil veces. Había diseccionado cada conversación, cada minuto con ella, cada paso que habían dado juntos y por separado, y volvía a la ciudad con un mapa de su relación bastante más claro. Emily era inteligente y lo comprendería, y con suerte, tal vez, podrían volver a empezar de nuevo juntos, si ella era capaz de perdonar su reacción, sus palabras y su falta absoluta de comprensión.

—Buenas tardes, Mary-Anne. ¿Emily?

—Doctor Connaught.

La dependienta se sorprendió mucho al verlo y dejó a la clienta que estaba atendiendo con las cintas y los bordados, y se acercó a él con un gesto de interrogación.

–¿No está?

–No, doctor. Ella no está.

–¿Y a qué hora vuelve? La esperaré arriba.

Traspasó el mostrador con total confianza, pero Mary-Anne lo sujetó del brazo con firmeza.

–No, milord, lo siento, pero la señorita Gardiner ya no vive aquí.

–¿Cómo? –Soltó una risa nerviosa y pestañeó varias veces antes de volver a hablar–. ¿Dónde vive?

–Se ha marchado de Londres, milord, y, si me disculpa, debo atender a esta señora.

–¿Cómo que se ha marchado de Londres? ¿Dónde demonios ha ido? –Subió el tono de voz, y la dependienta y la clienta lo miraron con cara de susto–. Lo siento. ¿Dónde puedo localizarla? Es importante.

–Yo no sé adónde se ha mudado; solo sé que no vive aquí desde hace dos meses, milord.

–Pero ¿la tienda...?

–Ya no viene por aquí. La ha dejado en manos de sus abogados y del señor Everhard, milord, y ya no puedo decirle más. Le ruego que me deje seguir con mi trabajo.

Abandonó la tienda mareado. Miró la fachada y, de repente, se le agolparon un montón de recuerdos de Emily ahí mismo: decorándola; organizando el escaparate tan orgullosa y feliz; abriéndole la puerta por la noche; sonriéndole como solo ella podía hacerlo, con su pelo oscuro suelto y sus almendrados ojos negros brillantes; mirándolo con tanto amor. Se apoyó en la pared y se puso la mano en el pecho con una sensación de orfandad tal que le costó varios minutos recobrar el dominio de sus músculos para volver a caminar.


–¿Dónde está Emily?

Entró como un cosaco en el despacho de Albert Sheen, y este se puso de pie muy contrariado. No estaba solo, y George Connaught ni siquiera había tenido la gentileza de llamar a la puerta antes de entrar.

–Estoy ocupado, George; no puedo atenderte ahora.

–Bien, esperaré. –Se apoyó en el bastón y miró al acompañante del abogado, forzando una sonrisa–. ¿Nos conocemos?

–Claro, doctor. He ido a verlo a Mayfair en alguna ocasión.

–¡Ah!, muy bien. ¿Y tardará mucho?

–¡George! Por el amor de Dios, sal de mi despacho. Te lo ruego.

–No, está bien, ya me iba. –El cliente de Sheen se puso de pie y se despidió con prisas–. Debo marcharme.

–¿Qué demonios te ocurre, George Connaught?

–Acabo de ir a la tienda de Emily y no está. Me han dicho que se ha ido de Londres.

–Así es. ¿Qué necesitas de ella? Tal vez yo pueda ayudarte.

–¿Cómo? Quiero verla.

–¿Por?

–¿Por? ¿Qué demonios ocurre aquí?

–La señorita Emily Gardiner es mi cliente, George. Si necesitas algo de ella, yo estoy autorizado para ayudarte.

–¡Santo cielo! –Se desplomó en una butaca, indignado–. He estado cuatro meses fuera, regreso para hablar con ella y se ha marchado, y lo peor es que tanto la dependienta de la tienda como tú me tratáis como si fuera un extraño. Soy yo, Albert. ¿Me puedes decir dónde puedo encontrar a Emily?

–No.

–¿Por qué no?

–Tengo órdenes expresas de no revelar su paradero.

–¿A mí tampoco?

–Especialmente a ti, y ya está. Si no necesitas nada más de mí, vete, por favor; tengo mucho trabajo.

–¿Cómo que especialmente a mí? ¿Qué demonios ocurre aquí? ¿Cuándo decidió marcharse? ¿Dónde y con quién?

–Has tenido mucho tiempo para ponerte en contacto con ella; solo lleva dos meses fuera. George, ¿a qué vienes ahora a buscarla?

–¿Estáis todos en contra de mí? –Suspiró e intentó calmarse–. Tuvimos una discusión que no creo que le importe a nadie salvo a nosotros, y ahora quiero verla y disculparme con ella. Hablar, solo eso.

El abogado se sentó en su butaca de cuero y cruzó los dedos, observándolo con atención. El médico, siempre impecable, lucía un atractivo bronceado en su rostro perfecto, y parecía sano y feliz, muy diferente al aspecto lamentable que presentaba Emily las últimas semanas que había pasado con ella.

–Mira, sé el motivo de esa discusión. Ella me lo explicó todo, porque era necesario que yo lo supiera como su abogado. Lo pasó realmente mal por tu culpa, y no es asunto mío, pero me alegro de que haya tomado la decisión de salir de la ciudad. Espero que se reponga y pueda empezar de nuevo pronto; eso es todo lo que te puedo decir. Está bien y donde quiere estar, y no hay nada más que debas saber.

–¿Se ha ido a la India?, ¿a Brighton?

–Buenas tardes, George. Me alegra verte con tan buen aspecto. Cuatro meses de vacaciones es un verdadero lujo... –Se levantó y caminó hacia la puerta–. Tienes mucha suerte.

–Pero ¿se ha ido sola?

–Afortunadamente, ella nunca está sola porque tiene amigos que la apoyan y la aprecian con sinceridad.

–Albert –dijo, y puso la mano en la puerta por encima del abogado, al que superaba en varios centímetros de estatura, y suspiró intentando parecer cuerdo y sereno–, no tengo doce años. No me hables de este modo ni me trates como si fuera idiota. Esto no es un juego; necesito ver a Emily y hablar con ella.

–Y yo te he explicado que no puedo decirte dónde está. Confórmate con saber que está bien. Te agradezco tu interés, y hasta luego.

–Bien, si no puedo verla, ¿le harías llegar una carta?, ¿una nota?

–Aléjate de ella, George. Si aún la aprecias un poco,

aléjate de ella. Dale la oportunidad de que tenga una vida normal. Tú ya has elegido. Enhorabuena, pero olvídate de Emily Gardiner.

—¿Ya he elegido?

—Adiós.

Le cerró la enorme puerta de madera en las narices y él dio un paso atrás al sentir el golpe seco. Quiso abrirla otra vez, pero oyó cómo Sheen echaba la llave con descaro.

Era algo realmente insólito. Se volvió hacia la sala de espera y vio cómo dos de los ayudantes del abogado lo miraban con mala cara. Los encaró desafiante, y salió del despacho aún más confuso de lo que había llegado. Pisó la calle y caminó hacia su consulta en Mayfair, mascullando un montón de maldiciones. Era la primera vez que se enfrentaba a una animadversión tan evidente y no entendía el porqué. No se imaginaba a Emily contando sus intimidades a todo el mundo, y menos a Sheen, pero estaba claro que así había sido y que no podía defenderse; no porque no se lo permitieran, sino porque, en realidad, su comportamiento con ella no tenía defensa alguna.

La consulta de Cannon Street estaba prácticamente abandonada. Su colega, Anderson, no había conseguido ganarse la confianza de su singular círculo de pacientes, y cuando llegó a ella el lunes por la mañana se encontró a la señora Adams protestando incansablemente por la desatención de la misma.

El despacho estaba limpio, pero vacío, y se pasó un buen rato aireándolo y revisando las últimas fichas con sus casos antes de salir a dar un paseo por la zona. No podía quitarse a Emily de la cabeza. Dedicó gran parte de la mañana a saludar a los tenderos y comerciantes de siempre, a quienes informó de su vuelta al trabajo, y a la una del mediodía regresó a la consulta para tranquilizar a su casera y recoger sus cosas antes de ir a Mayfair y pasarse el resto de la tarde distraído, trabajando.

–¿Y la señorita Gardiner, doctor? –Se puso tenso al oír el nombre y miró a la mujer sin levantar la cabeza–. Espero que vuelva a pasar pronto por aquí. Me dejó un sombrero de su tienda para una boda y no he podido devolvérselo.

–Vaya a la tienda y déjelo ahí si quiere.

–¡Qué chica tan preciosa y tan amable!, ¿verdad? Esperaré a que venga a verlo a usted, y así la podré invitar a un té. No la veo desde hace tiempo. En junio, tal vez...

–¿Junio?

–Sí, estuvo por aquí y... ¡Ay, madre de Dios!

La señora Adams, siempre muy exagerada, se agarró la cabeza con ambas manos y lo miró muy asustada.

–¿Qué pasa? ¿Está usted bien?

–La carta; la última vez que vino le dejó una carta.

–¿Una carta? ¿Dónde está? –Tiró literalmente la pluma encima del escritorio y se acercó a la mujer con ansiedad–. ¿Cuántas veces vino desde que yo me marché?

–Vino dos veces. Estaba un poco delicada de salud, me parece, más delgada, y bueno, espere aquí...

La señora Adams salió hacia su casa en la planta superior, y George la esperó con un nudo en el estómago en el rellano de la escalera, hasta que la vio regresar con un sobre color vainilla entre los dedos. Se lo quitó antes de que volviera a hablar y se encerró en el despacho para abrirlo, ver su letra pulcra y femenina y sentarse en la butaca para prepararse a leerla con calma.

*George, me marcho de Londres para siempre y no podía dejar la ciudad sin intentar despedirme de ti. He hecho todo lo posible por conocer tu paradero y verte, pero nadie ha podido decirme dónde estás, con lo cual deduzco que no quieres que te encuentre.*

*Lamento muchísimo todo lo que ocurrió y quería pedirte perdón, una vez más, por ocultarte unos hechos tan importantes que al final te involucraron en una mentira aún mayor de la que no sabías nada. Jamás quise hacerte daño, por el contrario, solo quería protegerte. Pero como suele suceder, lo hice mal y acabé dañándote yo misma.*

*Lo siento con toda el alma, y espero que algún día Dios te dé la capacidad de perdonarme, porque vivir sabiendo que me odias es lo peor que me podía pasar en la vida.*

*Te deseo lo mejor y espero que Dios te bendiga con la felicidad que te mereces.*

*Emily Gardiner*

George Connaught tiró la carta encima de la mesa con los ojos nublados por las lágrimas. Apenas podía ver las letras, y ahogó un sollozo largo y doloroso. Tenía el corazón hecho trizas.

La campanilla tintineó con la entrada de un nuevo cliente. A Winston Everhard le encantaban esos chismes que usaban la mayoría de las tiendas de Londres y había instalado uno en la puerta de su establecimiento de Brighton para saber en todo momento, y desde cualquier rincón de la casa, cuándo alguien entraba. Además, de ese modo, no tenía que estar pendiente de abrir personalmente la puerta.

Acabó de atender a un huésped que estaba pagando la habitación y levantó los ojos hacia el recién llegado. Era un tipo alto y bien vestido, que llevaba un traje de carísimo paño en tonos grises y un sombrero a juego que se estaba sacando en ese momento con parsimonia. Tardó un poco en reconocerlo porque la luz del sol que entraba por la ventana lo cegaba, pero al final lo hizo y la expresión de su cara mudó de cordialidad a aversión en un segundo.

—Buenos días, Winston.

—Gracias, señor Steel. Espero que vuelva pronto a vernos. —Sonrió a su cliente, esperó a que se marchara y luego miró a Connaught de reojo—. Ella no está aquí.

—¿Y puedes decirme dónde está?

Se sentía muy contrariado. Había supuesto que no lo recibirían con aplausos, pero al menos esperaba un poco de amabilidad, teniendo en cuenta que Winston había sido su amigo.

—No, y aunque pudiera, no te lo diría. Buenos días.

Winston bordeó el mostrador, haciendo un gran esfuerzo para no lanzarse a su cuello y estrangularlo, y caminó hacia la puerta haciéndole un gesto para que se fuera.

—Necesito disculparme con ella.

—Tarde, Connaught, y vete, no quiero que mi mujer te vea.

—¿Podemos hablar?

—No, yo no hablo con tipos como tú, Connaught, y lo más importante, ¿qué haces tú viniendo a la casa de unos delincuentes como nosotros? Vete ya, doctor, no vaya a ser que alguno de tus amigos te vea por aquí... —Se asomó a la terraza de entrada, sonriendo con sorna—. Sal de mi casa ahora mismo.

—Sé que me he portado como un bastardo con Emily, pero necesito pedirle perdón. Necesito hablar con ella...

—¿Sabes qué?, me importa una mierda lo que tú necesites. —Avanzó hacia él, señalándolo con el dedo—. Emily no se merecía nada de lo que la has hecho pasar, nada; porque ella no es una mala persona, ni una delincuente. Es una muchacha decente que no se ha encontrado más que con desgraciados toda su vida, y tú el primero, así que fuera de aquí si no quieres que te rompa la cara...

—¡Winston! —Molly apareció por el pasillo con el canasto de la ropa limpia y los miró a ambos con la boca abierta—. ¿Qué haces?

—Buenos días, Molly. Siento molestar; me marcho en seguida.

—¿Qué viene a hacer aquí?, ¿busca a Emily?

—Sí, pero ya sabe que no está aquí. Deja que se vaya.

—¿Por qué la trató tan mal? Estaba enferma de tanto llorar. Usted no sabe lo que le ha hecho; usted era su primer y único amor. Ella no era más que una niña, una muchacha que se merecía que la amaran y no que la despreciaran...

Molly lo había soltado todo entre sollozos, y su marido acudió a su lado para abrazarla. A George Connaught también se le llenaron los ojos de lágrimas y no sabía muy bien qué hacer.

—Ella lo quería más que a su vida y usted se aprovechó de ella, y luego la abandonó como a un perro. ¿Cómo pudo hacerlo? Usted que cura a la gente, ¿cómo pudo ser tan malo con ella?

—Yo no la abandoné, pero está visto que no podremos entendernos si no me dejáis explicarme. Mejor me voy...

—Eso, váyase. ¿No se casa la semana que viene? ¿Dónde está su prometida, doctor?

—¿Cómo dices? —Se detuvo y se volvió hacia Molly, frunciendo el cejo.

—Las noticias vuelan de prisa. Ya sabemos que se casa con Rosemunde Shafterbury el veintiocho de septiembre.

—¿Qué?

Se puso las manos en las caderas, moviendo la cabeza. Solo su hombría le impedía ponerse a llorar como deseaba, así que carraspeó y miró al matrimonio con toda la tranquilidad que pudo reunir.

—Yo no me caso, y mucho menos con esa mujer. ¿De dónde habéis sacado eso?

—Se lo dijeron a Emily.

—¿Quién?

Se puso en guardia y miró a Winston, que parecía muy confuso.

—La hermana de usted y la propia Rosemunde. Fueron a la tienda a decírselo, a su propia casa. Llegaron allí para contárselo y encargarle unos pañuelos para el ajuar.

—No puede ser. ¿Mi hermana? ¿Qué hermana? Eso es imposible.

—La pequeña, la que se casó en mayo. Esa hermana suya fue a la tienda a intentar humillar a Emily, y por su culpa, ella decidió irse de Inglaterra.

—¿De Inglaterra? —El golpe fue como un puñetazo en el esternón. Retrocedió y se apoyó en la pared—. ¿Dónde se ha ido?

—No lo sabemos, Connaught. Vete, por favor. Aunque no te vayas a casar, ella ya está haciendo otra vida, y es mejor dejar las cosas como están. Todos hemos sufrido mucho; la primera, Emily.

—¿Cree que me voy a casar con Rosemunde Shafterbury y el día de su cumpleaños? Ella no puede haberse creído semejante mentira.

—¿O sea que no es verdad?

Molly buscó sus ojos color aguamarina y se acercó a él.

—Por supuesto que no. ¿Cómo iba a hacer algo así? Por el amor de Dios, decidme dónde está. Necesito hablar con ella; no puede seguir pensando que yo...

Se mareó y perdió el equilibrio por primera vez en su vida. Molly lo sujetó y lo obligó a sentarse en una silla.

—Ahora entiendo por qué Sheen y vosotros... Es mentira, nos peleamos, dije cosas espantosas, pero he regresado a Londres para buscarla y pedirle perdón. Yo amo a Emily. ¿Cómo me iba a casar con otra?

—¡Oh, Dios mío! —Molly sonrió y miró a su marido—. ¿Quiere encontrarla?

—Por supuesto.

—Pero nosotros no sabemos dónde se ha ido.

Winston agarró a Molly y la apartó del médico, en quien ya no confiaba en absoluto. Emily había sufrido ya bastante y no pretendía facilitarle el camino para que volviera a dañarla, y mucho menos estando ella embarazada. Le había prometido guardar el secreto de su paradero y pretendía seguir haciéndolo.

—Simplemente se marchó y prometió escribir, pero no lo ha hecho.

—¿Bombay? ¿Se ha ido con su padre?

—No lo sabemos.

—Muy bien, gracias.

Se levantó intentando discurrir con rapidez cómo conseguir un barco que lo llevara a la India lo antes posible. Seguro que ella había decidido visitar a Michael, era lo más lógico. Salió a la terraza, y cuando había dado un par de pasos, oyó que Winston Everhard lo llamaba. Regresó despacio y le prestó atención.

—¿Tienes alojamiento?

—No.

—Te acompaño al hotel del paseo marítimo; es para gente de tu clase.

Lo miró de soslayo. Había decidido en un último momento ser compasivo. Al fin y al cabo, ese estúpido doctor había sido decente con ellos en el pasado, y Emily, a pesar de todo, lo amaba.

—No se ha ido a la India, no pierdas el tiempo yendo hasta allí, y, mejor aún, no pierdas el tiempo buscándola, porque ella no quiere volverte a ver.

—Si no quiere volverme a ver, estupendo, pero antes debo hablar con ella. Después de eso, la dejaré en paz.

—Emily dice que la llamaste delincuente.

George se pasó la mano por la cara, avergonzado, y asintió.

—Estaba desquiciado. Hamilton me abordó en la boda de mi hermana y me dio tantos datos y detalles que no tuve argumentos para defenderla. No sabía de lo que me estaba hablando y…, no tengo perdón de Dios, pero es que…

—Ella nació en medio de la soledad más absoluta, y así estuvo hasta los catorce años, cuando la echaron a la calle. Jamás, nadie, la protegió, y si llegó a delinquir, a chantajear y a extorsionar a gente rica como tú fue porque era el único modo que teníamos los tres para procurarnos un futuro mejor. Gracias a eso tenemos esta posada, y gracias a ella, pudimos salir del pozo y convertirnos en gente normal, porque antes no éramos más que unos marginados, continuamente amenazados por la policía, por Bob el Roble y por gente muy peligrosa, sobre todo ella, que siendo una niña, y preciosa, consiguió sortear muchos más peligros de los que tú eres capaz de imaginar.

Connaught tragó saliva, con los ojos llenos de lágrimas.

—Yo conozco perfectamente sus motivos, no la juzgo ni la culpo de nada. Lo que me dolió fue la mentira, que no confiara en mí. Éramos una sola persona, nos amábamos y ella me siguió mintiendo…

—¿Y por qué crees que te ocultó todo ese asunto? ¿En serio no lo sabes?

—No lo entiendo.

—Porque ella estaba enamorada de ti y no solo te quería, sino que también te admiraba, te idolatraba, eras como un dios para Emily, y sencillamente sintió vergüenza, miedo a decepcionarte y a que acabaras despreciándola, como finalmente ocurrió. Tú no tienes ni idea ni imaginación para saber el daño que le causaste con tus palabras, doctor.

—Lo siento muchísimo. —Miró hacia el mar llorando, sin importarle Winston, ni el decoro, ni la hombría, ni nada en absoluto—. Necesito pedirle perdón.

—Déjalo ya, no empeores las cosas. Ella está bien, lo sé, y solo necesita tiempo para reponerse. Después, se levantará más fuerte; Emily es así. Déjala en paz.

—No puedo vivir sin ella y sabiendo el daño que le he hecho.

—Sí que puedes, claro que puedes, doctor. Adiós… —Se detuvo e hizo amago de despedirse, pero de pronto caminó hacia Connaught para mirarlo directamente a los ojos—. Una cosa más: que sepas que no voy a tolerar jamás que vuelvas a faltarle al respeto, porque ella es mi amiga, una hermana, que a los catorce años se fue a la calle por proteger a Molly, y a los diecinueve se jugó la vida manteniendo silencio y no delatándonos delante de la policía; sin contar con que te salvó la vida dos veces. Ella es una dama, una señora, y no vuelvas jamás, ¿me oyes?, a hacerle daño, porque si lo haces te mataré con mis propias manos.

# Capítulo 26

*Manhattan, Nueva York, mayo de 1893*

Se despertó de un salto, se sentó en la cama y se puso la mano en el pecho para tranquilizarse. Solo era una pesadilla. Miró su enorme habitación primorosamente decorada, el dosel de su cama y la cuna de Charlotte a su derecha, y se relajó de inmediato. Se recostó y cerró los ojos, intentando recuperar el sueño. Aún era de noche y debía aprovechar al máximo sus horas de descanso si quería atender todos los asuntos pendientes que la esperaban en la tienda.

—¿Estás bien?

La vocecita de Beatrice le llegó desde la puerta.

—Sí, gracias, creo que he tenido una pesadilla.

—¿Te hemos oído gritar?

Beatrice Shafterbury, la esposa de su padre, caminó de puntillas por la alfombra y se asomó a la cunita del bebé.

—No se ha despertado.

—Afortunadamente. ¿Sabes qué hora es?

—Las cinco de la mañana.

—¡Oh, Bea! Lo siento. Vuelve a la cama.

—No pasa nada; solo queríamos saber que estabas bien. Tu padre se preocupa cuando gritas de ese modo.

—Dile que lo siento.

—Bien, hasta mañana.

Beatrice abandonó el dormitorio, y Emily se arropó con el suave edredón de plumas intentando recordar la pesadilla, que seguramente tenía que ver con George Connaught. Llevaba casi un año viviendo en Nueva York, en el West Village, en el barrio, a sus ojos, más hermoso de Manhattan, y aún seguía soñando con él.

El veintisiete de junio del año anterior había embarcado con Josie en el RMS Etruria, un espectacular trasatlántico de la compañía Cunard Line, a la que había pagado setenta y cinco dólares por cada una para viajar en primera clase rumbo a Estados Unidos. La enorme embarcación de lujo había salido de Liverpool muy temprano, y ella se había quedado en cubierta mucho tiempo, viendo desaparecer Inglaterra delante de sus ojos. Había sido como mudar la piel y dejar el pasado atrás definitivamente, y eso había hecho, o al menos eso intentaba hacer con voluntad y disciplina, aunque aún no fuera capaz de pronunciar el nombre de George Connaught o hablar de él en voz alta.

La primera parte de la travesía la había pasado vomitando y enferma en su suite. Mientras Josie no paraba de hacer amigos y participar en toda clase de fiestas y entretenimientos, el médico del barco, un hombre muy mayor y que no estaba muy acostumbrado a tocar a sus pacientes, le confirmó su embarazo y le ordenó reposo, cosa que hizo muy a gusto durante las largas jornadas de viaje; al principio en la cama de su elegante camarote, y luego en las tumbonas de la cubierta de primera, donde se pasaba las horas con la vista fija en un punto indefinido, bien tapada y sin hablar, repasando una y otra vez los buenos y malos momentos pasados junto al padre de su hijo, al que no iba a poder olvidar en lo que le restara de vida.

El descanso le vino muy bien, y cuando veintiocho días después de salir de casa pisaban el puerto de Nueva York con enorme emoción, un moderno carruaje las esperaba para llevarlas al hotel que lord Sheen había contratado desde Londres para ellas.

Desde el primer momento en América descubrieron que ahí su vida sería diferente, en cuanto el director del hotel en persona las recibió en el vestíbulo para ponerse a su disposición y, cuando a las pocas horas de registrarse en él empezaron a recibir arreglos florales y saludos de bienvenida de numerosos amigos de Sheen y de Michael Shafterbury, que estaban al tanto de su llegada a Manhattan. Era como renacer, y Emily decidió dejarse llevar por las circunstancias y aprovechar la buena recepción para concentrarse en el fin último de aquel viaje, que era abrir su negocio de moda en la ciudad.

Diez días después de su llegada, y tras recuperar de golpe la energía y la salud, ya tenía varios locales para la tienda y era invitada continuamente a cenas, veladas musicales y recepciones de todo tipo. Normalmente declinaba asistir porque pronto comprendió que los prejuicios sociales y el clasismo habían viajado directamente desde Inglaterra a las calles de Nueva York para instalarse allí sin ninguna modificación. A ella la trataban como a una reina por ser hija de un lord, un barón, y daban por hecho que Josie era su doncella, y cuando empezó a dar explicaciones al respecto, la propia Josie fue la que la convenció para ignorar a la gente y prestar atención a lo importante, que era su futuro y el de su bebé.

A finales de agosto, abrió la primera tiendecita dedicada a los arreglos de ropa y a los sombreros, y empezaron a trabajar a pie de calle, a unas manzanas de Washington Square, sin mucho éxito al principio, pero con muchas ilusiones. Trabajaba de sol a sol, se alojaban en el hotel y empezó a dejar de pensar en George, al menos durante el día. Aunque pensaba buscar una casa donde instalarse, era una tarea que iba aplazando, atareada como estaba en conocer el mercado, los almacenes de telas, hilos, sedas y botones; a los comerciantes, y a los poderosos sindicatos, orientada siempre por algún amigo de Sheen que él le recomendaba en sus incontables telegramas.

Estaba tan ocupada que cuando el bebé le dio la primera patadita ni se enteró, y cuando una noche llegó al hotel y una enorme cantidad de maletas reposaban en el vestíbulo impidiéndole el paso, ni se molestó en mirar a quién pertenecían, hasta que la voz clara y familiar de un hombre la hizo detenerse y mirarlo a la cara.

–¡Dios bendito!, ¿qué hacéis aquí?

Michael y Beatrice Shafterbury en persona la miraban plantados en la entrada del hotel con una sonrisa en la cara.

–No queremos importunarte.

–No, por Dios, ¡qué sorpresa!

Se acercó a ellos y les apretó las manos. De repente, se le vinieron muchos recuerdos a la cabeza y se le llenaron los ojos de lágrimas. Michael Shafterbury, por primera vez en la vida, avanzó un paso y la abrazó.

–Hemos venido para estar contigo.

–Estoy bien.

–Tienes mal aspecto. –Beatrice la apartó para mirarla–. No paras de trabajar; nos lo ha dicho Albert Sheen.

–Bueno, estamos empezando el negocio y hay mucho que hacer. ¿Conocéis a Josie?

–Claro. ¿Qué tal Josie? Y esto es para ti. –Su padre buscó un paquete y se lo puso en las manos–. Feliz cumpleaños.

–¿Hoy? –No quería pensar en ese día por nada del mundo, incluso le había prohibido a Josie hablar del asunto, así que cerró los ojos, suspirando–. Gracias, muchísimas gracias.

Su padre y Beatrice quisieron explicarle sus nuevos planes, pero esa noche no pudo ser. Ella, de pronto, estalló en un mar de lágrimas, y Josie tuvo que disculparla y llevársela a la cama, donde le preparó una tisana con agua de melisa para provocarle el sueño. Ese día, el de su veinte cumpleaños, George se había casado con Rosemunde Shafterbury en Londres, seguramente en una hermosa y concurrida ceremonia, y a esas horas ya dormirían juntos en la elegante suite del mejor hotel de la ciudad. Era demasiado duro para soportarlo, y se durmió sollozando, abrazada a la almohada y sintiendo los sinuosos movimientos de su bebé, que a sus cinco meses de gestación daba patadas en cuanto ella se quedaba quieta.

–¿Cómo está?

Michael Shafterbury, muy preocupado, abordó a Josie

al verla abandonar el dormitorio. La muchacha venía llorando y tanto él como su esposa se pusieron de pie con ansiedad.

—¿Está enferma? ¿El bebé? ¿Llamamos a un médico?

—No, milord, es que hoy el doctor… —Josie se echó a llorar igual de angustiada, y Beatrice Shafterbury se acercó para abrazarla por los hombros—. Hoy el doctor se casaba en Londres. Emily lleva varios días más silenciosa y trabaja como una loca para no pensar, pero sé que sigue sufriendo, y hoy precisamente, ha estado muy rara; no la culpo.

—No me puedo creer que George se case, no puede ser; él no es así…

Lord Shafterbury se apartó de la joven, atusándose el pelo. Hacía tres meses que Emily le había contado la noticia, y aún no se podía imaginar a su viejo amigo actuando tan mal y de forma tan irresponsable.

—Pues con tu hija no está, y ella sigue sufriendo.

Su mujer empezó a hacer pucheros. Estaba tan dolida por lo ocurrido que había sido su mejor apoyo para dejar la India y viajar a Estados Unidos junto a Emily.

—Y ahora da igual lo que haya decidido hacer, lo importante es Emily y su bebé.

—Mañana llamaremos a un médico.

—Solo necesita descansar. Dejemos que duerma. No se preocupe, milord; ella es muy fuerte.

Al día siguiente, Emily Gardiner, más entera, comió con su padre y Beatrice en el restaurante del hotel, y allí descubrió los nuevos planes de la pareja, que eran tan jóvenes y atractivos que a ella le costaba verlos como unos padres al uso, aunque ellos habían viajado hasta Nueva York para ejercer precisamente de eso, de padres.

—¿Has pedido un traslado a Nueva York?

—Sí, a la legación británica. La sede está en Washington, pero puedo trabajar la mayor parte del tiempo desde aquí como delegado militar.

–¿Y te lo han dado?

–Aún no, pero estoy seguro de que me lo darán, y si no, pues veré qué hacemos, a lo mejor me dedico a los negocios. –Michael Shafterbury le sonrió con su misma sonrisa, y Emily abrió mucho los ojos–. No queremos invadir tu vida, Emily, nos mantendremos al margen, pero me gustaría pasar una temporada cerca de ti. Espero que no te moleste, aunque estás en tu derecho de pedirme que me vaya…

–No, en realidad es una sorpresa muy agradable.

–No he podido ejercer de padre, pero si me lo permites, me gustaría ejercer de abuelo.

–¿Y habéis dejado vuestra casa para venir hasta aquí conmigo?

Los miró a ambos y se echó a llorar, lloraba muchísimo, por cualquier cosa. «Es el embarazo», le decían las mujeres mayores que iban a la tienda, pero a ella la cuestión le resultaba muy vergonzosa.

–Lo siento, lo siento.

–No pasa nada. –Beatrice le sujetó la mano, también llorando–. Estamos muy felices de haber venido. Nueva York, nada menos; es maravilloso y será tan emocionante ver al bebé y estar contigo. ¿No te importa?

–No.

–Bien, brindemos por ello. –Shafterbury, con los ojos húmedos levantó la copa de vino y le sonrió–. Dicen que la llegada de un hijo es siempre una alegría, y este niño, de momento, me ha permitido estar cerca de ti, así que es un acontecimiento más que afortunado.

A partir de entonces, su vida volvió a dar un giro vertiginoso. Desde aquella trágica noche del uno de mayo de 1892, ella tenía la sensación de estar viviendo un sueño, un montón de acontecimientos que se escapaban completamente de su conciencia. Las primeras semanas tras la pelea con George las había superado enfadada, luego dolida, y finalmente había salido a la calle a buscar al doctor Connaught como un fantasma.

Recordaba muy poco de los pasos que había dado en

aquellas oscuras semanas; solo sabía que lo había intentado todo para encontrarlo, pero sin éxito, y más tarde había llegado Amanda Connaught y le había contado lo de la boda con Rosemunde, y nuevamente un golpe la había obligado a tomar decisiones y a actuar, por su bien y sobre todo por el de su bebé.

El impulso de viajar a Nueva York le había llegado de repente, después de hablar con David Law, aunque no recordaba ni cómo había sido capaz de ir hasta Cambridge para hablar con él. Todos los hechos eran nebulosas, y cuando una tarde se lo comentó a Beatrice, ella le aseguró que era el propio cuerpo, la cabeza, la que a veces nos protegía del dolor haciéndonos olvidar un pasado desgraciado.

Ella no sabía si dar crédito a esa teoría, aunque parecía cierta cuando intentaba organizar los recuerdos, las decisiones tomadas y su vida durante el último año, y le resultaba imposible. No sabía ni cómo estaba ya en Manhattan, con una tienda de modas, trabajando y ganándose la vida, y cómo antes del nacimiento de Charlotte todo parecía haber encajado de forma tan armoniosa para procurarle un buen hogar, rodeado de todas las comodidades y mucho amor.

En cuanto su padre y Beatrice pisaron Nueva York, ellos se ocuparon personalmente de buscar una casa, y un mes después de su llegada, Michael Shafterbury la llevó a ver un precioso *petit hotel*, como lo llamaban por allí, moderno, acogedor y muy elegante, situado en Washington Square. La casa era muy bonita, pero lo mejor era que junto a ella le alquilaban un local enorme, con grandes ventanales, donde poder instalar la tienda en una zona inmejorable.

—Es perfecto —opinó Beatrice, mirando la madera pulida del suelo y las paredes blancas, la cocina, los salones y aquellos dormitorios de ensueño, con un modernísimo lavabo en cada uno de ellos.

—Para mí es un palacio —dijo Emily, inspeccionándolo

todo, y Shafterbury la seguía con los ojos, esperando una respuesta–. Debe de ser carísima.

–Si la quieres, es tuya.

–Nuestra, ¿no? –Lo miró acariciándose la barriga, que ya se notaba debajo de su abrigo de lana–. No vas a alquilar otra teniendo esta inmensidad.

–¿En serio? –Beatrice caminó hacia ella con los ojos brillantes–. Michael y yo no queremos invadir tu espacio.

–Si vosotros estáis de acuerdo, podemos compartirla. Aquí hay más dormitorios que en el palacio de Buckingham.

Emily salió caminando hacia el patio que unía la casa con el local, y los Shafterbury se miraron muy emocionados. Aunque ella parecía ignorarlo, era mucho más de lo que habían imaginado, y solo la posibilidad de participar en su vida les hacía muy felices.

–Lo que más me gusta es esto. ¡Madre de Dios!, es maravilloso.

–Lo es. Puedes tener espacio para el taller, los probadores, un despacho, y hasta un salón de té, si te apetece.

Beatrice, que había estado en París, le había contado que muchas boutiques de la capital francesa ofrecían a sus clientas té y pastas mientras se probaban y elegían los modelos.

–El local es perfecto.

–Enorme; necesitaré ayuda para acondicionarlo.

–Cuenta conmigo.

–Lo sé. –Miró a Beatrice y le sonrió.

La mujer de su padre, que tenía solo veintiocho años, era dulce y sencilla; no una lumbrera ni una sofisticada mujer moderna, pero sí una chica estupenda y muy cariñosa.

–¿Tú qué opinas?

–«Si has de hacerlo...».

–«Hazlo a lo grande» –acabó la frase entre risas–. Muy bien, yo me apunto, ¿y vosotros?

Contra todo pronóstico inauguraron la tienda el quince

de diciembre, porque la cuadrilla de veinte obreros irlandeses que contrató su padre para la reforma solo tardó cuarenta y cinco días en acondicionarla exactamente como ella la quería. Estuvo a pie de obra en todo momento, a pesar de su avanzado estado de gestación, y contó con Beatrice y Josie cuando las fuerzas le flaqueaban y tenía que meterse en la cama muerta de sueño.

En la primera tiendecita ya se habían dado a conocer, y cuando inauguraron el local, con una fiesta muy concurrida –otra idea de Beatrice–, las damas más finas de Manhattan prometieron visitarla inmediatamente. Ella fascinaba a esas mujeres por su forma de expresarse y su procedencia, cosa que la hacía reír, ya que se consideraba a sí misma una chica sencilla de Covent Garden. Pero para las americanas su acento londinense, su elegancia natural y su aristocrático padre eran garantía de buen gusto y refinamiento, un prejuicio muy conveniente que no pretendía discutir porque era estupendo para el negocio.

La noche de la inauguración se arregló, por primera vez en siglos, y cruzó el patio camino de la fiesta muy ilusionada, dando gracias a Dios por todos los regalos que le estaba mandando desde el cielo: el primero, Michael y Beatrice, a los que ya empezaba a querer; el segundo, Josie y su ayuda; y el tercero y más importante, la fortaleza con la que estaba superando el daño que le había causado George Connaught, porque gracias al apoyo de los suyos ya no lloraba a diario, se reía de vez en cuando y, aunque aún no podía hablar de él con nadie, al menos ya no le dolía tanto su recuerdo.

Otra circunstancia que ayudó fue que había llegado a Manhattan como Emily Gardiner, hija de Michael Shafterbury, y todo el mundo había dado por hecho que era viuda porque viajaba sola. Al principio, tal vez por pudor, nadie le preguntaba nada, y en cuanto su embarazo empezó a ser evidente, la gente aceptó, sin que ella abriera la boca, que era viuda y que Gardiner era el apellido de su marido muerto. Así el no tener que dar explicaciones relegó a George Connaught, inconscientemente, al baúl de los recuerdos.

Nadie, nunca, mencionaba al padre de su hijo, y eso facilitó que ella tampoco pensara en él. Su bebé era suyo y de nadie más, y tanto su padre como Beatrice y Josie jamás permitieron que nadie se interesara demasiado en el tema. De ese modo la noche que inauguró Modas Gardiner en Washington Square, ella era para todos sus conocidos una joven y hermosa viuda a punto de dar a luz al hijo póstumo de su marido.

—Señorita Gardiner, no me puedo creer que sea usted.

Emily se volvió y se encontró con el doctor David Law a un palmo de distancia.

—Doctor Law, ¡qué sorpresa! —Se arrebujó en el chal de seda para disimular el embarazo y le sonrió, completamente desconcertada.

—Vine a ver a unos amigos ingleses a la ciudad, me invitaron a esta fiesta y ahora me encuentro con que el local es suyo. No me lo puedo creer; es muy bonito.

—Gracias, sí, estamos muy orgullosos. ¿Vive en Pensilvania aún?

—Sí, claro. Voy a casa a pasar las vacaciones de Navidad; por eso estoy en Nueva York.

—Pues no llegará a la Nochebuena.

—No, me gusta pasarla en el barco. Organizan una gran fiesta.

—¡Qué bien...! —Se pasó la mano por la cara, mareada, y buscó con los ojos el apoyo de alguien. Encontró a su padre y lo llamó con la mano—. Doctor Law, le presento a mi padre, Michael Shafterbury; gracias a él puedo inaugurar todo esto. Michael, este es el doctor David Law, un amigo del doctor George Connaught. Estudiaron juntos en Cambridge.

—Encantado. —Lord Shafterbury saludó al médico y abrazó a Emily, que estaba blanca como el papel, por los hombros—. ¿Qué hace en Estados Unidos, doctor?

—Doy clases en la Universidad de Pensilvania, de hecho, cuando venía para aquí, hablé con usted, ¿recuerda?, esa misma semana. –Emily asintió–. ¿Y pudo encontrar al fin a nuestro querido George?

–No, no pude, y ahora, si me disculpa, tengo que atender a más invitados. Ha sido un placer verlo, y espero que disfrute de sus vacaciones en Inglaterra.

–Igualmente, señorita Gardiner, el placer ha sido mío.

El médico vio cómo ella se escapaba hacia la parte trasera de la tienda, y luego miró al padre de la muchacha con cara de sorpresa. Lord Shafterbury, que tenía los mismos ojos de su hija, lo observaba con una sonrisa en la cara.

–Una gran chica su hija, señor. George la apreciaba mucho. Hace un par de años la llevó a la facultad para asistir a una clase de patología y...

–Sí, sí, ya, ella es muy curiosa, le gusta verlo todo. –Shafterbury le palmoteó la espalda con afecto antes de separarse de él–. Un gusto conocerlo. Diviértase y que tenga buen viaje, doctor.

–Gracias, milord.

Cuando consiguió salir del local abarrotado y llegar a la casa se encontró a Emily sentada completamente a oscuras junto a la ventana de su dormitorio. Entró sin llamar y buscó una silla para sentarse frente a ella.

–Es tu gran noche, Emily. Sal ahí y disfrútala. Has trabajado tanto que te mereces una recompensa más que nadie.

–¿Qué pasará si ve a George y le dice dónde estoy?

–¿Qué va a pasar? Nada.

–No quiero que venga a reclamar nada.

–¿Qué puede reclamar?, ¿al bebé? Eso no lo permitiremos.

–Mi hijo es mío. No quiero que tenga nada que ver con él, y mucho menos con su mujer. No quiero que se acerquen a mi bebé; ni ella ni nadie de la familia Shafterbury.

–No lo harán. Estamos contigo; no tengas miedo.

–Él puede llegar a ser muy persistente.

–Y tú más... –Le sonrió, y ella le devolvió la sonrisa,

limpiándose las lágrimas–. Seguramente ni se vean, y si se llegan a ver, lo más seguro es que ese doctor ni se acuerde de que te vio. Toda esa gente tan inteligente suele ser muy despistada. Venga, vamos a comer algo y a encontrar a Beatrice, que se ha perdido entre la marabunta.

–Muchas gracias por estar aquí y por propiciar todo esto.

–Es un verdadero placer, Emily. Para mí es un privilegio que me dejes estar a tu lado.

–No digas eso. ¿Qué privilegio? Nada de eso. Somos familia y serás un abuelo muy joven y guapo.

–¿Ah, sí? –Se levantaron para volver a la fiesta.

–Sí, nadie se cree que eres mi padre.

–Será porque no me llamas papá.

–Es difícil...

–Es una broma. Venga, vamos, estás muy guapa y la gente quiere verte. ¿Sabes qué? Nadie entiende que trabajes tanto, en tu estado y con el dinero que tienes...

–Ninguno de esos ha vivido en el East End. Allí todos somos muy trabajadores.

Charlotte llegó al mundo tan solo catorce días después de la inauguración de la tienda, el veintinueve de diciembre, el mismo día del cumpleaños de su padre y de Molly Everhard.

Tanto trajín y tanto trabajo se paró de golpe esa mañana cuando un dolor lacerante le cruzó las caderas de izquierda a derecha, para acto seguido sentir un líquido caliente bajándole por las piernas. Estaba en el taller de la boutique, acompañada por Holly y Mary O'Donnell, sus costureras, y ambas apartaron la labor al verla detener su paso, normalmente enérgico, y agarrarse a una mesa con toda las fuerzas.

–Ya viene –sentenció Mary, madre de cuatro hijos, levantándose para auxiliarla–. Tranquila, acaba de empezar.

Tan solo dos horas después no podía apenas soportar

las contracciones, cogida a la mano de Beatrice; y la comadrona, una mujer muy mayor y con las manos enormes, le anunció que el parto sería rápido, a pesar de ser primeriza y algo flacucha, porque el bebé era pequeño y tenía mucha prisa por nacer.

Ella la miró con odio, pidiendo un médico, pero nadie le hizo caso y la mantuvieron quieta en la cama cuando lo que en realidad le apetecía era andar y estar de pie.

—George me dijo una vez que no había que hacer nada —le susurró en una pausa de los dolores a Beatrice—, que hay que dejar actuar a la naturaleza. No permitas que esa mujer me haga nada, por favor.

—¿Y qué puede hacer? —Beatrice Shafterbury la observó, horrorizada, abriendo mucho los ojos.

—¿No has visto qué manos tiene? Incluso él las tenía más finas.

Afortunadamente, Louise, la comadrona, no hizo nada y dejó que fuera la naturaleza la que hablara, ayudando a que Charlotte viniera al mundo el veintinueve de diciembre de 1892, a las seis de la tarde. Emily se pasó la mayor parte del proceso rezando y pidiendo la ayuda de todos los santos a los que su madre solía rezar, luego odiando a George Connaught, y, finalmente, llorando, añorando con toda el alma un abrazo suyo y ver su sonrisa y sus ojos color aguamarina dándole algo de consuelo. Pero no fue así, y tuvo que dar a luz a su hija sola, entre desconocidos y con una Beatrice más asustada que ella misma.

—¡Dios bendito! Es una preciosidad.

Su orgulloso abuelo la acercó una vez más a la luz para verla mejor. Charlotte era una muñequita, muy pequeñita pero perfecta, con la cabeza redonda, sin pelo y unos rasgos finísimos.

—Es una princesa, al igual que su madre.

Emily ya estaba cambiada y aseada tras las ocho horas de parto. «Un verdadero regalo del cielo para una primeriza», había dicho la comadrona, aunque ella se sentía apaleada y moribunda, más cansada de lo que había estado en toda su vida y realmente dolorida.

—Está sana —susurró agotada—, pero quiero que la vea un médico.

—Sí, claro, el doctor Robinson está al llegar, pero está sanísima, ¿no la ves?

—Se parece a George. —Miró a su padre, y este no dijo nada—. Solo espero que sea tan inteligente como él.

—Con que sea la mitad de lista que tú, ya es suficiente, Emily, y deja de pensar. ¿Por qué no intentas dormir?

Y durmió muchas horas.

Casi cinco meses después del nacimiento de la niña aún recordaba el agotamiento que le había sobrevenido tras el parto. Se había pasado mucho tiempo descansando y reponiéndose. Lo cierto era que su primer mes de vida había transcurrido sin que ella hiciera nada, salvo mirarla, porque Charlotte era un milagro, «tan preciosa y sanita, fruto del amor más grande que ha surcado el universo», le dijo una noche cuando la tenía acurrucada sobre su pecho. Porque aunque estuvieran solas y su padre ignorara su existencia, ella quería que Charlotte lo sintiera, y que supiera lo mucho que se habían amado y lo maravilloso que él era, con su porte elegante y su sonrisa encantadora, sus ojos transparentes y su aroma a loción de afeitar y a limpio, con sus manos hermosas que curaban a la gente, y esa voz dulce y profunda que ella jamás podría olvidar.

—De William Butler.

Beatrice llegó a la terraza y dejó el arreglo floral en una de las mesitas. Emily lo miró y siguió leyendo el periódico.

—Es muy amable.

—Y muy pesado —opinó Michael Shafterbury sin dejar de leer su periódico y con una taza de café en la mano.

—La está cortejando. Déjalo.

—No quiero que me corteje ni nada parecido. Por favor, Beatrice, si puedes hacer algo para que me deje en paz, te lo agradeceré eternamente.

—¿Y por qué? Solo tienes veinte años. Él, treinta, y es un abogado de prestigio. Sus padres son de Nueva York.

—Michael... —Miró a su padre, pidiéndole ayuda, y él suspiró.

—No quiere pretendientes, querida. Charlotte apenas tiene cinco meses, en realidad, no entiendo cómo esa panda de idiotas se atreve a cortejar a una madre tan reciente.

—¿Porque es la chica más guapa de toda la ciudad?

—¡Madre de Dios!, debo irme.

Se puso de pie, y entonces vio a Ruth, la niñera, llegar por el jardín con Charlotte, que venía vestida de blanco con un trajecito que ella misma le había hecho, y se le olvidaron los disgustos.

—Hola, mi amor. ¿Cómo estás?

—Está muy despierta. Debería dormir más.

La niña venía con la cabecita muy tiesa, mirándolo todo, y en cuanto vio a su madre, sonrió, feliz.

—No importa; es inquieta. Hola, cariño, dame un abrazo. —La cogió y la apretó contra su pecho, comiéndosela a besos—. ¿Te vienes a la tienda un ratito? ¿Me acompañas, cielo?

—No, mejor se queda con el abuelo, que la puede llevar al parque.

Michael Shafterbury se levantó, arreglándose el traje cortado a medida, para mirar a su nieta de cerca. La pequeña, que era preciosa, tenía el pelo oscuro y unos enormes ojos claros, entre verdes y azules, iguales a los de George Connaught, aunque nadie se atrevía a reconocerlo en voz alta para no herir a Emily.

—¿Te vienes conmigo al parque, princesa?

—Bueno, mejor al parque, pero luego me toca a mí.

Emily la besó en la cabecita, después a su padre en la mejilla, y salió camino de la tienda. Era una fortuna que se encontrara junto a su casa, porque así podía estar siempre cerca de su hija, aunque tuviera que disputarse el derecho a mimarla con Beatrice y Michael, que estaban como locos con ella.

—Buenos días.

—Buenos días, señora Gardiner —dijeron las costureras más jóvenes al verla entrar vestida de color lavanda, sin sombrero y realmente guapísima.

—¿Qué tal se presenta hoy?

—Tenemos dos trajes de novia y tres de madrina, los vestidos de la cena de los Flanaggan y la puesta de largo de Rose Rosenberg; al menos son catorce invitadas de la misma familia. —Josie, muy elegante, le habló nada más pisar el despacho—. Diez citas de prueba, por el momento.

—Vale, pero lo llevamos todo a tiempo, no te preocupes.

—Hay alguien que quiere verte.

—¿No será William Butler?

—No. Son unas señoras.

—Buenos días.

Se asomó a la tienda y una chica joven, a la que recordaba como hija de una de sus clientas, y otra mujer que la acompañaba se acercaron a darle la mano.

—Buenos días, señora Gardiner. Me llamo Elizabeth Roth. Mi madre...

—Sí, sí, claro, la señora Roth. ¿En qué puedo ayudarlas?

—La queríamos invitar a una reunión.

—Se lo agradezco, pero no suelo salir. Tengo un bebé de cinco meses...

—No es una fiesta ni nada de eso. Es una reunión de la Asociación Nacional para el Sufragio de las Mujeres Estadounidenses.

—¿Ah, sí? Es muy interesante, pero yo soy inglesa —dijo, sonriendo con dulzura y mirando el escaparate, que necesitaba un repaso.

—No, no me entiende. —Elizabeth Roth la miró fijamente—. Queríamos invitarla a compartir con nosotras su experiencia como mujer emprendedora. Tiene este negocio, que es muy próspero, y es una madre muy joven, completamente independiente. En fin, que puede ser un ejemplo para muchas de nosotras.

—¿Yo? —Se sonrojó y no supo qué decir. Ella no se consideraba ejemplo de nada.

—Sí. Los martes nos reunimos en mi casa, que está muy cerca, para charlar y compartir impresiones, y cuando mi madre me habló de usted y de que en un año ya ha levantado este negocio, pensamos que podría aportarnos algo de su experiencia.

—Muchas mujeres inmigrantes trabajan y sacan adelante sus negocios. Yo...

—Bueno, es solo una idea, no es nada formal, pero si le apetece, el martes que viene estaremos encantadas de invitarla a un té.

—Puede traer a su bebé si quiere —le dijo la otra dama—. Muchas tenemos hijos. ¿Es un niño?

—No, una niña. Se llama Charlotte.

—Bueno, pues las esperamos a las dos cuando usted quiera.

Emily recibió un folleto de ese grupo, fundado por Susan B. Anthony y Elizabeth Stanton en 1869, y pensó que tal vez no sería mala idea ir. Pero aparcó la decisión para más adelante porque tenía mucho trabajo que hacer.

# Capítulo 27

*Londres, mayo de 1893*

–¡Bendito sea Dios, John!, ¿qué demonios estabais haciendo?

El doctor George Connaught miró la herida abierta que tenía ese hombre en el abdomen y se remangó las mangas de la camisa.

–Una pelea con botellas, mayor –contestó el amigo del herido, que estaba igualmente ensangrentado–. Unos de la Marina que se metieron con la Real Infantería de su Majestad.

–Muy bonito.

George lo miró, entornando los ojos, y llamó a su asistente para que le ayudara a limpiar la enorme herida, que parecía un repollo abierto. Agarró la aguja y se inclinó sobre el soldado para suturar el estropicio antes de que se infectara.

Llevaba seis meses ejerciendo como médico en el Royal Hospital Chelsea, fundado en el siglo XVII por el rey Carlos II con el fin de atender a los veteranos de guerra y a sus familias, aunque a finales del XIX no solo asistía a miembros del ejército, sino también a muchos pacientes derivados de otros centros sanitarios de Londres. Era un trabajo agotador, pero intenso y apasionante, y se sentía bien allí, donde lo llamaban por su rango militar y donde nadie lo molestaba demasiado. Podía pasar horas y horas en el consultorio o en el quirófano, sin intención alguna de volver a casa.

La consulta de Cannon Street era atendida desde hacía meses por dos médicos jóvenes a los que pagaba un sueldo simbólico por cumplir con una labor humanitaria en la zona. George pasaba por allí una vez por semana para ver los casos más complicados y a los pacientes que solo se dejaban reconocer por él, y mantenía al día un dispensario que se financiaba con el dinero generado por Mayfair, donde no atendía personalmente a nadie, pero en cambio tenía un socio, rico y muy popular entre la alta sociedad londinense, que había convertido la consulta médica en un negocio muy rentable.

No albergaba queja alguna sobre su vida profesional, a la que se dedicaba en cuerpo y alma desde hacía ocho meses, cuando había tenido que asumir que había perdido a Emily Gardiner para siempre y no le había quedado más esperanza que la medicina.

Apenas dormía, madrugaba a diario y se acostaba rendido, muy tarde, sin que para él existieran los días de fiesta o los domingos. Se apuntaba a todos los turnos en el hospital y realizaba visitas privadas cuando se lo solicitaban. Nunca decía que no a un caso y en unos meses se había transformado en una especie de ermitaño misterioso, silencioso y serio, al que pocos se atrevían a importunar, una circunstancia muy conveniente cuando a lo único a lo que se aspiraba en la vida era a que a uno lo dejaran en paz. Vivía solo desde el otoño, tras montar un escándalo apoteósico en casa de sus padres del que aún se cuchicheaba en la ciudad.

Nada más regresar de Brighton, donde se había enterado de la penosa y vergonzosa actuación de su hermana Amanda con Emily, se había enfrentado a ella en la comida familiar del domingo en Westminster, y la insufrible muchacha ni siquiera lo había negado, asegurándole que se había tratado de una broma inocente.

—¿Decirle a mi novia que me iba a casar con Rosemunde Shafterbury era una broma? ¿Tú eres estúpida, o qué?

—¡George!, por favor, te ruego que respetes a mi esposa.

El pobre Jason Rhys-Evans se puso de pie, ofendido, y caminó hacia él titubeante, pero aparentando seguridad.

—¡Cállate, Jason, esto no va contigo! —le dijo secamente sin ni siquiera mirarlo—. Lo hiciste porque eres una mala persona, una ociosa insoportable, por eso quisiste herirla. ¿La idiota de Rosemunde Shafterbury te dijo que el veintiocho de septiembre era su cumpleaños, no? ¿Os reísteis mucho a su costa?

—Era una broma, y tú estabas enfadado con ella. —Amanda agarró su pañuelito de encaje y fingió llorar—: Habías roto con ella.

—¿Y tú qué demonios sabías de eso? ¡Maldita sea!, no te lo voy a perdonar en la vida, y exijo que te disculpes con Emily. Vas a buscarla y a desmentir palabra por palabra lo que le dijiste, ¿me oyes? Besarás el suelo por donde pisa porque tú no le llegas ni a la suela de los zapatos.

—Esa mujer no era nadie. Respeta a tu hermana, que somos tu familia, George.

Eleonor Connaught había hablado muy seria y mirando a su marido, que permanecía impasible sentado a la cabecera de la gran mesa.

—Ella lo era todo para mí, madre; no te atrevas a intervenir en esto porque eso sí que no lo voy a tolerar. Esta idiota es una inmadura y una estúpida, siempre lo ha sido, pero tú eres mi madre, no oses cuestionar mi relación con Emily Gardiner.

—¡No la nombres en mi casa! —La duquesa se puso de pie, roja de rabia—. Si ya ha desaparecido de tu vida, bendito sea Dios, y me alegro de que tu hermana haya tenido la valentía de apartarla de ti.

—¿Cómo dices?

—Sí, yo la apoyé cuando me contó lo que habían hecho, porque si eso ayudó a que esa mujer te dejara en paz, me alegro.

—¡Madre! —Se puso pálido y miró a su padre—. ¿Cómo puedes ser tan mezquina?

—No te merecía. Mírate, George, puedes elegir a cualquiera.

—Yo ya había elegido… —Los miró a todos por última vez y se volvió para salir de la estancia.

En el pasillo, agarró un precioso y carísimo jarrón de la entrada y lo estampó contra el gran espejo de la pared, que se rompió en mil pedazos. Las mujeres de la casa soltaron un grito con el estruendo, y él subió a su cuarto hecho una furia.

—¡George!, ¿adónde vas? No te atrevas a darme la espada. ¡Daniel, haz algo!

Eleonor Connaught empezó a resoplar al borde del desmayo, y su yerno corrió para sujetarla por el brazo. Su marido, el duque de Stevenage, dejó la servilleta sobre la mesa, se puso de pie lentamente y miró a su hija pequeña con severidad.

—Esa muchacha no os había hecho nada malo, salvo hacer feliz a tu hermano. Me siento muy decepcionado contigo y también avergonzado. ¿Sabes acaso el daño que les has hecho a ambos?

—¡Daniel!

—¡Cállate, Eleonor! Y educa mejor a tu hija, que es una desgracia para la familia.

Desde ese domingo de octubre, George Connaught no volvió a dirigir la palabra ni a su madre ni a su hermana. Se llevó todas sus cosas en menos de una hora y se instaló en la segunda planta del piso de Mayfair, donde había pensado, en un principio, vivir con Emily.

No lamentó esa decisión. Por el contrario, de pronto, se sintió más libre y liviano de cargas, y fue ya en su nueva casa cuando se animó a ofrecer sus servicios médicos al Royal Hospital Chelsea para entregarse de forma obsesiva al trabajo. Fue la única fórmula que encontró para intentar superar el dolor y la añoranza por Emily, en la que no podía dejar de pensar. Aunque había prometido a Winston dejarla en paz y respetar su nueva vida, para él resultaba imposible no buscarla para darle una explicación, y se empeñó en pasar de vez en cuando por la tienda para preguntar por ella, o en mandar una cantidad ingente de cartas a su padre a la India para pedir su ayuda, o en visitar con regularidad a Albert Sheen en su despacho para interesarse por las novedades, aunque todos sus esfuerzos resultaran inútiles.

—George Connaught en persona.

El médico dio un último golpe de hoja a su oponente y se volvió hacia la voz que lo llamaba. Estaba en el club practicando esgrima como todos los sábados por la mañana y se sorprendió mucho de ver a David Law allí.

—¡David Law!, ¿qué haces aquí? —Hizo una venia a su compañero de combate y palmoteó la espalda de su colega—. ¿Qué tal en Filadelfia?

—Bien. He venido a comer con el doctor Fishbourne. Me han llamado para hablar de un puesto aquí en Londres.

—¿Y es eso lo que quieres? —Agarró un vaso de agua que le ofreció un camarero y se lo tomó de un trago.

—Sí, claro. Vine en enero y aún no puedo regresar a los Estados Unidos.

—¿Y eso?

—Vine por las fiestas, y luego en Cambridge tuve que atender unos asuntos pendientes y después a mi madre enferma y unas conferencias en Francia; en fin, una locura. ¿Y tú qué tal? Hacía años que no te veía.

—¿Años? No tanto. Todo bien. Estoy en el Royal Hospital Chelsea.

—Eso me han dicho. Es demasiado trabajo. ¿Cuándo te pasas a la enseñanza?

—No, gracias; prefiero atender a la gente. ¿Comemos uno de estos días? Ahora debo irme; tengo quirófano dentro de una hora.

—Claro. ¿Me paso por Cannon Street o por Mayfair?

—No, mejor por el hospital, cualquier día, y así ves lo que hacemos allí.

—Perfecto. Me alegro de verte, George.

Lo vio bajar la escalera con energía hacia el jardincito interior del precioso edificio y, de pronto, se acordó de Emily Gardiner, pero no dijo nada porque George Connaught parecía tener prisa, así que le dio la espalda y empezó a buscar el comedor de ese elegante club de caballeros al que por supuesto él no pertenecía, de momento.

—¿Perdido? —Dos pasillos y un tramo de escaleras más allá se topó nuevamente con su amigo, que se iba secando con una toalla enorme—. El comedor está justo al lado del jardín.

—¿En serio? ¡Qué despiste! Es que estos sitios son laberínticos. Oye George…

—¿Qué?

El médico se paró y lo miró con sus enormes ojos claros.

—¿Te acuerdas de la señorita Gardiner?

—¿Cómo dices? —El corazón se le subió a la garganta—. Por supuesto que sí. ¿Por qué?

—La vi hace unos meses…

—¿Dónde? —Avanzó un paso, y David Law retrocedió, un poco intimidado.

—En Nueva York. Tiene una tienda muy bonita. Creo que le va muy bien.

—¿En Nueva York? —Sonrió y se le llenaron los ojos de lágrimas—. ¿Seguro? ¿Hablaste con ella?

—Claro, con ella y con su padre, un hombre muy elegante y agradable; hablamos de ti.

—¿De mí?

—Sí. Le pregunté si te había encontrado. El año pasado por estas fechas fue a Cambridge buscándote.

—¿Fue a buscarme? ¿Por qué no me dijiste nada?

—Hace mucho que no nos veíamos y, por carta, lo olvidé.

—Bien, no pasa nada. ¿Qué te dijo en Cambridge?

—Nada, pero estaba un poco enferma, me parece. Pasó por la facultad y le dije que no sabíamos nada de ti, y luego me la encontré en Nueva York, en Manhattan, en plena Washington Square. Tiene una tienda de modas muy grande y elegante. Me dijo que era gracias a la ayuda de su padre, pero te aseguro que ella es la famosa allí. Toda la colonia inglesa hablaba de su negocio y de lo trabajadora que es, a pesar de…, ya sabes.

—¿De qué?

George sonreía con cara de bobo, pues una emoción enorme le subía por el pecho.

David lo observó, ceñudo.

—¿Estás bien?

—Sí, sí, es que hace meses que intento localizarla sin éxito y me has sorprendido mucho. Es un milagro. Gracias, David. —Le apretó el hombro y se tragó las lágrimas—. ¿Qué le pasa?, ¿está bien?

—Sí, guapísima como siempre, pero dicen que se quedó viuda y que por eso dejó Londres. Su padre llegó desde la India para pasar un tiempo con ella, y aunque no es la más alegre de las criaturas, al menos es la más próspera.

—¿Viuda? —se echó a reír, y Law movió la cabeza.

—¿No te alegrarás, Connaught?, ¿no serás tan cabrón?

—No, no es eso. Es que creo que alguien me ha dado por muerto… y no la culpo.

—¿Qué demonios…?

—Déjalo, amigo, y muchas gracias. Que Dios te lo pague.


El veinte de mayo embarcó en Liverpool rumbo a Nueva York. En diez días, había organizado sus compromisos profesionales en el hospital y las consultas y había cerrado la casa sin fecha de retorno. No había dudado ni medio segundo de que debía hacer ese viaje, estaba feliz de poder hacer algo, al fin, con respecto a Emily. Y cuando llegó al hospital e informó de sus nuevos planes, la gente lo felicitó porque era la primera vez en meses que lo veían sonreír, señal de que los motivos de su viaje eran alegres.

Cinco días antes de partir se reunió a comer con su padre en el club y le dijo que se iba a Estados Unidos con la

intención de casarse con Emily Gardiner, si ella lo aceptaba y no estaba ya comprometida con otro, una posibilidad
que no quería considerar hasta tenerla delante, porque solo
pensar en esa opción le había quitado el sueño durante dos
días.

«Pareces un crío con zapatos nuevos», le dijo el duque
de Stevenage, mirándolo de arriba abajo con sus apacibles
ojos claros y prometiéndole que sus abogados se harían
cargo de la administración de ambas consultas. Daniel
Connaught aún se sentía culpable por los últimos acontecimientos que habían afectado a George, y estaba deseoso de
mostrarle su apoyo en todo lo necesario. Acabaron despidiéndose con un gran abrazo en la calle, pero George, bajo
ningún concepto, aceptó acudir a la casa de Westminster a
despedirse de su madre.

—Se disgustará muchísimo. Está enferma por tu partida...

—No es asunto mío, padre, lo siento. Además, mi madre
está más sana que tú y yo juntos.

—De todas maneras, se pondrá furiosa. ¿Y cuándo piensas volver?

—Depende de Emily.

—No debe de ser sano querer tanto a alguien.

—Vale la pena, no te preocupes por mí.

Se abrazaron una vez más, y George vio cómo su padre
se subía a su elegante vehículo para volver al Parlamento.
Suspiró, se puso el sombrero y se encaminó feliz a dar
término a los últimos preparativos antes del viaje.

# Capítulo 28



–¿Washington Square? –fue lo primero que preguntó al llegar al elegante hotel junto a Central Park que había reservado por cable.

Se había pasado veinticinco largos días encerrado en un barco donde no había hecho otra cosa que leer, escribir y hacer algo de deporte –boxeo y esgrima–, en un pequeño gimnasio al que iban muy pocos pasajeros, así que tenía la sensación de que salía de una cárcel. Por eso, tras registrarse y cambiarse de ropa, no había esperado ni un minuto para salir a buscar la tienda de Emily Gardiner en Nueva York.

–Está más o menos cerca. ¿Le pido un coche, señor?

–No, gracias, pero sí necesito un mapa o algo similar. Es mi primer día en la ciudad.

–¿Doctor Connaught?

Una de las damas que viajaban con él en el barco se acercó muy amablemente para interesarse por su problema. Lo cierto era que había sido acosado con descaro durante la travesía por muchas féminas, y antes de comprobar de quién se trataba la miró con el cejo fruncido.

–Mi marido y yo lo podemos ayudar. Vamos a comer algo y le indicaremos el camino. No es nuestro primer viaje a Nueva York.

–¡Oh, muy bien!, muchísimas gracias.

Se ajustó el sombrero y la elegante chaqueta gris con raya diplomática de su traje y se apresuró a seguir al matrimonio Cameron, unos ingleses de Manchester que compartían su vida entre Estados Unidos e Inglaterra desde hacía años. A ambos les encantaba Nueva York, y aunque vivían normalmente en Washington, se quedaban unos días en la ciudad siempre que llegaban a puerto.

George oyó la historia con cara de atención, aunque no comprendió nada de lo que le estaban explicando, emocionado y hasta asustado de tener que enfrentarse al fin a Emily después de un año y cuarenta y cuatro días de separación. No tenía ni idea de cómo iba a empezar a hablar con ella o si le permitiría siquiera hablar, y cuando esa pareja le dijo que ya estaban junto a Washington Square, un sudor frío le recorrió la espina dorsal.

—¿Adónde va?, ¿lo acompañamos?

—Susan, por Dios, deja al doctor en paz —protestó el señor Cameron—. Querrá hacer sus cosas.

—¿Sabrá volver al hotel?

—Me las arreglaré, gracias.

Esperó a que lo dejaran solo y se quedó quieto en medio del parque, mirando a su alrededor. La zona era elegante y muy concurrida; había muchísima gente deambulando por allí. Miró la hora y comprobó que eran las doce del mediodía. Tragó saliva y empezó a caminar observando las casas que bordeaban la plaza. Todo eran casonas y pequeños edificios victorianos que parecían residencias particulares, hasta que de repente vislumbró algo parecido a una tienda, y levantó los ojos para leer el cartel que había sobre la fachada: *Modas Gardiner*. El corazón se le contrajo y se le paró el pulso. Se dobló sobre sí mismo, con las manos apoyadas en los muslos, y comprobó, por primera vez en sus treinta y dos años de vida, que podía llegar a ser un maldito cobarde.

—No lo hagas más, por favor te lo pido, William, en serio; acabaré enfadándome de verdad.

—Solo es un regalo.

—No quiero tus regalos y tampoco tus flores. ¿Cómo malgastas el dinero de esta forma?

–Repite malgastar; me encanta cómo lo dices. –Emily miró a su pretendiente más impulsivo y persistente, y suspiró muy seria–. Solo intento cortejarte.

–No quiero que me cortejes, no me gusta y me parece infantil y estúpido. –Ya sin pizca de tacto, caminó hacia la entrada de la casa y le hizo un gesto para que se marchara–. Vete, por favor; tengo trabajo.

–Si nos casamos, no volverás a trabajar en la vida.

–¡Qué poco me conoces! Fuera, por favor.

–¿Cómo consiguió el padre de Charlotte cortejarte?

–No lo hizo, no lo necesitábamos. ¿Te puedes marchar?

–¿Y cómo te conquistó?

–William, por favor.

–Dímelo y me marcho.

–Yo amaba a ese hombre mucho antes de que él se fijara en mí, ¿de acuerdo?, así que no hizo falta cortejos, ni conquistas, ni estupideces varias que denigran a las personas.

–Eres muy dura, y eso te hace aún más preciosa.

–No vuelvas por aquí y déjame tranquila, por favor. Si quieres ser mi amigo, perfecto; si no, no vuelvas.

Le cerró la puerta, muy enfadada. Estaba preocupada por Charlotte, que había pasado una noche pésima por culpa de los dientes, y ese cretino había aparecido para darle la lata en su propia casa. Su padre tenía razón: debían prohibir que se abriera la puerta a quien no estuviera invitado.

–¿Cómo va?

–Mejor, la distraeré. Vaya tranquila; si llora, la llamo.

–De acuerdo. Tengo poco trabajo, así que me llamáis en seguida, ¿sí? –Miró a su preciosa niña de lejos para evitar que se pusiera a llorar si la veía irse y pasó por la cocina, donde Beatrice organizaba la comida y la cena–. ¿Cómo estás?

–No lo sé... –Le habló al oído–. Me siento igual.

–Mientras no te intoxiques, todo perfecto.

La mujer de su padre tomaba todo lo que le recomendaban para facilitar la concepción y la noche anterior se había bebido un aceite desconocido que le había costado una fortuna.

—Tómate un té, rapidito. Estás agotada.

—Dormimos poquísimo. La pobre Charlotte está muy incómoda, pero ya me lo tomaré en la tienda, luego os veo.

Salió con paso ágil hacia la tienda y entró en el taller saludando a todo el mundo con una sonrisa. Las chicas le habían hecho ese vestido de primavera en tonos marrones que llevaba y todas ellas alabaron lo guapa que estaba esa mañana. Ella agradeció los piropos y se metió en la oficina para revisar unos pedidos. Después fue a buscar unas blusas nuevas y decidió ponerlas en las estanterías mientras Josie se ocupaba de atender a una señora en el mostrador.

George Connaught se pasó diez minutos controlando el pánico y el ritmo respiratorio antes de atreverse a cruzar al umbral de esa preciosa puerta de madera y cristal ribeteaba en hierro fundido. Al agarrar el pomo se tragó todos los temores, y entró pisando fuerte. Se quedó unos segundos observando el amplio salón pintado en tonos blancos y espléndidamente iluminado gracias a los enormes ventanales que daban a la calle, y entonces la vio. Fue como si el mundo dejara de girar y se apoyó en el bastón de cedro para seguir sus movimientos sin poder abrir la boca.

Emily, más delgada, entró por la izquierda de la tienda con un bulto en la mano. Vestía un elegante traje marrón, ceñido a su esbelta cintura, que modelaba perfectamente su espalda recta, los hombros estrechos y ese cuello de cisne delicioso que él adoraba. Llevaba el pelo oscuro semirrecogido con un broche de plata y las ondas castañas brillaron cuando la luz del sol las alcanzó de frente.

Emily notó inmediatamente que algo ocurría. Un silencio palpable se extendía por el salón y acomodó la última blusa observando a Josie, que permanecía quieta y con la boca abierta mirando hacia la puerta.

—¿Josie? ¿Estás bien?

–Emily...

La voz se proyectó pastosa, y a ella le llegó igual que un puñal en el centro del pecho. Bajó la cabeza y se apoyó en la estantería.

–Doctor Connaught –dijo al fin Josie, que llevaba varios segundos observándolo ahí de pie, quieto como una estatua de sal, con su prestancia y elegancia de siempre–. ¿Usted por aquí?

–Sí. Hola, Josie, ¿cómo estás? –Avanzó un paso y se sacó el sombrero–. Emily, ¿qué tal?

–Buenos días.

Ella se volvió procurando controlar los nervios y lo miró de frente. Era él, no estaba soñando, y distinguió en seguida sus ojos color aguamarina que brillaban demasiado a tan corta distancia.

–Vaya sorpresa, doctor. ¿Qué te trae por Nueva York?

–Bueno, yo... –carraspeó, y le clavó los ojos claros con una congoja tal que ella sintió un escalofrío.

–Si necesitas comprar algo, llamaré a una dependienta.

–No quiero comprar. He venido para hablar contigo.

–Señora Gardiner, ¿cuándo traerán los chales con las perlas? –La clienta, de la que se había olvidado completamente, la sacó del estado de estupefacción en el que se encontraba–. Josie dice que mañana.

–Claro, señora Moore, mañana. Si lo dice Josie, así será, no se preocupe.

–¿Podemos hablar, Emily, por favor?

–Lo siento, doctor Connaught. Ahora tengo trabajo. Tal vez en otra ocasión...

–¡Señora!

Vivian, una de las doncellas de la casa, entró corriendo en la tienda y los sobresaltó a todos.

–Es Charlotte. Está llorando otra vez, y como pidió que la avisáramos.

–Sí, claro, ahora voy, Vivian. Muchas gracias.

Miró a Josie con cara de pánico y se apartó del mostrador. Tenía que salir de ahí; no quería hablar con él y mucho menos arriesgarse a que Rosemunde Shafterbury apareciera en cualquier momento.

–Ha sido una gran sorpresa verte, doctor; me alegro de que estés bien. Josie, atiende al señor, a lo mejor necesita algo.

–Sí, claro. ¿Doctor? –Josie se dirigió a él, pero George no la miraba–. ¿Busca algún regalo?

–¡No! –Dio un golpe con el bastón en el suelo y la miró fijamente–. Gracias, solo quiero hablar con ella. Emily, por Dios bendito, ¿tienes un minuto?

–Mirad a esta preciosa princesita...

Michael Shafterbury entró con Charlotte en brazos y se encontró con su hija pálida como un papel y a Josie igualmente alterada. Desvió los ojos hacia la puerta e inmediatamente reconoció la figura de su camarada George Connaught de pie, en medio de la tienda. Tragó saliva, abrazó a su nieta y habló con una tranquilidad pasmosa.

–George, ¿qué haces aquí, hombre? Vaya sorpresa.

–Michael, la sorpresa es mía. ¿Has dejado Bombay?

–Sí, ya ves, para dedicarme a la familia. –Acarició la carita de Charlotte y miró a Emily, que parecía al borde del desmayo–. Esta preciosidad ya no llora, me la llevaré al parque.

–Tiene fiebre.

El médico notó con un vistazo los ojos brillantes de la niña y las mejillas sonrosadas. Frunció el cejo e hizo un gesto hacia ella con la cabeza.

–Sí, ya lo sabemos; son los dientes. Su médico nos ha dicho que la fiebre es parte del proceso.

–Lo es, pero dadle algo sólido para que muerda, y si está helado, mejor, eso la aliviará.

–Yo me ocupo.

A Emily le salió al fin la voz. Caminó hacia su padre, le quitó a la niña y se perdió con ella hacia la parte trasera de la tienda. Llegó al taller y se apoyó en la pared, abrazando a Charlotte contra su pecho. Miró a las costureras y les hizo un gesto para que se callaran porque quería oír la conversación entre su padre y George, que continuaba en ese tono tan frío.

—¿Qué te trae a Nueva York, George?

—Hablar con tu hija.

—¿Ah, sí? ¿Y eso por qué?

—Hay varios malentendidos que necesitamos aclarar.

—No creo que ella necesite aclarar nada, está muy bien como está.

—Yo creo que no. —Cuadró los hombros y miró a su viejo amigo, levantando la barbilla—. Y en todo caso, se trata de algo entre ella y yo, no estoy pidiendo tu opinión.

—No me desafíes, George Connaught. He sido tu superior y tu amigo, y merezco un poco de respeto.

—Y te respeto, Michael, solo digo que me he pasado veinticinco malditos días en un barco para venir hasta aquí. He llegado hace dos horas a la ciudad y he venido directamente para hablar con ella. Solo suplico diez minutos de su valioso tiempo.

¿Crees que puedes convencerla para que me los dé?

—¿Y tu esposa, mi sobrina Rosemunde, también se ha pasado veinticinco malditos días navegando?

Emily cerró los ojos al oír la risa grave de George.

—Ese es el primer asunto que hay que aclarar, Michael. Jamás me he casado, y mucho menos con Rosemunde Shafterbury, a la que por cierto no soporto. Fue una desgraciada mentira urdida por mi hermana, y si estoy aquí es para que Emily sepa la verdad.

—¡Dios del cielo!

Josie exclamó sin querer y se alejó de los caballeros para no parecer impertinente.

—¿Y has tardado más de un año en venir a decirnos la verdad?

—Cuando volví a Londres ella se había marchado, y ni Winston, ni Mary-Anne, ni Sheen quisieron decirme dónde estaba. Ha sido una casualidad que me enterara de su paradero. Hace un mes que me dijeron que ella era ahora una viuda próspera que residía en Nueva York, y aquí estoy.

—¿No te has casado? —Shafterbury, con un alivio enorme en el pecho se acercó a su amigo y lo sujetó por el hombro—. ¿En serio? ¿Sabes acaso lo que ha sufrido mi hija, embarazada y sola, imaginándote con esa impresentable de Rosemunde?

—¡Oh, no!

Emily besó la cabecita de Charlotte al borde de un copalso. Era muy mala idea que se enterara del embarazo; eso no podía ser. Aunque él dijera que no se había casado, no podía ser, y quiso salir e interrumpir a su padre, pero ya era demasiado tarde. George estaba mudo y se imaginaba el porqué.

—¿Embarazada?

—¿No lo sabías?

—Por supuesto que no.

Caminó hacia el mostrador y se apoyó en él, le faltaba el aire, Josie sirvió un vaso de agua y se lo ofreció sin sonreír.

—¿Embarazada? Bueno, yo supuse... —Se pasó la mano por la cara—. ¡Dios bendito! ¿Y dónde está nuestro hijo?

—Acabas de verla. Es Charlotte; ella es tu hija.

—¡Mierda!

Emily no quiso oír más, sujetó bien a la niña en la cadera y caminó de prisa hacia la casa. Entró hecha una furia y subió la escalera corriendo. Llegó a la habitación y cerró la puerta con llave.


—No tenías ningún derecho, ninguno.

—¿Qué querías, que le ocultara a su hija? ¿Que le hiciera lo que me hicieron a mí? ¿Que Charlotte no sepa quién es su padre? ¡Emily!

Ella se paseaba como un león enjaulado con un pañuelo en la mano. Estaba muy nerviosa y había llorado toda la tarde. Un montón de sentimientos encontrados se le agolpaban en el pecho, pero había una sola cosa que le preocupaba, y era que George quería ver a la niña, y esa misma tarde, no al otro día o en una semana, no, ese mismo día. Miró a su padre y le dedicó una mirada asesina que él ignoró.

—Yo debía decidir cuándo y cómo.

—Ha venido desde Inglaterra. No voy a ser yo el que le niegue a mi nieta la posibilidad de disfrutar de su padre.

—Debías habérmelo consultado.

—Creí que sabía que estabas embarazada; todo el mundo lo sabía. Y si le contaron que estabas aquí, era normal que le hubiesen hablado de tu estado.

—No así. ¡Dios mío! —Se quedó quieta y miró a la niña, que jugaba en el suelo ajena a todo—. ¿Dónde está?

—Abajo, con Beatrice.

—No puede ser. Estábamos tan tranquilos y...

—Emily, escucha. —La agarró por los hombros y buscó sus ojos—. Esto iba a pasar antes o después; es mejor que sea ahora. George es un buen tipo, no está casado, ha recorrido medio mundo para hablar contigo, y ahora solo quiere ver a su hija. No tengas miedo.

—¿Seguro que no está casado?

—Claro que no. Me ha explicado lo que pasó: esas estúpidas mentirosas quisieron hacerte daño. Cuando él volvió a buscarte a Londres, tú habías venido aquí, y Winston le dijo que te dejara en paz. Nadie le quiso decir dónde estabas y lleva meses buscándote. Hija, mírame, yo confío en él, lo conozco desde hace años, es el padre de tu hija, deja que la vea.


—Hola, Charlotte.

George Connaught caminó hacia Michael, que llevaba al bebé en brazos. Beatrice le había contado que tenía seis meses y que había nacido el veintinueve de diciembre, el mismo día de su cumpleaños, en una tarde muy fría pero soleada. Él había oído muchos detalles de la vida de su hija con una sonrisa en la cara, porque después del golpe inicial, una felicidad enorme lo embargaba y no cabía en sí de gozo. Se acercó a ella y le tendió los brazos.

–¿Vienes conmigo? ¿Te duele la boquita?

–Llevamos semanas con el tema de los dientes –Beatrice se puso de pie y acarició la cabecita de Charlotte, que miraba a George con los ojos muy abiertos–, y el doctor Robinson nos ha dicho que no ha hecho más que empezar.

–Pero la ayudaremos a llevarlo mejor, ¿verdad, cielo?

George le tocó la carita y una corriente de energía extraña lo hizo estremecerse. La besó con cariño y fue como tocar su propia piel. Era una sensación increíble, y miró a Michael y a Beatrice con los ojos húmedos.

–Es preciosa.

–Y muy despierta.

–Mi vida.

La abrazó contra su pecho y caminó con ella por el salón. La pequeña se dejaba cargar con total tranquilidad y aprovechó que lo miraba muy atenta para meterle el dedo en la boca y comprobar las hinchadas encías.

–Ya tiene dos dientes, pero aún nos quedan muchos por salir. La dentición es muy incómoda y frustrante. Le vamos a dar un poco de agua de manzanilla y vais a poner unas zanahorias crudas en la fresquera con hielo. ¿Tenéis fresquera? –Beatrice asintió, fascinada–. Cuando estén muy frías le vamos a dar una entera, perfectamente pelada y limpia; eso la aliviará y podrá morderla, ¿de acuerdo?

–Perfecto. Vivian –Bea llamó a la doncella–, ya has oído al doctor; que preparen la manzanilla también.

–Sí, señora.

La muchacha salió y George se sentó con su niña en las rodillas. Era tan guapa que parecía una muñequita. Tenía su pelo rizado, aunque el de ella era oscuro como el de Emily, y sus ojos claros. Era una mezcla muy equitativa de ambos y dio gracias a Dios por poder tenerla entre sus brazos.

–¿Y Emily?

–Arriba. Está un poco confusa y desbordada –intervino Michael, viendo la destreza con que George se manejaba con la pequeña–. Es normal.

–Dejadme subir y hablaremos. Ella y yo siempre hemos podido hablar...

–Ahora no. Está… –Shafterbury movió las manos sin saber cómo definirlo–. Lo ha pasado muy mal, George, y no te esperaba ya. Es un poco violento.

–Lo entiendo, pero necesito explicarme… –Charlotte se le acurrucó en el pecho, y él la abrazó, besándole la cabecita–. Y más ahora que sé que tenemos una hija.

–No sé cómo ella pudo superar tantas cosas y salir adelante –habló Beatrice, sentándose frente a él–. Cuando llegamos aquí parecía un fantasma, delgada, demacrada, arrastrando el embarazo y la cara de pena por la ciudad, mientras luchaba por levantar su tienda y hacerse con este nuevo país. Ya venía de unos meses terroríficos en Londres, sola y confundida, y, sin embargo, tuvo la fortaleza de plantarse aquí y trabajar para conseguir un hogar para su hija. Le ha costado mucho y afortunadamente permitió que nos quedáramos y la ayudáramos. Ha mejorado muchísimo, y ya ves lo que ha conseguido. Pero su corazón sigue estando roto. Deberías tener paciencia y esperar a que esté preparada para hablar contigo.

–Esperaré.

–Es dura como una piedra, pero muy sensible. Tú debes saberlo mejor que nadie.

–Lo sé, lo sé.

Emily Gardiner vio desde el pasillo cómo George abrazaba por primera vez a su hija y se echó a llorar. Dio un paso atrás y volvió a su dormitorio para esperar a que se marchara. Intentaba organizar sus pensamientos.

Ni en sus mejores sueños había aspirado a volver a verlo. En realidad, jamás se permitía pensar en algo parecido, convencida como estaba de que él vivía con Rosemunde Shafterbury en Londres. Para ella él había muerto el uno de mayo de 1892, y, con él, todas sus esperanzas de ser feliz y formar una familia.

En un año y dos meses no había dejado de pensar en él, ni un solo día, más aún cuando nació Charlotte y reconoció en ella alguno de sus rasgos y, por supuesto, sus preciosos ojos color aguamarina. Gracias a su hija, jamás podría olvidarlo, lo sabía y estaba orgullosa de ello. Pero llevaba meses intentando relegarlo al fondo de su corazón, para no sufrir más, y verlo de repente ahí mismo, en su casa, con su hija en brazos, le desbarataba de un plumazo todos sus esfuerzos, sus planes y su tranquilidad.

—Charlotte quedó fascinada con su padre.

Beatrice lo comentó como de pasada mientras desayunaban, porque la víspera, Emily se había atrincherado en su cuarto y no había podido hablar con ella.

—Es increíble cómo él se maneja con ella. Tiene mucha destreza.

—Es médico; está acostumbrado a tratar con niños —fue la respuesta de Emily, que no apartaba la vista del periódico.

—Supongo, pero es muy dulce y cariñoso.

—Lo mejor es que la manzanilla y las zanahorias han sido estupendas para la niña. Ha pasado muy buena noche, ¿no, Emily? —Michael Shafterbury terció, mirándola de reojo—. ¿Querida?

—Sí, ha dormido de un tirón. Bueno —dijo, y se puso de pie—, me voy a trabajar. Ayer acabé perdiendo toda la tarde.

Se levantó y salió sin mirarlos. Tenía unas enormes ojeras y los ojos hinchados porque se había pasado la mitad de la noche llorando, y no quería que la consolaran con lástima o le dijeran algo. Entró en la tienda y se afanó primero en trabajar en el despacho, y luego ayudó a las costureras con unos bordados para no pensar, hasta el mediodía, cuando su padre apareció con Charlotte en brazos.

—Emily...

—¿Sí? —Los miró a los dos y se levantó sonriendo a la niña, que pataleaba feliz—. Hola, mi vida. ¿Dónde vas tan guapa? Dame un besito. —La agarró para comérsela a besos mientras la niña se reía a carcajadas.

–Vamos a pasear un rato. Su padre ha venido para acompañarnos.

Las cuatro empleadas del taller lo observaron con curiosidad al oír hablar por primera vez del padre de la pequeña y miraron a su jefa para ver qué contestaba.

–Vale, pero no volváis muy tarde.

–No; tengo una cena oficial y otros compromisos. Me llevaré a George a conocer el club y los alrededores, y regresaremos en seguida.

–¿El club?, ¿ni dos días en Nueva York y ya necesita el club?

–Es para que pueda comer y cenar tranquilo, Emily. Un médico inglés, joven, rico y apuesto como George Connaught es un blanco demasiado tentador para las damas locales. Al pobre ya lo están acosando con invitaciones y agasajos de todo tipo. –Michael Shafterbury percibió la incomodidad de su hija al oír el comentario y se alegró, porque algo de emoción en su vida no le vendría nada mal–. Así pues, lo presentaré como mi invitado en el club. Es un buen sitio para pasar las veladas.

–Bueno, adiós, mi vida. –Volvió a besar a Charlotte y se la entregó al orgulloso abuelo–. Disfrutad del paseo.

Esperó a que su padre se marchara y salió a la tienda para colocarse detrás del escaparate. Tan solo dos minutos después vio a George caminando hacia el parque con Charlotte en brazos. Llevaba un traje azul oscuro de corte impecable y un sombrero gris.

Su imagen representaba, como solía suceder, la quintaesencia del caballero inglés elegante y atractivo, con su bigote muy bien recortado, la camisa de cuello duro, inmaculada, y regalándole una sonrisa espléndida a su hija, mientras a su lado su padre, Michael Shafterbury, competía con él en prestancia y encanto. Ambos nobles caballeros iban charlando, y dos pasos por detrás de ellos, Ruth, la niñera, caminaba con el carrito de paseo vacío. Emily suspiró, sin ser capaz de asimilar aquella idílica imagen, se estiró la falda del vestido y se volvió hacia la tienda para llamar a todas las empleadas al taller.

—Bien. Ayer llegó a Nueva York el padre de Charlotte. Algunas ya lo visteis y supongo que lo seguiréis viendo unos días más porque ha venido para estar con su hija. Se llama George Connaught, es médico e inglés como nosotros, y bueno, prefería decíroslo yo a que andéis haciendo especulaciones.

—¿Lo podremos saludar? —preguntó Mary O'Donnell, ante la mirada asesina de Josie.

Pero Emily suspiró y le sonrió con normalidad.

—No lo sé, pero si pasa otra vez por la tienda, os lo presentaré. Bueno, eso era todo. Volved al trabajo.


Salió de la casa de Liz Roth con Charlotte sentada en su carrito. La joven y una de sus doncellas la ayudaron a bajar las escaleras con el armatoste de paseo, y luego le sonrió indicándole con la cabeza hacia la acera de enfrente, donde William Butler esperaba con un ramo de flores en la mano. Emily bufó y se puso seria de golpe.

—¡Qué tipo más pesado! ¿No tiene trabajo que hacer?

—Que no te arruine la tarde. Lo hemos pasado genial.

—Eso siempre.

Emily se había hecho muy amiga de Liz, que estudiaba literatura y ciencias sociales, y era también habitual su presencia en las reuniones de la Asociación Nacional para el Sufragio de las Mujeres Estadounidenses, donde además de hablar de política, sufragio y feminismo, Charlotte se relacionaba con otros niños pequeños, hijos de las demás asistentes. Era una estupenda forma de conocer gente interesante y estar a gusto y cómoda, sin pesados como ese Butler acosándola con piropos y halagos constantemente.

—Gracias otra vez. La semana que viene lo hacemos en mi casa.

—¿Y el guapo inglés con ojos de color imposible?

—¿Cómo?

–Ya me han hablado del guapísimo paisano tuyo que se pasa los días en tu casa.

¿Cuándo me vas a hablar de él?

–Es el padre de Charlotte.

–¿En serio?

Elizabeth Roth bajó un escalón y la miró de frente. Ella y todas sus amigas estaban fascinadas con Emily y su historia personal. Les había hablado de que trabajaba desde muy joven y que vivía sola desde los catorce años, que había conocido a su propio padre a los dieciocho y que había sobrevivido como había podido en la zona más pobre de Londres. Pero jamás había hablado del padre de su hija, y se quedó perpleja ante un comentario tan ligero.

–Lo siento, no lo sabía. Muchas amigas me han dicho que lo han visto con Charlotte y tu padre, pero…

–Sí, es George; ha venido de visita.

–¿Y tú estás bien? ¿Estás contenta?

–Es una historia muy larga. Otro día lo hablamos, ¿vale? Ahora no me apetece demasiado.

–Vale, perfecto, y una cosa, si quieres que ese individuo te deje en paz –dijo, mirando a Butler, que se acercaba a ella con la sonrisa pegada en la cara–, dile a tu padre que hable con él y le exija que se aparte de ti.

–¿A mi padre? No tengo doce años.

–Ese es el único idioma que entienden los idiotas como él; ya sabes, hablar entre hombres.

–Vale. Te haré caso, gracias.

–Adiós, Charlotte –dijo Elizabeth, mirando cómo se alejaban y el pretendiente se le ponía al lado.

–Señora Gardiner, qué guapa, como siempre.

–Hola, William. ¿Me estás espiando?

–No, aunque si soy sincero, debo decirte que no me parece muy buena idea que te pases la vida junto a esas damas.

–¿Cómo?

–Tienen fama de liberales y conflictivas. No son gente con la que debas relacionarte en Nueva York.

—¿Cómo dices? —Detuvo el paso y lo miró.

—Es mi opinión.

—¿Y te he pedido tu opinión?

—No, pero… —Vio cómo ella reanudaba el paseo muy de prisa y salió detrás—. Soy de aquí y sé lo que es más conveniente.

—Déjame en paz, William, por favor. ¿No tienes dignidad?

—Me encanta cómo eres y no soy culpable de lo que siento.

—No me interesas, no me gustas, ni siquiera me caes bien —habló con tanto desprecio que se sintió hasta culpable—. Y jamás te he dado pie a pensar lo contrario. Así que, por favor, olvídate de mí o tendré que hablar con mi padre para que se enfrente contigo, ¿de acuerdo? Adiós.

Lo dejó de pie al lado de la tienda y entró oyendo un revuelo que provenía de los talleres. Saludó a Josie con la mano, sacó a Charlotte del carrito y caminó con ella en brazos para ver qué ocurría.

—¡Dios bendito!, ¿qué ha pasado?

Entró con paso firme y se encontró a una de las aprendices más jóvenes sentada en una silla, gritando y quejándose, y frente a ella, en cuclillas, George le inspeccionaba el brazo desde el codo hasta la muñeca.

—Una fractura limpia —opinó el médico con su serenidad habitual y en mangas de camisa.

Mientras, Esther Phillips, la accidentada, lo observaba con la boca abierta, más fascinada por él que por su hueso roto.

—Pero lo arreglaremos. Necesito unas tablillas y vendas. Que alguien me traiga unas tablas lisas, y cortad tela, por favor.

—Yo voy. —Una de las empleadas salió corriendo a buscar lo que pedía.

—Pero ¿cómo te lo has hecho?

Emily se acercó a la chica y olió de refilón el aroma a loción de George. Lo miró de reojo y fijó su atención en cómo él palpaba la muñeca y en cómo, con un movimiento preciso y brusco, la puso en su sitio en un santiamén. La chica chilló, y Charlotte dio un respingo.

—No pasa nada. Ven aquí, Charlotte.

Connaught extendió los brazos hacia su hija, y Emily se la entregó para acariciar la cabeza de Esther, que lloraba desconsolada.

—Cariño, la señorita ha tenido un accidente y la vamos a curar. ¿Tú me vas a ayudar a curarla? Mira, ahí traen lo que necesitamos. Quédate con mamá mientras yo entablillo a la señorita Esther, ¿quieres?

Le devolvió a la niña y se dedicó a entablillar la muñeca de Esther Phillips con paciencia, pero bastante de prisa. Emily abrazó a la pequeña, y juntas vieron el proceso sin perder detalle; ella fascinada con la maestría que George siempre desplegaba en su trabajo, y Charlotte más pendiente de los quejidos de Esther, que aguantó el envite lo mejor que pudo.

La situación le permitió observarlo todo lo que quiso: sus manos enormes, los antebrazos fuertes cubiertos de vello rubio, el perfil perfecto y las pestañas largas bordeando sus ojos claros, que estaban fijos en la tarea. Él siempre había sido un hombre atractivo y varonil, pero a Emily, en aquellas circunstancias, y después de tanto tiempo, le pareció una especie de ángel recién caído del cielo.

—¡Ya está! Ahora bebe líquido, repón fuerzas y a descansar —sentenció al fin, apartándose de ella.

—Vale, Esther. Vete a casa y descansa. Tómate unos días y dile a alguien que te acompañe.

—Gracias, señora Gardiner —dijo la jovencita, que se puso de pie un poco tambaleante para ir a la cocina a beber agua.

Emily suspiró con Charlotte en brazos y miró a George a los ojos.

—Muchas gracias.

—Ha sido un placer. ¿Puedes hablar conmigo unos minutos?

—Mira, doctor...

—Llevo ocho días aquí; por favor, te lo suplico. —Buscó sus ojos negros sin atreverse a tocarla—. Solo unos minutos.

Emily asintió y se encaminó hacia su despacho. Él la siguió, mirando la tienda mientras se limpiaba las manos con una toalla que le habían acercado, y cuando llegó a la oficina, la observó encogiendo los hombros.

—¿En tu despacho?

—Cualquier lugar es bueno, ¿no?

Emily abrazó a Charlotte contra su pecho y lo invitó a sentarse. George obedeció, sonriendo a la niña.

—¿Cuándo ibas a decirme que tenía una hija tan guapa?

—Nunca pensé que te interesara. Para mí tú estabas casado y formando tu propia familia...

—Emily, ¿cómo...? —dijo, y se inclinó hacia adelante, clavándole los ojos claros—, ¿cómo pudiste imaginar siquiera que yo me iba a casar con otra? ¿Con Rosemunde Shafterbury? ¿No me conoces...?

—Te despediste de mí de forma bastante tajante...

Se apoyó en el respaldo de la silla, controlándose para no titubear, ni llorar, ni dramatizar lo más mínimo. Le acarició la cabeza a su hija y la acurrucó para dormirla.

—Y luego tu hermana y la propia Rosemunde se dieron el trabajo de ir a mi tienda para contarme lo del compromiso. No estaba en condiciones de dudar. Era lo más lógico, y lo asumí como tal.

—¿Lo más lógico?

—Ella es una dama de tu clase, y tú estabas en edad de casarte. Yo...

—Nos queríamos; somos tú y yo, Emily. ¿Cómo pudiste creer...?

—No éramos tú y yo la noche que me dijiste que no soportabas ni mirarme a la cara. —Tragó saliva y dejó de mirarlo.

—Estaba cabreado, ciego, y me comporté como un estúpido contigo, pero en cuanto pude aclarar mis ideas, volví a buscarte.

–Tardaste mucho...

–Te busqué.

–Yo también te busqué –lo interrumpió, elevando el tono– como una idiota, en tus consultas, en tu casa, por las calles, y no apareciste. Te habías ido, odiándome y despreciándome. Era lo único que sabía y lo único que he sabido hasta ahora.

–Jamás te he odiado, eso es imposible. –Estiró la mano y le rozó los dedos, pero ella se apartó–. Lo que pasó en la boda de mi hermana fue... muy duro de asumir y me sentí traicionado; era demasiado grande aceptar que me habías mentido y que me seguías ocultando cosas. Éramos una sola persona, Emily; tú lo sabías todo de mí. Quería casarme contigo, tener hijos, formar una familia, y tú me estabas mintiendo.

–Te dije que lo sentía y mis motivos eran de peso para seguir ocultándote ciertas cosas...

–Está bien, está bien. –Levantó las manos y movió la cabeza–. Eso ha pasado; sé tus motivos, los comprendo, y ya no me interesa nada de aquello. Ya ha pasado y deberíamos olvidarlo.

–No creo que yo sea capaz de olvidar todo lo que pasó esa noche y los meses posteriores.

Se le llenaron los ojos de lágrimas y buscó un pañuelo en el bolsillo del vestido.

–Sé que has sufrido mucho.

–No, no tienes ni idea.

–Yo también he sufrido. Te he añorado y te he estado buscando constantemente desde entonces. No puedes pensar que yo no he sufrido porque tú sabes lo que sentía por ti.

–Yo no sé nada, George, y tampoco quiero saberlo. Ya ha pasado el tiempo y ahora cada uno tiene su vida. –Se puso de pie, acunando a Charlotte, y lo miró con lágrimas en los ojos–. Mi padre dice que es un privilegio para la niña estar contigo, y estoy de acuerdo. Puedes verla todo el tiempo que te quedes en Nueva York, pero yo no quiero verte, en serio. No quiero hablar más de un pasado que a mí aún me duele; no quiero volver a llorar por lo que ya he llorado, ni recordar, ni revivir todo aquello, por favor.

–Lo siento, Emily; lo siento mucho.

–Bien, ahora voy a llevar a Charlotte a la cama. Es la hora de su siesta. Ya hemos hablado, y gracias por querer aclararme lo de tu boda y todo lo demás.

–Aún queda mucho de que hablar.

–Por mi parte, no.

–¿Cómo que no? –La sujetó por el codo y ella quiso apartarse, pero no pudo–. Tenemos a Charlotte. No pretenderás que ahora me olvide de eso.

–¿Y eso qué quiere decir? No te vas a llevar a mi hija. Ella es mía y tenemos nuestra vida aquí...

–¿Qué? Por supuesto que no me voy a llevar a mi hija, pero ¿qué clase de monstruo te crees que soy?

–De ninguna clase; solo quiero que lo tengas claro. Charlotte es mía y de nadie más.

–No, Emily. Charlotte es mi hija también, pero esa circunstancia no me va a empujar a querer llevármela. Tú eres su madre, jamás te haría algo semejante, por el amor de Dios.

–Vale, pues no hay nada más de que hablar. Ven a verla cuando quieras, pero a mí me dejas en paz porque no quiero discutir una y otra vez contigo.

–No tenemos que discutir, Emily, por Dios. –La sujetó mejor por el brazo, y ella lo miró con cara de pánico–. Yo te amo. No sé qué sientes por mí, pero yo te sigo amando y no pienso irme de Estados Unidos sin antes haber intentado recuperarte.

Se miraron largamente a los ojos, y él sintió el impulso de abrazarla y besarla; pero ella, al fin, dio un paso atrás, con su hija bien sujeta contra su pecho, y volvió para salir casi corriendo hacia la casa. George Connaught bajó los brazos, derrotado. Tiró la toalla sobre el escritorio y salió a la tienda, que estaba llena, para hablar con Josie.

—¿Puedes mandar a alguien para que me traiga mi chaqueta?, Josie, por favor. Se ha quedado en la casa.

—Claro, milord. Un segundo.

—Gracias.

Salió a la calle y se quedó esperando en el jardincito de entrada a Modas Gardiner, sintiéndose el más idiota de los mortales.

—¿Qué ocurre?

Emily entró en el saloncito donde Beatrice lloraba agarrada a su padre, que a su vez tenía una enorme sonrisa en la cara.

—¿Bea?

—No pasa nada, querida. Es que me han condecorado.

—¿Cómo?

Emily dio un paso hacia ellos y miró de reojo a George, que observaba la escena en silencio.

—La reina Victoria le ha otorgado la Cruz Victoria, que es la condecoración militar más alta de todas las condecoraciones británicas, Emily. Es muy importante. —Beatrice se acercó a ella para cogerle las manos—. Por sus servicios prestados en la India. Es un enorme honor.

—¡Dios bendito!, cuánto me alegro. Enhorabuena. —Abrazó a su padre y le dio un beso en la mejilla—. ¿Y tienes que ir a Londres para recibirla?

—No, no creo. No lo sé; de momento, la he aceptado, agradecido, y ya veremos cuál es el protocolo en estos casos. ¿Tú sabes lo que hay que hacer, George?

—No, pero me imagino que es la reina la que debería dártela en persona.

—Bueno, ya veremos.

—Hay que celebrarlo. Lo anunciaremos en la fiesta de mi cumpleaños, ¿verdad, Emily?

—Claro, por supuesto. Es maravilloso.

—Bueno, de momento, vayamos a cenar. George, quédate, hombre, la cocinera ha preparado un pudin estupendo.

Cenaron juntos. Emily se sentó muy lejos de George, al que no dirigía la palabra desde la charla mantenida en su despacho, y cuando los caballeros se metieron en la biblioteca para tomar un coñac, las damas se fueron a la cama para seguir charlando un rato sobre las novedades.

—¿Emily tiene algún pretendiente?

George abordó directamente a Michael. Llevaba semanas intentando evitar esa charla para no parecer desesperado, pero no podía más, porque ella se comportaba de manera gélida con él y cada día le resultaba más difícil aparentar que no pasaba nada entre ellos.

—Doscientos cincuenta, por lo menos. —Michael Shafterbury se apoyó en el respaldo de su cómoda butaca y observó a su camarada con una media sonrisa—. ¿Por qué?

—¿No tengo derecho a saberlo?

—¿Derecho?

—Soy el padre de su hija. Yo…

—¡Oh, no, amigo!, no argumentes por ese camino.

—¿Cómo que no? Ella y yo…

—Dime que la amas y que no soportarías que otro tipo se le acercara y lo entenderé, pero no me vengas con idioteces como que eres el padre de su hija. Eso ya lo sabemos, y no creo que sea impedimento de nada.

—¿Cómo que no?

—George, por el amor de Dios…

—Vale, bien. —Se puso de pie y se apoyó en el alféizar de la ventana—. Yo amo a Emily y vine hasta aquí con la intención de suplicarle otra oportunidad. Sin embargo, y a pesar de Charlotte, ella ni se ha molestado en darme una respuesta.

—¿Qué tiene que ver Charlotte?

—Es nuestra hija. Sé que nos amamos. Deberíamos darle un hogar.

—Emily ya le ha dado un hogar; te equivocas en todo, George. Si quieres a mi hija espera a que esté preparada para aceptarlo. Sufrió mucho, lloró por ti, sé que estuvo buscándote durante semanas para pedirte perdón y suplicarte ella una oportunidad, pero el destino os separó. Ahora simplemente está desbordada con tu aparición, dale tiempo.

–Ya ha pasado casi un mes desde que llegué.

–Pues si tienes prisa, vuelve a casa y da tiempo al tiempo.

–No pienso moverme de aquí sin ella y sin mi hija.

–¿Y tú crees que ella querrá volver a Inglaterra?

–Si no quiere, nos quedamos; no me importa, siempre que estemos juntos.

–Bien.

–Pero ¿hay algún pretendiente serio?

–No, George. Hay muchos, pero ella los ignora a todos.


–Estás preciosa.

Beatrice la miró a través del espejo. Estaba ultimando su indumentaria, ayudada por su doncella, y vio a su hijastra entrar radiante en el dormitorio. Emily le sonrió y se acercó para arreglarle el bajo.

–Déjalo ya; no estás trabajando.

–Es una manía. –La abrazó por la cintura y le sonrió.

Beatrice estaba guapísima, con sus mejillas arreboladas y el pelo rubio sujeto con un moño primoroso rodeado de perlas. El traje era azul oscuro, ceñido a la cintura y con amplia falda. Las mangas llevaban mucha tela e iban ribeteadas con encaje blanco. El escote era cuadrado y no muy profundo, pero sí muy femenino: a la última moda.

–Estás espectacular.

–Gracias a vosotras que me habéis dejado este primor.

–Es tuyo, te queda perfecto y es nuestro regalo de cumpleaños.

–Gracias. ¿Y tú? No me digas, Emily, por favor.

Se volvió hacia ella y la sujetó de las manos para admirarla. Emily había elegido para la fiesta un traje precioso, color vainilla, y que iba bordado con margaritas lilas. Tenía un corpiño muy ceñido y rígido que moldeaba perfectamente sus pechos, y con escote barca, que le dejaba los preciosos hombros al aire; la cintura era estrecha, y la falda no era muy amplia, pero con una suave caída de la seda que le confería el aspecto de un ángel.

—Me encanta que lleves el pelo suelto.

—Bueno, Mary lo sujetó con estos broches. —Se dio la vuelta para que viera lo que la peluquera había hecho con la melena—. Es muy cómodo llevar el pelo así.

—Pareces una princesa. —Beatrice le acarició el largo y ondulado pelo oscuro, suelto por la espalda, y le sonrió—. Y te pareces tanto a tu padre…

—Él es muchísimo más guapo. Venga, que nos esperan.

—¿Y qué pasa con George?

—No lo sé. Ahora está en el cuarto de Charlotte.

—Emily... —Beatrice vio una sombra de tristeza en su semblante y la detuvo antes de que le diera la espalda para salir corriendo—. ¿Cuándo vamos a poder hablar del tema?

—No ahora, desde luego.

—No puedes seguir guardándote todo lo que sientes. Vas a enfermar. Mírame. —La acercó a la cama y la obligó a sentarse—. ¿Qué sientes?

—Me siento fatal por no poder hablar con un hombre al que he amado tanto; eso es lo que siento.

—Pues habla con él. Tu padre dice...

—No sé, no puedo. ¿Por qué no bajamos a la fiesta? Mi padre está solo recibiendo a la gente.

—Claro, pero si necesitas quitarte ese tapón de dolor que tienes aquí —dijo, y le tocó el corazón—, yo sigo a tu lado para ayudarte en lo que sea.

—Muchas gracias, lo sé. —Se levantó y la abrazó con fuerza—. Por eso te adoro, Beatrice Shafterbury, porque eres maravillosa y un faro en medio de la niebla.

—¡Uy, qué bonito! Voy a llorar.

—No, no llores, no arruines tu maquillaje. Venga, bajemos a acompañar a tu marido.

Bajaron y se apostaron en la entrada, junto al dueño de la casa, para recibir a los invitados, era la costumbre, y Emily se propuso sonreír, ofrecer la mano para que se la besaran y oír piropos sin rechistar. Incluso saludó con amabilidad a William Butler, que llegó acompañado de sus padres y, a sus ojos, haciendo desagradables muestras de admiración. La casa estaba llena, y cuando acabaron de recibir a la gente, se mezclaron con los amigos para probar los exquisitos manjares del cóctel y las bebidas.

—¡Madre de Dios!, sí que es guapo.

Elizabeth Roth se le pegó al oído y le indicó la escalera. Por ella bajaba George Connaught vestido con un frac clásico, pero complementándolo con un chaleco gris de seda primorosamente bordado. Emily tragó saliva y le dio la espalda. Bajaba con prisa los escalones, y nada más pisar el suelo, varias señoras corrieron para saludarlo, a lo que él respondió con una gran sonrisa en sus ojos de color imposible.

—¿Vive aquí?

—No, estaba durmiendo a Charlotte.

—Pues es espectacular y muy alto. ¡Santo cielo!, que viene hasta aquí.

—Señoras, buenas noches.

—Hola, George. Te presento a mi amiga Elizabeth Roth, Liz. Este es el doctor George Connaught.

—El padre de Charlotte —puntualizó la joven—. Encantada.

—Sí, el afortunado padre de Charlotte. El gusto es mío.

—¿Qué tal lo está pasando en nuestra ciudad, doctor?

—Muy bien, gracias. Es muy grande, y el clima estos días, estupendo.

—Sí, pero cuando aprieta el calor es desagradable.

—Tendremos paciencia. Emily —se dirigió a ella, que levantó los ojos por primera vez para mirarlo a la cara—, ¿podemos hablar?

—¿Ahora?

—No sé. Tu agenda es imposible; tal vez ahora es un buen momento. —Le clavó los ojos aguamarina, y ella negó con la cabeza.

–Ahora no.

–¿Cuando termine la fiesta?

–No sé. Mira, yo… –Dirigió la vista al escenario improvisado por Beatrice, donde empezaba a colocarse una pequeña orquesta, y se apartó de él–. Tengo cosas que hacer.

Salió del salón y se metió en la cocina. No sabía qué demonios le pasaba, pero no podía enfrentarse a él, ni decirle lo que él esperaba oír, ni nada de nada. Era como estar paralizada, y cada vez que lo veía cerca, se le nublaban la vista y la razón. Así que como una maldita cobarde se quedó mucho rato entre los camareros y los encargados del cóctel, mientras desde fuera le llegaban los sonidos del baile.

–Sal ahí fuera, o acabarán secuestrando a George. –Josie, que estaba radiante y feliz vestida de rosa, entró en la cocina para buscarla–. Lo están acosando. Es horrible.

–No es asunto mío.

–¿Tienes cinco años?

–¿Cómo dices?

–Estás escondida en la cocina de tu propia casa mientras fuera hay una fiesta. No sé... Es como un poco raro.

–Mira, Josie, yo...

–Sal ahí y rescata a George, no se lo merece, el pobre. Es tan educado que no sabe cómo defenderse, y solo está aquí por ti, así que ya está bien y compórtate como corresponde.

La arrastró literalmente de vuelta al salón y una vez allí pudo observar a George Connaught debatiéndose entre varias damas que lo rodeaban. La mayoría eran solteras muy bien situadas, y sus pretendientes empezaban a mirar al inglés con bastantes malas pulgas. A Emily le dio lástima, pero no fue capaz de agarrarlo del brazo y sacarlo del embrollo.

–Me debes un baile desde Navidad.

–En Navidad estaba a punto de dar a luz –fue su respuesta a William Butler, que corrió hasta ella al verla llegar a la pista.

–Por eso me lo debes. No me avergüences delante de nuestros amigos.

–Eres muy pesado, William.

–Solo uno, por Dios, o me arrodillo aquí en medio de todos.

Ella cedió y se animó a un vals de lo más aburrido, poniendo mucha distancia con su pareja, a la que no le daba ni la más mínima tregua, mirando al suelo y sin contestar a las preguntas y a la charla de Butler, que parloteaba como una comadre.

–¿Me permite?

La voz de George le llegó a un centímetro de distancia. Levantó la cabeza y lo vio con las manos a la espalda, muy educado, pidiéndole a William Butler que le cediera el turno. El abogado lo miró muy confuso, y George no esperó respuesta. Agarró la mano de Emily y la sujetó por la cintura con decisión.

–Si no es así, no consigo nada contigo.

–¿Qué?

–Llevo una hora y media aguantando a toda esta gente. Por cierto, ¿no saben hablar? ¿Has visto cómo pronuncian? ¿Nadie les ha enseñado que existen las consonantes?

–Pero ¿cómo puedes ser tan desagradable?

–Llevo una hora y media esperándote. He venido por ti y ni siquiera te dignas a pasar unos minutos conmigo.

–Estoy ocupada.

–Solo te pido hablar, Emily. Mírame. –La apretó contra él, y ella lo observó ceñuda, sintiendo los ojos de todos los del salón sobre su espalda–. ¿Me tienes miedo? ¿Por qué me evitas?

–No quiero hablar contigo, y menos ahora y aquí.

–¿Y cuándo?

–No lo sé.

–Llevo un mes en Nueva York.

–¿Y qué quieres que haga, doctor?

–Hablarme, siempre pudimos hablar...

Ella hizo amago de irse, y él la sujetó con fuerza.

–Vale. Bien, ahora no...

Guardó silencio y le rozó la frente con la boca. Ella estaba tan guapa que no se sentía capaz de contenerse y deslizó la mano por su espalda esbelta, sintiendo su calor y cómo se estremecía por el contacto.

–Creo que nunca habíamos bailado juntos.

–No.

–¿Por qué?

–Solo te acostabas conmigo.

Soltó una carcajada, y Emily cerró los ojos sintiendo su olor tan característico y el sonido de su voz a tan corta distancia.

–Tú nunca querías acompañarme a ninguna parte.

–No era lo más conveniente.

–Sí que lo era, claro que lo era...

Subió la mano por su espalda hasta la nuca y se acurrucó en su cuello, inclinándose para alcanzarla. Dejaron de bailar, y Emily soltó un suspiro al sentirlo pegado a ella. George percibió su confusión y movió la cabeza para besarla allí mismo, delante de toda esa gente, pero la voz desagradable de un tipo los detuvo. Emily se apartó un paso, y ambos miraron a William Butler con los ojos entornados.

–Emily, ¿estás bien? ¿Este señor te está molestando?

–¡No! Pero ¿qué dices, William?

–¡Eh, amigo!, no tengo ni idea de quién eres, pero no te metas, ¿de acuerdo?

George Connaught le clavó los ojos claros, y el norteamericano pestañeó con energía.

–William Butler, señor. Soy amigo de la señora Gardiner.

–¿Ah, sí? ¿Y eso te da derecho a...?

–¿Perdone?

Butler cuadró los hombros y se acercó más a ese arrogante británico, que era muy alto y muy fuerte, pero al que no tenía ni pizca de miedo.

–Ya está, George. –Emily lo sujetó por la chaqueta, y

luego miró a su amigo, que estaba empezando a ponerse rojo de ira–. Gracias por tu preocupación, William, pero no necesito tu ayuda.

–¿Qué pasa aquí?

Michael Shafterbury se acercó al pequeño revuelo que estaba llamando la atención de todos sus invitados y miró al médico y a su hija antes de fijar la vista en ese Butler.

–¿Señor Butler?

–No, nada, señor Shafterbury. Creí que este individuo estaba molestando a su hija.

–¿Individuo? ¡Dios bendito! –soltó George, moviendo la cabeza. Agarró a Emily de la cintura y trató de sacarla de allí–. Vamos.

–No, no voy. –Ella se volvió y lo miró con firmeza–. Estoy en mi casa y es la fiesta de Beatrice. Si quieres irte, puedes hacerlo.

–No sin ti.

–Pues tendrás que quedarte y esperar.

–Llevo un mes esperando. –La cogió de la muñeca y tiró de ella–. Al menos, salgamos un rato al jardín.

–Le ha dicho que no, amigo, ¿no lo ha oído?

William Butler, con la imprudencia de la ignorancia, le tocó el hombro. George, que estaba cada vez más alterado por culpa de Emily, se volvió y lo empujó. El abogado trastabilló y se agarró del dueño de la casa para no caerse al suelo patas arriba.

–¡No me toques!

–¡George, por favor! –Emily lo miró, suplicante.

–¿Vas a defender a este imbécil?

–No quiero que le hagas daño.

–Vale, pues me largo de aquí.

Indignado, se arregló la chaqueta para salir, muy ofendido, al jardín, pero cuando oyó la voz de ese tipo increpándolo a gritos, se quedó quieto en medio de la pista de baile.

–¿Quién demonios se cree que es?, ¿eh? ¿Quién se cree que es?

—George Connaught, amigo —habló alto para que lo oyera todo el mundo—, el padre de su hija, Charlotte y, por lo tanto, el supuesto marido muerto de la dama, del que por cierto todos especuláis a sus espaldas.

La gente soltó un murmullo de protesta, y Emily se quedó quieta, impasible, mirando cómo le daba la espalda y se largaba a la calle a grandes zancadas. William Butler casi se ahoga de la rabia, pálido como el papel, y Michael Shafterbury sonrió, moviendo la cabeza. Miró a su mujer, que parecía muy nerviosa, y le hizo un gesto para que animara a la orquesta a seguir tocando. Luego, fijó los ojos en Emily y quiso consolarla, pero ella lo esquivó, saliendo con mucha energía detrás del doctor.

—No puedes venir desde Inglaterra, aparecer por sorpresa y suponer que voy a cambiar toda mi vida por ti. —Llegó al jardín, donde él se paseaba con un cigarrillo en la mano, y habló con calma, sin gritar y sin enfado alguno en sus palabras—. Me ha costado mucho superar lo nuestro, hacer una nueva vida y conseguir esta que me gusta.

—No quiero que cambies tu vida por mí. Quiero vivirla contigo.

—Creí que nunca te volvería a ver, que iba a criar a mi hija sola, hablándole de ti como de un fantasma, lo había asumido, lo estaba asumiendo, y de repente no puedo olvidarlo todo y echarme en tus brazos.

—¿Por qué no?

—¿Por qué no? Sabes acaso...

—Sí, sé por lo que has pasado y sé por lo que he pasado yo, pero te amo y estoy dispuesto a olvidar, a perdonar, a enterrar todos nuestros tristes recuerdos para empezar de nuevo. Tenemos una hija, Emily, nos queremos. ¿Cómo podemos hacernos tanto daño?

—No quiero volver a equivocarme. —Se sentó en un banco de la plaza y se tapó la cara con las manos—. Me aterra volver a pasar por lo que pasé, George. No creo que pudiera volver a superarlo.

—No volverá a suceder. —Se puso en cuclillas frente a

ella y la obligó a mirarlo a los ojos–. Te amo, quiero cuidar del ti el resto de mi vida, de nuestros hijos. No volveremos a separarnos y no permitiré, nunca más, que alguien se interponga entre nosotros o te haga daño.

–Es muy fácil decirlo.

–Estoy dispuesto a todo por intentarlo.

–¿Y a olvidar a Paul Hamilton?, ¿a aceptar que la madre de tu hija es una delincuente?

–Emily...

–No hace tanto tiempo te avergonzabas de mí. ¿Cómo sé que eso no seguirá siendo un problema en el futuro?

–Mira... –dijo, y bajó los ojos y suspiró antes de hablar–, lo que dije esa noche fue fruto de un enfado monumental. Hamilton me abordó cuando salía a buscarte, cinco minutos después de haber hablado con mi padre sobre mi intención de casarme contigo, y me dijo tantas cosas, me dio tantos detalles sobre tus actividades, que fui incapaz de rebatir, que no pude defenderte. Ese tipo me provocó y logró hacerme sentir por primera vez en mi vida vulnerable. No tenía ningún arma con la que protegerte y no pude aplacar la rabia que sentía antes de llegar a tu casa. Mi error fue ir a buscarte en ese estado y sin pensar, y lo que dije fue producto de la humillación y la rabia, y me arrepentiré toda la vida de haberte hecho daño, de haber dicho tantas barbaridades. Emily, mírame. –Ella se apoyó en el banco y lo miró–. Tú eras la persona más importante de mi vida y, de pronto, no supe a quién estaba amando, qué había realmente en tu pasado, no sabía nada y te odié, lo siento, pero fue así; te odié y me maldije por quererte.

–Lo sé, pude sentirlo.

–Esa noche fue así y las semanas siguientes, hasta que fui capaz de pensar, distanciarme del problema y recordar quién eras tú. Entonces, pude empezar a comprender tus motivos para hacer aquello y para ocultármelo, y lo más importante, comprendí que no puedo vivir sin ti porque te amo. Tú eres lo mejor que me ha pasado en la vida y me siento incapaz de sobrevivir sin ti.

—Te busqué tanto tiempo, doctor.

—Lo siento, me duele el alma cada vez que intento imaginar por lo que pasaste, y te pido perdón de rodillas. Pero sé que puedes comprenderme; sé que puedes entender cómo me sentí, y que podemos conseguirlo y empezar de nuevo.

—Te entiendo y te perdono, pero...

—Ya sabemos lo que es estar separados. No volveremos a cometer los mismos errores. ¿Emily?

—No es tan sencillo.

—Es todo lo sencillo que nosotros queramos que sea. Somos tú y yo, Emily...

—No quiero volver a Inglaterra, nunca más. No voy a dejar Nueva York y esta vida. Charlotte se criará en este país, y yo no voy a regresar, jamás, a Londres.

—Bien, estoy de acuerdo.

—No es una decisión liviana, ni hablo por hablar; te lo estoy diciendo en serio.

—Y yo también, nos quedamos aquí. Creo que necesitan médicos eficientes en esta ciudad —dijo, y le sonrió tocándole la cara.

—¿Y tu familia?

—Charlotte y tú sois mi familia. Nada más importa.

—No, quiero que medites sobre esto y lo pienses...

—Ya lo he pensado. Desde que te vi aquí, supe que no querrías volver, y estoy dispuesto a quedarme.

—¿Estás completamente seguro?

—Te lo juro por mi hija.

Se acercó y le plantó un beso, sin mediar más palabras. Emily cerró los ojos y sintió su lengua caliente y deliciosa dentro de la boca con el corazón desbocado. Jamás creyó que lo volvería a tocar, a tener tan cerca, y estiró la mano para acariciarle la mejilla y mirarlo a los ojos.

—No voy a volver.

—Vale, perfecto. —Se incorporó y se sentó junto a ella, abriéndose el chaleco y sacándose la corbata—. Mi hogar está donde tú estés, Emily. Aquí, en Londres o en Bombay. Solo quiero estar contigo. ¿Tú quieres estar conmigo?

–Sí.

Levantó la cabeza hacia el cielo y miró las estrellas del firmamento tragando saliva. Era una noche muy luminosa y apretó la mano de George cuando él se la agarró con fuerza.

–Creí que nunca te volvería a ver...

–Emily, no... –Estiró el brazo y la abrazó.

–¡Chist!, escucha, no he podido hablar con nadie sobre esto, no era capaz ni de pronunciar tu nombre sin ponerme a llorar. Estaba tan hundida que dejé hasta de peinarme; era un desastre. Y cuando Charlotte nació, prometí que iba a recomponerme por ella, porque se merecía una madre normal; sin embargo, seguí pensando que no volvería a verte jamás, y que continuaría sintiéndome sola el resto de mi vida mientras tú dormías todas las noches abrazado a tu flamante esposa rica y de buena familia.

–Lo siento.

–¿Por qué tu hermana fue capaz de decirme algo semejante?

–Porque es una estúpida inmadura y mala persona, pero no permitiré que nadie de mi familia vuelva a hacerte daño jamás.

–Yo tampoco. –Giró la cabeza y lo miró a los ojos–. Por mi hija soy mucho más fuerte y no quiero que se acerquen a Charlotte; ni ellos, ni los Shafterbury, ni nadie parecido. Lo siento, pero es así. ¿Podrás entenderlo?

–Estás en tu derecho.

–Bien. –Se quedaron un largo rato en silencio, oyendo a lo lejos los acordes de la música que venía desde su casa, de la mano y muy aliviados–. Quiero hacerte tres preguntas.

–¿Solo tres?

La miró de soslayo, sonriendo. Esa noche y en ese momento le habría bajado la luna si ella se lo hubiese pedido, pero solo quería hacer tres preguntas, y le hizo mucha gracia.

–Adelante.

—La primera: ¿por qué te alejaste de mí después del fin de semana en Cambridge?

—Porque noté que me querías, que te sentías de verdad atraída por mí y no estaba preparado para darte nada. Lo único que podíamos ser era amantes, y no era lo que tú te merecías. Eras demasiado joven y sin ninguna experiencia, así que di un paso atrás y preferí alejarme de ti.

—Se me rompió el corazón, no entendía nada...

—Lo sé, perdóname. —Quiso besarla, pero ella lo esquivó.

—Segunda pregunta: ¿dónde te metiste después de pelearte conmigo?

—Fui a Bath, donde estuve un mes, y luego viajé a Berlín para pasar dos meses y medio estudiando con el equipo del doctor Koch, Robert Koch, el descubridor del bacilo de la tuberculosis. ¿Recuerdas que hablamos de él? —Ella asintió—. Estuve estudiando y trabajando con ellos hasta septiembre. Entonces, regresé a Londres para buscarte.

—¿Has estado con otra mujer en este año y medio?

—¿Esa es tu tercera pregunta? —Emily lo miró, ceñuda, y él movió la cabeza de forma negativa—. Por supuesto que no, estoy enamorado de ti.

—Eso jamás ha sido impedimento para los hombres, lo dice todo el mundo.

—Pues todo el mundo debe equivocarse conmigo. Yo no podría tocar a otra mujer que no fueras tú, Emily.

—La última pregunta: ¿pensabas en mí?, ¿me echabas de menos? Porque yo apenas he podido respirar pensando constantemente en ti, sin que pudiera liberarme del agujero enorme que se me hizo en el pecho esa noche que te fuiste de casa tan enfadado conmigo...

—Mi vida... —Extendió el brazo y la asió contra su pecho—. Por supuesto que te he echado de menos, cada segundo de cada día. ¿Cómo no iba a extrañarte si tú eres mi vida entera? Yo te amo, y aunque me haya portado como un bastardo desalmado contigo, nunca dejé de amarte, ni cuando te dije tantas barbaridades esa maldita noche en tu casa, Emily.

–Sabía que si pensaba en ti, tú harías lo mismo, y así estaríamos un poquito conectados, a pesar de todo, incluso a pesar de tu mujer. –Se apartó para mirarlo a los ojos y le sonrió, iluminando la noche. George tendió la mano y le limpió las lágrimas–. En el fondo de mi corazón, jamás pude aceptar que no me quisieras.

–Porque sabes que eso es del todo imposible.

–Me parece mentira que estés aquí. –Se acercó y le plantó un beso muy apasionado.

George la sujetó por la nuca y respondió con la misma urgencia.

–Te amo.

–Y yo a ti, mi vida.

Emily se acurrucó en su pecho y se quedaron en silencio, ella aspirando su delicioso aroma y él acariciándole la espalda, hasta que, pasados unos minutos, buscó sus ojos y le preguntó con los suyos entornados:

–¿Por qué no me has dejado romperle la cara a ese cretino entrometido?

–¿A Butler? –Sonrió, moviendo la cabeza–. Resulta insoportable, pero solo es un pobre chico que no se habrá peleado en la vida. No quería que lo mataras.

–Muy caritativo, y señorita Gardiner... –dijo, y se acercó para besarle el cuello–, ¿tú y yo cuándo nos casamos?

–¿Casarnos?

–Sí, casarnos, y si es dentro de una hora, mejor.

# Capítulo 29



*Manhattan, Nueva York, 13 de noviembre de 1893*

—Doctor, doctor...

Peter, el mayordomo, llamó a su jefe a través de la puerta entornada y George respondió en seguida.

—¿Qué pasa, Peter?

—Rosemary Winter. Es su hijo; dice que su madre está muy mal.

—Bien, ya voy, gracias.

Se desperezó y apartó suavemente a Emily, que dormía sobre su pecho. Le besó la cabeza y se levantó maldiciendo por lo bajo a la pobre señora Winter.

Eran las cinco de la madrugada y les había dicho que no lo llamaran salvo que empeorara mucho, así que debía de estar muy grave, pero no le apetecía en absoluto dejar la cama para salir a la calle, donde hacía un frío de muerte.

—¿Qué pasa?

—Nada, cielo, sigue durmiendo.

—Pero ¿qué es? —Se incorporó en la cama, y George la miró pasándose la mano por la cara.

—¿No tienes frío, preciosa?

—¿Cómo? —Se miró a sí misma y recordó que estaba completamente desnuda. Estiró la mano y se cubrió con la sábana—. ¿Adónde vas?

—Donde los Winter. Volveré pronto... —Se sentó para ajustarse las botas y la vio levantarse de prisa al lavabo para vomitar—. ¿Estás bien?

–Sí, sí... –Llevaba una semana con náuseas, pero era lo normal–. Estoy bien.

Fue al cuarto de baño y la abrazó por la espalda con fuerza.

–Cariño, quédate en la cama y descansa, ¿sí?; necesitas descansar.

–Estoy perfectamente. Es este niño que se empeña en hacerse notar. –Le sonrió a través del espejo, y George la besó en la cabeza, acariciándole el vientre por encima de la sábana–. Vete y así vuelves antes.

–Te amo.

–Y yo a ti.

Emily Connaught vio salir a su apuesto marido con ese sentimiento de orgullo que siempre la embargaba con respecto a él. Era un buen médico, pero además era abnegado y compasivo, y sus pacientes lo adoraban.

Llevaban tres meses y doce días casados. La boda se había organizado con prisas porque George no quería arriesgarse a que ella se arrepintiera, según bromeaba con todo el mundo, y se habían casado el uno de agosto en su casa de Washington Square, en la más estricta intimidad y bajo el rito católico. Emily era católica por su madre, y a George la religión le daba igual, así que se dieron el sí quiero con una misa corta, acompañados por los Shafterbury, por los empleados del taller, de la casa y cuatro íntimos amigos, entre ellos Liz Roth, que ejerció de dama de honor.

Una ceremonia simple, muy emotiva, y que acabó con un largo y apasionado beso de los novios, ante la mirada perpleja de su hija de siete meses, que no se perdió detalle del enlace y que lucía aún más guapa y elegante que la propia novia.

No hubo vestidos de novia, ni regalos, ni grandes aspavientos. Se habían casado casi a solas, como ambos querían, y se habían intercambiado las alianzas con lágrimas en los ojos, los dos, que no podían sentirse más dichosos y enamorados.

—Es muy bonita, pero no sé si debo usarla a diario. Se puede estropear...

Emily lo miró desde la cama, en la noche de bodas, en el hotel donde acababan de reanudar su vida íntima. Ella le había propuesto ser solo novios hasta el enlace, y él había accedido a regañadientes y con bastante esfuerzo. Pero lo habían conseguido, y finalmente estaban disfrutando de una noche de bodas hermosa y muy especial en el hotel más elegante de la ciudad. Ese había sido su regalo de bodas, además del anillo de compromiso que la flamante señora Connaught lucía desde esa mañana junto a su alianza de matrimonio.

—Es tu anillo de compromiso; deberías usarlo.

Se sirvió otra copa de champán y se acercó a ella para sentarse a su lado. Emily, con el pelo suelto y desnuda debajo de las sábanas, se miraba la mano con el cejo fruncido.

—Era de mi abuela, Elizabeth, duquesa de Stevenage, y la mujer más divertida de Londres. Tú le hubieses encantado.

—No sé yo... —Le regaló una sonrisa y lo besó en la mejilla—. Está bien, no me lo sacaré. Me gusta mucho, gracias.

—Han tardado dos semanas en estrecharlo a tu tamaño sin estropear los brillantes, lo justo es que te lo pongas.

—¿Y tú? —Se levantó y se sentó encima de él, le agarró la mano y le besó el dedo anular con la alianza de oro reluciente—. ¿Lo vas a llevar siempre?

—Claro.

—¿Ah, sí? ¡Mmm! —Se pegó a él para aspirar el aroma de su cuello y besarle la oreja—. No hay nada más bonito que tus manos, y con este anillo son insuperables.

—Tú sí que eres insuperable, Emily Connaught, ahora baronesa de Mansell...

—¿Qué? No me fastidies, doctor. ¿No serás barón de algo? Por Dios.

Emily se desplomó en la cama muerta de la risa, y

George dejó la copa de champán en la mesilla para echársele encima.

—Qué cursi...

—Cursi y muy honorable, muchachita; no te rías de mis ancestros...

Bajó la boca por sus pechos, su abdomen, su intimidad y sus piernas, sintiéndose el hombre más afortunado que pisaba la tierra, oyendo la risa suave de Emily, que estaba un poco borracha tras varias copas de champán.

—Y los de tus hijos...

—De momento de los de Charlotte. Pobrecita, baronesa de Mansell.

Tras la boda viajaron directamente a Washington, acompañados por Michael Shafterbury, para casarse en la embajada británica, frente a dos funcionarios y sin ningún romanticismo, pero empeñados, sobre todo George Connaught, en oficializar el matrimonio en ambos países y a todos los efectos, lo mismo que el reconocimiento de Charlotte formalmente como su hija, una serie de trámites que les llevó un par de semanas, hasta que pudieron instalarse tranquilamente en su acogedor hogar ya como marido y mujer.

A pesar de las protestas y discusiones iniciales, Beatrice y Michael Shafterbury decidieron dejarles la casa para ellos solos, un asunto que tuvo a Emily muy preocupada y llorosa durante días, porque le dolía en el alma separarse de ellos. Pero para todo el mundo la cuestión era pura lógica: George necesitaba un espacio para instalar la consulta, ella no se podía apartar de la tienda, y los Shafterbury estaban encantados con la idea de cederles la casa. La decisión era muy normal, y finalmente, tras tres meses viviendo todos juntos, ellos al fin habían conseguido una casa a dos manzanas de Washington Square, grande y muy bonita, que estaban reformando para poder habitarla antes de Navidad.

El doctor George Connaught, por su parte, y como mandaba la tradición, decidió instalar su consulta en la planta baja de su domicilio, en una sala con recibidor que era grande y luminosa. Colgó una plaquita en la puerta de la propiedad donde rezaba: *Dr. George Connaught, M.D.*, y se dedicó a negociar con sus viejos colegas de la zona, como el doctor Robinson, su nuevo papel en la comunidad, ya que no quería interferir para nada en el trabajo de sus colegas americanos. Llevaba semanas lidiando con ciertas envidias y desconfianzas, pero pasados unos meses no podía estar más satisfecho de la acogida que estaba teniendo en Manhattan, y su consulta bullía normalmente de actividad.

Estaban contentos y enamorados, tenían la vida sencilla y familiar que los dos querían, y Emily esperaba un bebé para finales de primavera, una alegría extra que había venido a colmar su felicidad definitivamente.

—Señora Gardi.., Connaught —se corrigió la clienta, sonriéndole—. Josie dice que es imposible ajustar más la cintura de mi vestido.

—Sí, es que puede perderse la belleza del diseño, señora Blackhill. Es mejor mantenerlo como está, ¿no le parece? —Miró a la oronda señora y se acercó para estirar la parte trasera del vestido.

Josie se había marchado furiosa por el empeño de la dama en verse más delgada, a pesar de que ya habían ajustado muchísimo el modelito, y Emily había tenido que intervenir desplegando toda su paciencia.

—Está usted muy guapa con él. El color morado es sin duda su color.

—¿Usted cree?

—Por supuesto.

—Está bien, me lo llevo así.

—Me parece bien. —Emily levantó los ojos y miró a Josie a través del espejo, sonriendo—. Claire, una de las chicas, la ayudará a desvestirse, señora Blackhill.

—Gracias y enhorabuena por su bebé. Está usted guapísima.

—¡Ah, sí!, muchas gracias.

Se alejó moviendo la cabeza. George le contaba a todo

el mundo lo del embarazo y ya eran otra vez motivo de charla y entretenimiento para sus conocidos, aunque en realidad no habían dejado de serlo desde la noche de la fiesta por el cumpleaños de Beatrice.

—¿Cuántas pruebas quedan?

—Una señora, Laura Hiton Page, quiere un vestido como el que tú llevabas en la cena del alcalde.

—¿El rojo? —Josie asintió—. ¿Y tenemos algo parecido?

—Sí, Mary lo tiene casi listo. No es igual porque mide veinte centímetros más que tú, y fácilmente podría correr el Royal Ascot sin montura, pero...

—¡Josie!

Ambas se echaron a reír a carcajadas.

—En serio, es una potranca purasangre —susurró la dependienta, mirando de reojo a las clientas que llenaban la tienda—, pero ella se cree una fina flor de Berkshire, así que haremos lo que podamos.

—Estupendo. ¿Has visto pasar a George? Ha salido a las cinco de la mañana y no ha vuelto.

—Ahí lo tienes.

Josie le indicó la calle, y Emily se asomó para ver cómo él charlaba con el cartero, con su abrigo marrón oscuro y el sombrero en la mano. Era tan guapo que suspiró con una sonrisa en la boca.

—¡Robert!

—Buenos días, señoras.

—Hola, Robert, ¿qué tal?

Emily se volvió hacia el recién llegado sonriendo. Era el novio de Josie, un chico muy agradable y ayudante del notario del barrio, así que decidió dejarlos solos, acabar el trabajo del despacho y luego volar a casa para dar la comida a Charlotte.


—¿Qué tal? —Se sentó en la cama y le acarició la cabeza. George abrió un ojo y le sonrió—. Deberías desvestirte para dormir.

—Es solo una siesta.

—¿Qué pasa? Me han dicho que necesitabas verme urgentemente.

—Eso siempre... —Estiró la mano y le tocó su preciosa cara, le acarició el pelo y luego fijó sus ojos claros en los de ella—. Mi padre viene a Nueva York, llega el veinte de diciembre.

—Bien, estupendo. Me alegro por ti.

—Quiere conocerte y ver a Charlotte.

—¿Viene con tu madre?

—No. Sabe que a ella no quiero verla. Creo que viaja solo. ¿Qué te parece?

—Muy bien, es tu padre. Será bienvenido en nuestra casa.

—Te gustará mi padre, Emily. Es un buen hombre.

—Lo sé.

—También me cuenta en su carta que ha muerto Alice, mi prima, la esposa de Paul Hamilton.

—¿En serio? Pero ¿cómo? Era muy joven.

—Más o menos de mi edad. Era una buena chica. Pasamos muchos veranos juntos; lo cierto es que la apreciábamos muchísimo en casa.

—Lo siento. ¿Qué ha pasado?

—Se cayó por la escalera.

—¿De verdad? Pero qué cosa más rara. —Pensó en Hamilton y se le heló la sangre. Ese tipo era capaz de todo, y miró a George con la boca abierta.

—¿Tú crees que sería capaz de hacer daño a su mujer?

—Ese tipo hizo daño a mucha gente, doctor, incluso había rumores de que había matado a golpes a dos prostitutas chinas adolescentes. Tenía fama de violento y agresivo; además es un drogadicto. —Se levantó, y George la agarró de la muñeca—. No voy a seguir hablando de ese tipejo; se me revuelve el estómago.

—Vale, pero quédate conmigo.

—George, hay muchas cosas que hacer y necesitas descansar.

–No, quédate conmigo. Tengo una sorpresa, y es buena.

–¿Qué?

–Me van a dejar operar en el Bellevue Hospital.

–¿En serio? Eso es estupendo.

–Sí, al fin se dignan a aceptar mis servicios como cirujano. El doctor Petersen me lo ha dicho esta mañana, por eso he tardado en volver a casa.

–¡Dios bendito!, es maravilloso, mi amor. ¡Qué buena noticia! –Volvió a sentarse en la cama para abrazarlo–. Tienen mucha suerte de contar contigo, ¿y cuántos días a la semana?

–Aún no lo sé, pero los combinaré con la consulta perfectamente. Tampoco voy a matarme a trabajar.

–¡Mmm!, ya veremos...

–¿Ahora me vas a dar un beso? –La agarró por la nuca para besarla con pasión, la deseaba cada hora de cada día, y Emily suspiró sobre su boca–. Cielo...

–Tengo a Charlotte esperándome abajo, quiero comer y luego voy a pasear un rato con Beatrice, no puedo quedarme, pero esta noche es nuestra, ¿de acuerdo? Nos acostaremos temprano, leeremos un libro y serás todo mío, ¿vale?

–No, no puedo esperar.

–Claro que puedes. Además, debes descansar, apenas dormiste anoche. –Saltó y se apartó de la cama–. Esta noche tú y yo, tranquilos. Es una promesa.


–Suele viajar con valet, mayordomo, asistente... Mejor que se aloje en el hotel. Le alquilamos varias habitaciones y estará tan a gusto.

–¿En serio? Pero si viene para verte querrá estar contigo –dijo Emily, levantando los ojos del consomé.

Cenaban con Beatrice y Michael tranquilamente en casa, donde planeaban la inminente llegada del duque de Stevenage a Nueva York, solo, sin ningún miembro de su familia.

–Y le veré, y podrá ver a Charlotte, pero no tiene que alojarse aquí, no hace falta.

–Bueno, tú sabrás; a mí no me importa acomodarnos a sus necesidades.

–Lo sé y te lo agradezco, pero conozco a mi padre y preferirá no incordiar demasiado.

–Hace años que no veo a Daniel. Bueno, sí, lo vimos en Londres cuando fuimos a conocer a Emily, ¿no, Beatrice?

–Claro. Cenamos en su casa, y George llegó a los postres.

–Claro. –George miró a su mujer, que oteaba el reloj de pared intentando ver la hora–. ¿Tienes planes, Emily?

–Voy a ir a casa de Liz. Me va a dejar un libro y nos tomaremos un té, ¿te importa?

–Sí, me importa.

–Volveré pronto.

–Mentira.

–George, no seas niño.

–No soy niño. Es cierto.

–La asociación está creciendo mucho, ¿no?

Michael Shafterbury miró el disgusto en la cara de su yerno y luego fijó los ojos en Emily, que observaba a George con el cejo fruncido.

–Ya estáis haciéndoos notar demasiado.

–¿Demasiado? ¿Qué quieres decir?

–Los insignes hombres de la comunidad no ven con muy buenos ojos que sus mujeres hablen y discutan de política mientras toman té y comen pastas.

–No molestamos a nadie.

–¿Ah, no?

George tiró la servilleta encima de la mesa y se apoyó en el respaldo de la silla, indicándole con un gesto a la doncella que no quería postre.

–Feministas liberales y contestatarias en medio de la alta sociedad neoyorquina resulta muy molesto. Llevo solo cinco meses aquí y me he dado cuenta. Es insólito que vosotras no lo hayáis notado.

–Claro que hemos notado la desconfianza que despierta ver a un grupo de mujeres pensar, pero preferimos ignorarlo.

–Ignorándolo no aplacáis nada.

–¿Te molesta a ti, doctor?

–No, cielo, a mí no me molesta que pienses; siempre lo has hecho, ¿no? Lo que me molesta es que ambos nos matamos a trabajar y que el escaso tiempo de que disponemos para estar juntos tú prefieras pasarlo con Liz y su grupo.

–Eso es muy injusto. Te dedico todo el tiempo...

–No, Emily. No es así... –Se levantó y miró a su suegro. Michael lo siguió con una sonrisa–. ¿Un brandi? Un paciente me trajo un Napoleón; debe de estar buenísimo.

–No es verdad que no te dedique todo el tiempo libre de que dispongo, ¡George! – Él se detuvo a mitad de camino–. Aún estoy hablando contigo.

–No voy a acabar el día, que ha sido muy duro, discutiendo, Emily. Si quieres ir, haz lo que te plazca, como siempre. No te preocupes por mí.

–¡Maldita sea! –Emily protestó por lo bajo y sintió los suspiros de Beatrice desde el otro lado de la mesa–. ¿Qué pasa?

–Embarazada y recién casada, con Charlotte esperándote en la cuna. Deberías ser más prudente, cariño; te lo decimos porque te queremos.

–¿Prudente?, ¿por qué?

–Han detenido a algunas activistas, las meten en la cárcel y les hacen perrerías; aquí, en Inglaterra, en Francia, tu padre no te dice nada, pero está preocupado.

–Nosotras no somos activistas al uso. No vamos a manifestaciones ni nada de eso.

–Ha habido detenciones en casas, en iglesias incluso. Es peligroso y tú estás embarazada, Emily; piensa en tus hijos.

–No suelo vivir con miedo.

–Claro, pero no es por ti, sino por los tuyos.

Beatrice se levantó de la mesa y la dejó sola en el comedor. Emily Gardiner se pasó la mano por la cara y suspiró, contrariada. Obviamente el grupo ya había notado las desconfianzas que levantaban. Muchas mujeres casadas habían dejado de asistir a las reuniones porque sus maridos se lo prohibían, y estaban preocupadas por las noticias que les llegaban de activistas detenidas en Boston, Washington e incluso en Nueva York. Pero no tenían la intención de amilanarse porque ellas no salían a las calles con pancartas, ni tiraban piedras a la policía o entraban en el ayuntamiento pidiendo el voto a gritos. Ellas solo querían charlar y concienciar a su entorno y a las nuevas generaciones. Pero tal vez Beatrice tuviese razón, y debía parar y pensar en sus hijos. George jamás se atrevería a prohibirle algo, y menos su asistencia a las reuniones, pero la que debía decidir qué era lo mejor para su familia era ella.

—Le he dicho a Liz que ya no asistiré con regularidad a las reuniones en su casa...

Entró en el dormitorio con el camisón puesto. George levantó los ojos del libro de farmacología que estaba leyendo y la observó mientras se metía en la cama.

—No me siento muy bien con este embarazo y necesito cuidarme más.

—Bien. Tú decides.

—Lo sé. —Se tapó y lo miró a los ojos—. Detuvieron a Emma Robinson en Filadelfia anteayer. Es la hija del doctor Robinson. La detuvieron mientras participaba en una manifestación.

Acababa de enterarse y las señales fueron claras: debía apartarse un poco de la Asociación Nacional para el Sufragio de las Mujeres Estadounidenses, incluso esa noche hasta Elizabeth se lo había recomendado.

—Ya la han soltado, pero ha sido un gran susto para su familia.

—Santo cielo, ¿y qué edad tiene?

—Es mayor que yo. Debe de tener veintitrés o veinticuatro años. Se casa en primavera, aunque con esta noticia, todo el mundo especula sobre el futuro de ese matrimonio; pobre Emma.

—Lo siento.

—¿Por qué reacciona así el gobierno? No lo entiendo, sinceramente. En este país, que es el de las oportunidades, las mujeres siguen relegadas a las cocinas y los salones de sus casas.

—A los hombres mediocres les asustan las mujeres inteligentes. Son peligrosas porque son las dueñas del hogar, de la educación de los hijos. Son las más adecuadas para cambiar la sociedad, y nadie, mi vida, quiere cambiar el mundo, al menos no de momento.

—Gracias a Dios que tú no eres mediocre ni tienes miedo de nada. —Se acurrucó en su pecho desnudo y aspiró su aroma a limpio. George estiró la mano y le acarició la espalda y el trasero respingón, suspirando—. Me sigue pareciendo mentira cuando entro aquí y te veo en la cama, o cuando me despierto por la noche y puedo abrazarte. Es un milagro, doctor.

—Lo es... ¿Quieres que te lea algo de farmacología?, ¿sobre el ácido salicílico? Es espectacular para las fiebres reumáticas. ¿Emily?

Notó cómo ella empezaba a besarle el pecho con la boca abierta y se excitó inmediatamente. Dejó el libro en la mesilla y la miró para ver cómo se sacaba el camisón de seda por la cabeza, dejando a la vista sus pechos perfectos y abundantes, y el torso suave.

—Te amo, George, tanto que a veces siento como si me fuera a estallar el pecho.

Se le montó encima y lo cubrió con su pelo largo y suelto, George Connaught gimió contra su cuello y la penetró con suavidad, acariciando sus muslos sedosos y sintiendo el movimiento de sus caderas al borde del abismo.

—Más te amo yo, que no sé ni respirar sin ti.

—¿No es malo para el bebé que no paremos de hacer esto? —Pegó su frente a la suya y le habló encima de la boca—. Dime la verdad, doctor.

—Por supuesto que no.

—Vale.

Lo abrazó y se entregaron juntos a esa pasión desbordada que compartían, mordiéndose, comiéndose y amándose con tanta intensidad que acabaron tras el clímax agotados y jadeando sobre las sábanas, Emily satisfecha y sonriéndole con dulzura mientras George, exhausto y feliz, le devolvía la más radiante de las sonrisas en sus ojos color aguamarina.

# Capítulo 30

Daniel Connaught, duque de Stevenage, llegó a las nueve de la mañana del veinte de diciembre a Nueva York. Venía harto y aburrido de un viaje tan largo, pero al ver a su hijo favorito, que lucía un aspecto magnífico y feliz al pie del muelle, esperándolo con su hija Charlotte en brazos, le cambió el semblante y el ánimo de forma instantánea. Se acercó a él y le dio un fuerte abrazo ante la mirada curiosa y sorprendida de la niña.

—¡Dios bendito!, es igual que tú.

—No, en realidad se parece mucho a su madre. Son los ojos los que engañan. —George miró a Charlotte y le besó la cabeza—. Mira, mi vida, el abuelo Daniel, ¿le vas a dar un beso de bienvenida?

—No importa, ya me lo dará. ¿Cómo estás, Charlotte?, ¿estás bien? —La pequeña asintió—. Es una muñeca, muy guapa, y tiene los ojos de los Connaught, sin duda.

En Washington Square la casa brillaba de arriba abajo. Emily llevaba días esperando la visita de su suegro y se paseaba nerviosa por los salones y el comedor comprobando que todo estuviera en perfecto orden, mientras su padre y Beatrice la seguían con los ojos sin saber cómo calmarla.

—Daniel Connaught es como George, sencillo y muy simpático, hija; no te preocupes.

—Eso espero, aunque lo cierto es que George no es demasiado simpático con la gente; amable y cortés sí, pero muy distante.

—¿Eso te parece?

Beatrice la miró con los ojos abiertos.

–Claro, solo es agradable cuando le apetece. Mirad, ahí vienen.

Se asomó a la ventana y vio bajar del carruaje primero a George con Charlotte y detrás al duque de Stevenage, que lucía una maravillosa capa negra ribeteada en rojo, llevaba un sombrero de copa alta y tenía bigote como George. Se parecían bastante, sobre todo en la prestancia y ese aire de nobleza que ambos no podrían negar jamás. Era alto, no tanto como su hijo, pero bastante espigado, y estaba en muy buena forma.

–¡Emily! –George la llamó desde el vestíbulo, y ella corrió arreglándose el vestido–. Cariño, mi padre. Papá, te presento a Emily.

–Encantada, milord. –Por puro reflejo le hizo una educada genuflexión, y Daniel Connaught agradeció el gesto, cogiéndole la mano para besársela. Luego se apartó y la miró de arriba abajo.

–Madre del amor hermoso, me habían dicho que eras guapa, pero las palabras se habían quedado cortas.

–Gracias, milord.

–Es la pura verdad; preciosa y muy joven. ¿Cuántos años tienes?

–Veintiuno –terció George, guiñándole un ojo al verla tan pálida–, pero ella se cree una anciana.

–Una niña, eso es lo que es, y tan guapa como mi nieta. Ya veo a quién ha salido Charlotte.

–¡Daniel Connaught en Nueva York!, ¿quién lo iba a decir?

–¡Michael! –Al duque la cara se le iluminó al ver a su viejo conocido, Michael Shafterbury–. ¡Qué alegría! Ya me dijo Georgie que estabais aquí. ¿Qué tal?

–Todo bien. ¿Te acuerdas de mi esposa, Beatrice?

–Claro, claro, ya veo que os va muy bien.

–Sí, no nos podemos quejar.

–Y más ahora que vamos a aumentar la familia, ¿no? –Connaught miró a su nuera y le sonrió–. Ya me habían contado que esperáis otro bebé para junio.

–Sí, milord. –Emily miró a George y este se acercó para abrazarla por la cintura–. Estamos muy contentos. ¿Quiere tomar algo antes de la comida?

–No, gracias, querida. Prefiero comer directamente.

–Claro, pediré que la sirvan en seguida. –Ella agarró en brazos a Charlotte para ir a la cocina, y entonces el duque la hizo detenerse.

–Ya sé, ya sé a quién te pareces, a Anne Shafterbury.

Emily miró a su padre, y este asintió.

–Se lo digo constantemente. Es igual que mi madre.

–Sí, y lady Anne Shafterbury era la dama más hermosa de toda Inglaterra.

El duque de Stevenage resultó ser un hombre muy simpático, tal como le habían advertido Michael y Beatrice, y muy cariñoso con George y Charlotte. Era agradable, tenía la misma cadencia en la voz que su hijo, y cautivó a su nuera a los pocos minutos de conocerlo, porque aunque él mantuviera con ella un trato afectuoso pero algo distante, era un hombre realmente interesante, culto y muy divertido.

Emily observó en silencio y con enorme atención sus movimientos, sus ojos claros y su forma de expresarse, tan parecida a la de George, riéndose con sus anécdotas y su charla animada mientras él la miraba de vez en cuando, prendado por su belleza y juventud. Varias veces durante su primer encuentro mencionó lo guapa que era, mientras ella se sonrojaba hasta las orejas.

–Las mañanas en el hospital y las tardes en la consulta.

Emily oyó la charla de George y su padre en la biblioteca, donde se habían encerrado para tomar un brandi a solas, a través de la puerta entreabierta. Beatrice y Michael se había marchado a su casa, y ella se había quedado sola en el salón tras acostar a Charlotte a dormir la siesta, así que se sentó en el alféizar de la ventana a escuchar tranquilamente la charla en la que el doctor intentaba explicar a su padre sus actividades profesionales en Nueva York.

–Estoy encantado con el hospital y...

—¿Y qué haces para divertirte?

—¿Además de estar con Emily y Charlotte? —Oyó cómo soltaba una carcajada, y ella sonrió—. Hay un club y puedo practicar esgrima un par de veces por semana.

—¿No juegas al rugby?

—No, de momento; no dispongo de tanto tiempo.

—¿Y cuándo piensas volver a casa?

—Estoy en casa, papá. No empieces.

—¿Que no empiece? Mi heredero viviendo en el fin del mundo, ¿y no quieres que pregunte?

—Esta es nuestra casa y nuestro hogar. ¿No te gusta?

—Es muy bonito, pero más pequeño incluso que tu casa de veraneo en Bath. ¿No quieres darle a tu familia lo mejor, George?

—Esto es lo mejor para nosotros, y Emily no quiere volver a Londres. Fue condición sine qua non para casarnos, y por supuesto la acepté...

—Una mujer va donde vaya su marido.

—Y yo estoy aquí.

—No te pongas irónico conmigo, George, por el amor de Dios. —Emily enderezó la espalda, con el corazón latiéndole muy fuerte—. Entiendo que estés loco por tu mujer, es la chica más guapa que he visto en mi vida, además parece una buena madre y te adora, pero debes usar la cabeza. Tú tienes unos deberes, eres el futuro duque de Stevenage, deberás acudir a la Cámara de los Lores, cumplir con cientos de obligaciones, y ella contigo, eso debe saberlo, ser consciente de tu condición, de tu sangre, que es ahora la de sus hijos. Debes compartir con tu esposa los derechos y deberes con los que naciste. George, eso no puedes ignorarlo así porque sí.

—No ignoro nada. Tú estás sano y vivo. No sé qué ocurrirá cuando deba asumir el ducado, que espero sea dentro de muchos años, papá, pero ahora mi vida es esta y nos quedamos aquí. Emily tiene sus proyectos, su trabajo...

—Esa es otra cuestión que no comprendo.

—¿Qué cuestión?

—Que tu esposa, mi nuera, trabaje cosiendo para la gente. No es adecuado, no entiendo cómo lo permites, cómo lo permite su padre. ¿Dónde demonios tenéis la cabeza? Es tu mujer, George, una Connaught; no debería estar sirviendo a nadie...

—No sirve a nadie. Tiene un negocio propio, muy próspero, y ha levantado una empresa ella sola. No hay nada de malo en eso, no tiene nada que ver con que sea mi esposa y tu nuera. Estamos casi en el siglo xx; no me vengas con estupideces, padre.

Emily notó cómo George empezaba a perder poco a poco la paciencia y no le gustó nada

—Ella ha trabajado toda la vida. Es una mujer independiente y me gusta que así sea; de otra forma, seguramente, no me habría enamorado de ella.

—Pero tiene a la niña, está embarazada, por el amor de Dios...

—Embarazada, no enferma, y el negocio es suyo. No se pasa las noches bordando para dar de comer a su familia.

—No es lo adecuado para la mujer de un hijo mío.

—Tú mismo, padre; piensa lo que quieras. Pero no pretendas venir aquí, a mi casa, a darme instrucciones de cómo debemos vivir, ¿de acuerdo?

—Solo estoy opinando.

—No te he pedido tu opinión.

—¿Dejarás que sea ella la que gobierne tu vida?

—¿Cómo dices?

—Claro, no quiere vivir en Londres, quiere trabajar. Ella es la que condiciona tu futuro...

—Aunque te cueste trabajo, intentaré que lo entiendas... —George se puso de pie y se encaró a su padre, mirándolo a los ojos—. Emily y yo somos una sola persona, tomamos las decisiones al unísono y no fingimos que yo decido por los dos, ni que soy el único cabeza de familia. Eso no va conmigo, papá. No quiero que mi mujer maniobre a mis espaldas para acabar haciendo lo que le plazca. Prefiero que seamos honestos y trabajemos juntos por nuestra familia, aunque eso suponga que deba negociar con ella los pasos y las decisiones que tomamos, ¿te queda claro?

—Eso es una utopía. Las mujeres siempre hacen lo que quieren en privado, así que si no nos imponemos en público, acabaremos devorados por sus caprichos.

—Tú tienes una opinión muy pobre de las mujeres.

—He vivido más que tú, y creo que las conozco un poco más.

—No a las que son como Emily, papá. Tú, en toda tu vida, no has conocido a nadie como ella, así que tus opiniones no me sirven.

—Estás ciego y enamorado, y no te culpo, es un bombón.

—¡Dios bendito! —George soltó una carcajada, y Emily se levantó para salir de allí antes de que la pillaran espiando—. Es preciosa, estoy loco por ella, pero afortunadamente es mucho más que una cara bonita.

—Ya veo, ya, no tienes que decírmelo, ya lo estoy notando.

—¿Qué haces aquí?

—¡Dios!, qué susto, George.

—¿Susto? ¿Y el mío, que llevo quince minutos buscándote por toda la casa?

—Le dije a Ruth que vendría un rato a trabajar.

Dejó la tijera sobre la mesa y se arropó con el chal, estaba sola en el taller, a las doce de la noche, y hacía frío.

—Ruth está durmiendo. ¿Por qué no estás tú en la cama?

—No tengo sueño.

—Es tardísimo.

—Lo sé, ahora voy. Acuéstate tú.

—De eso nada. Te vienes conmigo inmediatamente.

—Me queda solo este bajo. —Le enseñó la falda de seda, y él buscó una silla para sentarse frente a ella.

La miró y le pareció estar viendo a una niña, con el

pelo suelto y los ojos enormes e inocentes. Se acercó y le besó la cabeza.

—No deberías estar aquí. Aprovecha para dormir, Emily. No paras en todo el día y el embarazo...

—Embarazada, que no enferma. —Alzó los ojos negros y le sonrió—. Oí parte de la charla que tuviste con tu padre esta tarde. Gracias por defenderme.

—Mataría por defenderte, pero no estaba defendiéndote. Era solo una charla, y con mi padre suele ser en ese tono.

—De todas maneras, no ha tardado mucho en preguntar por tu vuelta a casa.

—Ya le aclaré las dudas. Venga, a la cama. Estás helada.

Daniel Connaught permaneció treinta días en Manhattan derrochando personalidad y simpatía. Era un torbellino de energía y combinó perfectamente la vida familiar con sus innumerables compromisos sociales y oficiales, ya que viajaba a Nueva York por un asunto comercial muy importante que él representaba como miembro del Parlamento británico, además de disfrutar de su hijo, su nieta, y de la acogedora colonia inglesa, que lo recibió con los brazos abiertos porque no en vano se trataba de un miembro de la Cámara de los Lores y, por lo tanto, toda una novedad por aquellas tierras.

Con Emily, la relación fue cordial. Ella se esmeró por atenderlo y brindarle toda su hospitalidad, y él la trató en todo momento con amabilidad y simpatía. Una relación normal entre una nuera y su suegro, aunque a ella le habría gustado llegar a intimar más con él, a charlar como lo hacía con su padre o sus amigos y a conocerlo más a fondo. Sin embargo, no fue posible, aunque él se marchó prometiendo regresar cuanto antes a visitarlos.

—Ha sido un placer conocerte, Emily, y gracias por hacer tan feliz a mi George — fue su despedida antes de subir al barco.

—Gracias a usted por venir, milord. Nos ha encantado tenerlo por aquí.

—Volveré, y una cosa más...

–Dígame.

–Cuida más de mi hijo. Es increíble cómo lo acosan las mujeres de este país. Siempre ha sido muy solicitado por las féminas, desde que cumplió los catorce años, pero estas damas son unas descaradas.

–Lo tendré en cuenta, milord. –Se echó a reír, y él con ella.

# Capítulo 31

Entró en la sala de espera de George y sonrió a las dos señoras, que se pusieron de pie para saludarla. El médico triunfaba con sus pacientes y, de paso, Charlotte y ella, que recibían continuas muestra de afecto y de agradecimiento por parte de todo el mundo.

—Señora Connaught, no se puede estar más guapa. Por Dios, ¿cuánto tiempo le falta para dar a luz?

—Aún tres meses.

—Pero está radiante, ¿no, Cybill?

—Lo cierto es que sí, preciosa, y la pequeña Charlotte también está hermosísima. Ayer la vimos de paseo con el doctor y dan ganas de comérsela. Es igualita a su padre.

—Sí, es como George. ¿Saben si lleva mucho tiempo ocupado?

—Unos quince minutos con mi marido.

—Vale, esperaré.

Hizo amago de sentarse, pero en ese mismo momento el señor Fleming salía despidiéndose del médico. Él miró a su mujer y levantó las cejas al verla muy pálida.

—¿Estás bien?

—Sí. Necesito decirte algo, pero puedo esperar.

—No, no, ya se iban, ¿verdad, señores?

Los Fleming y Cybill Smithson se despidieron con la mano y Emily les dijo adiós antes de seguir a George hasta su escritorio.

—¡Madre de Dios!

Se apoyó en la pared, tocándose la barriga, que se le puso tensa.

–¿Estás bien? ¿Emily?

–Es como una contracción.

–Puede ser, pero aún es muy prematuro. –Le acarició el vientre hinchado y sintió al bebé. Se movía con normalidad y miró los ojos asustados de su mujer con una sonrisa–. No pasa nada, cariño. Estás bien. A veces pasa que…

–Mira.

Tenía un periódico en la mano. Era un viejo número del *Daily Telegraph* de Londres, uno de los tantos periódicos que lord Connaught había traído en su viaje hacía al menos dos meses. George se los había pedido para echarles un vistazo, y esa tarde ella los revisaba antes de tirarlos a la basura.

–¿No lo habías visto?

–¿El qué?

–La esquela.

–¿Qué esquela?

Agarró la hoja que ella le enseñaba y vio una esquela muy discreta donde los empleados y directores del periódico daban el último adiós a su reportero, Edward Grant.

–¿Lo conocías?

–Era el reportero al que le dimos la información sobre Hamilton. Llevaba meses acosándolo para que nos delatara y al parecer Grant se negó en redondo a revelar sus fuentes, al menos eso parecía. Era el único que podía relacionarnos directamente con Hamilton.

–Entonces, ¿es una buena noticia?

–No si Hamilton ha tenido algo que ver con su muerte.

Se apartó de George y buscó una silla. Estaba embarazada de seis meses y se sentía agotada la mayor parte de las tardes.

–¿Qué insinúas?

–Que si no consiguió nada del periodista lo acabó matando. Es perfectamente plausible. Escribiré a Winston para ver si sabe algo.

–Ha pasado mucho tiempo. No creo que Hamilton siga…

–Yo sí lo creo –lo interrumpió–. Ese tipo es siniestro.

–Ven aquí.

Se sentó en el borde del escritorio y la acomodó entre sus piernas. Le sujetó el vientre con ambas manos y esperó a sentir al niño. Luego, levantó la vista y la vio muy alterada.

–Si te pones nerviosa, el bebé lo nota.

–Lo sé, pero es que no puedo... –Se le llenaron los ojos de lágrimas y buscó un pañuelo–. Tal vez ese hombre murió por mi culpa; tal vez Winston y Molly sí corren peligro en Brighton. No sé cómo pude acudir ese día a delatar a Hamilton; no sé qué se nos pasó por la cabeza para ser tan imprudentes.

–Yo creo que son casualidades y que Paul Hamilton ya ni piensa en enviaros a la cárcel, ni en nada de eso. Han pasado muchos años.

–Antes de venir aquí Bob el Roble me hizo una visita en la tienda para advertirme de que Hamilton no quería llevarme a la cárcel, que solo quería acabar conmigo, y que le daba igual el modo.

–¿Ese hombre fue a verte?

–Sí. Un día dejé que su hijo Fred se escondiera en la tienda porque lo perseguía el guardia del barrio, y él acudió unas semanas después a contarme lo que planeaba Hamilton. Dijo que yo era un blanco fácil y que el conde de Worsthorne estaba obsesionado con matarme; que solo quería vengarse y que no le interesaban los tribunales porque después de la intervención de lord Salisbury en mi caso, él no podía arriesgarse a hacer el ridículo nuevamente.

–¿Y tú le creíste?

–Tardé dos semanas en coger el barco hacia aquí. Claro que le creí, George. Era una información de primera mano y me la dio como agradecimiento por ayudar a Fred. Las cosas en el East End funcionan así...

–¿Y por qué eras un blanco fácil?

–Porque tú me habías abandonado y todo el mundo lo sabía. –Suspiró y ahogó un sollozo. George cerró los ojos y apoyó su frente en la suya–. Estaba sola y...

—Maldito hijo de puta...

—Eso ya pasó. Ahora solo me preocupan Winston y Molly. Ella estará a punto de dar a luz.

—Mañana les mandaremos un cable, ¿quieres? Aunque no creo que debas preocuparte. Si Hamilton hubiese querido ir a por ellos, lo habría hecho hace tiempo. Es un cabrón vengativo y concienzudo. Si no los ha tocado será por algo.

—Porque me quiere a mí.

—Pero tú estás lejos y conmigo.

—Vale, pero mañana a primera hora mandaremos el telegrama y veremos qué ocurre, ¿sí?

—Pero debes prometerme que estarás tranquila. No es bueno que te alteres de esta forma. No me gustan las contracciones en el sexto mes de embarazo. —Deslizó las manos por su vientre y el bebé respondió dando una patada—. Dios bendito, es increíble.

—Charlotte se movía solo cuando me metía en la cama. Este niño continuamente.

—Tiene mucha energía, ¿lo sientes? —Ella asintió, limpiándose la última lágrima—. Es nuestro hijo, Emily. Es maravilloso; deberías estar contenta y no pensar en otra cosa.

—Y lo estoy. Pero no puedo dejar de pensar en todo de golpe.

—Lo sé, y te amo por eso.

Se inclinó buscando su boca. Le plantó un beso apasionado, y Emily se agarró a su cuello para abrazarlo.

—Eres la embarazada más guapa que he visto en toda mi vida.

# Capítulo 32

Michael Shafterbury se desvivía por su mujer, por su hija, pero especialmente por su nieta Charlotte, y apenas tenía tiempo para otra cosa que no fuera para dedicarlo a la familia. El oficial del ejército de su majestad, que colaboraba activamente en la legación diplomática de su país, aparcaba compromisos y cenas varias por pasar más tiempo con sus chicas, como él las llamaba, y dedicaba las mañanas soleadas a pasear por el parque con la pequeña Charlotte en su carrito, aunque ella, muy inquieta, se empeñara en caminar bien sujeta a la mano de cualquier adulto.

Esa mañana de junio, Emily se había animado a acompañarlos en el paseo, y correteaba con su hija por el parque, que estaba preciosa con su año y medio de vida, cuando le sobrevino la primera contracción. Se quedó quieta y miró a Beatrice, que supo en seguida lo que ocurría.

—Ya viene.

—Vale. Vamos para casa. Tú tranquila.

—Hay que avisar a George. Está en el hospital. Tenía dos apendicectomías. A lo mejor viene tarde...

—Vale, vale. No pienses en nada y vayamos a casa.

La comadrona llegó antes que George, todo el mundo llegó antes que George, y Emily empezó a impacientarse en medio de las contracciones seguidas e intensas que le partían el cuerpo por la mitad, o al menos eso sentía ella cada vez que ese dolor implacable le atravesaba la columna vertebral.

Se sentó en la cama y se negó a acostarse hasta que no

apareciera su marido, agarrándose a la columna del dosel en cada ocasión que le sobrevenía un nuevo dolor, con la cara bañada en lágrimas y decidida a no dar a luz a ese niño hasta que no llegara su padre.

—¡Maldita sea!, ¿dónde te has metido?

—Estaba en el quirófano, pero no hay prisa. ¿Cómo va?

—¿Que no hay prisa? Mierda, George, cómo se nota que no eres tú el que tiene que parir.

—Emily, cielo...

Se acercó a ella, sonriendo a la comadrona, que parecía escandalizada por el lenguaje que utilizaba la joven y elegante señora Connaught, y sacándose la chaqueta y el chaleco para atenderla, aunque ella lo esquivó muy enfadada para caminar un poco por el cuarto.

—¿Por qué no se acuesta, señora Connaught? Ya debe de estar muy dilatada.

—¡No!, no pienso acostarme porque me apetece caminar, así que dejadme en paz.

—No la tomes con la señora Smith, mi vida, solo quiere ayudarte. Enfádate conmigo si quieres.

—¿Dónde te habías metido?

—En el quirófano, Emily. Ya te lo he dicho.

—¿Y nadie te pudo avisar?

—Tengo prohibido que me interrumpan.

—¡Mierda! —Se quedó quieta y aguantó la contracción, apoyándose en la pared—. ¿Ni cuando tu mujer se puede poner de parto en cualquier momento?

—Pues no, porque tenemos tiempo de sobra. Ven aquí, déjame...

—¡No!, ¡no me toques! Hace cuatro horas que te mandé llamar.

—Emily.

—¡Fuera de aquí! Y vuelve a tu maldito quirófano. Si pude hacerlo sola una vez, lo podré hacer una segunda, aunque esta será la última. Lo juro por Dios.

—No pienso marcharme. No voy a perderme el nacimiento de mi propio hijo, así que no gastes energía...

—¡Fuera!

—Emily.

—¡Fuera de aquí! —le indicó la puerta, y George bufó, poniéndose las manos en las caderas.

La comadrona se alejó de ellos y observó a ese altísimo y apuesto hombre por el que suspiraban las mujeres de media ciudad.

—No pienso perderme este parto, cariño.

—Seguro que tendrás más por ver. ¿Cuántos bebés has traído ya al mundo?, ¿cien? Seguro que la señora Smith ha traído al menos al doble, así que déjame con ella y dile a Beatrice o a Josie que pasen, por favor.

—Emily, por el amor de Dios. Quiero estar contigo...

—Hace cuatro horas que yo quiero estar contigo. —Se puso a llorar, desconsolada, y George miró a la comadrona, moviendo la cabeza—. Y no has podido venir. No te interesa más que ver el parto, pues no lo verás. Déjame sola.

—Emily, estás nerviosa y es normal. Tienes mucho dolor y tu cuerpo está experimentando un montón...

—No me digas lo que está experimentando mi cuerpo porque ya me doy cuenta, ¡madre de Dios! —Se agarró al dosel, ya ni veía por las lágrimas, y llamó con la mano a la comadrona—. Ahora sí, Louise. Ayúdeme por favor.

—Emily... —George la agarró de la cintura, y ella lo sujetó de la camisa para hablarle lo más seriamente posible.

—Déjame, doctor. No quiero que estés aquí, ya no, así que fuera de mi dormitorio.

—No, de eso nada.

—Mire, señor —dijo Louise Smith, que se puso entre ambos y miró los ojos transparentes del médico, frunciendo el cejo—, no quiero a mi parturienta más nerviosa de lo que ya está, así que me hará un gran favor y saldrá al pasillo a esperar con los demás. Si lo necesitamos no se preocupe, que lo llamaré.

—Soy médico. Yo...

—Para mí ahora mismo es un padre corriente y moliente, y que ha puesto muy nerviosa a la señora, que llevaba horas preguntando por usted, así que, por favor, espere fuera.

La comadrona, que era muy alta, fuerte y con un sentido de la autoridad inflexible forjado en años de ejercicio profesional, empujó al eficiente doctor George Connaught al pasillo. Él vio a su mujer desplomándose en la cama mientras se sujetaba el vientre con las dos manos y quiso resistirse y atenderla, pero no hubo tiempo. En menos de dos segundos estaba en el pasillo y con la puerta cerrada delante de la cara.

—¿Te han echado?

—No me quiere ahí. —George miró a su suegro, y este se echó a reír a carcajadas—. No le veo la gracia.

—¿Por qué no llegaste antes?

—Tenía programada una operación. Sabía que no iba a dar a luz antes de seis horas. Pero en cuanto acabé, vine directamente.

—Ella quería tu apoyo, estar contigo y que la cogieras de la mano, doctor. Parece mentira que no lo entiendas...

Michael Shafterbury se sentó en una silla y vio a su mujer llegar a la carrera para entrar en el dormitorio. Beatrice miró a George y lo vio nervioso y sin saber dónde meter las manos, algo bastante insólito en él.

—¿Qué haces aquí fuera?

—No quiere que entre...

—Por algo será. No os preocupéis, no me moveré de su lado.

—Llámame cuando el bebé esté coronando. Quiero verlo nacer.

—¿Esté qué...? Bendito sea Dios —fue la respuesta de Beatrice, que entró al dormitorio y cerró la puerta de un portazo.

George Connaught se abrió algunos botones de la camisa, se la sacó de los pantalones y decidió sentarse en un sillón junto a Michael. Hacía algo de calor, era plena tarde y estaba más nervioso de lo que había estado en toda su vida porque no existía experiencia más inquietante para él que la inactividad. Se puso de pie un par de veces al oír los quejidos ahogados de Emily y, al final, se desplomó en su asiento, con los codos apoyados en las rodillas.

—¿Cómo va? ¿Qué hace aquí fuera, doctor?

Josie se sorprendió al ver a los dos hombres de la familia en silencio, esperando en el pasillo.

—Lo han echado —bromeó Shafterbury muerto de la risa.

—¿En serio?

—¿Tú qué crees? —George la miró y escondió la cabeza entre las manos: estaba al borde del infarto y sin ningún ánimo para las bromas—. ¿Sabes dónde está mi hija?

—Con Ruth. No hace más que preguntar por su madre.

—Voy a verla.

—¡No!, no, amigo, como no estés aquí cuando ella te llame, estás perdido. Charlotte es muy pequeña. No se entera de nada. Ruth se ocupará…

—¡Maldita sea! —Se levantó una vez más, harto de tanta espera y miró a los ojos a Shafterbury, que lo observaba con atención—. ¿Qué?

—Es bueno que por una vez estés del otro lado. Esto te humaniza, doctor.

—¿Estoy deshumanizado?

—Como todos los médicos que conozco.

Oyeron un grito desgarrado de Emily y, unos segundos después, el llanto enérgico del bebé. Caminó con decisión hacia el dormitorio, abrió la puerta y entró sin esperar a que lo llamaran. Emily jadeaba, exhausta, apoyada sobre sus codos, siguiendo con los ojos a Beatrice, que tenía al recién nacido en brazos, mientras Louise acababa el alumbramiento con manos expertas.

—Es un niño —le dijo con el rostro bañado en lágrimas y una enorme sonrisa—. Un chico.

—Bendito sea Dios. —Se lo arrebató a Beatrice para acercarlo a la luz.

Era verdad. Un chico, sano y perfecto. Lo acarició con un dedo, comprobando que estaba bien, y se echó a llorar sin poder remediarlo. Lo acercó a la madre y se lo puso encima del pecho.

–¿Estás bien?

–No puedo responder a eso ahora –contestó completamente agotada pero sonriendo, estiró la mano y le acarició la cara con dulzura–. No llores, mi amor. Estamos bien.

–Gracias, mi vida. –La abrazó acurrucándose en su cuello–. No sé cómo agradecértelo. Eres muy valiente.

–George...

–¡Chist!, eres muy valiente.


Michael Daniel Connaught nació con tres kilos y medio de peso, y en perfecto estado de salud, según determinó su padre tras un exhaustivo examen médico. George estaba fascinado con el bebé porque era la primera vez que podía disfrutar y hacer un seguimiento tan directo a un recién nacido, y porque el niño, que era pura energía, resultaba ser un prodigio inagotable de progresos y novedades diarias. Era precioso, sano y muy mimoso, e inmediatamente experimentó por él un amor tan inmenso como el que sentía por Charlotte.

Emily se recuperó muy de prisa del trance y se empeñó en amamantar al bebé, al menos las primeras semanas, actividad muy saludable a ojos de su marido, que la apoyó en su decisión. Y cuando bautizaron al bebé, al mes de su nacimiento y rodeados por sus amigos, ella ya lucía su estrecha cintura enfundada en un precioso vestido de verano, y su peso y figura de siempre, completamente radiante y feliz.

Ese sábado, él la seguía con los ojos por el salón, sirviendo bebidas y manjares varios con su sonrisa iluminando todos los rincones de la casa, sin poder perderla de vista. Habitualmente le sucedía eso con Emily, que no podía dejar de observarla. Era un imán poderoso que lo empujaba a tocarla o a mirarla incansablemente, y que solía despertar comentarios en la gente que no dudaban en cuchichearle entre risas que él solo tenía ojos para su mujer, algo que era completamente cierto.

Suspiró viéndola hablar con Josie y su prometido, hasta que la mano del mayordomo en su codo lo hizo volverse hacia él. Temió que se tratara de una urgencia médica que lo obligara a dejar la fiesta.

—Han traído este cable urgente para usted, doctor. Es de Inglaterra.

—Gracias, Peter. —Lo sujetó y se fue a la biblioteca para leerlo. Era muy largo y firmado por su padre—. Vaya por Dios.

—¿Pasa algo? No me digas que tienes que marcharte. —Emily se asomó y lo vio sentado al escritorio, quieto, con un papel en la mano y mirando por la ventana—. ¿George?

—Un cable de mi padre. Mi madre está muy enferma. Ha tenido una especie de ataque y no saben lo que es.

—¿Sí? —Se acercó a la mesa y él le pasó la carta para que la leyera—. ¿Y qué quieres hacer?

—¿Cómo que qué quiero hacer?

—No sé, tu padre dice que deberías ir a verla.

—¿Te vienes conmigo?

—No, lo siento.

—Escribiré a varios médicos que conozco para que se ocupen y me informen, y ya decidiré.

—Vale, lo siento mucho.

—Debe de ser un infarto…

—¿Papá? —Charlotte, de la mano de su abuelo, entró buscando a su padre, y él se levantó de un salto para cogerla en brazos.

—¿Qué quieres, mi vida? ¿Quieres jugar?

—¿Hermanito?

—¿Has visto a tu hermanito?, ¿no te dejan tocarlo? Venga, vamos a verlo… —Desapareció con la niña por el pasillo, y Emily miró a su padre sin saber muy bien qué hacer con la carta de Daniel Connaught.

—¿Qué pasa ahora?

—La madre de George está enferma, y su padre le pide que vaya a verla. Hace años que no se hablan, y ella quiere verlo.

—¿Y cuándo os vais?

—¿Adónde?, ¿a Londres? Yo nunca. Si él tiene que ir, me imagino que muy pronto.

—¿Y estaréis tantos meses separados?

—Bueno, ya lo hemos estado antes y...

—No con Charlotte y el pequeño Michael. Dudo mucho que George quiera separarse de ellos.

Emily miró la carta y la dejó sobre el escritorio, sintiendo un frío extraño en la espalda. Ella amaba a George y haría cualquier cosa por él, todo salvo viajar a Londres.

Miró a su padre y lo agarró del brazo para volver juntos a la fiesta por el bautizo de Michael. Ya pensaría en eso en otro momento. Además, George sabía su opinión, sus miedos y aprehensiones, y estaba segura de que no la presionaría para viajar con él, eso jamás.


—Está empeorando y no le dan mucho tiempo de vida. —Entró en la tienda y le habló directamente, aunque ella estaba despidiéndose de unas clientas.

—Lo siento, cariño, ¿me das dos minutos? —Miró sus ojos claros y le sonrió antes de acompañar a las señoras hasta la puerta. Luego regresó a su lado, lo sujetó del brazo y lo llevó hasta su despacho—. Lo siento mucho. ¿Cuándo piensas viajar?

—¿Quién ha hablado de viajar?

—Ha pasado un mes y no mejora. Me imagino que quieres ir.

—Claro, pero si no vienes conmigo, ¿qué demonios pretendes que haga?

—George...

—Sí, Emily. No quiero separarme de los niños. Al menos serán tres meses entre el viaje y la estancia allí. ¿Quieres que me pase tres meses lejos de mis hijos?

–Si quieres... –Tragó saliva y se estrujó la falda, nerviosa.

Llevaban cuatro semanas recibiendo cartas continuas desde Londres que lo presionaban para ir al lado de su madre, no solo como hijo, sino también como médico, y la situación se estaba haciendo insostenible. Él apenas dormía, y ella se sentía cada día más culpable.

–Si quieres llévate a Charlotte. Ruth puede ir con vosotros, y aunque se me parte el corazón, puedes estar con ella y dejar que tu madre la conozca.

–¿Esa es tu solución?

–¿Tienes otra?

–Sí, que cojamos un maldito barco los cuatro y pasemos un mes en Inglaterra. Tampoco es tan terrible.

–Te dije que no iba a volver; te lo dije.

–No es una mudanza. Son unas vacaciones. Necesito ver a mi madre, ¿no lo entiendes?

–Por supuesto que lo entiendo, pero no quiero ir a Londres, lo sabes. No me hagas sentir culpable. Yo no te impido que vayas...

–No puedo separarme de ti. No quiero separarme de ti y necesitaría que estuvieras conmigo en estos momentos. Se trata de mi madre. Tal vez cuando llegue allí incluso ya haya muerto.

–Lo siento mucho.

–Perfecto.

La dejó de pie en la oficina y se largó a la calle para pensar. Necesitaba ver a su madre, pero más necesitaba a Emily y a los niños y no pretendía viajar solo, o con Charlotte, hasta Inglaterra para pasar un maldito calvario totalmente innecesario, así que suspiró pensando en soluciones. Ella no quería viajar, y él no lo haría solo. Debía tener paciencia y esperar la mejoría de su madre, que estaba siendo atendida por varios médicos, alguno amigo suyo, que no encontraban nada extraño en su estado de salud, nada concreto aunque, sin embargo, ella no pudiera ponerse de pie, ni caminar, ni hacer nada por sí sola.

—George.

—Déjalo, Emily. Estoy bien... —Entró en la consulta después de esperar a que acabara con el último paciente de la tarde.

—No puedo ir a Londres, lo sabes, pero puedes ir tú. Solo son tres meses. No hagamos un drama de todo esto, por favor.

—¿Solo son tres meses?

—Sí, podremos soportarlo, y tú estarás muy ocupado allí. Seguramente lo notarás menos que nosotros, que nos quedaremos sin ti.

—No hace falta. No voy a ir, al menos no de momento.

—Mira...

—Ya está. ¿Qué hay de cenar?

—Estás muy enfadado y no soporto verte así.

—Yo no soporto otras muchas cosas y me aguanto. —Pasó por su lado sin tocarla y salió hacia el salón, donde estaban los niños. Emily se quedó quieta, respirando hondo para no llorar—. ¿Dónde está mi princesita? Charlotte, ¿vienes a cenar con papá?

Lo que al principio se trató de una simple enfermedad se convirtió rápidamente en un enorme drama familiar en el palacio de los Connaught en Westminster. Las cartas se multiplicaron con el paso de las semanas, y George pasó de recibir misivas de su padre a recibirlas también de sus hermanos, que le contaban la tristeza que embargaba a la condesa en medio de su agonía por no poder verlo y despedirse de él.

George empezó a presionar a Emily con métodos de todo tipo, pasando del enfado a la dulzura, y viceversa, mientras ella aguantaba los envites con bastante fortaleza, aunque al final acabara llorando sola y a escondidas para evitar seguir discutiendo. Él la amaba y jamás le haría daño, pero necesitaba ver a su madre. Lo planteaba como una necesidad imperiosa, que les ocuparía solo un mes de estancia en Londres, y empezó a tentarla con la posibilidad de ver a Winston, a Molly y a su hija, con visitar su tienda, e incluso con una romántica escapada a Cambridge para recordar viejos tiempos.

—¿Qué me dices? El barco es espectacular.

Emily revisaba las cuentas de la tienda en el escritorio de su dormitorio, de noche y vestida con el camisón de dormir. George, que acababa de volver de una visita de urgencia, se recostó en el sofá que tenía al lado y le tocó el brazo con el pie. Estaba en mangas de camisa y sin corbata, muy relajado, observándola atenta en sus números.

—¿Habrá algún día en que no hablemos de esto? Hasta mi padre se ha sumado al acoso...

—Han pasado cuatro meses. No puedo esperar más, cielo. —Estiró el pie y le acarició la cintura. Estaba preciosa esa noche con los hombros al aire y el pelo suelto, y empezó a desabrocharse la camisa sin quitarle la vista de encima.

—Estoy ocupada, doctor.

—Tarda solo veinte días, nos quedamos un mes y estaremos de vuelta en seguida. Serán unas vacaciones. ¿Dónde estaremos mejor que en alta mar sin nada más que hacer que disfrutar el uno del otro? Ruth está encantada con la idea de conocer la madre patria.

—Llévate a Ruth y a Charlotte. Ya te lo he dicho.

—No es buena idea.

—George, por Dios.

—Emily...

—Tengo dos faltas... —Apartó los ojos de los papeles y lo miró con cara de angustia.

A él se le iluminó la suya y le regaló una amplia sonrisa.

—Lo sé... —Se acercó y la abrazó con todo el cuerpo. Hundió la cara en su cuello y empezó a besarla con la boca abierta—. Es maravilloso.

—Michael solo tiene cinco meses.

—Pero es maravilloso.

—Es un regalo de Dios, pero no puedo seguir teniendo un niño cada año. Debo trabajar. Está la tienda y...

—La reina Victoria tuvo nueve hijos y gobierna un imperio.

—Muy gracioso.

—Es cierto.

—No dejaré que te acerques a mí en cinco años.

—Muy bien, pero ahora ya no hay remedio, y necesitamos unas vacaciones, una luna de miel. Podemos disfrutar muchísimo en el barco. Emily, por favor, no me dejes solo, será solo un mes. Te lo prometo.

—No te reconozco cuando hablas así. Tú no eres así, no entiendo que no puedas hacer esto solo: ir a Londres y cumplir con tu maldito deber, ¡joder!

Se puso de pie al borde de las lágrimas. Estaba otra vez embarazada, con dos bebés en casa, la tienda, sus obligaciones, su vida, y él se comportaba como un crío dependiente y malcriado.

—Tenerte a ti y a los niños me ha cambiado. No concibo mi vida sin vosotros. Te pido perdón por necesitaros conmigo.

—No te hagas la víctima, doctor.

—Solo soy sincero.

Extendió las manos y la acercó para abrazarla. Hundió la cara en su cuello perfumado a violetas, y ella solo pudo levantar la mano y acariciarle el pelo.

—Jamás te pediría que volvieras a Londres si no fuera necesario; es solo un caso excepcional, Emily. Por favor, no me hagas seguir rogándote como un imbécil.

—Lo habías prometido.

—Son solo unas vacaciones. ¿No te apetece ir de visita sabiendo que tu casa te espera aquí? Te vendrá bien el descanso y lo pasaremos estupendamente en el viaje.

—¿Solo un mes?

—Solo un mes.

—¿Lo prometes? —Le agarró la cara con las dos manos y lo obligó a mirarla a los ojos.

—Prometido, milady.

—Vale, está bien.

# Capítulo 33

El RMS Umbría era uno de los barcos más seguros y lujosos que surcaban los océanos a finales del siglo XIX. Propiedad de la Cunard Line y gemelo del RMS Etruria, que había llevado a Emily de Liverpool a Nueva York, el Umbría derrochaba elegancia y comodidades para sus pasajeros de primera clase, que no notaban apenas la larga y tediosa travesía entretenidos con agradables desayunos, elegantísimas cenas con baile y las infinitas actividades que les regalaban para hacer lo más liviana posible su estancia en el enorme trasatlántico, que contaba con cinco plantas y una capacidad para albergar a quinientos cincuenta pasajeros de primera clase y ochocientos de segunda, con sus respectivos comedores, zonas comunes, salas de baile y cubiertas de paseo.

Lord y lady George Connaught, con sus dos preciosos hijos y la niñera, embarcaron en el puerto de Nueva York el treinta de noviembre en medio de una tormenta de lluvia y viento que los mantuvo alerta hasta entrar en alta mar, donde la tempestad cesó de golpe, regalándoles unos primeros días de travesía fríos, pero muy agradables, en los que apenas se movieron de su preciosa y carísima suite, que contaba con dos dormitorios, salón comedor y cubierta acristalada propia, una verdadera casa aislada de los bulliciosos pasajeros, que los observaban con algo de envidia cada vez que los veían pasear del brazo por la cubierta principal o cenando a solas en el comedor, mirándose a los ojos y visiblemente enamorados.

Ambos eran guapos, jóvenes, muy elegantes, y además pagaban los trescientos quince dólares por persona que costaba la suite más cara de todo el Umbría, chisme que los convirtió rápidamente en la gran atracción del viaje.

–¿Qué hacéis las dos aquí?

George dio un último golpe de hoja a su oponente y caminó hacia Emily y Charlotte, secándose el sudor de la frente. Estaba en mangas de camisa y lucía unos pantalones ceñidos de color beis, una imagen extremadamente atractiva para su mujer, que llevaba diez minutos observando en silencio el combate de esgrima.

–Michael duerme la siesta y hemos salido a dar un paseo porque Charlotte echa de menos a su abuelito y está triste.

–¿Estás triste, mi vida? –Se puso en cuclillas para mirarla a los ojos, y la niña asintió, agarrándose a su cuello–. Estoy sudando, necesito un baño y cambiarme de ropa, ¿me acompañas?

–Señora Connaught, un placer. –El adversario de George se acercó hasta ellos con una gran sonrisa–. Julian Mills.

–Señor Mills, encantada, ya me ha hablado George de usted. Gracias a Dios que tiene a alguien con quien practicar un poco de deporte.

–Lo mismo digo. ¿Y esta preciosidad es Charlotte?

–Sí, lo es. –George se puso de pie con la niña en brazos, y miró a Emily para que lo siguiera–. Vamos, cielo. Necesito cambiarme.

–Su marido me ha dicho que es una buena jugadora de póquer.

–Bueno, no tanto, aunque mejor que él seguro.

–Esta noche tenemos una timba completamente legal en el salón azul. Podría sumarse; hay más señoras invitadas.

–¿Sí? –Emily detuvo el paso para mirarlo a la cara–. Pues es una buena idea. Tal vez me sume si los niños se duermen pronto.

–Si quiere es a las ocho, después de la cena. La esperamos.

A partir de esa noche, Emily empezó a pasar las veladas jugando a las cartas y charlando con la gente. Era una buena manera de distraerse y apartarse un rato de George, que cuando ella jugaba, aprovechaba para leer y estudiar un poco. Los días se fueron sucediendo con placidez, mucha paz y mucho amor, porque pasaban las noches amándose en la enorme cama de su habitación, con las cortinas descorridas para que la luz de la luna, si la había, iluminara sus apasionados encuentros.

—Buenos días, Ruth. Ve a dar una vuelta. Yo me ocupo.

Entró en la terracita para desayunar y atender a los niños, George tomaba café con Michael en brazos mientras Charlotte jugaba en un rincón de la mesa con su cofre lleno de botones de colores y alhajas de bisutería.

—¿Está segura, señora?

—Completamente. Tómate un par de horas, sin problema.

—Gracias, señora. Adiós, niños.

—Adiós. —Emily se acercó a Charlotte y le besó la cabeza—. ¿Qué haces, mi vida? Son preciosos, ¿verdad? ¿Estos son los collares que te regaló la señora Higgins? —Charlotte asintió encantada con sus nuevas adquisiciones, y Emily dirigió la mirada hacia George y Michael—. ¿Y vosotros qué tal?

—Muy bien.

George puso de pie al bebé sobre sus piernas para observarlo mejor. Michael, muy erguido, flexionaba las rodillas con mucha energía mirando por la ventana la lluvia que caía a raudales.

—Está muy mayor. Es increíble cómo pasa el tiempo.

—Cumple seis meses en dos días. Ya es todo un hombre, ¿verdad, Michael?, ¿sí?, ¿papá? Di papá, cariño.

—¡Papá! —gritó Charlotte muy contenta, y saltó a sus brazos. George los abrazó a los dos y miró a su mujer con una enorme sonrisa. ¿A qué hora llegaste anoche? Me dormí esperando.

—No sé, medianoche. Estuve charlando con un señor de Nueva Orleans. Importa y exporta hilo y algodón. Quedamos en vernos en Manhattan.

—Haciendo negocios, muy bien. Estoy orgulloso de mi mujer.

—¿Y esto qué es? —Echó un vistazo a una revista médica que había sobre la mesa—. ¿Silfium?

—Un anticonceptivo natural. Al parecer es muy eficaz, y aunque no lo he recetado jamás, estoy investigando.

—¡Qué interesante!

—No quiero pasar el resto de tu vida fértil durmiendo en el cuarto de invitados.

—¡Dios bendito! —Lo miró de reojo, sirviéndose una taza de té.

—Es cierto.

—Quiero más niños, pero no tan seguidos. Eso es todo.

—Perfecto, lo comprendo. Mi vida, Charlotte, come un poco de bizcocho, y luego salimos a caminar por cubierta, ¿te parece?

—¿No estás nervioso por llegar a Londres? Solo faltan dos días.

—No, ¿y tú?

—No sé. He estado pensando en los últimos meses que viví allí y apenas los recuerdo. Fue como estar medio inconsciente. Apenas tengo certeza de los pasos que di. Es raro y se mezclan muchos sentimientos.

—Estaremos bien.

—¿Le has dicho a tu padre que vamos al Grand Hotel?

—Claro, Emily. No te preocupes por nada. ¿Qué quieres hacer primero?

—Pasear, visitar la tienda, a lord Sheen, y escaparme un par de días a la costa. Quiero ver a Winston y Molly, ahora me he dado cuenta de lo mucho que los he echado de menos.

—¿Y comer *fish and chips*?

—¡Por supuesto! ¡Mmm!, qué rico. Dios mío, doctor, me muero por probarlos.

Llegar al puerto de Londres se hizo eterno. Emily se levantó temprano esa mañana del diez de diciembre para preparar a los niños y ultimar el equipaje tras veinte días de travesía. Era como desmontar una casa, y se pasaron un día entero poniendo en orden los baúles, hasta que esa mañana los mozos llegaron a la suite para recoger el equipaje y ponerlo en la rambla de salida.

Muy abrigados y atentos, siguieron las maniobras de atraque con paciencia, y cuando se despidieron del capitán y los oficiales, a Emily el corazón le saltaba en el pecho con la sola posibilidad de pisar nuevamente su tierra. George agarró a Charlotte en brazos, y ella a Michael, y juntos bajaron despacio hacia el pantalán, donde lord Connaught en persona los esperaba con los brazos abiertos.

—¡Bendito sea Dios! Charlotte, preciosa, ¿te acuerdas de mí? ¿Así que tú eres Michael? ¡Qué guapos! Hijo, dame un abrazo. —Padre e hijo se abrazaron con fuerza, y luego el duque abrazó a su nuera con cariño, mirando de cerca los ojos claros del pequeño Michael—. Te pareces a tu tío Simon, hombrecito.

—Se lo he dicho a Emily, aunque ella dice que es como su madre —respondió George, abrazando a una Emily cada vez más pálida, por los hombros—. ¡Jonathan!

—Milord, milady. Es un placer verlos. Tiene usted una familia maravillosa, milord.

El educado mayordomo lo saludó con una venia, aunque George le palmoteó la espalda con cariño.

—Gracias, hombre, ya tienes sangre nueva a quien enseñar a jugar al rugby.

—Será un honor, milord.

—¿Emily?

La vocecita le llegó tenue en medio del barullo general, pero Emily se volvió hacia ella con ansiedad. Ahí mismo, a un par de metros, se encontró con la sonrisa dulce y tímida de Molly. Se le llenaron los ojos de lágrimas y corrió para abrazarla con toda el alma.

—No llores.

—Dios bendito. ¿Cómo es que has venido? ¡Qué sorpresa!

—El doctor nos avisó, ¿y este es Michael?

—Sí, di hola a la tía Molly, mi vida...

—Y al tío Winston, digo yo.

—Winston. —Se abrazaron con los bebés de por medio porque su amigo llevaba a su hija, Emily, que tenía nueve meses, en brazos–. Hola, preciosa, tocaya, pero qué guapa es. Mira, George.

—Ya veo, ya. Hola, ¿qué tal estáis?

—No tan bien como tú, doctor.

Winston le dio un apretón de manos sonriendo. Ambos recordaron fugazmente la última vez que se habían visto, y bajaron la vista sin necesidad de dar explicaciones.

—Esta Emily es muy guapa también. Hola, pequeña –comentó George, tocando la cara a la niña, que era rubia y muy sonrosada–. Charlotte, ¿has visto que amiguita más guapa tienes en Londres?, ¿le vas a dar el regalo que le has traído? –Charlotte, bien sujeta a su cuello, asintió, mirándolos con curiosidad–. ¡Qué bien! Se lo das en el hotel, ¿sí?

—¿No vienes a casa, hijo? Tu madre está ansiosa.

El duque de Stevenage saludó a los amigos de su nuera con amabilidad, pero miró a su hijo con los ojos muy abiertos al oír mencionar el hotel.

—Voy a dejar a la familia y...

—No, cariño, ve a tu casa. Yo me voy al hotel con los niños. Winston y Molly me acompañan, ¿de acuerdo?

—¿Estás segura?

—Por supuesto. Charlotte, dale un beso a papá y ven conmigo. –Entregó a Michael a Ruth y agarró a la niña en brazos–. Luego lo veremos, ¿vale? Nosotros vamos a conocer nuestra casa nueva, ¿quieres?

Se despidieron en medio del puerto, y George se marchó con su padre y Jonathan, viendo con ojos de angustia cómo Emily y los niños se apartaban de él y cómo su preciosa hija se ponía a llorar desconsolada al perderlo de vista.

—Pero ¿qué hace?

Molly les indicó con la cabeza el elegante carruaje con el escudo de los Stevenage en la puerta, que se detenía de golpe. Fue un frenazo y de dentro saltó el doctor con el cejo fruncido y poniéndose el sombrero.

—No llores mi vida. Ven conmigo. —Estiró los brazos hacia la niña, que se le agarró con fuerza del cuello—. No llores, Charlotte. Me la llevo conmigo.

—Dentro de un minuto se le pasa…

—No. Me la llevo conmigo. En seguida nos reunimos con vosotros en el hotel.

—George…

—No, Emily. No soporto verla así. Te quiero. —Se acercó y la besó en los labios, un gesto en público completamente insólito, que Emily recibió moviendo la cabeza—. Una hora.

—Vale.

—Dios bendito, ¿quién iba a decir que este hombre tan guapo era además tan padrazo? —bromeó Molly mientras se instalaban en el carruaje.

—Está como loco con los dos, pero con Charlotte es increíble.

—Y tú estás preciosa, Emily. Recuperada. Mira qué cara más llenita, perfecta. Ya no eres el fantasma que nos dejó…

—Bueno, también ayuda el hecho de que estoy embarazada. George dice que las mujeres se iluminan con el embarazo.

—¿Otro bebé? Pero ¿qué se come en América? —bromeó Winston, mirando de reojo a la niñera, que se reía roja como un tomate.

—Tenemos ropa infantil. Empezamos por hacer vestiditos de niñas iguales a los de sus madres y acabamos haciendo de todo. Josie es un hacha en los negocios. Ella me lo propuso y estamos teniendo mucho éxito.

—¿Y tu marido te deja trabajar?

–No tiene que dejarme, yo trabajo, siempre lo he he-cho, Molly…

Dejó al bebé gatear por el suelo alfombrado y miró una vez más la enorme suite del Grand Hotel que les habían asignado. Tenía salón, comedor, tres habitaciones, dos cuartos de baño, una bañera de porcelana gigantesca en el dormitorio principal y terciopelos y maderas nobles por to-das partes. Se asomó a una de las grandes ventanas que da-ban a Piccadilly Circus y suspiró mirando el ajetreo de esas calles que ella había recorrido incansablemente, de arriba abajo, hacía tan poco tiempo.

–Dios mío, todo está igual. ¿Cuántas horas nos habre-mos pasado tú y yo rondando la plaza, Molly?

–Y muertas de frío... ¡Qué horror!

–Todo está exactamente igual –repitió impresionada de encontrarse allí.

–Salvo que ahora tú miras el mundo desde este privi-legiado castillo.

–Y ha pasado tan poco tiempo, ¿verdad?

–¿Y qué tal con el doctor?

–George es un regalo del cielo. Siempre lo diré, y todo va bien. En Nueva York fue mucho más sencillo empezar de cero.

–¿Y tu padre?

–¡Oh, Dios! Ese hombre es maravilloso, en serio. Casi no trabaja. Está todo el tiempo dedicado a la familia. Es tan cariñoso, tan especial; nunca creí que iba a tener el privilegio de disfrutar de un padre, y menos de uno como él, pero bueno, ¿cómo estáis? Esta Emily Everhard es muy guapa.

–Otro regalo del cielo. Es buenísima.

–Le he dicho a Winston que quiero más hijos en segui-da, pero aún no me quedo en estado.

–Paciencia, ya sabes que eso llega cuando Dios lo quiere. –Se desplomó en una butaca, se sacó el sombrero y miró a sus amigos con una sonrisa–. Me alegro mucho de veros...

–Y nosotros a ti.

–¿Qué sabéis de Hamilton?

–Nada. Desde que supimos lo de la muerte del reportero, me puse ojo avizor, pero nada de nada. En teoría vive fuera del país y no se le ve el pelo por aquí.

–Mejor, pero estoy segura de que estará atento y que ya sabe que hemos venido. ¿Y los demás? ¿El Roble y su pandilla?

Se pasaron horas charlando, comieron unos manjares deliciosos que les subieron a la suite, tomaron el té, y a las seis de la tarde Molly y Winston se despidieron de ella para volver a Regent Street, a la tienda, donde se alojaban cuando visitaban Londres.

Emily los despidió con una gran sonrisa, pero empezando a inquietarse por la ausencia de George y Charlotte, que llevaban cinco horas sin aparecer. Al final, dejó que Ruth acostara a Michael, y se metió en la bañera con agua caliente para relajarse e intentar asimilar dónde se encontraba.

–¿Cómo puedes ser tan perfecta? –le habló pegado al oído, y ella abrió los ojos despacio, hasta que se incorporó de golpe, asustada, al sentir su mano enorme encima de los pechos.

–¡George!

–No te muevas.

–¡Madre de Dios!, qué susto. ¿Qué horas es?, ¿dónde está Charlotte?

–Las ocho, lo siento mucho. Ya hemos cenado, y Ruth la ha metido en la cama. Estaba agotada con tanta atención… –Se desnudó muy de prisa y se metió en el agua aún caliente de la bañera, que estaba pegada a la chimenea encendida–. ¡Dios, qué agradable!

–Ha pasado todo el día.

–Es que estaban mis hermanos, todo el mundo quería ver a Charlotte. Estuve con mi madre, hablé con los médicos. En fin, pensé en enviar a alguien a avisar, pero se me pasó… Están enamorados de tu hija.

–Estaba preocupada.

–Lo siento. –Se deslizó por el agua para besarla.

Emily se acomodó para abrazarlo y sintió inmediatamente su excitación.

–George…

–¡Chist!, Dios bendito, cómo te he echado de menos, cómo te deseo. Emily, estoy perdido sin ti.

Stevenage House, o el palacio del duque de Stevenage en Westminster, databa de principios del siglo XVIII contemporáneo al palacio de Buckingham, del que era prácticamente vecino, se trataba de una enorme construcción blanca inmaculada de estilo georgiano, rodeada por unos jardines perfectamente diseñados y cuidados por varios jardineros de uniforme. Emily, que ya lo conocía por fuera y por la zona de servicio, donde la habían recibido hacía más de dos años cuando buscaba a George desesperadamente por Londres, llegó a él en un primoroso coche de caballos con el escudo de la familia bien visible y con dos vasallos de librea, que hablaban animadamente sentados en la parte trasera del vehículo, mientras ellos recorrían las calles de la ciudad prácticamente en silencio, porque esa mañana, la segunda en Inglaterra, Emily no estaba para demasiadas charlas.

Debían llegar antes de mediodía a la casa, y se había levantado muy temprano para vestirse y arreglarse con primor. Ella sola, sin doncella, que no tenía, y con bastante maña porque llevaba toda la vida apañándose sola, aunque de pie delante del espejo, no acababa de verse bien con nada, y ningún vestido le parecía suficiente.

A las once de la mañana ya se había probado todos los modelos que llevaba en los baúles, y a las once y media vomitaba de rodillas en el lavabo, por culpa de los nervios y del embarazo, según su marido, que no quería opinar demasiado, vestido impecablemente, como siempre, desde hacía horas.

–Estás preciosa.

Recorrió con los ojos el traje marrón claro que ella al fin había elegido, y que tenía hombreras y el escote, no muy pronunciado, bordeado con un primoroso encaje de Irlanda. La chaquetita y la falda se ajustaban a la cintura y las caderas, y luego el ruedo caía de forma muy elegante y suave hasta los tobillos. Llevaba la capa color chocolate abierta y se tocaba constantemente el pelo, que se había recogido en un moño muy coqueto, coronado con un sombrerito en tonos marrones y con rejilla, que le sentaba de maravilla. Emily era muy guapa y elegante, pero esa mañana estaba radiante.

–¿Emily?

–He dicho gracias.

–No te he oído. ¿Qué pasa? –Se inclinó hacia ella para buscar sus ojos negros–. No estés nerviosa, solo se trata de mi familia.

–No me siento muy bien.

–Si estás indispuesta, puedes acostarte en mi cuarto. Está igual que cuando me fui. Ahí puedes descansar. Ruth y yo nos ocupamos de los niños.

–No creo que quieran conocerme. En realidad no sé ni para qué vengo. Ellos quieren verte a ti y a los niños; tal vez debería volver al hotel. Tengo muchas cosas que hacer. Dile al cochero que pare y me vuelvo andando. Me vendrá bien dar un paseo…

–¡No! Mírame, Emily.

Buscó sus ojos y los vio llenos de lágrimas. Sabía fehacientemente cómo se sentía ante personas como su familia, pero no podía permitir que huyera constantemente de ellos, o jamás llegaría a acostumbrarse a que tenía otra vida, otra familia y otras obligaciones.

–Quiero que te conozcan. Tú eres mi esposa, la madre de mis hijos. Por supuesto que quieren conocerte, y se quedarán encantados contigo.

–Milord, milady.

Uno de los jovencitos de librea abrió la portezuela, y

Emily vio ante sí un jardín y la escalera blanca que estaba delante de la entrada principal. Se asomó con el corazón en la garganta y vio al duque de Stevenage salir a la carrera para recibirlos.

—Emily, ¿te encuentras bien?

—Son los malestares del embarazo, papá; no te preocupes.

George la abrazó por la cintura y subieron juntos la escalera hasta el recibidor, y luego caminaron hacia el salón, donde había más personas.

—¡Eh!, pero aquí están.

Sophie, la hermana de George, se acercó con los brazos abiertos para coger en brazos a Charlotte y acercarse a Michael, que venía en brazos de Ruth.

—¿Este es el pequeñito? Pero si es igual que tú, Simon. Hola, Emily, un placer volver a verte.

—Hola, igualmente.

Emily saludó a su cuñada y vio aparecer por su espalda a Simon Connaught, el hermano pequeño de la familia, que era rubio y tenía los ojos verdes como Michael.

—Encantada, Simon.

—El gusto es mío. ¿Puedo decir que es aún más guapa de lo que me imaginaba?

—No —contestó George, sacándose el abrigo y el de los niños. Miró a su mujer y le sonrió—. Vamos a ver a mi madre, luego, si quieres, te recuestas un poco, ¿sí?

Subieron las escaleras con rumbo al piso superior. La maravillosa escalera era de mármol, blanca, enorme, y Emily imaginó sin querer la infancia de George y sus hermanos allí. Las innumerables personas de servicio, las Navidades, las fiestas, los domingos en familia, y no pudo evitar pensar en su madre y en ella misma viviendo en una casa similar, pero en la planta baja y sin ver jamás los dormitorios, la biblioteca o los jardines principales.

—Es precioso, como su hermana. Hola, Michael. Hola, cariño. Soy tu abuelita Eleonor.

La duquesa los recibió sentada en una mecedora junto

a la ventana. Estaba muy abrigada y la chimenea tiraba a buen ritmo. En cuanto llegaron agarró al bebé en brazos para mirarlo de cerca.

—Son muy guapos, los dos. Se nota que están muy sanos.

—Sí, milady. La verdad es que gracias a Dios ambos son muy sanos —respondió Emily de pie y rodeada por George, su suegro y Sophie, además de las dos doncellas de la dama.

—Y Georgie me ha dicho que esperas otro hijo para el verano.

—Así es. —Se ruborizó un poco y miró a George, que extendió el brazo para sujetarla por los hombros.

—Eres una bendición para nuestra familia. Los hijos son el mayor regalo de Dios y veo además que mi George está feliz a tu lado.

—Gracias, yo…

—No digas nada. ¿Pueden comer los pequeños conmigo? Jenni, que traigan su almuerzo aquí y comemos con ellos. ¿No te importa, querida?

—Claro que no.

—¿A ver? Charlotte, mírame. Eres el vivo retrato de tu padre, y tienes un papá muy guapo, ¿no? Venga, poneos por aquí y coméis con la abuelita.

Pasaron unas dos horas junto a la duquesa, que a Emily le pareció una verdadera belleza, mucho más que cuando la había visto hacía años en la consulta de Cannon Street. Era amable y muy cariñosa con los niños, y parecía muy fuerte, lo que hacía ahuyentar inmediatamente los rumores sobre su grave estado de salud. Estuvieron charlando de los partos, la evolución de los pequeños, y todos esos temas domésticos que preocupaban a cualquier madre, y al terminar el encuentro, se despidió, abrazando a sus nietos con fuerza.

La primera toma de contacto había resultado sencilla y agradable, y cuando esa tarde regresaron al hotel, Emily respiraba más tranquila, pensando que, tal vez, ella no era un gran problema para la familia Connaught, quienes seguramente habían acabado por aceptarla.

# Capítulo 34

—Yo la he traído. Ahora tú ocúpate de ella.

Eleonor Connaught, duquesa de Stevenage, aspiró su rapé con elegancia, y luego alzó los ojos hacia Paul Hamilton, que descansaba con las piernas estiradas frente a la chimenea.

—¿No dices que está embarazada? Tiene a tu nieto en su seno…

—No me importa ese crío. Toda recompensa requiere de un sacrificio, y a mí los que de verdad me importan son George, Charlotte y Michael. No te imaginas cómo son esos niños. Preciosos, vivos, muy hermosos, igual que mi Georgie.

—No sé…

—Tú tienes una cuenta pendiente con esa mujer, y yo la he traído. Aquí la tienes, así que cumple tu parte.

—Jamás creí que te lo tomaras en serio, duquesa.

—Yo no hago nada a la ligera. ¿Puedes ocuparte de ella?

—¿De verdad quieres que liquide a la mujer embarazada de tu hijo?

—La quiero fuera de nuestra vida. Esa mujer ha arrastrado a George a las cloacas, lejos de su familia, al otro lado del océano y si tengo que quitarla de en medio para recuperar a mi hijo, haré lo que sea. Te lo dije… —Se levantó y caminó por el cuarto moviendo la cabeza—. Va vestida como una dama, luciendo el anillo de brillantes de Elizabeth Connaught, pero se le nota a leguas que su madre era una sirvienta. Es tan vulgar.

—No es cierto. Es una preciosidad y muy elegante.

–Pues tómala, y luego mátala.

–¡Eleonor! –Hamilton soltó una risa sarcástica.

–No disimules, todos queréis llevárosla a la cama, todos la miráis como si fuera un filete de ternera, y no os
culpo, porque ese tipo de mujeres solo sirven para eso.
Pero no para estar casadas con un caballero como George.
Él no lo sabe, pero le haremos un favor y podrá quedarse
en Londres con sus preciosos niños y junto a nosotros.

–George no la deja ni a sol ni a sombra, y ella no es
boba...

–Tú eres más listo, Paul. –Caminó hacia él con energía
y lo miró de frente–. Esta es tu oportunidad de vengarte.
Busca el modo. Yo he cumplido con mi parte. Ahora cumple tú con la tuya.

Paul Hamilton miró a su tía favorita, se levantó del
asiento y salió del cuarto sin despedirse. Eleonor Connaught era tía carnal de su fallecida esposa, Alice, pero su tía
segunda por parte de padre, y se conocían de toda la vida.
En parte Eleonor lo había ayudado a cerrar el compromiso matrimonial con Alice, que aunque algo bobalicona y
superficial, era una de las herederas más ricas de su ge-
neración. Por lo tanto, un trofeo muy codiciado cuando
él no era más que un aristócrata venido a menos, así que
le debía muchos favores, grandes y diversos, y Eleonor lo
sabía.

Tras la muerte de Alice en su casa de campo, la duquesa de Stevenage lo había mandado llamar a su residencia
de Westminster y le había informado de que tenía muchas
cartas de su sobrina contándole su tragedia marital y el
terror que profesaba a su cruel marido, algo que él se tomó
a la ligera, aunque Eleonor, muy decidida, le recitó de memoria algunas de las líneas que Alice le escribía constantemente a Londres.

–«Me ata a la cama, me pega bofetadas y le gusta forzarme, solo disfruta si puede forzarme», ¿te suena, querido?

–Alice era dueña de una mente muy frágil, querida duquesa.

—Frágil, sí, por eso sé que era incapaz de inventarse semejantes barbaridades. Dice que la has obligado a tener sexo con tu mayordomo negro, que te excitabas viendo cómo ella se negaba y gritaba, que te masturbabas en su cara...

—¡Basta!

—Muy bien, me callo, pero las tengo, todas, y puedo imaginar que la caída de Alice por las escaleras no fue un hecho tan accidental.

—¡¿Qué insinúas?!

—No, no insinúo. Sé que en uno de tus arranques de ira la paliza llegó demasiado lejos, y ella no alcanzó a huir, pero de momento no pienso hacer nada contra ti, aunque podría hacerlo, sacar las cartas a la luz, publicarlas en el *Daily Telegraph* como aquel asunto oscuro del East End...

—¿Qué quieres, Eleonor?

—George le ha dicho a su padre que se queda para siempre en Nueva York. La zorra de su mujer vuelve a estar embarazada. Se ha instalado allí y continúa sin hablarme, pero estoy dispuesta a todo por hacerlo volver...

—¿Y yo en qué puedo ayudar?

—Sé las cuentas pendientes que tienes con esa ramera. Yo hago que George venga con ella, tú la liquidas, cobras tus cuentas, y yo recupero a mi hijo.

—¿En serio?

—¿Tengo cara de hablar en broma?

—¿Y qué piensas hacer para forzarlo a volver?

—Enfermar, gravemente, y a su madre moribunda no le negará la palabra.

—Es médico. ¿Cómo piensas engañarlo?

—Lo haremos.

—¿Quiénes?

Hamilton se movió incómodo, y, de repente, vio salir del vestidor a una mujer madura muy familiar. Rose Shafterbury, duquesa de Monmouth, que lo miraba con el abanico cerrado en la mano.

—Hola, Paul. ¿Cómo estás?

–¿Qué demonios...?

–Rose tiene motivos para querer deshacerse de esa mujer. Ella entiende mi angustia y se ha ofrecido a ayudarme. Yo enfermaré y traeré a mi hijo. Cuando lo traiga, ¿te ocuparás de esa Emily Gardiner?

–Te la ponemos en bandeja, querido... –susurró Rose Shafterbury, que se había convertido en la fiel aliada de la duquesa de Stevenage desde que se había enterado de que esa cualquiera había logrado casarse con George Connaught y convertirse en la mujer de un noble.

Aquello era superior a lo que podía soportar y necesitaba vengarse de ella, de Michael Shafterbury y de toda la humillación que había sufrido después de que él apareciera en Londres para atacarla y ponerla en ridículo, y en contra públicamente de su marido.

–Nosotros la traemos, y tú, la ejecutas.

–¿Y tú por qué? ¿No es acaso familia...?

–La hija bastarda de mi costurera, eso es lo que es, y mis motivos son poderosos. Pero mi afán ahora es ayudar a la pobre Eleonor, que no se merece pasar por esto y perder a su hijo por culpa de esa víbora.

–Nos ha hecho daño a todos y ahora consume a mi pobre George lejos de su familia y sus obligaciones...

–Visto de ese modo...

–¿Lo harás?

–Lo haré...

–Muy bien. Dame tiempo y te la traeré a Londres.

Después de esa charla, hacía un año, no habían vuelto a tratar el tema, y Paul Hamilton prácticamente lo había olvidado, hasta esa misma noche, cuando Eleonor lo había citado en secreto en sus aposentos para pedirle que cumpliera con su palabra. Un compromiso que él cumpliría, cómo no, aunque el hecho de que la muchacha estuviera embarazada y fuera madre ya de dos hijos de George Connaught le hiciera sentir algo muy parecido a la lástima en su frío y duro corazón.

# Capítulo 35

La primera vez que se sentó en el escritorio de su suite para escribir una carta a su padre y a Beatrice, tuvo que buscar con mucho cuidado las palabras para evitar transmitir lo que en realidad sentía, así que les habló del clima, de la sorprendente experiencia de estar otra vez en su ciudad, del colorido de las tiendas londinenses, de sus calles, de la elegancia de las damas que vestían a la última moda, y obvió descaradamente el disgusto creciente que experimentaba en su alma. Llevaban poco más de una semana en Londres y, de repente, George había desaparecido de su lado, ocupado con sus compromisos en el club de caballeros, el colegio de médicos, el colegio de cirujanos y los veteranos de guerra, sin contar con la atención permanente a su madre, que a pesar de su visita, no mejoraba.

Se veían poco y empezaron a discutir en seguida. Emily se pasaba los días llenando su tiempo como podía, paseando acompañada por Winston o Molly, que habían tenido la deferencia de quedarse con ella en la ciudad, o visitando los almacenes de telas, sedas, hilos y sombreros; reuniéndose con lord Sheen, o pasando las tardes en su tienda de Regent Street, que gozaba de un estupendo estado de salud. Todo con tal de entretener a los niños y aplacar de alguna manera la inutilidad de su presencia allí.

Todas las tardes visitaba durante una hora a la duquesa de Stevenage, y el resto del día lo pasaba sola con los pequeños. ¿Qué demonios hacía ahí si tenía millones de cosas que hacer en Manhattan? Además, ni siquiera servía de compañía a George, que no tenía tiempo para ellos, y mucho menos cuando descubrió, con enorme sorpresa, que él estaba retomando la costumbre de pasar las mañanas en el Royal Hospital Chelsea, una idea tan descabellada que no pudo evitar reprochársela, tras lo cual acabaron discutiendo a gritos.

El viaje era en sí mismo un desatino, estaba cada vez más convencida, y cuando los constantes comentarios de su suegra, intentando convencerla de los beneficios de criar a los niños en Inglaterra, con sus tradiciones y el valor de su apellido, empezaron a ser sistemáticos y sin tregua, temió que George estuviera pensando en alargar su estancia en la ciudad o, peor aún, que estuviera calibrando la posibilidad de quedarse para siempre.

Por supuesto, no podían hablarlo porque él andaba a la defensiva cada vez que lo esperaba para charlar del asunto, hasta que una noche, tres semanas después de haber pisado Inglaterra, el asunto le estalló a Emily en la cara, dejándola completamente desconcertada.

—¿Qué pasa?

George entró en la suite procurando no hacer ruido, pero al llegar a su cuarto descubrió a Emily acostada pero despierta, con Michael dormido sobre su pecho. Dejó la chaqueta en un sofá y se sentó en la cama para acariciar la cabeza del bebé.

—Está incómodo, los dientes.

—Cuando conocí a Charlotte estaba sufriendo por sus dientes, ¿te acuerdas?

—¿Cómo no? Fue hace muy poco, doctor.

—¿Tiene fiebre?

—Unas décimas.

—¿Y qué habéis hecho hoy?

—Fuimos a cenar *fish and chips*. A Ruth le encantó.

—¡¿Fuiste a comer *fish and chips* sin mí?!

—Llevamos tres semanas aquí y no has tenido tiempo de acompañarme. Me moría de ganas de probarlos... —Lo miró con atención y vio la contrariedad en sus ojos claros.

—Lo siento.

—¿Y qué te dicen tus colegas sobre tu madre?

—Nada útil, lo que me lleva a comentarte algo...

—No pienso quedarme más tiempo en Londres...

—¿Cómo?

—Tu madre me lo ha dicho varias veces, que por qué no nos quedamos unos meses más. Ella lo da por hecho; solo estaba esperando a que tú le dijeras que no por los dos.

—Solo quiere estar con sus nietos. Está muy enferma.

—¿Y qué tiene?

—No lo sabemos. ¿Tengo que explicártelo una vez más? —Se levantó para desnudarse—. Si ya estoy aquí, no puedo irme sin saber qué demonios le pasa. No puedo dejarla abandonada a su suerte.

—¿Abandonada a su suerte? Por el amor de Dios, George, tiene catorce médicos pendientes de ella.

—Pero yo soy su hijo.

—¿Y podrás cambiar algo?

—Al menos, no me sentiré tan culpable si muere cuando yo esté lejos.

—Muy bien, muy bien, lo comprendo perfectamente. Puedes quedarte, quédate con tu familia, pero los niños y yo nos volvemos a casa. No puedo pasar más tiempo lejos de mis negocios, de mi padre, de Beatrice. Me dijiste un mes, solo un mes, y ya queda solo una semana para coger el barco.

—No puedes dejarme aquí. No quiero quedarme sin vosotros. Emily, ¿tenemos que discutir otra vez sobre lo mismo?

—Ni siquiera nos ves, George. Estás todo el día ocupado.

—Eso es muy injusto.

—Estás haciendo tu vida de siempre y no tienes tiempo para nosotros, así que si quieres quedarte, por mí perfecto. Te esperaremos en Manhattan.

—No puedo estar sin los niños...

—¿Desde cuándo no desayunas con ellos, los acuestas, juegas con Charlotte o les das un baño? Yo te lo diré, desde que llegamos, así que no creo que sea muy dura la separación...

–¿Por qué estás tan enfadada?

–Yo no quiero estar aquí, no quería venir, lo hice por ti. Ya he cumplido. Ahora quiero volver a mi casa.

–Emily...

–George, has venido a Londres por primera vez con tus hijos y no has hecho nada con ellos. –Se levantó con Michael en brazos para llevarlo a su cuna, y él se sentó en la cama atusándose el pelo–. No los ves; no me chantajees con que no puedes estar sin ellos, porque es mentira y además esa excusa ya no me vale.

–Quince días más –le dijo cuando la vio regresar–, te pido solo quince días más.

–No, nosotros nos vamos en el barco del diez de enero, y no tienes que venir, no me iré enfadada, te lo juro. Solo quiero volver a mi casa.

–Emily –la sujetó por la muñeca para acercarla a él–, lo siento. Tienes razón. He estado muy ocupado, pero necesito quedarme unas semanas más. El doctor Fritz, de Amberes, ha accedido a ver a mi madre. Es la última esperanza que tenemos, y quisiera estar delante cuando la visite; ya que he venido, debería esperar para verlo.

–No te digo que no te quedes, cariño. Soy yo la que me marcho.

–No, por favor. –La abrazó con fuerza, hundiendo la cara en su cuello–. No soporto la idea de perderte. Estas últimas semanas han sido maravillosas para mí. Jamás olvidaré esta Navidad, el cumpleaños de Charlotte y el mío en casa, el verte con mis padres y mis hermanos compartiendo a nuestros hijos con ellos.

–Lo sé, mi amor. –Lo miró a los ojos.

En realidad, la familia se había volcado con ellos, y aunque la Navidad y la gran fiesta de cumpleaños organizada para padre e hija en Stevenage House, la había relegado a un discreto y hasta gris segundo plano, ella era consciente de la felicidad que había embargado a George esos días.

—Pero ya pasó. Ahora solo pienso en retomar mi vida normal, ¿no puedes entenderlo? ¿Ya te has olvidado de lo que me costó viajar contigo?

—Lo sé, pero no quiero que te vayas.

—¿Por qué tenemos que discutir una vez más sobre esto, George? Era un mes y aquí estoy. He venido, pero mi mes ya se ha cumplido.

—Unas semanas más y prometo pasar más tiempo con vosotros. Podemos mudarnos al piso de Mayfair si quieres estar mejor, y me olvidaré del hospital.

—No quiero que te olvides del hospital, George. Madre de Dios —se apartó, bufando—. No entiendes nada. ¿Por qué me haces esto?

—El doctor Fritz me ha prometido que vendrá el quince de enero, con las pruebas y demás. Creo que hacia finales de mes tendremos unos resultados fiables. Solo unas semanas más.

—No quiero.

—Por favor, ya estamos aquí. ¿Cuándo crees que volveremos a Inglaterra?

—¿Y qué pasa si dentro de un mes surge otro problema con tu madre?

—Te dejaré marchar.

—No tienes ningún deseo de regresar a Nueva York, ¿no?

—No he dicho eso, pero no puedo dar la espalda a mi familia.

—Bien, ya lo entiendo. —Se metió en la cama y se tapó hasta el cuello dándole la espalda. George Connaught se acostó en su sitio, suspirando.

—Emily…

—Solo unas semanas, y después de eso me marcharé. Mi vida está en Nueva York. Ahí tengo mi hogar, te lo dije cuando quisiste quedarte con nosotras. Jamás te engañé, así que no me culpes por querer volver a casa.

—No te culpo, mi amor. —Se volvió para abrazarla con todo el cuerpo, y ella se puso tensa—. Te amo.

—Entonces, no volvamos a discutir por este tema.

—De acuerdo. —Subió la mano para acariciar sus pechos llenos, y ella dio un respingo.

—Estoy cansada, George. Déjame dormir.

—Cielo...

—Déjame dormir.

—La pasión no es sana en el matrimonio —comentó la duquesa de Stevenage un día delante de ella nada más conocer la noticia de que no se marchaban en la fecha prevista, y que George le había rogado casi de rodillas que se quedaran unos días más, cosa que había indignado a Eleonor, que no tragaba a su joven y silenciosa nuera—.Consume a los esposos, los hace dependientes y superficiales, y cuando esa pasión se agota, sobre todo en los hombres, que son unos veleidosos, buscan la misma intensidad fuera de casa, y entonces dejan a la esposa abandonada, relegada a la cocina y a los salones, criando a los hijos y sin apenas considerarla.

—Madre, no seas aguafiestas. —Sophie miró a su cuñada, moviendo la cabeza—. La pasión es importante.

—En un matrimonio de verdad el amor llega con el tiempo, se consolida y la pasión se guarda para concebir hijos, no para satisfacer continuamente al marido. Eso es cosa de bárbaros y salvajes.

—¡Madre!

—No seas ingenua, Sophie. Hay mujeres que sirven para dar placer a los hombres, y otras para casarse con ellos. Es así de claro.

Eleonor Connaught solía hacer ese tipo de comentarios a priori inocentes, aunque Emily se diera cuenta de que iban por ella y con mala intención. Poco a poco notó también cómo la observaba con reprobación y cómo cambiaba de tema si ella tomaba la palabra. Aunque a su llegada se mostrara amable y cariñosa, con los días disimular su desprecio se le hacía más difícil, y Emily optó por tolerarlo pensando únicamente en que pronto se irían de ahí, y tal vez no volvería a verla en la vida.

La paciencia era una opción y decidió ignorar los desaires de su aristocrática y despreciativa suegra y las ausencias de su marido, aunque hubo otros sentimientos que fueron más difíciles de desechar y que tenían que ver con el miedo y la inseguridad.

Pronto empezó a mirar a su espalda cuando caminaba por el centro, cuando reconocía entre los viandantes a alguno de los chicos de Bob el Roble, o a recogerse temprano en el hotel porque se sentía inquieta en la calle de noche y con los niños. Y cuando una tarde le advirtieron que la seguían, comprendió, una vez más, que su intuición continuaba siendo fiable y certera.

—Lady Connaught, ¿no?

—Sí, es ella.

Isolda Burns, miembro de la Asociación Nacional Pro-Sufragio de la Mujer en Inglaterra, a la que Emily visitaba con regularidad en su casa de Grosvenor Place desde que había llegado a Londres y gracias a la recomendación de Elizabeth Roth, miró a Emily y a esa jovencita con aspecto de chico indistintamente.

—¿Qué pasa, Clarisse?

—Creo que la siguen, milady.

—¿Que me siguen?, y llámame Emily, por favor.

—Tenemos un sistema de contravigilancia muy eficaz, y desde que vino por aquí, hace un mes, hemos detectado que la siguen.

—¿A mí? —Se levantó y miró por la ventana. Fuera llovía y pasaba mucha gente a la carrera—. No sé, no lo creo…

—¿Estás segura, Clarisse?, ¿la policía?

—No, no son ellos; es gente particular.

—¿Crees que la familia de tu marido te tiene vigilada, Emily?

—¿A mí? No, ¿para qué?

—Muchas buenas familias de este país no quieren que sus mujeres se mezclen con nosotras, a lo mejor tu marido…

–¿George? No, él no es así, no le importa, sabe que en Estados Unidos asisto a encuentros similares. No puede ser él. –De repente, un escalofrío le atravesó la espina dorsal y pensó en Hamilton y en Bob el Roble–. Si es cierto, debe venir de otra parte.

–Es cierto. –Clarisse, muy ofendida, cuadró los hombros–. No podemos equivocarnos. Nuestra vida depende de que sepamos estar prevenidas.

–Lo sé, lo siento, Clarisse, no dudo de tu información, solo es que me sorprende muchísimo.

–En cuanto pone el pie en la calle hay gente detrás. Debería tener más cuidado.

–Lo haré, gracias.

Esa tarde regresó pronto al hotel y esperó a que George y Ruth volvieran con los niños de casa de los Connaught para cenar tranquilamente. Como cada noche, George se cambió y se aprestó a salir después de la cena, aunque ella lo detuvo en el vestidor, mientras se ajustaba la pajarita, y le habló a través del espejo.

–Me han dicho que alguien me sigue, desde hace días.

–¿Cómo? ¿Quién te ha dicho eso?

–Una chica de la Asociación Nacional Pro-Sufragio de la Mujer. Ellas vigilan constantemente su entorno y dice que lo descubrieron hace un mes, aunque me lo ha contado hoy.

–¿Juegan a los espías?

–No es una broma. Yo tengo enemigos, ¿recuerdas?

–Eso es el pasado, Emily. –Se volvió para mirarla a los ojos–. Hoy por hoy nadie osaría hacerte daño.

–Yo no estaría tan segura. Algo me dice que... –Se tocó el pecho, donde sentía un agujero enorme desde esa tarde, y luego miró a George, impecable con su esmoquin y su pelo recién peinado–. Déjalo, no será nada.

–Se habrán confundido, cielo... ¿Emily? –Ella ya había desaparecido con dirección al saloncito y salió detrás–. Sigo hablando contigo...

–No pasa nada. Vete. Se hace tarde.

—Si quieres contratamos a alguien para que te acompañe.

—No hace falta; solo me quedan dos semanas aquí. Tendré más cuidado, y fin de la historia. No sé ni para qué te lo he contado. Buenas noches, doctor. Pásatelo bien.

Por supuesto, George quitó hierro al asunto, a la par que ella se dedicó a buscar sus antiguas armas en su casa de Regent Street. Las había dejado guardadas en un armario cuando se había ido a Estados Unidos, donde afortunadamente se sintió segura desde el minuto uno, y no se había vuelto a acordar de ellas hasta ese momento, en que los fantasmas del pasado parecían revolotear a su lado haciéndola sentir vulnerable y tan insegura como cuando no era más que una raterilla hambrienta y asustada del East End.

—Señora, por Dios, ¿dónde va con eso?

Ruth a punto estuvo de tener un pasmo cuando la pilló limpiando la pistola y su navaja en un rincón de la mesita del taller.

—No pasa nada, Ruth. Sé usarlas, no te preocupes.

—Pero ¿las necesita?

—Es seguridad. En esta ciudad muchas personas van armadas. No es una novedad. En Nueva York, también, que yo sepa, ¿no? —Alzó los ojos negros y le sonrió.

La niñera movió la cabeza, aturdida.

—Las damas no, señora; solo la gente de mala vida.

—Bueno, aquí todo el mundo, y prefiero tenerlas a mano.

—¿Y el señor sabe que usted...?

—No creo que le importe, Ruth, ¿de acuerdo? Será un secreto entre tú y yo. —Se agachó y se metió la pistolita en la bota, y luego la navaja en el bolsillo de la falda. Después miró a la niñera y la animó a volver al hotel.


—Vaya por Dios, la duquesita.

Emily alzó los ojos y se encontró de frente con Bob el Roble del brazo de una envejecida Rogelia Hewitt, su amante de siempre.

–Buenos días.

–¿Estos son tus retoños? –La mujer se asomó al carrito de paseo donde dormía Michael y miró dentro con el cejo fruncido–. ¿No eran dos?

–¿Y cómo sabes que tengo dos hijos?

–Aquí todo se sabe, majestad. Mírate, qué elegante, y con niñera.

–Me alegro de veros, pero debo seguir, nos esperan.

–¿En casa de los Stevenage? Menudos suegros te fuiste a buscar, qué suerte tienes. Pero vamos, id andando, te acompañamos.

–No hace falta… –Siguió su camino por Green Park y el Roble no se movió de su lado, así que aprovechó la oportunidad para preguntar directamente–: ¿Sabes si alguien me está siguiendo, Carpenter?

–¿A qué te refieres?

–Ya lo sabes.

–¿Por qué lo dices?

–Tengo la sensación de que alguien me pisa los talones desde que llegué a Londres.

–Eres rica, guapa, a lo mejor quieren secuestrarte.

–No. –Detuvo el paso y le pidió a Ruth que fuera por delante con el carrito del bebé–. No es eso. ¿Sabes algo, o no?

–Sé muchas cosas.

–¿Hamilton?

–¿Cuánto me das?

–No sé…

Se miró a sí misma y recordó una pulsera infame que le había regalado su suegra, más como desprecio que como otra cosa, y que parecía una burla al buen gusto, así que se la sacó y la puso en la mano de Rogelia Hewitt, que abrió mucho los ojos al ver sus esmeraldas engarzadas con brillantes.

–Vale una fortuna.

–Ese hijo de perra no se ha olvidado de ti y está en Londres.

—¿Qué más?

—No te caza porque no vas sola y los niños son tu escudo.

—¿Mi escudo?

—Son Connaught, sangre noble. ¿No sabes que es primo de tu marido?

—Político, sí.

—Y su padre era primo de tu suegra, ¿verdad que no lo sabías?

—No. —Bajó los ojos y luego miró a Ruth, que la esperaba a la salida del parque.

—Ten cuidado, Taylor, por los viejos tiempos te lo digo. No hay nada más peligroso que un asesino con buena memoria. Ahora, si nos disculpas, Rogelia y yo tenemos cosas que hacer, adiós.

Respiró hondo y vio a sus antiguos enemigos caminar en dirección contraria a la suya. Por primera vez sintió hasta simpatía por ellos y comprendió que sus rencillas en las calles del East End no eran nada comparadas con las conspiraciones que se podían gestar en la cabeza de alguien como Paul Hamilton, que no era solo un violento y peligroso vicioso, sino también alguien capaz de matar por puro entretenimiento.

Se acercó a Ruth y caminó con ella a paso ligero hasta Stevenage House, donde ese día George y sus hermanos se reunían con el doctor Fritz. Entró por la puerta principal, y luego dejó que la niñera llevara a Michael hasta el antiguo dormitorio de su padre para que siguiera durmiendo, antes de subir las escaleras hasta la segunda planta, donde se encontraban los aposentos privados de la duquesa.

En el vestíbulo no había nadie, así que se acercó a la ventana para mirar la lluvia que empezaba a caer sobre el césped perfecto del jardín, pensando en Hamilton. Al menos, no tocaría a los niños, saberlo era tranquilizador. Pero tampoco iba a dejar que la atacara fácilmente, no se lo pondría fácil.

—Buenos días, señorita Gardiner. ¿O era Taylor?

La voz de un hombre la hizo saltar y se volvió hacia él muy de prisa. Se trataba de Charles Connaught en persona, que la miraba con cara de desprecio.

—Al fin nos vemos. Pasas poco por aquí.

—Lo mismo digo...

—Lo mismo digo, milord. ¿No te han enseñado modales?

Ella ignoró el comentario y se volvió otra vez hacia la ventana.

—Ya sé que tú me conoces perfectamente, pero tenía ganas de verte en persona. Eres guapa, sí. Mi hermano siempre ha tenido suerte con sus mujeres. Cuando era adolescente perdió la virginidad con una muchacha preciosa, Lotti se llamaba. Era una sirvienta de mi madre. A él siempre le gustaron las mujeres del servicio, las inferiores a él... Y veo que sigue manteniendo esos gustos.

—¿Pretende ofenderme? —Lo miró a la cara, cuadrando los hombros.

—Descarada.

—Y usted muy maleducado.

—¡Ay, si yo…!

—¡Emily! —La voz clara de George interrumpió a su hermano mayor, que tuvo que tragarse las palabras, indignado. El médico caminó hacia ellos y besó a su mujer en la frente sin mirar a Charles—. ¿Todo bien?

—Sí. ¿Dónde está Charlotte?

—Sophie la ha llevado al cuarto de los niños. Está comiendo allí.

—Voy a verlas. Quiero irme temprano.

—¿No quieres saber lo que nos ha dicho Fritz?

La agarró por la cintura y caminaron hacia la escalera sin despedirse de Charles. Él volvió sobre sus talones para entrar en el cuarto de su madre, aunque antes escupió al suelo, sin que la pareja advirtiera el gesto tan grosero.

—Como yo, no ve indicios físicos de ningún mal que conozcamos, así que cree que es emocional, fruto de alguna pena, un golpe muy fuerte… No sé…

—¿Qué pena tan fuerte ha tenido tu madre, George?

—Ella dice que pelearse conmigo y mi traslado a Estados Unidos.

—¿Eso dice?

—Hay personas muy sensibles. —La miró a los ojos y la vio fría como el acero. Detuvo el paso y habló con las manos en las caderas—. ¿Qué?

—Nada.

—No, habla.

—No voy a discutir contigo por culpa de este tema. Solo creo que tu madre es una mujer privilegiada que hasta el momento no ha tenido, afortunadamente, nada que le haga daño ni perturbe su estupendo estado de salud. Lamento que se sienta triste y mal, pero también sé que hay personas que sufren infinitamente más que ella y no enferman por eso.

—No existe una medida del dolor ni de la tristeza.

—Vale, perfecto. Voy a ver a Charlotte, y luego nos vamos al hotel. Quiero empezar a organizarme con el equipaje.

—Aún faltan cinco días.

—Pasan volando. —Se apartó para subir al ático, pero se detuvo en el segundo peldaño para hablarle casi en susurros—. Te quería pedir un favor, George.

—¿Qué pasa?

—No comentes con nadie que me marcho dentro de cinco días. Prefiero mantenerlo en secreto.

—¿Por qué?

—Acabo de confirmar que me están siguiendo y no quiero ser un blanco fácil.

—¿Siguiendo? ¿A vueltas con eso? Por el amor de Dios, Emily...

—No te pido que me creas; solo te pido que no digas nada.

—¿De verdad piensas que alguien quiere hacerte daño? ¿Quién?

—Paul Hamilton.

—Está en Francia. Trabaja para el gobierno.

—No, está en Londres y no se ha olvidado de mí.

—Pero ¿quién demonios te ha dicho eso?

—Bob el Roble, y yo le creo.

—¿A ese delincuente? Por el amor de Dios.

—Ese delincuente ya me salvó la vida una vez. Disculpa si confío en su palabra.

—Emily…

Quiso tocarla pero ella se apartó, tenía los ojos húmedos y se sintió muy incómodo, respiró hondo, pero antes de poder replicar, la voz de una de las doncellas lo hizo volverse hacia ella.

—¡Milord!

—¿Qué pasa, Francine?

—Su madre. Está muy mareada y lo llama.

—Gracias, Francine. Dile que ahora voy.

Se volvió hacia su mujer para terminar la charla, pero ella ya no estaba ahí. Se había perdido por la escaleras y dio un golpe seco en la pared para no gritar.

Siete semanas en Londres habían transformado su ya amplio equipaje en casi el doble, y cuando al fin consiguieron un baúl nuevo para acomodar los regalos y los caprichos adquiridos en la ciudad, tuvo que rehacer todo desde el principio para apartar las cosas de George y dejárselas perfectamente ordenadas en un baúl independiente. Él seguramente se trasladaría de inmediato a la casa de sus padres, pensó, y se afanó en ordenar sus camisas, sus trajes y sus zapatos con un extraño nudo en la garganta.

—Milady, su suegro, el duque de Stevenage, la espera en recepción.

—Dígale que suba —fue su respuesta al botones, que desapareció de inmediato por el pasillo.

Miró el equipaje ordenado en el salón y suspiró. En veinticuatro horas cogería el barco en el puerto de Londres, y con suerte, en menos de un mes estarían nuevamente en casa.

—Emily.

—Milord, buenos días. ¡Qué sorpresa!

—No he venido en son de paz. Te lo advierto, así que no voy a marearte con saludos protocolarios.

—Usted dirá. —Retrocedió un paso, y se agarró al respaldo de una silla.

—No me puedo creer que te lleves a mis nietos a Estados Unidos.

—Vinimos por un mes, milord, y nos hemos quedado casi dos, lo normal es que volvamos a casa. No entiendo que...

—George se queda.

—Por su madre, pero sabe que nosotros debemos volver y, por supuesto, no ha puesto ningún impedimento.

—Qué él tenga este trato tan... moderno contigo no significa que sea el correcto. Una esposa debe estar junto a su marido.

—Y lo he estado, pero ya es hora de volver a casa. Los niños necesitan su normalidad, y a mí me esperan mi trabajo y muchas obligaciones.

—Tu única obligación, jovencita, es estar con tu marido. Para eso te casaste y con dos niños por en medio. Es absurdo que te largues así, sola, en barco y embarazada de un tercero. ¿Estáis locos?

—Es nuestra decisión, milord, y, con todo el respeto, no creo que sea asunto suyo.

—Es asunto mío, y si fuera un desgraciado, me llevaría a los niños a la fuerza, con la policía, a mi casa, para que estén con su padre y su familia, así que no te atrevas a desafiarme.

—No lo desafío, milord.

—Ni siquiera comprendo que quieras criar a los pequeños en ese país, lejos de sus tradiciones, su familia, pero claro, para ti esos valores qué demonios te importan, ¿no? Qué sabrás tú del deber y la sangre.

—No voy a tolerar...

—Nadie en su sano juicio emprende un viaje así, sola, con dos niños tan pequeños, pero tanta culpa tienes tú como

George, que está siendo un irresponsable. Pero no haré nada, aunque quiero que sepas que podría hacerlo. Esos niños son mis nietos, unos Connaught, y puedo reclamarlos cuando me dé la gana, ¿queda claro?

—¿Sabe George que ha venido a decirme esto? —Le temblaban las rodillas, pero disimuló muy bien y cuadró los hombros.

—Eso no es asunto tuyo, y, si me permites, quiero despedirme de los niños.

El duque de Stevenage se despidió de los pequeños con muchísimo afecto, mientras Emily esperaba en silencio en el salón principal, y luego pasó por delante de ella con muy mala cara.

—Adiós, Emily.

—Adiós, milord. —Se levantó para darle la mano, pero él la ignoró. Acto seguido, salió por la puerta sin molestarse siquiera en cerrarla.

Desde ese momento se afanó en acabar el equipaje pasando de la tranquilidad al llanto a la más mínima ocasión. Decidió no moverse del hotel hasta salir camino del puerto y pasar sus últimas horas en Londres al amparo de su elegante suite y rodeada de gente. Ya se había despedido de Winston y Molly, que estaban de regreso en Brighton, de Isolda y de lord Sheen, no le quedaba nadie más por ver, salvo a George y su familia, aunque él había decidido que no daría el disgusto a su madre de despedirse de los niños.

A la hora del té llovía a mares en Londres, y se asomó a la ventana para ver Piccadilly Circus con un agujero de angustia cada vez más enorme en el centro del pecho. No sabía qué pasaría con George, si esa sería su despedida definitiva o si se verían en unas semanas en casa; no sabía siquiera si se despediría de ella. Era insólito que estuviera pensando en separaciones definitivas, determinó, y cuando se volvió hacia el saloncito y lo vio de pie ahí, en silencio, a punto estuvo de soltar un grito.

—¡Dios bendito, qué susto!

—¿Ya tienes todo preparado?

—Sí, ya está. Te he dejado ese baúl con tus cosas.

—¿Das por hecho que no viajo contigo?

—No me has dicho lo contrario, George.

—Muy bien, perfecto... —Se desplomó en una butaca, tirando el sombrero al suelo—. Siempre tan práctica.

—¿Y eso es malo, George?

—No te vayas.

—No, no empieces otra vez, por favor. —Se agachó para recoger unos juguetes y el sombrero sin mirarlo a la cara.

—Creo que podré coger el barco de primeros de marzo, espera solo unas semanas más.

—Y en marzo será abril y así sucesivamente, porque creo que en realidad no quieres irte, y no te culpo. Pero yo sí necesito volver a mi vida, mi casa y mi entorno. No puedo seguir ni un segundo más aquí.

—¿Tan mal te trata Londres?

—Nunca me ha tratado muy bien, lo sabes.

—Ahora tienes una familia. Una vida nueva...

—No, déjalo, ¿vale?, déjalo… —Suspiró mirándolo a los ojos y trató de sonreír, aunque el corazón se le estaba rompiendo en trocitos ante la perspectiva real de volver sola a Estados Unidos—. ¿Por qué no disfrutas de las últimas horas con los niños? ¿Puedo encargar *fish and chips* para cenar? ¿Te apetece? A mí mucho, aún no lo has comido conmigo.

—Tengo una cena en casa de mis padres con el doctor Fritz. En realidad, venía a buscarte para que me acompañaras.

—Salgo a las seis de la mañana hacia el puerto.

—No pasará nada porque duermas poco. Tienes por delante más de veinte días para descansar en el barco.

—No me apetece, y tampoco creo que sea buena idea.

—¿Por qué no es buena idea?

—Porque no lo es, pero no pasa nada. Vete a cenar con tu familia, doctor. De todas maneras, pediré algo para comer con Ruth aquí y...

—¿Por qué no es buena idea?

—Lo sabes.

—No, no lo sé.

—A veces, te vuelves insoportable. —Se pasó la mano por la cara al borde de la desesperación con unas ganas enormes de huir cuanto antes de ahí–. Nos vendrá bien dejar de vernos. Creo que cada día te resulta más difícil ser amable conmigo...

—Sigues teniendo prejuicios. No has hecho nada para integrarte con mi familia. —Se puso de pie de un salto y se cruzó en su camino –. Te has mantenido al margen todo este tiempo. ¿Qué demonios te pasa? Se trata solo de una maldita cena.

—Ellos no me soportan, George. ¿No te das cuenta? Claro que no, porque no prestas atención a nada que no tenga un tinte médico interesante, pero me han hecho desprecios de todas las formas y colores. Tu madre, la primera. –Dio un paso atrás, decidida a soltarlo todo–. ¿Sabes dónde estaba yo durante tu fiesta de cumpleaños? ¿Me viste en algún momento? No, claro que no, porque ella me pidió que te dejara bailar con tus amigas y tus familiares, que te dejara disfrutar solo, que me marchara. No me soporta y lo acepto, pero no me pidas que trague una noche más con ellos.

—Esa es tu percepción. Son tus propios prejuicios. No creo que mi madre...

—Vale, perfecto.

—Si no superas tus complejos, Emily, no podrás empezar de cero.

—¿Mis complejos?

—Sí, tus complejos.

—¿Quién era Lotti, George?

—Mi niñera, ¿por qué? –La miró, pestañeando mucho.

—Tu hermano Charles me dijo que te habías acostado con ella porque siempre te gustaron las mujeres inferiores, las sirvientas, las chicas como yo... ¿Mis complejos me hicieron interpretar así sus palabras?

—Mi hermano es un cabrón.

—Y hace unas horas tu padre vino hasta aquí para decirme que podía quitarme a mis hijos cuando quisiera, que podía reclamarlos porque eran unos Connaught, su sangre, y como yo no sé nada del deber, la sangre y el apellido, él puede quitármelos cuando le venga en gana. ¿También son mis prejuicios?

—¡Dios bendito!, ¿que ha hecho qué?

—Llevo semanas callándome para no interferir en tus relaciones familiares. No he querido cansarte con mis problemas porque quería respetar tu espacio, George, pero no voy a tolerar ni un segundo más que me falten al respeto, y mucho menos iré a cenar en la misma mesa con ellos.

—Lo siento, yo… —La miró, completamente desconcertado.

—Son tu familia. No voy a ponerte en su contra porque si de algo me arrepentiré toda la vida es de que mi madre muriera enfadada y decepcionada conmigo, lo sabes, pero no me pidas que actúe como si no pasara nada.

—Pero, Emily...

—Son tu familia.

—Vosotros sois mi familia.

—Bien, pues recuérdalo, hasta que puedas volver a casa con nosotros. —Se echó a llorar, y él estiró la mano para abrazarla.

—Mi vida, no llores. ¡Maldita sea, Emily! No puedo protegerte si me dejas al margen. ¿Cómo no me has dicho nada?

—Yo solo quiero volver a mi casa y olvidarme de todo esto. Sabía que no era una buena idea venir, George. Las cosas no cambian... —George fijó los ojos claros en ella con una sensación de impotencia tal en el pecho que le costaba respirar—. Yo solo quiero irme a casa.

—Perdóname.

—¿A ti? ¿Por qué? No tienes culpa de nada.

—Por no darme cuenta, por no percibir nada. Soy tu marido, debería protegerte. Yo...

—Yo me protejo sola. No te preocupes. —Se rio, enjugándose las lágrimas–. Sigo siendo fuerte, aunque no quiero vivir ni un día más alerta y en guardia, ¿lo entiendes? No me gusta estar siempre a la defensiva, y aquí vivo así. No me gusta y quiero volver a mi casa.

Se quedaron abrazados y en silencio. Emily oliendo, con los ojos cerrados, su aroma a limpio y a loción de afeitar, mientras George, tenso y confuso, no paraba de dar vuelta a las últimas semanas, a los gestos de su familia, al incomprensible silencio de Emily, a tantas situaciones que no había tenido en cuenta, ciego como estaba con los problemas médicos de su madre y por el placer que experimentaba al sentirse en casa.

Finalmente, suspiró, le besó la cabeza y la miró a los ojos.

–Voy a ir a casa a despedirme. Hablaré con mi madre, y tendrá que entender que no puedo hacer nada más por ella.

–No quiero que discutas con tu familia por mi culpa.

–No te preocupes. –Entró en el cuarto de los niños, los abrazó y los besó antes de buscar el sombrero–. Estaré de vuelta en seguida.

–Doctor... –Emily Gardiner, con una certeza concreta en el pecho, caminó hacia él, y le sonrió con un nudo en la garganta–. Saldremos de aquí a las seis de la mañana. Te esperaré hasta esa hora.

–Pero ¿qué dices, cielo? No tardo más de un par de horas.

Le sonrió con su aspecto magnífico y sus ojos color aguamarina, brillantes, antes de cerrar la puerta. Ella se pegó a la pared y se echó a llorar sin que pudiera remediarlo. Luego, respiró hondo, y se tragó los sollozos cuando vio salir a Charlotte del cuarto buscando a su padre.

–No me digas eso. ¡Daniel!, ¡Daniel!, llama a tu padre. ¡Francine, llama al duque!

–Aunque montes un escándalo, me voy, madre. No me lo pongas más difícil. –Caminó por el dormitorio y miró una vez más a su madre, que descansaba en un sofá junto a la chimenea–. Solo quiero despedirme y pienso llevarme algunos libros de mi cuarto. Pídele a Jonathan que los empaquete, por favor.

–¿Qué sucede? –El duque entró a la carrera al dormitorio.

–George viene a despedirse, así, de golpe, sin avisarme.

–Su mujer se va mañana. Te lo dije, Eleonor.

–Pero creí que los niños y George se quedaban...

–Yo nunca dije eso...

–¿A eso fuiste al hotel esta mañana, padre? ¿De verdad pensabas quitarle los niños a Emily?

–No. ¿Te crees que soy un delincuente?

–Pero la amenazaste.

–Porque esa mujercita tuya merece un escarmiento. Hace lo que le viene en gana, y te arrastra a ti con ella.

–¿Cómo te atreves...? –Caminó hacia Daniel Connaught, echando chispas por los ojos, y el duque retrocedió–. ¿Cómo has podido amenazarla? Ella es mi esposa, padre, ¿no lo entiendes?

–Tú eres el padre de esos niños y deberían estar contigo, por su bienestar y educación. No digo nada más.

–Y están conmigo y con su madre, que es mejor madre que cualquier otra que haya conocido antes.

–¡George! –Eleonor Connaught se puso de pie, agarrándose teatralmente a la pared, y se echó a llorar a borbotones–. ¿Qué dices, hijo mío?

–Da igual, en fin. –Se atusó el pelo, ya llevaba media hora hablando con su madre, que no entraría jamás en razón, así que agarró el sombrero e hizo amago de irse–. Ya me he despedido; os mandaré un cable cuando pisemos Nueva York. Pasaré por mi cuarto para recoger algunas cosas.

–No, hijo.

La duquesa miró a su marido, que permanecía impasible, y decidió jugar su última carta. Dio un grito y se desmayó.

—¡Eleonor!

Daniel corrió para intentar sujetarla, pero su mujer ya yacía en el suelo con convulsiones. George, con bastante calma, se acercó y se inclinó sobre ella para tomarle el pulso.

—Es un desvanecimiento. Llama a su médico. ¿No están cenando abajo?

—¿No dejarás a tu madre en estas condiciones?

—¡Dios bendito! —Miró su reloj de pulsera y comprobó que eran las siete de la tarde. Podía quedarse un rato más—. Vale, traed agua de tila y ayudadme a meterla en la cama.

Eleonor Connaught tardó muchísimo tiempo en recuperar el sentido. Su hijo y el doctor Fritz, que estaba en la casa, la atendieron con esmero y determinaron que era un principio de infarto. Tenía el pulso acelerado y sufría mareos, según ella, así que le administraron varias tisanas y le recomendaron dormir, aunque ella se agarraba con furia a George, con los ojos bien abiertos, impidiéndole que se fuera.

A las doce de la noche, él seguía junto a la cama, y cuando le sobrevino un segundo ataque, fue acompañado de vómitos y una fiebre creciente, así que la envolvieron con paños fríos, y Fritz empezó a preocuparse seriamente por el diagnóstico, que se le antojaba cada vez más complejo.

—Francine, ¿sabes dónde se aloja lord Hamilton?

En cuanto George y su marido abandonaron el dormitorio, llamó a la doncella y la acercó a ella con fuerza por el brazo.

—Sí. ¿Por qué?

—Dile a Bastian, el de las cocheras, que le lleve esto. —Sacó de debajo del colchón una nota y se la entregó—. Ve con él, dile a mi sobrino que retendré a mi hijo aquí todo el tiempo que pueda, pero que será difícil, que no tiene más opciones y que actúe de prisa ¿Me oyes?

—Sí, milady. Pero ¿está usted mejor?

—¡Calla y vete! ¡Obedece, Francine, si no quieres que te despelleje viva! ¡Corre!

La muchacha salió corriendo, y ella agarró el frasquito de hierbas que le había conseguido Rose Shafterbury, y que era un vomitivo excelente. Se tomó un trago, esperó unos minutos y se puso otra vez a chillar, desolada. Otro ataque y así uno tras otro, hasta pasadas las seis de la mañana, momento en que George Connaught, desesperado, agarró el abrigo y abandonó la casa de sus padres para intentar despedirse de Emily y los niños.

Llegó a la puerta del Grand Hotel a las seis y media de la mañana, y en recepción le informaron de que la señora y sus hijos se habían marchado a las seis y veinte; que habían dejado el equipaje para él en su habitación y una nota de despedida. Ignoró el papel y salió corriendo en busca de un coche que lo llevara al puerto. «Emily no se merece esto», pensó cada vez más enfadado consigo mismo por haberse permitido llegar hasta ese punto, y apuró al cochero para que corriera velozmente por las calles atestadas, una tarea eterna, hasta que al fin pudo divisar a lo lejos la figura inconfundible del enorme RMS Umbría, que llevaría a Emily de vuelta a casa.

Saltó del coche a la carrera, y en medio de un mar de gente, empezó a buscar a su familia. Todo eran idas y venidas de personas, gritos, órdenes, altercados y confusión, pero gracias a su altura pudo controlar el enorme gentío por encima de sus cabezas. «Es igual que un campo de batalla», pensó con angustia, hasta que localizó a Emily en una de las pasarelas de subida al trasatlántico, con Charlotte en brazos y vestida de azul claro. No le importó empujar y apartar. Se abrió paso como pudo, y cuando la tuvo a menos de dos metros, la llamó a gritos. Ella se volvió hacia él y le sonrió de aquella forma que iluminaba la mañana.

—Doctor, ¿has venido? —El corazón le dio un vuelco al verlo allí, aunque notó en seguida sus ojos de desolación—. ¿No vienes con nosotros?

—Mi madre se ha agravado esta noche. En este momento, la están trasladando al hospital... Emily, yo...

Se pasó la mano por la cara, sintiendo un cansancio enorme en la espalda. Tragó saliva y la miró otra vez. Ella tenía los ojos húmedos, estaba pálida y sujetaba con algo de esfuerzo a Charlotte, que dormía profundamente contra su hombro.

—Al hospital, ¿por qué?

—Fritz quiere intervenir. Piensa que puede ser el apéndice o el hígado. En realidad, seguimos muy perdidos. Pero la meterá en el quirófano hoy. Por eso no he podido ir al hotel a tiempo.

—Bien, espero que tu madre se recupere. —Se acercó, se puso de puntillas y lo besó en la mejilla—. Nos tenemos que ir.

—No, por Dios, no te vayas así. Aún faltan cuarenta minutos para que zarpe. Baja y hablemos un rato.

—No, no quiero hablar. Acostaré a los niños y me quedaré en el camarote. Estoy muy cansada y solo quiero meterme en la cama. No dormí mucho anoche... —Las lágrimas empezaron a mojarle las mejillas, y lo miró intentando parecer entera—. Estoy agotada. En realidad, no me siento muy bien.

—¿Qué te pasa? —Miró su vientre aún liso—. ¿Estás bien? ¿Es el bebé?

—Estoy bien, pero voy a acostarme. —Se volvió hacia el barco, donde Ruth esperaba con Michael en brazos, y le hizo un gesto para que aguardara solo un minuto más—. Odio las despedidas, así que lo dejamos aquí, ¿vale? Le contaré a los niños que viniste a decirles adiós.

—No te vayas.

—Adiós, doctor Connaught. —Forzó una sonrisa y se acercó para besarlo nuevamente en la mejilla—. Cuando quieras ir a Nueva York, te estaremos esperando.

—Emily...

George miró al cielo para no llorar. Luego, siguió su figura, menuda y elegante, hasta que llegó a cubierta para saludar al capitán y a los oficiales, que le hicieron una reverencia antes de dejar que se perdiera dentro del barco. Y fue como si le quitaran el corazón de cuajo. Retrocedió un paso, y se quedó mirando el ajetreo de gente sin que pudiera reaccionar, ni moverse, ni hablar, como una maldita figura de sal sin fuerza, ni voluntad.

—¿Está usted bien, señora?

—Sí, Ruth, gracias. No te preocupes; solo necesito meterme en la cama.

Se apoyó en el pasillo de primera clase respirando hondo. No quería llorar más. Ya había pasado la noche en vela llorando, así que tragó saliva y trató de espantar sus malos pensamientos, los ojos desolados de George y ese miedo consistente que le atenazaba el alma y que era el augurio de muchas más lágrimas. Necesitaba dormir y recuperarse, y pronto estaría bien. Era imprescindible, por el bien de sus hijos, incluido el bebé, que aunque a veces lo olvidaba, seguía creciendo en su vientre.

—Vamos al camarote y acostemos a los niños, ¿sí?

—Sí, claro, pero tiene mala cara. ¿No quiere que avisemos a un médico?

—No, estoy bien. Vamos, Ruth.

—¡Madre mía!, qué coincidencia.

—¿Cómo dice?

Se volvió hacia la voz y se encontró con el doctor David Law entrando por el pasillo.

—¿Doctor Law? Lo mismo digo. ¿Cómo está usted?

—¿Se encuentra bien?

Law dio un paso al frente al verla tan pálida y apoyada contra la pared, con la niña en brazos.

—Sí, sí; solo estoy un poco cansada.

—¿O sea que viajamos juntos? ¡Qué agradable sorpresa! ¿Dónde está George? Lo vi hace unos días en el club y...

—Se ha quedado en Londres por motivos familiares.

—¿O sea que viaja sola con los niños?

—Bueno, y con Ruth, que es nuestro ángel de la guarda.

–Cómo no... –Él médico miró a la niñera y le hizo una venia–, por supuesto. Espero que podamos tener tiempo de charlar y compartir alguna comida.

–Claro, será estupendo. Ya nos veremos.

–Muy bien, y encantado de saludarla.

El doctor Law pasó por su lado muy sonriente, y ella entró en la suite, donde un mayordomo y una camarera ya ordenaban su equipaje, los saludó y ayudó a Ruth a meter en la cama a los niños, que no se habían despertado pese a todo el ajetreo. Los arropó con el edredón y se quedó unos minutos pensando en George y sus circunstancias. Imaginó la pena que sentiría al tener que separarse de los pequeños, y volvieron a llenársele los ojos de lágrimas, así que carraspeó y miró a la niñera con una sonrisa.

–Me voy a mi dormitorio. Me acostaré un ratito. ¿Puedes quedarte con los pequeños hasta que despierten?

–Por supuesto. Usted métase en la cama ahora mismo.

–Gracias, Ruth.

La cuestión se resumía en una decisión: olvidarse de su madre y saltar al barco sin equipaje, o volver al hospital para asistir al doctor Fritz en la operación. Bajó los ojos, meditando. Jamás se había visto en una encrucijada semejante porque jamás dudaba en sus decisiones, así que la angustia iba en aumento a medida que el barco empezaba a soltar amarras y dejaba entrar a los últimos pasajeros por las pasarelas de embarque.

«No debía haber permitido que Emily se marchara», concluyó bastante enfadado. Ella era su mujer y se llevaba a sus hijos; además estaba embarazada, era una locura viajar treinta días sola con los dos pequeños y en su estado. Volvió a mirar hacia el trasatlántico, pensando en que la siguiente opción podía ser subir hasta el camarote y obligarla a bajar a puerto. Una alternativa posible, pero muy incómoda, porque no estaba dispuesto a montar un escándalo.

Se atusó el pelo y recorrió una vez más con los ojos el

enorme navío, y a unos metros, en la siguiente pasarela, en la de segunda clase, vio una figura demasiado familiar. Avanzó unos pasos para distinguirla mejor, y al reconocerla, el pulso se le congeló en las venas. Era Paul Hamilton, o alguien idéntico a él, el que subía a la carrera seguido por dos individuos.

—Milord, ¿qué hace usted aquí? ¿No se marcha?

—¿Cómo dices?

Bajó los ojos y se encontró con un joven pelirrojo, con barba de varios días y un sombrero raído.

—Fred Carpenter. ¿Ya no se acuerda de mí, doctor?

—¿Carpenter? Claro, claro que me acuerdo. ¿Qué haces tú aquí?

—Echando un vistazo.

—¿Y sabes si Paul Hamilton ha subido al barco?

—No sé...

Fred lo sabía perfectamente, pero miró al elegante médico esperando una recompensa. Connaught se metió la mano en el bolsillo y sacó dinero, bastante, y se lo puso en la mano, viendo con desesperación cómo el barco se separaba del muelle.

—Ha subido sin equipaje y con dos guardaespaldas.

—¿Estás seguro?

George hizo amago de saltar a la pasarela, pero ya era muy tarde. Estaba a dos metros de distancia. La mole que era el RMS Umbría se movía lenta pero segura, y partía en medio de la algarabía general. Agitó los brazos para alertar al capitán y detener la maniobra de zarpado, pero era imposible a esa distancia y con tanto ruido alrededor. Se volvió hacia Fred el Pelirrojo, lo agarró por la pechera y le habló desde muy cerca.

—Mi mujer y mis hijos van ahí arriba. Necesito llegar al barco, ¿puedes ayudarme?

—No sé...

—¿Puedes? ¡Maldita sea! Te pagaré lo que me pidas.

—Atraca en Plymouth. Puedo conseguirle buen transporte para que llegue a tiempo, milord.

–¡No!, ¡maldita sea, maldita sea!

Empezó a pasearse con el corazón en la garganta. Estaba seguro de que Hamilton había subido para buscar a Emily, que estaba sola. El tipo los tenía vigilados, y él había sido tan estúpido que se había olvidado de su seguridad y ni siquiera había hecho caso a sus temores de que la seguían. No era más que un maldito bastardo...

–¡Doctor!, conozco a un marinero que si le paga bien tal vez pueda acercarlo al barco, pero cuando esté más adentrado en el mar; tan cerca es peligroso. ¿Qué le parece?

–¡Vamos!

Agarró a Fred por el pescuezo y corrieron juntos por el muelle para buscar la zona de los pescadores. Era la única posibilidad: acercarse en un barco pequeño y pedir que le dejaran subir. Se trataba de una emergencia; no podrían negarse. Cerró los ojos y rezó por Emily y los niños, porque Dios los protegiera, porque ella estuviera alerta, como siempre, y pudiera pedir ayuda a quien fuera para defenderse de ese hijo de mala madre. Si ella lo veía, podía pedir la protección del capitán. Esa era su única oportunidad.


No se sacó la ropa, solo el abrigo y las botas, y se tiró encima de la enorme cama pensando en George, en lo mucho que lo echaría de menos y en la eterna travesía que les esperaba por delante. El barco paraba en Plymouth antes de tomar rumbo a Estados Unidos, y eso retrasaría la llegada. Ella hubiese querido cerrar los ojos y despertar ya en Nueva York, pero era imposible y debía hacer frente a treinta largos días en alta mar, con Charlotte y Michael aburridos e inquietos.

El viaje se presentaba tedioso, pero cerró los ojos evocando los de George, sus preciosos ojos color aguamarina que ella amaba, y cuyo recuerdo sería su mayor consuelo en todas las semanas que estarían separados.

Volvió a pensar en la posibilidad de que él no pudiera regresar, en que la separación se eternizara y en que no llegara a tiempo ni para el nacimiento del nuevo bebé, y se le puso un nudo en la garganta. Soltó un sollozo contenido, y se acarició el vientre intentando calmarse. No podía desesperarse, era inútil, así que lo más sensato era relajarse, cerrar los ojos y dormir.

—¡Qué guapa eres!

La voz sonó junto a su cuello, y un dedo le acarició los pechos por encima del vestido. Emily suspiró y no se movió. «Llevo poco tiempo durmiendo», pensó entre tinieblas, una hora como mucho, y necesitaba seguir haciéndolo, así que no hizo el menor caso.

—Preciosa.

—George... —susurró.

De pronto el frío le heló la espalda, en cuanto recuperó el sentido y recordó dónde se encontraba y que él no estaba con ella.

—¡Madre de Dios!

Se puso de pie de un salto y se encontró a Paul Hamilton echado displicentemente sobre la cama, con una pistola en la mano y observándola con ojos lascivos.

—¿Qué hace usted aquí?

—¿Tú qué crees?

La miró de arriba abajo. Realmente la muchacha era preciosa y sensual, con ese cuerpo escultural, su cara perfecta y esos labios carnosos y apetecibles. El doctor Connaught tenía muy buen gusto, de eso no cabía la menor duda.

—¿Dónde vas? —Se levantó al ver que ella intentaba abrir una de las puertas de la suite.

—Mis hijos, no se acerque a mis hijos.

—No, ellos son Connaught, no son asunto mío, sino de la familia de tu marido. Sabrán cuidar de ellos, no te preocupes. A mí solo me importas tú, y tu suegra me dijo que podía tomarte antes de acabar contigo. ¿Qué te parece?, ¿lo hacemos por las buenas o por las malas? Yo prefiero que seas rebelde y me opongas resistencia. A lo mejor decido atarte y gozarte durante horas. ¿Alguna vez George Connaught te ha esposado?

Ella no podía ni moverse. Se pegó a la pared y empezó a pensar en una vía de escape, en gritar y alertar a la tripulación sin asustar a los niños.

—Yo te puedo esposar, y luego jugaremos. Te haré mujer antes de que caigas accidentalmente al mar, justo antes de atracar en Plymouth. Será una pena: una mujer tan guapa, joven y embarazada. ¿De cuánto estás?

—Casi cinco meses.

—No se te nota. ¡Desnúdate!

—¡No!

—¿Cómo que no? —Soltó una risa sarcástica que asustó más a Emily que la pistola con la que la apuntaba todo el tiempo—. Así me gusta, resistencia, pero no aquí. ¡Vamos!

—¿Y mis hijos? Por favor, yo haré lo que quiera, pero los niños...

—Están con la niñera. No se enteran de nada, mujer. —La agarró del codo y la arrastró hacia la puerta que daba directamente al pasillo—. Cálzate, vamos a salir de aquí. Aún tenemos unas horas antes de llegar al primer puerto. Pero una cosa —la agarró con fuerza, haciéndola doblarse de dolor—, como grites, pidas ayuda o intentes algo, uno de mis hombres volverá y degollará a los hijos de George. ¿Queda claro? —Ella asintió—. ¿Seguro?

—Sí.

—Muy bien. Pon buena cara y salgamos de aquí.

La sacó a empujones al pasillo y luego la agarró por la cintura como si fueran una pareja de enamorados. Emily vio con el rabillo del ojo a un tipo enorme que abandonaba la puerta de la suite para seguirlos, y al girar hacia la salida de primera clase se encontró con otro que se les puso delante. Así, dos personas los rodeaban y por ahí no se veía a nadie más. Era temprano, y los pasajeros estarían en el comedor desayunando o en sus respectivos camarotes. Miró al suelo y pidió ayuda divina, a su madre, a sus abuelos, a Dios y a la Virgen santísima, porque estando sola allí, en medio del mar, no se le ocurrían muchas alternativas salvo un milagro.

Llegaron a la escalerilla para salir a la cubierta de paseo y, en ese momento, oyó la voz de alguien llamándola por su nombre. Era David Law, pero obviamente no pudo ni mirarlo, y siguió caminando a buen ritmo hacia la cubierta de segunda clase, sintiendo las manos y el calor de ese individuo asqueroso, que respiraba pegado a su cabeza.

—¡Señora Connaught! ¡Emily!

—¿Qué quiere, milord?

Un tipo enorme que caminaba unos pasos por detrás de la mujer de su amigo se le cruzó en el campo visual.

—Saludar a la dama. Somos conocidos. ¿Quién demonios es usted? No me toque.

—Lo siento, milord, discúlpeme. Los señores quieren un poco de intimidad.

—¿Qué señores?, ¿con quién va?

Law se movió a tiempo de ver de refilón el pelo oscuro de Emily Connaught y algo en toda aquella situación no le gustó lo más mínimo.

—Con su marido, claro, lord Connaught.

—¿George aquí? Pero si él se había queda...

—Lo siento, milord. Debo dejarlo —lo interrumpió el hombre—. Le diré a mis señores que luego lo busquen, ¿le parece?

—Claro, yo...

El médico se quedó unos minutos sin saber qué hacer. Era extrañísimo que George llevara un escolta o un empleado como ese, no le pegaba en absoluto, y se quedó perplejo varios minutos sin moverse. Luego, respiró hondo y decidió volver a su cuarto, quería cambiarse para jugar al tenis con unas americanas muy simpáticas que acababa de conocer en el bar y tenía un poco de prisa, así que giró sobre sus talones y se adentró en el pasillo de primera clase unos metros, justo a tiempo de sentir las carreras de algunos hombres que se acercaban presurosos en su dirección.

–¡George!

Vio a su amigo a un palmo de distancia. Iba en mangas de camisa, con el abrigo en la mano y sin corbata. Tenía aspecto desesperado y lo miró sin reconocerlo.

–¿David?, lo siento, no puedo hablar ahora...

George lo esquivó para buscar la suite de Emily.

Lo seguían el capitán y dos oficiales, además de un chico pelirrojo con un inconfundible aspecto de cockney londinense.

–¿Buscas a tu mujer?

–Sí. ¿Qué pasa? –Lo miró a los ojos, y David comprendió que algo gravísimo estaba sucediendo–. ¿La has visto?

–Acabo de verla. Iba con unos hombres hacia la cubierta de paseo, por ahí detrás. Yo quise detenerla, pero no me hizo caso... ¡George!

–¡Compruebe que mis hijos están bien, capitán, por favor! –gritó el médico, que corrió como si el demonio lo persiguiera hacia la salida de primera clase.

Fred y uno de los oficiales lo siguieron, y detrás de ellos, David Law, que se olvidó inmediatamente de la partida de tenis. Llegaron a la cubierta, y ahí no vieron a nadie.

–¡Mierda! ¿Dónde se pueden haber metido?

–En la segunda clase –opinó Law, viendo que George Connaught llevaba una pistola en el cinto–. ¿Qué pasa, amigo?

–La han secuestrado. Dividámonos.

–Están la segunda y la tercera clase, milord –dijo el oficial, que no debía de ser mayor que Fred el Pelirrojo–. Tienen el mismo acceso, y hay novecientos sesenta pasajeros ahora mismo allí. Es muy grande.

–Dividámonos, pues, y vaya a buscar más ayuda. ¡Fred, ven conmigo!

George Connaught bajó las escalerillas de un salto. Milagrosamente, Fred Carpenter había dado con su amigo en el puerto, un hombre muy extraño que le había alquilado por una fortuna una embarcación ligera y veloz para alcanzar al RMS Umbría en alta mar. Habían tardado muy poco en llegar al barco y pedir ayuda desde su diminuto transporte. Afortunadamente los oficiales le habían facilitado la subida a bordo para identificarse y explicar lo que sucedía, y en menos de quince minutos le habían permitido entrar a buscar a Emily. Apenas respiraba desde que había divisado a Hamilton en el puerto y el peso de la tensión le mantenía los hombros rígidos, pero nada importaba, su mente estaba despejada y pensaba con claridad, y eso lo ayudaría a encontrar a su mujer. Estaba completamente seguro de ello.

—Tu suegra dice que te pasas la vida en la cama con George. ¿Es eso cierto?

Hamilton la había confinado en un diminuto camarote de segunda clase muy mal ventilado y le hablaba bajito, mientras empezaba a sacarse con parsimonia el abrigo, el chaleco y la corbata. Emily, que respiraba con bastante dificultad, lo miraba de frente, sin oírlo, discurriendo en cómo podía hacerse con el arma que llevaba escondida en la bota.

—Dice que eres una ramera, que trabajabas de puta en el East End y que por eso pudiste engatusarlo. ¿Es verdad? ¿Vas a jugar conmigo como lo haces con George?

—¿Sabe lady Connaught que está aquí?

—Claro. Ella me avisó anoche de que te ibas. Se inventó unos ataques para retener al imbécil de George en Londres y darme tiempo a mí para buscarte. Luego me bajaré en Plymouth con tus bastardos y se los llevaré a su palacio de Westminster como un favor. Pobre George, viudo y con sentimientos de culpa por no haber sabido cuidar de su joven mujer. Su madre estará encantada de buscarle consuelo y una nueva esposa, una más decente que tú, Mary Taylor.

—Estoy segura de eso.

Emily se desplazó un poco, y Hamilton echó mano a la pistola.

–No te muevas. Solo te moverás en la cama, ¿me oyes? Y si eres buena, a lo mejor te dejo vivir un poco más.

–¿Como a las pobres prostitutas chinas del East End?

–Basura, eran solo basura.

–Quiero agua.

–De eso nada.

–Si no quiere que vomite y me desmaye en estos cuatro metros cuadrados, deme un poco de agua.

–¿Te sientes mal?

Se acercó a ella y le acarició la mejilla. Emily aguantó con paciencia el contacto, y cuando él se inclinó para besarla en la boca, levantó la rodilla y se la incrustó en los genitales.

Paul Hamilton chilló y se dobló de dolor, maldiciéndola.

–Serás hija de puta, ramera, zorra, maldita hija del demonio.

Ella se escurrió por su izquierda y trató de salir, pero la puerta tenía llave por fuera. Empezó a patear y a gritar, hasta que notó la mano del conde de Worsthorne agarrándola por el pelo de forma brutal. Le dio un tirón, y luego la lanzó contra la pared. Ella se protegió el vientre, pero sintió el golpe seco en la sien.

–¡Maldita seas! Como vuelvas a tocarme, mataré a tus bastardos, ¿me oyes? Levántate.

–No puedo.

Apenas veía, se le nublaba la vista y estaba muy mareada, así que Hamilton se agachó, la agarró del brazo y la puso de pie de un tirón.

–Voy a vomitar.

–Vomita, a mí qué me importa.

Tiró de su vestido y le desgarró la manga. Luego se acercó y le quitó las horquillas que le quedaban en el pelo y se lo dejó suelto, admirando con la boca abierta las ondas oscuras y espesas, que cayeron suavemente por su esbelta espalda.

–Eres guapa, Mary Taylor, una zorra muy guapa.

Caminó hacia ella y le apretó un pecho, completamente excitado. Emily dio un respingo y vomitó sobre sus zapatos. Hamilton protestó y se apartó, tapándose la boca.

—Le dije que iba a vomitar. Me siento muy mal.

—¡Maldita sea! —El noble, asqueado, tocó la puerta y el guardia la abrió.

—Limpia eso, Thomas. De prisa.

—Sí, milord.

El esbirro cogió unas toallas y sacó la suciedad hacia el pasillo, mirando de reojo a Emily, que respiraba muy mal apoyada contra la pared. Pero ni se inmutó, y salió otra vez para dejar entrar a su jefe.

—Bien, ¿y ahora qué? Desnúdate poco a poco. Quiero ver lo que tienes para darme.

—Abra la ventana. Estoy mareada.

—¡Serás quejica, Taylor!

El conde de Worsthorne, desesperado por la actitud desafiante de la muchacha, decidió que la tomaría rápidamente y luego la mataría, como había acordado con Eleonor Connaught, pero muy rápidamente, sin florituras, porque era una zorra complicada. Así que le dio la espalda un segundo y se inclinó para abrir la escotilla, que era diminuta; luego se volvió hacia ella y la vio de pie, pegada a la puerta, con una maldita pistola entre las manos.

—Dispara, y mis hombres correrán a degollar a tus hijos. Cuando logres salir de aquí, ya estarán muertos.

—Abra la puerta.

—No.

—¡Abra la puerta, Hamilton!

Disparó al techo y el ruido la desorientó una milésima de segundo, el tiempo suficiente para que Paul Hamilton se lanzara sobre ella y le cruzara la cara de un bofetón. Emily perdió el equilibrio y cayó redonda al suelo. Le quitó la pistola, la agarró y la tiró encima de la cama. Ya estaban armando mucho jaleo, más de lo aconsejable, así que empezó a desatarse los pantalones para tomarla; inconsciente o no, la haría suya. Pero una algarabía en el pasillo detuvo sus intenciones y lo obligó a acercarse a la puerta para escuchar qué ocurría. Pudo oír voces ahogadas, unos golpes y dos disparos. Se asustó y empuñó el arma. En ese momento la puerta del camarote cayó de cuajo al suelo y se encontró con George Connaught de frente, mirándolo con cara de asesino.

—¡Hijo de puta!

George levantó su pistola y se la apoyó en la cabeza. Hamilton estiró la mano hacia Emily y le sonrió.

—Dispara, y yo mataré a tu mujer.

—Estás perdido, Hamilton.

De reojo vio la figura inerte de Emily sobre la cama. Estaba inconsciente, pero no había sangre; no estaba herida. Tragó saliva y fijó los ojos claros en su pariente.

—No podrás huir de aquí. El capitán viene a detenerte.

—No creo. —Se apartó del médico y se acercó más a Emily—. Me la llevaré conmigo, así podré salir de aquí. ¿Te parece, George?

—¡Déjala!

—¡Oh, no!, calma, amigo, si no quieres que le pegue un tiro delante de tus ojos.

La incorporó con un brazo y la puso de pie. Ella se quejó y abrió un poco los ojos.

—Déjame salir de aquí...

—¡No!

—¿George?

Emily oyó su voz y abrió los ojos. Lo vio muy nervioso, despeinado y con una fina película de sudor cubriéndole la frente. Jamás lo había visto tan fuera de sí, y cuando giró la cabeza y vio que Hamilton la apuntaba, comprendió lo que estaba sucediendo.

—Dispárale, doctor.

—Si me dispara, yo te dispararé a ti y de paso a tu hijo neonato. ¡Qué bonito para la conciencia de cualquiera! —Vio la duda en los ojos de Connaught y avanzó unos pasos, con su mujer sujeta por la cintura—. ¡Déjame pasar!

—No, George; no le dejes ir.

George Connaught miró a Emily y luego a Paul Hamilton sin moverse. Sintió los pasos de más oficiales y marineros que llegaban corriendo para despejar la zona y los pasillos a gritos, y decidió que mataría a ese tipo antes de permitir que volviera a acercarse a su familia. Deslizó el brazo y volvió a apuntarle con la pistola a un palmo de su cabeza. Hamilton percibió el cambio en su actitud. Agarró a Emily y la empujó con violencia contra la pared. Ella se quejó, y George instintivamente hizo amago de auxiliarla. En ese momento, el conde de Worsthorne aprovechó para salir corriendo, seguido por uno de sus esbirros.

Salió por los pasillos apuntando a todos los que osaron cortarle el paso y llegó a una cubierta donde la lluvia caía a raudales. Miró en todas las direcciones buscando un bote de salvamento, una salida razonable, y entonces la voz oscura de George Connaught le llegó por la espalda. El médico había dejado a su mujer recuperándose junto a David Law y había salido detrás de Hamilton, decidido a acabar con él. No le daría ninguna oportunidad; solo quería matarlo y luego arrojar su cuerpo al mar.

—¡Bastardo! —gritó y disparó, errando el tiro por culpa de la lluvia y el viento.

Se plantó con las piernas separadas en la madera resbaladiza de la cubierta y volvió a disparar con la misma mala suerte.

—¿Has perdido tu legendaria puntería, primo? —Hamilton ni se inmutó, moviéndose con rapidez y ordenando con la mano a su escolta que buscara un bote—. ¿La ramera de tu mujer también te ha quitado eso?

George se desplazó, desesperado, pensando en que solo le quedaban dos balas en la recámara, y avanzó hacia Hamilton con paso firme. Se puso a un metro de él y le soltó un puñetazo que lo tiró al suelo de espaldas.

—Levántate, hijo de puta, y muere como un hombre.

—¡Uy! —Hamilton se levantó, agarrándose a la barandilla—. Me importa una mierda morir como un hombre, George, qué ingenuo eres...

Estiró la pierna, le dio una patada y el médico trastabilló, pero no se cayó. Levantó el arma e hizo amago de dispararle en la cabeza, pero el esbirro del conde de Worsthorne se lo impidió sujetándolo por el cuello. Él se revolvió y le incrustó el codo en las costillas. Luego giró veloz y le metió un gancho de derecha en el hígado que lo lanzó inconsciente al suelo, una maniobra rápida y limpia, que sin embargo le hizo perder la pistola, que descansaba inocentemente sobre la cubierta empapada de agua.

–Estás muerto, Georgie. Tu madre lo sentirá muchísimo, pero no me dejas más alternativas...

–¡No!

Emily Gardiner caminó decidida hasta ellos seguida por David Law y Fred el Pelirrojo, que no habían podido hacer nada por retenerla en el camarote. Se agachó, recuperó la pistola de George y quiso dársela, aunque él levantó la mano para hacerla retroceder.

–¡Sal de aquí, Emily! Vuelve dentro. ¡Fuera de aquí!

–Eso, ¡sal de aquí, ramera!

Paul Hamilton, conde de Worsthorne, apuntó directamente a George en la cabeza, pero Emily no esperó ni un segundo. Levantó su arma y le disparó a bocajarro. Le dio a la altura del cuello, pero no pudo ver más ni repetir la acción y rematarlo, porque el disparo de Hamilton sonó casi a la par que el suyo, atravesó el aire y la lluvia y la alcanzó de lleno en el hombro, en la clavícula; el golpe la tiró hacia atrás y la hizo caer de espaldas al suelo. Acababa de dispararle con su propia pistola, esa pistolita diminuta por la que había pagado una fortuna a un comerciante de Aldgate.

Sintió el golpe seco en el hombro y calor, mucho calor, y oyó los gritos de su marido, que se agachó para abrazarla.

–Dispárale, doctor, que no huya; dispárale –dijo, y le puso la pistola en la mano.

George Connaught se volvió hacia Hamilton, entornó los ojos y le disparó. Esta vez sin errar la última bala, que lo alcanzó de lleno en la frente. El conde de Worsthorne abrió mucho los ojos y cayó contra la barandilla, completamente inerte.

—¡Dios bendito, Emily...!

George tiró el arma y se inclinó para intentar taponar la herida. Era grande y de seguro había roto parte del hueso. Se rompió la manga de la camisa para parar la hemorragia, sin demasiado éxito, porque ella empezaba a perder el color de las mejillas a una velocidad extraordinaria.

—Tranquila, mi vida; te salvaremos, tranquila.

—Es de calibre pequeño.

El doctor Law llegó a su lado y se arrodilló junto a Emily, más sereno. La movió para ver la trayectoria del disparo y comprobó que la bala, que era de 1,88 gramos, había salido limpiamente. El proyectil y las astillas del hueso habían caído en el suelo de madera de la cubierta, y eso podía darles un margen de maniobra, o no, nada era seguro ante un disparo a tan escasa distancia.

—Calma, George, por Dios, hay que sacarla de aquí. Es un calibre 22, una bala pequeña. Podemos solucionarlo.

—Emily, mi vida, mírame, háblame, no cierres los ojos —le susurraba, desesperado, a la par que ella iba perdiendo el sentido y su sangre empapaba el suelo—. ¡Emily!

—¿Los niños? ¿Dónde están los niños?

—Están bien, con dos guardias y la niñera —dijo el capitán, mirando con asombro lo que acababa de ocurrir en su elegante navío—. No se preocupe, milady.

—Mi amor, te amo, eres la persona que más he querido en mi vida —susurró, buscando los ojos de George—. Cuida de los niños, ¿sí? Llévatelos a casa, a Nueva York. Mi padre y Beatrice te ayudarán con ellos. No los lleves a Londres, ¡George!

—No digas eso. Calla y no cierres los ojos...

—Tu madre está mintiéndote, doctor. Ella avisó a Hamilton de que me iba sola. No quiero que mis hijos se críen con ella. Prométemelo...

—No pasará nada, te pondrás bien. —Siguió taponando la herida, llorando, desolado.

–George, dame tu mano. –Apenas le salía la voz y la certeza de que se estaba muriendo le dio de pronto una paz absoluta y muy agradable. Tragó saliva y volvió a hablar–. Dame tu mano, por favor.

–¿Qué quieres?

George se limpió la mano libre y se la dio. Ella levantó con mucho esfuerzo la suya, se la sujetó y la acercó a la nariz, amagando una sonrisa. Luego aspiró el aroma de su muñeca y cerró los ojos.

–Me encanta tu olor, doctor, a loción de afeitar y a limpio...

–¡Emily!

Emily Gardiner perdió la conciencia agarrada a la mano de su marido. Él la llamaba a gritos, intentando despertarla, y notó que la movían, pero ya no le importaba nada. A lo lejos vio la cara de sus hijos, de su padre, de Beatrice, de su madre y de Winston y Molly; luego, la oscuridad más absoluta.

# Capítulo 36

Eleonor Connaught se paseaba como un tigre enjaulado dentro de su dormitorio. Fuera llovía y hacía frío, pero ella tenía sudores, de nervios y preocupación, porque hacía más de treinta y siete horas que no sabía nada de su hijo George y su miedo iba en aumento.

Hacía dos noches había fingido un empeoramiento de su estado de salud, y él se había quedado asistiéndola. No se había marchado a Nueva York como era su deseo inicial, pero había acabado por dejarla a las seis de la mañana en manos de Fritz, para salir en busca de la ramera de su mujer. Había prometido regresar y no lo había hecho, y nadie sabía darle una explicación respecto a su paradero. Su marido, bastante harto de toda aquella historia, creía que George iba a esas horas rumbo a Estados Unidos con su familia. Sus hijas pensaban de igual manera, aunque a su doncella le habían asegurado en el Grand Hotel que él no había recogido su equipaje y que esa mujer, Emily Gardiner, había partido sola con los niños hacia el puerto.

Tal vez estaba enfadado y triste por la ausencia de sus hijos, y, como otras veces, se había refugiado en el trabajo, en el hospital, para tranquilizarse, o tal vez le había ocurrido algo. La situación era cada vez más preocupante, y cuando oyó voces y un estruendo proveniente de la planta baja, se alteró. Caminó hacia la puerta del dormitorio para entornarla y ver qué ocurría, y lo que le llegó desde abajo, desde el vestíbulo, no le gustó lo más mínimo.

—Madre...

—Hijo mío, me tenías preocupada. ¿Dónde estabas? ¿Estás bien?

George entró sin llamar en el dormitorio. Venía muy mal vestido, seguido por su padre y sus hermanas, y al acercarse a la luz vio su ropa manchada de sangre seca, la camisa, el pantalón, el chaleco abierto. Tiró el abrigo al suelo y caminó directamente hacia su mesita de noche, donde tenía unos botecitos de cristal primorosamente ordenados sobre una bandeja de plata. Eleonor miró a su marido y a sus hijas con cara de interrogación, y lo dejó destaparlos y empezar a olerlos con parsimonia y sin mirarla.

—Nueza —dijo al fin, reconociendo el líquido que ocupaba dos de aquellos frascos tan delicados—. ¿Cómo no se me ocurrió antes?

—Pero ¿qué dices? ¿Qué te pasa? Daniel, ¿quieres preguntarle a tu hijo qué le sucede?

—Bryonia cretica —puntualizó, mirándola a la cara—, un buen vomitivo. Provoca hasta fiebre si tomas dosis muy elevadas, dolores abdominales, taquicardias, diarreas..., perfecto para fingir una enfermedad, aunque puede ser mortal, ¿sabes? ¿No te lo advirtió el bastardo que te la trajo, madre?

—¿Qué?

La duquesa se desplomó en una silla con la mano en el pecho. Ciertamente era nueza y la habían comprado de importación en una tienda del East End, pero pretendía negarlo hasta la muerte.

—George, hijo, ¿qué te ocurre? ¿Por qué estás ensangrentado? ¿Qué te ha pasado?

Daniel Connaught intervino, tocándole la espalda, aunque George lo esquivó con violencia.

—¿De qué estás hablando?

—Tu mujer, padre, ha fingido durante meses y meses una enfermedad imposible para manipularnos y utilizarnos a todos; a mí, el primero. Eso es lo que pasa.

—Mientes. ¿Cómo te atreves?

—¿Y por qué no estás en el hospital?

—Me puse mejor y no quise que ese médico me abriera. No estoy loca.

—¿Ah, no?¿Quién lo diría?

—¡George!, respeta a tu madre. Dime qué te ocurre. ¿Por qué estás manchado de sangre?

—Es la sangre de mi mujer, padre. —Se volvió y atravesó al duque de Stevenage con los ojos claros bordeados por unas profundas ojeras—, de mi joven esposa embarazada de cinco meses, a la que tu mujer mandó matar cuando se encontraba sola y vulnerable a bordo del barco.

—¡Dios bendito!

Sophie y Amanda Connaught se agarraron de las manos y soltaron un sollozo instantáneo. Los duques de Stevenage se miraron entre sí, y Daniel Connaught retrocedió despacio para apoyarse contra la pared, con un dolor profundo en el pecho.

—A la madre de mis hijos, que apenas son unos bebés.

—Yo no he hecho nada. —Eleonor quiso llorar, pero no pudo—. ¿Cómo te atreves? Ella era tu esposa, la madre de mis nietos. ¿Dónde están los niños?, ¿los has traído? Necesitan a su familia, y tú, también. Estás conmocionado, hijo mío. Ven aquí, siéntate, descansa un poco. Es terrible, terrible...

—¡Calla y no te atrevas a tocarme! Sé que fuiste tú. —Avanzó hacia ella con ganas de estrangularla, pero se detuvo a un palmo de su cara—. Tú avisaste a Hamilton para que la atacara en el barco, porque yo me quedaba aquí colaborando en tu farsa, atendiéndote de una enfermedad fantasma. ¡Tú lo hiciste y ten la decencia de no seguir mintiendo!

—¡Dios! —Fingió desmayarse en una butaca. Sus hijas acudieron a atenderla, pero ni su marido ni su hijo se molestaron en mirarla.

—¿Cómo puedes decir eso, George?

—Lo sé. Emily me lo confirmó y vi a Hamilton dispararle delante de mis propios ojos. Ese hijo de puta quiso asesinar a mi mujer delante de mí, y luego yo lo maté, pero tu mujer es cómplice de su crimen, ¿te queda claro?, porque no pienso callarme y la denunciaré a la policía.

—Estás alterado, es normal, bajemos a la biblioteca. Tómate una copa y hablemos, hijo. Dime, ¿dónde están Charlotte y Michael?, ¿con quién? Tienes que traerlos, somos su familia, nosotros te ayudaremos...

—¡No os acercaréis nunca más a ellos! Nos iremos a Nueva York en cuanto toda esta locura acabe.

Agarró el frasco de nueza y se lo metió en el bolsillo. Luego, recogió el abrigo e hizo ademán de irse. No podía soportar ni un segundo más mirar a su madre a la cara.

—¡No te vayas, Georgie, cariño!

Eleonor se levantó de un salto para seguirlo por el pasillo.

—Nosotros te ayudaremos con los pequeños. Michael es un bebé; necesitan a su familia. Charlotte nos adora. Es tan preciosa, y los queremos tanto a los dos.

Bajó los escalones a la carrera. Ya había dicho lo que tenía que decir y había probado la teoría de David Law con respecto a la nueza. Su amigo, que era un experto en muchas materias, se lo había sugerido durante las últimas y trágicas horas que habían compartido y al final había resultado ser cierto.

No tenía nada más que decir. Necesitaba ir al club de oficiales, donde había instalado a Charlotte, Michael y Ruth, bajo custodia militar, para darse un baño, cambiarse y abrazar a sus hijos. Después de eso, podría pensar.

Abandonó el que había sido su hogar con la intención de no volver a pisarlo nunca más. Cruzó la verja y se encaminó silencioso hacia el parque sin mirar atrás.

—Lo hemos perdido —susurró la duquesa de Stevenage con un pañuelo en la mano, acercándose a su marido.

—Es culpa tuya, Eleonor, intenta vivir con eso a partir de ahora.

# Capítulo 37

El Royal Hospital Chelsea estaba concebido para atender a los veteranos de guerra, a militares en activo y a sus familiares. George Connaught siempre se había sentido orgulloso de haber podido trabajar allí, no solo por el servicio público que prestaban, sino también porque eran vanguardia en cuanto a los avances médicos que desarrollaban y aplicaban a sus pacientes, además de contar con un equipo profesional de primer nivel. Era el mejor de Europa, según decían sus colegas, y él estaba de acuerdo. Entre sus médicos se encontraban los mejores del mundo, los más brillantes y los únicos a los que él confiaría el cuidado de sus seres más queridos.

Miró la fachada y luego la hora en su reloj de bolsillo. Eran las ocho de la mañana. Llegaba temprano después de haber conseguido dormir diez horas seguidas. En el club de oficiales, tras su paso por el palacio de los Connaught en Westminster, se había dado un baño, había cenado, jugado un rato con los niños y al fin había podido meterse en la cama para descansar. Llevaba más de dos días sin dormir cuando posó la cabeza en la almohada, y se durmió de forma instantánea, hasta las seis de la mañana del siguiente día, cuando se levantó de un salto preparado para dar el desayuno a Michael, que solía despertarse muy temprano llamando a su madre. Lo había atendido con una sonrisa y luego le había dado tiempo de vestir a Charlotte y darle el desayuno también a ella antes de arreglarse un poco, dejarlos en manos de Ruth y salir camino del hospital.

Llegó a la tercera planta, la zona de las habitaciones privadas, y caminó por el pasillo, percibiendo el olor de la lejía con la que estaban limpiando la zona. «Desde hace unos diez años la medicina militar utiliza la lejía como desinfectante», pensó, de forma involuntaria, y el olor se le metía a uno en la nariz durante horas. No le gustaba nada, aunque su uso fuera además de conveniente, muy eficaz.

Abrió la puerta de la habitación 313 y se encontró con que la enferma no estaba sola. Suspiró y se quedó observando en silencio a David Law, inclinado sobre ella y utilizando el estetoscopio de Laënnec sobre su abdomen. Si no se hubiese tratado de su amigo, lo habría sacado a patadas de allí, porque había dado órdenes estrictas de que nadie la tocara. Sin embargo, al tratarse de él, cerró la puerta con cuidado y dejó que acabara su trabajo antes de hablar.

—Latido firme y regular, tienes un hijo muy fuerte, Connaught. Espero que juegue al rugby por Cambridge.

—Si es niña, no dejaré que se acerque a un balón de rugby.

Se sacó el abrigo, lo colgó en la percha y se acercó a la cama donde Emily aún dormía profundamente. Estaba pálida, del mismo color de las sábanas, lo que producía un contraste enorme con su pelo oscuro y los hematomas que tenía en la mejilla izquierda.

—Y si es niño, jugará en Nueva York.

—Será niño... —Law lo miró de arriba abajo y lo vio muchísimo más recuperado, con la ropa impoluta y su porte de caballero británico de siempre—. Y quiero ser el padrino.

—Eso está hecho.

Posó los dedos en el cuello de su mujer y comprobó su pulso regular. Miró la enorme venda que le cubría el hombro e hizo un gesto de quitarla, pero su amigo se lo impidió.

—La hemos limpiado hace media hora. Va mejor, no te preocupes, y no ha tenido fiebre en diez horas. Ha dormido tranquila, dicen las enfermeras, y cuando vine, a las seis de la mañana, abrió los ojos y preguntó por los niños.

–¿En serio?

–Sí, le dije que estabas durmiendo con ellos en el club de oficiales y sonrió.

–Debí haber venido antes, pero me quedé dormido.

–No me extraña. –El doctor Law agarró su abrigo y observó cómo George acercaba una silla al lado de la cama y se sentaba en ella, tomando la mano de su mujer–. Debo irme. Tengo unas gestiones que hacer, pero volveré por la tarde.

–David...

–¿Qué?

–Gracias otra vez. Jamás podré pagarte lo que has hecho por Emily y por mí. Yo… no sé...

–Ha sido un placer. Además, todo es mérito de ella, que es la muchacha más fuerte que he visto en mi vida.

El joven y brillante médico le sonrió antes de salir, cerró la puerta, y George se quedó estático unos minutos, sintiendo el calor que le trasmitía Emily a través de su diminuta mano. Le estiró los dedos finos y se los besó, luego la palma y la muñeca, tragó saliva y se echó a llorar como un crío.

Jamás, en toda su carrera profesional, se había comportado como un inútil, por el contrario, desde el primer día en la Facultad de Medicina de Cambridge había manifestado una capacidad innata para ejercer la medicina: un pulso firme, una cabeza fría y una capacidad de concentración impresionante. Sin embargo, la primera vez que de verdad había necesitado ser un buen médico para salvar la vida de su mujer, no había podido hacerlo, se había bloqueado, se le habían atrofiado los sentidos y se había transformado en un pelele aterrado. Afortunadamente y, gracias a Dios, David Law, uno de los mejores médicos que conocía, estaba con él en esos momentos y había asumido el control de la situación parando la hemorragia, cerrando la herida de Emily y, en definitiva, salvando la vida de ella y la del bebé. Un milagro, un verdadero milagro que le hizo creer, por unas horas, que Dios realmente existía y cuidaba de los suyos.

Sabía que no podría olvidar esa mañana en el barco, con ella desmayada en sus brazos, perdiendo sangre a borbotones y sin recuperar la conciencia. Estaba muerta, creyeron los oficiales del barco que los llevaron hasta la enfermería del navío, donde David Law gritó pidiendo que le llevaban su maletín y de donde sacó gasas y fenol para desinfectar la herida, que era limpia y completamente circular. Actuó a una velocidad extraordinaria sin que George Connaught, oficial médico del ejército de su majestad, pudiera hacer otra cosa salvo llorar impotente, pensando en que perdía a su mujer y que no podría seguir viviendo sin ella, ni siquiera por sus hijos. No había ayudado en absoluto y se había limitado a ver cómo Law limpiaba a conciencia la herida, cauterizaba algunos vasos sanguíneos y luego suturaba la herida con maestría, a pesar de lo acelerado del proceso. Finalmente, desinfectó una vez más los puntos de sutura por encima de la piel y lo miró, tragando saliva.

—La herida ya no la mata, George, pero sí la pérdida de sangre. Ruega a Dios para que podamos reanimarla y conseguir que recupere lo que ha perdido.

La única forma de que recuperara sangre era hidratarla, y se dedicaron a mojarle los labios constantemente con leche fría e infusiones de todo tipo, por supuesto de romero, suministrada por el médico del barco, y que contribuyó a mantener la herida sin infecciones. El proceso era casi imposible con ella desmayada, pero habían conseguido hidratarla hasta pisar Londres, porque el RMS Umbría había parado motores y había regresado a puerto tras el incidente. La trasladaron al Royal Hospital Chelsea, donde sus colegas la instalaron en una habitación aséptica y bajo estricto control médico, hasta que recuperó la conciencia y pudieron suministrarle líquidos por vía normal.

Hasta ese momento, casi cinco horas después de recibir el disparo, nadie habló en voz alta de su embarazo. David

Law lo supo porque George se lo dijo como de pasada durante su traslado del puerto al hospital, y nadie quiso comprobar el bienestar del feto hasta saber que tenían estabilizada a la madre, proceso que se llevó a cabo cuando ella abrió los ojos y preguntó por su bebé. En ese momento él tampoco fue capaz de hacer nada y tuvo que ser Law, una vez más, el que pidiera un estetoscopio para comprobar, con una sonrisa, que el corazón del niño seguía latiendo.

–Doctor... –susurró, y George la miró a los ojos, sonriendo.

–No me digas doctor. La gente empieza a reírse de nosotros.

–Para mí siempre serás el doctor.

–¿Cómo te sientes?

–Mejor, gracias. ¿Dónde has estado?

–Con los niños. Están muy a gusto en el club de oficiales. La gente está encantada con ellos y he podido contratar a una doncella, la hija de un antiguo camarada, para que ayude a Ruth.

–¿Solo has estado ahí?

–Claro.

–Te fuiste ayer a las cinco de la tarde.

–Y he estado ocupado. ¿Me has echado mucho de menos?

–Solo estaba preocupada. No quiero que hagas nada de lo que te puedas arrepentir.

–¿Como qué? –Buscó sus enormes ojos negros, y ella le sostuvo la mirada sin hablar–. No he hecho nada de lo que puedas avergonzarte.

–Bien, me alegro. –Suspiró, observando la habitación–. Necesito ver a los niños. ¿Por qué no me llevas al hotel o a la casa de Mayfair? Para dormir aquí prefiero dormir cerca de ellos.

–Es muy reciente, Emily. Te han disparado, has perdido mucha sangre, necesitas descansar y tener el hombro inmóvil. Ya te explicó David que tenías comprometido el hueso de la clavícula, perdiste masa ósea y...

—¡Chist!, no sigas. Me siento mejor, no exageres.

—¿No te duele?

—Un poco.

—Más que un poco, no mientas. —Le acarició el pelo y volvió a mirarla a los ojos–. Es insólito que midiendo un metro sesenta y pesando cincuenta kilos seas tan fuerte. Las mujeres sois sorprendentes.

—Teniéndote a ti de enfermera permanente solo puedo mejorar.

—Y a David Law con su serenidad a prueba de bombas. ¿Tienes hambre?

—Un poquito...

—Voy a pedir que te suban caldo de carne y un huevo pasado por agua. Es hora de que empieces a comer sólido.

—¡George! —Con la mano libre se tocó el vientre, y él se sobresaltó.

—¿Qué ocurre?

—Se mueve.

Se le llenaron los ojos de lágrimas, y George le acarició el pelo con ternura. Luego, estiró el brazo y posó su enorme mano encima de la suya.

—Gracias a Dios, llevaba horas sin sentirlo.

—Es muy pequeño aún, por eso no lo sentías.

—Ya lo sentí antes del viaje, es muy inquieto.

—Siendo nuestro hijo, no puede ser de otra manera. —Le sonrió, y ella le devolvió la sonrisa con dulzura.

—Tengo sueño.

—Duerme, te hará bien...

Sin dejar de acariciarle el vientre, se pegó a su cuello y le besó la oreja. Luego, la miró a los ojos, hasta que los cerró y se sumió nuevamente en un sueño profundo y reparador.

—¿Por qué no nos dijiste que estaba viva?

Se sobresaltó, pero no cambió la postura; solo alzó los ojos hacia su padre, sin ninguna expresión en la cara. El duque de Stevenage entró sigiloso en el cuarto y se sacó el sombrero.

–¿Sabes acaso por el calvario que he estado pasando...?

–¿Qué haces aquí?

–Jonathan consiguió localizarte. Él siempre lo hace.

–No debiste venir. Emily necesita reposo absoluto y no tiene permiso para recibir visitas.

–No molestaré demasiado; solo quiero comprobar cómo estáis.

–Bien, gracias.

–¿Y el bebé?

–Afortunadamente sigue vivo. Los dos están bien.

–¿Por qué no me dijiste que no había muerto, George?

–No era asunto vuestro.

–Me he pasado la noche tratando de imaginar por el dolor que estabas pasando.

–No os importó por el dolor por el que estaba pasando cuando queríais separarme de ella.

–Yo no. Yo jamás...

–La visitaste la víspera del viaje para amenazarla con quitarle a los niños, padre; la asustaste y le hiciste mucho daño, así que no intentes ahora simular que ella te importa. –Se levantó y se metió las manos en los bolsillos–. No permitiré que os acerquéis a mi mujer o a mis hijos nunca más, así que te suplico que te vayas. Ya sabes que está viva y que se recuperará, procuraré que lo haga, y en cuanto esté mejor, nos vamos a Nueva York y no pienso volver a pisar Inglaterra en lo que me quede de vida.

–Yo no quise hacerle daño, pero se trataba de mis nietos y tú no hacías nada para impedir que se los llevara...

–Se iban a casa porque yo tenía que seguir atendiendo a la embustera de mi madre. Solo regresaban a casa.

–Lo siento mucho.

–Tarde, pero se agradece.

–No sabía nada de lo que estaba maquinando tu madre. Su médico, el doctor Mullighan, cree que está trastornada, que el consumo de rapé y otras sustancias ha acabado por dañarle el cerebro y la voluntad...

–No me interesa.

–No quiero justificarla, George, pero Eleonor hace años que no es la que era y tu viaje a Estados Unidos, tu boda... fue demasiado para ella...

–¿Algo más?

–Se la han llevado a un sanatorio, fuera de la ciudad, para tratarla. No te pido que la perdones, porque no tiene perdón, pero al menos no me consideres su cómplice. Te lo suplico, hijo.

–Gracias por venir, pero como te he dicho, Emily necesita reposo absoluto, así que...

–¿Has denunciado a tu madre?

–Aún no. He mandado llamar a Albert Sheen para que se ocupe...

–Es tu madre, hijo.

–Una madre que ha intentado matar a mi esposa –bufó, moviendo la cabeza–. ¿No te das cuenta de la gravedad de los hechos?

–La desterraré, se irá lejos de Londres y estará bajo vigilancia médica. Me ocuparé de que no vuelva a intentar nada contra vosotros. Tendrá su castigo, te doy mi palabra de honor. Pero, por Dios te lo suplico, no la mandes a la cárcel.

–Padre...

–Hazlo por mí, George; te lo suplico.

Al duque se le llenaron los ojos de lágrimas y miró a su hijo con una mano en el pecho. George se atusó el pelo y desvió la mirada.

–Hablaré con Albert Sheen y lo que decida te lo comunicaré.

–Gracias, hijo.

–No tengo nada más que decir, padre, así que, por favor...

–¿Cuándo os vais?

–Espero que la semana que viene. El viaje es largo y servirá para que guarde reposo. En Nueva York, en nuestra casa y con la familia, se recuperará definitivamente.

Daniel Connaught se apoyó en la pared, mirando a su

hijo. Estaba cansado, George lo notó, y su actitud era tan humilde y apesadumbrada que empezó a sentir lástima por él. Al fin y al cabo, su padre siempre había sido un hombre decente.

—Nunca imaginé verte convertido en un padre de familia entregado y cariñoso, en un marido enamorado y feliz. Has formado una hermosa familia y me siento muy orgulloso de ti.

—Todo es obra de Emily. Ella es lo mejor que me ha pasado en la vida.

—Lo sé. Desde que la conociste algo cambió en ti.

—Ella lo cambió todo. Ojalá hubieseis podido comprenderlo.

—Por supuesto, hijo, y no sabes cuánto lo siento… —Se puso el sombrero y lo miró a los ojos—. Bueno, me marcho, no molesto más.

—Adiós, padre.

—¿Qué pasa con el título y la herencia, George? Debo preguntarlo.

—Traspásalo a Simon. Él sabrá responder como es debido.

—Claro.

Se le llenaron los ojos de lágrimas y salió hacia el pasillo con paso cansino. George respiró hondo, miró al techo intentando ser justo y finalmente salió detrás para detenerlo a mitad del camino.

—Padre, espera.

El duque se volvió y lo miró con cara de pregunta.

—No te culpo, no quiero culparte, pero permite que no me sienta muy orgulloso de la familia que tengo. No quiero el título, jamás lo he necesitado y lo mejor es legarlo a Simon. Además, me voy a Nueva York y no volveré a Inglaterra.

—Lo comprendo; es mejor así.

—Muy bien.

—Dale un beso a los niños. Tal vez pueda ir a visitaros más adelante.

—Están en el club de oficiales, en Park Lane. Si quieres, ve a despedirte de ellos.

—Gracias.

—Lo siento. —Superó la distancia que los separaba y lo abrazó.

Daniel Connaught lo apretó con fuerza, cerrando los ojos para no llorar, y luego se apartó de él, golpeándolo en el hombro.

—Siento que hayamos llegado a este punto, papá, pero creo que jamás podré perdonar a mi madre.

—Eres el mejor de mis hijos, siempre lo supe, y doy gracias a Dios por la esposa que te ha dado y por la vida que has elegido tener con ella. Disfrútala, Georgie.

—Eso haré. No te preocupes.

Se dieron un último abrazo y esperó a que su padre se perdiera por el pasillo antes de volver a la habitación, donde Emily intentaba incorporarse apoyada en el brazo sano. Corrió a la cama y la sujetó, frunciendo el cejo.

—¿Qué pretendes, Emily, por Dios?

—¿Va todo bien?

—Sí, mi vida. Recuéstate.

—¿Estás seguro?

—Por supuesto. Si te miro a los ojos todo es perfecto, ¿acaso no lo sabes?

—Zalamero.

—Es la pura verdad. Vamos, acuéstate. Te pondré más cojines, ¿quieres?

—Doctor —le dijo, y buscó sus ojos de color aguamarina. Él se sentó en la cama para mirarla de cerca—. ¿Estás bien?

—Sí, mi vida, muy bien. ¿Y tú?

—Yo soy feliz solo con saber que te veré mañana... —Le sonrió, recordando esas palabras que le había dicho hacía años en su casita de Regent Street, y George Connaught se acercó para besarla en la boca.

—Y yo soy feliz sabiendo que seguimos siendo tú y yo, Emily Gardiner, ahora y siempre, tú y yo.

# Epílogo

*Manhattan, Nueva York, abril de 1897*

—¡Mami!

Charlotte entró corriendo en el dormitorio y Emily se volvió hacia ella muy seria.

—¡Mamaaaá…!

—¿Qué te pasa ahora, mi vida?

—Papá se ha ido

Llegó hasta ella y se subió a sus rodillas con los lagrimones empapándole su preciosa carita. Emily le apartó el pelo oscuro y buscó sus ojos color aguamarina.

—Tenía que salir, Charlotte. No puede quedarse siempre contigo…

—¡Charlotte Connaught! —George entró a grandes zancadas en el cuarto y miró a su hija, ceñudo—. No vuelvas a salir corriendo de esa forma, te puedes caer y hacer daño. Además, aún estaba hablando contigo.

—¡No!

La niña, que a sus cuatro años era una verdadera fuerza de la naturaleza, se acurrucó en el hombro de su madre, y Emily miró a George, moviendo la cabeza.

—No, cielo, escucha a papá. No seas caprichosa.

La apartó y la posó en el suelo.

Charlotte miró entonces a su adorado padre, haciendo pucheros.

—No puedo llevarte conmigo, princesa, pero volveré pronto y te leeré un cuento, ¿sí?

Se puso en cuclillas y la miró a los ojos. La niña era la

mayor debilidad de su vida y tuvo que hacer un esfuerzo sobrehumano para parecer severo.

—No es normal que llores por todo; solo salgo a cenar fuera y vengo en seguida.

—No quiero que te vayas.

—Mi vida…

Charlotte saltó a su cuello, y Emily se echó a reír. Era una embaucadora nata, y George estaba a punto de sucumbir.

—Te quiero mucho, cariño, pero no puedo dejar de ir. Me esperan.

—Vamos…

—No, ni siquiera viene mamá; es solo para señores.

—Vale, ya está. —Emily se levantó resoplando y cogió a su hija en brazos, se la acomodó en la cadera y salió con ella al pasillo–. Acompañaremos a papá hasta la puerta y luego nos daremos un baño muy agradable antes de cenar, y si cenas bien, jugaremos con las alhajas y los botones de los cofrecitos, ¿quieres? –Ella asintió–. Hemos comprado muchas cosas nuevas en el mercadillo, ¿sabes, papá? Tiene mucho donde elegir. ¡Hola, Michael!, ven, acompáñanos a despedir a papá, que se va con el abuelo a una cena… –El niño se agarró a su mano y salieron al porche de la casa para dejar que George se marchara hacia el club, donde había una cena solo para hombres–. Pásatelo bien, mi amor, y no llegues muy tarde.

—¿Qué haría yo sin ti? –le susurró George, besándole el hombro desnudo, donde aún podía distinguirse con claridad la cicatriz del disparo que casi le había quitado la vida.

—Vivir más tranquilo –respondió ella, regalándole una gran sonrisa.

El doctor los miró un segundo de reojo y salió a grandes zancadas hacia Washington Square, camino de su cena. Emily abrazó a Charlotte y regresó a casa con el pequeño Michael pegado a sus faldas.

Hacía dos años y tres meses que Paul Hamilton le había disparado, y aún tenía dolores en el hombro con los cambios bruscos de temperatura, algo que George le había dicho que iría en aumento con la edad porque la herida había comprometido el hueso, así que ella estaba resignada a esa molestia punzante que a veces la obligaba a parar de trabajar, aunque se empeñara en ignorarla y en seguir con su vida normal sin hacer el menor caso.

Estaban ya en abril, y David, su hijo pequeño, cumplía dos años a finales de mes, el día veinticuatro. Su nacimiento se había adelantado unas semanas, casi cuatro, aunque afortunadamente había nacido sano y fuerte, como sus hermanos, y lo bautizaron con los dos nombres que eligió su padrino, el doctor David Law en persona: David Joseph Connaught. Era un precioso niño rubio como su padre y como el pequeño Michael, pero tenía unos enormes y almendrados ojos oscuros muy parecidos a los de su madre y su abuelo Michael Shafterbury, que no se cansaba de repetírselo a todo el mundo.

Tras el parto había respirado al fin, y había iniciado su recuperación definitiva porque los meses posteriores a que le dispararan apenas dormía, muerta de preocupación, pensando en los peligros que había corrido su hijo, y en las secuelas que aquello podría haberle dejado. Sin embargo, y gracias a Dios, el niño estaba perfectamente y a sus casi dos años de vida era una preciosidad, fuerte y apacible, infinitamente más tranquilo que Charlotte y Michael, que eran unos remolinos inagotables, a los que apenas podían controlar.

Su vuelta a Nueva York había sido inmediata. En cuanto George decidió que estaba fuera de peligro, la subió en brazos al barco, donde no la dejó moverse durante la larga travesía, cuidando personalmente de su recuperación. Una vez en casa habían retomado su vida lo mejor posible, él con sus pacientes y ella con sus vestidos, dedicados a la familia y decididos a olvidarse de lo ocurrido. De hecho, jamás hablaban del tema Hamilton, ni de los problemas con la familia Connaught; era un compromiso que habían adquirido en el viaje de vuelta y lo cumplían, aunque su marido aún sufriera pesadillas por los recuerdos de ese día, y ella mirara de vez en cuando a su espalda cuando un ruido indefinido la sobresaltaba. «Es cuestión de tiempo», le había dicho su padre, que seguía horrorizado por los hechos, y ella confiaba en que un día conseguirían olvidar ese treinta de enero, en que la vida les había cambiado para siempre, especialmente para George, que no quería saber nada, en absoluto, de Inglaterra.

—Hola, preciosa...

El doctor Connaught entró en su cuarto y tiró la chaqueta y la corbata al suelo, sin quitar la vista de encima a su mujer, que apartó los ojos del libro que estaba leyendo en la cama, para observar lo que hacía, y luego mover la cabeza con reprobación.

—¿Qué?

—Necesitas un valet, doctor; sigues sin saber ordenar tus cosas.

—Una mala costumbre.

—Muy mala.

—¿Y los niños?

—Dormidos, afortunadamente. ¿Qué tal te ha ido?

—No te puedes ni imaginar a quién me he encontrado en la cena.

—¿A quién? —Ella siguió leyendo *Cumbres borrascosas*, pero al notar que no seguía hablando, dejó el libro a un lado y lo miró a los ojos—. ¿A quién?

—A mi hermano Simon.

—¿Simon en Manhattan y no te ha venido a ver?

—Llegó esta tarde y pretendía venir mañana. —Se desnudó del todo y se metió en la cama—. Me ha traído una carta de mi padre y además me ha contado que sigo siendo el heredero Stevenage porque los abogados opinan que como tengo dos hijos varones, y él sigue soltero, soy un legatario más seguro.

—¿En serio?

—Es insólito, ¿no?, indignante. Tendré que pedirle a Sheen que se ocupe en mi nombre y lo arregle de una maldita vez.

—Claro, no entiendo nada de esos temas, pero si habíais llegado a un acuerdo...

—Eso es, cielo, pero ahora olvídate de lo que te he dicho y dedica unos minutos a tu marido... —La abrazó y Emily se acurrucó sobre su pecho. Él estiró la mano y le acarició la esbelta espalda—. ¿Qué lees?

—*Cumbres Borrascosas*.

—¿Otra vez?

—Sí, me gusta mucho. ¿Me lees un rato?

—¡Oh, no!, Emily, por favor, se me ocurren mil cosas mejores que hacer... —Bajó la mano hasta su trasero respingón y le besó la cabeza—. Estás preciosa.

—Lee un ratito. Me encanta escucharte, doctor. —Se incorporó para besarlo y le acarició el rostro perfecto, cubierto a esas horas por la barba rubia y rebelde—. Sabes que me pongo muy romántica si te escucho...

—¡Mmm! ¿Ah, sí?

—Sí, claro. —Se echó a reír, y George Connaught la empujó sobre el colchón para inmovilizarla—. Lo sabes perfectamente.

—¿Que sigues siendo una muchachita muy traviesa? Claro que lo sé.

—Tal vez Simon puede venir al cumpleaños de David, ¿no?

—Seguro.

Bajó la boca para besarla con calma y ella aprovechó para acariciarle el pelo, claro y sedoso.

—A lo mejor le conseguimos una novia americana, se casa y fin del problema con la herencia y el título.

—No creo que mi hermano piense en casarse. Es un soltero feliz e independiente.

—Tú también lo eras, y mírate.

Se echó a reír, y George levantó la cabeza para mirarla muy serio.

–No tendrá tanta suerte como yo. No existe otra Emily Gardiner en el mercado.

–¡Qué galante, milord! Pero no tienes que halagarme, ya me tienes a tu merced...

–¡Qué embustera! ¡Ojalá pudiera creerte...!

Inclinó nuevamente la cabeza y le mordió el abdomen, haciéndola retorcerse de la risa.

–¿No me crees?

–Claro que no. Eres una rebelde y no estás a merced de nadie, y eso es lo que más me gusta de ti.

–George…

Subió la boca y la besó con pasión. Emily lo abrazó sonriendo, pegándose a su cuerpo para sentir su aroma a limpio, para amarlo una vez más, con esa pasión desmedida que únicamente ellos compartían y que los convertía, desde hacía siete años, en una sola persona, un solo cuerpo, un solo corazón.